经典小故事　人生大智慧

小故事
大道理

翟文明　编著

中国华侨出版社
北京

图书在版编目(CIP)数据

小故事 大道理 / 翟文明编著.—北京:中国华侨出版社,2014.2(2019.8重印)

ISBN 978-7-5113-4459-5

Ⅰ.①小… Ⅱ.①翟… Ⅲ.①故事—作品集—世界 Ⅳ.① I14

中国版本图书馆CIP数据核字（2014）第037395号

小故事 大道理

编　　著	翟文明
责任编辑	文　志
封面设计	李艾红
文字编辑	朱立春
美术编辑	刘欣梅
经　　销	新华书店
开　　本	720mm×1020mm　1/16　印张：28　字数：690千字
印　　刷	北京鑫海达印刷有限公司
版　　次	2014年7月第1版　2019年8月第6次印刷
书　　号	ISBN 978-7-5113-4459-5
定　　价	68.00元

中国华侨出版社　北京市朝阳区静安里26号通成达大厦3层　邮编：100028

法律顾问：陈鹰律师事务所

发 行 部：（010）58815874　　　　传　真：（010）58815857

网　　址：www.oveaschin.com　　　　E-mail：oveaschin@sina.com

如果发现印装质量问题，影响阅读，请与印刷厂联系调换。

前　言

　　哲人说："一颗沙里一个世界，一朵野花里一座天堂，把无限放在你的手掌上，永恒在一刹那里收藏。"生活中一些平凡的小事物里往往包含着深刻的人生道理，它们比起抽象的理论，能以更简单、更直接、更迅捷的方式把这些道理揭示出来，拨动我们的心灵，让我们于瞬间豁然开朗。因此，与其在长篇累牍的抽象理论中费尽心思，不如读一分钟的小故事更让人醍醐灌顶，了然于心。

　　而好的故事关键不在于它有多长，而在于它有多少内涵，具有多少思想的重量；精华的思想关键不在于它从谁的口中说出来，而在于它验证过多少事实，有多少实际的指导意义。在编写本书的过程中，我们参阅了大量名人传记、历史故事、哲学丛书，甚至经济学著作，以及杂志、网络等资料，从全球浩瀚的故事海洋中精选出600多则富有哲理的小故事。同时，为了方便阅读，我们将这些小故事按其内容精心编排为15个类别，分别为真理与思想、见解与感悟、意志与信念、苦难与机遇、努力与收获、心态与命运、选择与放弃、品性与责任、习惯思维与改变、为人与处世、做事与成败、亲情与爱情、发展与教育、职业与事业、人性的弱点与克服。书中所选的小故事虽简短，却绝不庸俗，绝不单薄，它们都趣味横生，同时包含着深刻的生活内涵和无穷的人生智慧，为你开启一扇扇虚掩的启迪之门，从那门缝中透出的一束微光，可以引领你进入一个豁然开朗的境界。阅读这些故事能让你在被感动之余获得有益的人生经验和教训，使你的意志更加坚强，人格越发健全……它们是你迷失时的灯塔，也是你春风得意时的镇静剂，不断引导你更深刻地理解和把握人生，明智而从容地面对人生道路上的各种问题，避免走弯路或重蹈覆辙，顺利、快速地走向成功和幸福。每个小故事之后，你都能看到一条称得上是点睛之笔的"大道理"，语言简洁有力，说理生动活泼，甚至不乏幽默，能时时激起你思想的震荡，点燃你内心深处的智慧火花，引导你拨开理论的迷雾，用心灵直接感悟生命的真谛，找到幸福和成功的答案。

　　本书内容极为丰富，在其中你可以领略古人的智慧和今人的务实，你能找到经济学大师思想的轨迹，也能寻觅到哲学家的思维光芒，更多的，你能体会到小人物在生活、事业、情感等诸多方面所展现出的伟人一般的聪慧。不论你处在人生的哪个阶段——少年、青年、中年或是老年，也不论你从事何种事情——学习、工作、创业，你都能通过阅读书中的小故事找到相应的哲理来指导自己。如果你是孩子，你能从这本书中学习如何成长，如果你是青年，你能从这本书中学习如何经营人生，如果你是长者，你能从这本书中学习如何调整生命的航道。无论你是男性还是女性，是学生还是商人，是意气风发还是心中充满疑惑，读这本书，都会让你的心灵感受到美与力量，得到智慧的启迪。你可以用这本书教育孩子，也可以用它警醒自己，还能用它来帮助朋友。读这本书，你不会感受到枯燥的说教，也不会感觉到陈旧与乏味，因为书中的每一个故事都令人常读常新。

　　每读一个小故事都是一次心灵的邂逅，用心感受，会有属于自己的收获！一个精致的、符合自己心情的小故事，或许可以改变你当时的心情，也或许在改变你心情的那一瞬间改变你的思想，进而改变你的一生。

　　无论你从本书中得到了顿悟，还是体验到"英雄所见略同"的快感，或者是"捡"到了灵感，都是我们的期待和欣慰，希望书中的一个个小故事让你在人生的道路上获得持续拼搏的力量，升华你的生命目标，提高你的人生境界。

目 录

第一章　真理与思想

第二章　见解与感悟

第三章　意志与信念

第四章　苦难与机遇

第五章　努力与收获

第六章　心态与命运

第七章　选择与放弃

第八章　品性与责任

第九章　习惯思维与改变

第十章　为人与处世

第十一章　做事与成败

第十二章　亲情与爱情

第十三章　发展与教育

第十四章　职业与事业

第十五章　人性的弱点与克服

第一章
真理与思想

1. 这很好啊

一位非常有智慧的老人被国王请到宫中，做了国师。他有一句非常有名的口头禅，那就是："这很好啊，是件好事。"

一天，国王的小手指头不小心被砸掉了。疼痛难忍的国王问老人有什么办法可以止痛，老人又把那句口头禅搬了出来，他告诉国王说："尊敬的陛下，请您大声地念'这很好啊，是件好事'，您的伤痛就会减轻许多。"

国王听了勃然大怒道："寡人的手都这样了，你还说是好事！我现在把你关进监狱里去，看你还说不说是好事！"但是没想到当卫兵押老人进监狱时，他还在重复那句话："这很好啊，进监狱也是件好事啊。"

后来，国王和大臣们去打猎，不幸被土著居民捉住了，打算把他们做祭祀品。但是根据当地规矩，肢体不全的人是不能做祭祀品的，于是国王被释放了。

回来之后，他第一件事就是把老人给放了，而且对他大加赞赏，然后问道："我少了手指头是好事已经被证实了，那你被关了这么久，难道也是好事吗？"

"当然。"老人答道，"如果不是在监狱里，我肯定要陪您去打猎，那么现在我一定被杀掉了。"智慧老人摇了摇他健全的双手说。

大道理

塞翁失马，焉知非福，祸福之间并没有绝对的界限。任何事情都有两面性，只要能以乐观的眼光去看，每一朵乌云背后都会有阳光存在。

2. 石头的价值

他很普通，没有什么大作为，因此一直觉得活着没有什么意义。

一天，他向一位哲学家请教："你能告诉我，像我这样的人，活着有什么意义吗？"

哲学家想了想，便随手拾起树底下的一块石头来，递给他说道："你把这块石头拿到市场上去卖，但是记住，无论别人出多少钱，你都不要卖。"

他这样做了。没想到的是，由于他坚决不肯出售，人们反而认为他的石头里藏着什么秘密，因此价越出越高。

第二天，按照哲学家的意思，他又把石头拿到了玉石市场来卖。结果，由于他还是不肯出售，价格又是一路飙升，已经远远超过了玉石的价值。

第三天，哲学家又告诉他到珠宝市场去卖这块石头。最终，奇迹出现了，这块本来一文不值的普通石头成了整个珠宝市场价格最高的商品，人们甚至以为它是千年不遇的珍奇化石。

"怎么会这样呢？"这人非常奇怪地问哲学家，"这明明是一块再普通不过的石头嘛。"

"但是，"哲学家回答道，"当你非常珍惜它，把它当成稀世珍宝时，它便拥有了无上的价值。生命不也一样吗？"

这人一下子明白了。

人生的价值，是由人自己决定的。一个人只有做到自我珍视，逐步充实和完善自身，不断提高自己的修养和品位，世界才会越来越认同他的价值。

3. 快乐在哪里

一群年轻人觉得过得不够快乐，于是便一起出外寻找快乐。在长途的跋涉中，他们非但没有寻求到自己所要的东西，反而因为忍饥挨饿而饱尝了烦恼与忧愁。没办法，他们只好垂头丧气地往回走。

走着走着，他们忽然听见一位老人的"呵呵"大笑声，扭过头去一看，原来是盛名远扬的大哲学家苏格拉底老先生正在树下坐着看书，一边看一边陶醉地大笑着，看样子快乐无比。这群年轻人像看见了救星似的赶忙奔过去："尊敬的老师，请您告诉我们怎样才能像您这么快乐吧，快乐到底在哪里？"

苏格拉底抬起头看看他们："哦，你们就是那群出来寻找快乐的孩子吧？怎么，还没有找到快乐？那这样吧，眼看着就要到雨季了，你们伐木给我造一条大船。造好以后，我们一起出去划船，那时，我再告诉你们快乐在哪里。"

年轻人遵照他的吩咐做了。为了赶在雨季之前完成，他们日日夜夜地忙碌着，日子过得极为充实。

一天，苏格拉底去看他们，发现他们正在一边唱歌，一边劳动，便问道："孩子们，你们现在感觉到快乐了吧？就是这样，当你忙得没空去想快不快乐时，它就会突然到来了。"

快乐只喜欢亲近积极做事的人。专门地、刻意地去寻找快乐，它往往会躲藏起来，而用心去做眼前的事情，它反倒会不请自来。

4. 将军与上校

连绵的战火一直搅得民不聊生，英勇善战的沙林带领战士们一鼓作气将敌人打回了老家。由于战功赫赫，他很快从一个小团长升到了将军之职。

汇报工作时，最高统帅自然是满意地连连点头。于是他趁机提出了一个小小的要求："我知道这个要求似乎有点不妥，但是我依然希望您能帮我这个忙。"

最高统帅关切地问道："怎么了？将军同志，有事直说，不必客气。"

"是我的一点私事。"将军吞吞吐吐地说道，"我从敌国那边带过来一点东西，可是在边境上被检查人员扣下了。我想，我想请您帮我个忙，就是让他们还给我。我知道这有点不妥，可是我还是真诚地希望……"

"没问题，"最高统帅非常痛快地回答道，"请你列份清单吧。"

听到这话，将军立刻从兜里掏出早已列好的清单递了上去："就是这些。"

最高统帅拿过来，看都没看便在上面签了字。

喜形于色的将军一边道谢一边接过那份清单，却忽然发现批示上对他的称呼是"上校"而非"将军"。

"这，您是不是弄错了？"将军疑惑地问道。

"完全正确，等价交换嘛，上校同志。"最高统帅面无表情地说道。

大道理

　　天下没有免费的午餐，有得到就必然有付出。只不过，如果你得到的是不该得到的东西，你的付出就会远远超过你所得的价值。

5．诡辩

年轻人去请教大哲学家苏格拉底什么是诡辩，苏格拉底想了想，问道："我家来了两位客人，一位非常干净，一位非常脏。如果我请他们洗澡，你想他们谁会洗呢？"

"当然是脏的了。"年轻人答道。

"不对，是干净的。因为干净的人到哪里都是爱干净的，而脏的人根本不把脏当回事。"苏格拉底说，"那么你再想，是谁去洗了澡呢？"

"干净的。"年轻人回答。

"又不对，是那个脏的。因为干净的人已经没必要再洗了，而脏的人却需要。人们总会按照自己的所需去做事，不是吗？"苏格拉底笑道，"这么看来，一定是脏的洗了澡，对吗？"

"对。"年轻人这回敢肯定了。

"还是不对。"苏格拉底眨眨眼睛，"干净的人有洗澡的习惯，脏的人有洗澡的必要，所以两个人都得洗澡。这么说，到最后两个人都洗澡了，对不对？"

"应该对吧。"年轻人再也不敢肯定了。

"呵呵，你又错了。"苏格拉底说，"因为干净的人不需要洗澡，而脏的人不爱洗澡。"

"这就是诡辩，每个答案都有理，但结果就是不一样。"苏格拉底解释说。

大道理

　　逻辑正确，答案却似是而非，这就是诡辩。实际上，突破人们的常规思维，从需要、习惯等角度去看待和回答问题，很多问题都会出现多种可能性。

6. 寻死的失恋青年

一位青年因为失恋，痛苦万分地坐在与恋人初遇的河边，准备投河自尽。恰逢大哲学家柏拉图走过来，问他是怎么回事。

"我失恋了。"青年目光呆滞地说道，"我爱她，把她当成我自己的生命来看待，没有了她，我一分钟都活不下去。反正没有了爱情我活着也是具行尸走肉，还不如死了好。"

"你们处了多久？"柏拉图问。

"两年，在这两年里，我无时无刻不……"青年喃喃着。

柏拉图打断了他的话："那你能告诉我两年前，在还没有遇到她的时候你是怎么过的吗？"

青年的眼里有了一丝光彩："那时候，我是个自由自在、无忧无虑的青年。每天我都会活力四射地生活、工作。领导和同事们都很喜欢我。我还好几次被评为优秀员工呢，光奖状都得到好几张。那时候，我还有过关于爱情的甜蜜幻想，那种幻想真美啊！可惜从今往后再也不会有了。"

"不，你当然可以有。"柏拉图大声说，"你看，命运是如此爱你。它把你又送回了两年前，让你依然可以自由自在、无忧无虑地生活，并可以继续拥有自己美好的梦想，不是吗？"

想一想果真如此，青年便放弃了寻死的念头。

大道理

生命总会有一定程度的反复，当我们因为今天的失去而回复从前的生活时，让心情、想法也回到从前，不啻为幸福的一大秘诀。

7. 盲僧

由于家里穷，养不起只吃饭不干活的人，天生双目失明的他被迫出家了。

经过多年苦学，他已经深通佛经。20岁时，他被师父老方丈定为了行脚僧，命他从此云游四海，解脱人间苦难。然后，老方丈送了他一个纸包和一根探路杖："这纸包里是我寻求来的一个民间秘方。它能让你的双眼复明。但是，在打开这个纸包之前，你必须先做到一件事——因为探路敲断10根探路杖。"

他答应了师父，然后便上路了。

一年又一年，他谨遵师命传播着佛经，度化着苦难的亡灵，不知经历了多少风雨，走过了多少里路。他的心中一直存着一个希望：敲断十根探路杖，让自己的眼睛重见光明。可是没想到那看起来不粗的探路杖用起来却异常结实，一直到第六个年头，师父送的那根杖子才终于断了。

就这样，等到这位盲僧真的敲断了10根探路杖时，他已经是八十多岁的白发老人了。但是当他欣喜若狂地把纸包递给一个药店的老板时，老板却告诉他：纸上一个字都没有。

盲僧顿时呆住了，但是几秒钟之后，他便双手合十，满脸感激了："师父，谢谢你以这种方式让我一直活在希望里，我觉得不枉此生了。"

　　每个人生命的终极归宿都是坟墓，尽管如此，我们仍应尽量让活着的日子精彩有色。一直活在希望中，你就能感觉不虚此行。

8. 极限

　　某登山俱乐部组织了一次攀登珠穆朗玛峰的活动，许多登山爱好者纷纷报名参加。在一个风和日丽的日子，他们开始了这趟极富险趣的挑战。

　　在最初的 1000 米，大家皆兴致勃勃，谁都不甘落后。

　　第二个 1000 米，一小部分人开始气喘吁吁，体力明显不支。

　　到了第三个 1000 米，已经有好几个人自动放弃了挑战。

　　坚持到第六个 1000 米时，原来四五十人的大队伍只剩下不到 10 个人了。看样子，这几个人都是决心坚持到最后了。但是在到达 6400 米的高度时，一个人突然停了下来，他指着自己的心脏对其他人说："我不行了，你们上去吧。"说完，他便找了个比较安全的山洞钻了进去。

　　后来，所有爬到山顶的人均对这个人表示遗憾：就差那么一点点了，何不咬咬牙登上去呢？老了回忆起来，也算是完成了珠穆朗玛之旅了。

　　"不，"他微笑着摇摇头，表情很自然，"我原来是个登山运动员，我晓得我自己的极限，6400 米是我生命的最高峰，所以我并没有什么遗憾。如果再往上登的话，除非我不要命。"

　　这句话顿时让所有人对他肃然起敬，为了他对挑战极限的明智理解，更为了他对生命的爱惜和尊重。

　　任何事情都存在突破口，但并非任何人都能跨越它，抵达更高的层次。量力而行，恰到好处，才是令人叹服的明智之举与最高境界。

9. 山的最高处

　　很多年以前，在一个遥远的地方，一位老酋长病危了。为了选出新的酋长，他派人叫来村里三位最优秀的年轻人，然后对他们说：

　　"我就要离开你们了，大家为我做最后一件事吧。你们知道我毕生一直奉为神圣的那座高山吧，现在，我要你们尽可能地去攀登它。记住，一定要尽力爬到最高的地方，然后，回来告诉我你们的见闻。"

　　老酋长的意思，三位年轻人心知肚明，所以一听清吩咐就立刻上路了。

　　半路上，第一位年轻人心想："论体力，我不如他们俩，如果爬到山顶再折回去的话，酋长之位恐怕早就是别人的了。我这么聪明能干，怎么能眼睁睁地把好位子拱手让人呢？"想到这里，他决定马上回去。为了能跟老酋长交代，他还特意跑到山脚下张望了一番。

"酋长，我到达山顶了，我看到了清泉潺潺、繁花夹道、绿树葱茏、鸟鸣嘤嘤，风景迷人极了。"一回到酋长身边，他就迫不及待地描述道。

"孩子，这种鸟语花香的地方不会是山顶，只会是山麓。"老酋长摇了摇头说。

第二位年轻人爬到半山时，心里也开始嘀咕了："这座山有两千米高，爬到山顶至少需要半天时间。如果我稍有落后，肯定就得不到酋长之位了，所以我不如现在就回去。酋长如果问起来，我就把这儿的风景告诉他，反正半山跟山顶差不多。"于是他也转身往回走去。

"酋长，我到达山顶了，我看到了高大肃穆的松树林，山崖边还有秃鹰盘旋。"他说。

"唉，孩子，那不是山顶，只是半山腰啊。"酋长像是自言自语似的说。

现在，就剩下第三位年轻人了，但是一直等到天黑，他也没有回来。一小时、两小时……正当大家都在为他的安危担心时，他忽然衣不蔽体、发枯唇燥地撞进了酋长的家。

谈起山顶的风景，满脸疲倦的他立刻眼睛发亮了："山顶其实什么也没有，只有高风悲旋、蓝天四垂。我所能看到的，只有我自己，只有'个人'被置于天地之间的渺小感。在那一刻，我忘记了所有的骄傲与满足，并为原来的自以为是感到羞耻与不安。"

"好孩子！"酋长微笑着说道，"你到达的是真正的山顶，按照我们的传统，我要立你为新酋长，祝福你！"

哦，原来，山的最高处是一无所有。

大道理

"生有涯而知无涯"，我们对世界的认识是一个圆。圆内所容有限，而圆外空间却无限。登高望极之后反观自我，方知天地无边而人独小，自命不凡只是浅薄之行罢了。

10. 小提琴师授课

为了让儿子迅速提高小提琴水平，迎接中央音乐学院的选拔考试，妈妈不惜重金给王宁请到了市里最著名的小提琴大师。

第一次上课，王宁便感觉到了小提琴大师的与众不同——他竟然丝毫不关心自己的现有水平，只是自顾自地摆出了一份非常难的乐谱让王宁拉。王宁面露难色地拉起那份乐谱，中间停顿了二十余次。刚拉完，小提琴师便宣布道："这次课就到这里吧，你把这份乐谱带回去好好练习，下周这个时候准时来上课。"

王宁一头雾水地回到家里，怎么也想不明白为什么大师不对他作丝毫指点。但是，既然师命已下，他也只好耐心地按照师嘱练下去。可是乐谱实在是太难了，练了几天，王宁都快对小提琴失去信心了。

第二周上课前，王宁担心极了，因为他尚不能顺利流畅地拉出那首曲子。没想到老师连问都不问就又给他摆出一份更难的乐谱，于是王宁又在新的乐谱中挣扎了一周。

第三周、第四周……以后周周都是如此。看到曾经让自己引以为傲的小提琴今天竟然拉得生涩僵滞、错误百出，王宁简直就快崩溃了。

痛苦地挣扎了 3 个月之后，王宁忍不住对着最新的超高难度的乐谱哭起来，他抽泣着问老师道："老师，这太折磨人了。您是不是想告诉我，我根本就没有拉小提琴的天赋？"

老师淡淡一笑反问道："你这么认为吗？那你拉拉这首曲子看。"说着，老师又递过来一份乐谱，王宁打开一看，竟然是第一周的那支曲子。他调了调琴弦，开始演奏。结果不可思议的事情发生了，他居然可以将这首曲子演奏得如行云流水般顺畅、美妙！

"这，这怎么可能？"王宁惊讶万分地问道。

"为什么不可能？站在山脚处，你会觉得自己连半山腰都难以达到。但爬上山顶时，你就会觉得半山腰不值一提。世间万事万物，道理本来就是这样的。"小提琴大师缓缓地说道。

大道理

领略过大海的风浪之后再转身看曾以为是惊涛骇浪的江河波涛，就会觉得那根本不值一提。同理，永不停歇地接受过难度渐升的挑战之后，就会对当初棘手的难题付之一笑。因为这时，你更深层的潜力已经被挖掘出来了。

11. 同胞兄弟的不同命运

同胞兄弟一起出门去寻找幸福的生活。走着走着，他们遇见了两位女神。其一是美貌无比的恶行女神，其二是朴素平和的美德女神。

只听恶行女神傲气十足地说道："你们跟我走吧，我包你们尽享荣华富贵，而且无论你们想享受什么，我都可以满足你们。"

美德女神则显得非常平静淡泊："你们跟我走吧，我将教会你们如何勇往直前！你们自己也能在战胜艰难的过程中变得坚强无比！"

由于意见不合，哥哥和弟弟最后分别跟了恶行女神和美德女神。

但是出人意料的是，哥哥年纪轻轻便在忧郁中死去，弟弟反倒精神抖擞地成了长寿之王，而且幸福无比、受人尊敬。这是怎么回事呢？

原来，自从跟了恶行女神，哥哥便什么都无须再做，每天过得比神仙还轻松快活。可人无远虑，必有近忧，别的用不着考虑，他便担心起死亡来。想想总有一天自己会死去，恐惧的他陷入了极度忧郁之中，所以还不到30岁，他便一命呜呼了。

而弟弟在美德女神的教导下，参加了保卫国家的战争。几经生死之后，他成了战斗英雄，不但被赏赐了美貌无比的女人，还受到了人民的爱戴与尊敬。

大道理

生于忧患，死于安乐。安逸的生活并非是一种幸福，而是一种潜在的危险；艰难困苦看似危险，却是历练人的意志、能力与品德的最好途径。

12. 除去杂草的最好方法

一群即将出师的弟子正坐在草地上等老师出考题，只见老师挥手指了指四周说："我们的周围是一片杂草丛生的旷野，我想问大家的是：要除去这些杂草，用什么办法最好。"

弟子们一听考题如此简单，立刻眉开眼笑地各抒己见了：

"只要有恒心，用一把铲子就足够了。"一个学生说。老师点点头，没有说话。

"我觉得用火烧最好了，又快又干净。"又一个学生接着回答道。老师还是点点头，不说话。

"你们那些办法都不足以保证草完全被除掉，俗话说'斩草除根'，挖掉草根才是最好的办法。"

……

等弟子们静下来，一直没说话的老师开口了："你们都回去按自己的方法试试，明年的今天我们再在这里相聚讨论这个问题。"

一年后，弟子们都如约来到了这片庄稼地边——没错，原来的那片草地已经再无一棵杂草，取而代之的是满眼的庄稼。他们一边谈笑一边等着老师，可是不知为何，等了好久都不见老师。正在纳闷间，忽听大师兄指着那片庄稼道："我明白了，大家不必再等下去了，因为老师已经以这种方式告诉了我们答案——要想除掉旷野里的杂草，最好的办法就是在上面种上庄稼。同样，要想让心灵不被世间的'杂草'所打扰，就必须在心中种满美德。"

> **大道理**
>
> 　　正所谓"无事生非"，当人们心中没有明确的道德信念守护和支撑时，他便很容易为邪恶所侵袭，被烦恼所困扰。所以，请及时并彻底为心灵除草。

13．苏格拉底之死

古希腊大哲学家苏格拉底被当权者以"反对民主政治、毒害青年"为由投入了监狱，并判处了死刑。

众弟子不忍心看老师无辜受罚，便悄悄制定了周密的越狱计划。可是当一位弟子趁着探监机会向苏格拉底报告这个"好消息"时，苏格拉底却一口拒绝了："如果我真的有罪，那么政府抓我就是没错的，我应该待在这个地方；如果我真的没罪，那么我就不应该以这种方式走出监狱，这不等于承认了自己有罪吗？"一席话把弟子说得哑口无言。

受尽折磨之后，这位已经70岁的大哲学家平静地迎来了他的死亡之水——"仁慈的"当权者没有采取绞死他的方式，也没有采取砍下他脑袋的方式，而是赐给了他一杯毒药水，让他能够体面而无痛苦地死去。

临刑之前，苏格拉底虽然衣衫褴褛、散发赤足，却镇定自若地跟妻子、家属道别。而后，他又若无其事地跟朋友们侃侃而谈时政问题，并反过来安慰着一个哭泣不止的女人。

那女人道："您明明没有罪，可是他们却要处死您，这可真让我伤心。"

苏格拉底笑着反问她："傻大姐，难道你认为只有真犯了罪，以真正罪犯的身份去死才值得吗？"

> **大道理**
>
> 　　思想家却因思想被判刑定罪，是他们的悲哀，也是全人类的不幸。但从另一个角度说，这也是他们的骄傲，因为这恰恰证明了他们思想的先进和影响之大。

14．前卫画家毕加索

西班牙画家毕加索是一位真正的天才，不但他的画在 20 世纪画坛中熠熠发光，他本人也是那个时代画坛的"霸主级"人物。

毕加索的作品以画风多变著称，从 30 岁开始，他便进入了一个又一个不安分的探索时期，他的作品无所谓什么前后统一、连续或稳定。他似乎根本没有固定的主意，只是随心所欲地创作，或忧郁或狂躁，或诚挚或装假，或稳重或激昂，变化无常又不可捉摸，让每一幅画都体现了他最终极的追求——自由。

可是由于他追求绝对自由的个性远远超出了时代，因此有人略带讽刺地称他为"前卫的画家"。听到这个评价时，毕加索苦笑了一下——做一个前卫画家需要付出什么，要吃多少苦，只有画家本人最清楚。所以，当记者就这一问题采访他时，他深有感触又不失幽默地说道：

"所谓前卫，就是受到从后面来的攻击比从前面来的多得多。"

大道理
> 走在时代前列或者才华超群的人们，总要为此付出一定的代价，其中最明显的就是那些循规蹈矩还自以为是的"后列人"的攻击。但是，要想取得出众的成就，我们必须有走在前面的勇气。

15．101 岁的画家

跟创办肯德基的老头哈伦德·山德士一样，哈里在 80 岁之前只是一个普通到有些倒霉的人。一直到 80 岁，他整天无所事事地待在一家俱乐部里跟其他老人聊天时，才觉得自己这辈子过得有点冤。

"我想我还能干点什么。"哈里拍着自己还很壮实的双腿说道。

恰逢这时，俱乐部的一位女办事员过来跟他搭话，于是他便在她的介绍下加入了部里的一个业余画室，虽然 80 年来，他从没有动过画笔和颜料。

没想到，来到画室后，哈里竟然很快表现出了他惊人的绘画天赋。后来，因为太迷恋绘画，81 岁的哈里决定参加一个绘画辅导班。从辅导班"毕业"时，哈里已经是快 90 岁的老人了。

1977 年，洛杉矶一家很有名望的艺术陈列馆正在为一位老人举办画展，主题是：哈里·莱伯曼 101 岁画展。原来，这就是那位半路出家的老人哈里的画展，当时，他已经 101 岁了。

当观众们不解地问起画家为什么这么老了还坚持画画时，哈里笑了："不要总去想还能活几年，而要想还能做什么。真正的人生是从你做事的时候而非出生的时候开始的。"

大道理
> 生命是以你所做的事情而不是所度过的光阴来衡量的，因此，请着手去做一些有意义的事情，让你的人生从此开始。

16. 谁更成功

这是一次专门为慈善家准备的舞会，参加者都是些曾经捐出巨款的成功人士。据说，他们之中，最少的都已经捐过百万元以上了。

灯火辉煌间，某千万富翁正在与新认识的朋友们谈笑。忽然，他瞥见房间角落处坐着一个沉默不语且无人陪伴的人，于是他端着酒杯走了过去。

"嗨，你好，我的朋友，"富翁向那个人打招呼道，"你也是这次舞会的客人吗？"

"是的。"那个人看他一眼，很礼貌地笑笑答道。

"哦，那我们可以认识一下，请问你是做什么的？"富翁又问。

"我是××报社的专栏作家。"那人答道。

"哦？"富翁惊讶地睁大了眼睛，"那你一定非常成功吧？能来参加这个晚会，捐款可是不能少于100万的。"

"我除外，"专栏作家淡淡一笑，"我只捐了5万元。"

"什么？"富翁先是一愣，继而有点鄙视地哈哈大笑了起来，"我还以为你是个成功人士，谁知你只捐了区区5万块钱。"

"我当然是个成功人士，先生！"专栏作家不卑不亢，站起来正色道，"我虽然只捐了五万，但它却是我全部财富的二分之一。而你呢，捐了100万，也不过是你全部财富的百分之一。相比之下，请问谁更是成功人士，谁更有资格站在这里呢？"

听闻此言，千万富翁顿时哑口无言。

海尔总裁张瑞敏说过一句话："小不是美，大也不是美，只有由小到大才是美。"也就是说，美并不是绝对的，而是相对的，只有经过相对比较之后，我们才能分辨出什么是真正的美。按照这种人人认可的逻辑分析故事中的千万富翁和专栏作家，自然是后者更成功，更有出席舞会的资格。

大道理

> 成功与富有都是相对的，不可以一个固定的标准来衡量。而且，真正意义上的成功标志应该是对自己一次次的超越，而非所拥有的财富绝对量。

17. 地狱？天堂？

他算不上什么好人，所以死后便入了地狱。受尽折磨之后，他幡然悔悟了，于是下决心好好表现几年，最后终于如愿以偿来到了天堂。

在天堂里，没有腥风血雨，没有险恶纷争，到处歌舞升平、一派和睦。于是这个人兴奋地大喊起来："我到天堂了，我终于来到天堂了。"

他的叫声引起了一位老者的注意，老者长须白髯，看上去和蔼慈祥，但却目光萎靡、精神不振。他正懒懒地坐在院子里想事情，听到有人在大声叫喊，他慢悠悠地说道："你刚才说什么？"

这个人又兴奋地重复了一遍："我说我到天堂了，我可盼了很久了。"

没想到老者非常吃惊地瞪大了眼睛："什么？你说这里是天堂？"

接下来轮到这个人吃惊了："什么？你说这里不是天堂？"他立刻转身跑出去，看看门匾之上：没错啊，的确是"天堂"二字。

老者又问："我在这待了几十年了，从来不知道这是天堂。你从哪里来？"

"当然是地狱。"这人回答。

老者的眼中闪过迷惑之色："地狱是个什么地方？"

这人忽然明白了："哦，这里的确是天堂，你之所以不知道，是因为你从未经历过地狱。"

曾经黑暗，才能真正明白光明的宝贵；曾经痛苦，才能深刻体会幸福的滋味。生命在让你尝遍挫败或伤痛的同时，也会给你开启幸福之门的钥匙。

18. 聋子和盲人过河

这是一处地势极为险恶的大峡谷，谷底飞流湍急，时而恶浪滔天。尽管峡谷两岸间有条看起来十分结实的大铁桥，但几乎从未有谁能安全地通过，因此人们都称之为"死亡大峡谷"。

某天，有两位好朋友一起来到了峡谷这边，因为有事他们必须要穿过峡谷。只见两个人分别用一只手抓住大铁桥的铁锁栏杆，两人的另一只手紧握在一起，一步一步，慢慢地走过了大铁桥。后面随之赶来的一个人看见前面这两位朋友如此轻易地走过了大铁桥，便想都没想就上了桥。但是还没走到一半，他便再也不敢前进了，震耳欲聋的涛声让他两腿发抖，几丈高的浪头更是让他胆战心惊。当又一个恶浪在不远处卷起时，他吓得闭上了眼睛，双手也捂紧了耳朵。不想恰巧一阵疾风呼啸而来，一下子就把他卷下了大铁桥……

"你们是怎么过的桥？要知道这里地势险恶、水声咆哮如雷，几乎没有人能成功通过。"人们非常惊讶地问他们。

"怎么？有危险吗？"那两个人奇怪地反问。

"我眼睛看不见，不知道地势怎么样。"其中一个说。

"我耳朵听不见，不知道水声如何。"另一个说。

哦，原来跌下深渊的那个人是个耳聪目明者！

困难总会用它虚张声势的外表威吓人。做一个视而不见、听而不闻的"盲聋者"，你就能易如反掌地排除它对你的恐吓。

19. 疯子和呆子

一个心理学教授到疯人院参观，了解疯子的生活状态。一天下来，觉得这些人疯疯癫癫，行事出人意料，可算大开眼界。

想不到准备返回时，发现自己的车胎被人卸下来了。"一定是哪个疯子干的！"教授这样愤愤地想道，动手拿备胎准备装上。

事情严重了。卸下车胎的人居然将螺丝也都下掉。没有螺丝有备胎也上不去啊！

教授一筹莫展。在他着急万分的时候，一个疯子蹦蹦跳跳地过来了，嘴里唱着不知名的欢乐歌曲。他发现了困境中的教授，停下来问发生了什么事。

教授懒得理他，但出于礼貌还是告诉了他。

疯子哈哈大笑说："我有办法！"他从每个轮胎上面卸下了一个螺丝，这样就拿到三个螺丝将备胎装了上去。

教授惊奇感激之余，大为好奇："请问你是怎么想到这个办法的？"

疯子嘻嘻哈哈地笑道："我是疯子，可我不是呆子啊！"

大道理

　　世上有许多的人，由于他们发现了工作中的乐趣，总会表现出与常人不一样的狂热，让人难以理解，因此而遭到别人嘲笑。其实，偶尔装装糊涂，不失为一种上佳做人姿态。

20.　智者与愚者

泰勒斯是古希腊的一位大哲学家，据说他博古通今、多才多艺，无论天文、地理、哲学、几何，他均兴趣浓厚且成就非凡。

一天晚上，泰勒斯在散步时突然发现空中的星星摆成了一个有趣的图案，于是他便饶有兴趣地观察着星星继续前行。由于未曾注意脚下，在路的拐弯处，他一下子跌进了树坑里。

当他带着满身泥爬上来时，旁边一个无所事事的小青年揶揄道："您自称通晓天上的东西，却不知道地上的东西。跌进这个树坑里，弄了满身泥就是您的知识给您带来的荣耀吧？"

泰勒斯看了一眼幸灾乐祸的青年，平静地说："当然，我是站得太高了，所以才有机会跌进这坑里面。像你这种不学无术的人，整天只能躺在坑里，自然是享受不到我这种自由了。"

小青年一听，顿时面红耳赤。

大道理

　　在某一方面突出的人，总会在另一方面显得欠缺。因为，当一个人太专注于某种东西时，他总是再难分心去注意其他事情。

21.　拍卖旧提琴

拍卖会上，拍卖师正在忙碌着。当他拿起下一件需要拍卖的物品开拍时，他的脸上闪过一丝讽刺似的微笑——这样一把破破烂烂的小提琴，还拍个什么意思呢？不如卖给收废品的老太太。拍卖师这样想。

但是心思归心思，作为职业拍卖师，他最终还得面带微笑地举起小提琴："朋友们，这是一把年代已久的小提琴。首先声明，它并非由什么名贵木料制成，也不曾经过名人大师'点拨'，而只是一把普普通通的小提琴。现在，有谁要开个价？"

下面应价的人稀稀寥寥，而且叫出的价令人哭笑不得——"1块钱""2块钱"，喊到"3块钱"时，已经没有人再往下接了。正当拍卖师要落槌宣布拍卖成功时，坐在最后一排的一位老者站了起来："请等一等。"

大家回头一看，齐刷刷地发出一片"嘘"声，原来是他——本市最有名望的小提琴师！只见老人走上台去，掏出手绢擦了擦琴身上的土，调整了一下松掉的琴弦，然后便开始拿起琴弓演奏起来。顿时，整个大厅里仙乐飘飘，犹如天使下凡一般令人惊叹与陶醉……

音乐终止了，大师举起旧琴与琴弓："我为这把琴开个价吧，1000块钱，有谁肯出2000？"下面立刻有人应声。"好，现在是2000！有谁肯出3000？"又有一人应声了。"3000一次，3000两次，3000三次，好，成交！"

这时，拍卖现场的人们都不约而同地齐声欢呼起来。

"为什么一下子变值钱了？"有人大声问。

"大师经手，点石成金啊！"有人大声答。

大道理

人生走调之后，我们总会不自觉地看低自己，甚至是"廉价出售"。但是一经大师点拨，同样的灵魂与价值便能立刻身价百倍。既然如此，我们何不做自己的大师呢？

22. 镜子与窗户

李秀才有一间小书房，那是他最喜欢的天地。某天，他忽然因为书房太小而苦恼起来。怎么办呢？他想了想，决定在书房四周镶上镜子。

果然，自从镶了镜子，李秀才觉得书房开阔起来了。不料没有多长时间，他便又觉得书房小了，而且好像越来越小，人待在里面，简直压抑至极。这是怎么回事呢？为什么以前感觉宽敞，现在倒感觉小起来了呢？李秀才真是百思不得其解。

某天，他外出办事回来时偶然遇上了一位非常有智慧的禅师，便忙不迭地向他诉起苦来。随后，他便带着禅师来到了他的书房。禅师慢慢地踱了几步，然后转过身来对他说道：

"你以前之所以会感觉小，是因为除了眼前的书籍之外什么都看不到；安了镜子之后，你除了书还能看到你自己，所以你会感觉大起来；再后来呢，由于每天都只能看到自己而看不到别的事物，所以你又会感觉小起来。"

"正是这样！正是这样！"秀才服气地点点头，"那请大师告诉我怎么办吧，我现在可真是烦透了，连进书房都成了一件让我畏惧的事。"

"你抬头看看世界，少顾盼一下自己，书房自然会大起来，所以，你何不把镜子里的水银拿掉呢？"禅师建议道。

秀才一听大喜，连称妙计，然后立刻安排人把镜子摘去，把临街的墙打掉，换成了落地窗。此后，他每天都会拿出一段时间来观察外面的景象。但是不想一个月后，苦恼又来了。这回是因为外面的世界太精彩、太有诱惑力，以致他每天都无法安心坐在书桌前读书和思考了。没办法，郁闷的秀才只好再次去找禅师。

禅师听后大笑："你何不给自己的心里装上水银呢？"

秀才的眼睛里闪过一丝迷茫，显然，他不理解禅师的意思。

于是禅师解释道："镜子可以帮人看到自己，窗子可以让人看到世界。只看自我，就会坐井观天；只看世界，就会迷失自我。所以说两者都看才是最好的办法。而如何在窗与镜之间转换，关键不是实物，而是你的心。"听到这里，秀才顿时领悟了。

大道理

　　既不迷失于大千世界，又不苦囿于自身之小，是人生的大境界。而要想将自己自然融于外物之中，自由转换于人我之间，最好的办法莫过于在心里装上一扇窗子、一面镜子——前者可开可关，后者可向可背。

23．坚持真理的博士苍蝇

一只博士苍蝇带着一只本科苍蝇在玻璃窗上叮叮当当地撞，但就是撞不出去。

本科苍蝇对它的伙伴说："大哥，我感到有什么东西在挡我们，你感觉到了吗？"

"不会的，"博士苍蝇回答说，"根据物理学上的规律，物体在光照下必然会在背光的一面留下影子。没有一个物体会没有影子。我们既然没有发现影子，就证明前方绝对不存在任何物体。"

"你总是对的，"本科苍蝇说，"你的理论水平很高，在苍蝇界是公认的。"

它们继续撞下去。

过了一会儿，本科苍蝇表示怀疑了，它说："我感到好像确实有什么东西挡着我们！"

"绝不可能！"博士苍蝇说，"有没有影子是判断存不存在物体的唯一的根据，这是一条真理，绝对不能怀疑。"

"但是我有感觉，感到好像有东西。"本科苍蝇争辩说，"你没有感觉到吗？"

"感觉！感觉！又是感觉！"博士苍蝇说，"你不要被虚幻的感觉所蒙蔽，而放弃绝对可靠的真理。"

本科苍蝇不敢顶嘴，它们继续撞下去。

又过了一会儿，本科苍蝇又说道："大哥，你的理论肯定是不错的。但我们现在可否试一试绕个弯子，另找个门出去再说呢？"

"试什么呢？"博士苍蝇说，"放弃光明的大路不走，而去绕什么弯子走旁门左道，这是一只有修养的苍蝇采取的行动吗？"

本科苍蝇不再表示异议。

两只苍蝇不住地撞，撞，撞，终于撞昏了头，栽了下来。

后来，两只苍蝇僵死在窗台上，脑子里带着它们的真理。

大道理

　　当我们把真理变成僵化的教条时，真理就变成了谬误。我们忽略了在真理和谬误之间往往只有一线之隔。

24. 《独立宣言》的瑕疵

在美国，珍藏于华盛顿国家档案馆的《独立宣言》原件是地位仅次于《联邦宪法》的无价之宝，而且广受美国人民尊重。但是你一定想不到，这样一份神圣、庄严、无可替代的文件上，竟然有两处小小的缺憾。

第一处是当年独立宣言成稿后，大家在某处打了个"∧"号，添上了两个漏掉的字母。现在，人们依然可以从《独立宣言》的原件上清清楚楚地看到这个"∧"号。不知道当年那56位精英是怎么想的，也许他们根本不认为这有辱于这份赋予国家自由的文件的圣洁性，所以在加上那两个字母后，大家纷纷在结尾空白处签上了自己的大名。

第二处缺憾是《独立宣言》的原件字迹潦草随意，跟它本身无上的价值性相当不匹配。但是，当年那几十位胸怀全局、不拘小节、追求全美人民自由独立的精英们居然连想都不想就认可了它。其实，对这份文件稍有了解的人都知道，它文字简约、篇幅不大，工整漂亮地重抄一遍根本用不了多长时间。想想现在连份普通的公文都要求尽可能做到完美无缺，那些先辈们怎么就毫不在意这一点呢？是不是他们认为应该把宝贵的时间和精力花在更重要的事情上呢？

《独立宣言》带着这两个永远无法修复的瑕疵流传了下来。当人们驻足其前，用心瞻仰，并想象当年为了实现它的内容而战火纷飞的过程时，是不是还会有另一种感叹呢——世界上完美无缺的文件不计其数，但成为国宝的却只是凤毛麟角。

形式再完美无缺终究是形式，从长远来看，这几乎一文不值，因为能够决定某人或某物高度与价值的，永远只有其内容。

25. 三只水杯

三位青年彼此是好朋友，他们各有各的优点，也各有各的缺点。

老大很固执，人称"牛脾气李"，一旦决定一件事就一定会去做。别人是不撞南墙不回头，他是撞了南墙也不回头。老二是个大嘴巴，不但自己的事儿装不住，别人偶然告诉他的事他也会不到一天就传得街坊邻居全知道。时间一长，大伙都知道了他的脾气，不想传出去的事儿绝对不会给他说，想造谣生事的人就拼命拿他当"广播电台"。老三还算好，既不固执又不大嘴巴，可是他也有让人无法忍受的缺点——疑心太重！哪怕你告诉他一件天下人都已经知道的事情，他也会首先摇头否定："不可能！"然后给你列举出一大堆"不可能"的理由来。久而久之，大家都非常讨厌他，如果没有急事，谁也不愿意轻易理他。

某天，因为别人的孤立而备感孤独的三位朋友来找一位哲学家，问哲学家自己到底怎么得罪大伙了，为啥谁都不肯理自己。

想了一下，哲学家找来三只杯子放在桌上。第一只既干净又完整，但杯口朝下放着；第二只也很干净，且杯口朝上，只是杯底破了个洞；第三只很完整，杯口也朝上，可杯壁上却沾满了灰尘。摆好以后，哲学家开始说话了：

"老大，你就像第一只杯子，哪儿都挺好，可惜杯口朝下，别人倒不进水去，所以只能放弃你。老二，你就像第二只杯子，杯口朝上也很干净，但就是水一倒进去就会漏掉。有谁会拿一只有洞的杯子喝水呢？老三，第三只杯子比喻的就是你了。水一倒进去就会脏，所以别人还是不能喝的。所以说，小伙子们，不是大家不肯理你们，是你们自己不肯接受啊！"

三位青年一听，立刻面红耳赤。

大道理

当你拒绝接受时，虽然自以为满，实际却什么也没得到；当你边听边漏时，别人会和你一样"富有"，所以你依然"贫穷"；当你对事情有所成见时，你就得不到它原来的本质，还是相当于一无所有。

26. 老翁嫁女

住在阿尔卑斯山山脚下的居民们，经常会遇到山崩、冰雹、迷路等危险，所以无论出行还是在附近劳作，当地的居民们总会结伴而行，万般小心。彼德老翁就是这样，每逢他的掌上明珠——美丽的女儿海伦出门时，他总会立刻放下手头的工作，跟去跟回地保护。

几年后，海伦到了谈婚论嫁的时候了。一时间，上门求亲的小伙子几乎踏破了门槛。不想老彼德一个也看不上，他非要找一个"英雄"不可——因为只有"英雄"才能保护海伦永远不遭遇阿尔卑斯山的伤害，这样，自己才可能放心地把女儿交出去。老彼德这样说。

一位深爱着海伦的男青年不甘心就这样败下阵来。他常常守候在海伦的门口，希望能找到机会向她一诉衷肠。这天，海伦姑娘出门办事，她的父亲老彼德又跟在了后面保护。男青年一看，也立即跟了上去。不想刚走出不远，阿尔卑斯山就发生了雪崩。在父亲的保护下，海伦成功脱险了，而老彼德却被埋进了雪里。见此情景，男青年立刻奋不顾身地营救起彼德来。等海伦带人赶回时，彼德已经安然无恙了。

事情过了以后，男青年很是高兴。他想，这下老彼德肯定会把女儿嫁给我了，我救了他，难道还不算是英雄吗？

不想几个月后，老彼德居然当着众人的面，把海伦许给了一位叫作阿里的小伙子。救过彼德的男青年郁闷至极，又大惑不解地四处问询。

原来，跟男青年一样，阿里也深爱着海伦。自从发生了雪崩救人的事件之后，阿里一直很担心，于是便计上心头，想出了一个高招——趁彼德和海伦出行时，假装成一个陷入绝境的遇难者，然后让彼德救他。"获救"之后，阿里每隔几天便去彼德家走一趟，然后故意当着众人的面表示自己的感激之情，说老彼德是个英雄。如此时间一长，彼德老翁越来越待阿里如亲人，最后终于把海伦嫁给了他。

彼德终于明白了，人们是不愿意跟有恩于自己的人在一起的，因为那样会时时被提醒：对方是自己的救世主。如此沉重的恩情，是会把一个人的精神和身体都压垮的。

大道理

当对方是施恩者时，我们常常会因为感恩而自我缩小；当自己是施恩者时，我们常常会不自觉地自我放大。两者相比，我们自然更喜欢做后者。

27．校长与杂工

看到这个题目，你一定会认为这是某"校长"和一名或几名"杂工"之间的故事。但我要告诉你的是：你错了，因为我要说的校长与杂工，是同一个人。

数年前，该校长在担任哈佛大学校长期间，曾经做过一件至今想来还极为得意的事，而且从那以后直到现在，定期做那件事已经成了他的习惯。

某天，他突然向学校请了3个月的长假，然后告诉家人，自己要去做一次长途旅行，要去什么地方还没有想好，不过请大家不要担心，他每个星期都会给家里打个报平安的电话。说完以后，他便背着简单的行囊上路了——其实，他早就计划好了要独自去美国南方的农村，尝试着过另外一种全新的生活。

到了农村以后，他先是找了个农场做工，农忙过后，他又找了家饭店洗盘子。在田地里劳作时，他像其他帮工们一样，会时不时背着老板偷偷地吸根劣质烟；在饭店清洗间工作时，他也学着偷懒服务生们的样子，小声跟自己的伙伴们说会儿话。这一切，都给了他一种前所未有的新奇感和愉悦感。

最有意思的是，这位在整个学术界都赫赫有名的体面人物，最后居然是被人撵出来的。那是他在3个月长假临近结束时找的最后一家餐馆，当然工作也是刷盘子。不想干了几个小时之后，老板皱着眉头走过来，往他的兜里塞了几美元，然后打发他道："可怜的老头，你刷盘子的速度太慢了，我无法忍受你，你赶紧走吧。"

不久之后，这位"可怜的老头"重新回到了哈佛，坐进了校长的办公室。不知怎么的，他忽然觉得，周围这片再熟悉不过的环境竟然变得既新鲜又有趣，在其中工作简直就是一种全新的享受。

没有谁会知道，在那3个月的长假里，这位已经两鬓斑白的校长居然像个淘气的孩子一样搞了一次恶作剧。但是对于他本人来说，这却是一次重要的"原始之旅"。后来的日子他之所以坚定地保持住了这个习惯，就是因为每次这样的旅行都能帮他做到一件事：清除心中积攒已久的"垃圾"，重返孩童的天真，更新鲜和更积极地享受一切。

大道理

　　长期生活在固定的圈子里，我们的心灵便会不自觉地有所沉淀。定期给自己复位归零，清除心灵的污染，有助于我们更好地享受工作与生活。

28．魔鬼变天使

他是一位无恶不作的坏蛋，镇上的居民人人都恨他。某天，他忽然良心发现，决定改变自己的形象了。于是他把自己攒下的1000块钱拿了出来，跑到大街上想分给正在玩的一群孩子。

不想孩子的父母见了均大惊失色地把孩子喊了过去，然后满脸厌恶地对他说道："别来这一套，我们知道你心里琢磨的是什么，还不是想把我们家孩子骗走卖掉！你做梦！"

顿时，坏蛋万念俱灰，他觉得不管怎么努力，世界上都不会再有人相信自己了。于是他开始绝望地往镇外走去，准备到离镇不远的那条河边跳河自杀。一路上，他见人骂人，见物踹物，连一只将死的老猫都被他一脚踢出了好远，似乎要把心中所有的不满都发泄出来。

就快到河边时，一位陌生的年轻姑娘忽然挡住了他的去路。他刚想破口大骂，却听那位姑娘轻轻地问他："先生，我想在那边方便一下，您帮我看一下人好吗？"呆若木鸡的他望着姑娘纯洁无邪的眼神，不自觉地点了点头。于是，姑娘红着脸走到旁边的芦苇丛里去了。而愣在原地的他，则像个忠诚的卫士一样，一动不动地把守着芦苇丛。

只有他自己知道，那是多么神圣的一刻。因为就在那一瞬间，他突然改变了主意，不但放弃了自杀的念头，还立志重新做人。

当姑娘走出来跟他道谢时，他像个绅士一样还着礼。然后，他便大踏步向着镇外走去。他准备到一个很远的地方去，在那里，他将开始自己崭新的、纯洁的人生。

大道理

> 每个人的天性都由善与恶两部分组成，而其表现为善还是恶，与外界如何待他关系重大。如果被高度信任并赋予期望，则其善性被催生；反之，则其恶性被唤醒。

29. 所罗门王的戒指

某天，伟大的所罗门王做了一个梦。在梦中，一位仙人对他说了一句话，并希望他永远谨记这句话，因为它涵盖了人类所有的智慧。可是第二天早晨醒来时，所罗门王怎么想也想不起来那是一句什么话了，于是他召集群臣，令大家一起和他想。

一位大臣问他道："陛下，仙人有没有告诉你那句话的用途呢？你还记得吗？"

"记得。"所罗门王答道，"他告诉我，这句涵盖人类一切智慧的话能够让人在高兴时不会忘乎所以，忧伤时能够及时自拔，从年轻到年老始终保持着勤勉平静和兢兢业业。"

"哦，如此说来，请陛下给我们一点思考的时间。"大臣请示道。

"好吧，"所罗门王答应了，命侍从拿来一枚大钻戒递给那位大臣，"等你们想出来了，就把它镌刻在这枚戒指的戒面上。到时候，我会把它天天戴在手上，以便时刻警示自己。"

几天后，那位为首的老臣毕恭毕敬地给所罗门王献上了那枚戒指，戒面上刻了一句极简单的话："这，也会过去。"

大道理

> 时间是无声的脚步，是巨大的列车，既带得走富贵辉煌，也带得走困苦磨难。所以，功成名就时，不必骄傲自得；进退维谷时，无须怨恨绝望——别忘了：这，也会过去。

30. 不淋一人

某寺院中，尚须禅师的两位小弟子正一起坐在繁茂的大树下乘凉。可是不知为何，他们俩忽然吵了起来，而且越来越凶，谁劝也不听。

听到有弟子在争执，尚须禅师走了出来。看到师父进了院子，两位小和尚才满脸意犹未尽地止住争吵。

"你们为何争吵不休啊？"尚须禅师问道。

两弟子知道自己犯了"执"的毛病，所以就都不说话，只是低着头等候师父教训。不想尚须禅师并不生气，只是像洞明一切似的问道："你们是否争出了什么道理呢？"两弟子对视一下，又各自沉默了。

"看来你们是没争出什么道理来，"尚须接着说道，"既然这样，我就给你们讲一个道理吧。有这样两句诗，说'绵绵阴雨二人行，奈知天不淋一人'。你们说说看，这其中是什么道理呢？"

立刻，两位弟子活跃起来。第一个说："因为这两人中一个穿了蓑衣，另一个没有穿。"第二个弟子立即反对道："即便穿了蓑衣，走在雨中也还是会被淋。所以，'不淋一人'应该是说一个人走在房檐下无雨之处，另一个走在道路中间有雨之处。"

"有风的时候，房檐下也未必就无雨，所以你的解释也不对！"第一个立刻接道。

"那你穿了蓑衣就更不对了，蓑衣也是衣，布衣也是衣，为什么穿了蓑衣就不会被淋呢？"第二个挑战似的接应着。

"蓑衣跟布衣怎么会一样呢？蓑衣……"第一个弟子长篇大论地解释了起来。

可想而知，围绕着蓑衣能不能避雨以及怎么样避雨，他们又展开了争论。

"好了，"尚须禅师制止了他们的再次大战，"看看自己争执到何处去了吧。还有，你们为何非要执着于'不淋一人'的文句呢？它不也可以理解成'二人都被淋了'吗？"

听到这句话，两弟子面面相觑，顿时若有所悟。

大道理

过分执着于一言一词，或者是概念上的争论与辨析，就会在不知不觉中迷失自己的初衷，遮蔽世界的真相，而更重要的是，这没有什么意义。

31. 领带与小说

在美国，这家百货店是出售漂亮领带的最著名的商店之一，全城人的领带中，有90%是从这里买去的。商店老板很希望著名作家海明威也成为他们的顾客，可惜海明威从来没有结领带的习惯，所以从不上门。

思来想去，老板想出了一个绝招儿——圣诞节前夕，他主动给海明威寄去了一条漂亮的领带，并附上了这样一封信："尊敬的海明威先生，这种领带是最受顾客欢迎的一种，您是不是和大家的看法一样呢？热烈盼望您能为这条漂亮的领带寄付给我们2美元。"

对这封半是玩笑半是认真的信怎么处理呢？老老实实地寄去2美元显然中了他们的圈套，置之不理又显得不妥当。聪慧的海明威稍作沉思，立即回了一封信。

几天后，百货公司收到了海明威的信和小包裹。老板打开一看，包裹中是一本海明威刚出版不久、销量不算很好的小说。在信中，海明威这样写道："尊敬的百货店老板：人们非常喜欢读我的书，我很希望您也能成为我的读者并购下我新近出版的这部小说。小说的定价是2美元80美分，请您扣除领带的钱后，把其余的80美分寄付给我。"

大道理

　　真正的傻瓜常常自以为聪明，"耍小聪明"是他们最常用的方式。以其人之道还治其人之身，既能保证自己不吃亏，还能反过来愚弄他们。

32. 扛船赶路

　　某青年背着一个大包裹，千里迢迢跑来找无际大师，请他帮自己解决困扰自己许久的苦闷。他对大师说："大师，您快点帮帮我吧，我是那样地孤独、痛苦和寂寞。为了排遣掉这种负担，我已经跑了上千里路。现在，我疲倦至极，再不能前进一步了。您看，我的鞋子破了，荆棘割伤了我的双脚；我的头也受伤了，一直流血不止；还有我的嗓子，因为长久的呼喊而变得嘶哑……可是即便如此，为什么我还不能找到心中的阳光呢？"

　　无际大师微笑着听青年说完，却答非所问地问道："你的大包裹里装的是什么呀？"

　　"它们对我都非常重要。"青年一边说一边打开了脚下的包裹。天哪！原来那里面装的是青年每一次跌倒时的痛苦、每一次受伤之后的哭泣、每一次孤寂时的烦恼……

　　顿时，无际大师明白了青年的苦闷。只见他轻捻长须说道："到我这里来，你可曾经过了一条大河？"

　　"是啊是啊，那里的艄公可不好请呢，我喊了半天，才喊来一只小船。"青年点着头回答道。

　　"那你为什么不从家里扛一只船过来呢？"无际反问。

　　"扛船走路？"青年惊愕地重复着这句话，"船那么沉，我怎么能扛得动啊？就算我能扛起来，也根本走不了路啊。"

　　"这就是了！"无际哈哈一笑道，"孩子，你根本就扛不动它，而你还偏要扛，所以你才会累！"

　　看到青年依旧迷惑不解的神情，无际接着说了下去："过河时，船是有用的。但过了河，我们就要放下船赶路。否则，它就会变成我们难以承受的包袱。痛苦、孤独、寂寞、灾难、眼泪等等，这些对人生都是有用的，它能使生命得到锤炼、心灵得到升华。但是如果你过后还须臾不忘，它就会成为人生的包袱。所以，放下它吧，生命不能太负重！"

　　青年闻后大悟，立刻扔掉大包裹转身离去。果然，这次他感觉轻松多了，而且心情也异常愉悦。于是他明白了：原来生命是完全可以不那么沉重的。

大道理

　　生命不必也不能过分沉重。任何人的生命之舟都经不起太多的负荷，要想扬帆远航，我们必须取舍分明、轻装上阵，否则，中途搁浅或沉没就会难以避免。

33. 没用的反对

　　《巴巴拉上校》出版之后，某剧院为之安排了一场甚为隆重的公演。公演当天，各界知名人士都应邀前去观赏。当然，作为作者，大作家萧伯纳是必在其中的。

演出相当成功。谢幕时，萧伯纳应观众们的要求上台接受众人的掌声。可是他刚刚走到台上，观众席中便有一人对着他大骂道："萧伯纳，你的剧本真是糟透了，你简直就是在耽误我的时间。快停演吧，没有谁要看的！"

顿时，全场一片哗然，所有人都为这突如其来的举动吃惊不已，继而纷纷把目光投向了萧伯纳，等待着他的恼怒。不想萧伯纳非但没有生气，还笑着向那个人鞠了个躬，然后彬彬有礼地说道："亲爱的朋友，您说的我都同意，但遗憾的是，全场这么多人，只有我们两个人反对。俗话说寡不敌众，我们的反对有什么用呢？"说完，他便面带微笑地向所有观众挥手致意。现场立刻响起了如雷的掌声，并伴随着接连不断的叫好声。

大道理

面对别人无情的攻击和指责，唇枪舌剑、气急败坏地反击是下策，被动地解释是中策，巧妙地举重若轻、一带而过是上策。

34. 最是睿智狄仁杰

武则天当皇帝时，对反对她掌权的人进行无情镇压；但对于贤才们，她也会不计较门第出身、资格深浅，破格提拔，大胆任用。所以，她的手下有好大一批有才能的大臣，宰相狄仁杰就是其中之一。

能够被这位横空出世的女皇所信任、所看重，狄仁杰显然不是一般人物。那么，他最厉害的"武器"是什么呢？看过下面这个小故事，你就会明白了。

狄仁杰还是豫州刺史的时候，因为办事公平、执法严明，颇受当地老百姓的称赞。武则天听说他有才能，便把他调到京城当宰相。

某天，武则天想试他一试，便命他前来觐见，对他说："你在豫州的时候名声很好，但是也有人在我面前弹劾过你。你想知道他们是谁吗？"

狄仁杰辞谢道："别人说我不好，这很正常。如果陛下认为臣的确犯有那样的过失，那请您对臣直言，臣一定改正；如果陛下认为那不是臣的过错，那就不必为此劳神。但是无论哪种情况，我都不想知道是谁弹劾的我。因为只有这样，我才可以继续友善地对待对方。"

武则天被狄仁杰的宽大器量打动了，不但更加赏识他，还非常敬重他，甚至把他称为"国老"。

"国老"年老以后，多次上书请求告老还乡，可武则天一直不舍得让他走。70岁，狄仁杰溘然长逝；武则天常常为此痛息："老天为何要这么早就夺走我的国老呢！"

大道理

与其把心思花在如何防御闲言碎语上，不如用实际行动来证明自身的清白——"该干什么还干什么，沉默是对诽谤者的最好回答。"美国前总统华盛顿如是说。

35. 罗森塔尔效应

哈佛大学心理学教授罗森塔尔曾经用小白鼠做过一个非常有趣的走迷宫实验。

实验之初，他把一群小白鼠分成3组，分别配给A、B、C三组实验人员，然后告诉A组："你们真是太幸运了，配给你们的小白鼠是经过几位教授特意挑选并精心训练的。它们血统高贵而且非常聪明，智力几乎接近人脑，所以你们一定要好好对待它们，努力使它们发挥出最棒的水平来。"

告诉B组："你们的运气很一般，这些小白鼠只是很普通的一组。它们血统一般，智力也一般。你们用最常用的方法训练它们即可。"

告诉C组："你们非常地不幸，这组小白鼠简直糟糕透了。它们血统低劣，智力也很差，简直就是白痴。你们随便用什么方式训练它们都行，反正它们的本质已经注定了。"

3组实验人员按照"指示"各自训练了小白鼠一个月之后，教授分别对3组小白鼠进行了测试，最终的结果表明：A组小白鼠果然最为聪明，不但都走出了迷宫，还缩短了专家们预计的时间；B组小白鼠则表现一般，只有一半走出了迷宫，所用时间也比专家预计的稍长一些；而C组最为糟糕，只有两只成功走出迷宫，而且所用时间之长简直令人无法忍受。

实验完毕之后，罗森塔尔很平静地告诉各组实验人员：其实这些小白鼠根本没有什么血统以及智力的区别，它们都是普通的小白鼠，是我把它们分成了3组而已。

实验人员瞠目结舌的同时，不由得想起自己一个月以来对待小白鼠的态度：A组人员非常珍爱自己的小白鼠，他们不但很悉心地照顾它们，还用最积极、难度最大的方法训练这些"智力超常"的小家伙们，甚至会定期和它们进行"语言交流"；B组人员则像对待普通动物那样对待自己的实验对象，按照普通的方式去训练它们；而C组人员呢？他们每个人都在叹息自己的运气不好，竟然摊上这么几只蠢笨的东西，恰巧训练过程中又有很多迹象表明这伙小白鼠的确"愚蠢无比"，比如不听指挥、没有纪律性等等，所以，他们常常打骂这些可怜的小家伙，有时还会以"忘记"喂食的方式来惩罚它们。

罗森塔尔教授显然是想通过这个实验来告诉人们：即便智力相差无几，被对待的方式不同，结果也会分出个优劣高低来。既然如此，我们是不是该考虑一下怎么对待自己呢？

大道理

　　我们自身，乃至整个世界，往往会因为我们的努力而改变。所以，如果你想成为聪明人，就要以聪明人的标准来要求自己。

36. 并不像你看到的那样

两位天使因为有事下到人间。第一天天晚时，他们来到一家富户借宿。主人接待了他们，但是却拒绝让他们在舒适的卧室里过夜，而是将之安排到了冰冷的地下室。

刚躺下不久，年纪较大的天使就发现地下室的墙上有一个洞，于是二话不说就施法力把洞补上了。看到这里，小天使的心里充满了温暖，他想："天使就应该不跟凡人计较什么，即便他们对我们很冷漠，但我们还是要帮他补墙洞。"

第二个晚上，两人又来到一个非常贫穷的农家借宿。主人夫妇对他们非常热情，不但把仅有的一点食物拿出来款待他们，还把自己的床铺让了出来。

第三天天还没亮，小天使就被一阵嘤嘤的哭泣声惊醒了。原来，昨天晚上，农夫家唯一的生活来源——那头奶牛死掉了。现在，农夫正和他的妻子抱头痛哭呢，但是为了不吵醒客人，两人都使劲压抑着悲伤，努力把声音放到最低。

"为什么？这是为什么？"小天使非常生气地摇醒了老天使，"那个富家对我们那么不好，你还帮他们补墙洞；这个穷家已经够可怜了，而且对我们这么好，你为什么不去阻止他们奶牛的死亡？"

"有些事情并不像它表面看起来的那样。"老天使淡淡地回答道，"前天晚上当我们在地下室里过夜时，我从墙洞里看到墙里面堆满了金币。既然主人被贪欲所迷，不愿意让别人分享他的财富，那我们就应该惩罚他一下，所以我才把墙洞堵上，让他也无法再拿到金币。而昨天晚上，死亡之神来召唤农夫的妻子了。为了保护他们，同时表示对他们的感激，我让奶牛代替了她。"

大道理

　　现象和本质往往有所差距，很多事情并不像它表面看起来的那样。因此，不要轻易相信你的所见所闻，在下结论之前，先深入调查一番再说。如果不能，请保持沉默。

37. 先倒空你的杯子

很多年前，某地出了一个自认为才华横溢、智慧无上的文士。每当听见谁说起某某禅师如何如何，他就满脸的不屑，心想那些人只不过是群和尚，连大千世界都没见识全，再能耐又能怎么样？但是后来，听多了人们不绝于口的赞叹，他决定亲自去"检验"一下。

他拜访的人，是当时著名的南隐禅师。听说有文士来访，南隐禅师精心准备了上好的茶叶招待。

二人客套完毕后，面对面地坐了下来。

文士首先开口，说想请教禅师一些问题。早已听说文士"大名"的南隐禅师并没有立即应允，而是指着桌上的茶杯说："敝寺零乱，无以成敬，老衲略备了一些茶叶，恳请先生先品一下。"说罢，南隐禅师便拿壶倒茶。

几秒钟之后，茶杯已经满了，可是南隐禅师还在继续倒着，好像根本看不见似的。

"茶杯都满了，你怎么还倒啊？"文士一边阻拦禅师，一边不解地问。

"因为这个茶杯是你啊。"禅师答。

"我？我实在不明白禅师的意思。"文士摇摇头说。

"你的脑袋里早就装满了自己的看法和想法，装满了自己的成见，所以根本无法再将新的东西装进去。既然如此，你让我如何向你谈禅呢？还是先把那些成见和杂七杂八的想法倒掉再说吧！"南隐禅师说道。

文士恍然大悟，顿时满脸羞愧之色。

38. 偷的哲学

　　经过多年参禅之后，石屋禅师已经通达无比。这天，他决定外出云游一次，以便感受大自然的清风明月，体会世间的人生百态，使自己已经领悟到的真理更加深厚练达。

　　半路上，他遇到一位陌生人，问清对方也是到某某地之后，石屋禅师便和他结伴同行。晚上，他们住进了同一家旅馆的同一个房间。

　　半夜时分，石屋禅师忽然被一阵奇怪的声音弄醒了，再一摸身边的人，不见了。

　　"天亮了吗？"禅师问正在房间角落里翻东西的同伴。

　　"没有。"那人答。

　　"那你起来翻东倒西地干什么？"禅师顿时心生疑惑。

　　"我在偷东西。"对方终于暴露了自己小偷的真面目。

　　"哦，是这样啊，那你偷过多少次了？"禅师问。

　　"数不清了。"小偷答。

　　"那每偷一次东西，你会快乐多长时间呢？"禅师又问。

　　"那得看偷的东西的价值，少则一两天，多则七八天。"小偷答。

　　"原来你只是一个小贼啊！"石屋禅师笑道，"为什么不像我似的，做次大贼呢？"

　　"啊？"小偷一下子靠了过来，"老和尚你也是偷东西的？你偷过多少次？"

　　"只一次，但是却让我一生都享用不尽。"禅师说道。

　　"哎呀！"小偷羡慕地叫了起来，"在哪里偷的？能不能教教我？"

　　石屋禅师从床上下来，把手按在小偷心脏的位置："就是从这里！你这里就有无穷的宝藏！你把一生都放在这里，你就会永远享受不尽，而且一直快乐！你明白了吗？"

　　说实话，小偷不明白，但是隐隐约约地，他觉得禅师说的有道理，所以干脆，他跟着禅师参禅了。

39. 军医之悟

　　五代十国是个战乱频仍的时期，出生于唐朝末年的军医李莫，大好的年华几乎全赶在这个年代里了。

　　靠着祖传的高明医术，李莫在军队上服役已经十几年了。在这十几年中，他治好了不少伤兵。可是渐渐地，他越来越被一个问题所困扰——这么多年来，战争从未停止过，自己不断将伤兵从痛苦中解救出来，又不断迎接着新的伤兵。有时候，一个士兵被自己多次治愈，最后还是要死在战场上。这样看来，这个人是命中注定要早死的，而且是要在战场上杀敌时非正常死亡的。既然如此，我干嘛还要来医治他们呢？我的救死扶伤又有什么意义呢？

　　日复一日，军医李莫不断地想着这个问题，想得走了神，把手术做得一塌糊涂；想得忘了睡觉，整夜整夜失眠。最后，他终于崩溃了，他觉得自己几十年的人生简直就是白过了，儿时和少年时不懂事，全凭了祖辈父辈指教，长大了又周而复始地做这种蠢事，真是一点意义也没有！

　　后来，他终于找了一个理由从军队辞职了，然后就跑到一座深山里去冥思苦想做军医的意义。可是由于断绝了收入来源，又不会耕种也没时间耕种庄稼，一个月下来，李莫就饿得皮包骨头，形同死尸了。无奈之下，他只好爬出深山，去请教一位得道高僧。

　　听完李莫的叙述后，高僧手捻长须微微一笑：因为你是个医生啊！然后便一言不发了。这句话如同晴天霹雳一般轰开了李莫的心，他忽然了悟到了什么似的向高僧辞行："我要再回军队去。"

　　"你为何要再回去呢？"高僧悠悠地问道。

　　"因为我是个医生啊！"李莫答道。

　　顿时，两人一齐放声大笑起来。

　　万事万物皆自有其理、各有其用，如果因为刻意探索其意义而耽误了正常人生，不但不会快乐，还可能贻笑大方。按照自然规律去行事做人，才会既轻松又充实。

40．最有智慧的牧师

　　一个人因为一件小事和邻居争吵起来，争论得面红耳赤，谁也不肯让谁。最后，那人气呼呼地跑去找牧师。牧师是当地最有智慧、最公道的人。

　　"牧师，您来帮我们评评理吧！我那邻居简直是一堆狗屎！他竟然……"那个人怒气冲冲，一见到牧师就开始了他的抱怨和指责，正要大肆指责邻居的不对，就被牧师打断了。

　　牧师说："对不起，正巧我现在有事，麻烦你先回去，明天再说吧。"

　　第二天一大早，那人又愤愤不平地来了，不过，显然没有昨天那么生气了。"今天，您一定要帮我评出个是非对错，那个人简直是……"他又开始数落起别人的劣行。

　　牧师不快不慢地说："你的怒气还是没有消除，等你心平气和后再说吧！正好我的事情还没有办好。"

　　一连好几天，那个人都没有来找牧师了。牧师在前往布道的路上遇到了那个人。他正在农田里忙碌着。他的心情显然平静了许多。

　　牧师问道："现在，你还需要我来评理吗？"说完，微笑地看着对方。

　　那个人羞愧地笑了笑，说："我已经心平气和了！现在想来也不是什么大事，不值得生气的。"

牧师仍然不快不慢地说："这就对了，我不急于和你说这件事情就是想给你时间消消气啊！记住：不要在气头上说话或行动。"

怒气有时候会自己溜走，稍稍耐心地等一下，不必急着发作，否则会惹出更多的怒气，付出更大的代价。

大道理

事情的最好解决方法，往往是在激动情绪背后的深深呼吸中找到的！心平气和地对待你所遇到的难题，你会发现更好的解决方法！

41．老人的答案

世界著名画家梵·高在成为画家之前，曾在一个矿区里当牧师。

有一天，他和矿工一起下井作业。当升降机的铁索颤颤悠悠嘎嘎作响，脚下的箱板左右摇晃时，梵·高不由得陷入了巨大的恐惧之中。但看看周围的人，大家居然谁都默不作声，只是听凭这机器把他们运进那个深不见底的黑洞里。一瞬间，梵·高出现了正在被送往地狱里的幻觉。

这件事给梵·高留下了极其深刻的印象，在后来的很长一段时间内，他都在猜测着其他工人神态自若的原因。思索良久却不得其解，他只好又来到那个矿区，向一位已经两鬓斑白的老工人询问究竟。

"你们是不是习惯了，所以就不再感觉恐惧了？"梵·高问那位老人道。

"习惯了？"老人重复着这几个字，用奇怪的眼神看了梵·高一眼，"我们永远不可能习惯这种生活，也永远都会有害怕的感觉，只不过我们早就学会了克制和忍耐。"

老工人的这句话对梵·高触动极大，以至于在多年之后的绘画事业中，他也一直要求自己像老工人那样，学会自我克制和忍耐不如意的生活。

大道理

总会有些东西是我们无能为力的，忍耐是针对所有困难最好的治疗方案。当我们身处逆境，又实在无法改变这一切的时候，克制、忍耐即是上上之策。

42．语言镜子

这位公司老总相当精明，而且非常会看人。据说，凡是经他招聘来的员工，都是德才兼备、非常优秀的人才。由于有了这些超于普通人的员工，他公司的业绩一直蒸蒸日上。无论是公司下属企业的规模，还是公司的全部资产，都在不断地膨胀。对此，这位老总的一个朋友甚是惊讶，于是就问他是怎么发现这些人才的。老总笑了笑，然后带他去参加一个正在举行的招聘会。

刚坐到招聘位子上不久，两位名牌大学的优秀毕业生就走过来了。简略看过他们的简历之后，老总先问其中一个大学生，觉得现在大学生的就业形势如何。

"大学生的就业压力实在是太大了。竞争越来越激烈，情况简直糟糕透了，国家应该想办法尽快协调一下才是。"一位大学生说。

老总听完后，把头转向了另一个。

"其实没什么，物竞天择，适者生存，这世界永远遵循着这个道理。现在社会上的就业压力的确很大，但这正是我们不断前进的动力所在。而且，随着行业的不断分工和细化，创业机会是越来越多了，关键就看自己怎么样去抓住机会吧。"另一个说。

"很好，年轻人，你被录用了，准备上班吧。"老总微笑着对第二个回答问题的年轻人说。

"啊，就这么简单？"坐在老总旁边的朋友禁不住叫了起来，"这也太轻率了点吧？"

"不，有些东西就是这么简单。要知道，一个人的语言就是他心灵的一面镜子，了解了他的语言风格，也就知道他是否是你所需要的人才了。"老总愉快地给朋友解释道。

大道理

语言是一面镜子，不但可以反映出一个人的真实心态，还可以折射出他对问题的思维方式，而这，正是他日常行为与结果的决定性因素。

43. 沉默的多利

农夫家里养了一只叫作多利的狗。某天，多利出去玩时忘记了时间，等天黑下来时，它才慌慌张张地开始往家里跑。可是由于月黑风高，它到底还是迷失了方向。最后，它混迹到了一群狼中间。

面对凶狠残暴的"同类"，多利害怕得要死，生怕一点小事做不好惹恼了脾气暴躁的狼，给自己带来杀身之祸。所以它决定，不管遇到什么情况，都绝不开口透露自己的任何信息。

果然，在接下来的两三天里，多利一直保持沉默不语，显得非常深沉。可是终于有一天，一只高大的狼看到了它与自己不太一样的地方，于是便满脸疑惑地问它："你是我们的同类吗？我怎么感觉你跟我们有点不一样呢？"

听到问话，多利紧紧地闭着嘴巴，故作深沉地点了点头，以免一开口就被对方听出自己声音的特别。然后，它便又像一直以来那样，把若有所思的眼光投向了遥远的地方。

那只高大的狼见多利只点头不说话，心里更加疑惑了。晚上，它把自己的怀疑告诉了狼王。狼王因为在一次战斗中受过伤，视力不太好，再加上正是半夜，它根本看不清多利与自己到底有什么不同，于是便装着眼力没问题的样子反问高大的狼："它不是狼是什么？"

高大的狼歪着脑袋瞅了多利半天，忽然指着它的尾巴对狼王道："你看，它的尾巴和我们不一样呢！"

狼王因为自己身体的缘故，长期以来一直担心群狼对自己不服气，所以平时总爱夸大自己的战功，以博得群狼的尊重。今天见这只高大的狼一直在给自己出难题，狼王灵机一动说道："这没什么，它的尾巴就是那次和我并肩作战时受伤的，因此你们应该多尊敬它才是。"

这下，高大的狼再也不敢说什么了，而迫于狼王的威望，其他的狼也都装出了对多利毕恭毕敬的样子来。

又过了3天，多利终于找机会逃离了狼群，重新回到了农夫的家。完全安全之后，多利感慨万千地叹道："都说事实胜于雄辩，在我看来，沉默更胜于事实啊！"

大道理

沉默是金。在激烈的竞争中，甚至在性命攸关的危急时刻，恰当地保持沉默，守护住某方面的信息缺失，是避免不必要风险的一种好办法。

44. 一只狼的疑问

一只颇有人情味的狼对自己的残酷暴行作了深刻的反省。当然，也许它并不是真的有人情味，而只是被人打怕了，所以才不由自主地琢磨起人们这么恨它的理由来。它是这样自省的："我为什么会被每一个人所憎恨，成为大家的公敌呢？以前那个村子里的人全都要消灭我，所以我才逃了出来。谁知来到这里以后，依然有这么多人讨厌我。嗯，这其中一定有我所不能理解的理由，难道我真的错了吗？"

想到这里，狼开始痛苦了，它自言自语道："为了捕捉我，乡下的绅士们纷纷贴出了告示。但细说起来，我也算是一个生命啊，我也要生存啊，为何他们要这么狠心呢？难道只是因为我吃掉了一头长了癣的毛驴、一只遭瘟的病羊和一只好斗的狗吗？可是我这不仅仅是为了满足自己的食欲，还是为了他们着想啊！唉，看来他们只喜欢吃素的动物。那好吧，从今往后我也改成吃素算了，这虽然痛苦，但肯定要比被大家憎骂轻得多。"

狼边说边往前走，忽然，它看到一位牧羊人正在用铁签叉着羊羔肉片烤着吃，于是便既震惊又悲痛地喊道："因为曾经把羊咬得鲜血直流，我深深地懊悔和自我责备。谁知这看羊的人和狗倒正在杀羊烤肉，吃得满嘴流油，而且还又安全又自在。人类自己都不觉得惭愧，作为一只狼，我心里倒有如此多的顾虑，这岂不是没事找事？"

刚说到这里，一只乌鸦从狼的头顶上飞了过去，它一听狼居然说出这么一番话来，就"呱呱呱"地大笑着讽刺狼道："你可真是个笨蛋，你以为你悔过自新，真理就会站在你这一边吗？我告诉你，真理之所以在人那一边，是因为他们很强大。而你作为一只相对弱小的狼，是根本没有实力去改变这种现状的。所以，请记住吧，在这个世界上，只有强大的一族才能不停地编出各种新的说法来。"

大道理

在弱肉强食的世界里，最强大者即是游戏规则的制定者。同样，在激烈竞争中，只有领先者才有发言权。而弱小者和落后者，则既无权制定规则，又必须遵守既成规则，否则，他们必然会被排斥出局。

45. 1 美元的募捐款

几十年前，当越战打得不可开交时，这位名叫卡塞尔的小伙子曾经在美国好莱坞为前线美军举办过一场募捐晚会。可是，由于人们对战争怀着深深的恐惧，并且反战情绪比较强烈，卡塞尔最终只募得了 1 美元。当他把这 1 美元寄往越南前线的时候，美国的各家报纸都对此进行了报道，大多数人都把这一美元的募捐结果当作茶余饭后的一个笑料。

但出乎人们意料的是，正是由于这出奇的1美元募捐款，卡塞尔开始被美国各界人士所关注，并最终使自己的人生有了一个巨大转变。

首先，德国某猎头公司通过调查卡塞尔的募捐过程认定了他是个天才，便向当时正日渐衰落的奥格斯堡啤酒厂推荐他。此啤酒厂重金聘用他做顾问以后，很快就采纳了他关于营销方面的奇思妙想。结果，奥格斯堡一夜之间便成了全球销量最大的啤酒厂。

1990年，卡塞尔主持拆除了柏林墙，但他并没有使拆除的柏林墙成为废弃的历史，而是使每一块砖都变成了收藏品，从而创造了城墙售价的世界纪录。

由此看来，"思想是一个人最大的财富"确实是一个不容置疑的真理。

大道理

不要轻视突如其来的奇妙幻想，这些异想天开说不定正是你成功的前奏，但应注意的是：缺乏智慧的幻想叫作空想，与智慧结合的幻想才可能成为奇迹之源。

46. 什么叫坚持真理

学生们向大哲学家苏格拉底请教怎样才叫坚持真理。

苏格拉底反问学生："你们真的想知道什么叫坚持真理吗？"学生们点头称是。

"那好，"说着，苏格拉底从抽屉里拿出一个苹果放在讲桌上，然后说道，"请大家集中精力，注意空气中的味道。"

10秒钟之后，他问道："现在，请你们告诉我，你们闻到了什么？"

好几个学生举起手回答说闻到了苹果的香味儿。

"好，请你们再集中精力，仔细闻一闻空气中的味道。"说完，苏格拉底举着那个苹果走下了讲台，围着学生慢慢地走了一圈。

"这次，你们能回答我是什么味道吗？"回到讲台上以后，苏格拉底又问学生。

下面更多的学生举起了手，都回答说闻到的是苹果的香味儿。

于是，苏格拉底第二次走下讲台，把苹果放在每位学生的鼻子底下让他们仔细闻了一回。

这一次，除了一位学生之外，其他所有学生都举起手说是苹果香味儿。

"那你闻到的是什么味道呢？"苏格拉底看了看那位没举手的学生，微笑着问道。

顿时，那位学生意识到了什么，慌忙也举起了手，回答说自己跟大家一样，闻到的也是香味儿。

这时，只见苏格拉底高高举起了那个苹果，笑着对学生们说道："这是一个假苹果，什么味儿也没有。不过现在，你们应该知道什么叫坚持真理了吧！"

大道理

当你决定放弃所坚持的信念，去选择与他人相同的观点或目标时，真理便会离你而去。所以，不要考虑坚持的结果，如果你确定自己的坚持是正确的。

第二章
见解与感悟

1. 抓住今天

爱德华·依文斯是个不幸的人。小时候，由于家庭条件太差，他失去了读书的机会，只能靠卖报纸、当杂货店店员或者助理图书管理员来维持生活。

许多年后，他好不容易开始了自己的事业，却因担保了一个破产的朋友而背负了巨额债务。当他准备赔上全部的家产抵债时，存有他全部财产的大银行却突然倒闭了。事业、财富，一切在瞬间化为乌有。

上帝的这个玩笑真是开得太大了，爱德华一下子垮在了这沉重的打击面前，他病倒了，而且所有的医生都无法再医治他。无奈，他只得写好遗嘱等死。

"反正也要死了，不如想些快乐的事情吧。"爱德华一边安慰自己，一边回忆着从小到大那些琐碎的快乐瞬间。时间一天天地过去了，奇怪的是，他不但没有死去，反倒一天天地好了起来。几个月之后，原本连动都不能动的他竟然能和正常人一样下床走路了。

重新站起来的爱德华顿悟了一个道理，他再也不去想以前的失败，也不再去担心明天的打击，而是一门心思地抓住今天好好干起来。结果，他的事业迅速发展了起来，几年之后，他已经是依文斯工业公司的董事长了。

大道理

没有人能够改变昨天的事实，也没有人能够预料明天的情况，但是今天，却是谁都能抓住的。努力抓住每一个今天，我们的一生才能活得精彩。

2. 李斯寻"粮仓"

秦始皇的丞相李斯在中国历史上占有重要的一席之地。但他可不是从来都声名显赫的，在成功之前，他不过是一个小小的粮仓管理员。而之所以能够走出辉煌的人生，还要感谢那群"人人喊打"的老鼠。

26岁时，李斯在楚国上蔡县某粮仓任文书，对这份薪水不错又颇为清闲的工作，他感觉甚是满意。

一天，李斯去茅厕解决内急时发现了一群瘦小干枯、毛色灰暗的老鼠，老鼠饿得吱吱叫，连行动都不再敏捷了。李斯极其惊诧，因为他在仓库里看到的老鼠每一只都吃得圆头大脑、皮毛油亮。同是鼠类，因为在仓在厕的不同，便活出了不同的天上地下！

想到这里，李斯突然大悟道：人，不也一样吗？同是为人，位置不同，命运便会大不相同。那些身在京城的高官贵族，一个个脑满肠肥、日进万贯，自己活在这小小的上蔡城里却要靠每日的辛苦挣钱为生。但即便这样，自己竟然还如此满足！这些想法顿时让李斯满心羞愧：原来，自己之所以怡然自得，只因为从未想到还有"粮仓"存在啊！

第二天，李斯就开始了他的寻找"粮仓"之路。

大道理

　　人，应该学会借助外力。要想成功，个人的勤奋和努力固然必不可少，但是寻找一个更高的发展平台，不是会更容易一些吗？

3．北大学生和清华学生

一位清华学生和一位北大学生相遇了，他们谈起各自的生活。

北大学生说："我一直梦想着有一座小小的花园，花园里盛开着四季不败的花。花的中央则是我纯白如梦的小别墅，里面住着我的公主和宠物狗。可是一回到现实，我就不得不面对自己的寒酸和潦倒，对着那个天堂作'望梦兴叹'状。唉，不幸福啊！"

清华学生说："从大一开始我就给一家公司做兼职，每天都忙得晕头转向，凌晨两点之前几乎从来没有睡过觉，所以我赚了很多钱。但是有了钱又能怎么样呢？我还是那么忙，日子每天都在重复一样的东西，没劲，真没劲，我也感觉不幸福。"

为了寻找幸福，两人约好周末到山里露营。半夜时分，他们都被冻醒了。看着群星璀璨的天空，两个人好像都意识到了什么。

"你在想什么？"清华学生问北大学生。

"看着如此浩瀚的星空，我在深深地感悟我们人类的渺小。造物主是多么伟大啊！让我们能够同时拥有无边无际与微乎其微……咦？你在想什么呀？"北大学生抒了半天情，回头间才看见清华学生呆呆地裹着睡袋，似乎根本就没听他在说什么。

"我在想，我们的帐篷被人偷走了。"清华学生幽幽地说道。

大道理

　　纯浪漫主义者就像脚踩着云朵走路，早晚会被柴米油盐拖下云层；纯现实主义者就像负重前行，早晚会被机械重复损伤手脚。要想得到幸福，必须把二者适当结合。

4．一枚钻戒

这是小米的第一份工作，在现在这个大学生都迅速贬值的年代，她一个中专生能找到一份珠宝店售货员的工作已经很不容易了，所以她非常珍惜。

因为下着雨，店里面冷冷清清的，眼看着下班时间逼近，小米收拾东西准备回家了。这时候，门外走进来一个戴帽子的中年人。他看起来精神萎靡，一幅病恹恹的样子，似乎已经被穷困潦倒的生活折磨得失去了生机。

中年人让小米拿出那盒亮晶晶的钻戒给他看，过了一会儿，他便一言不发地转身走了。收拾钻戒盒时，小米感到大脑"轰"的一声：里面少了一枚钻戒！

"不，"她在心里告诉自己，"我一定要保住这份工作，一定要！"

"先生，"她冲那位中年人喊了一声，刚喊出声她便后悔了——店里现在没有其他人，他会不会……但是已经管不了那么多了，小米顺手拿起一把店主准备扔掉的旧伞走了过去："先生，外面下雨了，这把伞你带上吧！"小米把伞递了过去，同时，她伸出了右手："再见。"那位中年人愣了一下，然后缓缓伸出手跟她握了握，接过伞走了。

回到柜台前，小米把手心里的那枚钻戒按进了盒里，长出了一口气。

　　面对犯了错的对方，理解、宽容永远比暴怒、惩罚更具力量，它不但能让你和对方都有后路可退，还能让一位失足者回头是岸。

5．小狗和小孩

他是位做服装生意的老板，家里的大狗下了仔以后，他顺便卖起了小狗——大狗一共下了7只，全养起来似乎多了点。

孩子们显然被他门口写着"卖狗"字样的木牌吸引了，所以一窝蜂地跑进来，央求老板让他们看一看那些小狗。老板打了声口哨，7只毛茸茸的小狗像是抢骨头似的飞奔过来了。

一个小男孩的眼睛落在了跑在最后的那只小狗身上："叔叔，它怎么了？"那只小狗一跛一跛的，好像受了伤。

"哦，它天生就瘸了一条腿，所以跑不快。"老板微笑着看着这个小男孩，然后又指着脚下那6只健康活泼的小狗道，"如果你想买，就从这里面挑一只吧。"

"不，我就要那一只。"小男孩跑过去，把那只天生残疾的小狗抱在怀里，然后从兜里掏出约莫五六张零钱放在柜台上，"我不知道钱够不够。"

"如果你要这只小狗的话，我就白送你了，反正它是残疾的，没有人会买的。"老板说完，便把那把毛票又还了过来。

"不，我不要你白送。"小男孩似乎很固执，然后拉起自己的裤管说，"一定会有人买它的，因为它跟我一样，仍然是有用的。"

老板看到小男孩的裤管下面藏着一截金属支架。

大道理

　　残疾人同非残疾人其实没什么两样，他们不过是以另一种方式正常生活着罢了，所以，他们最需要的并非同情，而是理解与认可。

6. 不一样的鲜血

为了逃避警察的追捕，这位抢劫犯手持尖刀劫持了一位孕妇做人质。此刻，抢劫犯手上的鲜血正一滴一滴地浸染着孕妇的衣服——是那个刚刚被他抢劫又杀害的人的血。

受到这样的惊吓，本已经临近预产期的孕妇突然要生产了。只听她痛苦地呻吟着，下身的血迅速染红了下衣，情况甚是危急。

怎么办？抢劫犯一下子陷入了深深的矛盾中：一边是遥遥无期的牢狱生活甚至是死刑，一边是即将出生的小生命，怎么办？艰难的思索、艰难的思索、思索……终于，他缓缓地抬起了手，扔掉了刀子，围观的群众顿时一片欢呼。

但当警察一拥而上想给他铐上手铐时，他却大声地说道："请等一下，不要送那个孕妇上医院，她撑不到医院的。让我来吧，我是医生，请相信我，请相信我好吗？"犹豫片刻，警察终于相信了他。

……

一声响亮的啼哭声宣布了新生命的诞生！抢劫犯的双手再一次沾满了鲜血——是与刚才不一样的鲜血。

围观的人们注意到，当警察再一次铐住抢劫犯的双手时，他的脸上挂着一丝满足的微笑，纯洁、明净，如初生儿一般。

大道理

无论是谁，心底都始终存留着一个纯洁善良的角落，这是人们大幸福的根基和源泉。排除各种欲望对这个角落的侵犯，我们便能寻找到最原始的朴素与真实。

7. 囚徒困境

某犯罪团伙的两名头目甲和乙被拘捕了，警察把他们分开关押，并告诉他们：如果你们谁都死不认罪，那很可能到最后谁都会被无罪释放；如果你们主动认罪并揭发对方的罪行，可以只判 5 年以下徒刑；如果你们自己不认罪，却被对方揭发出来的话，就得至少判 10 年徒刑。

警察的话让这两名犯罪嫌疑人一下子陷入了恐慌之中。身为大头目的甲这样想：乙虽然表面上对我不错，可是难说他心里是不是一直在想把我拉下马来，然后自己坐上"大哥"的宝座。嗯，不行，我不能坐以待毙，那样的话，不但宝座失去了，还得坐上十多年牢，不值。

身为二头目的乙这样想：我们都不认罪最好，但是谁知道他会不会认呢？如果我硬撑着，他却揭发我的话，我不是太亏了吗？算了，我还是退而求其次，坦白自己也揭发他吧，这总比第三种结果要强。

就这样，为了尽可能降低自身的危险系数，甲和乙最后都选择了第二种。

其实不仅仅是他们，在同种情况下，几乎所有的犯人都会作这样的选择，这便是社会学、心理学的著名论例"囚徒困境"。

大道理

趋利避害是人的天性，面临困境时，很多东西可以成为人们交换的筹码，包括他手中所握着的别人的命运。如此一来，在没有绝对把握的前提下，又有谁敢把自己的明天交给别人掌控呢？

8. 猎人的誓言

经过长年的训练，这位年轻人的射击技术已经相当出色，即便是百步穿杨，也会百发百中，所以人们都称他为"双百神枪手"。可惜的是，他有一个非常不好的习惯：喜欢乱发誓。

这天，他到草原上打猎，一边走一边发誓：今天我一定要打 10 只梅花鹿！结果一天下来他遇到的全是野兔，所以他不得不空手而归。

第二天，他又发誓：今天我一定要打 10 只野兔！但是奇怪了，今天遇上的又全成了野鸡，所以他还是什么也没打着。

第三天，他依然在发誓：今天我一定要打一只毛色纯白的狐狸。可是一直到天黑，他也没看见什么毛色纯白的狐狸，所以他第三次仍然一无所获。

……

我想，如果这位神枪手以打猎为生，他最后一定会饿死。

其实这并非一个单纯的故事，因为现实中这样的"猎人"比比皆是：很多人都喜欢事还没做便先立誓言；孩子还没出生就发誓把他培养成某种人才；店铺还没开张便发誓一年要赚下多少钱……

有目标当然很好，但可恨的是当目标根本不符合实际时，有人还要坚定地遵守。也许，他们忘了：在誓言面前，自己才是主人。

大道理

不要被自己的誓言困住。生存和誓言是生活中的两大矛盾，要想处理好这个矛盾，就需要记住：我们并非为誓言而生，而是恰恰相反。

9. 躺在树下的农夫

这位农夫虽然家境贫寒，却向来以懒惰著称，而且没有谁能劝得了他。你看，在这大好的天气里，别人都忙着农事，他却独自躺在村边的树荫下乘凉。

一个下田干活的邻居看到快秋收了他还像个没事儿人似的躺着，便劝他道："快点起来吧，你这么活着可不行。"

"那怎么活着才行呢？"农夫问。

这位邻居向来以能说会道著称，见他发问，便立刻说道："你的家境不好，所以你应该比别人更勤劳，起早贪黑地把你田里的庄稼种好，春天时不要懒于播种，夏天时不要懒于除草，秋天时更不要懒于收获。"

"这又能怎么样呢？"农夫问。

"这样你就可以收获很多的粮食啊！"邻居答，"到时候你再省吃俭用一点，学会节约，就可以把剩下的粮食拿来换钱。有了钱，你就能再多买些田地。有了更多的田地，你就可以打更多的粮，换更多的钱。这样周而复始，早晚有一天，你会成为小富翁的。到了那时候，你就再也用不着干活了。你可以雇工人给你干，也可以买骡子帮你干，而且你还能想吃什么吃什么，想喝什么喝什么……"

看邻居讲得眉飞色舞、头头是道，农夫不觉把上身挺直了起来。"那我呢？"农夫问道。

看到从来没有被说动过的农夫因被自己吸引而坐了起来，邻居得意地挥手说道："你当然就自在了啊，把活全交给别人去干，你就可以舒舒服服躺在树荫下休息了。"

"哦，既然这样，那就不用了吧。"农夫边说边又躺了下去，"你看，我现在不正舒舒服服地躺在树荫下吗？"

大道理

　　如果有贪图安逸的资本，大可以享受一下眼前的幸福，虽然这样会错过更美的风景。但如果不具备享受的资本，还要贪图安逸，最后等来的恐怕只能是受穷了。

10．多梅尔

多梅尔是法国马赛市的一名警官，他之所以出名，是因为他一辈子只做了一件事——追捕强奸并杀害女童埃梅的罪犯。

接到这个案子时，多梅尔才21岁，刚刚大学毕业参加警官工作。被害女童埃梅的惨状击痛了他的心，他发誓一定要抓住罪犯，为埃梅报仇申冤。没想到的是，兑现这个诺言让他花了52年之久。在这52年间，他查阅了十几米高的文件和档案，打过30多万次电话，足迹踏遍四大洲，行程80多万千米。由于他把心思全放在了追捕凶犯上，两位妻子都含怨离他而去，可是这并未动摇他的决心。

终于，经过长达52年的漫长追捕，同他一样白发苍苍的罪犯被捉拿归案。那一年，多梅尔73岁，早过了退休的年龄。

看到他用手铐铐住凶手时的兴奋劲儿，记者不解地问他："你把一辈子都耗在了这一个案子上，觉得值吗？"他点点头："当然值得，现在，小埃梅终于可以瞑目了，我也终于可以退休了。这人哪，一生只要干好一件事，这辈子就算没白活。"

"一生干好一件事"，这听起来似乎并不算什么难事，但是大千世界，真正地干好过一件有意义有价值的事的，又有多少人呢？

大道理

　　任何人都不应该浪费自己的生命，而应让它体现出其独到的价值。认认真真地做好每一件应该做的事，就是对生命的最好交代。

11. 拿破仑与毛皮商人

入侵俄国期间的某个下午，拿破仑不小心与部队脱离了。而当时，一群俄国士兵已经盯上了他。他左躲右闪，却怎么也摆脱不了俄国士兵的追逐，情况非常危急，怎么办呢？

正在着急的时候，他发现前面有家商店开着门，于是连忙跑进去，对店主说："后面有人在追我，麻烦你救救我吧。"

这家是做毛皮生意的，毛皮商救人心切，立即掀开角落里的一堆毛皮对拿破仑说道："快藏到这堆毛皮底下去。"当拿破仑钻进去后，毛皮商人又用很多张毛皮把拿破仑盖住了。

不到一分钟，俄国士兵便闯了进来，连问都不问就开始在毛皮商的店里东翻西找起来。不过还好，他们只是用刺刀刺入了毛皮，并没有掀开来看。什么也没有找到之后，那队士兵不得不离开了。

当拿破仑从毛皮底下爬出来时，毛皮商忽然怯生生地问他说："您是法国君主拿破仑吧？我想知道，当您躲在毛皮底下，知道下一刻可能是最后一刻时，那是种什么样的感觉？"

听到这句问话，拿破仑先是一愣，继而变得非常愤怒。"你居然敢向堂堂法兰西皇帝提问这个问题！"他大吼道，然后，他转身告诉刚刚找来的法国士兵，"把这个不知轻重的家伙给我带出去，蒙住眼睛，一会儿我将亲自发布枪决命令。"

于是，法国士兵把毛皮商人拖到了外面，并蒙住双眼，让他面壁而立。可怜的毛皮商人一听到士兵们举枪的声音，双脚立刻不由自主地颤抖了起来。不一会儿，他听见拿破仑慢慢地喊道："预备……瞄准……"在那一刻，他忽然产生了一种难以形容的感觉。

但出乎意料，枪声并没有响，在大脑中一片空白之后，毛皮商又重见了光明。当他惊讶地转过身来时，拿破仑正微笑着望着他，然后以一种很温柔的语调问道："现在，你知道那个问题的答案了吗？"

大道理

人不应恐惧死亡，只应恐惧未曾真正活过，因此，你无须在愤怒之中回顾，也不必在畏惧之中前瞻，只要一直认真地活，你就能走出无悔的人生。

12. 金·奥特雷的成功之路

在美国音乐界，金·奥特雷这个名字真可谓是如雷贯耳，他独特的音色与演唱风格，为他赢得了数不尽的鲜花与掌声。但是如同大多数名人一样，在成功之前，他也走了为时不短的一段弯路。

金·奥特雷出生于美国得克萨斯州的乡下，刚到纽约发展时他觉得自己满口的家乡话又土气又难听，所以决心改掉乡音，像个城里的绅士那样说话和做事。从此，他便自称为纽约人，与人交流时也会小心翼翼地行动，一板一眼地遵循着当地绅士的行为标准。但是尽管他处处精心模仿，人们还是看出了他的矫揉造作之态，因此动不动就在私下里耻笑他，甚至大肆攻击他是个"伪君子"。

得知大家对自己是这种评价后，金·奥特雷一时陷入了极度的迷茫中，他不晓得自己应该怎么做。想了许久之后，他决定做回原来的自己——如果造假是令人讨厌的行为，那么就来真的吧，哪怕人们因此更笑话自己的土气，最起码自己不会那么累。

但是连金·奥特雷自己也没想到，当他操着自己原有的音色演唱属于家乡的老歌时，听众们竟然听得如痴如醉。从此，他便开始了他那了不起的演艺生涯，并最终成为世界上在电影和广播两方面皆颇负盛名的西部歌星之一。

大道理

　　每个人都是独一无二的，保持本色，显现出个人的特点，你才可能尽快抵达梦想中的成功。虽然模仿别人未必不是成功之路，但就像假币一样，即便你被接受，你自身也并无多大价值。这一点，在艺术界尤为明显。

13．鸡尾酒

中国人、俄国人、法国人、德国人、意大利人和美国人一起参加一次盛大的宴会。席间，大家都大谈特谈起自己国家的民族精神和文化传统来，唯有美国人沉默不语，一边品着美酒，一边微笑着看争得面红耳赤的众人。

看到美国人这副模样，其他几个国家的人得意扬扬地问道："怎么了？不服气？那我们就让你见识见识。"

于是，中国人拿出了自己的民族特色——古色古香、香气四溢的茅台酒敬给大家，而俄国人紧接着拿出了以烈性著称的伏特加，接下来是法国人的大香槟和意大利人的葡萄酒，最后大家品尝的是德国人的威士忌。轮到美国人敬酒时，大家都颇为自得地看着他，心想我看你拿什么出来。

没想到美国人一点也不着急，只见他不慌不忙地站起来，从桌上拿起一个空杯，然后把大家先前拿出的各种酒都倒了一点进去，摇了摇说："这就是鸡尾酒，它正好体现了我们美国的民族精神——博采众长，综合创造。现在，我就把它敬给大家。"

听了这句话，其他国家的人全都呆了。

看来，一个只有二百多年历史的国家，之所以能够成为世界的顶级老大，必然有它令人震惊的过人之处。

大道理

　　倘若能够博采众家之长，吸纳别人优点为己所用，这个人必然会成为无往不胜的大智慧者。只是，要想做到这一点，必须首先把敏锐的眼光、宽广的胸怀和融会贯通的能力培养起来。

14．蚂蚁和鸟

因为口渴，蚂蚁爬到一条小河边喝水，不想一不小心被溅起的浪花卷进了河里。它拼尽全身的力气挣扎，却无奈身小力薄，一会儿就被冲到下游去了。正在危险之际，一只到河边觅食的鸟儿看到了这一幕，于是便衔了根树枝把它救了上来。

小蚂蚁千恩万谢，鸟儿却淡淡一笑，继续觅它的食去了。正在这时，蚂蚁听到了轻轻的脚步声，回头一看，险些惊叫出来：是一个猎人正在拿枪瞄准刚刚救过自己的鸟儿！

"不行，我一定要救自己的恩人！"想到这里，小蚂蚁迅速爬上猎人的脚，钻进他的裤管，然后冲他的小腿狠狠咬去。猎人恰在此时扣动了扳机，可是因为腿上一痒，他稍稍分了点神，所以子弹一下子打偏了。

前面的鸟儿闻枪声大惊，赶紧振翅飞远了。它不知道，救它的正是那只自己刚刚救过的蚂蚁。

虽然蚂蚁比鸟儿弱小许多，可是报恩之心却使它帮助鸟儿成功躲过一次杀身之祸！

未必只有结交权贵才对自己有好处，小人物亦有小人物的用途。心怀善念常助他人，关键时刻，小人物们照样能帮你的大忙。

15. 观看比赛

这是一个文化活动极其贫乏的小镇，平常来场电影都值得居民津津有味地讨论上半个月。可是某天，镇长突然宣布某运动队要于那个周末在镇中心的小操场上举行一场运动会。这无疑是一件天大的事儿，整个小镇立刻都轰动了。

周末那天，离开场还有一个多小时，兴奋不已的居民们便已经在小操场四周围成了一道密不透风的环形人墙。

这个小男孩显然来晚了，只见他站在人墙之后，焦急的神色明显地挂在脸上。他左挤挤、右瞧瞧，可就是看不到人墙中间的风景。怎么办呢？小男孩搔着头皮想了想，忽然，他看到了不远处的一垛砖块，心里顿时有了主意。于是他一趟又一趟地搬着砖块，在厚厚的人墙后面垒着自己的砖墙，一层、一层、又一层……他不知道自己垒了多长时间，也不知道因此少看了多少精彩的比赛，只知道当登上那个自己亲手垒成的台子时，成功的喜悦和自豪立刻填满了自己小小的胸膛。不信你瞧，得意的笑容清清楚楚地在他的小脸上挂着呢。

只要不辞辛苦，坚持不断地往自己脚下多垫些"砖头""石块"，最终有一天，你会看到自己所渴望看到的风景，摘到挂在高处的那诱人的果实。

16. 范教授装轮胎

为了研究一个课题，教心理学的范教授来到了市精神病院。在那里，他见识到许多种行事出人意料的精神病人，觉得很是开眼界。

傍晚准备返回时，范教授惊讶地发现自己的前车胎被人卸掉了一个。

"一定是哪个疯子干的！"范教授真是气不打一处来。但是生气归生气，正常人总不能去跟那些疯子们计较啊！这样想着，他便把备用胎拖了过来。

可是当他试图装备用胎时，才发现了事情的严重性——那个疯子不但卸掉了他的轮胎，还拿走了他的螺丝。

"这可怎么办啊？"范教授这样想着，差点郁闷得晕过去，没有螺丝有备用胎也装不上啊！

正一筹莫展间，一个疯子拍着巴掌唱着歌走了过来。"怎么了你？"那疯子抓了抓范教授的脑袋。

范教授本来懒得理他，可是想想惹火了精神病人不知道会出现什么后果，他还是很礼貌地告诉了他。

"噢，"那疯子尖叫了一声，"你这个笨蛋，看我的！"说着，疯子便动手从每个轮胎上都下了一个螺丝。

当3个螺丝递到范教授手里时，原本以为对方只会捣乱的范教授惊奇地睁大了眼睛："对啊，3个螺丝就能将备用胎装上了！你是怎么想到这个办法的？"

疯子一边跳一边指着自己的鼻子说道："他们都说我是疯子，可我知道我不是呆子。"

大道理

　　现实生活中，有许多人由于沉浸在某种工作、爱好中，表现出了与常人不一样的疯狂状态，让局外人很难理解。可是，当你笑话他是疯子时，也许他正在笑你是呆子。

17．生命的意义

他原本是位诗人，因为无人欣赏不得不停止创作，改为深思人生的意义。他思考来思考去，认为人生就像一场梦，死才是梦的初醒，所以他决定自杀。

他从家里拿了一把铁锹，走到郊外开始给自己挖坟坑。坟坑挖好时，他想起了那3本厚厚的诗集，那可是自己多年来的心血，即便是死，也一定要带在身边，于是他转身回家去拿。等到他再次一脸颓废地来到坟坑前时，他惊讶地张大了嘴巴：几个小孩子正兴致勃勃地在自己的坟坑上玩耍，只见他们用长短不一的木棒架在土坑的上边，铺上一层厚厚的宽草叶，然后开始往"地基"上培土。

"你们在干什么？"诗人问孩子们。

"我们要建一座城堡。"孩子们边忙边回答他。

"建城堡？你们觉得这样做有意义吗？"诗人又问道。

"意义？意义是个什么东西？"孩子们迷惑地眨着眼睛，"一会儿，我们的城堡就建起来了，建好了这个，我们还会再建一座。你要不要加入我们？这很好玩的。"孩子们天真地说。

看着孩子们快乐无比的样子，诗人突然明白了：原来生命的意义就在于做事，然后从做事中体会快乐啊！

大道理

　　什么事情都不做，却想思索出人生的意义，最终只会把自己逼到虚无的边缘上。而投入地去做眼前的每一件小事，反倒能给生命找到一个积极的答案。

18. 狼？羊？

连续的大旱使这片草场几乎寸草不生，没办法，牧羊人只好把羊群赶到大草原上——虽然由于人类的严重破坏，这儿的情况也好不到哪去，但毕竟天远地阔，还可能存有一线生机。

果然，走了大半日，饥饿难当的羊群发现了一片不大的、尚有绿色的草地。顿时，这近百只羊如疯了一样，撒开四蹄向草地冲去，不到一刻钟的时间，草地便再没有绿色了。于是，依然没有吃饱的羊儿开始争着用蹄、用角拼命在土里挖着草根，但是很快，长久干旱的土地就让它们口干舌燥了。

恰在这时，那只怀孕的老母羊痛苦地叫了起来，大量的血顺着它的身体流下来——它要分娩了！正当牧羊人着急没有条件给它接生时，只见其他上百只羊好像发现了新大陆一样冲着老母羊一拥而去。牧羊人瞬时不知所措，他实在不晓得这些羊要干什么，只知道羊群拼着命往里挤，他想分都分不开。

几分钟之后，羊群散开了，那只被围在中间的老母羊，再也没有机会做母亲了——它的血包括它刚产下来的小羊羔的血，都被其他的羊喝光了！

这是羊还是狼？是什么让羊具备了狼性？这不得不引起我们的深思。

大道理

你若强制改变对方，对方也必然会以某种方式改变你，所以，且不可把人或物逼至绝境，否则，他（它）定会一反原来的退让之态，让你尝到苦头。

19. 检查蛤蜊

从小到大，我一直非常喜欢吃蛤蜊。记忆中，小时候的我最喜欢做的事就是帮母亲检查她刚买回来的蛤蜊。别看蛤蜊外壳都差不多，可有好坏之分呢！如果不小心让一个坏的蛤蜊掉进锅里，整锅汤都会臭掉的。

一天，母亲又拎着一兜蛤蜊回来了，我满心欢喜地拿个盆子跑过去，把它们都倒在盆子里开始检查。说是"检查"，其实根本没有什么技术性，就是先拿出一个蛤蜊作标准，然后把剩下的一个一个跟它敲敲看。如果发出的声音结实、不空洞，就证明蛤蜊是好的、新鲜的；如果声音发空、有点沙哑，就证明它是坏的。

我一个接一个敲下去，万万没想到结果竟然是：整盆蛤蜊没有一个好的！这可太出乎意料了，于是我又重复敲了一遍，结果依然如此。

我赶紧把这个"重大发现"告诉给母亲，母亲满脸狐疑地说道："不可能吧，我可是这个小贩的老客户了，他不可能骗我啊！"

"不信你敲敲看嘛，我总不会骗你吧！"想到中午没有蛤蜊吃了，馋嘴的我差点哭出来。

于是母亲开始亲自检验，最后的结论居然是：我刚才抓在手里作标准的那个蛤蜊是坏的！

哦，难怪谁都不对呢，原来标准是错的！

大道理

　　如果在你眼中周围一切人与物都有问题，那么肯定是你自己出了问题——检测的标尺不准确，当然全世界都会不再合格。

20. 寻找满足

　　神仙下凡偶尔经过一片林地时，发现一位中年男子正坐在一堆金子上，伸着双手向路人乞讨。

　　神仙感到很奇怪，便走过来问他道："你已经有了这么多金子，为何还在乞讨呢？"

　　中年男子回答说："我虽然很有钱，但我一点也不幸福，因为我并没有感觉到满足，我还想要爱情。"

　　神仙想了想，便把爱情送给了他，中年男子欢喜地回家了。

　　一个月后，神仙路经此地时又发现这位男子坐在金子上，伸着双手向路人乞讨。他告诉神仙自己依然感觉不到满足，所以还是不幸福，他还想要荣誉和成功。

　　神仙二话没说，又把这两样也给了他。

　　又过了一个月，神仙发现他竟然还坐在金子上乞讨着，而且表情异常痛苦："我依然感觉不满足，这真是太让我难受了，请您快把满足赐给我吧！有了它，我就会幸福了。"

　　神仙笑道："那么，就请你把脚下的金子分给路人吧！"

　　男子先是一愣，但还是按照神仙的吩咐做了。当一个衣衫褴褛的乞丐接过他的金子时，感激地流下了眼泪："我们全家已经3天没吃上饭了，能够遇上您这样的好心人我真是万幸，我代我全家人谢谢你了。"

　　看着乞丐满脸感动的样子，男子忽然觉得自己是那么富有，那么有力量，似乎能够拯救天下所有不幸的苍生们，所以他分发金子的速度越来越快，脸上的笑容也越来越多。

　　当那堆金子被发完时，站在旁边的神仙问他道："现在，你感觉到满足了吗？"

　　男子兴奋地挥舞着双手说道："我感觉到了，我感觉到了！"

大道理

　　人的欲望是无穷的，如果一味索取，我们将永远感觉不到被满足的幸福；而付出，却能让我们感受到自己的富有，从而获得无穷的满足感。

21. 阿甘的答案

　　阿甘的灵魂正欲进入天堂时，圣徒彼得拦住了他："亲爱的阿甘，我知道您是个好人。可现在天堂里已人满为患，上帝说只有能正确回答出他出的3个问题的人，才可以进入天堂。请你听好了，这3个问题是：一，一个星期中有哪几天是以字母'T'开头的？二，一年有多少秒(second)？三，上帝的名字是什么？"

　　只见阿甘张口便答道："第一个问题的答案是：两天。"

"怎么可能是两天呢？"彼得迷惑不解。

"今天（Today）和明天（Tomorrow）啊。"阿甘说。

"哦？"彼得摸摸脑袋，"这虽然不是正确答案，可是似乎也不错，就算你正确吧。"

"第二个问题的答案是 12。"阿甘又说道。

"怎么可能是 12 呢？一年绝对不可能只有 12 秒（Second）啊！"彼得笑道。

"难道不是吗？你看，1 月 2 号（January Second）、2 月 2 号（February Second）、3 月 2 号（March Second）……以此类推，这不就是 12 秒（Second）吗？"阿甘回答。

彼得目瞪口呆："哦，这答案似乎也正确。"

"第三个问题的答案是：上帝叫安迪。你看，我们经常在教堂里唱'安迪与我散步，与我谈话'，如果安迪不是上帝，我们怎么会在教堂里集体赞美他呢？"

彼得再一次愣住："这样看来似乎也对。"

就这样，阿甘顺利地进入了天堂。

看来，即便同一个问题，也总会有另一种答案存在。你与大家的回答不同，并不代表你错了。

大道理

许多事情都没有统一的、标准的答案，如果你被"非对即错"的固定模式陷住，你必将无法正确认识这个多元化的世界。

22. 不同寻常的情义

齐老师得了绝症住院时，丈夫和儿女都不在身边，邻居们原以为她会孤寂好久，但一个叫米天的男人改变了这一切。

米天像丈夫那样疼惜着齐老师，像儿子那样伺候着齐老师，又像情人那样眷恋着齐老师，并经常和齐老师做一个令人费解的游戏：一人拿一只饭盆、一根筷子，齐老师先敲，她敲几下米天就随后敲几下，然后两人就一起神经兮兮地笑。这些闲话传开以后，原本受人尊敬的齐老师一下子成了大家最鄙视的人物，就好像她做了什么见不得人的事似的。

当齐老师的丈夫十万火急地从外地赶回来时，长舌妇们把这些花边新闻传到了他的耳朵里。没想到，他一点醋意也没有，还给大家讲了这么一个故事：二十多年前，米天还是个孩子，和他的班主任齐老师是邻居。唐山大地震的那个晚上，他们俩都被压到了废墟下面，仅隔着一道墙。已经接近昏迷的齐老师被隔壁学生的哭声惊醒了，为了保住学生的命，她决定无论如何也要支撑下去。于是，她一遍遍地鼓励着米天，并和他约定在等待救援的时间里以敲墙来保持清醒，由齐老师先敲，她敲几下米天就必须在那边敲几下。就这样，两人"咚咚""咚咚""咚咚咚""咚咚咚"地敲了三夜两天，终于等来了救援队……

听的人都呆了。

大道理

世界之所以庸俗，是因为有庸人。既然我们可以"以偏概全"把生活庸俗化，当然也可以因此把生活美好化。试着做后一种人吧，于人于己都是一种美丽。

23. 一块两面碑

一个海员、一个大学生、一位哲学家和一位批判主义者，4个人结伴前往麦哲伦遇难的马克旦恩岛游览。在岛上一个很显著的位置，他们看到了一位旧日酋长的墓碑。令他们惊讶的是，这块墓碑前后两面竟然都写着碑文：

其中正面的文字为：

1521年4月27日，拉普拉普酋长率领众人于此击溃西班牙侵略者，并杀死其首领斐迪南·麦哲伦。我们立碑在此，以纪念菲律宾人抵御欧洲人入侵成功，并对拉普拉普酋长表示敬重。

在这行字的下面，雕刻着拉普拉普砍杀麦哲伦的英武场面。

而在碑的另一面，却是这样的文字：

1521年4月27日，葡萄牙航海家斐迪南·麦哲伦在此与马克旦恩岛酋长拉普拉普率领的众人交锋，后因身受重伤殒命于此。之后，其船队改由埃尔卡诺率领，于次年9月6日首次完成环球航行。

这些文字的下面，雕刻着与前面一模一样的麦哲伦与拉普拉普对战的画面。

看到这里，那位海员首先感觉到了不公平，他说：一个落后部落的酋长在狭隘地方主义的指导下，杀死了让人类文明飞跃的航海家，这是人类的一大悲哀啊！怎么反倒为他立碑扬名起来了？

听到这句话，大学生立刻摇头表示否定：你这么说对拉普拉普很不公平。当年麦哲伦在这里受到热情款待，并得到了足够的粮食，就因为土著居民不接受他的传教和洗礼，他就对人家大动干戈。落到这种地步，完全是他咎由自取。

哲学家大笑了两声道：这块两面碑既维持了民族尊严又记述了历史事实，既缅怀了人类文明进程的艰难又赞叹了民族主权应有的庄严，所以非常不错。

批判主义学者则一撇嘴道：没有是非、不分善恶的说法都是中庸且滑稽的。让两种截然相反的态度同时出现在一块碑上，这要么是拉普拉普的悲哀，要么是麦哲伦的不幸。

话说到这里，4个人已经争得不可开交了。忽然，一阵令人毛骨悚然的笑声传了过来。"谁？"4个人同时惊恐地问道。

"我，拉普拉普。"一个声音说。

"我，麦哲伦。"另一个声音说。

大道理

当人们按照自己的逻辑和需要发表见解时，"辩论"便开始了，但实际上，我们都不过是在为自己的固有观念找理由。站在局外想一想，这的确是件很可笑的事情。

24. 过冬的燕子

时间已经渐入深秋，天越来越冷，这只贪恋北方的燕子一而再、再而三地推迟南飞的时间之后，终于无法再拖延下去了，它决定明天一早就起程。

第二天一大早，燕子就醒来了。当它睁开眼睛时，发现外面似乎有点不对，它急急探出头去一看："哎呀，不得了了，下雪了。"说着，它便钻出巢穴，迅速向南方飞去。

可是雪越来越大，翅膀被打湿的燕子感觉自己的身体越来越重了。终于，一个小时之后，它连冻带累一头栽了下去。而雪花，很快就把它小小的身体覆盖了。

第二天早晨，天放晴了。一只老黄牛散步经过燕子"葬身"的地方时，拉了一堆牛粪在上面。冻僵的燕子躺在热腾腾的牛粪里，温暖使它渐渐地苏醒过来了。它舒舒服服地享受着这片刻的安宁，一时忘情地唱起歌来。

恰逢这时，一只觅食的野猫路经此地，它听到有小鸟的歌声，便寻着声音走了过去。很快，它就发现了躺在牛粪堆里的燕子，于是二话不说就把它拽出来吃掉了。

给你制造困境的人，未必就是你的敌人；帮你从困境中解脱的人，未必就是你的朋友。但是不管如何，最关键的是"不得意时莫做得意事"，以免招致更大的祸患。

25. 永远的坐票

眼看五一节来临，办公室里的抱怨声又此起彼伏了，我虽然不说，心里其实也在暗暗着急——当然，我们都是为了回家买票的事儿。要知道在北京这地方工作，回家总是一件让人头疼的事，平常时候忙得没时间回家，过年过节了又买不上票，即使买上票了，车上也是人山人海，连个落脚的地儿都没有，更不要说座位了。我唯一庆幸的就是自己离家比较近，站上几个小时就解决问题了。想想那些需要在车上熬十几个小时甚至几天几夜的人，真替他们感到不容易。

可是我有一位朋友却从来不会为站票发愁，据他自己说，只要他有票，那就一定是坐票，因为他总能找到座位。这是怎么回事呢？他不是列车工作人员，也没有什么特殊的关系，怎么会如此"凑巧"呢？来听听他自己是怎么说的吧：

"办法其实特简单，就是耐心地一节车厢挨一节车厢地找过去。当然，这听上去并不高明，但是却很管用。我的实际经验告诉我：哪怕车上的人再多，只要你做好从第一节车厢走到最后一节车厢的准备，你就总能找到空座位，而且，基本上每次都不用走到最后。也许，像我这样锲而不舍地找座位的乘客实在不多吧。

"所以，我手里的票永远是坐票。"说完，他狡黠地眨了眨眼睛。

大道理

如果你只接受最好的，你便能经常得到最好的。所以，不安于现状并且自信、执着地追求下去，你终将会握住成功的手。

26. 一只蟑螂的力量

搬家时，小王在衣箱里发现了一只小蟑螂，由于忙得焦头烂额，小王便没理它。"不就一只小小的蟑螂嘛，有什么关系呢？"他这样想。

但是搬到新家后不久，小王就发现了一个非常可怕的现象：地板上、床上、衣柜里、厨房里、卫生间里，凡是可以看得到的地方，到处都布满了蟑螂，整幢新家都成了蟑螂的天下。想起蟑螂哪脏就往哪去，是传播细菌的罪魁祸首之一，小王吓坏了，他用脚踩，用水冲，用药熏，可是怎么着它们都灭绝不了，反而越来越多。

原来，蟑螂的生存能力十分惊人，几乎所有的现代化的科学武器都拿它没辙。它们不但能够很快适应新环境，还能越战越强。另外，它的繁殖能力更是可怕，只要有一点点藏身的地方，它们便可以安顿下来"结婚生子"，而且人类越是用脚踩它，它肚子里的小蟑螂便会越快地出生。

一场大病之后，小王终于无可奈何了，他不得不丢掉所有的衣服、被褥、家具，等等，这一下子，新家又回到他搬来之前的模样——空空如也！

大道理

"柜子里的蟑螂不会只有一只"——当一种危害可能存在时，它往往一定存在并会造成越来越大的损失。人的懒念头、懒毛病即是如此。如果开始时你不重视它、不克服它，它就会越来越强大，并不断制造坏影响，直至耗空你的人生。

27．得与失

一个人辛辛苦苦做了一辈子生意，终于在白发苍苍时积累起了万贯家财，成了当地小有名气的富翁。唯一可惜的就是，当他准备安享美好生活时，他的老伴却离他而去了，所以无儿无女的他只能和一只心爱的猎狗相依为命，每天唯一的乐趣就是逗狗。

但是突然有一天，他早晨醒来时发现家里被洗劫了，所有的金银珠宝都被盗贼偷走了，连那只唯一能给他带来慰藉的猎狗也被绑着嘴杀死在了门外。想想自己一夜之间就由富翁变成了穷光蛋，老人顿时老泪纵横，瘫坐在地。呆呆地坐了半天之后，老人想到了自杀，反正到此为止，这世间再没有值得自己留恋的东西了。于是，他最后一次扫视了一眼周围的一切，便走出门去买绳子。

可是当走上大街时，他才发现整个村庄都沉浸在一片可怕的寂静当中。怎么回事？老人不由地急步向前：天哪，太可怕了！尸体，到处都是尸体，狼藉遍地！原来，整个村庄都在昨夜遭到了马匪的洗劫，所有的活口都被杀掉了。而自己呢——也许是柜子里那些金银财宝过分吸引了匪徒的眼球——竟然奇迹般地存活了下来。

想到这里，老人不由得心念急转："我多么幸运啊，我竟然是这里唯一幸存的人！都说金钱买不来生命，而我居然能因此得以保全，上帝对我真是太偏爱了。"他欣慰地自言自语着，"所以，我没有理由不珍惜自己。虽然我失去了一切，但得到了最宝贵的生命，我还有什么不知足呢？"想到这里，老人立刻转身回家去了。

大道理

人生本来就是由一连串的失与得组成的，当你为所失去的痛苦时，其实你已经得到了更加宝贵的东西，关键就看你如何去领悟了。

28. 我老了，该回家了

在南非，曼德拉既是一个传奇，也是一个永恒。

如果没有他，今天的南非是什么样的，既没有谁能想象，也没有谁敢想象。也许说"没有曼德拉，就没有新南非"有点言过其实，但至少"没有曼德拉，就不会这么快诞生新南非"这句话是毫无疑问的。

为了建立独立的新南非，曼德拉几乎耗尽了自己毕生的精力，并为之苦捱了27年的铁窗生涯。获释后，在全南非人民浩瀚如海的热情拥护中，他戴上了那顶最珍贵的领袖桂冠。但仅仅5年之后，也就是1999年，他便向全世界宣布：辞去总统一职，不再参加下一届竞选。

消息一经传出，整个世界即刻轰动。要知道，凭他的资历，只要点一下头，或者不点头而只是不表示反对，他就可以继续不受任何訾议地留在这个位置上。但是他说：不，我老了，该回家了。

这句平静而朴实的话刚一说出，整个南非便陷入了久久的、巨大的心灵寂静之中。它感动了非洲，也感动了全世界。在这个为权力而不择手段甚至是血肉横飞的20世纪，若非亲眼看见，谁会相信胜利者会主动弃职呢？但他坚持让人们相信：我老了……

6月，在南非首都比勒陀利亚，人们为新旧总统举行了"欢迎姆贝基、送别曼德拉"的隆重仪式。为了向继任者表达自己的敬意和支持，当晚，曼德拉偕同夫人特意比姆贝基夫妇提前5分钟到场（要知道按南非礼仪，总统是应该最后一个入场的）。面对人们惊诧的目光，曼德拉微笑着解释道：我现在只是一名普通的百姓了，理应如此。这句投到"心灵海洋"里的重磅炸弹，立刻传遍了全场，令人们无不为之动容。相对于5年前的就职仪式来说，这场送别前总统的盛会显然更加深刻地镌刻在了世人的心中。

从曼德拉来看，一个人离去时的背影也许能比他走来时更辉煌、更令人震撼和激动。

大道理

同样是为众人所尊重，有些人是因为身居高位、手握大权，而有些人却是因为主动放弃高位与权力。这二者相比，后者当然更值得敬佩。

29. 男子汉气概

儿子已经快16岁了，可他还是像几岁时那样木讷内向，一点也不像父亲所希望的那样生龙活虎。怎么把儿子培养成真正的男子汉呢？这个问题真是让父亲费尽了脑子。一天，他想到了一个好主意：把儿子送到一位拳击手那里，让他来塑造儿子的男子汉气概。要知道在他看来，拳击手可是天底下最配得上"男子汉"这个称呼的人。

当他把儿子带到拳击手面前时，拳击手对他说道："这并非不可能，但是你必须首先答应我一个条件：把儿子留在这里，半年之内不许见他。半年之后，我还你一个真正的男子汉。"

父亲高兴地答应了。

半年之后，父亲怀着殷殷之心来到了拳师这里。可是当看见男孩时，这位父亲心里很是疑惑：儿子看上去还是那么柔弱腼腆，似乎并无改变。

拳击手看到父亲的反应，坦然地一笑，对他说："我安排了一场拳击比赛来证明我这半年的训练成果，请你看好了。"

说着，拳击手便与男孩对打起来。结果，每次拳击手一出手，男孩都会应声倒地。只不过，他总是刚刚倒下便又立即站起来。反反复复几十次之后，拳击手停下问父亲道："怎么样？你还满意吗？"

父亲满脸羞愧之色，看样子他都想立刻从房间里逃出去了："我简直无地自容，我怎么会生出这么一个儿子来呢！被您这样的大师训练了半年，没想到他还是这么不经打，一下便倒。唉，看来他这辈子没希望成为真正的男子汉了。"

"不！"拳击手很坚决地否定道，"他现在已经是一个真正的男子汉了！我很遗憾你只看到了他的倒下，而没有看到他的重新站起。要知道这种勇气和毅力，正是真正的男子汉气概。你看，我打了他几十拳，却依然没有能够把他打倒，所以，他赢了，我输了！"

看来，只要站起来的次数比倒下去的次数多一次，那就是成功。

大道理

> 胜负都是表面现象，摔倒了能否重新站起来才是关键所在。如果每一次摔倒后你都能再站起来，那么最后的胜利者一定会是你。

30．别人的路

这是一片烂泥成堆的沼泽地，似乎从来没有谁从其中穿行过。

一天，有个人来到了沼泽旁，因为没有其他的路，他只能试探着从沼泽地里穿过去。他伸手从地上捡起一根已经干枯的荆条做"导盲棍"，然后便小心翼翼地上路了。

这沼泽地虽然看起来艰险，可是靠着手中的荆条探路，他左跳右跨，竟然也找出一段路来。可惜还不到10分钟，他便一不小心踏进了烂泥里，挣扎了几番，便沉了下去。

几天后，又有一个人想穿过沼泽地。正当他为从哪里走更安全些头疼时，前人的脚印提醒了他，他自言自语道："这里既然有人走过，就证明是安全的，沿着他的脚印前行，一定不会错。"

于是他用脚试探了一下。果然，脚下的路实实在在，于是他放心大胆地走了下去。自然，他跟那个"前人"一样，最后也一脚踏入了烂泥坑里，一命呜呼了。

又过了三五天，又一个人打算从沼泽地穿过。当他看到沼泽地里几乎重合的两个人的脚印时，真是喜不自禁：原以为这沼泽地里无路可寻，不想前人早已经给我们预备好了，而且看样子还不止一个人走过呢。于是他也想当然地踏着那些脚印向前走去，最后他的命运我们不用想也知道。

3个月之后，沼泽地又迎来了它的一位新客人。这个人看起来和众多前人们有些不同，只见他先观察了一番前人的脚印，然后实地走了几分钟，最后，他又转身回来了。和最初的那个人一样，他也从旁边抽了一根干荆条做向导，然后一步步地开始了探路。真没想到，幸运的他竟然成功穿越了沼泽地。

可是令男孩烦恼的是：大部分夜晚，他原本排得好好的木桶都会被风吹得东倒西歪。

看着自己的劳动成果就这样轻而易举地被毁，想想老板横眉怒目的可怕样子，小男孩经常以泪洗面。怎么办呢？怎么样才能让木桶既按要求排放又不致被吹乱呢？

小男孩坐在已经擦好排好的木桶旁想啊想啊，终于想出了一个好主意。他从旁边井里提来了一桶一桶的清水，分别倒入各个空空的橡木桶里，然后，他就忐忑不安地回去睡觉了。

第二天清晨，天刚蒙蒙亮小男孩就爬了起来，他匆匆跑到放桶的空地上一看，那些橡木桶还像昨晚一样整整齐齐，没有一个被风吹倒或吹歪的。

"看来，木桶之所以会被风吹倒，是因为太轻了。加重一点分量，它们就不会再被风吹倒了。"小男孩高兴地自言自语道。

是啊，加重了自身的分量，就不会再被风吹倒了。

大道理

任何人都注定要经受社会风浪的考验，要想不被打翻或吹歪，我们必须加重自身的重量，因为我们改变不了社会。记住：自我加重，这是一个人不被颠覆的唯一方法。

35. 蚌、鹬鸟和猎人

晴朗的夏日傍晚，蚌正张着两扇壳在河滩上晒太阳，一只长嘴鹬鸟走了过来。蚌一看有敌人到来，赶紧合起了双壳。

"你不用怕，我是来跟你商量一件事的。"长嘴鹬鸟很温柔地对蚌说道。

"什么事？"蚌微微开了个小缝，从里面瞅着长嘴鹬鸟说。

"你看到那个扛着枪的猎人了吗？他就是那天打死我丈夫的家伙！"鹬鸟指着正从远方走来的猎人说，"今天我要报复他！"

"啊？你要报复他？"蚌大吃一惊道，"你这么单薄，怎么能对付得了他呢？你唯一可以指望的就是你又尖又长的嘴。可是他手里有枪，你根本就靠近不了他啊！"

"所以，我想请你帮我个忙。"长嘴鹬鸟再次很温柔地对蚌说。

"你说吧，只要我能做得到。"蚌小心翼翼地答道。

"你肯定能做得到，你只需要如此如此……"长嘴鹬鸟凑在蚌耳边交代了一番。

"可是，我帮了你，你给我什么好处呢？"蚌反问道。

"我可以答应你永远不再吃你们蚌类。"长嘴鹬鸟发誓道。

"好吧，一言为定！"蚌愉快地答应了。

等猎人离它们不到10米时，长嘴鹬鸟突然大叫了一声，随着这声长叫，蚌用两扇壳夹住了鹬鸟的长嘴。鹬鸟装成疼痛的样子来回甩了几下，蚌却依然死死地扣住它的嘴。

"啊哈，我运气可真是太好了，竟然不费吹灰之力就一下子捉俩！"猎人一边向这边跑，一边欢天喜地地喊着。

谁知等他就快抓住鹬鸟时，鹬鸟却敏捷地飞了起来。猎人见状，立刻拔腿追去。

鹬鸟先是慢慢地、低低地飞，以便引着猎人不断向前跑。然后，它渐渐地越飞越高了，而速度仍然是慢慢的。猎人一看还有希望，依然不舍不弃地向前追去。不料自己两眼光顾着看鹬鸟了，完全忘了脚下的路。等到追至悬崖边时，他来不及收脚，一下子就跌下去了。

"哇，这可真是太棒了！"蚌落到地上，松开鹬鸟的嘴说道。

"这就是贪图外财的后果！"鹬鸟轻蔑地笑了一下说，然后冷不防低头，把正在"张臂"欢呼的蚌的柔软身体啄进了嘴里。

可怜的蚌，虽然帮别人实现了计划，却连哼都没来得及哼一声就失去了生命。

　　天下没有免费的午餐，贪图不劳而获，终究要付出比所得大许多的代价。另外，企图以小恩小惠换得与强势敌人的相安无事，只会是白日做梦。

36．多少机会才够用

前段时间，美国斯坦福大学联合哥伦比亚大学做了一项很有意义的试验，目的是测试一下到底多少机会摆在眼前，人们才会满意。但是出乎所有人意料，试验的最终结果表明：在一个人面前，机会越多，他便越不满意，后果也就越严重。

第一组试验是斯坦福大学的一位教授指导的。他把参加实验的 20 个人每 10 人分成一组，然后在第一组的每个人面前放上 6 种巧克力，在第二组的每个人面前放上 36 种巧克力。口令一下，大家都仔细地挑选起自己最喜欢或者认为最好吃的巧克力来。当挑选时间结束，教授问两个小组的满意程度时，学生们的回答真是让教授大吃一惊：拥有较多选择的后一组人居然普遍地不满意自己的选择，说如果能再来一次的话，自己不会选择手里的某种，或者是还会选择另外一种或几种；而只有 6 种选择的第一组人却大多为找到了自己理想的巧克力而欣慰。

第二次试验是哥伦比亚的一位教授联合校园里的一家大超市做的。他让自己的工作人员设置了两排有一定距离的美味食品销售点，其中一排有 6 种口味，另一排有 36 种口味。试验的结果表明：第一个销售点吸引顾客将近 100 名，最后购买的人数大约占总人数的 90%；而第二个销售点吸引顾客多达 300 名，但最终的成交率却低至 18%。

从以上事实来看，虽然人人都希望遇到尽可能多的机会，但倘若真有太多的选择或目标，那反倒不是什么好事了。它极可能影响我们的人生和发展，更重要的是，很可能成为我们将来后悔的种子。

　　机会并非越多越好。倘若只有一条路，大家都会毫不犹豫地走下去；但如果机会无数，人们反倒会踌躇不前，使成功在犹豫中远去。并且，即便同样是失败，后者总比前者更容易找到后悔的理由。

37．一声问候值多少钱

20 世纪 30 年代，一位犹太传教士在德国传教。这位传教士有一个习惯，就是每天早晨都会到那条乡间小路上散步半小时。而在散步的时间内，他还有一个习惯，就是无论遇到谁，都会微笑着向对方道"早安"。

刚开始时，这位叫米利的年轻农民对传教士很是不屑，对他那声热情洋溢的问候也反应冷漠。但几个月后，传教士的热情终于融化了米利，赢得了他礼貌回应的"早安"。自此之后，向所遇到的人道"早安"就成了米利的习惯。

几年后，纳粹党上台执政了。

一天早晨，传教士以及这个村子里所有的人，都被突然到来的纳粹分子集中起来，送往了集中营。在到达集中营之后，一位长官模样的人手拿指挥棒走了过来，挨个检查这一批人，然后不停地叫着："左，右，右，左……"被指向左边的是长官看不上、待会儿要枪毙的人；而右边的则是长官认为可以，还有生还机会的人。

经过漫长的等待，长官来到了米利面前，他用指挥棒抬起米利的脸，仔细端详着。四目相对的一瞬间，米利突然习惯性地道了一声："早安，先生。"虽然因为害怕，他的声音低得只有对方和自己能听见。

因为这声招呼，纳粹长官愣了一下，然后慢慢抬手指向了右边——意思是生还者！

看来，感动一个人、改变其行为未必都需要巨大的投资或施舍，有时候，一声热情的招呼即可。所以，如果你问一声问候值多少钱，那么我就告诉你：有时，它值一条命。

大道理

　　幸福与幸运之门并非都以富有、高位或美貌为钥匙。一句话、一个微笑也可能为我们赢来柳暗花明的新境界。另外，很多获得其实都可以这样"廉价"而简单。

38. 老鹰喂食

鹰妈妈这次一共孵出了 5 只小鹰，看着这些明日蓝天上的健将们，鹰妈妈真是自豪极了。

从那天开始，它每天都会起大早去外面觅食，而且想尽办法多找一些食物，供给孩子足够的营养，让它们长得更快一些。

在这段时间里，如果仔细观察的话，你会发现一个让人惊讶的现象：几乎每次鹰妈妈叼着满嘴的食物回来时，那只被称为"小黑"的小鹰都会目露凶光、不管不顾地大抢。有时候，为了最先迎接到妈妈，它甚至会恶狠狠地把那只先天不足的鹰妹妹踩到脚底下去。你也许会说这并不奇怪，就像小孩子一样，它还不懂事嘛。但是奇怪的是，鹰妈妈竟然每次都会照顾这只极会"自我照顾"的小黑，把所有的食物都填到它的嘴里去，而不管那只可怜的鹰小妹的死活。

这样几个月过后，小黑已经长成了半大的雄鹰，鹰小妹和其他几只小鹰却早就成了一小堆白骨。

这是怎么回事呢？鹰妈妈怎么会手刃自己的亲生孩子呢？原来，这与鹰家族的喂食习惯有关。由于老鹰的巢穴很高，鹰妈妈每次都只能带去喂一只小鹰的食物，为了最好地保存实力，维护家族的繁荣，鹰妈妈不得不打破平等原则，只照顾那只抢得最凶的小鹰。这样时间一长，瘦弱的小鹰会因为吃不到食物而饿死；最凶狠的那只却能因此而好好地活下来，成为鹰家族新一代的强者。

老鹰之所以能够成为所有鸟类中最强壮的种族，而且愈来愈强，恐怕正是由于这个原因吧。

大道理

　　优胜劣汰，适者生存，这个规律不仅适用于动物界，也适用于人类。记住：如果你懒于前进，就等于是在接受淘汰。

39. 谁改变了谁

　　做了20余年的二手车买卖后，张三积攒下了几百万。然后，他便借口年龄已大退出了二手车市场，再然后，他就不顾亲朋好友们的反对，毅然决然地选择了一处并不热闹的地段建起了一座不小的剧院。

　　剧场盖起来后，开始的一段时间并没见什么变化，可是还不到3个月，奇迹便出现了。先是附近的小百货商店一家接一家地开，接着一大批餐馆也上来了。半年后，连咖啡厅、卡拉OK、洗浴中心、宾馆都"配备"齐全了。两年时间，这片原本冷冷清清的街区便成了市里最繁华的地段之一。相应地，物价、房租的水平也连上了几个台阶。当然，张三的剧场更是鼎盛无比。

　　不知是因为有钱还是因为"老前辈"的缘故，各位大大小小的老板对张三总是笑脸相迎，不管男女老少都一口一个"三哥"地叫，显得尊敬无比。这种情况一直持续到他的又一决定付诸实施时。

　　其实，这本不是张三的原意，是张三的老婆整天心里不平衡："你看看李×，全仰仗着咱们剧院打开了局面，那么一小块地盖栋楼一年就能赚几十万。咱们家这么大片地方，却只有一点剧场的收入，这不成了咱们种树、让人乘凉了吗？"

　　"那你说怎么办？"张三反问道。

　　"反正现在咱有钱，不如将剧场改建为商业大楼，然后分成餐饮、娱乐、百货等几部分租出去。这样的话，哪怕整天在家坐着也能比原来的收入多几倍。"老婆说道。

　　想想老婆说得有理，张三立即拍了板。第二天，他就草草结束了剧场，然后贷巨款改建起了商业大楼。但让他始料不及的是，大楼竣工后招租广告刚刚打出，邻近的餐饮、百货、娱乐中心便纷纷外迁而去，弄得房价暴跌，繁华不再。张三赔了个底朝天。他郁闷无比，又发现了让他更害怕的事情：原来对他客客气气的那些人，再见到他都露出了敌视仇恨的目光。

　　于是张三迷惑了——自己的剧场改变了别人，别人的改变又改变了自己，而对方的再次改变，是因为什么呢？

大道理

　　人们常因改变自己而造就别人，又因别人的造就而改变自己，然后再周而复始这一互动。在这一过程中，总会有人因为迷失自我而有所失。要想应对这一尴尬局面，我们必须时刻坚守住自己的阵地。

40. 穷人大姐

刚踏入大学的校门，我便听到了宿舍大姐的"宣言"："我的家乡很穷，我的家庭条件也很不好，全年收入只有几百块钱，今年的学费全是爸妈东拼西凑来的。唉，照这样下去，我真不知道我这 4 年大学怎么过！"说着说着，大姐便眼泪涟涟起来，弄得我们赶紧上前劝慰。

入校一个月后，学校下达了一个通知：凡大一新生，每个班按 6% 的比例上报特困生名额，对于这批人，学校将给予减免学费、发放补助和生活用品的优惠政策。通知一下，我们的大姐自然而然地占去了 3 个宝贵名额当中的一个。对于这一点，班里人谁都没有怨言——人家穷嘛，这可是 50 名同学人人都晓得的事。

靠着自己"著名穷人"的身份，大姐理所当然地享受了 4 年"皇粮"，然后顺顺当当地毕业了。找工作时，颇有才华的她过五关斩六将，进入了一家大型公司的最后一关面试。可正当大家都羡慕至极、她自己也踌躇满志时，那家大公司却把她拒之门外了。

这是怎么回事呢？原来，都是她那张"穷"嘴坏了事。也许是说穷说习惯了，也许是认定了说穷能给自己带来好处，这聪明能干的大姐居然在面试结束、对方对她相当满意之际又补充了一番"穷"话，坦言自己非常想得到这份工作，希望面试官能够照顾一下她的"特殊"情况。面试官当时瞅了她半天，然后慢悠悠地冒出一句："穷，不是资本。"最后，她便看见她的简历被画上了一个红叉。

> **大道理**
>
> 对于贫穷的人，人们也许会同情、关怀他；可是对于总诉说自己贫穷的人，人们就会认为他真的很穷，因为他缺的不仅仅是钱。

41. 我会应付过去

辛·吉尼普的父亲曾经是一位拳击手，体格相当好，可是在 60 岁那年，一场突如其来的大病一下子把他击倒了。在床上躺了半个月之后，他仗着自己那俄亥俄州拳击冠军的硬朗劲儿站了起来。

可是人一旦老了，不服老是不行的，硬挺了半个月之后，这位坚强的老人又倒了下去。知道自己时日不多了，有一天他吃过晚饭后把孩子们叫到病榻前，给他们上了一堂关于人生的课。他讲的是自己年轻时做拳击手的一件事：

"那是一次全州冠军的对抗赛，我的对手是个人高马大的黑人拳手。由于我个头矮小，对方可真是占尽了优势。我被他一次次击倒，连牙齿都被打出血了。休息时，教练鼓励我说：'吉姆，你不疼！你能挺到第 12 局！'我说：'是的教练，我不疼，我能应付过去！'当时，我感到自己的身子就像一块石头、一块钢板，而对手的拳头则是铁锤，不断地在我身上发出空洞的响声。

"那时我想：我唯一能够战胜对方的只有意志了。于是我便告诉自己：'不管情况多么糟糕，我总能应付过去。'所以，我不断地跌倒，又不断地爬起，终于熬到了第 12 局。这时，对面的黑人选手已经累得全身战栗了，而我却还没有开始打。很自然，接下来我开始反攻了，我记得我用的是自己最擅长的招数：长拳和勾拳相混合。一拳、一拳，又一记重拳打过去之后，我的血同对手的血混在了一起。顿时，我感觉眼冒金星，眼前有无数个影子晃荡起来。我咬咬牙，对准中间的那一个狠命地打了下去……对方终于倒下了，我终于挺过来了。

"哦，那是我这辈子唯一的一枚金牌……"

说到这里，父亲又剧烈地咳嗽起来，吉尼普赶紧上前握住他的手，不想父亲却苦笑着说："不要紧，才一点点痛，我能应付过去。"但是第二天一大早，他便咳血而亡了。

那段日子，正是全美经济危机、吉尼普和妻子双双失业的艰难时期，父亲的死更是令全家雪上加霜。可是每每面对妻子迷茫的眼神，吉尼普都会重复一遍父亲的那句话："不要紧，我们会应付过去的。"

如今，当国家经济形势好转，吉尼普夫妇都重新找到了薪水不错的工作，日子也越来越好过时，他们还常常会想起父亲，想起他的那句话。

　　无论今天多么艰难，一切都终会好起来。当感到生活艰苦难耐的时候，你不妨把这句话说给自己听，然后用"未来的顺达"来安慰此刻的自己，你一定会开心起来的。

42. 冷水与热铁的战争

在那个黑色七月，我的北大梦破灭了，谁都没想到成绩这么好的我居然连重点线都没上！由于家境根本不允许我再复读一年，我只能选择一所省内的普通高校就读。

浑浑噩噩地挨过一个学期后，我终于盼来了寒假。没想到假期比学校生活还没劲，每天我只能无精打采地到处乱逛。这天，我来到了张铁匠家里，想想闲着也没事儿，便蹲在地上看他打铁。忽然，他不小心把一块烧红的铁掉进了旁边的冷水盆里，水盆里顿时发出了"啦"的一声。不一会儿，我惊讶地发现盆里的水已经快沸腾了。

"哇，这么一小块铁竟然能让整盆水沸腾！"我说。

"跟人生似的。"张铁匠笑道。

"什么叫跟人生似的？"我反问。

"你看，热铁遇到冷水之后，两者就开始打仗了，水想把热铁冷却，热铁想把水烧开，因为只有这样，它才能保存住自身的热量。我之所以说跟人生似的，是因为在现实中，生活就好比这冷水，而人就好比是水中的热铁，要想不被生活冷却，你就得拼命让水沸腾。"张铁匠头也不抬地说道。

我长久如死水般的心忽然翻腾起了热烈的浪花。

　　虽然"心由境造"，可也"境由心生"，如果本身心灰意冷，再温暖的阳光都难以使你生机勃勃；而一旦心中热情澎湃，美好的春天必会即刻到来。

43.　皇帝还是平民

多年前，某地出了一位"假皇帝"。之所以说他"假"，是因为他的习惯、做派像皇帝，而身份并不是皇帝。他只是一个很普通的人，出生于一个普通的小农场主家庭，有着一份普通的职业，娶了一位普通的妻子，生了一个普通的儿子。总之，有关于他的一切都很普通。只有一件事，算是他一生中的特别事件。可正是这个特别事件，害了他的后半生。

那时候他还年轻。某天早晨，他正预备去工厂开始那周而复始的一天时，意外地碰到了一群剧组人员。为首的导演一看见他便大叫了起来："天哪，这不正是我苦苦寻找的××（古代的一位皇帝）吗？快快快，咱们来商量一下薪酬，你一定要扮演××。"

最后，在高薪的诱惑下，他向工厂请了长假，开始做起了"皇帝"。

可是太难了！由于根本没有经验，导演总是说他这不像那不行，弄得他不得不绞尽脑汁把所有有关那位皇帝的资料全找了来，夜以继日地琢磨、琢磨、再琢磨……

当镜头再次对准他时，导演、摄影师似乎更挑剔了，于是一遍、两遍……大概将近100遍时，导演才终于说了一声"好"。然后，这位普通平民便一下子被搬上银幕，成了那位掌握任何人生死大权的皇帝。

看着镜头上威严睿智、气度非凡的自己，他忽然觉得自己本来就应该是那位皇帝，而不应该是现实中平凡庸碌的这个人，虽然在整部影片中自己只是一个没有几分钟戏的小配角。于是从此之后，他便开始以皇帝的身份要求妻子、儿子，命令他们的行为、气质向着王公贵族的方向发展，否则就声色俱厉地要"问斩"，气得妻子三天一小场、五天一大场地跟他闹，原本平静的家庭生活一下子全乱了。

可是他并没有就此罢休，而是像上了瘾似的见人就颐指气使，动不动就以"寡人"自称。时间一长，大家都把他当成了疯子，他因此失去了工作，不久妻子也带着儿子回了娘家。

一无所有时，他再也不能做皇帝梦了，于是他开始反省，每天早晨起来第一件事就是告诉自己：你已经不是皇帝了。

不过说这话时，他的口气依然像个"皇帝"。

大道理

"假作真时真亦假"，扮演某个角色惯了，我们就会真的变成自己所扮演的那个人。这也许并不坏，但关键是：你失去了自己，并且还可能失去更多。

44.　真假谎言

美国前总统吉米·卡特当年在竞选总统的演讲会上，曾经如此宣称："我是一个诚实的人，从来不曾撒过谎，而且我一直认为，一个常常对别人撒谎的人，是不值得美国人民信任的，是不配做美国的总统的……"

因为这句话，某记者曾专门采访过吉米·卡特的母亲莉莲·卡特。采访一开始，他便简单复述了吉米的演讲词，然后，他问莉莲·卡特："您能不能诚实地告诉我，您的儿子是否曾经对谁撒过谎？在这个世上，恐怕没有人比您更了解您的儿子了。"

"可能也撒过一些假的谎吧。"莉莲·卡特想了一下才说道。

"假的谎言？那么您能不能告诉我谎言怎么才叫真，怎么才叫假呢？"记者又问道。

"无恶意的谎言即为假，恶意的谎言即为真。"莉莲·卡特回答道。

"那无恶意的谎言和其他的谎言又有什么区别呢？您能不能给'无恶意的谎言'下个定义？"记者有意刁难这位老太太。

"我不知道能不能下这个定义，"卡特母亲装作犹豫地说道，"但我可以给你举个例子。你记得几分钟之前，当你走进来时，我对你所说的'啊，你看起来是这么精神，我非常高兴见你'吗？……"

大道理

善意的谎言是我们生活中所不可或缺的一种美，留住这种美的唯一方法，就是不要去揭穿它，因为那不但毫无意义，还可能变成一种尴尬或伤害。

45. 多言多败

民间流传着这样一个小故事，说在周朝祖庙的右侧台阶前，立有一尊嘴上被封了三层泥巴的铜人。为什么要把他的嘴封了又封呢？其背后雕刻的长长铭文给了我们答案。铭文翻译出来是这样的：

"这是古代一位慎于言语的聪明人，下面是他常常告诫大家的话：

"'小心啊！小心啊！千万不要多说话，说多了话，必然会有闪失；不要多事，多事必然会有灾祸。

"'平安快乐的时候一定要小心，不要做使自己后悔的事情。也许你以为没有妨碍，却不知祸患会随之到来；也许你以为没有人知道，却不知天灾早在那里等待着将你惩罚。

"'小的火苗如果不扑灭，烈焰冲天时你就会无可奈何；小的水流如果不堵塞，奔流成河时你就会一筹莫展；长长的细线不截断，就将织成罗网；幼小的树苗不砍除，就将变成巨木。同样的道理，如果出言不慎，就会埋下祸根。

"'强横的人不会正常死亡，好胜的人一定会遇到敌手。盗贼会怨恨主人，民众会憎恶权贵。君子知道天下不可以一手遮盖，所以就会对人退让一点、谦卑一点，使人钦慕自己。持一种谦卑、退让的态度，才不会有人与自己争衡啊！

"'人们趋向那边，我独坚守此处；众人心智迷乱，我独思想坚定。把智慧深藏于心底，不与人争技艺短长，这样做，即使我地位高贵，也不会受到危害。江河之所以成为江河，是因为它卑下。上天没有特别厚爱的人，但是他一定会佑助善者。小心啊！小心啊！'"

这段话虽然鄙俗，没有什么惊人之语，但却值得我们记忆，因为它句句切中事情要害，并且分析得头头是道。如果大家都能像铭文所教导的那样立身处世，还有谁会因为嘴巴而遭遇灾祸呢？

大道理

俗话说"祸从口出"，言谈虽然是与他人交流的基本方式，却也是许多祸事与变乱的发源地。所以，对他人之言不可轻信轻传，对己之言应该谨慎小心。

46. 聪明的结果

某古董商开车去乡下收购古董家具，由于车子中途抛锚，他去求助路旁的一家农舍。

不想刚走进那座农家小院，角落里那只中世纪晚期的柜子便把他吸引住了。他一边跟主人借工具，一边不动声色地寻思着：想不到乡下还藏着这么有价值的东西，我一定要买下来。不过，我可不能出什么高价钱，反正他也不懂，否则，他就不会把这么值钱的宝贝扔在露天里了。

于是，当修好汽车归还工具时，古董家具商装出满脸感激的样子对主人说道："真是太感谢了，如果不是您的帮助，我真不知道在这乡下到哪里去找修车厂呢。为了表示对您的感激，我决定用高价收购一件您已经不用的旧家具。"

听古董商这么说，老实的屋主不好意思地搓了搓手回答道："哎呀，你不用这么客气。再说，我家里也没有什么不用的家具呀。"

这时，古董家具商故意装出寻找的样子看了屋主的小院一圈，然后伸手指着那只落满灰尘的柜子道："这只柜子你用不着吧？那干脆把它卖给我吧。"

"啊？"屋主有点窘迫地笑了笑，"这么一只又脏又破的柜子对你有什么用呢？"

"哦，"古董商想了想说道，"是这样的，我家里有一张非常特别的咖啡桌，前不久搬家时弄断了一条桌腿。您不知道，我非常爱我的这张咖啡桌，所以非常希望它能重新站起来。看到您这只衣柜，我觉得它的四条腿很适合那张桌子，所以想买回去拆下来试配一下。"

"是这样啊！"屋主恍然大悟地点了点头，"那好，那我就卖给你吧。你能给我多少钱呢？"

"100英镑。"古董商说道，这是他把本来应付的价格压低数十倍之后的数字。

这个价格顿时把屋主吓了一跳，他从来没想过这么破旧的衣柜居然还会有人用这么贵的价格来买，于是非常高兴地应了下来。

古董商付过钱后，出去开他停得有些远的汽车。

小院里，屋主已经高兴得大叫起来。笑过之后，他突然想到，如果古董商的车很小的话，就会装不下这只衣柜。这样一来，说不定这笔买卖就做不成了。于是他连忙喊来自己的儿子，把衣柜的四条腿先锯了下来——反正做咖啡桌的腿也是要锯的嘛。然后，他们又把那既笨重又宽大的柜身锯成了好几大块。

古董商回来一看父子俩的"杰作"，心疼得眼泪都快掉下来了。可是，为了不让对方知道自己刚才的阴谋，他只好认了这个哑巴亏。

大道理

　　聪明固然是好事，但一旦变了质，其结果也就会变质。须知，愚蠢的本质也是一种自以为有足够蒙骗他人的聪明。

47. 骑虎难下

一个年轻人外出办事，途中需要经过一片森林。

他早就听说过这个森林中有野兽，不过他总是存在侥幸心理，所以就走进了森林，并且一边走一边想：虎啊豹啊不会光顾我的，天底下哪有这么凑巧的事。

　　半个小时之后，森林的尽头已经在眼前了，四周依然静悄悄的，什么事情也没有发生，于是年轻人不由得放松下来，脚步也轻快了许多。谁知正当他暗自庆幸的时候，一只老虎突然从树丛中窜出，向他飞奔而来。顿时，他吓得魂飞魄散。好在尽管他非常害怕，临行前母亲的话还是被他想了起来：遇到野兽时不必惊慌，爬到树上，野兽便奈何不了你了。想到这里，他急忙爬上了离自己最近的那棵大树。

　　老虎见好不容易找到的猎物上了树，立刻愤怒地围着树咆哮了起来。年轻人正想再向上爬一爬，却被老虎突如其来的巨吼吓了一大跳，惊慌之下他一下子从树上掉到了虎背上。这下，他再也不敢松手了，只是死死地抱住虎身不放；而老虎则被从树上掉下来的这个人吓坏了，向前狂奔不止，企图把背上的人甩掉。

　　当虎和人一起冲出森林时，看到这一情景的路人非常羡慕地冲年轻人喊道："哎呀，我好羡慕你啊！骑着老虎多威风啊！"

　　而骑在虎背上的年轻人却苦笑着回答道："我还羡慕你呢！你不知道我是骑虎难下啊！也不知何时才能从虎背上下来。"

　　当我们对别人羡慕不已时，却不知他们也在羡慕着我们——意识到并且珍惜自己所拥有的，你才会活得真实，活得幸福。

第三章
意志与信念

1. 坚持，你能吗？

苏格拉底是古希腊著名的大哲学家和大教育家，他教学生的方法总是别出心裁。

开学第一天，他对学生们说："今天，我们只学一样东西，就是把胳膊尽量往前抬，然后再尽量往后甩。"他示范了一下，结果，所有学生都笑了。

"老师，这还用学吗？"一个学生打趣道。

"当然，"苏拉格底很严肃地回答道，"你不要觉得这是件很简单的事，其实它很困难的。"听到这话，学生们笑得更厉害了。

苏格拉底一点也不生气，他宣布说："这堂课我就教大家好好学这个动作。学会以后，从今天开始，每天你们都要把它做 100 遍。"

10 天之后，苏格拉底问："谁还在坚持做那个甩手动作？"大约 80% 的学生举起了手。

20 天之后，苏格拉底又问："谁还在坚持做那个甩手动作？"大约 50% 的学生举起了手。

3 个月之后，苏格拉底又问道："那个最简单的甩手动作，有谁在坚持做？"这一次，只有一位学生举起了手。他，就是后来成为古希腊另一位大哲学家、大思想家的柏拉图。

大道理

> 坚持是世界上最简单同时也是最困难的事情，因为人人都能做到，却未必人人都做得到。只有那种即便一件简单事都能坚持做到底的人，才可能有所成就。

2. 从音乐盲到小提琴师

自从偶然听到那位小提琴大师的独奏，这位青年便疯狂迷恋上了小提琴，他希望有一天自己也能够拉出那么动听迷人的曲子。

于是他倾其所有，买了一把非常名贵的小提琴，每天都起大早到公园里练琴。早练的人们听了他的琴声，都哈哈大笑，讥讽他是个音乐盲，拉出的声音就像青蛙叫。在人们不断的嘲笑声里，青年越来越灰心，几乎就要放弃自己的梦想了。

有一天，他刚练完琴，就听身后有位老太太对他说："孩子，你的小提琴拉得真好，我非常喜欢，你能每天都拉给我听吗？"这一下子，青年信心大增：原来，还有人这么喜欢我的琴声啊！从此之后，青年天天满怀信心地给那位老人拉琴听；但老太太从来都只是微笑着听，一句话都不跟他交流。

不知不觉中，几年过去了，青年的琴艺大长，最后竟在全国比赛中获得了一等奖。青年激动极了，他在公园里跑来跑去，到处寻找着老人，想告诉她这个好消息。忽听有人对他说："你在找那个聋老太太吧？她昨天犯心脏病去世了。"

聋老太太？！青年一下子呆在了原地。

大道理

并不是因为事情难做，我们才失去自信；而是因为我们失去了自信，事情才变得难做——自信是成功的第一秘诀，只有首先相信自己能行，才可能取得最后的成功。

3.　放大你的优点

他是一位穷困潦倒的青年，很久以前就失业了，可因为一无所长，他一直找不到合适的工作。

这天，他怀着殷切的希望来到了巴黎，来找父亲的一位旧日好友，希望他能帮自己找份谋生的差事。当时的他并没有意识到，对方帮他谋到的这份"差事"，居然成了他辉煌一生的起点。以下就是那个下午他与父亲的朋友之间的对话：

"你数学怎么样？精通吗？"父亲的朋友问。

青年摇摇头，表现出很难堪的样子。

"历史怎么样？"对方又问道。

青年依旧不好意思地摇了摇头。

"法律呢？法律你懂不懂？"对方口气中的希望依旧不减。

青年的回答还是否定的。

……

接连问了七八个"怎么样""懂不懂"之后，父亲的朋友也得到了同样多的回答，但都是否定的。

"那你说说自己有什么优点吧。"对面的长者也许觉得再这么问下去也没有什么意义了，于是就换了一种方式。哪知青年依旧摇摇头，很腼腆地回答道："我，没什么优点。"

"唉，"父亲的朋友轻轻叹了一口气，"那你就先把自己的住址写下来吧，有了差事我好通知你。"

青年开始在纸上写自己的地址，写好后把纸条交给对方，那位老人便惊喜地拉住青年道："哎呀，你还说自己没什么优点，你的字写得很漂亮嘛！"

"这也算优点？"青年的眼中闪过一丝疑问，但很快，他就从对方的眼中得到了肯定的答案。

"你不应该只满足于找一份糊口的差事，"父亲的朋友语重心长地说，"既然你能把字写这么漂亮，你就能把文章写得漂亮；既然你能把文章写得漂亮，你就能写书；既然你能写书，你就能……"

顺着老人的指点，青年的思路扩展了，一点点放大了自己的优点。

多年之后，这位"一无所长"的青年果然由字到文章，写出了享誉世界的经典作品。他，就是家喻户晓的法国大作家大仲马。

　　成功人生的诀窍在于发现并且不断放大自身的优点，因为只有经营自己的长处，人生才可能无限增值；反之，则只会贬值。

4. 竞争足球队员

　　某中学3年一次的足球队员竞争赛开始了，场上的这几十名选手，最终跑到前11位的才能赢得这个资格。

　　3圈之后，有一个小男孩突然摔倒在地上，看样子是他的腿抽筋了。但是他揉了自己的腿10来秒钟之后，又爬起来去追前面的选手了。

　　5圈之后，刚摔倒的那个孩子又不行了，只见他捂着胃"哗哗"大吐起来。但是出人意料的是，吐完之后，他竟然一抹嘴又接着跑了。

　　10圈之后，这个虽然不太快但一直坚持的孩子已经进入了前20名。意外在这时又一次发生了，他扶着操场边的一棵大树大喘起来，似乎快晕倒了。可是只几秒钟，他便又回到了跑道上。

　　最后，这位小男孩终于以第10名的成绩如愿以偿。

　　这么差的身体素质，何以到最后竞争成功了呢？要知道那些败下阵去的选手，几乎都比他的身体好得多。面对众人的疑惑，小男孩说："因为我只有这一次机会，我的家族有一种遗传的腿病，到了十六七岁便会发作。如果这次我失败的话，我就没有下一次机会了。"

　　哦，原来那些身体不错的人之所以失败，是因为他们知道还可以有下一次。

　　投入做事是成功的前提，切断后路又是投入的前提。倘若事先存下"这次不行，下次再来"的心思，人就不可能全力以赴，失败的概率也便会随之增大。

5. 谁是最优秀的人

　　古希腊大哲学家苏格拉底已是风烛残年，知道自己时日不多了，他便喊来自己平常看好的一位弟子，对他说："我的蜡烛所剩不多了，得找另一根蜡烛接着点下去，你明白我的意思吗？"

　　弟子点点头，立刻说："我明白，老师，您的光辉思想应该很好地继承下去……"

　　"可是，"苏格拉底若有所思地说，"我需要的这位继承者不但要有相当的智慧，还必须有充分的信心和非凡的勇气……这样的人到目前为止我还未曾见过，你能帮我寻找和发掘一位吗？"

　　"当然可以。"弟子很温顺又很恭敬地答道，"我一定会竭尽全力，不辜负老师的栽培和信任。"

　　听到弟子这么回答，苏格拉底淡淡一笑，挥手让弟子出去了。

接下来，那位忠诚又认真的弟子便开始不辞辛劳地四处寻找了。可是不知为何，无论他领来谁，苏格拉底都会婉言谢绝。终于有一天，无计可施的他开口道："老师，我实在找不到合适的人了。请您准许我出趟远门吧，我将到五湖四海为老师寻找这位最优秀的人才。"

"其实……"刚说到这里，已经病入膏肓的苏格拉底便剧烈地咳嗽起来，慌得弟子赶紧上前扶住他，稍稍平静之后，他又接着说了下去，"你找来的那些人，都还不如你……"

听闻此言，弟子立刻羞愧地低下了头："老师，我真对不起您，让您失望了。"

看弟子还不开窍，苏格拉底大失所望地摇了摇头："孩子，你为什么还不明白？失望的是我，被耽误的却是你自己啊！我告诉你，每个人都是最优秀的，差别就在于是否自信，只有信心十足的人，才可能懂得认识自己、发掘自己和重视自己……所以，最优秀的人不是别人，而是你自己。可你为什么总是不自信呢？"话刚说到这里，一代哲人便在遗憾中溘然长逝了。

"最优秀的人是我自己？"弟子长跪在老师床前，惊愕之后开始泪流满面。

从那以后，这位有才华却一直自卑的弟子一改从前，变得积极自信起来。多年之后，他不但继承了老师的遗志，还发展了老师的思想。而这，可是他原来从未想过也不敢想的。

大道理

每个人都是一座富有的矿山，自信是开凿这座矿山的斧头。只有拥有十分的信心，我们才能迈出挖掘自己潜能的步子，由平凡到辉煌，最终超越生命的极限。

6. 心境的魔力

维克多·弗兰克是奥地利历史上著名的精神病学博士。身为治疗精神病的医生，弗兰克对精神的力量有独到的理解，这既源于他的知识，也源于他的经历。

第二次世界大战期间，和许多不幸的人一样，弗兰克也被关入了纳粹集中营，饱受了纳粹分子的凌辱。在那段生不如死的日子里，他几乎每天都要看着那些野兽般的人物不眨眼地屠杀妇女、儿童。空气里到处充斥着血腥之气，每个人都活得心惊胆战，不知道下一个倒下去的会不会是自己。对死亡的恐惧显然给所有人都带来了巨大的精神压力，因此集中营里每天都会有疯了的人。

丰富的知识和经验告诉弗兰克，如果控制不好，自己也将难逃精神失常的厄运。所以即便不停地产生死亡的幻觉，他依然强迫自己笑起来，强迫自己幻想正在宽敞明亮的研究室里照顾病人，或者正走在前往演讲的路上，精神饱满、斗志昂扬。在那个没有人性的魔窟中，弗兰克一直用这种方法保持着精神上的清醒。

多年后，当他被释放时，他的朋友几乎不敢相信这个精神状态极佳的人是刚刚从集中营里走出来的。

这，便是心境的魔力。

大道理

精神是最有力的胜利武器。从某种意义上说，人不是活在物质里，而是活在自己的精神里的。只要精神不垮，人便能击败许多厄运；一旦精神垮掉，谁都将无法拯救你。

7. 我的巴黎梦

我从小在农村长大，从懂事那天起就从未有过什么"远大理想"——我学习不好，而在我们那地方，只有通过读书才可能走出去。

但是即便如此，偶尔做做梦我还是有过的。比如小学五年级，我们刚刚开始学地理。讲到法国时，我被课本上关于巴黎的图片打动了，那一刻我在想：长大了我要到巴黎去。后来，我就东拼西凑地找来了许多有关巴黎的图片，不管吃饭睡觉，我都不会让这些宝贝远离我。

秋收季节，父母都忙，所以便要由我这个 10 来岁的毛孩子生火做饭。由于看那些宝贝图片太入迷了，灶坑里的火熄灭了我都不知道。当我有所察觉时，父亲已经满脸怒气地站在我身边了。我刚想逃，便被父亲拽住了胳膊，紧接着"嘶"的一声，我的宝贝便都成了两半，随后它们便都在灶膛里发出了红色的火苗。

我当时心疼得哇哇大哭，父亲却狠狠地打了我一巴掌："看什么看，就你这副德行，一辈子也甭想出国！"自打那时，我便记住了这句话，并发誓一定要到巴黎去。

今天，我坐在香榭丽舍大街上的一家咖啡馆里给父亲写信，满心感激地告诉他：谢谢您当年的那一巴掌，是您把我打到了我梦想中的巴黎。

大道理

梦想是一个人进步的原动力，它不但能使我们活在希望中，还能不断挖掘我们自身的潜力，使我们一直保持向前的姿态。

8. 黄蜂飞舞的秘密

"看来，这个说法是完全没有问题的：凡是会飞的动物，它的形体构造必然是身躯轻巧而双翼修长的，比如麻雀、燕子、蜻蜓……"几位动物学家正在探讨动物飞翔的原理，作为主任，张教授最后总结发言道。可是不等他说完，一只大黄蜂就冲着研究室窗台上的花盆飞过来了，弄得数位专家顿时面面相觑、尴尬无比。是啊，为何大黄蜂如此短小、薄弱的翅膀能够带动起它相对来说极为肥胖、粗笨的躯体呢？

带着这个疑问，几位动物学家带着大黄蜂来到了某著名物理学家的实验室。物理学家仔细观察了半天，又埋头计算了半天，结果还是困惑地摇了摇头：这真是不可思议，它简直就是所有能飞的物种里的一个另类。因为根据流体力学的原理，它应该是根本飞不起来的。如果今天不是亲眼所见，我真不敢相信这是事实。

无奈之下，几位专家又把大黄蜂摆在了一位社会学家的办公桌上。没想到不等他们说完，社会学家便哈哈大笑起来："这么简单的问题还用得着问吗？""简单？！"几位动物学家异口同声，个个大跌眼镜。"当然简单，因为答案只有一句话：今生，它必须飞起来，否则，它只有死路一条！"社会学家大声说道。

没错，当只有死路一条时，不仅仅大黄蜂，我们人类更是能突破所谓的极限，创造出此之前想都不敢想的奇迹来。社会学家不曾深入地研究过动物，也不懂什么流体力学，但是他却破解了黄蜂飞舞的秘密。感谢他，否则，大黄蜂也许再也不敢、不能飞起来了。

大道理

　　阻碍我们前进的，往往不是未知而是已知。其实，生命永远蕴含着无限希望和可能性，当陷入绝境时，我们需要做的，只是向旧日的自己突围。

9. 驴子的智慧

　　农夫牵着驴子去赶集，一不小心，驴子掉进了村口的井里。农夫急坏了，他绞尽脑汁想办法，还是没办法把驴子救上来。

　　半天过去了，井底的驴子绝望地哀号着，它似乎也意识到了自己的处境：虽然井水不太深，不至于把自己淹死，但是时间长了，一定会被活活饿死。

　　想想驴子多年来与自己相依为命的感情，农夫心如刀绞，他实在不愿意看着心爱的驴子遭受这种折磨，便狠狠心，拿来一把铁锹打算早点结束这种局面。于是他开始一铲铲地往井里填土，井底的驴子好像意识到了什么，更加凄惨地叫了起来，叫得农夫心里好生难受，不得不加快了填土的速度。

　　但是不一会儿，驴子竟然不叫了。"这么快就死了？不可能吧！"农夫很奇怪地往井底看去，结果，下面的情景让他大吃一惊：只见驴子正拼命地抖落落在身上的土，把它们填在脚下，然后再站上去，借此一点一点地靠近井口。农夫大喜过望，更加卖力地往井里填起土来。还不到一小时，驴子便"得意扬扬"地叫着上升到了井口。

大道理

　　人生总有偶尔陷入"死角"的时候，能否走出来，就看你如何对待这不断下落的重负。如果你将之当作负担，它早晚会置你于死地；如果你勇敢地抖落，它就能成为你崛起的垫脚石。

10. 初中时的作文

　　罗伯兹的牧马场开业了，他正在场中的豪宅里宴请宾客。席间，他给大家讲了一个故事：

　　"我之所以要开牧马场，跟一个初中小男孩的作文有关。小男孩的父亲是个马术师，经常带着他四处跑，因此在他小时候的记忆里满都是马。

　　"初二那年，老师让他们写一篇题为《我的梦想》的作文。小男孩洋洋洒洒地写了七八页，将他的宏伟理想描述得甚为详细。文中说，他最大的梦想就是拥有一座属于自己的牧马场，甚至把自己设计的牧马场图也画了上去。图中很详细地标注着每一个马厩与跑道的位置，还有一座看起来相当大的豪宅在其中。

　　"但是当男孩满心欢喜地把作文交给老师时，老师却把他狠狠地批了一顿，说他好高骛远，净做白日梦，并命他重新写一篇，否则不给他及格。但男孩却拒绝了，他固执地守着他的"白日梦"。

"现在我要告诉大家的是：现在你们正坐在文中所描绘的那片牧马场的豪宅里欢声笑语，我就是那个小男孩。"

最后一句话一出，全场立刻响起了热烈的掌声。

"你现在最想说的是什么？"有人不失时机地问。

"幸亏我不是个好学生，没有听老师的话。"罗伯兹微笑着说。

　　因为别人的否定而放弃梦想，这是愚者的行为。坚守住自己的热望，适时关闭耳朵走路，你才可能奋斗到梦想实现的那一天。

11.　谁能帮你东山再起

他原本是位大农场主，可是一场突如其来的灾难却让他失去了一切——土地、存粮、钱财，甚至妻子儿女。他成了一个彻底的、一文不名的流浪汉。

正当他越来越难过、越来越绝望，像个行尸走肉一样不能再思考，成天只想着怎么早点结束自己的生命时，他偶然听人说起附近有位哲学家，于是他忙不迭地去找那位哲学家。

不料哲学家听完他的哭诉后，竟然满脸冷漠地说道："别指望我给你提供任何帮助，因为我根本没有任何能力帮助你。"

流浪汉一听，眼睛里的希望之火立刻熄灭了，死亡的念头再次涌上心头。可是正当他转身欲走时，哲学家却叫住了他："不过，我可以给你介绍一个人，他一定能帮你，而且是这个世界上唯一能帮你的人。"

"谁？"他猛地转过身来，再次点燃了希望之火。

"跟我来，"哲学家说着，便把流浪汉带到了自己家的镜子前面，指着镜子里的人说："他。"

"我？"流浪汉看着镜子里狼狈不堪的自己，既惊讶又羞愧地反问了一句。

"是的，这个人正是你自己。"哲学家肯定地说道，"整个世界上，唯一能帮你东山再起的，就是镜子里的这个人。不过在此之前，他要首先坐下来，仔仔细细地认清他自己。否则，他将只是一具空壳。现在，我请你再靠近镜子一些，好好想想这个人原来的样子，我想，这一点你最清楚不过了。"

流浪汉慢慢地走近镜子，用手梳理着自己乱蓬蓬的头发，开始想象自己原来意气风发的样子。渐渐地，镜子里那张脏兮兮的脸微笑起来了。

"我知道了，谢谢你！"流浪汉突然说了一句话，然后转身跑了。

几年之后，当流浪汉再次来找哲学家时，哲学家根本认不出他来了。因为他现在衣装整齐、自信心很强，全无当年落魄的样子。

他拿出一张支票："这是一张空白支票，数额是应该由你来填的，我实在不知道你当时给我的东西值多少钱，因为它买到了我想要的一切——我现在已经是一家大公司的总经理了，并且已经找到妻子儿女，安了新家，最重要的是，我找到了我自己。"

大道理
　　自信心不仅是一个人成功做事的前提，更是一个人活下去的支撑力量。没有了它，人就相当于给自己判了死刑，在进行一种慢性自杀。

12. 寻找金表

　　一个农场主巡视谷仓时不小心遗失了腕上名贵的金表，他找遍整个谷仓也没有找到，便贴出了一张告示：如果谁能帮我找到金表，我就给谁100美元作为酬劳。

　　面对重赏，人们纷纷四处翻找，但谷仓内谷粒成山，还有一堆堆的稻草，想要在其中寻找一块小小的金表，简直就像大海捞针。

　　等到太阳快下山时，人们还没有找到金表，于是他们开始抱怨，或者埋怨金表太小了，或者埋怨谷仓太大、里面杂物太多了。终于，大家一个接一个地放弃了那100美元的重赏，沮丧地回家了。最后，谷仓内只剩下一个穷人家的小男孩，由于太穷，他已经整整一天没有吃上饭。现在，他很希望能把表找到，以解决一家人的吃饭问题。

　　天越来越黑，小男孩依然在谷仓里摸来摸去。夜晚来临了，喧嚣的谷仓渐渐静了下来。突然，他听到了金表发出的轻轻的"嘀嗒、嘀嗒"声。喜出望外的小男孩努力屏住呼吸，顺着这种声音摸了下去。终于，他找到了那块金表，获得了100美元的重赏。

　　小男孩并没有大人的智慧和力气，但却做到了大人做不到的事。只因为，他比大人们多坚持了一会儿。

大道理
　　成功的法则中，最简单的一个叫执着。有时，成功并不需要我们拥有超于常人的志向与智慧，而只需要我们坚持去做。只要不放弃，你早晚会听到成功发出的"嘀嗒"声，最终走向胜利。

13. 最后一片树叶

　　珍妮得了绝症，医生确诊她不会再活过一年。由于病体动不动就钻心地疼痛，家人不得不把她送到医院里度过余生。

　　春天过去了，夏天也过去了，秋天静悄悄地来临了。看着窗前那棵树的叶子渐渐由绿变黄，进而一片片凋落，珍妮的心也越来越绝望。"当树上的叶子全落光时，就是我死去的时候了。"她这样自言自语着。

　　不想这句话正好被一个从窗前走过的画家听到了，画家决心尽自己所能拯救这个小女孩。于是他便画了一片栩栩如生的绿叶，趁珍妮熟睡时挂在了那棵树的最顶端。

　　一个月过去了，病入膏肓的珍妮已经起不来了，她躺在小小的病床上，眼睛一直盯着窗前那棵树，感觉生命力正从自己的肉体里一丝丝地溜走，就像树上的叶子越落越少。"等到那片叶子也落了的时候，我就闭上眼睛，永远不再醒来。"珍妮盯着最顶端的那片绿叶对自己说。

接下来的日子，那片绿叶就成了承载珍妮生命希望的唯一载体。每天早晨，她睁开眼睛后的第一件事就是看那片叶子有什么变化。可是真奇怪，所有的叶子都落光了，那片叶子还是那么绿，那么坚定地站在枝头，一点也没有变黄凋零的迹象。

"难道，难道上帝知道我是个好孩子，所以不想让我死？"珍妮这样想着，眼睛里便闪出了一丝希望之光。

寒冷的冬天终于过去了，像那片永不凋零的叶子一样，珍妮奇迹般地活了下来，并最终健康地走出了医院。而同时，在她隔壁的病房里，那位老画家却闭上了双眼。因为，他知道那片叶子是假的。

> **大道理**
>
> 我们可以失去一切，唯独不能失去希望，它是人类生命与快乐的源泉。有了它，生命才能焕发勃勃生机；没了它，生命只会日渐萎缩。

14．老人与黑人小孩

晴朗的阳春三月天，一位卖气球的老人推着货车走进了公园。五颜六色的气球立刻吸引了公园里的孩子们，他们一窝蜂似的跑了上去。不一会儿，公园里到处是拿着气球的小孩了。

一个黑人孩子静悄悄地站在公园一角看着那些白人小孩，脸上写满了羡慕之色。终于，他鼓起勇气走到了老人的货车旁，怯生生地问道："爷爷，你可以卖给我一个气球吗？"

老人微笑着蹲下身去，摩挲着黑人孩子的小脸，很和蔼地说："当然，为什么不能呢？你想要什么颜色的？"

黑人孩子一听，立刻欢欣雀跃起来："我想要一个黑色的，可以吗？"

"当然。"老人一边说，一边从架子上拿下了一个黑色的气球，递给孩子。

黑人孩子高兴地拿着气球跳啊跳啊，不一会儿，他小手一松，气球在微风中冉冉升起了。孩子顿时惊讶地大叫道："爷爷，快看啊，黑色气球也能飞起来。"

老人看看上升的气球，用手轻轻地拍了拍孩子的脑袋："当然了，孩子，气球能不能飞起来，不在于它的颜色，而在于它里面充满了氢气。"说到这里，老人加重语气说了一句，"记住，人也一样！"

黑人小孩眼睛忽闪着，似乎有所领悟。

> **大道理**
>
> 成就高低与出身、相貌等等都无关，这个世界是被自信和努力创造出来的。有了自信，人就会有登上成功山顶的力量；有了努力，人就会身处通向成功山顶的途中。

15．信念的力量

这对双胞胎兄弟从小就生活在一个很不幸的环境中，这一切都跟他们的父亲有关。那个不负责任的父亲整天一副冷酷无情的样子，兜里有一点钱便会拿来买酒喝。后来，他又沾上了毒品，由于毒瘾发作，他没有钱买毒品，狂躁之下扎死了这对兄弟的母亲。为此，他被判了终身监禁。那一年，这对兄弟还不到 5 岁。

可怜的兄弟无计可施，只好流落街头以乞讨为生，年龄稍稍大一点后又到工地上给人做帮工。可是谁都想不到，多年之后，曾经极为相似的他们会有如此大的差别：

哥哥同父亲一样，嗜酒如命，毒瘾很深，而且偷窃、敲诈，无恶不作，最后因杀人罪入狱。

弟弟却滴酒不沾，且从未吸毒。他是一家大公司的部门经理，有一个美满幸福的家庭。

当记者分别采访这两位兄弟时，万万没想到他们的开头语一模一样："有这样的老子，我还能有什么办法！"只不过这句话后面的解释不同。

哥哥说："……我的身上天生就带了嗜酒、吸毒、杀人、放火的种子，这些东西是我所无法控制的。"

弟弟则说："……我已经无所指望，我只能靠我自己打拼。否则我也会走向同一条路的。"

大道理

决定你命运的不是你生活的环境，也不是你的遭遇。同种条件下，你将走出什么样的路，关键在于你持有什么样的信念。

16. 摔倒了？爬起来！

美国总统林肯，在任期间政绩辉煌，但他战胜人生灾难的成绩实际上比政绩更辉煌。

1809 年，林肯出生在一个一贫如洗的伐木工人家庭。

7 岁时，因为太穷，他的全家被赶出了原居住地，小林肯从那时便承担起了抚养家庭的重任。

9 岁时，慈爱的母亲去世，林肯受到了巨大的精神打击。

22 岁时，第一次经商失败，生活陷入艰难。

23 岁时，竞选州议员落选。

同年，失业。

同年，争取进入法学院，失败。

24 岁时，再次经商失败，欠下巨额债务，16 年后才全部还清。

25 岁时，再次竞选州议员，终于赢了，这多多少少让他饱经沧桑的心得到了些许安慰。

26 岁时，订婚后正准备结婚，未婚妻却突然死亡。

27 岁时，精神完全崩溃，卧床半年之久。

29 岁时，竞选州议员发言人失败。

31 岁时，争取成为选举人失败。

34 岁时，参加国会大选落选。

39 岁时，寻求国会议员连任失败。

40 岁时，争取自己所在州的土地局局长职位失败。

45 岁时，竞选美国参议员落选。

47 岁时，在共和党的全国代表大会上争取副总统职位提名，支持票数还不到 100 张。

49 岁时，再度竞选美国参议员落选。

51 岁时，当选美国总统。

一生，他都被忧郁症所折磨，并且，婚姻生活很不幸。

如果问林肯是如何走过这一路艰辛的，他会略表惊讶又很无所谓地回答你："这很奇怪吗？那些都只不过是滑一跤，又不是死去爬不起来。"

成功，就是爬起来的次数比跌倒的次数多一次。困苦磨难本身从来不是魔鬼，面对它时你所表现出的萎靡和屈服才是最大的灾难。如果每次跌倒之后都能爬起来，成功早晚会属于你。

17. 风雪里的一课

接连下了三天的大雪，今天天气总算放晴了。可是"下雪不冷化雪冷"，前三天都如冰窖般的教室现在更像冷库般令人难以忍受了，几十个十几岁的穷孩子齐刷刷地傻站着——这样似乎比坐着要暖和一些，而且大家也更容易挤得紧一些。

满屋的跺脚声随着杨老师的进入停止了，这位老师向来以严肃冷酷著称，同学们可不敢招惹他。但是即使大家都小心翼翼的，杨老师还是从学生的脸上看出了两个字：我冷。

"大家都站起来。"杨老师命令一般地喊道。

同学们惶惑不安地都站了起来。

"到外面排好队，我们去操场上上这一课。"杨老师又接着说道。

"噫，"同学们都倒吸了一口凉气，"什么？去操场上上课？在这样的天气里？"

但是不管怎样，最后，杨老师躲在镜片后面的严厉的眼睛依然将大家一个接一个地逼出了教室。

操场上，大雪早已将一切都连成了一个整体，偶尔有些空隙，雪化之后露出了下面白白的地皮。穷孩子们厚实的土布棉袄这时似乎失去了它的作用，弄得他们个个像冻结的冰凌一般。

看看大家已经排好队，杨老师面对学生们站定，然后脱下了身上那件黑色棉衣。同学们还未来得及惊呼，他又开始脱里面的毛衣。最后，瘦削的他只穿着一件单薄衬衫给同学们讲起了"课"：

"如果不出来，大家肯定以为自己是敌不过风雪寒冷的，可是事实上，现在大家站在这里，没有任何人会倒下去，包括我，对不对？所以同学们，从苦日子里长大，没有什么苦是我们受不了的，只要你敢伸出手去迎接，敢抬起头去面对！我希望你们能够永远记住这句话，因为大家以后人生中遇到的苦难也一样，只要你敢于正视，你就会发现，其实一切，都不——过——如——此！"杨老师最后拉长了语调说道。

的确，那一天直到最后，也没有谁支撑不下去。

生命中有许多伤痛并非我们想象的那么严重，而人之所以觉得不能承受，是因为过分畏惧或者正在用放大镜观察它。甩掉畏难情绪，奋力一搏，你就会发现：其实一切，都不过如此。

18．没有不受伤的船

在西班牙港口城市巴塞罗那，有一家大型的造船厂，该厂有一间陈列室，是专门用来陈列该厂出产的船只模型的。由于造船历史悠久，该陈列室至今已经陈列了近10万只船舶模型。

据说，所有走进这间陈列室的人都会被深深震撼，并从中得到深刻的启迪。这倒不是因为它的超大规模或者千姿百态的船舶模型，而是因为每一个模型上雕刻的文字——关于本船的航行历史。比如，那艘名为"西班牙公主"的船上这样记录着：本船1984年下水，共计航海50年。在这50年间，它曾经138次遭遇冰川、116次触礁、27次被海上风暴扭断桅杆、21次因为故障抛锚搁浅、13次遭遇海盗抢劫、9次与其他船舶相撞，但是，它却一直没有沉没。

另外，在该陈列馆最里面的墙上还有这样的文字记录：该厂成立几百年来，共出厂近10万只船舶。在这10万只船舶中，有6000只在大海中沉没，有9000只因受伤严重不能再进行修复航行，有6万只遭遇过20次以上的灾难……"最后的结论是：凡是下过水，没有一只船不曾有过受伤的经历。

我们的人生，不也如此吗？

大道理

在海上航行，没有不受伤的船；在人世间行走，也不会有一帆风顺的人生。而不管遭遇什么样的风雨伤痛，都坚强勇敢、百折不挠地前进，这便是成功的秘诀。

19．胡皮·戈德堡

胡皮·戈德堡是美国著名的黑人女演员，由她主演的《修女也疯狂》注定是一部要载入艺术史册的经典影片。她在其中扮演了一位很另类的修女，但了解戈德堡的所有人都说，这位修女其实并非她"扮演"的，而是就是她自己。

的确，戈德堡在日常生活中就是一位非常另类的女性，她的许多风格都跟周围人格格不入，并且，尽管为此深受打击与讽刺，她依然装聋作哑不改初衷。

据戈德堡自己说，她的另类和个性得益于她母亲的教诲。

她说："自从出生到长大，我一直居住在环境复杂的纽约市劳工区切尔西。我成长的时期正值嬉皮士时代，而我是一个很喜欢追随潮流的人。于是那时，我经常身穿大喇叭裤，头发梳成阿福柔犬蓬蓬头，脸上也常涂满五颜六色的彩妆。为此，我常常遭到附近各类人士的批评。

"我至今仍然对一件事记忆深刻，那是一个晚上，我约邻居友人一起去看电影。约会时间刚刚到，我便穿着一件扯烂的吊带裤、一件绑衬衫去赴约了。结果，当我出现在朋友面前时，她非常不满地对我说道：'你必须换一套衣服。'

"'为什么？'我不解地问道。

"'你装扮成这个样子，要我怎么跟你出门呢？'她生气了。

"这下，我也生起气来，于是我回应道：'要换你换！'就这样，她赌着气走了。

"我并不知道，当我跟朋友争吵时，母亲就在一旁看着。我永远也忘不了母亲当时告诉我的话，因为那些话成了我此后一生的座右铭。母亲说：'你可以去换一套衣服，变得跟其他人一样，也可以继续这样下去。但是，如果你选择后者的话，你必须坚强到可以承受住外界任何嘲笑的程度，因为你一定会因此引来批评。这，便是与众不同者的不容易。'

"说实话，当时我受到了极大震撼。但正是从那一刻开始，我注定了一生都不能再摆脱与众不一致的话题。

"我成名之后，也曾经听到很多人议论我：'她怎么会在这种场合穿运动鞋呢？''她为什么不穿礼服出场，难道不应该这样吗？'……但是最后，因为受我的吸引，她们纷纷学起了我的样子，比如绑细辫子头。"

说到这里，戈德堡使劲摇了摇她那绑满细辫子的头，然后得意地笑了起来。

大道理

你可以与众无异，也可以与众不同。但如果选择后者，你必须坚强到可以承受住外界任何批评的程度，因为这注定是一条漫长而艰辛的道路。

20. 活着出去

还不到 20 岁的罗杰尔由于参加一个抢劫团伙被捕入狱了，审判结果是判处他 90 年有期徒刑。这个结果一传开，所有人都认为罗杰尔这一生算完了——90 年有期徒刑，即便他能活着出来，到时候也会是 100 多岁的老人了，还有什么用呢？

可是偏偏，罗杰尔不这么想。长长的狱中岁月让他想明白了很多问题，他觉得假如自己就这么活一辈子实在是太冤了。他还不满 20 岁，真正的人生还没有展开，他还没有娶过老婆、建立过家庭、有过孩子。"不，"罗杰尔非常坚定地告诉自己，"我一定会好好地活下去，我要活着出去，我还要建立自己的家庭。"

在此后漫长无比的几十年中，看着身边的狱友们一个接一个地出狱或死去，罗杰尔几度走到了精神崩溃的边缘，可每一次，最初的那个信念都把他支撑住了。

最后，他竟然真的活着走出了监狱，并且娶了一位已经年过八旬但精神矍铄的老寡妇为妻，还收养了一位孤儿做孩子。

也许，这就是信念的力量。

大道理

信念，是任何人都不可或缺的一种精神法宝，它的力量是无比巨大的。有了它的支撑，死神和失败最终都会为你让路。

21. 家传宝箭

春秋时期，一位将军带他的儿子出征打仗。为了把还是马前卒的儿子培养成大将之才，父亲决定给他个锻炼的机会。

于是，在又一阵号角吹响、战鼓雷鸣时，父亲唤过儿子，郑重其事地交给他一个箭囊，然后指着囊中露出一截的箭说："这是你做卫国大将军的祖父传下来的，可谓是家袭宝箭。把它佩带在身边，你就会力量无穷、百战百胜，但是切忌一点，千万不可以把它抽出来，以免影响它的神力。"

儿子接过箭囊一看，整个囊都由厚厚的牛皮打制而成，还镶着幽幽泛光的铜边儿，再看那露出一截的箭尾，分明是用人人惊羡的上等孔雀羽制作的。儿子喜出望外，连忙把箭囊佩带在腰间，顿时，他感觉一阵威气袭来，整个人都为之一振。他仿佛看到了祖父当年征战沙场、所向披靡的场面，耳旁"嗖嗖"的箭声一阵紧似一阵，敌方的主帅应声落马而毙……

果然，佩带着家传宝箭的儿子英勇非凡、所向无敌，把敌人打得落花流水。当听到鸣金收兵的号角吹响时，意气风发的儿子禁不住得胜的豪气，托起那个箭囊细细地抚摸着。忽然，他的好奇心来了，非常想看看到底是什么样的奇异宝箭能够让人如此虎虎生威。于是，他慢慢地抽出了宝箭。但是骤然间，他惊呆了：一支断箭！箭囊里装着的竟然是一支折断的箭，而且分明就是最普通、最常见的那种箭！

"天哪，原来我一直挎着一支断箭打仗！"儿子傻了似的喃喃自语着。他想起了刚才与敌方主帅誓死拼杀的场面，立刻犹如失去支柱的房子一般，轰然坍塌了。

将军父亲站在城楼上看得清楚，不由地深深叹息道："孺子不可教也！不相信自己的意志，你永远也做不成将军！"

大道理

意志和信念是一个人有所成就的前提，但这前提是：它们必须从自己内心而起，倘若寄托在他人或他物上，非但愚蠢而且极其脆弱。

22. 狼与老太婆

饿了几天的狼出去找食物，转了半天却一无所获。正当它懊悔不已，不知如何是好时，忽听不远处的农家传来了孩子的哭声。它赶紧循着哭声跑了过去，不想那家却门窗紧闭，无机可乘。

无奈之下，饿狼只好转身回去，不想这时那个哄孩子的老太婆忽然说了一句："还哭，还哭，你再哭我就把你丢出去喂狼！"

饿狼一听大喜，赶紧在附近找了个隐蔽的地方躲了起来，然后眼睛直直地盯着那家大门。谁知一等再等，半天过去了，老太婆依然没有把孩子丢出来。看看太阳就快落山了，等得不耐烦的饿狼"嗖嗖"几下蹿到了那家窗户底下。看样子，它是想质问一下那个老太婆为什么说话不算数。

不料它刚刚张开嘴，便听见老太婆又在里面说道："宝宝乖，不哭了。如果狼来了，阿婆就把它宰了给宝宝煮肉吃。"

饿狼一听，吓得魂飞魄散，赶紧玩儿命似的朝回路跑去。半路上，一只狐狸看见饿狼的慌张样儿感觉很奇怪，于是便问它发生了什么事。

"别提了，"饿狼惊魂未定地说道，"那边农家的老太婆说话不算数，害我饿了半天不说，反过来还要杀我煮肉吃。幸好我跑得快，不然早就成了她锅里的晚餐了。"

别人信口开河，你就信以为真，这相当于把自己的命运交给别人把握。坚持主见、稳住阵脚，你才能保证自己正常的生活秩序不被打扰。

23. 一句话的价值

1961 年，正是美国流行嬉皮士的年代。不计其数的青少年在那个时期里迷失了自我，成为"迷惘的一代"。皮尔·保罗校长就是在这个时候走进这所贫民窟小学的。

相对于出身富贵却迷惘的白人孩子，这些出身穷苦的黑人小孩似乎更加无所事事，旷课、斗殴几乎是他们学习生活的全部。有时，一些学生甚至会砸烂学校的黑板，弄得老师连课也没法上。为此，保罗校长一直头疼不已。

某天，他经过一间教室时，一个名叫罗杰的小家伙正要从窗台上跳下来。看见校长经过，小罗杰吃惊之下一下子从窗台上掉了下来。保罗一看，赶紧伸手把他接住。当孩子黑黑的小手在他的大手里发抖时，他忽然灵机一动说了这么一句："一看你这根修长的小拇指我就知道，你将来是纽约州的州长。"然后，他就冲着瞪大眼睛愣在原地的罗杰笑了笑，转身走开了。

这是一件小事，所以保罗校长没过几天就忘记了。如果不是几十年后的那则新闻，他恐怕永远不会再想起这件事来。

那是 40 多年后的一个下午，已经白发苍苍的保罗正在关注纽约州州长竞选的最新消息。刚刚竞选成功的罗杰·罗尔斯州长正在接受记者的采访。当记者问到他的过去时，这位新州长对自己的奋斗史只字不提，而只是说出了一个大家都非常陌生的名字——皮尔·保罗，然后他就讲了小时候的那件事，再然后他便说道："40 多年来，我没有一天忘记过这件事，'纽约州州长'这几个字就像一面旗帜，无时无刻不在我的心中飘扬着，它不但激励着我前进，还激励着我时刻用州长的身份要求自己。终于，在今年我已经 51 岁时，我成功了……我知道，像我这样出身糟糕的黑人孩子，很少能够有人获得一份体面的工作，但今天，我非常欣慰地看到了我多年努力的结果……"

面对着这位美国纽约州历史上第一位黑人州长，双鬓花白的老校长保罗流下了泪来。

命运的转折点并不总是惊心动魄的大事情，一句涤荡灵魂的话、一个表示关心的动作都可能促成一个人的转变。既然如此，我们何必吝惜自己出于善意的一言一行？

24. 自杀的优秀者

松下电器正在招收一批基层管理人员。经过笔试和面试双重考核后，几百位报名者只剩下了十位优胜者，其中一位叫作神田三郎的优秀青年给老板松下幸之助留下了深刻印象。神田三郎才华突出、口才一流而且品貌俱佳，真可谓是十位优胜者中的优胜者。

第三天，当助手把录取名单送到松下幸之助的办公室时，松下意外地发现"神田三郎"竟然并没有在名单之内。

"为什么没有那个叫作神田三郎的小伙子呢？我看他很不错啊。"松下问助手。

助手一愣，立刻回到办公桌前去查。哦，原来是电脑出了故障，把录用者的名字跟分数排错了。按照老板的指示，助手马上给神田三郎下发了录用通知书。

不想一天、两天……一周时间过去了，神田三郎始终没有来报到。怎么回事？难道松下公司不符合他的要求吗？多少感觉有些不可思议的老板松下于是派助手亲自去请。

下午时分，助手回来了，他带来了一个惊人的消息：由于未能被松下公司录用，踌躇满志的神田三郎经不起打击，已于一周以前跳楼自杀了。

听到这个消息，松下立刻陷入了沉默之中。为了缓和气氛，助手轻声说道："真是可惜啊！如此才华出众的青年，我们竟然没有录用他。"

"不！"松下立刻否定道，"你应该说：幸亏我们公司没有录用他！如此不坚强的人，我们能指望他干什么呢？"

大道理

　　真正的强者不是屡战屡胜者，而是屡败屡战者。任何人的一生都难免遭受挫折打击，意志薄弱之人，非但干不成大事，还有可能成为别人的累赘。

25．一个墓志铭能带来什么

"二战"时期，英国小说家西雪尔·罗伯斯到郊外的一处墓地拜祭一位英年早逝的朋友。拜祭完毕之后，罗伯斯正转身欲走，忽然瞥见朋友墓碑旁边一块新立的墓碑，上面有一句这样的墓志铭：

全世界的黑暗也不能使一支小蜡烛失去光辉！

立刻，罗伯斯感觉到了一种莫名的震撼，只见他迅速从衣兜里掏出钢笔，把这句话抄了下来。

"这到底是哪部书上的呢？还是哪位名家的名言？"回到办公室之后，罗伯斯一边自言自语着，一边逐册逐页地翻阅着书籍，显然，他是想找出这句话的出处。可惜的是，找了许久，他依然未能找到。

第二天，罗伯斯又回到了墓地，他从墓地管理员那里得知：长眠于那个墓碑之下的是一名年仅10岁的小男孩，前几天，当德军空袭伦敦时，男孩不幸被炸弹炸死了。鉴于他生前的热情明朗、积极乐观，也为了表达自身奋斗不息、誓死保卫国家的志向，当地的人们为他立下了这块墓碑。

听完管理员的解释，罗伯斯再一次被深深地感动了。很快，一篇感人至深的文章便面世了。文章中所写的故事迅速流传开来，犹如希望的火种一般，时刻鼓舞着人们为胜利而战、为国家而战。

许多年后，还在读大学的布雷克于偶然之间读到了这篇文章，志向远大的他也立刻被感动了。于是大学毕业后，他放弃了几家企业的高薪聘请，毅然决定随同一个科技普及小组去非洲扶贫。当时，布雷克的这一决定遭到了家人的强烈反对。他的父母软硬兼施，想尽一切办法阻止儿子的远行。可是最终，布雷克还是以一句话坚定地拒绝了亲朋好友们的好意，他说："如果黑暗笼罩了我，我绝不害怕，我会点亮自己的蜡烛。"

就这样，布雷克踏上了非洲扶贫之路，为第三世界的和平与发展添上了一笔壮丽的墨彩。

这仅仅是我们所知道的两个小故事，而未曾流传开来的、被那句话或者那篇文章感动，以至于作出影响一生的重大决定的人，又会有多少呢？

　　蜡烛虽纤弱，却能燃烧自己散射出熠熠之火，全世界的黑暗也不能使它失去光辉；个人虽渺小，一旦点亮心烛，也必能驱走眼前的黑暗。如果时刻都能走好脚下的路，走好一生还会困难吗？

26. 着眼在你想达到的地方

在一次空手道表演赛中，黑带高手以七段的实力，徒手劈开十余块叠在一起的实心木板，赢得观众热烈的喝彩与掌声。

黑带高手将十余块木板叠了起来，亲切地搭着杰克的肩膀，问他："如果你想劈开这叠木板，你的着力点会放在木板的哪里？"

杰克指着木板的中心："这里，我想一定要打在中心点。"

空手道高手笑道："也对，木板架高时的中心点，的确是最脆弱的部分。不过，如果你将着力点放在最上面这块木板的中心，当你的掌击中那一点时，将遭受同等力量的反击，令你的手掌反弹且疼痛不已。"

杰克不解地问："那究竟该把注意力放在哪个部分？"

空手道高手指着最下面那块木板的下方："这里，把你所有的注意力都集中到木板的下面，你一定要想着自己将要达到这个地方，这样，木板对于你就不再是一个障碍了。"

　　正所谓"法乎上而取乎中"。目标定得高一些，即使没有达到效果也不会太差；目标定得太低了，即使达到了也不能叫很好。

27. 盲人如何跳伞

今天是星期天，天气十分晴朗，这十几个穿戴整齐的人正站在机场上等待迎接跳伞挑战。忽然，在一只导盲犬的引领下，一位盲人也背着降落伞走来了。

"你也是来参加跳伞训练的吗？"有人小心地问道。

"是的！"盲人以洪亮的声音答道。

"呵——"人们顿时发出了一声轻轻的惊呼。

"我知道，你们是在想我一个瞎子怎么跳伞吧？"盲人很开朗地大笑道，看起来他一点也不觉得"看不见"是一件烦恼的事。

"是啊是啊，你怎么跳啊？"看到盲人如此爽朗，众人立刻七嘴八舌地问了起来。

"那有什么困难的，我跟你们一样就行了啊。"盲人以一副"理所当然"的口气说道。

"可是，你怎么知道什么时候开始跳呢？"有人问。

"哈哈，我虽然看不见，可是我能听见啊！开始跳伞的警告广播一响起，我就抱着我的导盲犬跟你们一起排队往下跳呗。"盲人答。

"那……你怎么知道什么时候该拉开降落伞呢？"又有人问。

"教练不是说了吗？从跳下的一刻开始数，数到'5'时拉开就可以了啊。"盲人答。

"但是，落地的时候呢？你怎么知道何时落地啊？那可是跳伞最危险的一刻。"还有一人问。

"这个更简单，当我的导盲犬吓得歇斯底里地乱叫，同时我手中的绳索变轻时，我就做好标准的落地动作，一切不就都解决了吗？"

众人你看我，我看你，全都哑口无言了。那天的挑战完毕后，教练对大家说："在这次训练中，动作最标准、最从容不迫，因此得分最高的人，是张荣。"

"张荣是谁？"大家不约而同地问。

"他。"教练指了指年轻的盲人说。

大道理

那些看起来无法克服的障碍，往往是虚张声势的假象；最难以突破的局限，永远在我们的心里。战胜"我不能"的潜意识，任何人都可以做到无往不胜。

28. 唯一的法宝

在远征波斯之前，亚历山大大帝决定"破釜沉舟"——他投入了全部，把所有的财产都分给了臣下。所以，当必须购买种种军需品和粮食时，身无分文的他宣布轻松上阵，让士兵们什么都别想而只是立刻上路。

这可怎么办？将士们面面相觑、议论纷纷。

一位叫庞尔狄迦斯的大臣忍不住站出来问道："陛下，如此漫长的征途，您难道不应该带点什么启程吗？"

"我已经带好了。"亚历山大目光坚毅地直视着前方说道。

"已经带好了？"群臣大惑不解地重复着，然后禁不住异口同声地问了出来，"是什么？"

"我带了一个举世无双的法宝，它的名字叫'希望'！"亚历山大回答道。

听到这句话，庞尔狄迦斯大为震撼，只见他立刻说道："那么，请允许我们也来分享它吧！"然后，他便宣布拒绝皇帝分给他的财产。紧接着，在场的许多大臣都效仿了庞尔狄迦斯的做法。

带着"希望"法宝远征的亚历山大大帝，不久之后便成功征服了古希腊那片神奇的土地，给古希腊以及东方、远东的世界带来了文化的融合，开辟了一直影响到现在的丝绸之路的丰饶世界。

大道理

　　希望是力量之源，无坚不摧；希望也是成功的首要因素，攻无不克。无论何时都满怀希望并且积极行动，成功必然会离我们越来越近。

29．1美元的别墅

　　某天，彼特从《大众报》看到一则售房广告："1美元购买一幢豪华别墅，有意者请到××大街××号找罗丝夫人联系。"

　　彼特被这个笑话逗得乐了起来。"上帝也不敢开这样的玩笑！"他自言自语道，"今天又不是愚人节！"然后他又突然想道：没准儿这是个犯罪团伙，把人吸引到那里去以后伺机诈骗或勒索。可是这骗子也太傻了点，谁会相信这种鬼话呢？这样想着，彼特便摇摇头把报纸扔到了一边。

　　一周以后，彼特的好朋友杰瑞打来电话，请他过去帮忙搬家。

　　"哦？你买新房子了？"彼特很惊讶地问道，心想对方可只是位不起眼的小公司职员啊。

　　"是啊，这一定是上帝派天使送给我的礼物。"杰瑞在那头兴高采烈地说道。

　　"为什么要这么说呢？"彼特奇怪地反问道。

　　"你不知道，这幢200多平方米的复式别墅我只花了1美元！"杰瑞的声音从那端传了过来，"我是从昨天的《大众报》上看到这个消息的，看到后我立刻驱车去了那里。我开始还以为那位美丽的夫人是开玩笑呢，没想到竟然是真的！她说这幢房子本来是她丈夫在遗言中留给情妇的财产，不过把拍卖权留给了她。因为她恨那个女人，所以就把这幢带小花园的豪华别墅以一美元出售了。哈哈，你说我是不是太幸运了，啊？"

　　……

　　"喂？喂？彼特你在听吗？"杰瑞听这头半天没反应，赶紧问道。

　　"我——在——听，"彼特以非常奇怪的语调一字一顿地说道，"只是我想告诉你，这个消息我一周以前就看到了！"

　　杰瑞听完这速度极快的后半句话之后，接着就听到了"咣"的一声，不知道是彼特把电话摔了还是自己晕倒在了地上。

大道理

　　世界之大，什么事情都有可能发生。如果根本不相信有奇迹，你当然更不可能创造或收获奇迹。改变这一点的方法其实很简单：试试再说。

30．成败实验

　　某教授带领他的10名学生进入了一间漆黑无比的小房子，然后告诉大家："今天，我们要在这间房子里做一个实验。首先，请在我的引导下走到房间的那一边。"

　　说完，教授便拉起了排头学生的手，然后小心翼翼地向前走去，后面的学生也一个拉一个，依次走了过去。等大家都成功到达房间的另一侧之后，教授打开了房间的一盏灯。顿时，所有人都倒吸了一口冷气，几个胆小的学生更是吓得叫了起来。原来，这间房子的地面居然是一个大坑，坑里养着无数条形态各异的毒蛇，一条条目光如炬，有些还时不时向坑外的人吐着信子。大坑上方搭着一座扁扁的独木桥，刚才他们就是从这座独木桥上走过来的。

"现在，你们当中有谁愿意再走一遍？"教授转身问学生。没有人回答。过了很久，有两个胆大的站了出来。第一个小心翼翼地走了过去，速度比第一次慢了许多。随后，第二个也颤颤巍巍地踏上了独木桥，但走到一半时深感恐惧，最后，不得不趴在小桥上爬了过去。

两人都到达对面之后，教授又打开了房内的另外几盏灯，灯光把房间照得如同白昼。直到这时，人们才发现：独木桥的下方装有一张非常细密的安全网，只是由于网线颜色极浅，他们才没看见。

"现在，又有哪位愿意再通过一次这座小木桥呢？"教授又问道。

没过多久，3个人便站了出来。

"你们呢？"教授问剩下的5个人，"你们为什么还不愿意呢？"

"这张网能确保我们的安全吗？"那几个人异口同声地问。

大道理

> 失败，固然与能力不足、力量薄弱不无关系，但首要的原因多为信心不足，以至于还没有上场，就因为内心的恐惧或顾虑败下阵来。

31. 水晶大教堂

1968年，美国的罗伯·舒乐博士突发奇想，打算在加州用玻璃建造一座水晶大教堂。有了这个念头之后，他来到著名的设计师菲力普·强生家里。描述完自己的构想后，他便向强生咨询起建筑预算，并且坚定地对对方说："我现在一分钱也没有，所以零美元与100万美元的预算对于我来说没有什么区别。但重要的是，这座教堂本身要具有足够的魅力来吸引捐款。"

经过精心计算，菲力普·强生告诉舒乐博士至少需要700万美元。听清这个数字后，舒乐博士拿出一张白纸，在上面写下了"700万美元"，然后又写下如下10行字：

寻找1笔700万美元的捐款；

寻找7笔100万美元的捐款；

寻找14笔50万美元的捐款；

寻找28笔25万美元的捐款；

寻找70笔10万美元的捐款；

寻找100笔7万美元的捐款；

寻找140笔5万美元的捐款；

寻找280笔25000美元的捐款；

寻找700笔1万美元的捐款；

卖掉10000扇教堂窗户，每扇700美元。

然后，舒乐博士长长地出了一口气，似乎已经打定了某种主意。

两个月后，他用水晶大教堂奇特而美妙的模型打动了当地的一位富商约翰·可林，这位富商捐出了第一笔 100 万美元。

3 个月后，一位被舒乐博士的精神所感动的陌生人，在其生日的当天寄给舒乐博士一张 100 万美元的银行支票。

6 个月后，一名捐款者对舒乐博士说："如果你以你的诚意与努力能筹到 600 万美元的话，那剩下的 100 万美元我将会全部支付给你。"

第二年，舒乐博士开始以每扇 500 美元的价格请求美国人认购水晶大教堂的窗户，付款的办法为每月 50 美元，10 个月分期付清。6 个月内，1 万多扇窗户全部售出。

1980 年 9 月，历时 12 年，可容纳 1 万多人的水晶大教堂竣工。水晶大教堂最终的造价为 2000 万美元，全部是舒乐博士一点一滴筹集起来的。

大道理

　　没有不可能，只有不去做。阻碍理想实现的最大障碍永远在我们自身，只要不被"不切实际"吓倒，并坚持不懈地做下去，最适合你的那条成功途径终究会被你找到。

32．勇气致胜

　　年轻人在这家大公司里工作已经有一段时间了。虽然他很努力，上司也认为他很不错，但他很想知道公司对自己的真正评价，于是，他偷偷给公司总裁写了一封信。

　　在信中，他描绘了自己现在所做的工作，并把自己的成绩也做了比较详细的陈述。然后，他问了总裁几个问题，其中最重要的一个是："我能否在更重要的位置上干更重要的工作？"

　　寄出这封信之后没多久，年轻人就把这件事忘得一干二净了，因为他觉得，总裁是肯定不会理睬他这种小角色的。

　　哪知几天后，他竟然意外地收到了公司总裁的回信。在信中，总裁对他提出的几个问题进行了回答，最后还说："公司正准备建一个新厂，就由你来负责监督新厂的机器安装吧。"然后，几张关于机器安装的图纸从信封里掉了出来。

　　他并没有学过这方面的知识，也不曾有过任何相关的训练，但总裁却要求他在短时间内完成任务，这分明是在为难他嘛。可想到这其实也是一个难得的机会，他便真的投入到了对图纸的研究中，遇到不懂的问题他就向有关人员虚心请教。结果，身为门外汉的他，最终竟然很出色地完成了任务。

　　当他应总裁之召，兴冲冲来到那间豪华的大办公室时，总裁正微笑着等待他的到来。只听总裁对他说："现在，我正式聘任你为新厂的总经理。你的年薪，将会比原来提高 10 倍。"

　　他听呆了，忙问原因。

　　总裁解释说："据我所知，你原本对那张图纸一无所知……不想你却具备如此快速接受新知识的能力，而且还有相当出色的领导才能。其实，当你在信中向我要求更重要的职位和更高的薪水时，我就发现你的与众不同了。你是一个很有勇气的年轻人，而新公司正打算物色一位这样的总经理，所以，你是最好的人选，我祝你好运。"

　　有勇气的人，心中才会充满信念；有信念的人，行动起来才会有动力。很多时候，我们之所以不能成功，并不是因为缺乏才能和机遇，而是因为缺乏大胆尝试的勇气。

33．巴拉昂的遗嘱

　　巴拉昂是法国排名前50位的富翁之一。1998年，他在法国的博比尼医院去世。临终之前，他作出了两个惊人的决定：一，捐款4.6亿法郎给博比尼医院，以供其对前列腺癌进行科学研究；二，设立一项奖金为100万法郎的竞猜活动，用于奖励一个揭开贫穷之谜的人。那个谜面为：穷人最缺少的是什么？

　　巴拉昂死后，报纸刊登了他的遗嘱。遗嘱一经宣布，整个法国顿时轰动了，成千上万的答案纷纷飞向报纸编辑部。有的说，穷人最缺的是财富；有的说，穷人最缺的是机遇；有的说，穷人最缺的是技术；还有的说，穷人最缺的是信息。总而言之，答案五花八门，多古怪或荒唐的都有。

　　到巴拉昂去世一周年纪念日时，其遗嘱执行人宣布停止竞猜，然后让律师和代理人打开那只保险箱，把收藏于其中的48561封信全部拆了开来。但是数日的忙碌之后，他们发现只有一个名叫蒂勒的小姑娘猜对了。她的答案和巴拉昂留下的答案一模一样：穷人最缺少的是野心。

　　当蒂勒站在巴黎的领奖台上时，记者问这个只有9岁的小女孩："你是怎么想到答案是野心的呢？"

　　不想蒂勒的回答却十分简单和天真，她说："每当我姐姐把她男朋友带到我家时，总要对我发出警告：不要有野心！不要有野心！所以我想，野心大概能够让人得到他想要的任何东西吧。"

　　"不安于小成，然后足以成大器"，不要因为自身不具备某种素质而断言自己不能成功。在所从事的事业中加上一点野心，说不定前景反倒会更好。

34．等待的考验

　　这3个人都是大好人，因为他们做了许多善事，先知决定给他们每人一个发财的好机会。

　　先知是这样告诉这3个人的："沙漠的深处有一个地方埋藏着宝藏，你们去等吧。等到第九九八十一天时，宝藏会自动从地下长出来。"

　　三人一听，喜出望外，立刻朝沙漠奔去。

　　那个做善事最多的人首先来到了沙漠里。当来到先知所预告的地点时，他发现那里除了一片黄沙和一眼泉水之外，什么都没有。一天之后，喜欢与人交流的他感觉有些寂寞。三天之后，他开始孤独地唱歌给自己听。一个星期之后，他开始有些恼怒地自言自语起来。两个星期之后，他的自言自语已经变成了抱怨。最后，一个月还未满，他便大吼大叫着从沙漠里跑了出来，边跑边大喊道："这简直就是要命！我受不了了！"

第二个到达沙漠的人是做善事较多的那位。他很聪明，知道这么长时间自己一定会感觉寂寞难挨，所以随身带了许多书籍和信件。一到达先知所说的地点，他便开始埋头读书、读信，并强迫自己不去想已经过了多少天。很快，他带来的书和信读完了，可是宝藏还没有长出来。没办法，他只好又读了一遍。谁知一直等到读完第三遍时，宝藏依然无影无踪。终于，这个人也烦了。他疯了似的诅咒着这无聊的生活，然后便宣布放弃了。

最后一个，也就是3个人当中做善事最少的那一位来了。和第一个人一样，他也什么都没带，一到达目的地，看了看周围便坐了下来。然后，他开始设想奇迹出现会是什么样子，他穷尽自己的想象力，把宝藏形成、生长、出现的过程都想了个遍。第一个月在他无休止的想象中慢悠悠地过去了。想够了宝藏之后，他又开始想自己从小到大的人生历程，童年、少年、青年、中年，每一件小事他都试图想起来，并用语言描述出其详细的情节来。无数次花怒发和无数次痛心疾首之后，第二个月也过去了。这时，他已经忘记了时间，而是完全沉浸在了对人生真谛、喜怒哀乐的感悟之中。正当他准备再回忆一遍自己的人生时，沙漠忽然开裂，宝藏涌了出来。

大道理

　　成功路上难免遇到种种困境，要想安全度过，我们必须付出耐心。如果一个人没有耐心去等待成功的到来，那他就只好用一生的耐心去面对永远的失败。

35．球王贝利与香烟

有"世界球王"之称的巴西足球运动员贝利，从小就酷爱足球运动，并且很早就显示出了在这方面的超人能力。但是，小时候的贝利有个坏习惯——爱抽烟。那么，他是如何改掉这个坏毛病的呢？

某天下午，小贝利与伙伴们踢完球以后，又学着大孩子的样子抽起了烟。他得意地深吸着烟卷，然后满脸陶醉地慢慢抬起头，向上吐出一缕缕淡淡的烟雾，刚才一番激烈运动后的疲劳似乎在顷刻之间都烟消云散了。

不巧的是，当时贝利的父亲正好打那里经过，看到了这一切。

到了晚上，父亲把贝利叫到一边，问他道："你今天是不是抽烟了？"

贝利犹豫了一下，还是如实地回答了，低着头等待父亲的责骂。

出乎意料的是，父亲并没有训斥贝利，而是非常平静地告诉他说："孩子，你在足球方面有几分天才，也许将来能有点出息。可是你现在竟然抽烟了，要知道抽烟对身体的危害是很大的，它会使你在比赛中发挥不出应有的水平。"

顿了一顿，父亲接着说："作为父亲，我有责任制止你的不良行为，但是最终决定的，还是你自己。"

说完，父亲便从口袋里掏出了一沓钞票，递给贝利："如果你不愿意做一个有出息的运动员，那这钱就做你抽烟的费用吧。"父亲转身走了。

小贝利望着父亲远去的身影，猛然醒悟了。他抓起桌上的钞票，迅速追上父亲，把钱还给了他，并坚决地向父亲保证道："爸爸，我再也不抽烟了！我一定要成为一个有出息的运动员。"

从那以后，贝利真的不再抽烟了。再后来，经过多年的刻苦训练，他终于成了一代球王。

> **大道理**
>
> 满足一千个欲望也不如克制住一个欲望。倘若意气用事，我们只能享一时之快；而克制住对自己不利的欲望，却是成就大事业的基本前提。

36. 要做就做推销员

托马斯年轻的时候，曾经做过很多种工作。虽然有些很轻松，收入也很稳定，但他一直想做辛苦的推销员，因为他觉得只有这种工作才可能实现自己发财的梦想。所以，他始终在寻找着这种职位。

有一次，托马斯找到了一个销售钢琴和风琴的工作，那次短暂的工作经历给他留下了深刻的印象，也更加坚定了他做推销员的想法。后来，他来到一家收银机公司应征推销工作，不想那个公司的地区经理约翰·兰治一口拒绝了他，因为在所有的应征人员中，托马斯是条件最差的一个。后来，兰治被托马斯坚韧的毅力所折服，答应让他在公司试用一个月。

就在这一个月中，托马斯的销售才能便展现了出来，他被正式聘用了。三年后，凭着自己对推销业务的熟练掌握，托马斯成了全国收银公司的销售总经理。谁知刚升职不久，他出色的能力就引起了老板帕特森的嫉妒，不久，他被解雇了。

后来，托马斯选择工作格外慎重。当然，这种"慎重"是指在公司而非职位上，因为对于职位，他早就抱定了"非推销员不干"的念头。最终，他去了计算机制表音像公司（CTR）。1924 年，托马斯已经成了计算机制表音像公司的首席执行官和首席运营官。同时，他决定把计算机制表音像公司更名为美国国际商用机器公司，也就是我们所熟悉的"IBM"。他的这一做法，预示了计算机革命的到来。就这样，托马斯·沃森成了后来风靡全球的 IBM 公司的创始人。

> **大道理**
>
> 如果说理想是目的地，那么坚持到底的毅力就是通往目的地的道路。想要做好任何事情，毅力都是必不可少的，否则就只有半途而废。

37. 丰田秀二的发展之路

丰田汽车工业的发展和丰田秀二有着不可分割的关系。

1955 年 1 月 1 日，一款名为"皇冠"的小轿车试投入生产。投入市场后的皇冠轿车在日本国内的销量很好，在短短的几个月内就取得了前所未有的成效。看到这种情况，丰田秀二想，不知道美国人是不是也喜欢皇冠，要是能把皇冠车卖到美国去那该多好啊！美国的市场可比日本要大多了。于是，他向董事会提出了在美国建立分公司的建议。

在他的建议下，丰田总公司很快就在美国设立了美国丰田公司。后来的事实证明，皇冠汽车在美国同样畅销，销售汇总表反映其销量一直在直线上升。

到了 1967 年 10 月，丰田秀二接任了丰田公司的董事长一职。刚刚坐上这一宝座，他便大刀阔斧地进行了改革——决定同福特、日野、大发等日本国内各大汽车公司强强联合，生产各种类型的汽车，以便形成垄断的局面，掌控全国乃至世界的汽车行业。在他执掌丰田公司的大权期间，丰田公司有了长足的发展。

1974 年，丰田秀二担任了刚刚成立的丰田财团的社长。虽然这个时候的丰田财团资产已达到了数百亿日元，但丰田秀二依然感觉不满足。数年之中，他不仅在汽车领域里积极进取，而且还依托丰田财团雄厚的资金实力，创办了一系列的教育、科研机构，培养出更多、更优秀的企业人才。

离开丰田财团以后，丰田秀二还在关心着丰田的事业，他说：无论企业还是人，都要一心向前，永不驻足。如果到了一切不能向前的时候，那就意味着一切都结束了。

大道理

知足常乐在特定领域和特定阶段有一定的道理，但并非任何时候都适用。对于那些想有所成就，并且尚在创业时期的人来说，自我满足是其成功和进步的大敌。

38. 音乐贺卡的启示

道尔已经在这家大公司工作很多年了，但一直都是个小职员。他很想离开这家公司，却又怕离开后找不到更好的工作。

一天晚上，当他正准备找东西时，他所在的小区忽然停电了。想想那些东西几天前被自己扔到了地下室里，他不得不去找蜡烛，可是家里的蜡烛早已经用完了。东西明天要急用，而明天早晨天不亮自己就得出发。这可怎么办呢？正当不知如何是好的时候，他的手指不小心触动了一张音乐贺卡。顿时，贺卡响了起来。他打开贺卡，贺卡中部发出了亮光。

可不可以带着它去地下室试一试呢？他拿着贺卡想，也只能这样了，一点光亮总比没有光亮好得多吧。就这样，借着音乐贺卡的光，道尔来到了地下室。

地下室里非常黑暗，相比之下，贺卡上原本微弱的光却显得非常炫目。借助这卡片的光亮，道尔找到了他想找的东西。

回到房间之后，颇受启发的他不禁想道："一张小小的贺卡所发出的光都能派上用场，能力并不算差的自己为何却甘心多年蜗居呢？"于是，多年不声不响的道尔突然作出了一个惊人的决定：辞职。

从那家大公司跳槽后，他出人意料地找了一家只有几十个人的小企业，做了一个很普通的小职员。不久，他被提升为项目部的主任。又过了不久，他已经升至项目经理……

经过数次跳槽，道尔成了一家跨国公司的董事长。

大道理

每个人都是一颗微不足道的星星，但如果懂得把自己放在一个适当的位置上，那你便会成为同类中最耀眼、最引人注目的一颗。

39．杂技高手

他是一名杂技高手。那次，他表演的是在两座山之间的一条钢丝上行走，这场演出吸引了成千上万的观众。

演出开始，他走到悬于山间的钢丝的一端，眼睛注视着前方的目标，伸开双臂，慢慢地、一步一步地走到了对面的山上。顿时，围观的观众给予了热烈的掌声和欢呼声。

"如果把我的手绑上，你们还相信我能走过去吗？"他问观众。

其实，有些人是不相信的，但为了知道结果，他们还是大声起哄道："我们相信你。"于是，他让工作人员用绳子绑住他的双手，然后从容地走了过去。

他又环视了一遍所有的观众道："如果绑住我的双手，再把我的眼睛蒙上，你们还相信我能走过去吗？"这次人们连犹豫都没有犹豫便脱口而出："我们相信你。"

就这样，工作人员用一块黑布蒙住了他的眼睛。只见他用脚慢慢地摸索到钢丝上，一点一点地往前挪着。这次，他又走过去了。

全场人欢呼起来。

接着，他拉过了一个孩子，问所有的人道："如果把他放到我的肩膀上，同样还是绑住双手蒙住眼睛，你们还相信我能走过去吗？"

所有的人想都没想便回答道："我们相信你。"

"真的相信我吗？"他反问观众。

"真的相信你。"观众异口同声。

"我再问一次，你们真的相信我吗？"

"相信，绝对相信你！"

于是他扫视了一下全场说："那好，既然你们都这么相信我，那就用你们的孩子换下我的这个孩子吧，有谁愿意？"杂技高手说。

一下子，全场鸦雀无声，再也没有谁说话了。这种尴尬的寂静整整持续了十分钟。

10分钟之后，杂技高手什么也没说，只是把孩子架在脖子上，沿着钢丝走了过去。当然，这次他还是成功了。

大道理

面临与自己利益无关的事情时，人们往往能轻松而迅速地做出判断，而一旦陷入其中，多数人都会"当局者迷"。只有那些真正自信的人，才会在任何时候都清醒自如。

40．儿子的"先见之明"

这座小城的中心设有美食一条街，街上有很多卖小吃的人。他摆的是一个炸臭豆腐干的摊子，因为做得好，很多人都喜欢吃他炸的臭豆腐，所以他的收入一直很不错。

快过年时，上大学的儿子放假回家了。一来到父亲的摊前，儿子便被摊子上摆着的一摞一摞的臭豆腐震住了。只听他吃惊地问父亲道："爸爸，现在经济这么不景气，你批发这么多的臭豆腐干嘛？如果卖不掉的话，那可真的要成臭豆腐了。"

不识几个大字，又从来没有关心过什么经济、政治的父亲一听，立刻琢磨了起来：儿子说的有道理呀，要是卖不掉那可怎么办啊？嗯，还是读过书的人眼光长远，看来自己辛辛苦苦地供他上大学真没有白费。

于是，从第二天开始，这位父亲便减少了臭豆腐的进货量。随后，他的吆喝声也变小了，炸豆腐干的心思也分散了，连对客人的态度也开始变得不耐烦了。

一段时间之后，果真像儿子所预言的那样，摊前吃臭豆腐的人越来越少，他的收入也越来越少，于是他摇头长叹道："唉，读书跟不读书就是不一样，还是儿子有先见之明啊！"

"嘀咕什么呢你？"不远处一个同行问他。

"我在说'经济'问题呢。"他有点得意地回答道。接着，他便把当前经济形势正在走下坡路，所以臭豆腐生意会受到影响这件"大事"分析了一遍。当然，那全是他自己的理解。

"我怎么没感觉呢？"他刚说完，同行便反问道，"好像没有啥影响吧？你不知道最近一段时间我的生意越来越好了，现在我每天的进货量都比以前多一倍呢。"

"多一倍？"他吃惊地睁大了眼睛，"你就不怕卖不掉吗？"

"卖不掉？"同伴摸了摸后脑勺，"这我倒没想过，我光琢磨怎么卖掉了。"

大道理

做事的结果往往与你最初的意念相符。如果你觉得自己可能会失败，那么你就必然会失败；只有一直充满信心的人，成功的概率才会不断增大。

41. 两次激战

爷爷 13 岁就参加了八路军。15 岁那年，他跟着部队远征到了印度、缅甸，支援那里的人民抗击日寇。

1942 年秋天，爷爷所在的那支连队不幸遭到了日寇的袭击，他们全连都被包围了。天色渐渐暗下来，原始森林里开始传出狼嗥虎啸，日寇的包围圈也越来越小，再加上连日血战和整整一天水米未进，全连士兵的心头都笼罩上了一层恐怖和绝望的阴云。想想不能坐以待毙，连长咬咬牙命令突围，谁知居然没有一个战士响应，而且黑暗之中还有人说了一句："反正怎么着也冲不出去了，还不如坐在这里轻松地等死。"连长一听就火了。可是他刚想开口训斥大家，就觉得在这种情况下这样做有些不妥，于是他忍住怒火，改成了跟大家唠家常："全连了我都还没娶媳妇吧？那大家就不能死，怎么着也得享受一回娶媳妇的滋味不是？你们不知道，娶媳妇可风光了。俺娶俺媳妇小翠的时候，是在震耳欲聋的爆竹声中，被一大群吹鼓手簇拥着一路走过来的，那滋味美得真是没法说！"说到这里，连长顿了顿，似乎是在给大家留自我想象的空间。几分钟之后，他又接着说道："俺爹俺娘辛苦了大半辈子，俺还没来得及好好孝敬他们几天呢，所以俺可不能就这么死了。再说了，俺媳妇没准现在都给俺生完儿子了。等仗一打完，俺就赶紧回家孝敬二老，跟媳妇过好日子去！"

听到这里，全连所有的士兵都默默地站了起来，开始跟着连长往外走。忽然，一个士兵大声喊道："为了孝敬爹娘和风风光光娶上媳妇，冲啊！"

结果，靠着这句"口号"的鼓励，全连居然奇迹般地把铁桶似的包围圈撕开了一个缺口，胜利冲出了死亡的魔爪。

其实，在打这场恶仗之前，他们已经打了一仗——跟自己心中的绝望。

大道理

　　在绝望之中点燃希望之火，是赋予一个人能量的最好方式。因为希望可以塑造决心，决心可以造就英雄，英雄能够创造奇迹。

42. 怎样才能不紧张

多年前，大作家艾迪初次到纽约旅行。作为同行，家住纽约的著名作家马克·吐温请他到自己家中赴宴。那是一场非常盛大的宴会，光是陪客就不下 30 人，而且都是当时的显贵。看到这种情形，艾迪紧张得连叉子都快拿不住了。

"亲爱的，你怎么了？是不舒服吗？"马克·吐温见状关切地问道。

"哦不，我只是怕得要死。"艾迪颤抖着回答道，"我想一会儿他们肯定要我演讲，到时我定会紧张得站不起来，即便站起来脑子也会不听使唤。"

"哈哈……"客人的话引得马克·吐温情不自禁地大笑了起来。笑过之后，他对艾迪说："这个问题很好解决，只要记住一点，你就不会再害怕了——他们并不指望你有什么惊人的言论！"

果然，听到这句话，瞠目结舌的艾迪顿时忘记了紧张，而且在随后的演讲中，他也同样"忘记"了紧张二字。

从那以后，无论在什么场合做公开演讲，艾迪都不再感觉害怕了，因为他知道：无论自己是谁，在别人眼中其实都并不重要。

故事讲到这里，我忽然想起了一句西方谚语，那句谚语是这么说的：20 岁时，我们顾虑别人对我们的想法；40 岁时，我们不理会别人对我们的想法；60 岁时，我们发现别人根本就没有想过我们。

大道理

　　并没有人指望你有什么惊人之举，所以，不必把自己摆在一个非常重要的位置上。否则，你只会紧张得发挥失常，让事情变得更糟。

43. 继母的教诲

在某期《读者》上，曾经读过一个关于继母教育儿子的故事，至今想来仍令人感动。

男孩的亲生母亲在他 7 岁那年便去世了，11 岁时，父亲给他找了继母。和绝大部分再婚家庭一样，这个男孩对继母很排斥，有两年都没叫过她一声"妈"。为此，父亲还曾打过他。可由于叛逆心理作祟，男孩的抵触情绪更强了。也许，连他自己都没想到，第一次叫继母"妈"，居然是在他第一次也是唯一一次挨继母打的那天。

那是一个秋日的中午，小男孩禁不住馋虫的诱惑，偷摘了邻居院子里的葡萄，结果被主人——一个外号叫王胡子的中年男人逮住了。因为平时他就特别畏惧这个王胡子，所以他一下子被吓坏了，浑身都哆嗦着，连气都喘不过来了。王胡子凶巴巴地喊道：今天我不打你也不骂你，只要你跪在这里，直到你的父母来领人为止。听说要跪下，小男孩很不情愿，可是为了避免挨打，他想想只好照办了。

谁知这一幕刚好被从邻居门前经过的继母撞见了。只见她一个箭步冲上前，一把就把儿子拎了起来，然后对着王胡子破口大骂道："你简直就是个王八蛋！"这一句骂立刻让在场的所有人都愣住了，因为大家都知道，她平时是个没有多少言语、性格非常内向的人，谁都想不到她居然还会有另外一面。

把儿子拖回家后，继母拿起一把尺子，打起他的屁股来，一边打一边流泪："你偷葡萄我不打你，小孩子哪有不淘气的！可是我要为你那一跪打你！都说男儿膝下有黄金，别人让你跪，你怎么就跪呢！你这么没有志气，将来怎么成人，怎么成事啊？"

听到继母泣不成声地说这些话，小男孩突然搂住继母的臂膀哭道："妈，以后我再也不这样了！"

的确，男孩后来一直十分重视自己的尊严，随着年龄的增长，自尊自爱渐渐成了他生命的主题。

多年后，已经成为北京某名校最年轻的博士生导师的他，说起自己的成长经历还念念不忘这件小事，他说："我之所以能有今天的成就，都是因为继母那句话……"

尊严，是人最不可忽略和抛弃的东西。一个人，只有时时刻刻都捍卫住自己的尊严，他的信念才不会缺失，人生的阵地才不会陷落。

44．如此简单

某天，南卡罗来纳州的州长为本州的一所学院请来了一位重要人士，请其对全体学生发表一次演说。

那天下午，离演讲开始还有很长一段时间，礼堂里便挤满了学生。显然，大家都对有机会聆听这位大人物的演说而兴奋不已。

在州长简单介绍之后，那位重要人士彬彬有礼地走到麦克风前，给学生们讲述了自己的成长和成功经历：

"我的母亲是聋子，所以她没有办法说话。我不知道自己的父亲是谁，也不知道他是否尚在人间。我平生第一份工作，是给一位大农场主摘棉花。"

听到这里，台下的学生们已经呆了。而演讲者则淡淡一笑，接着讲了下去。

"我想，大家现在肯定对一个问题非常感兴趣，那就是：一个在棉花地里摘棉花的女孩是怎么走到今天的位置上的呢？其实，这个问题的答案非常简单。在回答这个问题之前，我首先告诉大家对我影响至深的一句话——如果情况不如意，我们总可以想办法加以改变。这句话改变了我的一生。它使我意识到：一个人的未来根本不是由他生下来的状况所决定的，而是由他想到达的状况决定的！

"确实，一个人如果想改变眼前充满不幸或不尽如人意的情况，他只需要回答一个问题：'我希望情况变成什么样？'然后再采取行动，全身心地投入，朝着他理想的目标前进就行了。"

说到这里，演讲者的脸上露出了美丽而自豪的笑容："我的名字叫阿济·泰勒·摩尔顿。今天，我是以美国财政部长的身份站在这里的。"

顿时，台下掌声雷动。

如果情况不尽如人意，我们总是可以想出办法加以改变的。而想改变现状——想变成什么样——采取行动并且全身心投入地前进，这就是实现理想的全过程。

45．黛比的食品店

黛比是一个笨孩子，虽然她自己并不这么认为，但是与其他6个兄弟姐妹相比，她的确算不上出色——她没有两个哥哥那样的高学历，也没有两个姐姐那么精明；没有妹妹那么乖巧伶俐，也没有弟弟那么机灵狡黠。唯一值得庆幸的是，她嫁了一位非常成功的高级管理人员，这使她根本用不着做任何事情便能生活得非常富足。可是日复一日的单调生活激怒了她。

"我要工作！我要给自己找点事情做！"她烦躁不安地冲丈夫嘟囔。

"目前的生活难道不好吗，亲爱的？"丈夫不解地问道，"你还想怎么样？"

"我想开家食品店！"她咕噜着说出了自己的决定。这倒是一个不错的主意，因为她虽然一向被称为"笨孩子"，可烹饪手艺却是一流的。

"噢，黛比，"丈夫居然和家人一样呻吟道，"这是一个多么荒唐的主意！你肯定会失败的，这件事太难了，快别胡思乱想了。"

"你们为什么都这样劝阻我？你知不知道，我都快相信你们说的话了。但是，不试一试怎么会知道结果呢？……"几个小时的软磨硬泡之后，黛比终于从丈夫那里拿到了开食品店的钱。

可是跟大家预想的一样，在她食品店开张的日子居然没有一个顾客光临。顿时，黛比被冷酷的现实击倒了。"看来自己是必败无疑了。"她心想，"可是这么多已经做出来的食品怎么办呢？"无奈之下，她作出了一个大胆的决定：站在店门口向来往的行人免费赠送！"说不定这样反倒是个转机呢！"她自言自语道。

于是，她一反平时胆怯羞涩的窘态，开始端着刚烘制出来的食品请每一个过往的人品尝。不料这件事让她越来越自信，因为任何一个尝过的人都竖起拇指，称赞她的食品好吃。就这样，她的食品店打开了局面。

今天，"黛比·菲尔茨"这个名字已经在美国数以百计的食品商店的货架上出现了。她那原来名为"菲尔茨太太原味食品公司"的小食品店也已经发展成了食品行业里最成功的连锁企业。可以想象，现在的黛比也成了一位浑身散发着自信气质的女性，而那个"笨孩子"的外号，早就被人们忘了。

得不到别人的赞同和鼓励并不重要，如果你认准了某条道路，充满自信地去放手一搏，及时迈出决定性的第一步才最重要。

46．5000 与 10 万

未成名之前，青年画家租住在一间狭小的地下室里，每日以画卖人像为生。

一天，某富翁从街头经过时，相中了他细致温婉的画风，于是请他画幅半身像。双方约好酬金为 5000 元。

一周后，富翁来取画，当他看到画家的蜗居时，他顿感自己给的价格过高了。"像他这样的穷人，1000 块钱就是笔不小的数目了。"他想。于是他对画家说道："你没有画出我想要的样子来，所以我只能付给你 1000 块钱的辛苦费。"

画家立刻摆了摆手："不行不行，这个价格太低了，我连原材料都打发不下来。"

"我就给你 1000 块钱，对于你来说，这个价格已经不算低了，不是吗？再说，这幅画画的是我，如果你不拿着这 1000 块钱的话，别人是不会花哪怕一块钱来买它的。这一点我想你比我更清楚。"富翁好像赖皮似的说。

画家顿时明白了，富翁是瞧不起他的落魄和穷酸，于是他愤愤不平地坚决拒绝出售。富翁盯着他道："我最后问一句：1000 块钱，你卖还是不卖？"

画家对富翁怒目相视："我也最后告诉你一遍：我不卖。但是，如果你今天失信毁约的话，我最终会让你付出 20 倍的代价！"

"20 倍？10 万？"富翁狂笑几声道："我才不会笨得花 10 万块钱来买这么一幅画呢！"

"那我们就等着瞧好了！"画家对着富翁的背影大喊道。

被这件事刺激以后，画家甚是伤心，他发誓一定要闯出一片天地来，给那个富翁一点颜色看看。

10 年后的一天，富翁的一位好朋友来拜访他时说："真奇怪，××博物馆为一位著名画家开设的画展上竟然有一幅你的画像，标价高得出奇——10 万块！而更奇怪的是，这幅画的题目竟然是《贼》。"

富翁顿时像是被人打了一闷棒，他想起了 10 年前的那件事。没办法，为了保住自己的名誉，他不得不连夜赶到那家博物馆，分毫不差地把那幅画买了下来。

大道理

没有什么能够打败你，除了你自己。只要你永不泄气，挫折就会反过来成为助你成长的阶梯，一直通向你所希望的境地。

第四章
苦难与机遇

1. 帕格尼尼的一生

凡是对音乐稍有了解的人，就不会不知道天才小提琴家帕格尼尼的名字。这四个字常常与"伟大""超级""顶尖"等字眼并列在一起。

12 岁那年，帕格尼尼便举办了首次个人音乐会，用他的琴声征服了在场的所有人。一时间，他的名字响彻了整个意大利。在随后的几十年中，他不断创作出震惊世人的天籁之音，如《随想曲》《无穷动》《水妖舞》等等，最有名的 6 部小提琴协奏曲更是让他的名字传播到了世界的各个角落。

但是外人看到的只是帕格尼尼的成就，无人知晓他的痛苦。4 岁那年，他得了麻疹和强制性昏厥症。7 岁那年，他又患上了严重肺炎……46 岁时，由于牙齿化脓，牙医不得不拔掉他所有的牙齿。47 岁，他得了眼疾。50 岁之后，关节炎、肠道炎、喉结核等等不断向他袭来，最后他几乎丧失了说话能力。58 岁时，严重的肺结核终于要了他的命，而临终时，只有 14 岁的儿子阿奇勒陪伴着他。

这位伟大的"操琴弓的魔术师"、能够"在琴上展示火一样的灵魂"的天才，就这样在痛苦中度过了他短暂的一生。临终之前，上苍还让他饱尝了孤独的滋味。

大道理

不幸犹如空气，是人世间最常见的一种元素，但它既可以把人刺伤，也可以为人所用，关键就在于你选择握住刀刃还是刀柄。

2. 废墟上的宣言

1912 年的一天，世界发明大王爱迪生正在工作室里为无声电影试制镍铁电池，一不小心，引发了火灾。熊熊的大火很快就无法控制了，实验室渐渐被烧成了一片瓦砾。虽然 200 万美元的损失算不得什么，但爱迪生研究有声电影的所有资料和样板也都被烧成了灰烬，几乎一生的心血都因此付之一炬了。

爱迪生的儿子查里斯为自己的父亲在实验室里抢救那些宝贵的研究成果，担心得不得了。但是当一圈又一圈地寻找之后仍然没什么结果时，查里斯却意外地听到了父亲的呼唤。只见他站在浓烟和废墟里，声调极其平静地说道："查里斯，快把你的母亲找来，这样的大火，百年难得一见，不看一看太可惜了。"

当看到现场的狼藉之后，爱迪生的老伴难过地哭了起来。没想到这时候爱迪生依然非常平静地说道："灾难自有灾难的价值，我所有的谬误和过失都被大火烧得一干二净了。"然后他高高地举起双手宣言道："我又可以重新开始了。"

第二天，他就召集职工们宣布："我们重建！"新的实验室很快就建起来了。而这场大火，显然激发了爱迪生更旺盛的斗志。三个月之后，他便推出了人类历史上的第一部留声机。

如果灾难不能把人打倒，那么它就会助人成功，因此幸与不幸总会紧密相连。至于你能得到什么，就看你是否坚持站着。

3. 优势的产物

三个伙伴外出旅游时同住一家旅店。因为天气不是很好，所以他们出门时一个人带了伞，一个人拿了拐杖，还有一个人什么都没带。

刚出门不久，天空中便下起了瓢泼大雨，一直到快傍晚时，雨才停了下来。于是带伞的人想，拿拐杖的人一定淋湿了但没摔跤，什么都没带的人一定不但淋湿了还摔得满身是泥。带拐杖的人想，带伞的人一定摔跤了但没淋湿，什么都没带的人一定淋湿了也摔了跤。而什么都没带的人想，他们肯定都没事。

结果，三个人都猜错了：带伞的人淋了满身湿，带拐杖的人摔了满身泥，什么都没带的人反倒既没摔着也没淋着。这是怎么回事呢？

带伞的人说："因为有伞，所以我放心地在雨里走，结果衣服反倒被淋湿了；因为没拐杖，每走一步我都十分小心，所以没摔着。"

带拐杖的人说："因为没伞，我专挑能躲雨的地方走，所以没淋着；因为有拐杖，我没注意脚下，所以摔跤了。"

而什么都没带的人说："我专拣能躲雨的地方走，而且非常注意脚下，所以既没淋着也没摔着。"

这个故事讲得不正是人生中的顺境和逆境吗？

顺境容易滋生人们的大意和自以为是，因此身处顺境的人常常会摔倒在不经意间。而逆境能让人见微知著、谨小慎微，因此身处逆境的人常能避开一些难以避开的厄运。

4. 价值不变

这是一次很特别的演讲，场中的一个镜头震撼了每一个人，足够他们用一生去记忆，尤其当他们遭遇挫折艰难时。

据说，这位演说家经历过无数磨难，当人们问起他是怎么走过来的时候，他伸手从兜里掏出了一百块钱，环顾了一下在场的观众后问道："我想把这一百块钱送给你们当中的某一位，有谁想要？"

下面的观众一下子都举起了手。

演说家把那一百块钱揉了揉，攥成一团，又问道："现在有谁还想要？"

观众们再一次举起了手，看样子，人数一点也没变。

这时候，演说家把那个钱团扔在地上，使劲儿踩了一脚，然后捡起来问："现在呢？还有谁想要？"

观众依然高高地举着手。

接下来，演说家说了一段意味深长的话："我知道，无论我怎么对待这张钞票，只要它还能花得出去，举手的人就不会少。因为，虽然它皱了、脏了，价值却一点不变，还是一百块钱。我们人，不也一样吗？无论挫折还是灾难，都只会改变我们的表面，而不会改变我们的实质。只要你能挺得住，不趴下，你就还是你，你的价值就永远不会变。"

场内立刻响起了热烈的掌声。

大道理

决定你价值的，是你自己而非周围环境，岁月和遭遇只会影响人的表面。无论遭遇什么，只要内心坚定不移，生命价值就依然不变。

5. 趴着比坐着高

约翰真是不幸极了，他出生时比正常的婴儿小好几倍，而且两腿畸形，根本无法站立。妇产医生当时就断言，这个孩子活不过半年。但是约翰不但活了下来，还活得快乐开朗。只不过，他站不起来，只能趴在滑板上走路。

很明显，像他这样的孩子是需要去残疾学校就读的。可是约翰的父亲偏偏不听这一套，他很固执地把约翰送入了普通的学校。

确实，对约翰这种"不同寻常"的孩子来说，外面的世界是残酷的。他不能像正常人那样被亲人照顾，也无法和正常人一样去自由活动，哪怕一件小事，他都要付出比别人多几倍的工夫来完成。但是好在他是个坚强的孩子，他一直咬着牙坚持着，渡过了一个又一个难关。

大学毕业后，由于找工作处处碰壁，约翰便走上了文学创作之路。这样一来，他的故事便在当地迅速流传开了，各种机构、学校纷纷请他前去演讲。为了让听讲的人看到他，他不得不请人帮忙把他抱到讲桌上去。这时候，他总会努力直起尚能自由活动的上身幽默一下："你们看，虽然我趴着，却比坐着演讲的人还高。"而下面的听众，也总会因此而热泪盈眶。

大道理

不管基点如何，只要精神不倒，生命高度便能永恒。记住：除了自己，没有任何人、任何苦难或者武器能够打倒一个人。只要你奋斗不息，你便能超越原本的生命高度。

6. 老鹰重生

一只刚练硬翅膀的小鹰兴奋地飞到了悬崖顶上，在那里，它看到了一个鹰巢。鹰巢前，有只已经很老的鹰正在费力地拔着自己的指甲，弄得两只爪子血淋淋的。

"天哪，老鹰前辈，你这是怎么了？是受伤了吗？"小鹰急忙上前问道。

老鹰停了下来："没有，我在重生。"

"重生？"小鹰的眼睛里闪过一丝迷惑。

"是啊，孩子，你可能还不知道吧，在鸟类中，我们鹰可谓是长寿之王。据说，年龄最大的鹰前辈可以活到70岁。可是要想活那么久，40岁时，我们必须作出一个十分艰难却又极为重要的决定。"

"什么决定？你快说。"小鹰急切地问道。

"是等死，还是更新自己。"老鹰沉沉地回答道，"40岁时，我们的爪子就已经老化了，无法再有效地抓住猎物；而我们的喙也会变得又长又弯，几乎碰到胸膛，不再像以前那么尖锐；还有翅膀，也会因为羽毛太浓太厚而变得非常沉重，再不能支撑我们自由地飞翔。这时候，我们只能在等死和更新自己中选择一样。"

"那你现在选择的，就是后者了？"小鹰略有疑惑地问道。

"是的，我选择了更新自己，虽然这个过程非常痛苦，而且要历经150天漫长的操练。"老鹰很坚定地答道。

"150天？要那么久？！"小鹰吃惊地问道。

"是啊，我们首先要很努力地飞到山顶，在悬崖上筑巢，以便保证自己的安全。然后便要停留在巢附近，不得飞翔。接下来要做的首先是用喙击打岩石，以让它们完全脱落，而后再静静地等候长出新的喙来。第二步是用新长出的喙把老化的指甲一根一根地拔出来。第三步是等新的指甲长出来后，再把羽毛一根一根地拔掉。等到这些工作全都做完时，你就必须等待羽毛生长了——大概5个月之后，我们便又可以恢复原来勇猛无比的样子，继续翱翔于蓝天了。"老鹰说道。

人活一世，总有面对艰难选择的时刻。怀有自我更新的勇气与再生的决心，把旧的习惯与传统抛弃掉，新的机会与技能才可能发展起来。

7. 从地狱里走来的画家

几乎没有谁不知道大画家梵·高的名字，这个名字不仅代表着人类艺术的一个巅峰，也代表着艰难困苦的生命。

他的一生真是太苦了，命运女神似乎从来不曾对他微笑过。

很年轻的时候，梵·高疯狂地爱上了大他许多的表姐。可是尽管他痴情到把手伸进熊熊燃烧的炉膛里宣誓的地步，表姐还是拒绝了他。

后来，因为一个小小的玩笑，他竟然割下了自己的右耳朵。这使得全镇的人都认为他是疯子，走在大街上人人都躲避他，并曾强烈要求政府把他关进疯人院。

事实上，梵·高是一个艺术的精灵，是一个异类的天才，只不过在他短短的一生里，无论他如何呕心沥血，人们都不懂得他的深邃而已。

因为一直无人问津其画作，梵·高不仅生活极为艰难，还曾因极度孤独一度精神崩溃。万般无奈之下，他多次选择自杀。可令人苦笑的是，他连结束自己生命的权力都被剥夺了，每次自杀都未能致命。最后，绝望的画家不得不抑郁而终。

但是现在，他的每一幅画都价值连城。

> **大道理**
>
> 命运总喜欢让伟人的人生披上悲剧的外衣，因此你完全没必要为今日或曾经的苦难伤悲，那不过是你为成就大业付出的代价而已。

8. 挫折的意义

由于整天吊儿郎当，这个男孩被挡在了大学的门槛之外。后来，他参了军。从部队退伍后，他找了家印刷厂做送货员。

某天，他去给一所大学的某教研室送书，不想在乘电梯时遇到了麻烦。由于普通电梯正在暂停修理，他预备从贵宾电梯上去。但当他在电梯口等待时，一位保安走过来请他走人："这贵宾电梯是专门给教授、老师搭乘的，其他人一律不准乘坐。请你走楼梯！"

男孩一听，立即向保安解释："我不是学生，我是来送书的。"

保安瞥了一眼他那脏兮兮的工作服说："那更不行了，瞧你这身衣服，会把我们的贵宾电梯弄脏的。"

他几乎火了似的冲保安吼道："我要送一整车书去九楼，一共有六七十包，如果爬楼梯的话，我累死也送不完！"

没想到保安不但无动于衷，还略带嘲讽地回复道："那是你的事，管电梯是我的事。你既不是教授也不是老师，甚至连个大学生都不是，我就是不准你搭乘这架电梯。"

就这样，两个人你一言我一句，吵了有将近一刻钟。最后，男孩一气之下把所有的书都堆在了教学楼的大厅里，然后头也不回地走了。

后来，虽然印刷厂老板谅解了他的行为，但他却再也不肯待下去了。他选择了辞职，并立即购买了全套的高中教材和参考书，他咬牙发誓：一定要考上大学、考上研究生，一直考到那所大学里去做老师，每天都搭乘那架电梯上上下下，看那个保安还敢不敢瞧不起他！

10年后，已经不再年轻的他终于实现了自己的梦想，但奚落那位保安的心思却再也没有了，取而代之的是一份深深的感激——如果没有他当年的无理刁难与歧视，我怎么会有今天呢？如此看来，他不正是自己一生的恩人吗？他想。

> **大道理**
>
> 生命中的每次挫折、伤痛与打击，都必有其深意。如果运用得当，你早晚会明白，它们是命运送给我们最好的礼物，是成就我们人生的重要因素。

9.　坚硬的木结

虽然生在深山，长在深山，从小到大没有见过什么世面，但在别人眼中，他却是最幸福的——因为是独生子，所以一直被父母视为掌上明珠；因为学习非常好，所以一直被老师看重，同学嫉妒；眼看着就要成为村里的第一个大学生，众乡亲们的羡慕眼光又来了……一切看起来都是那么完美。但是人这一生总有不如意的事吧，所以出乎意料地，次次考试名列第一的他高考却落榜了。他一下子从云端跌入了地狱……

看着整日萎靡不振的儿子，父亲一言不发地把他拉到村后的山上伐树。锯断一棵棵大树之后，父亲便让他去清理那些枝枝杈杈，结果他手里的斧头陷在了一个木结处，好不容易才拔出来。

"爸爸，这个木结怎么这么硬，我的斧头刚才都卡住了。"他说。

"哦，因为那里受过伤。"父亲回答道。

"哦？"他有点发愣。

"树受了伤，就会在受伤的地方结成木结，这木结往往要比其他地方坚硬许多。"父亲顿了一顿又说，"人也一样，多摔几跤才能变得坚强。"

父亲的这句话如同闪电一般一下照亮了他的心，他顿时愣住了，自言自语地说道："我不能被这个木结卡住前进的脚步。"

> **大道理**
>
> 苦难能让人更坚强。苦难从来都不会毫无意义，它或者毁灭人，或者成就人。至于你属于哪一类，就看你能否抬脚挣出苦难的限制。

10.　水果糖

20世纪60年代初，正是中国闹大饥荒的时期。那时候，村子里常会有人饿晕、病倒或饿死。阿强刚六岁的妹妹阿月就是在那个时候病倒的，因为穷，也因为村里根本就缺衣少药，一家人只能眼睁睁地看着阿月等死。

一天，一个远房亲戚来看病中的阿月，并带来了一袋在那时可谓罕见的水果糖。可是阿月已水米不进，根本吃不进任何东西了。母亲便把那袋糖拴起来，吊在堂屋的屋顶上。

从此，九岁的阿强就有了寄托，他常常抬头看着屋顶的袋子，一动不动。终于有一天，他趁父母都不在家，而妹妹又在昏迷中，搬只凳子够下了几粒糖吃。再后来，这样的事经常重复起来。

秋天，苦挨了几个月的妹妹终于要走了，回光返照之际，妹妹想起了那袋水果糖。当母亲从屋顶摘下那个空空的袋子时，哭得背过了气去。

母亲的哭声震得他无处藏身，他发誓此生再也不让母亲流泪。后来，他参了军，考上了军校，成了军官。

现在，每逢过年过节回家，他总会捎回一个大包，如果你问他是什么，他会告诉你："是水果糖。"

而他自己，从那年以后，就再也没有吃过水果糖。

11. 冬天不要砍树

　　冬天来了，院子里的几棵无花果树纷纷凋零进入了休眠状态。

　　一个小男孩拉着父亲来到无花果树下，指着其中一棵说道："爸爸，就是它呀。"原来他在玩耍中发现这棵无花果树已经死掉了，遂告诉父亲把它砍掉。

　　父亲蹲下身去观察了一下，发现这棵树的树皮已经剥落，枝干也不再呈青灰色，而是完全枯黄了。他伸出手去碰了碰树上的一个细枝，只听"咔吧"一声，细枝便折断了。这时，他转头对儿子说道："也许它的确是死了，但我们最好还是等明年开春再砍它。因为，它也许正在养精蓄锐，冬天过去会继续萌芽抽枝呢。孩子你记住，冬天不要砍树。"

　　果然不出父亲所料，第二年春天，这棵无花果树竟然由黄转绿，重新萌发新芽。秋天时，它也和其他几棵一样硕果累累。原来，这棵树真正死去的只是几根枝杈，春天一到，它就又能枝繁叶茂、绿荫宜人了。

　　这件事在小男孩的心里留下了深刻的印象。随着年龄的增长，他越来越深刻地领悟到了其中的道理。而身为教师，往日学生们的成长经历也一次又一次地证明了他的感悟。比如，那个叫李倩的小女生，上小学时是个打死也不开口的"小哑巴"，可是十年后，她居然在某个大都市里做起了律师，听说还做得不错。再如那个门门功课都不及格的淘气包李涛，自费上了高中以后竟然奋发图强，成了那所高中有史以来的第一位考上清华的学生，后来，他又成功考过了托福。还有……

　　其实最不可思议的是自己，要知道，当他指着那棵死去的无花果树给父亲看时，还不到十岁的他，右腋窝底下已经架了一支拐杖。但是正因为父亲懂得"冬天不要砍树"的道理，才使他一直像个正常孩子一样生活着，并最终像正常人一样成了有用之才。

　　今天，当他再次站在课堂上给学生们讲这个小故事时，已经年过不惑的他总爱说："只要不轻易放弃，凡事都将有转机。"

12. 时运不济

　　王军真是倒霉透了。

　　考上高中那年，恰逢县一中涨学费，他一下子多拿了将近300块钱。这在别人眼里虽然不是什么大数，但对他那个四壁空空的家来说却是一个沉重的负担。

考上大学时，又正好赶上国家试行大学收费制，他要比上一届学生多掏5000多块。为了不失学，他只得一边打工一边读书。

好不容易挨过了四年，他还没毕业，国家就开始试行取消分配制，毕业后就失业的他好不容易才找到了工作。

勤勤恳恳地工作了半年之后，由于国家实施机关单位大裁员，他又下岗了。

为了活出个样子给笑话自己的人看，王军一狠心根据自己的专业做起花农来。没想到，他竟然因此一下子成了远近闻名的大明星——那种蓝色玫瑰花成了畅销各大城市的稀罕品种。一年下来，他光毛收入就将近10万，比在原来那个机关单位挣得还多！

看来，"三十年河东，三十年河西"这句话说得真没错，但我们应该明白的是：由河东转到河西这个过程绝对不是等来的。如果怨天尤人、自甘堕落，你将永远不会再有奋起的机会。只有像王军这样，审时度势、奋斗不息，才有可能给自己开辟出一条通往罗马的宽广大道。

大道理

俗话说"否极泰来"，如果你站的是人生的最低谷，只要抬脚，你就是在往高处走；但如果你躺下，那里就将成为你的坟墓。

13. 劣势与优势

不幸的小男孩在车祸中失去了左臂，成了残疾人，但是他很想学连健全人都很难学好的柔道。

四处求学之后，终于有位柔道大师接纳了他。可是在入学之后的3个月里，师傅却只肯反复地教小男孩一招。终于，小男孩忍不住问道："老师，这招我已经练了几个月了，是不是应该再学其他招数？"没想到老师立即摇了摇头："不，你只需要把这一招练好就够了。"小男孩感觉很委屈，但由于很相信师傅，他还是听话地继续练了下去。

3年后，师傅带小男孩去参加比赛，看到对手又高大又强壮，瘦弱且残疾的小男孩很是害怕。这时师傅鼓励他道："不要怕，你一定会成功，师傅对你有信心。"但是不管怎么样，小男孩还是顾虑重重。

出乎人们意料的是，最后的冠军竟然真的是这个没有左臂而且只会一招的小男孩，这个结果让小男孩自己都很惊讶。

"这是为什么，老师？"小男孩问师傅。

看着他迷惑不解的样子，师傅解释道："有两个原因：一，这是柔道中最难的一招，你用了几年时间去练它，几乎已经完全掌握了它的要领。二，就我所知，对付这一招唯一的办法就是抓住你的左臂。"

大道理

劣势不一定在任何情况下都是劣势，尽可能扬长避短，或者创造机会变劣为优，我们便能够因为劣势脱颖而出。

14. 花生的寓意

一个胸怀大志的青年决定打拼出一片宽广的天地，可是命运似乎在跟他作对，让他接二连三地受到打击。看着自己的血汗一次又一次付诸东流，他都快崩溃了。

偶然一天，他见到了当地赫赫有名的大智慧家，于是忙不迭地向他请教："大师，我一心想有所成就，可不知为何总是遭遇挫败，我就快无法承受了。请您告诉我，怎样才能成功呢？"

智者想了想，便从桌上拿起一粒花生递到他的手中："你现在就是这粒花生，你的手就相当于命运。"

青年听了，大惑不解地望着智者，只听智者接着说道："请你使劲儿捏一捏它。"

青年使劲一捏，花生壳碎掉了，露出了里面红红的花生仁。

"你再使劲儿揉揉它。"智者又吩咐道。

青年照做了，结果，花生仁的红皮被他捻掉了，露出了里面白白的果实。

"现在，请你再捏一捏它或者揉一揉它。"智者再次说道。

这回，无论青年怎么用力地捏或揉，都无法再毁坏那粒白色的种子了。

"看见了吗？屡遭挫折，内心却依然坚强，最终命运也无法再把你怎样。到那时，你还会不成功吗？"智者微笑着点题道。

青年蓦然醒悟了。

> **大道理**
>
> 上帝之所以还安排苦难给你，是因为你还有弱点，而它们正是你成功的绊脚石。冷静乐观地面对种种遭遇，借此克服自身的种种缺憾，命运最终会对你无可奈何。

15. 有裂缝的水罐

夜深了，主人放在墙角的两只水罐开始对话。

完好无损的那只水罐嘲笑另一只道："你和我同时来到主人家，我到现在还完完整整的，你看你，都满身裂缝了。"

身上有裂缝的那只水罐反驳道："这也不能怨我啊，是小主人不小心摔了我一下，我才变成这样的。"

完整的水罐又道："不管怎么说，反正我比你强。你看，每次劳动时，我都能把水从远远的小溪边满满地运回主人的家里，而你呢？每次到家就只剩下半罐水了。"

有裂缝的水罐被说得哑口无言，委屈地哭了起来。刚刚入睡的主人听见哭声，急忙起身寻找声音来源。找来找去，发现竟然是自己挑水用的罐子。于是他俯下身去问："小水罐，你怎么哭了。"

小水罐回答说："我很惭愧，很难过。"

主人问："你为什么会感到惭愧和难过呢？"

"因为在过去的两年中，每当你用我挑水时，水就会从我的裂缝里渗出，到家时只剩下半罐了。你尽了你自己的全力，我却没能让你得到足够的回报。"水罐答道。

听到这里，主人哈哈大笑起来："小水罐，你怎么会这么想呢？你知不知道，在我的心中，你与它是一样的，甚至比它还讨我喜欢。"主人一边说，一边用手指了指旁边那个完整的水罐。

这下，小水罐惊讶地睁大了眼睛："什么？不可能吧？请问这是为什么？"

主人起身从桌上拿来一瓶鲜花，让小水罐闻了闻，然后问它道："香不香？"

"香！"小水罐愉快地回答。

"可是如果没有你，它们就不会这么香。"主人说。

"因为我？"小水罐糊涂了。

"是啊，难道你没有注意到吗？在咱们从小溪运水到家的小路两旁，长满了各色的鲜花。那些鲜花，正是由于你漏掉的水才得以生长、盛开的啊。这两年来，我一直从路边摘花来装饰我的家，这不全是你的功劳吗？"主人笑眯眯地说道。

小水罐听了这番话，心里一下子充满了喜悦。

从此之后，每逢主人挑水，小水罐都会细心地观察着路旁的鲜花青草，感觉无比的自豪——虽然我并不健全，可是我照样有用！

世间万事万物都不会完美无缺，但"存在即为合理"，我们总有我们存在的理由与价值。把眼睛从自身的弱处转移开去，你就会发现，缺陷有时也是一种优势。

16. 狗与镜子

它是一只流浪狗，由于饱受各种打骂侮辱、饥饿折磨，它的脾气变得很坏。

偶然有一天，它闯进了一间四壁都镶着镜子的大房间里。一直孤苦伶仃的流浪狗一看同时有这么多条狗出现，一下子慌了起来。它瞪大眼睛瞅着镜子里那些又脏又丑的家伙，心里琢磨着应该怎么对付它们。

"你们长得这么像，一定是一家吧？"流浪狗恶狠狠地瞪着离自己最近的那只狗问道。

不想那只狗同样恶狠狠地盯着它，而且嘴巴也一张一张地，好像是在责问它。

见过"大世面"的流浪狗一下子火了，它龇牙咧嘴地说："你们不要认为你们几个合在一起就可以打得过我，我可是久经沙场的老手了！"

但是，镜子里的狗看来也都非常生气，因为它们都咧开大嘴，露出了白森森的牙齿。

盛怒之下，流浪狗开始猛烈地撞击正对面的一块镜子，"哗啦"一声，镜子被它撞破了。

流浪狗甩甩头上的血，得意地笑了，不过它很快就发现：已经破成几半的镜面居然每一片里都出现了一只大睁着眼睛而且头上鲜血淋漓的狗。

流浪狗一下子吓坏了，它"嗷"地大叫了一声，开始不知所措地绕着房间跑起来。

它不敢停，因为一停下，它就能看到那数只逼视自己的眼睛。跑啊跑啊，不知过了多久，体力不支加上流血过多，可怜的流浪狗终于倒地死了。

大道理

　　当身处恶劣的环境中时，有些事情总是不能如意，但如果你肯积极主动地表达自己的善意，或早或晚，情形必然会有所改善。

17．莉蒂雅

　　莉蒂雅是意大利人，她出生在很久以前的庞贝古城。虽然自打出生就双目失明，但是莉蒂雅从来没有怨天尤人或者垂头丧气过。她非常热爱生活，对一切都充满了信心和希望。

　　稍稍长大一点后，她拒绝家人过分地呵护和别人出于同情而给予的帮助，坚持要像个正常人一样参加劳动，靠卖花来自食其力。

　　几年后，维苏威火山大爆发，庞贝古城一下子陷入空前的灾难中，整座城市都被浓烟尘埃笼罩了。浓密的火山灰，遮住了太阳、月亮和星星，使整个大地一片漆黑。黑暗中，恐惧至极的居民惊慌失措地乱跑着，可是每个人都像走进了地狱一般，无论如何也找不到出路。

　　这时候，莉蒂雅出现了，她靠着自己多年来走街串巷卖花积累的经验，熟练地为大家指引着方向，并凭借自己异常灵敏的嗅觉与听觉引领大家避开各种危险。

　　最终，这位向来被大家认为"不中用"的盲女孩，拯救了成千上万的市民。后来，感激不已的市民们将她的名字写入了传记和小说中，并一直流传到现在。

大道理

　　没有永远的不幸，也没有永远的幸运，公平的上苍一直在遵守这个原则：为你关闭一扇门的同时，为你开启一扇窗。

18．老鼠父子

　　两只老鼠——鼠爸爸和它的儿子，一起掉进了一桶牛奶里。为了求生，它们拼命地挣扎着、游着，但游了好久还是看不到希望。

　　体力不支的鼠爸爸气喘吁吁地对儿子说："我不行了，我已经太累了，看样子是没希望了，我们还是等着被淹死吧。"

　　鼠儿子努力鼓励着老爸："不要，继续游，继续游啊！坚持住，奇迹一定会出现的，我们都要有信心。"

　　可是半个钟头后，鼠爸爸的动作还是慢了下来，最后，他停住了，任凭疲倦至极的身体向牛奶桶底沉去。而鼠儿子依然咬紧牙关坚持了下去，一小时、两小时……慢慢地，被搅拌个不停的牛奶形成了一个黄油球。再过一会儿，黄油球变硬了，鼠儿子将这个"球"当作平台，拼尽最后的力气使劲一跃，它竟然跳出了那个牛奶桶！

　　"幸好我多坚持了一会儿！"鼠儿子回头望望差点儿置自己于死地的牛奶桶，感慨万千地说。

危机，就是"危险"加"机遇"，可见每一个危险的背后，都会跟随着某种机会。只要你愿意，任何一个障碍，都能成为你超越自我的契机。

19．"天使"男孩的感悟

一个患有先天性心脏病的小男孩，由于动手术时背上留下了一个好长的伤疤，他始终非常沮丧、烦恼，认为是老天在惩罚他。直到有一天，幼儿园的老师当着全班小朋友的面对他说："你一定是上帝派来的天使，你看你背上的伤痕，就是传说中天使翅膀的痕迹！"小男孩信以为真，才重新欢快起来。

出于对"自己曾经是天使"的信任，小男孩始终保持着他善良仁爱、宽阔大度的性情。长大后，他创办了当地第一家慈善协会。

固然，懂事以后，男孩不会再相信那个关于天使的传说，但是这句给了他无穷力量并改变他一生的话，他却始终不能忘记。并且，他体悟到了人生苦难的另一番境界：

上帝是个精明的生意人，每给我们一分天才，就会搭配以几倍于天才的苦难，所以，每个人都会或多或少地有所缺失。当遇到这些不如意时，最重要的不是怨天尤人或自暴自弃，而是找出一个合适的"理由"来自励自慰。比如，就像另一位老师说给一位因为天生双目失明而郁郁寡欢的孩子的话："每个人都是上帝咬过一口的苹果，因为我们太芬芳，所以上帝咬我们的一口大了些。"

上帝喜欢把苦难放在表面，把才华和成功用各种方式掩藏起来。如果你被艰难的表面吓倒，你将永远触摸不到其背后的辉煌。

20．屋梁松

屋梁松因最适合做房屋的栋梁而得名，它是美国黄石公园分布最广的一种松树。这种松树有一个特点：它的松塔鳞片极为紧密，即便是被打落在地或者饱受狂风烈日的考验也不会张开。只有在一种情况下，这些鳞片才可能释放出种子，那就是在强烈的高温作用下。

想想看，如果你是一颗屋梁松的种子，当春暖花开，别的种子都在生根发芽，准备成长成参天大树，而自己却依然被迫过着暗无天日、与世隔绝的生活时，你会不会因命运的不公而悲叹落寞甚至是愤怒诅咒呢？

也许你会，也许你不会，但是不管怎样，我们都不能否定：大自然的安排是有其深意的。一旦闹起干旱，夏末秋初时，森林中发生火灾的可能性就会极大。当山火来临，大片大片的树木被烈火吞噬时，屋梁松的鳞片却会如鱼得水，迅速打开自己，释放出储备已久的种子。

由于有坚固的种皮保护，屋梁松的种子完全可以平安度过火灾，所以，成功逃出"牢笼"的它们只需要欣然地等待大火熄灭。大火熄灭后，被烧成灰烬的动植物会为土壤补充丰富的养分。有了这些养料，再加上没有其他树木的竞争和遮蔽，屋梁松生长所需要的空气、阳光、水分、食物等都会异常充分，结果自然，它们会破土而出，随意生长了！而由于黄石公园里树林遍布，发生火灾的概率很高，所以久而久之，屋梁松成了公园中分布最广的树种之一。

别忘了，火灾只是个条件，最大的功臣是把种子深锁在黑暗中的松塔。

大道理

上天的每一步安排都必有其道理，所以，请不要为怀才不遇而懊恼，也不要因环境束缚而抱怨。须知正是这漫长的煎熬，让你积蓄起了无穷的力量，等来了最好的时机。

21. 灾难与奇迹

1933 年初，资本主义世界经济危机尚未停止疯狂蔓延时，美国哈理逊纺织公司遭遇了一场灭顶之灾——大火把厂房、设备、存货等等一切都化为了灰烬。

3000 余名员工在突如其来的灾难面前目瞪口呆，他们一个个悲观无比地回到家中，绝望地等待着董事长宣布破产和失业的来临。但出乎他们意料的是，经过漫长的等待，董事会居然给每个人寄来了一封这样的信：向全公司所有员工继续支付一个月薪水。

一个月后，正当大家再次为以后的生活陷入忧愁时，董事会的信又来了：向全公司所有员工再支付一个月薪水。

如果说接到第一封信让几千名员工感觉意外和惊喜的话，那么这第二封信简直让他们热泪盈眶。确实，在失业席卷全国、人人生计无着无落之际，能得到如此照顾，谁会不感动万分呢？

结果正像董事长所期望的那样，上千名员工在收到第二封信的当天，便纷纷涌向公司，积极清理起废墟、收拾起残局来，甚至还有人主动到南方联络被中断的货源。

3 个月后，新的哈理逊公司重新出现了，几千名员工无一因为经济危机而受到重创。

今天，哈理逊公司已经成了全美国最大的纺织品公司，其分公司遍布五大洲的 50 多个国家。

大道理

世界上任何形式的灾难，其核心都是人，想办法把人类精神上的灾难化解掉，希望和奇迹也就会出现了。要想做到这一点，理解、爱心与智慧都是不可或缺的。

22. 丑陋的大象

在造大象时，上帝走了神，一不小心把大象的鼻子捏得又长又大。懊恼的上帝原本想再为大象捏一个鼻子，可是不知道又因为什么事耽误了。于是，大象便带着这副"失败的形象"来到了地球上。顿时，所有遇到它的动物都惊叫着躲开了，以为自己碰到了怪物。对于这种情景，大象真是百思不得其解：自己虽然体态庞大，可是性情善良温和，而且又是食草动物，这些小伙伴们怎么会这么害怕自己呢？

某天，大象去湖边喝水，清澈的湖水一下子把它的形象清清楚楚地映了出来。"啊？"大象看清自己的模样，也不觉吓了一大跳，它这才明白了其他动物为什么躲着自己。"上帝为什么给别的动物都捏上漂亮的五官，而偏偏给我一个奇丑无比的鼻子！"大象边哭边抱怨道。

哭过了之后，心胸开阔的大象开始冷静地思索起来：既然事情已经这样，我再怨天尤人也是无益的，不如想办法用这个大鼻子来做点事情。

于是，它首先学会了用鼻子吸水，因为它短短的嘴喝起水来很不方便。然后，它开始练习用长鼻子卷较高处的树枝，作为自己的食物。接下来，它又试着用鼻子拔出很粗的树根。

由于总能得到很多很好的食物和水，大象的身体变得越来越强壮，最后成了陆地上最强大的动物。另外，由于它的和善，那些小动物们渐渐不再怕它，而是和它做起朋友来。忠厚朴实的大象很喜欢自己的这些朋友，所以总是尽可能地发挥自己的长处，把更高处也更好的食物够下来给它们吃，使双方的友谊更进一步。这样一来，长鼻子给大象带来了数不清的好处。

有一天，上帝忽然想起了大象，内疚不已的他决定把大象召回，重新给它造个最漂亮的鼻子，不想大象却摇摇头拒绝了。上帝感到不可思议，便从天上往下观察它。只看了一眼上帝便惊呼起来："天哪，大象可真是一个聪明的动物！它把自己的丑陋变成了一种力量，一种生存的法宝和强大的武器。看来我没有必要再改造它了。我需要做的，只是让其他所有动物包括人类都学会大象的精神！"

大道理

丑陋也能成为你成功的原因。拥有丑陋的外表，自惭形秽是于事无补的，最明智的选择就是将之作为奋斗不息的动力。当你变得强大并展现出内在的美好时，外表的丑陋就会被忽略了。

23．希尔顿饭店的来历

世界著名的希尔顿饭店，是它的开创者希尔顿以自己的名字命名的。

希尔顿是个孤儿，年幼时又正遇到美国历史上最严重的经济大萧条，他只好四处流浪，靠乞讨为生。

一次，小希尔顿流浪到了一座城市，接连几个晚上，他都躲在一间大饭店门廊的角落里过夜。但是某天半夜时分，他突然被一阵疼痛弄醒了，睁开眼睛一看，原来是饭店的门童正带着满脸的不屑使劲踢他。他刚一反抗，那个身型健壮的大男孩便把他拎起来扔到了距离饭店10米外的雪地上，并对他大肆辱骂，说："明天一大早，我们饭店集团的老板要来视察工作，你这个又脏又下贱的乞丐怎么可以待在这里过夜，简直就是给我们丢人！像你这种人应该钻进垃圾筒里去睡觉，这种高级的地方你做梦都不配梦到！"

听闻此言，希尔顿真是愤怒极了，他咬着牙，握着拳头，真想冲上去揍那个门童一顿。但是"好汉不吃眼前亏"，他显然没必要再给自己找麻烦，于是他指着对方大声说道："等着瞧，早晚有一天，我会开一家比你们饭店更大、更豪华的酒店，记住我现在所说的话！"不想门童却嘲讽地吹了一声口哨，这声口哨更是激起了小希尔顿奋斗的决心。

那夜之后，他历尽艰难找到了一家肯雇用童工的工厂，玩命地工作，并存下自己所赚的每一分钱。辗转数年之后，希尔顿终于破茧而出，创立了第一家"希尔顿大饭店"，并迅速扩长成全世界最大的饭店集团之一——希尔顿饭店集团。

大道理

> 你不必报复给自己带来屈辱的人，只需要让自己活得更好，因为你的优秀是对他最大的报复。另外，要善于利用自己的愤怒，它是你开创伟大事业的最佳动力。

24．从穷人到富翁

1929 年时，美国正处于经济大萧条时期。那个时候，约翰·梅瑞特还是个穷光蛋。迫于生计，他与妻子来到了旧金山，因为在他看来，旧金山和纽约一样是一个淘金的好地方。

经过多次考察，他在一个看似不起眼的角落里开起了一家冷饮店，但因为资金不足，当时夫妻俩只能卖廉价的汽水。只不过，由于那个时候的旧金山并不像他们所想象的那么繁荣，而且正赶上经济危机，所以没过多久，他们的小冷饮店就被迫关门了。

迫不得已之下，约翰·梅瑞特只好选择了另一个地方居住，并把冷饮店也搬到了那里。谁知不久，这个冷饮店也被迫停业了。也许做生意做久了，就会对市场有一种特殊的敏感，约翰·梅瑞特感觉这个位置将来一定能成为旧金山的繁荣区，所以他们并没有离开这里，而是照样付着房租，维持着使用权。当看到妻子半是埋怨半是怀疑的眼神时，约翰安慰妻子说，他觉得将来不管做什么生意，这里都会是一个很理想的位置。

事实证明，约翰·梅瑞特的判断是正确的。几个月后，当他发现隔壁面包店的生意变得非常好时，便与妻子商量着开了一家快餐店，并借钱推出了一系列食品，而这些食品正好迎合了当时人们的饮食需要。就这样，他的店迅速火了起来。

眼看着生意越来越兴隆，约翰·梅瑞特开始着手准备扩展计划。1932 年时，他和妻子所经营的小吃店已经增加到了 7 家。而到了 1962 年左右，约翰·梅瑞特已经拥有大小餐馆近千家，年营业额在 4 亿美元左右。

大道理

> 命运至少有一半掌握在我们自己的手中，如果你是强者，你必将能把这一半扩张到全部。因此，如果正身处逆境，请抓紧所拥有的那半命运；如果已身处顺境，请及时扩张手中的"资本"。

25．人生亦会柳暗花明

克里斯朵夫·李维，在美国乃至全世界都是一位风云人物。自从出演电影《超人》的主角后，这位原本名不见经传的演员迅速走红，成为家喻户晓的大牌明星。

但是包括李维自己在内的任何人都没想到，在 1995 年 5 月，这位正在好莱坞红极一时、风光无限的明星居然会因为一场飞来的横祸而遭遇人生的巨变。在那个黑色的五月，正在参加激烈马术比赛的李维突然意外坠地、昏迷不醒。

当他终于睁开眼睛时，这位世人心目中的"超人"已经成了永远只能固定在轮椅上的高位截瘫者。痛不欲生的李维沉默许久，对家人说出了一句话："让我早日解脱吧！"但至亲们并没有给他发生"意外"的机会，而是时时刻刻看护着他、陪伴着他，并经常推着轮椅让他外出散心和旅行，以便平缓他精神及肉体上的伤痛。

这天，家人们又开着车把李维带到了山中散心。当汽车在蜿蜒曲折的公路上前进时，李维静静地望着窗外。忽然，他饶有兴趣地观察起每一次转弯的情景来。每当前方即将无路时，路边都会出现一块交通指示牌："前方转弯，小心慢行！""急转弯，请注意！"……而拐过弯之后，原本穷途末路的山路就会再次柳暗花明、豁然开朗。"前方转弯、前方转弯……"李维喃喃地念着这几个字，忽然，心明眼亮的他冲妻子喊了一声："快回去！我还有路要走！"

从此，李维便以轮椅代步，当起了导演，同时又开始了文学创作的历程。后来，他还创立了一家瘫痪病人教育资源中心，专门为各种瘫痪患者提供服务。此外，他还四处奔走，举办数次演讲会，为残障人的福利事业筹集善款，成了一位著名的社会活动家。

现在，意气风发的李维最想告诉大家的就是："当不幸降临的时候，并不表示路已经到了尽头，它只是在提醒你：你该转弯了。"

大道理

人生之路亦有峰回路转、柳暗花明的时刻，种种挫折与危机即是"回转"的暗示。所以，无路可走时，别忘了你还可以转弯。

26. 上帝为什么要跟企鹅过不去

企鹅，南极的主人，人见人爱的天使。但是对于这群天使，上帝却显示出了它最残忍的一面：从出生、成长到作为父母孵化新一代儿女，企鹅无一不受到上帝严酷的考验。

有食物的地方不宜养育后代，要想养育后代的话，它们只能到什么吃的也没有的地方去——在企鹅降临到地球之前，上帝就给它们做了如此荒唐而残酷的预设。但坚强且勇敢的企鹅们并没有因此被吓退，它们淡然地活着，坚定地养育着后代，尽管，为了完成这一任务，它们必须首先完成另一项几乎不可能的任务——在将近四个月的时间内不吃不喝不休息。

来看看这个不可思议的过程吧：

每年冬天，从南极大陆的北侧到寒冷的南部，成群结队的企鹅总会络绎不绝。它们是去那个叫"奥亚摩克"的地方，因为只有在那个没有任何食物可寻的不毛之地，它们才能完成自己作为成年企鹅的使命：交配与生育。它们遵循着大自然的规律，遵守着上帝残忍的法则，既不规避，也不抱怨，只是艰难地、蹒跚地移动着步子，实在走不动时，就趴在冰上向前滑行。它们必须到达那个冰天雪地的世界，这是传统，也是作为企鹅的命运。

当母企鹅产下卵时，企鹅父母的命运就会更加悲惨——为了让卵有足够的温度孵化，它们必须轮流把蛋放在自己的脚掌上，用羽毛盖住，然后一连几个月不吃不喝，以免寒风侵入自己未来儿女的温巢中。

有时候，饥饿至极的母企鹅会不顾一切地爬向海边补充食物，而正在孵化儿女的公企鹅则仍然饿着肚子。不知道有多少小企鹅会在出壳之时看不到妈妈，更不知道有多少小企鹅未等到妈妈回来就饿死了。可是不管怎么样，当一批接一批的小企鹅出世时，南极的夏天已经悄悄到来了。那时，天气转暖、食物丰盈，整个企鹅家族发展下去的希望越来越大了。

一年又一年，一代又一代，企鹅们始终不曾松懈地完成着自己的使命。而且，即使每次都会有企鹅因为坚持不住而死去，活下来的企鹅们仍然会在第二年冬天继续勇往直前。

企鹅，是上帝残忍的产物，但是它们却活得津津有味，而且没有丝毫怨言。这种精神，是不是值得生活在"上帝残忍"中的人借鉴一下呢？

大道理

没有谁要跟你过不去，除了你自己。在严酷的命运与现实面前保持安然淡定的态度，坚持完成自己应尽的职责，你的春天就快到来了。

27．生命的两极

从前有一位农夫，他有一块农田。由于农田十分贫瘠，他每年的收成都不是很好，所以他经常抱怨：如果神让我来掌控天气，一切事情都将会变得更好一些，因为我自己是农夫，我比神更懂得怎么种庄稼，更懂得庄稼需要什么样的天气。

不想他的这些话刚好被路过此地的天神听到了，于是天神便对他说道：从现在开始，我把一年的时间送给你，由你来指挥风雨雷电，最后看看你的庄稼会长成什么样吧。

农夫一听大喜，马上试探着喊道："晴天。"顿时乌云密布的天云开雾散。他欣喜不已，又喊道："下雨。"声音刚落，空中立刻阴云四起，不一会儿，瓢泼大雨就下来了。

就这样，在接下来的一年中，他的命令总是在晴天和下雨之间转换着。

眼看着种子越长越大，长成庄稼，农夫心里得意极了。然后，他就看到了从来不曾见过的大叶子，还有令人难以置信的碧绿色。再然后，收获的季节到了。

背上筐子，带上镰刀，农夫去地里收割他的庄稼，但是他的心忽然沉到了谷底，那看上去苗壮无比的庄稼上面居然一粒粮食也没长。

农夫不解，伤心地大哭起来，他的哭声引来了天神。

"你的农作物怎么样了？"天神问道。

农夫指指颗粒无收的庄稼，一句话也说不出来。

"你不是如愿以偿地控制了天气吗？"天神又问道。

"是的。这正是我困惑的地方，我得到了我想要的阳光和雨水，可庄稼居然没有收成。"农夫终于开口说道。

"那是因为你从来没有要求过风、暴雨、冰雪以及任何一件能净化空气和让根更坚硬、更有抵抗力的东西，没有足够发达的根，庄稼当然长不出什么果实来。"神厉声说道。

原来，只有经历挑战才可能有生命的果实。农夫明白了这个道理之后，乞求神收回了自己所控制的天气。

此后，虽然风霜雷雨不断，但毕竟，庄稼又可以结果了。

大道理

在舒适和一帆风顺的环境中成长，最后收获的只会是浅薄与脆弱。适当的困苦折磨和逆境锤炼，不但有助于人坚韧强大，还可以带来厚重扎实的人生。

28.　森林与木炭

保罗是个年轻富有的小伙子，父亲去世时，给他留下了一笔终身享用不尽的财富——一座美丽的森林庄园。但不幸的是，未等这片森林被置换成金钱，一场由雷电引发的大火便无情地摧毁了它。看着郁郁葱葱的树木一夜之间都变成了黑乎乎的焦炭，保罗真是伤心欲绝。

为了让森林庄园恢复到最初的美丽模样，保罗向银行申请了巨额贷款，但银行却以他不能提交任何担保而拒绝了他。这下，郁闷透顶的保罗更是茶饭不思了，他躲进自己的房间里，一连几天都不肯出门。妻子怕他闷出病来，苦口婆心地劝他出去散散心。

经不住妻子的苦劝，保罗终于来到了大街上。不想刚拐过大街的第一个弯，他的眼睛便被一家人山人海的商店吸引住了。怎么回事？他上前一打听，原来这些家庭主妇们正在排队购买用于烤肉和冬季取暖用的木炭。

听到这里，保罗的眼睛忽地一亮，他立刻跑回家里，雇了几个手脚麻利的炭工来，让他们把庄园里烧焦的树木加工成优质木炭。这一大批上好的木炭刚一上市，便受到了市民们的热烈欢迎，没过多久，千余箱木炭便被抢购一空了。而保罗，当然是拍着厚实的腰包，心里豁亮了起来。第二年春天，他用这笔钱购进了大量树苗。又过了几年，人人都以为消失了的森林庄园再一次绿浪滚滚了。

大道理

天无绝人之路，即便上帝关闭了所有的门，也会给你留下一扇打开的窗。而你自己，必须首先拥有永不言败的精神，才可能寻找到这绝处逢生的机会。

29.　贫穷是最大的资本

"不要以为作为富家的子弟，就得到了好的命运，事实上大多数纨绔子弟，都是财富的奴隶。他们没有能力抵制任何诱惑，以至于总会很容易地陷入堕落的境地。所以说，享乐惯了的孩子，绝不是那些出身贫贱的孩子的对手。你看那些出身贫寒的孩子们，哪怕穷苦得连读书的机会都没有，有一些最终还是成就了大业。而那些从普通学校毕业，然后投身于平凡岗位的穷孩子，大多也能成为各行各业的领头军，甚至积累起丰厚的资产，获得无上的荣誉。"这段话，是世界著名成功励志大师卡耐基说的。

的确，从艰难困苦中走出来的人，其韧性、毅力、本领，往往要比出身富贵、一直一帆风顺的人要丰厚一些。说到这里，我想起了一件小事。一次，有人问一位著名的艺术家，一个跟他学画的青年将来能否成为一位著名画家。艺术家摇摇头说："不，绝对不可能。"问者惊道："您为何如此肯定？"艺术家答："因为他每年有6000英镑的收入啊！"看来，在这位艺术家的眼中，富裕境况下也是很难产生有作为的青年的。

曾经两度出任美国总统的格罗弗·克利夫兰，也是"逆境出人才"的明证。年轻的时候，格鲁夫在很长时间里都做着穷苦的店员，那时，他每年只有50英镑的工资。但是后来他却说："那种极度贫困所激发出来的雄心，比任何时候都切实而有力。"

　　上苍在拿去你财富的同时，会补偿给你奋发向上的力量和才智。也就是说，每个人都是带着一定资本来到世上的，而最终会成为何种人，关键就看你如何运用这些资本。

30. 修车工人与汽车大王

　　十几年前，亨利还是一家修理厂的修车工人。那时候的他虽然薪水菲薄，却常常在闲暇时凝望工厂对面的五星级餐厅，渴望有朝一日能够坐在那里面大吃一顿。

　　某个月底，刚刚领到薪水的亨利鼓起勇气走进了那家富丽堂皇的高级餐厅。不想仅一会儿工夫，他的兴致便被一盆冷水浇熄了——在他呆坐了差不多15分钟之后，居然还没有一个服务生过来招呼他。没办法，他只好伸手示意要点餐。直到这时，一个小个子服务生才勉强走到他桌边，然后不耐烦地把菜单扔在了他面前。

　　亨利打开菜单仔细看起来。刚看了几行，旁边站着的服务生便以一种轻蔑的语气说道："你只适合看右边的部分（意思是价格），左边的部分（意思是菜肴），你就不必费神了！"亨利惊愕地抬起头来，双眼愤怒地盯着服务生那带着不屑表情的脸，他真想把攥得紧紧的拳头砸向那个扁扁的脑袋，可一想到自己口袋里那点可怜的薪水，他的怒气就化成了泄气。

　　"一个汉堡。"亨利有气无力地说道，以此结束了这场尴尬的僵局。

　　服务员轻哼一声转身走了。

　　吃着那个比快餐店贵出四倍价钱的汉堡，亨利的心里充满了悲哀。但是不久之后，他便渐渐冷静下来，不再生气，而是开始鼓气——他立志要成为上流社会的人物，要成为国家顶尖的富翁，永远不再遭受今天的羞辱。

　　从那以后，他开始坚持不懈地朝着梦想前进。十几年过去了，他已经由一个平凡的修车工人，成了叱咤风云的汽车大王。他的名字叫亨利·福特，你一定知道这个名字吧？

　　相对来说，一件不幸的事情背后，总会隐藏着更大利益的种子。把这粒种子埋入你充满潜能的沃土中并悉心照料，早晚有一天，它会成长为参天大树。

31. 绝境

　　在南美洲智利的北部，有一个叫作丘恩贡果的小村子，这里气候湿润，绿树飘摇，风景甚是优美。可是你知道吗？数年之前，丘恩贡果所在地还是一片被干旱统治的土地，放眼望去，数十里地之内都看不到一丝绿色、一点生机。虽然从地理位置上来看它不应该如此——它西临太平洋，北靠阿塔卡玛沙漠，太平洋的冷湿气流和沙漠上的高温气流能够不停地在其上空交融，使得当地天天雾气缭绕。可是你别忘了，这浓雾的气候并无益于这片干涸的土地，因为"赤道国"智利白天的日晒非常强烈，阳光很快就会将浓雾蒸发殆尽。

　　在经历了不知几百年的干旱折磨后，丘恩贡果终于迎来了可以带给它希望与生机的人。

他叫罗伯特，是一位加拿大籍的物理学家。在进行环球考察时，他曾路经这片荒凉之地，并住进了不远处的村子里。不久之后，罗伯特便发现了当地的一种奇异现象——由于过度干旱，这里没有任何生物，但蜘蛛却四处繁衍，生活得很好，以至荒地上处处蛛网密布。这是怎么回事呢？为什么蜘蛛能够在如此干旱的环境里生存下来呢？借助电子显微镜，罗伯特弄清了其中的缘由：原来，蜘蛛丝具有很强的亲水性，极易吸收雾气中的水分，而这些水分，正好可以供给蜘蛛日常的用水。这，就是蜘蛛能够在此地生生不息的原因。

　　了解到这一"奥秘"之后，罗伯特立刻申请了智利政府的支持，然后，他仿照蜘蛛网研制出了一种人造纤维网，并选择当地雾气最浓的地段将纤维网排成了网阵。这样，穿行其间的雾气被反复拦截之后就会形成大量水滴，这些水滴滴到网下的流槽里，经过过滤、净化后，就能形成新的水源。

　　令人不敢相信的是，仅靠着上述方法，当地每天的平均截水量就达到了10580升，而在浓雾季节，截水量更是可高达13100升。这些水不仅满足了当地居民的生活用水，还可以用来灌溉土地，使这片昔日满目荒凉、尘土飞扬的荒漠长出了鲜花和青绿的蔬菜。

　　看来，世界上并不存在什么"不可能"，只要我们敢于打破固有的思维，注意观察并勤于思考，再荒凉的土地，都有可能变成生机勃勃的绿洲。

　　从来没有真正的绝境，有的只是人们绝望的思想和僵化的思维。只要心灵不曾干涸，再无望的"绝境"都终会过去，变成创新的动力、希望的源头。

32. 父亲的遗产

　　兄弟俩都是父亲的亲生儿子，可是不知为什么，父亲就是偏爱大儿子，甚至决定把经商一生所积蓄的全部财产都留给他。母亲可怜小儿子，拼命地劝他为小儿子想想，可是固执偏心的父亲却恼怒地拒绝了妻子的请求。

　　父亲死后，大儿子果然按照遗嘱得到了父亲的全部财产，而小儿子则一无所有。得知这个结果之后，小儿子愤然收拾起简单行囊，和母亲道别后便离开家乡去远方谋生了。

　　刚开始的几年，小儿子在一家制鞋店帮工，攒了几年钱后投资到了前途不错的药材生意上。结果正如他所想，时间没过多久，当地的药材价格便一路飙升，小儿子一下子有了一笔不小的财富。然后，他用这笔钱开了一家药材批发门市部。数年之后，商场的历练已经使原本稚气未脱的小儿子成了一个精明富有的商人。

　　拥有了万贯家财之后，小儿子越来越思念老母亲，也开始后悔当时的年轻气盛，不该离家千里且多年不归。于是，他衣锦还乡了。不想刚到村口，他便从邻居的口中得知：自打父亲死后，大哥整日花天酒地、游手好闲，结果没几年就把父亲留给他的财产全部败光了。现在，他就是一个一无所有还又懒又馋的穷光蛋，村里人没有一个瞧得起他的。而自己的母亲，则因为日复一日的忧虑和气恼，身体越来越差，终于在不久前去世了。

　　听到这里，小儿子才一边流泪一边懊悔不已地感激起父亲来。诚然，如果没有父亲那份"零"遗产，他现在很可能和大哥差不多。

　　在一定条件下，幸与不幸是可以互相转化的。优越的外部条件容易使人产生依赖心理，进而失去斗志；而一无所有的人，在无从依赖之下反倒可能练就一身本事，变得无坚不摧。

33.　罗伯特·巴拉尼

　　罗伯特·巴拉尼是一位非常有名的医学研究者，说来令人难以置信，他的巨大成就居然源于他的身体残疾。

　　巴拉尼出生于奥地利，年幼时患了骨结核病，由一个健康活泼的孩童变成了膝关节永久性僵硬、无法再自由屈伸的重度残疾人。因为儿子的腿病，巴拉尼的父母一直深感愧疚。为了解除父母的心病，巴拉尼从小就暗下决心：要以实际行动来宽慰父母，改变他们的看法。

　　上天是公平的，小巴拉尼的努力有了明显的回报，以至于所有认识他的人都不得不承认他简直就是天才：上小学、中学时，他的成绩一直非常优异；进入维也纳大学医学院以后，他更是比同班同学早很长时间获得博士学位。

　　大学毕业时，由于巴拉尼表现突出，母校维也纳大学把他留在了校医院的耳科诊所工作。当时著名的医生亚当·波利兹认识他之后，更是对他大加赞赏。1905 年，巴拉尼完成了题为《热眼球震颤的观察》的研究论文，此论文一经发表，立刻被全奥地利的医学界关注。

　　1909 年，亚当·波利兹医生把原本由自己主持的耳科研究所事务交给了巴拉尼，同时，维也纳大学也发出了让他担任耳科医学教学工作的邀请。对于一个重度残疾患者来说，这双重职务的压力真是太大了，可是巴拉尼不畏劳苦，极其出色地完成了这些工作，而且还发表了两本著作。

　　鉴于巴拉尼对世界医学的重大贡献，1914 年，诺贝尔奖委员会为他颁发了诺贝尔生理学或医学奖。

　　身体的残疾并不会阻碍一个人的成功，只要他能保持住健全的心灵。须知相比于身体，后者是成功的更大保障。有了它，人才可能超越身体的限制，加速前进的脚步。

34.　买进与卖出

　　20 世纪 90 年代初，加达城的经济很不景气，全城市民们几乎每个人都在努力卖出，因为他们相信，如果把钱存起来，40 年后就会成为百万富翁。但是，罗伯特先生却逆潮流而上，一直在试图买进，他当时想得最多的就是投资。不过由于他和妻子早就把 100 多万美元的现金投在了将会迅速上升的市场上，他们已经无法再偿付接下来的买进费用了，这可怎么办呢？

　　罗伯特和妻子冥思苦想了许久，终于有了主意——把眼睛盯在房地产的生意上，因为当时城中原本价值 10 万美元的房屋只售 7.5 万美元的低价，这其中应该是有利可图的。主意一定，罗伯特夫妇立刻开始付诸实施，但是他们并没有去找当地的房地产公司来买进这些地产，而是直接去了破产事务律师办公室以及地方法院来洽谈这笔生意。要知道在这些地方，同样价钱的房屋有时可以用 2 万美元甚至更低的价钱买下来。

罗伯特首先以现金支票的形式支付给律师 2000 美元定金，等程序启动之后，他便在报纸上刊登了售房广告，说要以 6 万美元、首期付款为零的极优条件卖出这幢价值为 10 万美元的房屋。可以想象，即便当时经济萎靡，如此低廉的价格还是引起了相当一部分需要购房者的兴趣。在交易中，罗伯特要求对方向他支付 2500 美元的手续费（这个数字是远远低于房地产公司的费率的），于是买主很高兴地支付了。交易完成后，他把这笔手续费用于支付提供中介服务的公司费用和一些其他杂费。这样一来，在整个过程中，服务律师很高兴，房屋的买主很高兴，罗伯特也很高兴。接下来，他便把净赚的 4 万美元以买主开出的承兑汇票的形式流入了他的资产项目。再接下来，他又开始了新一轮的买进卖出……

当那段经济大萧条时期过去时，罗伯特和太太经过计算发现：在他们的大量资金无法动用时，两人光利用闲暇时间的买进卖出就赚取了 19 万美元。

大道理

越是面临逆境，人便越容易创造奇迹。所以，我们无须因种种困难而灰心丧气，认真观察和思考一下你就会发现，通向成功的道路任何时候都存在。

35．幸运的不幸

在一次战争中，这位年轻人所在的战舰被敌军击沉了，全船战士遇难，但幸运的是，他活了下来。

他攀着一截枯木随波漂流，最后漂到了一个荒无人烟的孤岛上。在当时的他看来，流落到这个孤岛上其实和遇难并没有什么两样。在求生欲望的支持下，他采拾水果，并开始狩猎，过起了野人的生活。但不管怎么说，他毕竟活了下来。后来，他还建了一间能够遮风避雨的茅草屋。

不知不觉中，他已经在这个孤岛上过了五六年。他是多么希望能早日回到家人身边啊，可数年来，一直没有从这个岛边经过的船只。一直听天由命的他越来越感觉无望了。

一天，当他在那个茅草屋里煮食物时，一不小心引燃了茅屋。由于岛上的风很大，火趁风势，不一会儿，他辛辛苦苦搭起的茅屋便付之一炬了。想想雨季马上就要来了，上天却把他的茅草屋夺去，难道他真的注定该命绝于此吗？

正当他绝望无助的时候，一艘路过此地的轮船出现了。原来，船上的人看到孤岛上的浓烟，便明白这个岛上肯定有落难的人，所以立即到小岛上查看。就这样，他得救了。

大道理

塞翁失马，焉知非福，幸与不幸并没有绝对的界限和区别。那些我们最难接受的苦难，时常会是上天的奇妙安排，所以，你无须为自己的任何不幸而怨天尤人，只需寻找对自己有利之处。

36．傻子与天才

由于智商偏低，他16岁升入高中二年级那年，成绩与同学们拉开了很大的距离。所以，尽管他很努力，校方最后还是没有同意让他再留在学校里。

那个下午，他带着深深的失望走出了学校的门。"难道我真的一无是处吗？"他一边想一边走进一个公园，坐在长椅上，任凭失落感袭上心头。

正在这时，一位白发苍苍的老者走到了他面前。看见他一副无精打采的样子，老者问他："年轻人，怎么了？遇到什么难事了吗？"

听到问话，他抬眼一看，这位老者装着一条假腿，少了一只胳膊，还瞎了一只眼睛。好可怜的人啊，比我还可怜，他心想。接着，他把自己的痛苦说给了老者。他满以为老者会安慰他几句，或者是反过来诉说自己的苦楚，不想老者却只是看了看他，一句话不说吹起了口哨。老者的口哨声真是太动听了，10分钟以后，许多鸟儿都被吸引过来，落到了附近的树上……良久，老人停了下来说："虽然我们有很多方面比不上别人，但只要我们有一样比别人强就行了。"

听了这句话，他变得积极起来。

半年后，他找到了一份替人整建园圃、修剪花草的活儿。虽然这份工作在别人看来非常简单，但他却非常勤勉用心地做着。

某天，他路过一块满是污泥浊水和垃圾的场地，而这块肮脏场地的旁边就是已经绿化的美景。多么不协调啊！于是他决定把这里改造成一个美丽的花园。经过他的努力，不久以后，这块泥泞的污秽场地便有了绿茸茸的草坪、幽幽的小径，真的成了一个美丽的花园。

到这里，该告诉大家他的名字了，他叫琼尼·马汶，是加拿大著名的风景园艺家。

大道理

奇迹多是伴着厄运出现的，所以，什么时候都不要看低自己。要知道"天生我才必有用"，无论你怎么样，只要坚持活着，世界就会有你一席之地。

37．阿进

"日本有个阿信，台湾有个阿进。"这是中国台湾的一句俗语。

1999年，这个"阿进"出版了一本自传《乞丐囝仔》。这本书面世后短短15天，便让为数10万以上的人潸然泪下，并在半个月后荣登台湾年度排行榜冠军。

那么，是什么让阿进成为全台湾乃至全中国人都深切关注的人物呢？他又是用什么故事引来了人们的无数眼泪呢？下面，我们就来听听他的自述吧：

"我的父母都是乞丐，父亲是个瞎子，母亲是重度弱智，除了姐姐和我，几个弟妹也都是瞎子。由于穷，我们只能住在乱坟岗的墓穴里。我一生下来，就是和死人的白骨相伴的。能走路之后，我就跟着父母一起去乞讨。

"9岁时，有人对我父亲说，你该让你儿子去读书，要不他长大了还只能是当乞丐。于是，父亲就把我送到了学校。上学的第一天，老师首先给我洗了澡，因为他看我实在是脏得不行了——那是我人生当中第一次洗澡……

"为了供我读书，还不满13岁的姐姐去了青楼卖身。这样，照顾父母和弟妹的重担便落到了我的肩上。我从来不缺课，每天一放学就去讨饭，然后用讨来的饭喂父母，尤其是母亲。由于智商太低，母亲从来不懂得照顾自己，每次来月经都是我给她换草纸……

"读完初中后，我考上了一所中专学校。再后来，我竟然还获得了一个女同学的爱情。但是未来的丈母娘却用扁担把初次上门的我打了出来，她说'天底下都找不出他家那样的一窝窝人'，然后就把女儿锁在家里，再也不允许我俩见面了……

"听到这里，你们一定会认为我的心里充满了苦涩，充满了对苦难生活的诅咒和抱怨，可是我要说，不，我对生活充满了感恩之情。真的，我从来不曾抱怨过，我感谢上苍，感谢它给我安排的一切！

"我感谢我的父母，他们虽然瞎了，却给了我生命，至今我都还是跪着给他们喂饭；我还感谢苦难的命运，是苦难给了我磨炼，给了我这样一个与众不同的人生；我也感谢我的丈母娘，是她用扁担打我，让我知道要想得到爱情，我必须奋斗必须有出息……"

看到这里，你感动了吗？那就记住这个故事的主人公吧：他叫赖东进，是台湾地区1999年度的十大杰出青年之一。现在，他是一家专门生产消防器材的大公司的老板。

大道理

上苍是公平的，它安排的每一步都有其深意，所有今日之苦必是未来幸福之基础，所以，当你想流泪时（为现在），请你先微笑（为未来）。

38. 经常睁开眼睛

在讲今天的故事之前，我们先给大家介绍一个人。他叫朱经武，是一位美籍华裔的物理学家，曾任香港科技大学的校长。朱教授出生在中国湖南，在台湾成功大学取得物理学学士学位，在纽约霍涵大学取得硕士学位，在加州大学圣地亚哥分校取得博士学位。

如果让的朱教授说说自己总共有多少头衔，他也许会很为难，因为那实在是太多了——他是美国科学院、美国人文及科学学院、中国科学院、发展中世界科学院以及俄罗斯工程学院院士，并拥有世界多所著名大学的名誉博士学位及名誉教授头衔。他还是多家专业期刊的编委，亦是超导促进美国竞争力总会董事局成员、香港创新及科技督导委员会成员以及香港科技园董事局成员。

不久之前，美国休斯敦布朗大会堂正厅里多了一道景观——名人堂。该堂以巨幅彩照加一方镌刻杰出事迹的铜牌的形式，来表彰各位名人对该市的贡献。目前，入选名人堂的人物只有10位，其中包括心脏移植外科手术权威库里博士、老布什总统任内的商务部长莫斯巴克、克林顿总统任内的财政部长班森、奥运体操全能冠军，等等，而朱经武教授的大名亦在其中，因为他曾任美国休斯敦大学天普科学的客座教授及物理学系教授。

看到这里，你一定会问，到底是什么突出贡献能令朱教授如此令人瞩目呢？原来，他是世界上研究超导体的主要人物，曾在高温超导方面取得了世界性的重大突破，并两次将超导温度大幅度提高，开创了这一领域研究及应用的新纪元。那么，是什么力量支撑他一步步走到今天呢？要知道他的人生可是绝不能用"顺利"两个字来形容。

关于这一点，朱教授曾经有一段非常精彩的解答，他说："我能有今天，一大部分都要归功于我的父母，归功于他们曾经对我说的一句话，那就是'要经常睁开眼睛'。可以说，我的大半生都得益于这句话。这个世界上有太多的机会等待我们去抓住，有太多的现象等待我们去研究。只有经常睁开眼睛，注意观察周围，我们才能发现这一点，让每次试验都有所得。

"我记得母亲曾经对我说过一句非常透彻的话：'要是你跌倒在地上，就想办法抓一把沙。'她的意思是连最小的机会也是值得掌握的。现在，我也这么认为。"

大道理

世界上有许多机会和现象等着我们去发掘，即便有时会失败，我们仍应做到每次都有所得——如果你跌倒在地上，那就想办法抓一把沙起来。

39. 金牌主持人

莎莉是位年轻的姑娘，她最大的梦想就是做一名主持人。在许多年中，她一直为实现这个梦想奋斗着。

早时，她去美国大陆无线电台面试，谁知电台负责人却以她"是位女性，不能吸引听众"为由，拒绝了她。

之后，她单枪匹马闯到了波多黎各，希望这个地方能给自己带来好运气，但是她所工作的通讯社却因为她不懂西班牙语而一直不肯重用她。为了熟练语言，莎莉花了整整三年的时间，不想当她已经能对西班牙语驾轻就熟时，通讯社还是不重视她。据她回忆，在波多黎各的那段日子里，她只接过一次重要的采访任务——到多米尼加共和国去采访暴乱，但前提是：一切费用包括差旅费在内都由她自己负责。

离开波多黎各后，她不停地工作，却也不停地被人辞退，有些电台甚至指责她："你根本不懂什么叫主持！"或者是"你根本跟不上这个时代。"迫于无奈，莎莉失业了一年多。

挨过失业的苦日子之后，莎莉终于迎来了一缕曙光——她向国家广播公司某职员推销的一个清谈节目策划被首肯了！但非常遗憾的是，当她前去面试时，那个人已经离开了这家公司。无奈之下，她转而向另外一位职员推销自己的策划，谁知对方对此根本不感兴趣。于是，她又去找第三位职员，此人虽然同意雇用她，却不准她搞清谈节目，而是让她搞一个政治节目。

因为对政治一窍不通，却又想保住这份来之不易的工作，莎莉开始"恶补"政治知识，并准备放手一搏。到了1982年的夏天，由她主持的政治节目正式开播了，播出形式是让听众打进直播电话讨论国家的政治活动，比如总统大选，等等，这在美国电台史上可是没有先例的。

因为莎莉主持技巧娴熟，主持风格又平易近人，她的名字几乎在一夜之间传遍了整个美国。很快，她主持的节目便成了全美最受欢迎的政治节目。

20多年后的今天，这位名叫莎莉·拉斐尔的女士已经是美国一家自办电视台的节目主持人了，并曾经两度获得全美主持人大奖。

现在，在美国的传媒界，"莎莉"这个名字意味着一座金矿，她无论到哪家电视台、电台，都会为对方带来巨额的收益，因为每天至少有800万观众在收看或收听她主持的节目。

上帝只会掌握人们命运的一半，而把另一半交给人自己。你越努力，你手中掌握的那一半就越大——总有一天，你会把握住自己全部的命运。

40. 感谢上帝

比尔是一家汽车公司的小职员，一次机器故障使他失去了右眼。因为这件事，比尔从十分乐观变得沉默寡言。他最害怕上街，因为大街上总有那么多人在看他的眼睛。

面对这突如其来的打击，妻子姬丝同丈夫一样痛苦不堪，她很害怕比尔会因此失去生活的信心，更害怕这会影响到自己的家庭生活。

为了让丈夫尽可能地康复，她坚持让比尔多休息一些日子，然后独自一人承担起了家庭所有的开支，除了正常上班之外，她另在晚上兼了一份职。看得出，她深爱着比尔，很在乎这个家，很想让全家人过得跟以前一样。看着丈夫的情绪一天比一天稳定，她渐渐放下心来，现在，她只祈祷一件事情：丈夫的左眼不会受到影响。

可是很糟糕，在一个阳光灿烂的早晨，比尔忽然指着院子里的人问妻子：那是谁在踢球？姬丝立刻意识到了问题的严重性，不能自控之下，她一下子抱住丈夫大哭起来。

但想不到比尔居然非常平静："亲爱的，我知道以后会发生什么，不过这又有什么关系呢？"

听到这句话，姬丝非常惊讶地抬起了头。

"我只希望一件事，"比尔接着说了下去，"在我尚能见到光明的日子里，你要把你自己和我们的儿子打扮得漂漂亮亮的，让我看个够！"

"比尔，"姬丝迷惑地问道，"你是怎么走出来的？"

"我想到了犹太人的一句格言，"比尔回答道，"那句话说：如果你折断了一条腿，你就应该感谢上帝不曾折断你两条腿；如果你折断了两条腿，你就应该感谢上帝不曾折断你的脖子。我现在固然很糟糕，但是，我总得为一件事庆幸：我没有比这更糟糕。"

"可是，可是……"姬丝半是感动，半是惊讶，一时间竟想不起说什么好来。

"真的没有关系，亲爱的。"比尔吻了一下妻子的额头，"这个世界上，每一天、每一刻都有无数的人在受着同一种罪，可是却有人笑着，有人哭着。失明的人也是其中的一类。既然别人能笑得出来，我为什么还要哭呢？"

说完，比尔更紧地拥住了妻子，他感到：虽然自己失去了眼睛，可更加光明的世界却来到了他的身边。

每一种困苦磨难都曾经被不止一个人遭遇过，可人们对它的态度却大不相同。无论你身陷何种绝境，总会有人和你同样惨，甚至比你更惨。既然别人能够快乐面对，你为什么不能呢？

第五章
努力与收获

1. 我要吃多少鱼

美国著名作家马克·吐温由商人转向文学创作之后，才华迅速展露了出来，并因一本《跳蛙》而声名鹊起，一下子由原来的穷困潦倒变成了腰缠万贯。这不但刺激了大量热爱写作的人更加坚守自己的梦想，还吸引了一些无所事事但自以为是的青年投入写作，罗杰尔就是后者当中的一个。

不得不说，罗杰尔真是没有写作的天分，但是他却一直自信满满，认为自己天生就是当作家的料。在遭遇出版社一次又一次的退稿之后，骄傲的罗杰尔自视其作品为无人理解的阳春白雪，便把他的退稿连同一封信一起寄给了马克·吐温，并在信的末端写了这么一段话："听说，磷质非常有益于大脑，而鱼骨是含磷最丰富的东西，所以我天天都吃鱼，以便能够早日成为像您那样的大作家。请问您吃过多少鱼？吃的是哪一种呢？"

马克·吐温看过这个青年的稿子又看过这个青年的信之后，感到哭笑不得，于是便提笔给这位青年回了一封极短的信："照你的稿子看，你得吃一对鲸鱼才行。"

大道理

除了一直努力，成功别无捷径。如果放弃努力，转而苦苦寻觅成功的捷径，不但本末倒置，而且愚昧无知。想想看，假如吃补品就能成为天才，那世界上还会有庸人吗？

2. 普希金与纨绔子弟

俄国著名诗人普希金很有钱，但是他一直保持着朴素的生活作风。看到他总是穿洗得发白或早已过时的衣装，大部分不了解的人都会认为他的财富不过是徒有虚名，而他也不过是个穷困潦倒的诗人而已。

这一天，衣着简朴的普希金在一家饭馆里吃饭，一位衣饰豪华的贵族子弟认出了他，便嬉皮笑脸地上前羞辱他道：

"亲爱的普希金先生，一看您的打扮，我就知道您的腰包里必然装满大额的钞票。"

普希金轻蔑地瞥了他一眼，不紧不慢地答道："当然，我要比你阔气一些。"

听了这话，那位纨绔子弟很神气地打开钱袋，亮出他厚厚的现金："这不过是些零钱而已，每个月我尊贵的父亲都会汇很大一笔钱给我！"

"所以,"普希金笑了笑,接着他的话说道,"如果哪月你不小心提前花完了汇款,你就会闹饥荒,会挨饿对吗?而我不会,因为我有永久的进款……"

"什么?永久的进款?我记得你的父母不是……"纨绔子弟有点迷惑。

"我跟你不一样,我不是靠父母,我是靠那 33 个俄文字母。"普希金幽默地回答道。

大道理

　　贫穷和富有是有"真假"之分的,区分的标准就在于其财富的来源。一个寄生虫绝不可能成为真正的富翁,因为会坐吃山空;而靠双手生活的人不会贫穷,因为创造能使财富源源不断。

3. 宝石与麦子

一位农民偶然来到了这个原始的部落,看到部落里的人们以打渔采集为生,难以维持温饱,这位好心的农民便把自己随身带着的麦种留下了,并手把手地教会了他们如何种植。

部落里的人们过上了安定温饱的生活,感激之余他们送给这位农民许多珍贵的特产宝石。

一位商人得知了这件事以后,嫉妒不已。他想:那群原始人真是傻瓜,给他们一些不值钱的麦种都能得到他们珍贵的宝石,那我要是把一些普通的宝石带过去,他们肯定会给我数倍价值的特等宝石了。

想到这里,他忙不迭地向农民打听了原始部落的详细位置,骑上马带着一箱宝石寻找那个地方去了。

十几天后,他到了原始部落。部落里的人看到他带来了他们从未见过的宝石,高兴得不得了,连忙把他带到了部落首领那里。于是部落首领问他需要什么回报才能留下这些宝石。商人满怀希望地答道:这些宝石一直是鄙人极为珍贵的收藏,我希望您也能以同样珍贵的东西来换取。

首领与旁边的人商量了一下,然后十分庄重地说道:"我们当然会以极为珍贵的东西来换取,所以我决定送您:一口袋麦种。"

大道理

　　善良真诚的助人行为,与贪婪算计的谋利行为总会得到不同的回报。即便后者能够收获一时之利或获得成功,也往往经受不住时间的考验。

4. 永远不晚

暑假到了,某大学打出了一则广告:本处招收补习基础英语的学生。也许是学不好英语的人太多了吧,这个班异常火爆。

在报名现场,一位中年人被人挤来挤去,好不容易才挤到了报名台前。

"年龄?"接待小姐问。

"43。"中年人回答。

"哦,我是问您入班孩子的年龄。"接待小姐说道。

"不是我孩子学，是我学。"中年人答道。

"哦？"接待小姐惊讶地抬起头来，"再过两年您都45岁了，还学这些基础英语干吗？"

"如果我不学，再过两年难道会是41岁吗？"中年人微笑着反问道。

接待小姐无言了。

就这样，这位先生加入了这个补习班。每天晚上和周末，他都会准时来到这里，与那群稚气未脱的孩子们一块儿读单词、背课文。不知道是学上瘾了还是怎么的，这位先生竟然一直学了下去，从初级到最高级。后来，凭着这两年补习班的基础，他竟然考上了某大学的成人班，最后拿到了这所大学英语专业的自考本科证书。

赶巧的是，他的单位当时正好在招一位翻译，因为有扎实的英语基础，又是内部人员，他以绝对的优势争取到了这个职位，从而让薪水轻松地翻了一倍。

大道理

知识没有没用之说，学习没有年龄之分。即使已经步入老年，今天的所学也有可能给未来的我们换得巨大的成功。

5．装杯子

学生时代马上要结束了，同学们个个眉开眼笑。看着大家浮躁的劲儿，教授决定给学生们上最后一堂课，一堂比较特殊的课。

看到教授手里拿着这么多东西，同学们意识到这将是一堂与众不同的课，所以都安安静静地坐下来，等着著名教授的最后教诲。

教授把手里的东西一一放在讲桌上，包括一只大敞口杯、一瓶水、一袋石子、一袋沙子。然后他便开始往敞口杯里放石子，等到石子都堆出杯口时，他问大家："杯子满了吗？"

"满了。"大家异口同声地答道。

这时，教授抓起细沙，小心翼翼地往装着石子的杯子里填着，几分钟之后，那一小捧沙子都被装进了杯子。

"杯子满了吗？"教授又问。

"满了。"回答的人只剩下一半了。

于是，教授又拿起水往杯子里倒，渐渐地，水开始往外溢。

"杯子满了吗？"教授再次问道。

下面一片沉寂，谁都不敢再说话了。

"这回杯子才确实是满了。"教授说道，"看到了吗？当你们说'满'的时候，杯子总是不满的，而当杯子真满了的时候，你们就会不再说'满'了。"

同学们心有所悟，不约而同地鼓起掌来。

大道理

认为自己已经足够好的人往往并不怎么样；而真正出色的人，又往往认为自己并不足够好。因为，阅历让后者知道自己总有不足之处，而前者却从未有过这种阅历。

6. 装杯子

看到这个熟悉的题目，您先别急着说跟前面重复了，听我把故事讲完，这是前一篇那个故事的继续：

热烈的掌声响了几分钟之后，同学们安静了下来，教授似乎还有话要说。

果然，教授把同样的东西换了一份，然后又开始操作了。

他首先把水倒进敞口杯："杯子满了吗？"

"满了。"同学们答。

教授把水倒掉，把沙子装进去问道："杯子满了吗？"

"没有，还能加进水。"经过上一次的教训，同学们学聪明了。

"没错，我们还可以把水加进去。"教授一边说，一边把水缓缓地倒进了杯子，然后他把杯中所有的东西都倒掉，开始往杯里装石块，"杯子满了吗？"教授又问。

"没有，还能放进沙，倒进水。"同学们答道。

"没错，的确如此。"教授说着，按顺序操作了这两项。

"同学们，这个敞口杯是你们的工作时间，大石头是你工作中最重要的任务，沙子次之，水更次之。你看，如果让水先占满你们的时间，你们将再也不能做其他的事情了。先装沙子也不是个好主意，必须按石子、沙子、水的顺序来才行，你们明白了吗？"教授意味深长地说道。

> **大道理**
>
> 同样的空间，放置东西的顺序不同，结局就会截然不同；同样的时间，做事情的顺序不同，结果就会大相径庭。但是不管怎样，最重要的"石子"一定要排在第一位。

7. 最后一周

由于效益严重下滑，公司决定裁员。在财务室的8个人中，王燕和谢丽同时被列入被裁名单，被告之一周后离岗。接到这个消息之后，其他6个人都开始小心翼翼起来，生怕惹着了她俩，要知道这种时候人的心理是非常脆弱的。

的确，王燕的情绪非常激动，想想自己辛苦了3年，到最后竟然是这个结果，她愈发觉得不公平，所以干脆啥都不干了，整天在办公室里拿那些桌椅板凳文件撒气。路过财务室的人都知道，里面时不时会传出"砰、砰、砰""乓、乓、乓"的声音。

而谢丽恰恰相反，也许是跟她刚来不久有关吧，她没有像"劳苦功高"的王燕那样"嚣张"，而是像往常一样忙里忙外。工作上她还是那么兢兢业业，甚至把本该由王燕做的工作接了过来——没办法，王燕不干，上面又等着要，其他同事都有各自的活儿，就她一个新来的还没有什么具体任务。

周末到了，谢丽正打算收拾东西走人时，老总进来了。他当众宣布撤销对谢丽的裁员通知。"现在公司处于困难时期，需要的正是你这样的员工啊。"老总说。

大道理

　　当不如意的境遇落到自己身上时，与其暴跳如雷、怨天尤人，不如平静以待，继续做自己该做的事。虽然这样不见得有用，但至少不会像前者那样让情况变得更糟。

8. 傻人有傻福

　　从小我就是一个心胸宽阔、不喜欢计较的人，所以大家总把不爱干的活儿交给我。他们知道，我一定会做，而且毫无怨言。包括一些老师，也总是让我给他们帮忙，比如算考卷分数、做课代表，甚至是给他们倒茶、跑腿。我不觉得这有什么不好——被别人看重，这难道不是一件好事吗？

　　但是我不明白，为什么那些找我帮忙的同学总叫我"傻子"，而且我越辩驳他们越笑，越这样叫。时间久了，我也懒得理他们了，傻就傻吧，不是说"傻人有傻福"吗？我这样安慰自己。

　　一直到大学毕业参加工作，我还是保持着原来的习惯。一天，那个有事请假的保洁员为了不被扣工资，竟然理直气壮地要求我代他值班。我觉得这无所谓，所以一边擦着马桶，一边愉快地吹着口哨，不知道一旁的同事为什么笑我。

　　后来经济大萧条，我失去了赖以生存的工作。正当我为生活发愁时，大学里总喜欢找我帮忙的那位教授给我打来电话，问我有没有时间去给他做几个月助手，并许诺给我高薪。当时我快活得差点喘不过气来，我当然有时间！

　　在母校工作了几个月后，我出人意料地被留在了那所学校里，成了人人羡慕的大学老师。直到那一刻我才明白，傻人有傻福是因为傻人能做聪明人不做的事情。

大道理

　　傻人之所以有傻福，是因为他们做了"聪明人"能做却不愿意去做的一件聪明事——任劳任怨、不去算计地付出。

9. 富翁与青年

　　有一个富翁特别小气，甚至对自己的子女都非常吝啬。儿女们因为受不了他的刻薄，纷纷离家不再管他。

　　渐渐地，富翁年纪大了，身体越来越不好，一场大病之后，他终于瘫痪在床，再也动不了了。看着孩子们都装成不知道这件事的样子，富翁只好再想别的招儿，他想呀想呀，终于想到了一个不用掏钱也能得到照顾的两全其美的办法：利用镇上那个无所事事的青年。

　　那个年轻人其实是个二流子，自己没什么本事，还成天想着发财。富翁看准了这一点，于是对这个小伙子道：我的子女都不管我，所以我不准备把财产留给他们。你来照顾我吧，等我死了，这里所有的财产都归你。

　　碰上这种好事，这个年轻人差点乐坏了。自此以后，无论富翁吩咐什么，他都会照办，就像照顾亲生父亲那样照顾富翁。

几年后，富翁终于死了。小伙子迫不及待地赶到银行，银行职员却告诉他：为了建造一个富丽堂皇的墓园，富翁的财产早就花得一分不剩了，连他的房子都抵押给银行了。

年轻人一下子呆在了原地：白白浪费了几年好青春，除了大家的嘲笑和鄙视之外，自己竟一无所获。

　　天下没有免费的午餐，也不会有天上掉馅饼的好事。妄想不劳而获的人，只会付出沉重的代价，甚至落个"劳也不获"的下场。

10. 鲤鱼跳龙门

一年一度的跳龙门大节又到了，众鲤鱼纷纷来到龙门处。它们都争着抢个好位置，要知道，只要跳过龙门，自己可就是万人崇拜的龙了。

可是一次又一次，众鲤鱼们还是没能够跳过那高高的龙门。于是它们开始抱怨："这叫怎么一回事，玉皇大帝告诉咱们跳过龙门就变龙，可是却把龙门设这么高，这不明摆着骗咱们嘛！""就是就是，算上今年我都跳了12年了，再等到明年我会老得连跳都跳不起了！"……

怎么办呢？众鲤鱼想啊想啊，终于想出了一个好办法：把龙门降低一些！这个妙计顿时让它们兴奋不已，于是它们开始忙碌。几个月过去了，新建的龙门果然够低，连那些小鲤鱼们都能轻松地跃过去。所以，不一会儿，所有的鲤鱼便都变成了龙。

可是没过多久，它们就发现了问题：大家都变成了龙，跟没变成龙时似乎没什么两样。而且由于龙成了处处可见的动物，人们对龙的崇拜之感一扫而空，甚至开始反感它们日夜不休地戏水。

带着疑惑，众"龙"们来找玉皇大帝商量对策，没想到玉皇大帝听后哈哈大笑："要想找到龙的真正感觉，你们就得把龙门恢复到原来的高度才行！"

　　为了尽快成功而降低成功的标准，却不去努力提升自身能力，这无异于掩耳盗铃，即便能骗过自己，也骗不了别人。

11. 曾国藩与小偷

曾国藩小时候天赋一点也不高，甚至经常被人耻笑为"愚蠢之辈"。据说，哪怕一篇很短的文章，他也要念上几十遍才能念熟。好在他是个勤奋好学的孩子，从来都不认为读书是份苦差事。

这天晚上，曾国藩又在家读起了书，一篇不到300字的小文章，他念了不下20遍还没有背下来。这时他家来了一个贼，躲在他家的屋檐下向屋里偷窥，想等这个读书人睡觉之后捞点值钱的东西走。可是这贼等啊等啊，曾国藩就是不睡觉，约莫一个时辰之后，他还在翻来覆去地读那篇文章。终于，那贼受不了了，他霍地跳下来，冲曾国藩大怒道："像你这种笨人还读什么书！"然后将那篇文章一字不落地背诵了一遍，扬长而去！

看到这里，我们不得不感叹这贼人的聪明，曾国藩对着课本念几十遍都背不下来的文章，他仅是听几遍便能一字不落地背诵了。但是同时，我们恐怕也得感叹另一点：虽然他如此聪明，却只不过是个贼，偷得再好也是名不见经传，不知所终。而天性愚钝的曾国藩，却因为"天道酬勤"而成为在中国历史上极有影响的大人物。

　　努力与收获是成正比的，伟大的成功可以通过辛勤的劳动换得。即便天生愚钝，只要不懈不怠，日积月累，奇迹早晚也会被创造出来。

12.　镜片里的天堂

　　他叫列文虎克，初中毕业以后，来到了这个小镇，找了一份替镇政府看门的工作，从此一待便是 60 年。

　　这样一位普通到像小草一般的小人物，有什么本事让全世界的人记住他呢？原来，他是靠"磨镜片"出的名。那时候，他年轻力壮、精力旺盛，工作又相当清闲，所以不得不另外找点活来打发多余的精力。他选择了磨镜片，这个活又费时又费工，足够他打发时间了。他磨呀磨呀，一直磨了 60 年。他的锲而不舍使他的技术渐渐超过了专业磨镜师。他磨出的镜片，放大倍数远远超过了当时的时代。这么高的放大倍数能干什么呢？他无聊地把镜片贴到眼睛上：啊！他顿时倒吸了一口气——一个惊人的微生物世界出现了！

　　显微镜就这样发明了！所以，只有初中文化的他，被授予了高深莫测的巴黎科学院院士的头衔，并得到了英国女王的接见。

　　他就是大名鼎鼎的荷兰科学家万·列文虎克，他用毕生的心血致力于每一个玻璃片的完美，直至在平淡无奇的完美里看到他的上帝。

　　感谢他，是他让全世界的科学看到了更广阔的前景。

　　勿以善小而不为，人生的每一件大事不都是由无数件小事组成的吗？如果能执着地把手上的每一件小事都做到完美无缺，上帝早晚会派成功使者光顾你的小屋。

13.　好运气

　　寒冷的冬日里，两只饥肠辘辘的鹰在空中久久地盘旋着，它们很想找到一只兔子或者一只山鸡。但是，视野里一片白茫茫，它们什么猎物也看不到，甚至连只老鼠的影子也没有看到。

　　饥寒交迫与疲惫不堪之下，一只老鹰实在是忍耐不下去了，它给同伴打了声招呼便落到了山崖上，找了个背风的地方缩着脖子打起瞌睡来。

另一只老鹰淡淡地笑笑，继续在空中盘旋着，一圈又一圈。忽然，它发现枯草丛中有一个褐色的小点，在雪白的背景下甚是醒目，它立刻以迅雷不及掩耳之势向下冲去——很明显，那是一只野兔子。

当捉到兔子的老鹰落到同伴身边，大吃新鲜的战利品时，同伴咽着就快流下来的口水，充满羡慕地对它说道："我发现你的运气真好，比我好得多！"

吃兔子的山鹰一边大嚼，一边若有所思地回答道："是吗？也许是吧。不过我发现，运气好像比较喜欢不辞辛劳、有耐心的鹰。"

　　运气是个哑巴，如果它到来时你的门是关着的，它便会悄悄离开，而不是开口叫门。所以说，好运并非都是偶然的，至少你要先准备好一扇开着的门。

14. 画凤凰

这位画家以画水彩画著名，人们都称赞他画的花能散发香气，他画的鸟能开口鸣叫，意思就是说他能把东西画活。

国王听了此事，便专程去拜访那位画家。"请你为我画一只凤凰吧，此生我最想见的鸟就是凤凰了。"国王对他说。画家答应了国王，并告诉他一年后才能来取。

一年之后，国王如约登门来访。一进门他便问道："我的凤凰呢？你可为我画好了？"

"陛下请稍等一下，您的凤凰马上就来。"画家边行礼边回答道，然后便不紧不慢地铺了画纸，润湿了画笔，当着国王的面挥笔如飞起来。不一会儿，一只美丽鲜艳、情态动人的凤凰出现了，国王连连叫好，可是画家叫出的价格却把他着实吓了一跳。

"什么？300万？"国王睁大了眼睛，"就这么一小会儿工夫，而且看起来你毫不费力、易如反掌地就画成了，竟要这么高的价钱，你这简直就是欺君罔上！"

"陛下请息怒，在您接受这个价格之前，我请您先看看我的画室。"说完，画家便领着国王走遍了他的院子。国王看到，画家小院的每个房间里都堆着满屋的画纸，展开来看，原来每张纸上画的都是凤凰。

"我希望您觉得这个价格是公道的，因为这件看起来毫不费力、易如反掌的事，花费了我多半的时间与精力。为了在这一会儿工夫里给您画出这只凤凰，我已经准备了整整一年的时间！"画家说道。

　　没有谁能够不劳而获，巨大的成功背后必然隐藏着辛勤艰苦的劳动。所以，在评价或是羡慕别人的成就之前，请先想想他为此付出的血汗与努力。

15．"空想家"小狮子

看到身为森林之王的父亲老狮子如此威风凛凛地发号施令，下面众兽无一敢不服，小狮子心里真是热血沸腾。它心想：长大了我也一定要干出一番大事业来，就像父亲那样，受百兽的尊重和崇拜。

从此，小狮子便一门心思地考虑起如何才能做成大事来，以至于妈妈或同伴让它帮点小忙时，它从来都摇头拒绝："我生下来是干大事的，像这种小事我才不干呢，简直就是埋没我嘛！"久而久之，百兽背地里都讥笑起它来，还给它起了个外号叫"空想家"。

这天，小狮子闲来无事到山下去逛，遇到了一匹老马。老马见它无所事事，便忍不住教训了它几句。

没想到小狮子立刻反驳道："我不是不想干事，我只不过是想干大事罢了。我想出人头地，只有大事才能让我出人头地，不是吗？"

老马想了想，便把小狮子带回了家中，从抽屉里拿出一包花种："这是我们整座大山上最名贵的花，如果它开放，全山的野兽们都能被它的香气所迷醉，这可谓是惊天动地了吧？现在，你想个办法让它早点抽枝、长叶、开花吧。"

"这还不简单，把它埋进土里，浇上点水，它自然就会生根发芽，到秋天开出美丽的花朵了嘛。"小狮子得意地回答道。

"可是这样做岂不是首先埋没了它们吗？"老马笑着问道。

"不先埋下它们，它们怎么会发芽和开花呢？"

"哦，看来你早就知道出人头地的正确方法啊，孩子。"老马乘机说道。

"啊，这……"小狮子立刻脸红了。

大道理

要想出头，必须先埋头。只有首先埋头做事，日后才可能有所作为。如果心浮气躁，急于出人头地，除了自寻烦恼和被人耻笑外，我们什么也得不到。

16．残疾女孩与诺贝尔文学奖

1858 年，瑞典某富豪欢天喜地地迎来了他的第一个女儿。然而没过几年，这个不幸的小女孩便染上了一种无法解释的瘫痪症，从此失去了站立和走路的能力。

几年之后，已经十来岁的女孩和家人一起乘船去旅行。船长太太喜欢这位金发碧眼的小宝贝儿，于是便抱着她给她讲起故事来。女孩很快就被她故事里那只美丽无比又无所不能的天堂鸟迷住了。

"天堂鸟在哪里？我们能不能看到它？"船长太太刚讲完，小女孩便迫不及待地问道。

"能啊，如果我们一直站在甲板上的话。"船长太太哄她说。

"那你快带我去，我要看天堂鸟。"女孩兴奋地大喊道。

无奈，船长太太只好站起来带她出去，由于忘记了女孩的腿不能走路，她便像拉正常的孩子那样拉着女孩往外走。结果，奇迹出现了，由于过度渴望看到天堂鸟，孩子竟然忘我地拉住船长太太的手，慢慢地走了起来。从此，她的病痊愈了。

　　也许这件事给女孩造成了太深的影响吧，长大后的女孩一直相信一点：只要忘我地投入进去，什么事情都能做到。在以后的文学创作中，她依然对此深信不疑。最后，她竟然成了世界上第一位荣获诺贝尔文学奖的女性——茜尔玛·拉格萝芙。

　　忘我精神是走向成功的一条捷径，只有沉浸于这种状态中，人们才可能超越自身条件的束缚，于不知不觉中释放出惊人的能量来。

17.　命运在哪里

　　从小到大，我一直被一个问题缠绕着：世界上到底有没有命运？

　　一天，我偶然遇到了一位事业上颇有成就的朋友，便跟他闲侃了起来，不知不觉中，我们谈到了"命运"，于是我趁机问他：你认为这个世界上有命运吗？

　　"有！"他不假思索地说道。

　　他的肯定把我吓了一跳，我条件反射地问道："大学的时候咱们宿舍可就数你最唯物了，怎么？工作了几年，难道全变了？"

　　"开玩笑，我还是老样子，不过我现在相信一定有命运存在。"他很认真地说。

　　我糊涂了："如果真有命运存在的话，也就相当于一切都已经是注定的了。既然如此，那你还奋斗什么？看你现在兢兢业业、努力奋斗的样子，可一点儿也不像信命的。"

　　朋友笑了，拉过我的手说："我来给你看看手相。"

　　接着，他就生命线、事业线、感情线地给我讲了一大通。讲完后，他突然使劲儿把我的右手握成了拳头。

　　我一愣："这是什么意思？"

　　"你看，无论是哪条线，现在都在你自己的手心里了。"他微笑着对我说。

　　我如遇当头棒喝，恍然大悟：可不是，命运线全在我自己的手里，而且，一直都在。

　　"你再看，"他微微转了转我的拳头说，"有一小部分线你还没有攥住，它们就是我们生命当中那些不由自己把握的东西。而'奋斗'的意义就是：把能把握的尽可能都把握住，把不能把握的尽可能减少一些。"

　　上天赋予人天分，努力把天分变成天才。绝大部分的命运，其实都把握在我们自己的手心里，何去何从，全在于我们自己的选择与奋斗。

18.　山谷里的百合花

　　这是一片高耸入云的断崖，在崖底的山谷中，生长着无数不知名的杂草。不知道是风姑娘的怜悯，还是飞鸟的疏忽，一颗百合的种子被留在了这里。

第二年春天，小小的百合使劲儿钻出了地面，和郁郁葱葱的杂草混长在一起，看上去，它跟大家一模一样。

"嗨，老兄，去年我好像没有看见你啊。"一棵杂草冲小百合喊道。

"哦，我是去年秋天才来到这里的，"小百合快乐地答道，"能和这么多种类不同的兄弟姐妹在一起，我真是太开心了。"

"哦？"杂草惊讶地问道，"不同种类？你不也是一棵草吗？"

"不，我是一种花，我的名字叫作百合。"小百合天真地答道。

"哈哈哈……"小百合的回答引来了它周围无数杂草的哄笑。接着，大家就你一言我一句地讽刺起它来："明明是棵草，还以为自己有多高贵呢！""恐怕你还没从冬梦里醒过来吧！"……

大家的讽刺令小百合很是伤心，但是它越解释，大家的冷嘲热讽就越厉害。干脆，小百合闭上嘴巴不说话了，"等夏天吧，等到那时我开了花，你们就会知道我跟你们不一样了。"它心想。

从此，小百合就非常认真地成长起来，它一直恬然隐忍着，等待花开的时节。

初夏时分，在大家不屑的眼神和嘲讽中，年轻的百合花忽然在一日之间开出了晶莹剔透的白花。野草们目瞪口呆，从此再也不敢嘲笑它了。

此后的数年中，百合一直努力地开花、结籽，并让它的种子随着风，散落到山谷的各处。几十年后，原本杂草丛生的山谷，已经成了百合花的天下。

不管别人怎么看待，新生的百合都始终谨记第一株百合的教导："闭上耳朵和眼睛，全心全意默默地开花，以证明你的不同与存在。"

大道理

讥笑冬树的光秃，不是树的悲哀，而是你的愚蠢——有些时候你之所以不相信别人的选择，只是因为他无法在那一刻证明自己。

19. 差距

每年9月，草原上的马都会参加马家族所举行的金秋赛马大会，希望能够成为最终的优胜者，获得那笔丰厚的奖金。

今年，赛马会照常举行。经过多轮比赛后，名叫波斯和罗德的两匹马脱颖而出了。截止到此刻，波斯和罗德在各次比赛中的总得分恰好相等。因此，究竟谁赢谁输，关键就看最后一次比赛，也就是总决赛了。

裁判马的长鸣一响，站在起跑线上的十几匹马立刻奋力向前冲去。很快，凭着超水平的实力，波斯和罗德就把其他的马甩下了，现在，它们齐头并进，不相上下。作为啦啦队的小马和老马们夹在跑道两边，不停地为波斯或者罗德加油助威。两匹争气的马果然没有辜负大家的期望，它们自始至终都保持着难解难分的战局，眼看就要到终点了，波斯和罗德都奋蹄加速，拼命争先起来……

最后，电子记录显示，波斯获胜，它的鼻尖到达终点线的时间比罗德提前了0.001秒。结果一出，罗德立刻失望地大叫了一声。他知道：它为第一名，波斯将获得50万美元的奖励，而由于它的总成绩也排在第一位，它还将获得 100 万美元的奖金。也就是说，通过这场比赛，波斯总共会拿到 150 万美元。而自己，由于这次比赛和总成绩都是第二名，一共只能拿到 5 万美元的奖金，与波斯整整相差 30 倍。而如此巨大的差距，都是源于那 0.001 秒的微小差距！

这就是我们常说的微小边缘原理。也许，罗德提前再多一丁点儿训练，赛场上再多一丁点儿奋争，技巧方法上再多一丁点儿优势，那 150 万美元的巨额奖金就是它的了。可是，就因为少了这几个"一丁点儿"，罗德便与波斯拉开了令人难以置信的悬殊差距。

值得庆幸的是，不管怎么样，赛马大会都是一场游戏，其主角不过是几匹马。只是，如果罗德和波斯都是人呢？而且尤其，当罗德就是你呢？

大道理

> 人与人之间的许多大差距，都是由微小的差距一点一点积累成的。注意细微的边缘之处，不放过诸多小细节，你终将成为幸运的成功者。

20．暴风雨之夜，你可能安睡？

农场主戈尔在大西洋岸边新开了一片农场，本想招募几个可心的帮手，不想大家都因为大西洋风暴常起，庄稼牲畜不好管理而拒绝受雇。怎么办呢？一筹莫展的戈尔想了许久，决定在电视台上登个招聘启事，以便在更广的范围内寻找雇工。一个星期后，一个矮墩墩的男人终于前来应聘了。

"你干活没问题吧？"看着对方既不高大也不怎么壮实的身体，戈尔略带怀疑地问道。

"没问题的，你完全可以相信我。"对方以一种戈尔不怎么喜欢的语调回答道，"告诉你吧，即使是飓风来了，我都照样能够安睡。"

戈尔很不喜欢应征者得意张狂的样子，但由于新农场太需要帮手了，所以他不得不退一步考虑，把这个人留了下来。

半个月过去了，看这位工人每天都手脚勤快，把四处打理得井井有条，戈尔渐渐放下了心。

第一个月即将结束时，戈尔已经打算正式雇用这个人了，但同时心里又想，对方还应该再经历一次暴风雨的考验。不想这个念头刚冒出来，那天晚上大西洋里便狂风四起、酝酿一场罕见的暴风骤雨了。

当看到飓风就要席卷农场，而那位长工依然无动于衷时，戈尔急了。他怒气冲冲地踹开了长工的门，冲他大吼道："快起来！难道你听不到外面的风声吗？在它卷走一切之前快把东西都拴好去！"

呼呼大睡的长工被雇主这声怒吼惊醒了，他猛地坐起来，然后又忽地躺了下去，梦呓一般地说道："先生，把声音放低点。我告诉过你的，即使是飓风之夜，我也照样能安睡！"随后他又打起了呼噜。

戈尔当时险些背过气去，但是情况危急，已经容不得再拖延了，所以他只好一个人跑了出去。当他强压怒火跑进牲畜棚时，眼前的情景让他愣住了：马和牛都在棚子里，每只都拴得好好的；羊全部进了羊圈，圈门处还严严实实地压了一大块油毡纸；另一间屋子里小山似的干草堆早就盖上了厚厚的防水布；每一道房门、每一扇窗户都已经用粗绳子绑得结结实实了。看样子，没有任何东西可能被大风吹走。

戈尔愣过之后，哈哈大笑了起来。"加薪，一定要给他加薪！"他一边念叨着，一边往屋里走去。

大道理

在人生当中，各种暴风骤雨都可能出现，但如果你在心理、身体、知识等各方面都提前做好了准备的话，那就再没有什么东西可以令你忧虑了。

21. 善行筑成的天梯

这家餐馆的规模不大，因此很不起眼，作为其中的服务生之一，还不满 16 岁的他更加不起眼。

他之所以能够坚持下来，完全是因为那场革命让他失去了曾经富庶无比的家园。饿肚子是大事情，没有多少力气的他只能如此。好在他是个勤快好学且不计报酬的孩子，这使得老板很快就喜欢上了他。

为了让他学好英语，更方便与客人交流，老板甚至把他带到家里，让他跟自己的几个孩子一起玩耍。

一天，老板告诉他，某食品公司正在招聘营销人员，而自己跟那里的经理关系不错，如果他喜欢，自己可以帮忙引荐一下。就这样，他顺理成章地进入了那家大公司，负责推销和送货。

上班的前一天晚上，父亲把他叫到跟前："我们的祖辈之所以能够成就那么大的家业，全得益于一个遗训，叫作'日行一善'。我希望你在外面闯荡的时候，也能够时刻记住这四个字。"

他没有辜负父亲的期望，真的记住了那四个字。当挨街挨巷给各商店送燕麦片时，他总是不忘帮店主捎一封信给某人，或者让放学的孩子顺便搭一下他的便车。而且，他是微笑着做这一切的。

5 年后，他接到总部的一份通知，通知上说他将被派往墨西哥，统管整个拉美的营销业务，因为在过去的几年中，他一个人的推销量占到了佛罗里达州总销量的 40%，公司由此认定他是个能力非凡的人。

到了派驻地以后，"日行一善"又帮助他成功打开了拉丁美洲的市场。而后，加拿大和亚太地区也被他拿下了。1999 年，他被召回了美国，因为总部有个适合他的职位空缺——年薪740 万美元的首席执行官。

说到这里，该告诉大家他的名字了，他叫卡罗斯·古铁雷斯。也许你觉得这几个字有点面熟，没错，无论在美国还是在全世界，这个名字都被当成"奇迹"的代名词广泛传播着——当他被美国猎头公司列入可口可乐、高露洁等数家国际大公司的首席执行官候选人时，美国总统布什在竞选连任成功后宣布，提名他出任下一届政府的商务部部长。

别忘了，如此辉煌的成就，都来源于那不起眼的四个字："日行一善"。

改变一个人命运的，并非都是些惊天动地的大事情，更多时候这取决于人在日常生活中的一些小举动。日行一善，即可视为改变命运的最简单武器，因为凡是真心助人者，最后必然会帮到自己。

22. 谁错了

现代物理学的开创者和奠基人，有"20世纪最伟大的物理学家"之称的爱因斯坦，小时候居然被人称为"傻子"。据说，他四岁时才学会说话，7岁时才认字，老师受不了如此愚笨的学生，说他"反应迟钝，满脑子不切实际的幻想"。最后，忍无可忍的老师干脆半建议半强迫地让他退了学。数年后，已经长成大小伙子的爱因斯坦申请瑞士联邦技术学院时，也遭到了学校无情的拒绝。但是当他走完惊人而伟大的一生时，众多科学家却绞尽脑汁研究他的大脑到底与常人有何不同。

无独有偶，英国博物学家、进化论的奠基人达尔文，小时候也曾备受众人的讥讽与老师的冷落，连他的父亲都无情地斥责他："你放着正经事不干，整天只管打猎、摆弄花草、捉耗子，我看你将来能有什么出息！"可是几十年后，这位被所有的老师和长辈都认为是"资质平庸、与聪明根本沾不上边"的小男孩却成了震惊全人类的生物学家。

以上只是众多同类例子中的两个而已，我实在想不出用什么样的语言来责备那些也许不该责备的师长们，只好借用这位名叫彼得·丹尼尔的富翁的一句话——菲利浦太太，你错了。彼得·丹尼尔上小学时，菲利浦太太曾经当过他的班主任。由于当时的彼得成绩不好、反应不快又非常调皮捣蛋，菲利浦太太经常指着他的鼻子这样责骂："彼得，你功课不好，脑袋不行，将来别想有什么出息。"的确，彼得很没出息，26岁时，他还连常用字都认不全。但是自从一位朋友给他念了《思考才能致富》那篇文章后，他就整个变了一个人。现在，他已经买下了自己当年经常打架闹事的那条街道，并且还出了一本书，书名就叫《菲利浦太太，你错了》。

上面这种例子其实是数不胜数的，不知道那些师长们十几年、几十年后再看到自己当年的讥讽对象时，会不会感到无地自容。其实这个问题的答案并不难猜，因为现实中，我们自己也常常充当着这样的角色。想一想，你是吗？

很多人都是在别人的"低度评估"中长大的，但值得庆幸的是，别人的评价并不等于我们的自身价值。如果你也是其中之一，请用实际行动证明给对方：他错了。

23. 1885 次拒绝

他是一位穷困潦倒的小伙子，口袋里仅揣有100美元，来好莱坞的目的是希望从这里起步成为一名电影明星。他太喜欢当演员了。而之所以开着这辆又旧又破的金龟车来，是因为对于他来说，好莱坞的旅馆实在是太贵了，自己口袋里的钱根本用不了几天，而睡在车里呢，既省了房租，又减少了交通花费。为了让这仅有的100美元每一分都花得有价值，这个穷小子常常把车停在24小时营业的超市门口，因为那里的车位是不用付钱的。

自打来到这座城市的第二天，他就开始挨家挨户地敲电影制片公司的门了。不想全城500余家电影公司，居然无一想录用他。面对500次冷酷无情的拒绝，这位小伙子毫不灰心，他决定从头再来——再挨家挨户地敲一遍。这一次的结果怎么样呢？答案还是500次拒绝。

为了鼓励自己坚持下去，这位穷小子把"1000次拒绝"当成了"绝佳经验"，然后又从第一家公司开始挨个自荐了。不过这一次，他在争取演出机会的同时，还向对方努力推荐着自己苦心撰写的剧本。

第三轮拜访完毕之后，这位可怜的青年已经遭到1500次拒绝了。怎么办？在这种情况下，任何人恐怕都会退缩了，但是固执的他却依然选择了"再来一遍"。

在总共经历了1885次严苛的拒绝、无数的冷嘲热讽之后，终于有一家电影公司愿意采用他的剧本了，并且答应让他出演其中的男主角。这部影片的名字叫《洛奇》，其中的男主角扮演者，也就是我们这个故事的主人公，名叫席维斯·史泰龙，也就是后来轰动全世界的好莱坞动作巨星。

借助"坚强的意志"和"不懈的努力"这两个法宝，史泰龙完成了从身上仅有100美元的寻梦穷小子到每部影片片酬超过2000万美元的超级巨星的蜕变。

大道理

百折不挠后之所以能够成功，是因为这"百折"是上帝训练你的过程，而"不挠"是你取得"毕业证"的先决条件，即成功的条件。

24．苍蝇的方法

美国康奈尔大学的生物学教授威克，曾经用蜜蜂和苍蝇做过一个寓意深刻的实验：

实验之初，他首先把一只敞口玻璃瓶横放在架子上，然后在瓶底处打上一束光。之后，他便把几只蜜蜂放进了玻璃瓶中。

1分钟后，蜜蜂们发现了自身所处的困境，于是纷纷行动起来，寻找出口。很自然地，它们冲着瓶底有光的方向飞去，并且尽管一次又一次碰壁，固执的它们依然不顾死活地猛撞向明亮的"出口处"。半小时过去了，当威克教授再次回到实验台前时，发现玻璃瓶中的蜜蜂们都聚集在瓶底处，一只一只半张着翅膀，均已奄奄一息。

看到这里，威克教授释放了这些可怜的"囚徒"们，把实验对象换成了几只苍蝇。和蜜蜂一样，发现了危险之后，苍蝇们也立刻行动起来，冲光亮的瓶底冲去。只不过，在一次又一次的碰壁之后，聪明的苍蝇开始尝试着撞击其他地方。它们向上冲、向下冲、向右冲，就是不再选择明亮的方向。

3分钟之后，已经有一只苍蝇成功"脱险"了，又过了10分钟，六七只苍蝇皆成功逃出了玻璃瓶，重获了自由。

"看来，横冲直撞比坐以待毙要高明得多啊。"威克教授十分感慨地总结。

行动起来固然有可能不成功，但不行动却必然会失败。另外，向着既定目标坚持不懈固然很重要，而随机应变更重要。

25．好大的"一点点"

忽然想起来一个尽人皆知的故事，说有两个下岗女工，都在自己家附近的街边上摆了一个早餐点，都是卖包子和油茶。结果一个月后，一家生意日益兴隆，一家却关门大吉，怎么回事呢？原来一切都起因于一个鸡蛋。

生意日渐兴隆的那家，在顾客点油茶时，总会询问"打一个鸡蛋还是打两个鸡蛋"；而关门大吉的那家，问的则是"打不打鸡蛋"。两种略有差别的问法，总使得第一家比第二家每天多出二三十块钱的收入。这样一来，前者负担各种费用就相对轻松一些，所以生意就做了下去；而后者呢，由于越来越不堪重负，最后只好收摊走人。又因为两家相距不太远，第二家垮掉以后，她的顾客都跑到第一家这边来了，这就更让第一家的生意再上一层楼了。

说到这里，我又想起了名满天下的饮料可口可乐。据说，在可口可乐的配方中，99%是水、糖、碳酸和咖啡因，这一点与世界上所有饮料的构成都差不多，它们的区别仅仅在于剩下的那1%。这个在其他饮料中绝对不存在的1%，让可口可乐每年都有逾4亿的纯利润收入，也让它有能力长年雄居饮料业的霸坛。

看来，世界上的成与败之间，距离有时就那么"一点点"。也许，它仅仅等于一个鸡蛋，也许，它仅仅等于1%的其他成分，但所谓的成功秘诀，往往也就在于这宝贵至极的"一点点"。不知道有多少人，用多少次失败才能换来这秘密的"一点点"，然后走向成功。

所以，无论何时，我们都不要轻视一件小事，忽略一个细节。要知道，如果你最后是成功的，这"一点点"也许微不足道，但如果你是失败的，这"一点点"会放大成你全部的教训与遗憾，让你后悔不迭！

每个人的手中都握着一副上帝发的牌，这些牌本无所谓好坏，这其中很关键的差别，就是那"一点点"。凡事多思考一点点、多坚持一点点，你的人生就会发生质的变化。

26．意料之外的回报

拿破仑·希尔是美国也是全世界最伟大的成功励志学大师，他一生所作的演讲无数，但最让他难以忘怀的，是那次应某所学院的邀请所作的讲学。

那时，他还是某家杂志社的一名不太出名的编辑，但在那次讲学中，他却受到了前所未有的热烈欢迎，这不但有些出乎他的意料，还让他非常感动。因此，演讲结束以后，他拒绝了校方付给他的100美元的报酬，并声称自己已经有所收获。

第二天早晨，学院的院长召集全院学生开会，宣布了这一意外的"拒绝"，他动情地说：

"我主持这家学院已经 20 多年了，曾经邀请过无数人士前来发表演说，但直到昨天，我才知道还会有人拒绝接受他的演讲酬金。这位先生是家全国性杂志的总编辑，我建议你们每个人都去订阅他的杂志，因为，像他这样的人一定拥有许多美德以及能力，我想，他的优点应该是将来你们踏上社会以后必须用到的。"

不久，拿破仑·希尔所在的杂志社收到了一笔 6000 多美元的订阅费，汇款单上有声明说，这笔费用全部用来订阅拿破仑·希尔所总编的《希尔的黄金定律》。当然，这笔钱是来自那所学院。在此后的两年中，仅仅那些学生以及他们的朋友，就总共订阅了这家杂志社超过 5 万美元的杂志。

看得出，拿破仑·希尔当时的拒绝并非是"放长线钓大鱼"，这个结果也完完全全在他的意料之外。但这个不期望回报却得到更多回报的故事却让我们有所感悟，看来，人们最敬佩、最尊重和最渴望报答的，总是那些具有高尚品德和良好声誉的人，不管他是伟人，还是农夫。而不经意间的付出，恰恰能够呈现出一个人的优良品行与人格魅力。

大道理

越是不求回报的付出，越是能够体现出其本身的高风亮节。而这，足够为其赢得更多的回报，因为每个人的心底都有对高尚和美好的渴望。

27. 把帽子扔过墙去

事业刚起步不久，施耐德就遇到了不小的困难。背负着巨大的精神压力，他来找父亲，希望父亲能够给他一点鼓励。傍晚离去时，施耐德的心里已经豁然开朗并且勇气十足了。

父亲给他讲了自己小时候的故事。父亲说："小时候，我是一个很调皮的孩子，经常跑进你祖父的果园里偷吃还未成熟的瓜果。后来，你祖父迫不得已在果园四周围上了高高的篱笆，然后把看护小屋建在了篱笆墙唯一的入口处。但是尽管如此，他依然没能阻止得了我，因为不管怎么着，我总会想出办法钻进去。我的秘诀就在于，一旦觉得钻不过去，我就毫不犹豫地把帽子扔进园子里。这样一来，我无路可退，必须想方设法地翻过去，结果每次我都能成功。

"长大以后，我不再重复那种恶作剧，但是一个信念却因此形成了——面对一堵难以逾越的高墙时，如果你迟疑不决，那就赶快把后路切断。这样，你的思维就会全部集中在'如何成功'而非'可能失败'上。只有在这种情况下，你才可能想出办法来。

"就是靠着这个信念，我才孤身一人从老家来到了芝加哥，克服了没有钱、没有亲友、没有工作的种种困境，成功打拼下了今天的事业，使全家人过上了富裕的生活。"

原来，一旦把帽子扔到高墙那边，人就会打消一切疑虑，全力以赴地攀墙而过，也可以说，只有把帽子扔到障碍那边，人才可能绞尽脑汁地想办法穿越障碍。所以，当一项任务看上去艰巨得难以完成时，你不妨把帽子扔过墙去试试看。

大道理

绝境，往往能激发出我们自身巨大的潜力。既然如此，遇到难以解决的问题时，主动把后路截断，不啻为"强迫"自己成功的前提。

28. 墙角的金币

安德鲁是个穷小子，他最大的梦想就是哪天能够发笔大财，改变一下自己潦倒至极的生活。淘金大潮起来之后，一心发财的他加入了这个行列。可是不远千里来到目的地，又辛苦劳作了半年之后，运气欠佳的他不但一无所获，还把来时带的一点钱也花光了。沮丧之下，安德鲁打算打道回府了。他的行李都装好了，就等着明天上路了。

"安德鲁，安德鲁。"安德鲁忽然听见有人在叫他，待转过头去，他发现是那位靠门站着的老人。

"有事吗？"安德鲁问老人。

"告诉我你最大的愿望是什么，我可以帮你实现。"老人微笑着对他说。

"愿望？"饱受打击的安德鲁摇了摇头，"原来我还梦想着哪天能得到一批金子，现在看来一切都是做梦而已，算了吧，以后我再也不敢谈'愿望'二字了。"

"哈哈哈，"老人突然大笑了起来，"如果你真的只想要金子的话，你又何必跑这么远呢？你家中房屋的墙角处，就埋着一罐金子嘛。"说完，老人就消失了。

一急之下，安德鲁醒来了，哦，原来自己是做了个梦。在清晰梦境的刺激下，异常兴奋的他再也睡不着了。"难道这暗示着什么？难道自己家的墙角处真埋藏着金子？"他翻来覆去地想着，结果没等到天亮，他就背上包裹朝家的方向出发了。

后来，安德鲁成了当地最有名的富翁。因为按照神的指示，他真的在自己家的墙角处挖出了一罐金子。

得知这件事之后，有人半是嫉妒半是惋惜地对他说："早知道这样，还不如不跑那么多路去淘金呢，吃了那么多苦，原来金子就在自己的脚底下。"

"不，如果我不去淘金，恐怕永远也不会知道这个结果。"富翁安德鲁回答道。

大道理

任何一个惊人的发现，都很难逾越先前的艰苦寻找过程，因为倘若缺少这个漫长的"修炼期"，我们的发现就很难会是"金子"。

29. 没有任何借口

名著《没有任何借口》中，有一个这样的小故事：

莱瑞·杜瑞松在第一次奉命前去某外地服役的时候，接到了连长指派给他的一个任务，这个任务包括七件事：去见一些人；请示上级一些事；申请一种东西，其中包括地图和当时严重缺货的醋酸盐；等等。

一经委派，杜瑞松立刻向连长保证，他会把七件事情都完成，虽然他还没有时间思索应该怎么去做。

果然，像连长所担心的那样，各件事情都不算顺利，其中最关键的环节就是醋酸盐的申请。为了兑现自己的承诺，杜瑞松滔滔不绝地向负责补给的中士说明理由，希望他能够从仅有的存货中拨出一点给自己。看中士就是不同意，杜瑞松就一直缠着他讲了下去，最后，不知道是从杜瑞松的讲述中得知了醋酸盐的重要性，还是实在被搞烦了，中士终于批准了他的请求。

当圆满完成任务的士兵杜瑞松前去连长办公室复命时，颇感意外的连长居然一句话也说不出来。因为在他的意识里，在如此短的时间内同时做完那七件事是不可能的。或者也可以说，即使不能完成任务，他也不会怪罪这位下属，时间问题倒是其次，关键是申请醋酸盐几乎是不可能的。要知道在此之前，已经有不计其数的申请者"惨败而归"了。

"你是怎么做到的？难道你就没想到不可能吗？"愣了半天之后，连长终于问道。

"不可能？怎么会不可能呢？这是你交给我的任务啊！而且我也已经向您保证了会完成。"杜瑞松回答道。

"我知道这件事很难办，所以早就准备好了听你的任何借口，不想……"

"借口？"不等连长说完，杜瑞松很惊讶地重复道，"我没有想过要找什么借口，我只想怎么把醋酸盐要来。"说到最后，杜瑞松几乎在自言自语了。

"我知道了！"连长忽然明白了什么似的说道，"正因为你没有想过找借口，你才办到了这件事！"

后来，从不为失败找借口的莱瑞·杜瑞松一直升到了上校。

大道理

不要把宝贵的时间和精力浪费在寻找合适的借口上，借口再好，也改变不了你"没有成功"的结局，而且一旦养成习惯，你就难免会一事无成。

30.　享受成功的过程

这个人常常自嘲是"倒霉蛋"，因为从小到大，无论朝着哪个目标努力，他都没有成功过。过了几十年被失败陪伴的日子之后，他终于发自心底地感到了上天的不公，于是，他决定去问上帝到底怎样才能成功。

翻山越岭，他来到了一条大河边，见到了一位钓鱼的老者。他走过去问道："老人家，你知道怎么样才能成功吗？我从来没有享受过成功的滋味，我非常想尝一尝。"老者看了看他，便把手中的鱼竿交给了他。等他钓上一条鱼来时，老者对他说："每天都能钓到鱼，你就成功了。"

他非常不满意老者给他的答案，于是接着往前走去。又走了一个月，蹚过了几条河，他见到了一位正在树林里打猎的中年人，又向他问道："你能告诉我怎样才能成功吗？"中年猎人摇了摇手中拎着的新鲜猎物："每天都能捕获野兽，这就是成功啊。"

依然不满意这个答案的他又向前走去，穿过森林，穿过沙漠，最后终于见到了上帝。

"怎么样才能成功？"他忙不迭地问上帝。

"就像你这样。"上帝给了他一个非常出乎意料的答案。

"我这样？"他迷惑地反问道。

"是啊，"上帝慈爱地回答道，"我的孩子，这一路走来，你见识了无数人与物，无论胸怀、眼光、智慧都大有长进，这就是成功啊！如果仅仅把成功定义为一个结果，你就很难享受到成功的真正滋味，只有把过程化作成功的一部分，你才能时时刻刻享受到成功的滋味啊！"

大道理

　　结果的成与败，只是一瞬间。如果仅享受结果，人生的快乐与价值将会大打折扣。只有把整个奋斗过程都享受一番，我们才能长久地生活在希望与满足中。而且，过程本身不就是成功的一个组成部分吗？

31. 居里夫人和镭

　　居里夫人从理论上推测到了新元素镭的存在，但是巴黎大学的董事会却拒绝为她提供她所需要的实验室、实验设备和助理人员，因为她无法用事实来证明这一点。无奈之下，坚强不屈的居里夫人只好把校内一个无人使用、四面透风漏雨的破棚子当成"实验室"。然后，她把从矿上收集到的沥青矿渣用大麻袋运回，便开始了伟大的发现之旅。

　　当然了，实验室里的"设备"简陋得无与伦比，一口煮饭用的大铁锅、一根粗棒子以及一些必要的试剂和试管便是居里夫人全部的实验家当。而用那根粗棍子不停搅拌锅中煮沸的沥青液体，便是她的整个实验过程。她期待着自己石破天惊的那一刻，所以在整整四年中均不辞劳苦地工作着。最初两年，这位日后震惊全世界的化学家干的其实是粗笨的化工厂的活儿，接下来的两年，才是她试验的初衷——分析沥青溶解后的分离物，也就是镭。

　　经过一千多个日日夜夜的辛苦劳作，"实验室"外面那8吨堆得像小山似的矿渣终于变成了此刻她面前器皿中的这一小点液体。居里夫人满怀期望地等待着，等待着这些液体结成一小块晶体（镭）的时刻。可是等啊等啊，半小时、一小时过去了，原本激动不已的她感觉越来越沉重——玻璃器皿中的液体，她4年来的汗水和8吨沥青矿渣的最后结果，居然只是一小团污迹！

　　夜深人静的时候，疲倦至极又失望之至的居里夫人回到了家，她躺在床上，无论如何都不能入睡，她不甘心，她想找出自己失败的原因。

　　"只要能找出自己为什么失败，我就不会对失败这么在意了。可是到底为什么呢？为什么它只是一团污迹，而不是一小块白色或无色的晶体呢？那才是我想要的镭啊！"居里夫人一边想，一边自言自语着。忽然她眼睛一亮：既然谁都没有见过镭，凭什么自己这么肯定镭是白色或无色的晶体呢？没准儿，那一小团"污迹"正是自己最想要的东西啊！

　　想到这里，居里夫人翻身下床，以最快的速度朝实验室跑去。结果还没等开门，她便从"实验室"的墙缝里看到了自己伟大的"发现"——白天器皿中那毫不起眼的污迹，此刻正在黑夜中散发着耀眼的光芒！"镭！"居里夫人惊喜地叫了出来。没错，这就是镭，一种具有极强放射性的元素。

大道理

　　看到障碍就意味着已经偏离了成功目标，可如果只盯住成功的招牌，我们也难免会与之失之交臂，因为时常注视自己、反省自己也是必要的。

32.　为什么不竭尽全力

某青年海军军官走进海曼·里科弗将军的办公室，将军接见了他。坐定之后，将军请他挑选任何他所希望讨论的领域进行谈话，青年军官选择了时事、音乐、文学、海军战术、电子学等。

在整个谈话过程中，将军一直在注视着青年军官的眼睛，并不断地问这问那。当青年军官被问得瞠目结舌时，将军微微一笑。顿时，青年军官明白了将军的用意——自己挑选的这些自以为懂得很多的问题，看来都知道得很少，更何况其他的呢？

正当青年军官为自己的无知感到羞愧时，将军又问道："你在海军学院的学习成绩怎样？"

"在820人的年级中，我名列第59名。"这个问题让青年军官稍稍释然了一点。诚然，这个成绩还算是不错的，但是由于有刚才的教训，他的语调和表情依然很谨慎。

"哦，那你竭尽全力了吗？"将军微笑着反问道。

"没有。"青年军官摇摇头回答道。显然，他希望通过这个回答透露给对方两个信息：一是自己很谦虚；二是自己还有更大的发展空间。

谁知将军根本不买账，说："哦？那你为什么不竭尽全力呢？"

立刻，青年军官窘得无话可说了，是啊，自己为什么不竭尽全力呢？之后，他便沉默着退出了里科弗将军的办公室。

在此后的几十年中，青年军官一直把老将军的那句话当成自己的座右铭，无论做什么事，他都会"竭尽全力"。凭着这种精神，数年之后，他成了美国的第三十九任总统，他的名字叫作詹姆斯·厄尔·卡特。

大道理

即便不求成功，当你以最大的热忱去对待自己所做的或者将做的事情时，成功也会不请自来。最起码，你会获得一种了无遗憾的幸福。

33.　天才的"基因"是什么

所谓天才，必然有着与众不同的特殊基因。这个观点，是为世界上绝大多数专门研究天才的科学家所认可的。可是最近，美国佛罗里达州州立大学的心理学教授阿里克森博士却根据某个实验推翻了这一点。

实验是法国凯恩大学的佐瑞欧·马佐尔博士和其同事在不久之前共同进行的，实验对象是一位名叫瑞格·盖姆的数学天才。瑞格·盖姆有着超常的计算能力，他能够在数秒内计算出一个10位数的5次根；在同样短的时间里，他还能够计算出一个2位数的9次方；而在被要求将一个整数除以另一个整数时，他能毫不迟疑地讲出精确到小数点后6位数的答案。

佐瑞欧·马佐尔博士的实验过程，就是在这位数学天才进行计算表演时，对他的大脑活动情况进行精密的检测。通过运用正电子放射层X线照相术，佐瑞欧·马佐尔发现：与常人相比，瑞格·盖姆在计算表演时的大脑活动部位多出了5个。由于可以使用这种额外的记忆区，所以他可以避免发生常人易犯的计算错误。由此看来，所谓天才的"特殊基因"似乎的确是存在的，可是我要告诉你，现年26岁的瑞格·盖姆并非生来就具备这种超强的计算能力。20岁时，他还是一个与常人没什么两样儿的普通青年。20岁之后，他才接受了一位专家的训练：每天都进行4个小时的记忆练习。只不过短短的六年时间，原本与常人无异的他便成了人人惊叹的数学天才，这，不正是"天才"非"天生"的最好证明吗？

除了上述实验之外，佐瑞欧·马佐尔博士及同事还对瑞格·盖姆进行了他所不熟悉领域的技能测试。结果证明，他根本没有任何不同于常人的表现。

看来，只要经过足够的训练和努力，任何人都可能拥有这种因为"长期工作记忆功能"而产生的天才表现。事实是这样吗？阿里克森博士通过对只能记住7位数字的普通人训练一年，证明了这一点：他们都可以记住长达80至100位的数字。

而匈牙利的拉兹罗·波尔加及其夫人，也用试验证实了这一点——当地的人们普遍认为女子不宜参加激烈的西洋棋比赛，而他们，却把3个经过严格心理训练的女儿培训成了具有世界级水准的西洋棋大师。

"天才的能力不是天生的，"阿里克森教授总结说，"那种貌似天才表现的'长期工作记忆'，是能够通过训练刻意培养的。"

大道理

所谓天才的"基因"，就是天才们不同于常人的刻苦努力与全身心投入。做到这一点，平凡的我们也终会撞开天才的大门。

34. 让理想转个弯

他从小就有个理想，那就是长大以后要成为一位著名的作家。自从有了这个理想之后，他每天都坚持写作。而且，每次写完之后，他都会拿着自己的文章看了又看，改了又改，然后充满希望地寄往各地的报社、杂志社。可遗憾的是，他虽然写了不计其数的文章，而且自己也觉得写得不错，伯乐却始终没有出现过——所有的报社、杂志社都从未发表过他的文章，甚至连一封退稿信都没有给他寄过。不得不说，这让他既难过又心寒。

很多年后的一天，他终于收到了来自他投稿最多的那家报社的一封信。可是当他欣喜若狂地打开时，却发现那不过是封退稿信。被泼了一盆冷水之后，深感灰心的他打算自暴自弃了。稍稍清醒一些后，他发现那封信中有一个对他的小建议："你每次投递的稿子我都看过，这么多年来你始终如一地投稿，由此可以看出你是一个很努力的青年。但我不得不遗憾地告诉你，你将很难在写作这方面有所成就。不过，不知道你自己有没有注意到，你的钢笔字写得越来越好，所以我觉得，如果你向书法方面发展，可能会更好，也比较容易成功……"这几句话引发了他的深思，最后，虽然他依然热爱写作，但还是决定：放弃写作，改向钢笔书法进军！

他的名字叫张文举，现在是我国著名的硬笔书法家。

无独有偶，曾经获得诺贝尔化学奖的化学家奥托·瓦拉赫，也跟张文举一样，"理想转了弯"之后才得到成功女神的青睐的。

上中学时，瓦拉赫的父母曾为他选择了文学这条路，但语文老师却对他说：你虽然很用功，但是不可能在文学上有所成就。于是，他便改成了学习油画。可是由于对艺术的理解力很差，他依然感觉成功遥不可及。值得庆幸的是，油画老师发现他做事一丝不苟，非常具备做化学实验应有的品格，所以建议他学习化学。果真，自从走上化学之路，瓦拉赫的惊人才华便日益显现了出来。最终，他获得了标志最高成就的诺贝尔化学奖。

大道理

　　人生当中有许多失败，是由于人们尚未找到最适合自己的路导致的。那么，在适当的时候让理想转个弯，也许会收到意想不到的效果。

35．天壤之别

　　伊尔·布拉格是美国历史上第一位荣获普利策新闻奖的黑人记者，堪称美利坚新闻史上的一大奇迹。据说，这位传奇人物的成长经历也有一定的传奇色彩。

　　童年时，布拉格家里很穷，父母都靠卖苦力为生，以至于年幼的布拉格认为，像他这样地位卑微的黑人是不可能有什么出息的，他只能子承父业，长大后和父亲一样做个水手。

　　为了打消儿子这种自暴自弃的错误心理，当布拉格9岁时，父亲带他去参观了伟大画家梵·高的故居。当看到那张破旧狭窄的小木床和那双龟裂的脏皮鞋时，布拉格很奇怪地问父亲："爸爸，梵·高不是世界上最伟大的画家吗？那他应该是百万富翁才对呀？有钱人怎么睡这样的床，穿这样的皮鞋呢？"父亲回答他说："儿子，其实梵·高是一个连妻子都娶不上的穷人。"

　　不久之后，父亲又带着小布拉格去丹麦参观了安徒生的故居。和上次一样，小布拉格非常奇怪安徒生故居的墙壁上居然有斑驳点点，于是他问父亲："安徒生不是生活在皇宫里吗？这所破房子怎么会是他的呢？"父亲扭头看着儿子，意味深长地回答道："安徒生只是个鞋匠的儿子，他只能住在这样的破阁楼里。皇宫，只有在他的童话里才会出现。"

　　有了这两次伟大艺术家故居的参观经历以后，小布拉格那种"只有地位高和生活优越的人才能获得成功"的意念被彻底清除掉了，他的一生也由此得到了改变。

大道理

　　人能否成功，不在于贫富，只在于自己是否努力奋斗。记住：努力的结果，是把劣势转化成优势；懈怠的结果，是把优势转化成劣势。

36．等待时机

　　一个年轻猎人很希望自己有发财的机会，哪怕是让他多打一些猎物也行。于是，他茫然地靠在一块石头上，等待着时机的到来。

　　这时，从远处走来一位白须老者，只听老者问这个年轻人："年轻人，你靠在这里做什么呢？你的猎枪都已经生锈了，难道你没有看到刚才有一只野兔跑过去吗？"

　　年轻人看了看老者回答说："我靠在这儿等待时机啊。"

老者笑着反问道："那你知道时机是什么样子吗？"

"不知道。"年轻人摇了摇头说，"不过，听说时机是一个很神奇的东西，只要它来到你的身边，你就会走运，就会发大财……"他一边说一边自我陶醉着。

"其实并不是这样的，年轻人！"老者忽然正色道，"时机是不可捉摸的，如果你专心等它，它可能迟迟不来；而你不留心时，它又可能来到你的面前。你看刚才从你身边跑过的那只野兔，那不就是时机吗？而你却错过了它，使它再难回头了。你既然连时机是什么样子都不知道，它来到你身边的时候你怎么会知道呢？所以说，你这样坐着等待简直就是一种愚蠢的行为啊。"

说完，老者就消失了。年轻人这才明白过来，原来这老者就是时机的化身。可惜的是，他再一次错过了，不仅仅因为他不知道时机是什么样子，更因为他一直靠在石头上等待。

机会不是等来的。守株待兔，只是一种坐失良机的愚蠢行为。积极行动，寻找时机或者不断地为自己创造时机，才可能在人生的竞赛中保持永胜。

37. 时间是怎么来的

威尔福莱特·康是世界织布业的巨子之一，他腰缠万贯、家资无数，真可谓要什么有什么，但他却总感觉生活中缺了点什么东西似的，于是他想起了自己儿时的梦想。

威尔福莱特小时候曾经梦想着成为一名画家，但因种种原因，他已经数十年都未拿过画笔了。现在去学画画还来得及吗？现在的自己还能有那些空闲时间吗？他犹豫着自问，但想来想去，最后他还是决定每天抽出一个小时来安心画画。

自从下定了这个决心，一向以毅力著称的威尔福莱特再次显露了他的特长——虽然很忙，可他还是每天都抽出一小时来画画并坚持了下来。多年以后，这位半路出家的学画者已经在绘画上得到了不菲的回报：他曾经多次举办个人画展，在油画方面成就更是非常突出。其实他以前从未接触过油画，一切都是从他那个决心开始，然后靠每天一小时的积累完成的。

"每天抽出一个小时来画画"，对于一个大企业的负责人来说，要想真正做到这一点并不容易。你可知道，为了保证这一小时不受干扰，威尔福莱特每天早晨5点钟就得起床，一直画到吃早饭为止。他后来回忆说：现在想想，那也并不算苦，因为自从我决定每天都学一小时画之后，一到清晨那个时候，渴望和追求就会把我唤醒，想睡也睡不着了。

再后来，为了方便画画，他干脆把顶楼改为了画室。

时间是公平的，更是"知恩图报"的，因为数年来威尔福莱特从未放弃过早晨那一小时，所以时间给了他惊人的回报——他的收入又多了一个来源。而他则把这一小时作画所得到的全部收入变成了奖学金，专门奖给那些搞艺术的优秀学生们。

"钱并不算什么，从画画中所获得的启迪和愉悦才是我最大的收获。"威尔福莱特如是说。

时间是公平的，每人每天都是24小时。而成功者总能挤出时间，失败者总在感叹没有时间。看来，成功与失败的分水岭可以用这几个字来表达——我没有时间。

38．捡海螺

一个老人和一个年轻人一起到海边捡海螺，因为海螺可以拿到市场上去卖。

由于腿脚麻利，眼神又好使，年轻人觉得自己肯定比老人捡到的海螺既大又多。因此，他一直把眼睛盯在又大又好的海螺上。

半个小时过去了，年轻人始终走在老人前面，腰也没见弯下去几次，虽然他的后面大大小小的海螺到处都是。而老人则正好相反，他一直落后，却频频弯腰，无论大海螺小海螺都如获至宝地捡起来。

结果一个小时不到，老人的口袋里就有了很多海螺，而年轻人的口袋里却还像刚来时那样空荡荡的。

"小伙子，难道你没有看到这里有好多海螺吗？不要再那么挑剔了，否则你捡不了几个的。"老人对年轻人说。

年轻人却撇撇嘴回答："我要的是又好又大的海螺，那样才能卖个好价钱。"

不知不觉中，太阳已经快落山了，可年轻人还是收获不多，因为他很少看到自己所希望的那么大的海螺。而老人的袋子，则已经满满当当，几乎装不下了。

大道理

"金字塔是用一块块的石头砌成的"，任何事物在发生质变之前都要有一个量的积累过程，所以，如果你不屑于一滴水，你也就相当于放弃了整片海洋。

第六章

心态与命运

1. 简妮特的成功之路

简妮特是一个穷人家的孩子，为了生活，她不得不在很小的时候便辍学打工，补贴家用。她的第一份工作是做某裁缝店的打杂人员，每天的职责就是帮助客人们试穿衣服、清理那些裁缝们丢弃的布头和店里的其他杂物。

因为工作的原因，简妮特常常能接触到一些上流社会的女士们，她们乘坐着豪华气派的轿车前来，神态高贵地挑选着布料，举止优雅地试穿着她们刚刚做好的新衣服。看着这些穿着讲究、举止端庄大方的大家闺秀和贵妇们，简妮特的心里升腾起了一个强烈的愿望，她很希望有朝一日自己也能像她们一样为人瞩目。在这个念头的驱使下，简妮特不管每天工作多么辛苦，也总是尽量保持着迷人的微笑，待人接物时也学得像那些贵妇人，表现得落落大方。

心态真的是一种神奇的力量，这样的日子久了以后，原本毫不起眼的简妮特竟然成了店里最受欢迎的人。不仅同事、老板喜欢，连顾客们也会点名要她服务。她们说："她的得体言行和微笑让我感觉很舒服。"就这样，她被评为了店里最优秀、最有气质的员工。老板因此破格提拔她为助理裁缝，很快，她就成了著名的服装设计师。

出身并非一个人命运的决定因素。你的心态决定你的目标，你的努力提升你的能力，你的能力改变你的身份和地位。

2. 幸运与倒霉

公司新来了一个业务员叫小王，刚开始时，他信心十足，可是没过几天，那股劲头儿就消失了。

这天早晨，小王颓丧地坐在椅子上，垂着两肩，显得极为无助。恰在此时，业务经理走了过来，问他怎么回事。

"我不想再做了，我想我可能不适合这份工作。"小王无精打采地回答道，"如果仅仅是业绩不好，我完全能承受，我会很努力。可是，我实在受不了那些客户对我的态度，他们批评咱们的产品不说，还侮辱我的人格……"小王显得很激动。

经理静静地听他说完，盯着他的眼睛说道："没错，我就是这么走过来的，而且，情况比

142

尔更糟。那时候，我不仅遭受着客户的拒绝、批评，而且遭受着他们的鄙视、打骂。有一次，一个客户甚至直接把我推倒在地，然后把油桶砸在我身上，洒了我满身油……"

　　小王惶惑地看着经理，他一直认为，这个年薪30万的业务经理是众多业务员中的幸运儿，从来不曾遭遇过什么挫折。他突然站起来握着经理的手道："我明白了，相信我一定能行。"

　　几个月后，小王成了这家公司最棒的业务员。

大道理

　　幸运只喜欢坚定执着的人。越是恶劣的环境，越是成功的契机，倘若临阵退缩，你永远不会得到幸运之神的眷顾；迎难而上，才能抓住艰难背后的机遇。

3．乐观者和悲观者

　　这对兄弟虽然是双胞胎，并且长得极像，性格却迥然不同，甚至可以说是截然相反，因为他们一个是乐观主义者，一个是悲观主义者。

　　很小的时候，他们的父亲曾经试图改变他们兄弟的性格，他给了悲观的弟弟一大堆非常秀人的新玩具，然后把乐观的哥哥关进了满是马粪的马棚里。两个小时以后，父亲去看这俩兄弟，却发现弟弟守着一大堆玩具在哭，而哥哥却乐不可支地掏了满手马粪。

　　"你为什么要哭，而不玩这些玩具呢，波比？"父亲问弟弟。

　　"我玩的话它们会变旧，还可能会坏掉。"波比一边哭，一边说。

　　"那彼特，你为什么掏了一手马粪还这么高兴呢？"父亲又问哥哥。

　　"因为我试图从马粪里掏出一匹小马驹来呀。"彼特说完，又跑去掏他的马粪了。

　　父亲叹口气，从此再也不梦想改变什么了。

　　慢慢地，兄弟两人都渐渐长大了。波比还是那个悲观的波比，他总是守着大半杯可口可乐发愁：唉，就剩下半杯了。而彼特还是那个乐观的彼特，偶尔地他会因为发现了半杯可口可乐而惊喜：感谢上帝，我还有大半杯饮料呢！

　　最后，波比面带忧郁地死去了，他一辈子也没高兴过。之后，彼特面带微笑地也死去了，他一辈子也没忧伤过。可是你看，他们俩都活了一辈子，而且总处于差不多的境遇！

大道理

　　乐观的人总能在危难中看到有利于自己的机会，悲观的人总能在机会中看到不利于自己的危难。想做前者其实并不难，你只需要在看到阴影时及时转身。

4．小和尚买油

　　大山中有座庙，庙里住着一老一少两个和尚。每个月的月初，老和尚都会交给小和尚一只大碗，吩咐他到山外去买食用油，然后告诉他："你小心一点，别把油弄洒了，我们一个月的菜肴可全靠它呢。"

小和尚答应一声就下山去了。回来时，他想到师父的嘱咐，不禁更加用力地捧紧了油碗，一小步一小步地走着山路，丝毫不敢左顾右盼。可是不知为什么，他心里越是紧张，手中的碗就晃得越厉害，临近家门时，油已经洒掉了将近三分之一。老和尚一看到油碗，就急了，他生气地指着小和尚大骂道："你这个笨蛋，怎么连这么点事都做不好！竟然把油洒了这么多！"

看师父生这么大的气，小和尚一句话也不敢说，只是让委屈的眼泪围着眼眶打转转。

第二个月月初，老和尚又吩咐小和尚去买油。像上次一样，小和尚回来时小心翼翼地走着，生怕再出什么问题。可是大碗也像上次一样，总是晃啊晃的一点点往外洒，急得他眼泪都快掉下来了。到了庙门时，光顾碗不顾脚下的小和尚冷不防被门槛绊了一下，结果油一下子只剩下三分之一了，傻了眼的小和尚忍不住放声大哭起来。听见哭声，老和尚赶紧跑了出来，当他看到装油的碗时，立刻火冒三丈："你还有脸哭！真是气死我了！"

可是气归气，第三个月来临时，因为老和尚有事走不开，所以还得吩咐小和尚去买油。但是这次，他改变了以前的态度，只听他这样吩咐小和尚："你听好了，我要你在回来的途中多观察你周围的人与事物，然后详细地报告给我。"

小和尚为难地咧了咧嘴，但最后还是去了。回来时，他遵照师父的嘱咐留心着山路两旁，发现山路边的风景竟然很美——远方山峰雄伟，近处梯田片片，梯田边还时不时有开心奔跑着的孩子，路旁的古松下还有两位下棋的老先生。

这样一边看一边走，不知不觉，小和尚已经到庙里了。当见到师父时，他才注意到：碗里的油还是满满的，一点也没洒。

大道理

　　越是刻意地握紧拳头，越是连空气都抓不到；相反，轻松坦然张开双臂，世界却会尽在怀抱中。看来，要想让生活无忧无虑，我们必须首先学会不在意。

5．不可能？你试过了吗？

"小时候，我父亲有一处农场，这其实是一片肥沃的土地，只不过因为上面有许多石头，所以我父亲才得以用一个非常便宜的价格买下了它。

"有一天，为了让耕种更顺利一些，母亲建议把土地上的石头搬走。父亲立刻反对说这是不可能的，因为虽然看起来它们只是一块块的石头，但是它们其实是小山头，在地下是与大山相连的，否则主人就不会以这么低廉的价格出售给我们了。

"后来有一天，父亲去城里办事，便由母亲带着我们在农场里劳动。不知不觉地，我们就挖起了那些石头，没想到不长时间，便把它们都搬走了。原来，它们并非什么小山头，只是一块块孤立的石块，只要往下挖一英尺，便可以将它们晃动了。"

这是林肯总统给某位朋友写信时写到的一个小故事。

读到这一段时，记者马维尔已经是76岁的老人了，但是这个故事让他终于下了学习外语的决心。在以前，他认为这是"不可能的"，因为他觉得自己已经太老了，记忆力早就大不如从前了。

据说，1922年，马维尔来中国采访孙中山时，整个过程中他都操着流利的汉语。

有些事情，我们之所以不去做，只是因为认为不可能。而许多不可能，实际上只是存在于人们的想象之中的。所以，在说"不可能"之前，请先尝试着做一下。

6. 还有一个梨

他是一位徒步穿行大漠的勇者，计划用一个月时间走完这片沙漠。20多天过去了，旅途一直很顺利，食物和水看来也还充足。

"我很快就能成功走出这片沙漠了。"他高兴地想着。但是沙漠可从来不会照顾行者，他这个念头还没来得及消失，铺天盖地的沙暴就起来了。他赶紧用衣服蒙住头，伏在沙地上。约莫过了十来分钟，沙暴才过去。当他抖抖衣服站起来时，发现了让人绝望的事：装有食物和水的背包被沙暴卷走了。

现在，他只剩下一个梨了，这个梨是他在沙暴前刚拿出来还没来得及吃的。他把梨紧紧纂在手里："哦，情况还不算太坏，至少我还有一个梨。"他这样想着，决心走出这片沙漠。

一天一夜很快过去了，大漠看起来依然茫茫无际，饥饿、干渴、疲惫以及对死亡的恐惧如同魔鬼一样缠着他。但是每逢崩溃的边缘，他都强迫自己盯着那个一直舍不得吃的梨子看："情况不算太坏，至少我还有一个梨。"

一个小小的梨，成了他活命的希望，成了他勇气的来源。虽然三天后，当看到不远处的村落时他晕倒了，但是毕竟他走出了大漠，也活了下来。

保存希望是最佳的胜利武器，永远不要告诉自己"什么都没有了"。因为只要努力地寻找，你总能找到那个让你渡过难关的"梨"。

7. 铁棂与星星

"二战"期间，这两个不幸的犹太人一起被捕了。他们被分关在两个相邻的牢房里，每个小房间都有一个很小的窗口，牢房里仅有的那点微弱阴暗的光，就是从那里射进来的。

白天，所有的犯人都会被赶去做苦工，他们随时都可能性命不保。晚上，活下来的犯人在自己潮湿的小牢房里思念着家乡与亲人。这一切，他们两个人都不例外。只是当他们都把思念的目光投向窗外时，一个人发现了铁铮铮的窗棂，一个人看见了明亮的星星。

看见窗棂的人满心忧伤：这铁窗是如此坚固，什么时候才能冲出去与我的家人团聚啊！

看见星星的人满心欢喜：真好，虽然隔这么远，但是我能和我的家人一起看星星。没准儿，我们看到的还是同一颗星星呢。

就这样，前者日日夜夜忧伤，身体越来越消瘦，精神状态也越来越不好。而后者却每天都乐观积极，一心想着出狱以后的美好日子，一点也不像坐牢的人。

几年之后，"二战"结束了，幸存下来的犯人都被释放了。看见星星的那个人满心欢喜地跑出牢房朝着家乡的方向奔去。而看见铁棱的那个人却早在一年前就死了，是自杀。

大道理

　　命运把握在我们自己的手里。我们无法选择命运，却可以选择面对命运时的心态。而当选择了积极乐观的心态，我们也便有了改变命运的力量。

8. 癌症 ≠ 绝症

　　邦尼是一位晚期癌症患者，日日夜夜的剧痛让他几乎放弃了生的欲望。从发现癌细胞到现在不到两个月的时间，他的体重已经由原来的160多磅下降到了不到100磅。

　　转院之后他的主治医生名叫卡尔，听说是一位专门治疗晚期癌症的名医。卡尔看起来还相当年轻，他微笑的脸有点像春天的太阳。这多多少少让心灰意冷的邦尼感觉到了一点温暖。卡尔对邦尼说："我会组织最好的医生帮你对抗病魔，每天我都会把治疗的进度详细地告诉你，而且我会向你描述你体内对药物的反应情况。也就是说，你可以随时了解你的病情。"

　　卡尔医生说到做到，邦尼急躁不安的情绪渐渐被缓解了，又恢复了与病魔抗争的信心。一个月以后的复查结果更是让邦尼欣喜，癌细胞扩散竟然被控制住了！

　　"从今天开始，你每天拿出两个小时来想象你体内白细胞与癌细胞对抗的情形，并且一定要以前者打败后者为结束。"卡尔医生对他说。

　　他这样做了。数星期以后，既出乎意料又在人们的意料之中，医疗小组成功战胜了癌症。

　　"如果你自己不想死，那就没什么能够要你的命，包括所谓的绝症。"卡尔医生微笑着说。

大道理

　　我们对自己的生命有着比想象中更多的主宰权。绝大多数情况下，我们可以运用自己心灵的力量来决定自己的命运，包括生死。

9. 不是幽默的笑话

　　美国第七任总统安德鲁·杰克逊，是美国历史上最出色的政客之一。但一向以睿智、机敏著称的他也会犯一些不该犯的错误。

　　自从妻子死后，杰克逊总统就陷入了长期的忧郁与恐慌中——家人已经不止一个死于瘫痪性中风，自己也可能会死于这种病。几年过去了，虽然杰克逊活得好好的，但是他依然摆脱不了这种阴影。

　　一天，杰克逊在朋友家遇到一位年轻的小姐，便兴致盎然地跟她下起棋来。一盘还没下完，就见杰克逊好像虚脱了似的瘫在了椅子上，他拿棋子的手也从桌上滑落下来，无力地垂着，而且脸色苍白、呼吸沉重。

　　"你这是怎么了，亲爱的？"朋友看见他这个样子，慌忙跑到他身边问道。

　　"它还是来了，它还是来了……"杰克逊喃喃自语着，"我知道无论如何我也逃不过的。"

　　"这到底是怎么回事，杰克。"朋友使劲儿地摇着他。

"我得了中风病，我右侧的半个身体都已经瘫痪了，"杰克逊有气无力地答道，"刚才我在右腿上捏了几把，它竟然一点儿感觉也没有。"

"可是，总统先生，"对面的小姐说道，"您刚才捏的是我的腿啊！"

大道理

如果因为未来的、可能发生的悲剧而忧郁，那任何人都将再无快乐可言。即便不幸注定会在明天降临，我们也没有必要在今天就为它付出代价。

10. 没有解开的缆绳

最近一段时间，这位渔民的运气特别好，几乎每天都能满载而归。同样是 3 个月的时间，别人也就收入了两三千块钱，而他却已经近万了。所以在他生日这天，他决定在他的船上大宴宾客。

由于来客们都是彼此熟悉的好朋友，渔民便毫无顾虑地大喝起来，宴会结束时，他已经醉眼蒙眬了。等大伙都散了，渔民开始晃晃悠悠地收拾残局，然后就费力地摇桨准备回家。可是划了半天他发现自己还没有到对岸，甚至小船连动都没动。

他的醉意一下子吓醒了一半："天哪，难道，难道我是遇上鬼了不成？"这样一想，渔民吓得拔腿就往岸上跑，但刚跑上岸，他就被某个东西绊得趔趄了一下，头也重重地磕在了什么东西上，再以后他就什么都不知道了。

醒来时，他的酒劲儿早已过去了，他惊讶地发现自己竟然躺在平时捕鱼的河边，而且头上还隐隐作痛，好像是一个大包。经过仔细回忆，渔民知道了是怎么一回事。

"可是，船怎么会不动呢？"他奇怪地向脚下看去，顿然大悟。原来昨夜他醉得厉害，根本没有解开缆绳。绊倒他的，自然是缆绳；而磕到他的，当然是拴绳的石磴了。

由这件小事我们可以联想到自身，在漫长的一生中，有多少这种无形的"缆绳"在阻碍着我们人生航船的前行呢？它们被我们自己在长年累月的生活里缠绕上去，别人看得清楚位置却无法给我们解开，而我们有能力解开却不知道位置。而且，一旦哪天别人告诉了我们它们的具体位置，解不解开还要看我们自己愿不愿意。如此说来，我们的生活何时才能够变得一帆风顺呢？

大道理

人生当中，有许多无形的枷锁会阻碍我们前进的双脚，桎梏我们自由的心灵。别人能告诉我们它的具体位置，而真正的钥匙，却始终在我们自己的手中。

11. 理想与现实

这个男孩正在向上帝诉说他的愿望："我希望得到一位性情温和、高挑美丽的妻子，希望有一座带后花园的别墅小楼，希望有 3 个能够成为名人的儿子，还希望有一辆豪华的跑车。"

上帝祝福他的梦想能够实现。

多年后，这个男孩长成了大男人，他娶到的妻子温柔美丽，只是个子很矮；他有了 3 个可爱的孩子，只不过都是女儿而非儿子；他有一座看起来还算不错的房子，但是那是平房而非别墅小楼；房子的后面不是什么花园，而是被贤惠的妻子开辟的一个不小的菜园子；他还有一辆车，是辆给人拉货的大卡车而非他梦想中的跑车。

上帝没有给他他想要的，为此，他非常气恼地去找上帝理论。

"你为什么不给我我真正希望得到的东西？"男人问上帝。

"哦？"上帝吃惊地望着他，"我不过是想给你一些惊喜，所以给了你一点你没想得到的东西而已。再说，你不也没给我我真正希望得到的东西吗？"

"你也有所求吗？你希望得到什么？"男人很惊讶。

"我希望你能因为我给你的东西而快乐。"上帝说。

这个男人突然领悟了上帝的意思和生活的真谛，从此每天都过得非常快乐。

大道理
　　理想和现实之间永远会有距离和差异，这正是上帝用来区分聪明的人和愚蠢的人的标准。聪明的人会带着感恩之心去享受现实，而愚蠢的人却会把手边的快乐随意丢弃。

12. 手相

第一次见她时，她衣衫不整、面容憔悴，一直在抱怨生活的不公。我想我该劝劝她。

听到她信命，我灵机一动，伸手抓过她的手："来，我给你看看手相。"

没想到她打了个激灵，立刻把手缩了回去："不行，绝对不行！"

"怎么了？"我问。

"20 年前，就是因为一个看手相的人说我命不好，我才开始倒霉的。当时我正跟一个非常优秀的男孩谈恋爱，可是我相信倒霉的我是不会有那么好的运气的，所以最后我逃离了他，嫁给了我现在的老公。唉，没想到，我的悲惨生活就这样开始了。这么个又丑又穷的人竟然还天天对我大呼小叫的，他还打过我呢！"她又絮叨开了。

我赶紧打断她的话，强硬地拉过她的手，摊开，然后故作惊讶地大叫起来："天哪，那个看手相的人是怎么看的，你命不错啊！40 岁以后就该交好运了！"

"真的吗？"她惊喜地说，"我今年就是四十岁啊，难道明年就会好起来吗？"

"肯定的，我研究手相十几年了，相信我没错的。"我非常肯定地对她说。

……

半年后再见到她时，她胖了，衣服也整齐了，脸上还带着笑容，好像年轻了十岁。

大道理
　　充足的食物、水等物质是我们活着的基础，良好的精神和心理是我们快乐的基础。固执地让黑暗包围着心灵，你怎么可能感受到光明？

13. 画出来的窗

　　黄永玉是我国著名的书画艺术家，他自幼喜爱绘画，少年时期便因木刻作品蜚声画坛，有"中国三神童之一"的美誉。但也许你想不到，这样一位绘画大师，同时也是一位"心境"大师。

　　那一年，黄永玉带着他那颗饱经沧桑的心来到了北京，就住在今天被他命名为"芥末"的故居中。这是一所四壁是墙的老房子，除了一个极为狭窄的门外，整幢房子连一扇窗也没有。倘若关了门，房间里就会如同半夜一样黑得伸手不见五指。然而出人意料的是，黄永玉并没有嫌弃这个令人憋闷的家，反而开口大笑起来。只见他一边笑，一边拿出一张白纸贴在墙上，然后开始在白纸上画画。不一会儿，纸上便出现了一扇极为逼真的窗户，与真的窗户几乎毫无两样。顿时，整个房间明亮起来，就像屋外的阳光一下子都涌进了这间小屋一样。在场的所有人都被震住了，然后便纷纷鼓掌叫起"好"来。

　　我想，人们之所以会连连叫"好"，除了惊叹黄永玉大师出神入化、撼人心魄的画技外，恐怕更多的是被他这种"画一扇窗给自己"的豁达超然的人生态度所折服吧。

大道理

　　不管遭遇何种打击、困境，只要心中有接纳阳光的窗户，我们便能透过现实的黑暗，看到窗外那片明亮的风景。

14. 没空发牢骚

　　小时候，我在乡下跟着奶奶长大。那时，奶奶开着一个小商店，店门前有一片小小的空地。由于村子地方小，人们没处去玩，奶奶的商店内外便成了大家闲时聚会聊家常的地方。

　　那段时间里，我记得有些人经常没完没了地给我奶奶发牢骚——"我那儿媳妇又给我甩脸子了，天哪，我这婆婆可真遭罪。""你说我辛辛苦苦种出来的棉花，自个儿还没收呢，小偷倒先上手了，真是气死我了。"……

　　我注意过奶奶的表情，每逢听到这些话，奶奶总是面无表情，或者就是面带微笑，哪怕别人说得再苦再难，她也顶多"嗯""哦"两声，要不就装没听见，为此，我一直认为奶奶是个不近人情的老人。

　　某天，我实在忍不住了，便问奶奶："奶奶，你为什么不跟他们似的发牢骚啊？"奶奶瞅了我一眼："发牢骚？我没空。"看我不理解的样子，奶奶终于给我解释了："世界这么大，每天都会有死去的人。人这一生这么短，开开心心地过还怕来不及，哪还有空去发什么牢骚啊。如果你对什么事都不满意，又改变不了它，那就换种态度看呗。"

　　原来，牢骚是可以不发的，聪明人就能做到！我终于明白了奶奶的"冷漠"。

大道理

　　如果让你烦恼的大环境无法改变，那就改变你对待它的态度吧。生命如此宝贵和短暂，何必跟快乐过不去，何必跟自己过不去。

15. 蜘蛛给人的启示

一场暴风雨过后，蜘蛛辛辛苦苦结成的网被破坏得乱七八糟。没办法，蜘蛛只好再结一个。这回，它选择了一个看起来比较结实的墙角。

一根、一根又一根，蜘蛛不知疲倦地抽着丝，可是它刚刚结到一半，墙角上的树枝便随着雨后的风而摇曳起来，一下子就把这即将成形的网扫烂了。就这样，蜘蛛一遍遍地结，树枝一遍遍地扫，几个小时过去了，蜘蛛依然没能结好网。

这个过程，刚好被路过的 3 个人看到了。

第一个人笑了起来："这蜘蛛真傻，墙是死的你是活的，这里不行你不会换个地方，爬屋里去结啊！我以后做人做事可绝不会跟你似的这么傻。"几年后，这个人成了一个很有名的富商，当别人问他赚钱的秘诀时，他只简单地说了一句话："哪里钱好挣就往哪里去，别跟蜘蛛似的死守在一个墙角就行了。"

第二个人则感觉震惊："天哪，小小的蜘蛛面对磨难时都能屡败屡战，我怎么能因为失去一次工作机会而如此消沉呢！"想到这里，他决定坚强起来。结果后来他真的变成了一个很坚强的人。

第三个人叹了一口气："唉，我不就是这只蜘蛛嘛，虽然忙忙碌碌却没有什么收获。"于是，他便日渐消沉下去。

大道理

生活对每个人都是公正的，但是当人们用不同的心态去看它时，总能得到各不相同的结论，并因此或成或败。

16. 报复

多年前，因为这位画家得罪了一位朝中大臣，使得那大臣怀恨在心，找机会把他杀了。多年后，这位画家的儿子继承父业，也成了十分出色的画家。但是由于他晓得那位大臣依然在恨他的父亲，所以担心他对自己不利，每天只低调地在画市上卖画为生。

偶然有一天，这位大臣年轻的儿子逛画市时迷上了他的一幅画，但他却很傲慢地拿布盖上了画，声称这幅画不卖。看着大臣儿子很失望地离去，他感觉到了一种报复的快感。

几天之后，那位大臣来到了他家，求他把那幅画卖给他，并说要多少钱都行，因为他的儿子已经因为这幅画闹了好几天了。可是画家儿子依然拒绝了，他贪婪地享受着那种报复后的快乐，感觉多年来心中的仇恨终于释解了一些。

这天早晨，画家儿子在精心画着一幅神像——这是他的习惯，每天早晨起来先画一幅自己所信奉的神像。画着画着，他就盯着神像的脸看起来，并自言自语道：好奇怪，怎么这神像这么像一个人呢？到底是谁呢？想了许久，他突然大惊道：天哪，原来是他，是那个杀害我父亲的大臣！

他像疯了似的撕着画，大喊着：我的仇恨最终报复了我自己！

17．翠玉戒指

　　市里最大的珠宝店昨晚失窃了，数件价值连城的宝贝都不翼而飞。但是经过勘察，警察却没有发现任何蛛丝马迹，只从破坏保安系统、开保险锁、接应、放风等等的密切合作上判断出：这肯定是个犯罪团伙，而非一人。

　　没办法，珠宝店只好开始悬赏寻宝。店老板也接受了记者采访，公开在镜头前大拍着脑门，显出满脸的沮丧："唉，那些金银钻石丢了我倒不心疼，我就是心疼我那个翠玉戒指！要知道那可是我祖传的宝贝，价值连城啊。我原本想把它换成现金再开一家店的，没想到竟然被盗了，真是心疼死我了！"

　　当然，那伙窃贼也看到了这段电视录像，但是店老板的话音刚落，他们便把目光齐刷刷地投向了外号叫"老黑"的人身上："你竟然敢私藏一件宝贝！"说着，众贼的拳头便如雨点般地砸了过来。

　　老黑惨叫着为自己辩驳："我没有藏，你们相信我，我真的没有藏。"

　　"从头到尾都是你一个人在接触货，不是你还能有谁！"众贼更愤怒地打着老黑……

　　第二天，警察给珠宝店的老板打来电话，让他前去认领失窃物，说案子已经破了，可惜的是没找到那枚翠玉戒指。

　　验收了失窃的宝贝后，店老板对警察说了一句："我就丢了这些东西，哪有什么翠玉戒指。我一时糊涂，乱说的。"

　　警察先是一愣，继而恍然大悟，哈哈大笑起来。

18．幸好

　　没想到世界上有如此大胆的贼，他竟把美国总统富兰克林·罗斯福的家给洗劫了！晚上，当罗斯福回到家时，发现许多值钱的、有用的东西都被偷走了。

　　听说这一消息后，罗斯福的一个朋友赶紧写信来询问和安慰他，信中写道："亲爱的总统先生，听说您家被洗劫了，我甚为担心。上帝可真是不公平，他怎么能够让您这么伟大的人物遭此不幸呢！

　　"不管您丢了什么东西，我都希望您能以身体和精神为重，别为此过多分心，以免影响健康。祝你早日开心。"

罗斯福先生读完这封信，立即提笔回信道："亲爱的朋友，谢谢您来信安慰我。我现在很平安，无论身体情况还是精神状况都很好，所以您完全没有必要为我担心。上帝真是太公平了，因为以下3个理由，我由衷地感谢上帝：

一，贼只是偷去了我的财物，而没有伤害我的身体；

二，贼偷去的只是我的部分财物，而不是全部；

三，这最后一点也是我感觉最值得庆幸的一点，做贼的是他而不是我！"

大道理

当我们已经无能为力时，用心理调节法帮自己在极为不利的状况中发现好的、光明的一面，不啻为一种明智、必要之举。

19. 我将粉碎一切障碍

世界大文豪巴尔扎克考大学时，还是个不谙世事的孩子。由于父亲希望他成为一名律师，他便顺从地报了某大学的法律系。

四年的大学生活使巴尔扎克迅速成长起来，他的思想也相应地有了很大的改变。毕业之后，他毅然放弃了本专业，改为向自己喜爱的文坛进军。巴尔扎克的这一举动惹火了满心希望他成为著名律师的老父亲，父亲不但怒不可遏地训斥他不务正业，还声称如果他再不知悔改，就不再向他提供任何生活费用。

面对"断炊"的危险，巴尔扎克平静地笑了笑，接着埋头写他的东西。也许上天真的是要惩罚一下这个"不孝"的孩子，所以让他一度撞得头破血流。接二连三的退稿使巴尔扎克的生活陷入了困境，开始负债累累。据说，最艰难的时候，他只能以白开水和干面包充饥。好在乐观的他并没有被打倒，他常常在就餐时摆上几个写有"香肠""牛排"等的空盘子，在想象的美味中狼吞虎咽。

数年之后，严冬熬过去了，巴尔扎克终于迎来了他文学生命的春天。如果你问是什么支撑着他一路走过艰辛的话，那就看看他在最苦的日子里刻在手杖上的字吧：我将粉碎一切障碍。

大道理

如果你明白自己到底想要什么，并且表现出不达目的誓不罢休的斗志，那么世界除了给你让路之外别无选择。

20. 特殊的礼物

美国修女泰瑞莎一生经历颇多，却从未被任何磨难打倒过。她这样表述自己的秘诀："世界上的艰难困苦比比皆是，但是面对它时，却有人痛苦，有人欢欣，我想这跟人的心态有重要关系。比如，如果将之视为上天恩赐给我们的特殊礼物，我们的生活便会减少几许悲哀，平添许多快乐……"

"上天恩赐的特殊礼物"，这几个字如石击水，让我的心里翻腾起了道道涟漪，我想以后再遇到不开心的事情时，我知道怎么做了。

不久之后，我乘飞机去纽约参加一个会议，不想因为天气原因，飞机中途迫降，要停飞4个小时。我当时就烦躁起来，又沮丧又着急，但是突然间我就想起了泰瑞莎的话，顿感心情平静了许多——是啊，既然闹情绪也没用，我干吗不把它当成一份上天恩赐给我的特殊礼物呢？我平常忙得连休息日都没有，这长达4个小时的休闲时间实属难得，不正符合"恩赐"的条件吗？想到这里，我微笑起来，从包里拿出一本杂志，开始慢慢地读起来。

从这以后，每逢遇到磨难与挫折，我总会告诉自己"我又得到了一份特殊的礼物"，渐渐地，微笑已经成了我的习惯……

大道理

　　生活中的困苦挫折并不都是破坏幸福的魔鬼，如果你看待它的心态能够转变的话。把自己当成"特殊公民"，把一切挫败当成上天赐予的"特殊礼物"，你便能拥有长久的快乐。

21.　尼克松的遗憾

谈起尼克松总统，他的赫赫业绩不但美国人有口皆碑，连我们中国人也耳熟能详，最起码，中美关系的大门就是由他亲手打开的。

由于他在任期间政绩斐然，深得美国人民之心，所以1972年他第一任期期满时，大多数人都认为他成功竞选连任没有问题。尤其是与他相比，他的对手从阅历到声望都远远不及他，这更突出了他的绝对优势。

但是谁都没想到，对这种趋势最没信心的竟然是尼克松本人。的确，他十分不自信，因为过去曾经有过几次失败的打击，所以他怎么也走不出那个心理阴影。

眼看竞选在即，尼克松越来越担心万一出现的失败，终于，在这种潜意识的驱使下，他做了一个让自己终生后悔的小动作——派人潜入竞选对手的总部，在其办公室里安装了窃听器。

事发时，尼克松已经竞选成功，可是愤怒的对方并没有因此放了他，而是大张旗鼓地宣扬他的"丑恶行为"。这个消息令全美人民都异常震惊。再后来，尼克松总统想尽办法阻碍调查和推卸责任，他的态度又令大家异常失望。

终于，在选举胜利后不久，尼克松总统迫于舆论压力辞职，造成他毕生最大的遗憾。

大道理

　　成功，最坚实的基础莫过于健康、正常的心理。倘若心理上存在误区或者畸形，这个人的理智与才华都将大打折扣。

22.　另起一行

班主任林老师发现了一个怪现象：每天早晨第一个到教室的都是那个叫娜娜的小女孩。
终于有一天，林老师忍不住好奇地问娜娜："为什么你每天都这么早到学校啊？"

娜娜抿抿嘴，腼腆地笑了："因为我喜欢第一的滋味。"

"第一的滋味？"林老师有点不明白。

"是啊，"娜娜解释道，"我长得不好看，学习成绩也一般，体育也不怎么样，在家里姐妹中还排中间，我从来都不知道'第一'是什么滋味。偶然有一天，当第一个到教室时，我发现自己竟然尝到了那种'第一'的感觉。我很高兴，所以从那天开始我就天天第一个到教室了。每天，这个念头都会让我充满了兴奋和期待感，我觉得自己过得很快乐。"

听了这番话，林老师开心地大笑起来。

可是有天早晨，林老师突然发现娜娜满脸委屈。"怎么了，娜娜？"林老师问她。

"王刚抢了我的第一，本来我们是一起来的，可是最后他却为了超过我跑了起来。"娜娜嘟囔着。

"哦，那没关系呀。你看，无论横排、竖排，你不还是第一吗？"林老师以娜娜为中心比画着说道。

"哎呀，对啊。"娜娜一下子又高兴起来了。

从这以后，林老师觉得娜娜好像变了个人，她变得自信了，也开朗了。也许，那个"另起一行"的道理让她获得了许多梦寐以求的"第一"吧。

大道理

> 没有谁不希望得第一，但第一却只能属于一个人。与其因此而失落，不如"另起一行"，寻求自己独特的"第一"，这既是一种智慧，也是一种生活的艺术。

23. 等待三天

周日下午，我正在散步，由于好奇，我走进了一个人们正在作礼拜的教堂，并和大家一样，围住了那个守门的修女。

"我每次来，都能看到你微笑着站在门口。你不觉得你的工作很单调、很乏味吗？"有人问。

"不，一点也不，上帝多么偏爱我，给了我一份如此轻松的活儿。"修女面带微笑，眼神很是清澈。

"哦，那你对烦恼可真看得开。"刚才那个人赞叹道。

"其实没有谁能对烦恼看得开，除非你根本就不把它当成烦恼，我就是这样。"修女依然挂着纯洁、干净的微笑。

她的回答顿时引起了人们的一阵"啧啧"声，的确，这句话很棒！

"那么，"又有人问道，"你是怎么不把烦恼看成烦恼的呢？"

"这很好办啊。你看，星期五是我们仁慈的天父耶稣的受难日，那可是全世界最糟糕的一天，但是三天后就是人人欢舞的复活节了。所以，每当遇到麻烦，我都会告诉自己：等待三天，三天后再烦恼。可是我发现，三天之后，那些烦恼就会自己跑掉了。"修女说道。

"等待三天！"人们纷纷重复着这句简短却蕴含哲理的话。的确，有了它，我们便能把烦恼和痛苦抛下，全力去收获快乐。

24．大成和小马

　　大成和小马都是某高校美术系的学生。四年学习期间，大成勤学苦练，其作品也一次又一次地获奖，所以同学们都称他为"大师"。而小马则吊儿郎当，整天不务正业，连毕业作品都是花钱请人代画的。

　　才华对比如此鲜明的两个人，命运对比当然也会极为鲜明，只是事实可能跟大家所想的有点不一样——毕业时，小马靠父亲的权力进了当地的一家报社做美编，每月工资几千块；而没有后门可走的大成却只能以给人代课为生，每月只能拿七八百块钱。

　　感觉极不如意的大成，性格越来越极端，每每看到报纸上刊着小马的名字，便会气愤不已，痛骂社会的不公，并且经常有意识地放弃努力——反正也吃不上这碗饭，再努力有什么用！

　　而原本与大成无法相比的小马，进了报社之后突然奋发图强起来，也是由于报社的工作环境好，能够经常接触一些好作品的原因吧，小马的水平迅速提高了。

　　几年之后，当大成所在的学校请了在编老师而把他辞退时，小马已经凭着自己画作的独特风格竞选上了美编主任。

　　大成终于不敢再瞧不起小马了，因为从其作品看，他的水平已经不在自己之下。

　　看来，不但骄傲使人落后，怨天尤人也会使人落后啊！

25．秀才的梦

　　明天就是进京赶考的日子了，寒窗苦读了几年的秀才激动地辗转反侧难以入眠，好不容易睡着了，却又接二连三地做起梦来。第一个梦，他梦到自己在高墙上种菜；第二个梦，他梦见自己在一个艳阳天里打着雨伞；第三个梦更怪，他梦到自己跟心爱的女子躺在一张床上，却是背靠着背。

　　第二天早晨醒来时，秀才怎么想也想不明白这三个梦是什么意思，于是便于行前去请教本村的一位算命先生。算命先生掐指一算，对秀才说算了吧，你别去了，这次赶考你肯定不行。秀才一听，急忙问为什么。算命先生解释道：第一个梦高墙上种菜，这不等于白费劲吗？第二个梦大晴天打伞，不是多此一举吗？第三个梦和心爱的女人躺在一起却背对背，不正是没戏吗？

秀才一听，果然有理，于是便满脸沮丧地回到了家。正巧同院的一位老秀才前来送他，秀才便一股脑地把自己的郁闷对他说了。听清原委以后，老秀才哈哈大笑：这次赶考你一定要去，这可是三个大吉之梦啊！你看，高墙上种菜意为"高种"，晴天打伞正是"有备无患"，而第三个梦则暗喻"翻身可得"。

秀才听了，觉得这番解释比算命先生说得更有道理，所以便精神振奋地参加了考试，结果他居然中了探花！

 大道理

做事态度决定做事结果，要想成功，积极心态是必不可少的。倘若从一开始就抱着下坡的态度，你自然无从爬上坡去。

26. 成功并不像你想象的那么难

20世纪60年代，某韩国青年在剑桥大学主修心理学。日常闲暇时，他经常到学校的茶座去听一些成功人士们聊天。这些成功人士包括诺贝尔奖获得者、某学科的学术权威以及一些创造了某领域神话的大师们。

时间一久，这位韩国青年发现了一个让他很难理解的现象：这些成功者们幽默风趣、轻松自然，对自己的成功也认为是顺理成章的事，根本不像某些名人所说的那样，成功跟"苦其心志，饿其体肤""三更灯火五更鸡""头悬梁，锥刺股"等等有必然的联系。

"难道，我们都被骗了？那些人只是在用自己的成功经历吓唬我们这些还没有取得成功的人？"韩国青年满腹狐疑。

这个题目让这位心理系学生产生了极大的兴趣，他随即进行了深入且实际的研究，结果证明，他是对的。1970年，他的毕业论文《成功并不像你想象的那么难》被其导师——现代经济心理学的创始人威尔·布雷登教授视为心理学界的新发现，并预言这会在全韩国产生轰动效应。

果然，几年之后，这本书伴随着韩国的经济起飞了。它不但鼓舞了许多正在奋斗的人，还惊醒了许多对"成功"二字谈虎色变的人。而其作者，那位韩国青年，后来也获得了巨大的成功，成了韩国泛业汽车公司的总裁。

看来，上帝赋予我们的智慧和时间总是足够我们圆满地做完一件事情的。只要你对某一项事业感兴趣，并于实际中长久地坚持下去，最终你一定会发现：成功并不像你想象的那么难。

 大道理

世间有很多成功，并不像我们所想象得那样难，但是如果不去做，你就永远不知道有多容易。选定目标，并且坚持不懈地奋斗下去，你终会明白，造物主对世事的安排，总是水到渠成的。

27．乐观者

俗话说"人无远虑，必有近忧"。意思是说人活在世上，无论何时，总会有让你发愁和忧虑的事情。可是小王偏偏就不是这样，几乎从来没有谁见他忧虑过。反之，任何人碰到他时，都会看见他满脸笑容，动不动就大嘴一张，哈哈大笑一顿。

他的生活里快乐的事怎么会这么多呢？要从表面看来，无论家境、家人、工作，他都算不上多好啊。带着这个疑问，我开始了与他的对话：

"小王，假如你一个朋友都没有，你还会高兴吗？"

"当然了，我会高兴地想，幸亏我没有的是朋友，而不是我自己。"

"假如现在你老婆生病了，你还会高兴吗？"

"当然了，我会高兴地想，幸亏她只是生病，而不是死亡，也不是弃我而去。"

"那如果她要弃你而去呢？"

"那我更要庆幸了，幸亏我只有她一个老婆，而不是好几个。"

我哭笑不得，接着问道：

"如果你下夜班回来，遭遇抢劫，被打了一顿，你还会高兴吗？"

"当然了，我会高兴地想，幸亏他们只是打了我一顿，而没有要我的命。"

"如果你在理发时，理发师不小心把你的眉毛剃掉了，你还会高兴吗？"

"当然了，我会高兴地想，幸亏我只是在理发，而不是在做手术。"

问到这里，我已经不准备再问下去了，因为我已经明白了他为什么整天如此开心——因为他的字典里有"幸亏"这个词，而且他经常拿出来用。

大道理

如果你不用快乐和幸福占住心田，痛苦和烦恼就会不请自来。而如何在心田里栽满开心，就看你是不是会"退一步想"，比如多说几个"幸亏"——总比更糟糕的情况好吧。

28．黑点与白点

新学期开始了，老师决定先给学生上一堂人生课。他走进教室，拿出一张白纸，在中间画了一个大大的黑点问大家："同学们，告诉我，你们都看到了什么？"

全班同学盯着白纸看了一会儿，有点莫名其妙地齐声喊道：一个黑点啊，难道还有什么别的吗？

老师装出吃惊的样子说道："天哪，这么大一张白纸你们没有看见，就只看见中间的这个黑点呀。好吧，既然你们看见了黑点，那就看下去，你们盯住这个黑点，3分钟之内别看别处，看看你们会发现什么。"

同学们一听，立刻饶有兴趣地盯了下去，他们以为老师会这么说，其中必有什么奇妙之处。

"现在，告诉我，黑点发生了什么变化？"老师这时候问道。

"黑点好像变大了。"同学们带着疑惑的神色答道。

"没错！"老师点点头肯定道，"看不到光明，只看到人生黑暗的人，他的一生都将会是非常不幸的。因为倘若把眼睛集中在黑点上，黑点就会越来越大，最后让他的整个世界全变成黑色的。"

同学们都听呆了，整个教室里鸦雀无声。

老师这时候又拿出一张黑纸，在中间画了一个白点，然后问学生们看到了什么，大家现在开窍了，异口同声地答道："一个白点，如果看下去，它也会变大。"

"非常棒！"老师立刻不失时机地大声叫好道，"倘若能在黑暗中看到光明，那无限美好的未来就会等着你们，而且一旦把眼睛集中在这个白点上，你的世界早晚会全部光明起来。"

下面，同学们早已掌声一片。

大道理

　　获得快乐和幸福其实很简单，只要把目光停留在快乐和幸福的事情上就行了。倘若只盯住痛苦与烦恼，这两者早晚会吞噬掉原本占据大部分的光明，成为你生活的全部。

29. 盐水的启示

由于接二连三地遭遇不如意，这位小和尚忍不住怨天尤人起来。终于有一天，老和尚被徒弟无休止的抱怨声搞烦了，于是他便命徒弟去取一碗水和一把盐来。小和尚虽然不知其意，但还是遵照师嘱把水和盐拿了来。

"把盐放进碗里搅一搅。"老和尚对小和尚说。

小和尚照做了。

"尝一尝它的味道如何。"老和尚说道。

小和尚诧异地看看师父，喝了一小口盐水，然后立刻摇着头吐了出来："很苦，很涩。"

"你再去拿一坛子清水和一把盐来。"老和尚又吩咐道，然后让徒弟像上次一样把盐放进坛子里搅一搅，再尝尝其味道。

这次，小和尚没有立刻把水吐出来，而是皱着眉头把它咽了下去："虽然有点咸，但还可以忍受。"

听到这话，老和尚笑起来，他让徒弟带上盐和自己一起去湖边。

来到湖边之后，小和尚遵照师嘱把盐撒进了湖水里，然后又尝了尝湖水的味道。

"还是那么甜，一点影响也没有。"小和尚回复师父道。

老和尚这时拍拍小和尚的肩膀道："你最近遇到的那些事情，就像那把数量固定的盐，要想让它不影响你的心情，你就得努力把自己承受的容器放大一些，让它像个湖，而不是一碗水。"

这句话犹如醍醐灌顶，惊醒了"沉睡"中的小和尚。

大道理

　　人一生的苦痛数量是有限的，你痛苦的程度取决于你承受苦痛的容器大小。因此，当你感觉再难承受时，请将你承受的容器放大些。

30．乞丐与商人

一位双腿残疾的中年男人在热闹的火车站附近摆摊卖铅笔。由于他衣衫褴褛，过往的行人都把他当成了乞丐，纷纷把兜里一角两角的零钱扔给他。半天过去了，他手里的那把铅笔虽然一根也没卖出去，但地上的毛票却已经有了不小的一堆。

这时，一位商人经过这里，也和大家一样漫不经心地丢下了一块钱，然后迈步远去。但是没几分钟，那位商人又回来了，他迅速从残疾男人手里抽了一根铅笔，并连连道歉："对不起，对不起，您是一个生意人，我竟然把您当成一个乞丐了，对不起。"看着商人远去的背影，残疾男人似乎若有所思。

几年后，当商人再次经过这个火车站时，一家饭馆的老板在门口微笑着向他打招呼："终于又见到您了，我可是一直在期待您的出现。"

"你是？"商人糊涂了。

"我就是几年前在这里卖给你铅笔的那个'生意人'。"饭馆老板有意地加重了"生意人"这几个字，"在遇到您之前，我一直认为我自己是个乞丐，是您，让我意识到了我原来是个生意人。您看，现在我真的是一个生意人了。"

大道理

每个人的潜力都是无限的，如果把自己看得宝贵，你身上的宝贵潜能便会被挖掘出来。但最重要的是，人要善于自己发现自己，而不是老等着别人来发现我们。

31．两位妇人

这两位妇人都只有一个孩子，一个有个儿子，另一个有个女儿。一天，她们碰在一起聊起子女的事情来。

"你儿子怎么样？和他媳妇关系还好吧？"有女儿的那位妇人问另一个道。

"哎哟，别提了，我的宝贝儿子可真是太不幸了。"那位妇人大声叹息道，"他娶的那个媳妇懒透了，整天什么活儿都不干。烧饭、洗衣、打扫地板、带孩子，这一切活儿都归我儿子，而她整天就知道睡觉、看电视、吃饭。有时候，她早晨赖床不愿意起来，我儿子还要把早餐端到她床上喂她去呢！你女儿怎么样？她老公对她还好吧？"抱怨了半天，这妇人终于想起来问候对方了。

"我女儿命可好了，"有女儿的妇人满脸笑容地答道，"她嫁了一个非常不错的丈夫，那男人从来不让她动手干活，烧饭、洗衣、打扫地板、带孩子，这一切活儿他都自己干了。我女儿整天就是睡觉、看电视、吃饭，有时候，大早晨她不愿意起来，那男人还会把早餐端到床上喂她呢。"

大道理

幸与不幸其实是一体的，只看你从什么角度去观察。设身处地站在别人的立场上看一看，也许你的心态立刻就会改变。

32.　残疾军人的愿望

据传，在法国一个偏僻的小镇上，有一个特别灵验的喷泉，它常常会出现各种神迹，能治好多种疾病、实现许多人的心愿。因此，每天从国内以及世界各地赶来治病、许愿的人络绎不绝。

在"二战"中失去右腿的托马斯听说了这件事之后，也饶有兴致地赶来了。可是当他拄着拐杖，一跛一跛地走过小镇长长的马路，来到许愿泉前面时，周围的人都用一种异样的眼光打量着他，甚至有人开始用同情的口吻窃窃私语："可怜的家伙啊！他来做什么？""难不成是想治好他的残疾？或者是请求上帝再赐给他一条腿？"

听到这些议论，托马斯并没有生气，他微笑着转过身去："我并不是要向上帝请求有一条新腿，而是想请求他教会我，在失去一条腿后，也知道如何过日子。"

周围的人顿时都愣住了，不一会儿，他们给了托马斯一阵热烈的掌声。

大道理

当事情还有转机时，我们应努力把握；当遭遇已成定局时，我们应学会接纳与感恩，并积极寻找其背后的阳光。要知道无论怎样你都能快乐地生活，只要你愿意。

33.　背女子过河

老和尚带小和尚外出办事，途中遇到一条河。师徒两人挽起裤腿正欲过河时，背后传来了喊声。

"师父，我也想过河，可是又不敢下水，您能帮帮我吗？"是位女子的声音。

师徒俩回头一看，是位年轻貌美的年轻姑娘。小和尚瞅着师父，心想与女人接触可是犯戒的，但不帮她又违背了我们"善"的教规，我看看你现在怎么办！没想到老和尚二话没说便背上了那位姑娘，趟过了河之后，放下她便继续前行了。

小和尚一路跟在老和尚后面，心里不住地犯嘀咕：师父今天是怎么了？竟然不顾戒律背一女子过河。想来想去，他终于忍不住说了一句："师父，你刚才犯戒了。"

"我怎么犯戒了？"老和尚不解地回头问道。

"你犯了色戒，我们身为佛门中人是不可以背女人过河的。"小和尚得意地说。

老和尚叹道："我早已经把她放下，你怎么到现在还放不下她！"

一句话说得小和尚目瞪口呆。

大道理

心胸坦荡，思想明朗，遇事拿得起、放得下，这才是真正的君子。口是而心非，道貌岸然者，纵然徒有君子其表，也是为人不齿的小人。

34. 歌星的龅牙

凯丝·达莉是美国电影界和广播界的一流红星，在成功之前，她曾经因为自己天生的龅牙走过很长一段弯路。

那时候，她在新泽西的一家夜总会里唱歌，因为暴牙会使自己本来不好看的脸显得更加难看，所以每次公开演唱时，她都会努力把上嘴唇拉下来盖住突出的牙齿，以便使自己漂亮一些。

但是结果呢？她总会因此而大出洋相，并且严重影响了大家对她歌唱水平的评价。

一个坐在人群中的音乐家听出了她的天分，也看出了她的不自然，于是很直率地对她说道："我知道你想掩藏的是什么，你的龅牙对不对？要知道观众想欣赏的是你的歌声，你只需要把你的歌唱好就行了，根本不用去管其他的东西。"

这句话使她极为难堪，但是尽管如此，她还是大受震动，所以决定忘掉自己的龅牙，放开地唱一次，看看结果到底会怎么样。

令观众惊讶的是，当这位"小丑"忘情地投入演唱时，她的歌声竟然是那么热情而美妙，那么富有个性！顿时，所有在场的人都被震撼了，这使得凯丝在一夜之间红透美国演艺圈。而那几颗一直被她视为不能见人的龅牙，也成了她最具特色的地方，广为歌迷所称道。

大道理

与其费尽心思制造一个漂亮面具，不如大大方方展露真实面貌，因为相比前者，后者反倒更容易让你获得所希望的东西。

35. 乞丐逻辑

相比于其他乞丐来说，这位老乞丐真是幸运极了——他住在一位非常仁慈的富翁旁边，那位富翁总是时不时地接济他，尤其是到过年时，富翁总会很慷慨地给他两个金币过年。

看看日子已经进了腊月，乞丐开始嘀咕富翁为什么还不丢金币给他，要知道他还等着那笔钱过个好年呢。终于，按捺不住的乞丐敲开了富翁的大门，开门的正好是富翁本人。

"你怎么还不给我金币？往年这时候你早就给我了。现在已经到年底了，我还等着办年货呢！"乞丐嚷嚷道。

富翁皱了皱眉头："哦，是这样，今年我的年景非常不好，海运生意赔了本，土地的收成也不好，而且我年初时娶了媳妇，现在又有了孩子，这一切可都需要钱哪。"

"那是你的事，你总不能因为你的不如意不让我过年了吧！"乞丐理直气壮地说道。

富翁有点厌烦了，他从兜里掏出一个金币来想打发乞丐走："今年只能给你一半了。"

"天哪，你怎么可以拿我的钱来养你的老婆孩子！"乞丐生气地大喊道，"唉，算了算了，看在你往日对我还不错的份上，就先记在账上吧，你可要记着明年一并给我！"

听到这句话，富翁很生气，他立刻把那个金币收了回去，并"咣当"一声把大门关上了。

因为一分钱也没有，乞丐又冷又饿，差点儿冻死在大年夜里。不知道按照他的逻辑，这该怨谁。

36. 给困难起名字

父亲是个非常有智慧的老人，你一直这么想，事实也在证明着这一点。

几年前，你倾注全部心血的企业因为遇上意外而突然陷入了困境，正当你愁闷时，父亲拿着一张大字走进了你的办公室。你知道父亲平常喜欢练毛笔字，可是他来的实在不是时候。可没等你皱眉，父亲便堵住了你的嘴："孩子，我知道你遇上麻烦了，所以特地跑过来给你送这幅字。"

父亲把那张纸翻过来，你看到上面写了一个"坎"字。父亲说："这困难其实就是一道坎嘛，你说，天底下有迈不过去的坎吗？"

"没有。"你说。确实没有，因为仅仅一个月之后，那场官司就被你轻松解决掉了，公司又恢复了往日的生机盎然。

再后来，你与其他合伙人产生了一点矛盾，有好长一段时间你的处境都极为不佳，"发展"看起来困难重重。这时候，父亲又给你送字来了，这回是"弹簧"两个字。

"困难像弹簧，你强它就弱，你弱它就强。"父亲说。你笑了，从此再也没有在他面前提过"困难"二字，因为你已经学会了"强"。

10年之后，你创办了自己独资的公司。深受父亲影响的你把"小菜一碟"4个大字挂在了各个办公室里，久而久之，所有的员工都用这四个字代替了"困难"二字。

一次，公司接到了好大一笔订单，可是对方的条件非常苛刻，要求在一个月内交货，那可是平常两个月的任务。

当你把这个消息传达给员工，问他们能不能办到时，员工异口同声地答道："没问题，小菜一碟！"于是你笑了。

后来的事实证明，这的确是小菜一碟。

37. 精神的力量

马丁·加德纳医生曾经是位著名的心理学家，在行医的数年中，他一直竭力反对把实情告诉各种绝症患者。因为他认为，在全美死于绝症的病人中，有80%的病人是被吓死的，其余的才是真正病死的。

为了证明这一点，他曾经做过一个实验：让一个死囚躺在床上，告诉他即将被执行死刑，然后用木片在他的手腕上划了一下。紧接着，他把预先准备好的水龙头打开，让它向死囚床下的容器流水。当水流由快到慢到最后停止时，那个死囚也昏死了过去。但是事实上，他的手腕完好无损。

通过这个实验，马丁医生用事实告诉世人：精神才是生命的真正脊梁。一个人一旦精神被摧垮了，那么他的生命肯定也就会变形了。

后来，马丁辞去医生职务，做了美国3V俱乐部的心理教练。在他的指导下，一位叫伯来奥的青年男子驾着独木舟从法国的布勒斯特出发，横跨大西洋和太平洋，历时半年之久到达了澳大利亚的布里斯班，创造了单人独舟横渡大西洋的吉尼斯纪录。

当时，众人纷纷怀疑马丁是在拿运动员做实验，马丁反驳说：伯来奥从来没有做过运动员，这项活动也不是什么实验，我只不过想证明精神的力量。

大道理

　　现实中，绝大部分人所遭遇的绝境都不是生存的绝境，而是精神的绝境。只要你的精神不垮掉，外界的一切都不能把你击倒。

38.　砌墙者

某成功学大师正在做一项关于"心态与命运"的调研。这天，他来到了一个建筑工地，分别问了几位建筑工人同一个问题。

"你在干什么？"他问一位正在砌墙的工人。

"难道你看不见吗？我在砌墙。"那位工人白了他一眼，没好气地回答道。显然，对方是在嫌他耽误了自己的工作。

成功学大师笑笑，又走到另一位砌墙工人的身边问道："你在干什么？"

那人满脸诧异地看了他一眼，然后用手比画着已经初具规模的大楼道："我们在盖一座高楼啊！"

这两个人的回答令大师很是失望，但当他转身欲走时，一阵歌声吸引了他。在忙得焦头烂额的建筑工地上，居然还有人忙里偷闲唱歌！大师满腹狐疑地寻着歌声找了过去，唱歌的原来是一位目光炯炯的年轻人。只见他麻利地砌着砖，同时哼着已经不再流行的老歌。

"你在干什么？"大师又问了他同一个问题。

"我们正在建设一座新城市。"这个人声调明快地答道。

十年之后，成功学大师又因为某一课题来到了此建筑工地上进行调研。凑巧的是，他发现一件非常令他震撼的事情：10年前的那几个人，第一个还在工地上砌墙，第二个成了图纸设计师，而第三个，已经成了他们两个人的老板。

大道理

　　没有任何一件小事毫无意义，你手头的小工作也许正是大事业的开始。能否意识到这一点，决定了你以后能否成就一番大事业。

39.　胡子放在哪儿

一位老人很珍惜他的胡子，留了几年还没有剪。80岁时，他的胡子已经有半米那么长了。每当看到别人羡慕和惊讶的目光，老人都非常得意，所以虽然他的身体状况相当不佳，日子却因为一把胡子过得有滋有味。

冬天时，他很喜欢拉把椅子坐在大街上晒太阳。镇上的孩子们一向非常喜欢这位有着长长白胡子的老人，因此总是围在他身边问这问那。有一次，有个小孩好奇地摸了他的长胡子半天，忽然眨巴着眼睛问道："爷爷，您晚上睡觉时，这把长胡子是放在被窝里面还是外面？"

老人一愣，这个问题自己还真没有注意过，于是他就告诉孩子："这个问题，要等过了今天晚上我才能回答你。"

当天晚上，老人上床睡觉时开始观察自己的胡子。可是不知道为什么，不管把胡子放在被窝里面还是外面，他都觉得很不自在，以至于里里外外地放了几十遍还是感觉不舒服。就这样，整整一个晚上，他都在为这个问题辗转难眠。没办法，第二天晒太阳时，他只能敷衍那个孩子道："这个问题我明天才能告诉你。"

可是到了晚上，他又遇到了那种左右为难的情况，依然是折腾了一夜没睡。

第三天晚上，两天两夜没有休息好的他终于受不了了，一躺下便呼呼地大睡了过去。天亮醒了之后，他忽然发现自己的胡子有的在被窝里面，有的在被窝外面。他一下子知道了答案。

原来，刻意去做某些事情并不见得就能做好，顺其自然却能"得来全不费功夫"。

大道理

天下本无事，庸人自扰之。人们的大部分烦恼其实都是来源于患得患失，或者对细微琐事的过分在意。记住：顺其自然才最好。

40.　想象来的灾祸

快睡觉时，张三才发现自己的床有一条腿快折了，没办法，他只好去找锯，打算把它锯掉后先垫几块砖，明天再修。可是找来找去，他就是找不着自己那把小锯了。怎么办呢？想想不修没法睡觉，他决定到村里张木匠家去借锯。

在路上，张三一边走一边想："这么晚了，张木匠会给自己开门吗？"

"据说他平常很小气，要是硬不承认自己有锯怎么办？"

"要是他不否认自己有锯但就是不往外借怎么办？"

"要是他非向我要几块钱使用费怎么办？"

顺着这种思路想下去，张三越想越生气，当走到张木匠家时，他已经满腔愤恨、怒不可遏了。于是他连踢带踹地大叫开门。里面的张木匠一听，还以为外面出了什么事，所以赶紧跑来开门。他刚一探头，张三就在外面砸了他脑袋一拳："你他妈的留着你那破锯干吗？"

这一拳可把张木匠打火了，他抄起门旁的一根棒子便冲张三砸了下来。就这样，张三"平白无故"地被人家打了一顿，当然，那把锯他肯定是没借来了。

41．农夫的幸福

　　这位农夫有两间结实的茅屋、一位贤惠的妻子、一个健康的儿子和几亩肥沃的良田，小日子过得殷实而幸福。两位小魔鬼看到这位农夫后，一齐惊讶地叹道：没想到人间还有如此幸福的人，不行，我们一定要去捣一下乱，要不然他就不知道还有我们魔鬼存在了。

　　当农夫耕地时，黑魔鬼来了，它吹口气，把农夫的良田变得异常坚硬，这让农夫产生了抱怨心理。可是农夫一句话不说，只是更加用力地耕起地来。无奈之下，黑魔鬼只好撤掉了魔法。

　　晚上，农夫回到家时，黑魔鬼又耍了个花招让他贤惠的妻子破例地跟他大吵起来。"老婆，我一定是什么地方做错了，才让你生这么大的气，以后我一定会更好地对你。"农夫对妻子说，然后两人便和好如初了。黑魔鬼一看阴谋又没得逞，只好失望地走了。

　　听完黑魔鬼的"遭遇"之后，白魔鬼转了下眼珠："看我的，我有办法让他不再幸福。"

　　第二天农夫在田里耕地时，耕出了一罐金子。一下子富裕起来的农夫高兴极了，他盖起了漂亮楼阁，买来了奴仆，还为自己又娶了一个美妾。不想不久后，农夫就感觉到了生活的变味：因为怕奴仆们算计他的钱，他不得不时刻警惕；因为怕雇工们不好好干活，他不得不绞尽脑汁去想法监督；因为怕妻妾之间争风吃醋，他不得不筋疲力尽地周旋于两人之间。

　　没有钱时，日子过得平静而幸福；有了钱后，幸福却一去不返。这是怎么回事呢？农夫百思不得其解。也许只有耍花招的魔鬼才知道：当一个人拥有的东西多于其自身的需要时，他本性中的贪婪和忧虑便会被引发了。

42．丑陋的脸，漂亮的心

　　学生们都知道，学校里有一位非常可怕的女老师——她的左半张脸上，有一块好大好大的黑胎记，看上去好吓人。但是出乎大家意料的是，她的老公竟然是位风度翩翩、长相英俊的美男子，弄得每到放学时，好多女生就赖在学校里不走，以期看一眼前来接女老师的帅哥。

　　高二那年，这位"可怕"的女老师成了六班的班主任。刚开始时，六班几十位同学都掩口而笑；上半学期期末时，女老师已经成了大家交口称赞的对象；高二结束时，除了一位生病休学的学生外，所有同学都已经把女老师视为了知己，连自己埋藏已久的小秘密都愿意向她和盘托出。

　　这是怎么回事呢？原来，一切都源于女老师始终如一的明朗、公平和乐观。她曾经这样给学生们讲述自己的过去：

"大学之前，我一直为自己丑陋的相貌而自卑不已，脾气极坏。那时候，几乎没有谁愿意理我。大一时，我遇到了改变我命运的哲学老师。我至今记得他那句让我的人生得以扭转的话，其实很简单：'生得不漂亮你可以怨天尤人，活得不漂亮你只能打自己耳光。'

"这句话犹如醍醐灌顶，让我茅塞顿开。从此，我一改原来的性情，变得阳光、开朗和积极。毕业时，我优异的成绩、独特的个性和雄辩的口才已经征服了院里所有的人，是院长亲自把每年只有一个的"魅力大学生"奖颁发给我的。碰巧的是，我捧着奖杯那刻的满脸阳光，又为我赢来了美丽的爱情。

"我现在之所以给大家讲这些事情，是希望大家都能永远记住：一个人可以生得不漂亮，但一定要活得漂亮。做到这一点，世界上所有不可思议的漂亮就会接二连三地来到你的世界里。就像丑陋如我，却依然赢得了你们美丽的心灵一样。"

大道理

　　美丽的外表可以为你赢来羡慕，美丽的内心可以为你赢来尊重。羡慕的下一步是嫉妒，嫉妒的下一步是仇视贬损；尊重的下一步是信任，信任的下一步是推心置腹。你愿意得到哪一样？

43. 什么是机会

由于出身贫寒，艾伦从六岁就开始了半工半读的生活。他的第一份工作，是为邻居捡拾农场上已经晒干的牛粪饼。据邻居说，他曾经找过许多孩子来干这个活儿，可是大家都嫌这份活脏而不肯做。艾伦跟其他孩子不一样，他一直认认真真地干着。由于表现出色，邻居很快就给了他一份他很喜欢的工作——喂马。

这次经历对艾伦影响极深，他由此认识到：无论多么低贱的工作，只要做好了，就是机会。

靠着为邻居打工赚来的钱，艾伦读完了小学和初中。高中时，他换了一份工作，为一家修鞋铺里那些脏兮兮的皮鞋上油。这份工作虽然又脏又恶心，但是艾伦却干得津津有味。高中毕业时，艾伦的薪水已经从最初的每周3美元涨到了10美元——为了留住艾伦，老板只能这么做。

大学毕业后，为了每周20美元的生活费，艾伦不辞辛苦地做了一家小报的记者。再后来，他的认真负责打动了一位商界巨富，遂被聘为首席执行官，年薪为150万美元。

现在，艾伦是《今日美国》报的总编。如果你认为一个小小的总编远远不如年薪150万的CEO的话，那我就告诉你，《今日美国》是全美发行量最大、读者群分布最广的一家报纸。

大道理

　　哪怕是极为卑微的工作，做好了都是机会，都可能成为你成功的阶梯。因此，无论对于谁，最要紧的就是：把眼前的工作做好。

44．猎狗与兔子

阿黄是一条品种优良的猎狗，经过长期的训练，它已经成为主人的好帮手。别看它的身体壮硕无比，追捕起猎物来可是驾轻就熟，速度非常快，而且反应极为敏捷。

一天，主人又带着阿黄去狩猎。刚走进森林，他们就看见一只毛色发黄的老兔子在觅食，主人抬手就是一枪，可惜子弹一偏，只打中了兔子的一只耳朵。受此惊吓，受伤的老兔子掉头就跑，训练有素的阿黄立即紧随其后，展开了自己最拿手的追捕。虽说森林是兔子的家，兔子在路径上稍占优势，但灵活异常的阿黄也并不逊色，所以整个追捕过程紧张迭起。

眼看着就快被阿黄叼在嘴里时，兔子突然一个猛转身，从阿黄的眼皮子底下窜进了一片灌木丛。阿黄稍稍一愣，也立即返身追去。可是就在它返身的一瞬间，一根被折断的粗灌木猛地划了它的肚皮一下，顿时，鲜血冒了出来。阿黄疼得"嗷"地叫了一声，一分神之间，兔子没影了。

阿黄刚想再去追，一个念头拴住了它的腿："唉，我这么拼命干嘛？就算追不上兔子，我也不会饿肚子啊！"这样想着，阿黄便停了下来，"算了吧，反正现在主人也看不到我了，怎么回事谁知道呢！"

于是两手空空的阿黄开始往回走，这时，一条古灵精怪的翠青蛇从草丛里探出头来嘲笑阿黄道："听闻黄大哥一向以速度著称，今天看来也不过如此嘛，连只兔子都追不上！"

阿黄冷冷地瞅了翠青蛇一眼："我不过是在完成一项任务，而兔子是在逃命！我们是不一样的！"

> **大道理**
>
> 做事情时，心中意图的强烈与否会大大影响其结果。倘若破釜沉舟、全力以赴，则十有八九会成功；倘若先留预想、设有后路，则成功就会很难。

45．家穷心富

确定特困生名额时，我按照学校的指示到申请补助的学生家里考察。一家挨一家地走来，数个孩子一贫如洗的家让我的心坠得生疼生疼的。"柳子营209号。"我一边念着地址，一边走进了又一个学生的家。

咦？我疑惑起来，是这一家吗？这一家可一点也不穷啊！衣着干净、微笑和煦的女主人的肯定打消了我的怀疑，没错，这就是柳莹莹家。一瞬间，被欺骗的感觉涌向心头，我多少带了些愠色——3天的考察时间，我需要走访20余家，时间已经非常紧张了，这个柳莹莹竟然还以这种方式来增加我的工作量！

走进那间窗明几净的小屋，我开始四处打量。只见一平方多米的小窗户的每一块玻璃都被擦得一尘不染，左右两个下角处，各贴着一幅吉庆有余的窗花。窗台上，摆着一盆姹紫嫣红的假花。窗户下面，从东到西占据了整个房间一半空间的是一条大炕，炕头上整整齐齐地摆着四摞被褥（怎么？他们一家四口只有一条炕可以睡觉？）。房间的另一半，摆着一张擦拭得干干净净的八仙桌，但由于花纹早已经被磨平，我无法估计出它的"年龄"。八仙桌上，放着用洁白的手帕盖住的茶壶茶杯，桌角上那杯正冒着绿烟的清茶，是女主人刚刚为我沏的。

看完这一切，我心里的疑惑更加重了：从摆设上看，这家的确不富裕，可是，可是……其实可是什么，我也说不出来，只是觉得这一家实在与其他贫困家庭不同。于是，我站起身来，走到外屋也就是他们的小厨房里，去摸那一台崭新的洗衣机。

"啊？"我愣了一下，惊吓了出来。

"没错，它是假的，是我丈夫用从木料厂里捡回来的费木料做成的，我觉得它漂亮，就把它摆在那里当装饰了。其实我们家有很多假东西，窗台上的花是我用纸做的；盖茶杯的白手帕是我把春天的柳絮打湿，捻成线织成的；还有你刚才喝的茶叶，是我用从山上采来的野菜花晒成的……"女主人狡黠地眨眨眼睛，看上去年轻而欢快。

一种酸楚又感动的感觉倏地淹没了我的心，我没有再多说什么，冲女主人微笑着点点头，便转身向外走去——我已经决定把一个宝贵的名额留给柳莹莹了。有其母必有其女，我相信这孩子也一定是一朵在夜幕和寒露下微笑的小菊花。

大道理

幸与不幸，伴随着每个生命一起降临。如果你屈服于命运，不幸便会渐渐占满你的精神世界；如果你坚强而乐观，不幸便会最终被你改变面貌——没有败给命运的人，只有屈服于命运的人。

46．快慢班的区别

20世纪60年代，美国的教育专家罗森塔尔博士曾经在加州某中学做过一个非常著名的实验：

学期初，他把学校已经分好的快班学生和慢班学生悄悄调换了过来，然后告诉并不知情的任课老师们："快班学生都是学校精心挑选出来的聪明学生，你一定要好好教他们，要知道他们个个都可能是联邦未来的栋梁之材。慢班学生嘛，你就按照你平日的教学法教就行了。"老师们答应了。

第一次上课，这些老师们便都热情洋溢地对着"快班"学生发表了一番演讲，把学校以及自己的殷切希望告诉了这些"聪明"学生们。当然相应的，他们也把普通的态度带进了"慢班"学生的课堂上。

结果不可思议的情况出现了，那些所谓"快班"的学生，因为受了老师的积极暗示，自信心大为提升，学习的积极性也普遍提高；而"慢班"的学生，则因受了老师的消极暗示，自信心大受打击，学习积极性也大大下降。

一段时间之后的测评显示，"快班"学生的成绩普遍大幅度地提高，而"慢班"学生的成绩却普遍有所下降。等到学期末的总结测试成绩出来时，两个班的平均成绩已经相差无几了，而且最棒的那个学生居然是"快班"的，要知道他原来可是慢班中的普通一员啊！

这个结果震惊了教育界，也惊醒了所有因为"快慢班"而自得或自卑的学生以及家长们。原来，所谓快慢班，区别并不在于天资，也不在于成绩，只在于学生们的自信与积极性！有了它，慢班可能比快班更快；缺了它，快班可能比慢班更慢！

积极的心理暗示力量是无比巨大的。一般来讲，一个人越是相信自己能成功，他成功的机会就越多，可能性就越大。因此，我们应积极创造和接受一些正面的心理暗示。

47．拿破仑的孙子

42 岁时，这位法国男人仍然一事无成。因为自己的倒霉透顶，自卑至极的他一直在怨天尤人。的确，他是够倒霉的：先是失去了儿子，紧接着妻子跟他离了婚，不久他经营的小商店又破产了，好不容易找了个糊口的活儿，金融危机一爆发，他又成了失业大军中的一员。因此，他对自己、对别人、对整个世界都非常不满，变得十分怪异、易怒和脆弱。

某天，他在回家途中遇到了一个吉卜赛的算命先生，便将信将疑地把手伸了过去。对方细细地打量了一番他的手相，表情古怪地瞅着他说道："先生，能够为您算命我感觉十分荣幸。"

"为什么？"他皱着眉头问道。

"因为您非常了不起，您是一位伟人的后代！"吉卜赛人以十分肯定的口气说道，"把您的生日告诉我好吗？"

大吃一惊的中年男人报出了自己的生日。

"果然不错！我真是太荣幸了，我居然遇到了拿破仑的孙子！"吉卜赛人高兴地喊道。

"你说我是拿破仑的孙子？！"中年男人快要喘不过气来了。

"没错！"吉卜赛人再次肯定地点着头，"您知道吗？您身体里流的血、您的勇气和智慧，都是拿破仑遗传的啊！而且您不觉得，您的相貌都有些像拿破仑吗？"

中年男人细细一想，自己好像是跟拿破仑有些像。"可是，可是我是个倒霉鬼，是个穷光蛋，是个被生活抛弃的人！"他犹犹豫豫地告诉吉卜赛人，"我儿子死了，妻子走了，工作也丢了，我几乎已经无家可归了……"

"正是这样！"吉卜赛人点头赞同道，"您一定要经历这些的，否则您就不能成功了。现在，那一切都过去了，好运就快来临。十年之后，您将是全法国最成功的人，因为您是拿破仑唯一的孙子！"

离开吉卜赛人回家的路上，表面镇静的他心里升腾起一种无比美妙的感觉，同时又涌动起无穷的力量。"原来我是拿破仑的孙子！我一定要像爷爷那样辉煌！"他自言自语着。

渐渐地，他发现一切都变了，人们不再对他敬而远之，刚起步的事业也异常顺利。"拿破仑的孙子"原来魅力这么大啊！他美滋滋地想。

13 年后，55 岁的"拿破仑孙子"已经成了亿万富翁，成了法国赫赫有名的成功人士。但是，他究竟是不是拿破仑的孙子呢？管它呢，现在这个问题已经不重要了，不是吗？

世界一直朝着你所希望的方向发展——如果你颓废、自卑，它则满目疮痍；如果你积极、乐观，它则阳光明媚。所以说，你能够改变全世界。如果你能够改变你自己，而且，你只有改变你自己，你的世界才会跟着变化。

48. 向动物学习

作为人，我们总有许多负担、烦恼和不满足。钱似乎永远不够花，所以我们不得不拼命赚钱，不惜一天劳作十几个甚至二十来个小时；孩子似乎永远不够优秀，所以我们不得不绞尽脑汁送他去上各种业余班、为他请家教；麻烦事似乎永远解决不完，所以我们不得不费尽心思地去琢磨这事或那事应该如何处理；和邻居的关系似乎永远不够好，所以我们不得不……累！真累！如果人能像什么都不用操心的动物们那样吃饱就睡、睡够就玩该有多好！

听完大家的这些苦水，美国新泽西州的著名兽医莫莉说道："没问题，你当然可以那样，为什么不可以呢？只要你能够学会动物的那种心态。"接下来，莫莉医生给我们举了几个动物的例子：

猫：猫从来不会为任何事情发愁。如果感到有些焦虑不安，或者稍微有一点情绪紧张的话，它就会立刻去大睡一觉，让焦虑感消失。

狗：狗是一种极善忘记的动物。不管曾经遭受过什么痛苦，它都会在短短的时间内完全忘记，继而尽情享受眼前的欢乐，细细咀嚼找到的骨头，或是在草地上快乐地奔跑。

鸟：鸟类可谓是最懂得享受生命的一族。即便在最忙碌的时候，它们也会时不时停下来站在枝头唱会儿歌。你可以反驳说这是它们在为求偶努力，但是别忘了，哪怕繁殖季节已过，唱歌的鸟儿依然比比皆是。

狮子：最懒也是最勤快的动物之一。想睡觉时它们会半天半天地赖在窝里一动不动，肚子饿时它们就会飞奔起来捕食。运动对于它们来说是家常便饭，或者干脆说是每日的必修功课。它们永远不会为已经过去的事情懊悔，也不会为还没有到来的事情担忧。

……

最后，莫莉医生说道：这些朴素、简单而且自然的生活方式不只是存在于动物的世界里，有一部分人也在这样坚持着，因为这正是人类长期以来所追求的健康长寿法则。

原来，越是自然，越是简单，越接近修身养性的真谛。既然如此，我们干吗还要固执地记着昨天的不愉快，大睁着疲倦的双眼？扔掉烦恼，大睡一场又如何？

大道理

世界本来很简单，是复杂的我们把它搞复杂了。适时学一学低智商的动物们，能够帮助我们不再犯那种可笑的高级错误——不自然。

49. 生正逢时

我国现代著名的戏剧家吴祖光，一辈子都生活在"生不逢时"的悲惨境遇里——他刚出生时，中国正处于军阀混战的战争年间，处处千疮百孔，家家民不聊生；稍稍长大一点，日本侵略者四处作恶，小小年纪的他便不得不跟着家人四处流浪；等到三十而立的好年华时，才华横溢的他刚进入创作高峰期就被批判，饱受折磨后被发配到北大荒，一去就是20多年；熬白了头发熬皱了脸，已经步入晚年的他本该享享清福了，谁知又因"国贸案"一篇杂文惹上官司，数年不得安宁。

　　细想起来，这位才华出众的文坛巨匠一生"逢时"的好日子可真不多，可是你知道他最喜欢哪个词吗？生不逢时？差一个字，是"生正逢时"！在他生前，每逢有人请他题词留墨，他就给人家写这四个字，不管对方是达官贵人，还是普通百姓，他一律用这四个字打发，据说前前后后写了不下上千遍。

　　一个最有资格说自己"生不逢时"的人，却最爱说"生正逢时"，这是对生活在苦海中的自己的一种宽慰，还是流于本心的一种达观呢？如果你了解吴祖光几十年的乐观人生，你就不难猜出，答案是后者，他的确是一位达观的智者！

　　其实，对于无法挑选时机、偶然降生于世的我们来说，又有多少是真正"生正逢时"的呢？即便生在当今这风调雨顺、国泰民安的和平年代，那些希望在战场上写就青春、建功立业的人们，还是会感叹自己生不逢时。但是不管如何，我们都必须看清一点：无论什么时候、什么年代，都有人活得像遍地是用武之地的英雄，也有人终生消沉，眼睁睁错过良机之后再叹息自己"生不逢时"。所以说，关键不在于生在何时，而在于你以何种心态生活。像吴祖光老先生那样，时刻以"生正逢时"的积极态度激励自己不断奋斗、一直向前，利用有限的生命充分体现自己的人生价值，才不会白活一回。

大道理

　　对于乐观向上的人来说，无论何时都不会没有用武之地；相反，对于消极悲观的人来说，再好的时候都没有什么可用之机。

50. 两个机会

　　他是一位刚从美国加州大学毕业的大学生，在 2003 年的冬季大征兵中他依法被征，抽签的结果是要他到最艰苦也是最危险的海军陆战队去服役。

　　自从获悉自己被海军陆战队选中的消息后，这位年轻人便显得忧心忡忡起来。祖父见孙子一副魂不守舍的模样，便开导他说："这没有什么好担心的，到了海军陆战队，你会有两个机会，一个是留在内勤部门，一个是分配到外勤部门。如果你被分配到了内勤部门，是完全用不着担惊受怕的。"

　　"但是如果我不幸被分配到了外勤部门呢？"他问爷爷。

　　"那同样会有两个机会，"爷爷说，"一个是留在美国本土，另一个是分配到国外的军事基地。如果你被分配在美国本土，那还是用不着担心的。"

　　"如果我被分配到了国外的基地呢？"年轻人又问。

　　"那还是有两个机会，"爷爷又答，"一个是被分配到和平而友善的国家，另一个是被分配到维和地区。如果把你分配到和平而友善的国家，那不照样是件值得庆幸的好事吗？"

　　"那要是我不幸被分配到维和地区呢？"年轻人还在问。

　　"你照样会有两个机会，一个是安全归来，另一个是不幸负伤。如果你能够安全归来，那现在的担心岂不多余？"爷爷回答。

　　"倘若我不幸负伤了呢？"年轻人依然不甘心。

　　"负伤以后，你还是会有两个机会，一个是依然能够保全性命，另一个是完全救治无效。

如果尚能保全性命，你还担心它干什么呢？"爷爷再次微笑着回答道。

年轻人接着问道："那要是完全救治无效怎么办？"

爷爷说："还是有两个机会，一个是作为敢于冲锋陷阵的国家英雄而死，一个是畏畏缩缩躲在后面却不幸遇难，按你的性格，你必然会选择前者。既然会成为英雄，那当然更用不着担心。"

听到这里，年轻人的嘴张了张，却再也没能说出任何话来。

是啊，无论身处何种境遇，我们都会至少有两个机会，一个是好机会，一个是坏机会。好机会中，一定藏匿着坏因素；而坏机会中，又必然隐藏着好转机。关键是我们以什么样的眼光、什么样的心态、什么样的视角去对待它。

机会的好坏，标准其实在于人们看它的眼光。倘若乐观旷达、心态积极，什么时候都是好机会；倘若悲观沮丧、心态消极，什么时候都是坏机会。

51. 家庭作业

刚上初三的小明，成绩不算优秀，也绝对说不上是"数学天才"，可是这次，他却着着实实给了数学老师一个出乎意料的惊喜。怎么回事呢？

上个周末，小明生病了，没有去上课。晚上，他打电话给同学，让同学把家庭作业给他说一下，其中就包括教数学的杨老师留下的这两道题：一道几何题，一道代数题。

第二天上午，小明坐在桌前琢磨这两道题时，才发现这次的家庭作业不是一般的难。从早晨到晚上，他一直在冥思苦想着，但直到吃晚饭时，他的大脑还处于一片混沌的状态。

作业没做完，已经躺在床上的小明翻来覆去，怎么也睡不踏实。忽然，他一骨碌爬了起来：对啊，好像可以用这种方法……

新的一周开始了，小明忐忑不安地交上了自己的作业本，他也不知道是对是错，只觉得不是太有把握。不料下午数学课的上课铃还没响，杨老师便抱着一大摞作业本跑进了教室。

"小明，小明。"杨老师忙不迭地喊道，"你解出来了，你居然解出来了！"

"是的，怎么了？是不是我答错了？"看到杨老师从未有过的激动样子，小明感到莫名其妙。

"天哪，你是怎么解出来的？这可是历年高考数学卷中最难的两道压轴题啊，初中学生从来没有谁做出来过。我本来是想难一难大家，没想到你居然解出来了！"

"高考压轴题？"小明半信半疑地重复着，"我不知道……"他咕哝着。

"也许，正因为他不知道，所以才解了出来吧。"杨老师恍然大悟地自语着。

心知肚明摆在面前的是一道难题，然后再去解决，结果多半会不如人意；把难题当成平常问题来对待，结果往往会出人意料。看来，"难"以解决的不是问题本身，而是我们头脑中的畏难情绪。

52.　主宰自己的命运

上小学时，迪士尼是个调皮机灵的小男孩，他在文学和绘画方面有着惊人的天赋。还不到十岁，他便读完了大作家马克·吐温的《汤姆·索亚历险记》等名著，老师布置的绘画作业，他也每每都能出色完成。

一次，美术老师给大家留下的家庭作业是画一盆花。你猜迪士尼是怎么画的？他把花朵画成了人脸，并赋予各种不同的表情，而花朵下面的叶子则被他画成了人手，最下面的花盆呢，被他变成了一把小椅子。这样，整幅画看上去既像是一盆花，又像是一群坐在小椅子上手舞足蹈的小孩。

美术老师看到迪士尼的作品后大为生气，他不能理解孩子心灵中那个美妙的世界，反而认为他是在胡闹，所以当众把他的画撕得粉碎。当迪士尼表示反抗时，老师则更加严厉地狠狠训斥了他一顿。

委屈的迪士尼回到家里后，把这件事讲给了父亲听。父亲听完后对他说了这么一句话："孩子，不能主宰自己的人，终生都会是一个奴隶。"虽然在当时，年龄尚小的迪士尼还不能理解这句话的深意，但是他模模糊糊地感觉到父亲是支持自己的，所以就把这种个性保持了下来。

第一次世界大战开始以后，迪士尼报名当了一名志愿兵。在那段日子里，他一有闲暇就创作一些漫画寄给一些幽默杂志。可惜的是，无人能够欣赏他的作品。这种令人难堪和失落的"碰壁事件"一直延续到"一战"结束后的很长一段时间。在某家广告公司任职时，迪士尼甚至遭遇过因为"缺乏绘画能力"而被辞退的尴尬局面。

1923 年 10 月，四处求职却屡屡碰壁的迪士尼无奈之下与哥哥罗伊成立了"迪士尼兄弟公司"，在好莱坞一家房地产公司后院的废弃仓库里度过了最初的艰难后，他们创作的米老鼠和唐老鸭横空出世，迅速享誉了全世界。此后的数年中，这两个形象为迪士尼赢得了 27 项奥斯卡金像奖，使他成了世界上荣获该奖项最多的人。

大道理

谁都不可能完全逃脱他人的批评否定，但如果你变成他人眼睛和嘴巴的奴隶，你就将难以主宰自己的命运，最终落个一事无成。

53.　一箱石头

这是非洲一片茂密的原始森林，巴里、麦克里斯、约翰和吉姆四个皮包骨头、有气无力的男子正扛着一只沉重的大箱子，从丛林深处跟跟跄跄地走来。

他们原本是跟着队长马克格夫进入丛林探险的，因为他答应将会给他们极为优厚的工资，谁知半路上，马克格夫忽然得了一种怪病，并且很快就去世了。去世之前，马克格夫把大伙召集到一块儿，指着旁边那个他亲手制作的箱子说："我要你们向我保证，在走出森林之前，一步也不得离开这只箱子。记住，如果你们把箱子送到我的朋友麦克唐纳教授那里，你们将得到比金子还贵重许多的东西，这一点我绝对可以向你们保证。现在，请你们发誓做到这一点。"一直等到大家都发誓完毕，马克格夫队长才闭上双眼，溘然而逝。

埋葬了队长之后，四个人便上路了，但丛林的路越来越窄，越来越难走，最后竟然根本找不到路了。四个人的力气也越来越小，最后都像囚犯一样在泥潭里挣扎了。看看自己噩梦般的困境，众人的目光均集中在了这只沉重的箱子上，心想如果不是为了它，自己早就一死了之了。

就这样，在这只箱子的支撑下，他们互相监督着，度过了最艰难的时刻。终于有一天，绿色的屏障突然拉开了——经过千辛万苦之后，他们终于走出了原始森林！

可是当四个人急匆匆找到麦克唐纳教授时，教授却望着箱子微笑不语，急得四个人面面相觑，最后不约而同地问起报酬的事。

"报酬你们已经拿到了。"麦克唐纳教授笑着说道。

"什么？这怎么可能？"四个人均大惊，不相信队长马克格夫和眼前温文尔雅的教授会欺骗自己。

"我的确是一无所有啊，"教授把双手一摊说道，然后忽然打开了箱子，"你们不如把箱子里的宝贝拿走。"

"啊？"众人一看箱子，顿时倒吸了一口气，箱子里居然是一块毫无用处的大石头！顿时，四个人都发起怒来，他们无法理解队长为何如此戏弄自己，要知道为了这只箱子，他们可是经历了数次生死大关，原始森林里那堆堆白骨、道道血迹至今犹在眼前。

"我们上当了！"麦克里斯愤怒地嚷道。

"不！"教授立刻否定道，"你们得到了比金子还贵重的东西，那就是生命！"

有了明确的目标，我们才会有行动的方向和动力。现实中有些人之所以会感觉无聊厌恶、缺乏生活激情，大部分病根在于其丧失了做事的目的。

54．只管做你自己的事

凡是热爱篮球的人，肯定都知道"奥拉朱旺"这个名字，他是美国 NBA 曾经的篮球中锋，一位传奇般的人物。

他前后总共在篮球赛场上驰骋了 18 年。在这 18 年中，他曾经两次夺得 NBA 季后赛的总冠军，12 次入选 NBA 全明星阵容，12000 次争得篮板球，并因为是 NBA 历史上 8 个得分超过两万分的球员之一而荣获了 MVP 最有价值球员的称号。

在 NBA 历史上的每一场比赛中，得分、篮板球、助攻、抢断及盖帽几大项都达到两位数的杰出运动员总共只有四个，而奥拉朱旺是其中之一。因为这一点，人们都称呼他为"大梦"，意思是说"最好的"。连著名的篮球教练汤姆·贾诺维奇也对他赞不绝口，说他："你给予我们的，远比从我们这里得到的多得多！"

奥拉朱旺退役之后，他那件标志奇迹的 34 号球衣被永远地升上了火箭队主场康柏中心球场的屋顶。从那以后，每一个进入康柏中心球场的观众，都能看见这件球衣，从而记起它的主人——奥拉朱旺在 18 年里的汗水和泪水、梦想和辉煌。

更值得一提的是，尽管有成千上万的球迷、不计其数媒体的追捧，奥拉朱旺却从来没有罢过明星的架子，他一直那样谦卑有礼，兢兢业业地打好每一次比赛。

当有记者问他是如何在喧嚣的荣誉中保持冷静，取得如此惊人的成绩时，奥拉朱旺却回答道："我一直记得我的启蒙教练对我说过的话：'你只需要集中精力打好比赛，那些赞美和批评都是在说别人呢。'所以，在我的职业生涯里，我总是力图集中精力向前看。当人们把许多赞誉之词抛过来时，我总觉得他们是在说另外一个人。"

大道理

不管别人是赞美还是批评，集中精力做事，你才能赢得想要的东西。但是，当你想要的赞美和肯定到来时，你必须把它当成是别人的，否则，对方早晚会再吝啬地把它收回。

55．作家与小吃店老板

都说作家有一种忧郁的天性，但他不是，他一直很乐观、豁达、自信。

不久之前，他家附近来了一个卖油面的小贩，看到小贩的生意好得出奇，作家有点不解也也领着儿子来吃面。不想这一吃，吃得他大开眼界——卖面的小贩动作实在是太麻利了！只见他先把油面放进烫面用的竹笊篱里，一把塞一个，刹那之间就塞了十几把。然后，他开始把叠成一摞的竹笊篱放进锅里烫。等到面就快烫好的时候，他又以迅雷不及掩耳的速度，将十几个碗一字摆开，分别放入了香菜、味精、盐等等。再后，他开始捞面、加汤，十几碗面眨眼间便热气腾腾地端到了客人面前。而这一连串的过程，加起来也不到三分钟。

包括作家在内，所有人都看呆了。

这时，坐在作家一旁的儿子开口了："爸爸，别人都说你很这个，"儿子说着竖了竖自己的大拇指，"可是依我看，跟卖面的叔叔比赛卖面，你肯定会输！"

对于儿子突如其来的"贬低"，作家莞尔一笑，立即坦然地点点头表示赞同："是啊，爸爸不但会输，而且会输得很惨。"

吃过饭之后，作家又带着儿子来到了一个炸油条的小摊前，然后指着那根正在锅里慢慢长大的油条说："儿子，如果跟炸油条的阿姨比，爸爸也会输。在这个世界上，爸爸不如很多人，会输给很多人。"

由于是自己亲眼所见，儿子立刻点点头，表示同意。可是一直到很久以后，他还是搞不明白：爸爸那么差，会输给许多许多人，为什么整天还那么开心和自信呢？

大道理

世间本无完美，因此不必强求完美，豁达地对待人生即是达观境界。只有能看清和正确对待自己不如人的地方，才是对生命真正有信心。这样的人，才可能获得真正而持久的快乐。

第七章
选择与放弃

1. 上帝不会辜负信念

15 世纪中叶的一个夏天，航海家哥伦布从海地岛海域向西班牙胜利返航。

经历了惊涛骇浪的船员都在甲板上默默祈祷：上帝呀，请让这和煦的阳光一直陪伴我们返回到西班牙吧。

但船队刚离开海地岛不久，天气就骤然变得十分恶劣了。天空布满乌云，远方电闪雷鸣，巨大的风暴从远方的海上向船队扑来。这是哥伦布航海史上遭遇的最大一次风暴，有几艘船已经被风浪打翻了，只一闪，便沉入了大海的深渊。船长悲壮地告诉哥伦布说："我们将永远不能踏上陆地了。"

哥伦布知道，或许就要船毁人亡了，他叹口气对船长说："我们可以消失，但资料却一定要留给人类。"哥伦布钻进船舱，在疯狂颠簸的船舱里，迅速地把最为珍贵的资料缩写在几页纸上，卷好，塞进一个玻璃瓶里并加以密封后，将玻璃瓶抛进了波涛汹涌的茫茫大海。

"有一天，这些资料一定会漂到西班牙的海滩上！"哥伦布自信而肯定地说。

"绝不可能！"船长说，"它可能会葬身鱼腹，也可能被海浪击碎，或许会深埋海底。"

哥伦布自信地说："或许一年两年，也许几个世纪，但它一定会漂到西班牙去，这是我的信念。上帝可以辜负生命，却绝不会辜负生命坚持的信念。"

幸运的是，哥伦布和他的大部分船都在这次空前的海上风暴里死里逃生。回到西班牙后，哥伦布和船长都不停地派人在海滩上寻找那个漂流瓶，但直到哥伦布离开这个世界时，漂流瓶也没有找到。

1856 年，大海终于把那个漂流瓶冲到了西班牙的比斯开湾，而此时，距哥伦布遭遇的那场海上风暴，已经整整过去了 3 个多世纪。

大道理

　　不要对我们的信念产生怀疑，虽然有时候信念确实遥不可及，但是它至少给了我们前行方向。正因为这样，在坚持自己的信念中，我们才会找到达到信念中目标的力量并终究一步一步接近它。对自己信念的深信不疑，是能创造奇迹的，正如哥伦布所说的"上帝可以辜负生命，却绝不会辜负生命坚持的信念"。

2．如何选择

厂里评职称，小王又没评上，想想自己多年来的努力，他很是气恼，于是决定以后再也不像以前那样积极主动地做事了。

晚饭时他跟父亲谈起了这件事，做厨师的父亲一声不吭地听着。吃过饭后，父亲却突然把懒散的他叫进了厨房里。

小王莫名其妙地看着父亲忙碌着，不知道他要干什么。只见父亲把三只小锅装满了水，然后从冰箱里拿出来三样东西：一根胡萝卜、一个鸡蛋、一包咖啡。等到水沸腾时，父亲把这三样东西丢进了锅里。约莫十分钟之后，父亲熄了火，把煮熟的胡萝卜、鸡蛋和咖啡分别盛放在三个碗里。

"你看到了吗？"父亲问小王。

"看到了，爸爸，可是，我实在不知道你在做什么？"小王回答道。

"你看。"父亲用筷子戳了戳胡萝卜，软软的胡萝卜上立刻出现了两个小洞。"你再看。"父亲敲碎鸡蛋壳，鸡蛋里面已经成了固体状态。"你再闻一闻咖啡。"父亲把碗端到小王面前，顿时，一阵咖啡香传来。

"同是在沸水里，三种东西的反应却不同——原本最坚硬的胡萝卜软了；原本软的鸡蛋硬了；原本是粉末的咖啡变成了水。

"人这一辈子总有活在'沸水'环境里的机会，至于你如何变化，这全在你的选择。但是作为父亲，我希望你能像咖啡那样。"父亲的声音浑厚庄重。

旁边，小王听得泪光莹莹。

大道理

　　我们无权选择事事如意的人生，但有权选择面对逆境时的态度和做法。你可以屈服，可以坚强，也可以努力去改变环境！

3．狐狸与葡萄

觅食的狐狸被一阵果香吸引了，顺着香味，它寻找到了源头——一片旺盛的葡萄架。时值初秋葡萄成熟的季节，架上溜圆晶亮的果实把狐狸馋得垂涎欲滴。

于是狐狸围着篱笆转起来，它希望能够寻找到一个进口。结果，它还真发现了一个小洞。可是那洞实在太小了，狐狸肥硕的身体根本钻不进去。怎么办？狐狸眼珠转转，想出了一个办法：饿自己几天，让身体瘦下来。

在篱笆墙外绝食七天之后，狐狸的身体已经变得非常苗条了，再稍稍一使劲儿，它一下子就钻到了篱笆墙里面。这下好了，架上诱人的葡萄全都是它的了。

美美地享受了半个月之后，架上的葡萄基本已经上全被狐狸吃光了。这时，心满意足的它打算打道回府。可是再次靠近出去的洞口时，它才发现，自己胖起来的身体又无法成功钻过那个小洞了。所以没办法，狐狸只好再次绝食七天，把自己饿瘦，然后钻出了篱笆墙。

结果，钻洞而入的狐狸和钻洞而出的狐狸几乎一模一样。

看到这里，有人也许会嘲笑狐狸的愚蠢，但是我，对它的做法却抱有几分敬意。其实人生或者其他任何一种生命，最初和最末的状态都是差不多的。而如何对待中间阶段，便是生命含义的唯一答案——伟大的人，会选择创造；聪明的人，会选择享受；愚蠢的人，会选择逃避……

　　花开之后是凋谢，人生最终是死亡。任何事物包括生命在内，都是一个左右对称的过程。只不过，把途中风景画成什么样，决定权在你。

4. 再试一次

一位生物学家和一位心理学家在一起讨论"信心和勇气"这个话题，生物学家做了一个实验给心理学家看：

他给一个很大的鱼缸放上水，然后用一块干净的玻璃板把鱼缸隔成了两半，一半放上一条已经饿了好几天的食肉大鱼，另一半则放上大鱼最爱吃的数条小鱼。刚开始，饥肠辘辘的大鱼两眼放光，拼命冲击着小鱼所在的区域，可是一次又一次的碰壁之后，它的速度和冲击力都明显地减弱了。一刻钟之后，撞得鼻青脸肿的大鱼停止了攻击，失望地伏在缸底呼呼喘气。这时，生物学家轻轻地抽掉了那块玻璃板，让小鱼可以自由自在地游到大鱼嘴边去。结果，对于近在咫尺的美食，食肉大鱼居然无动于衷，只敢看不敢吃！很显然，是多次的失败经历把大鱼吓住了。

"在动物界，大鱼吃小鱼本是天经地义，当然也是轻而易举。可是这条大鱼却害怕起自己的手下败将来，这不得不说是它的悲哀啊！"生物学家叹道。

"再相信自己一次你就可以吃到美味了！"心理学家对着麻木的食肉大鱼说道，尔后又转过身来，"看来，哪怕失败 999 次，我们也必须第 1000 次地站起来，因为很可能，这一次就是捅破窗户纸的时候。"

"由此可见，因为一次两次的失败便放弃努力，有时会留下很多遗憾！"生物学家总结说，"我们应该记住这句话：无论何时，都要再试一次。"

　　因为害怕失败的痛苦，所以我们选择放弃或者是不再尝试。可是不选择也是一种选择，放弃不等于选择了一种更大的痛苦吗？

5. 孰轻孰重

古时候，我国有个地方叫永州，据说那里的人们都很会游泳。

一个夏天，大雨一直不停地下着，一场百年不遇的洪涝灾害到来了，永州人不得不纷纷外逃。

这五六个人还算幸运，不知从哪里找来了一只小木船，他们轮换着，拼命地摇橹，希望快点逃出这死亡的深渊。

但是突然，一个大浪扑来，小船一下子被打翻了，几个人都落水了。他们赶紧扑腾着往岸上游去，可是其中有一位使出全部的力气，也没能游出多远，他的头在水里一沉一浮的，眼看就要不行了。

同伴们回过头来着急地问道："平日数你游得好，今天你这是怎么了？"

这人一边挣扎一边回答道："我怕到了外地没法生活，所以就在腰上缠了五百两银子，可是银子太重了，坠得我快要游不动了，你们快来帮帮我吧。"

同伴们听了这话，生气地大喊道："都什么时候了，你还在意那点银子！快点解下来扔掉啊，保命重要！"

但是这个人却怎么也舍不得扔掉银子，结果同伴们都游上岸了，他还在水里挣扎着，最后终于被淹死了。

看着他在巨浪中消失，同伴们叹息道："唉，别怪我们不救你，是你自己不分轻重，不救你自己啊。"

大道理

得失总是相随的，合理地选择放弃，也就等于合理地选择得到。不分轻重地抓住一切，最后只会失去更多，甚至让所得再无意义。

6. 妞妞的项链

五岁生日时，妞妞得到了一串假的珍珠项链。她对这串项链爱不释手，无论穿什么衣服都会把它戴在脖子上，晚上睡觉还要把它放在枕边。一直到六岁生日来临时，她对这条项链的爱依然有增无减。

"妈妈，你今天会送什么礼物给我？"妞妞问妈妈。

妈妈弯下腰，用额头抵住她可爱的小脸："宝贝儿，妈妈当然要送你一件很漂亮的礼物，但是你得拿你那串珍珠项链来交换。"

听到这里，妞妞的大眼睛一下子装满了泪水："不可以的，妈妈，你知道我很爱它。我用别的来交换好吗？"

"不可以。"妈妈的语气很温柔但也很坚定。

"我可以把我的小白象送给你，它一直是我非常喜欢的一件玩具。我还可以把那条美丽的公主裙送给你……"妞妞很着急地说着。

"不可以，妈妈就要你的项链。"妈妈摇着头重复道。

妞妞不作声了，晶莹的泪珠从她的脸上一颗一颗地滚落了下来。沉默了许久之后，妞妞终于慢慢地从脖子上摘下了那条珍贵的项链，双手呈给妈妈。

"宝贝儿，这是妈妈送给你的礼物。"妈妈的声音有些哽咽。

妞妞缓缓地抬起头，她模糊的泪眼中出现了一只精美的盒子，里面是一条闪着柔和光泽、美丽绝伦的珍珠项链，是真的。

原来，妈妈一直在等着女儿放弃那串假的项链，才肯把真的给她。

　　放弃假的珍宝，才能得到真的珍宝。如果让没有真正价值的东西占住我们的世界，有真正价值的珍宝便不会到来，忍痛割爱，往往能让人得到更多。

7. 三个犯人

　　一个美国人、一个法国人和一个犹太人，因为犯罪被同时判了刑。入狱之前，监狱长对他们说：你们可以提最后一个要求。

　　美国人喜欢抽雪茄，于是便要了几箱雪茄——他想，有了这几箱烟，监狱生活的烦闷足够缓解了。法国人浪漫，便要了一位美丽的女子——他想，有了女人相伴，监狱生活的寂寞就可以避免了。而犹太人想了想，要了一部能够与外界自由通信的电话。

　　刑期终于满了。美国人第一个冲了出来，看样子他已经疯了。他的手里、鼻孔里、嘴里、耳朵里全都插满了雪茄烟，他一边奔跑一边大喊：“上帝，快给我火，快给我火啊！”原来他忘了要火了。

　　第二个出来的是法国人。呵，他的负担可真够重的，你看他背上一个孩子，怀里一个孩子，看模样是对双胞胎。后面跟着的美女手里也领了一个孩子，鼓鼓的肚子里还怀着一个孩子。

　　而最后出来的犹太人却精神焕发，一点儿也不像从监狱里刚走出来的人。他握了握监狱长的手说：“谢谢你送我的电话，它使我能在坐牢期间与外界随时联系，这几年我的生意不但没有亏损，还增长了好几倍。我决定送你一件礼物：一辆劳斯莱斯。”

　　选择决定生活。今天的生活是你原来的选择决定的，未来的生活是你今天的选择决定的，所以，请慎重对待每一次选择的机会。

8. 牺牲与选择

　　美国小伙迈克来中国旅游时，对中国姑娘黄丽一见钟情。他追了两年之后，黄丽终于被感动了，她辞掉舒适的工作，跟迈克飞去了美国。

　　没想到，刚度过蜜月，迈克便要求她出去找工作。“老公，我为你辞掉了工作，还远离家乡来到了美国，你就不能体谅一下我为你作出的牺牲，好好养我几年吗？”黄丽撒娇道。

　　“什么？”迈克十分惊讶，“这怎么会是‘牺牲’呢？这是你的选择，一切都是你自愿的，不是吗？”

　　听到这句话，黄丽差点昏过去，她认为自己看错了人。由于黄丽坚决不肯在人生地不熟的美国找工作，几个月之后，迈克向她提出了离婚。

　　离婚后的黄丽很是消沉了一阵，用光迈克分给她的财产后，她不得不靠给人打工养活自己了。但是没想到，她慢慢立稳了脚跟，腰包也渐渐鼓了起来。

一直到了解了当地的风土人情之后，黄丽才明白：原来在美国人心中，只有尊重对方的选择之说，没有感恩对方的牺牲之说。所以，做选择时你一定要根据自己的真实意愿，因为对方是绝对不会出于"感激"而承担你选择的后果的。

对于我们来说，道理不也一样吗？

　　不要让别人对你的选择负责，否则就不要怪别人对你不负责。另外，永远不要放弃自我选择的权利和自由，这样你才可能握住幸福的手。

9. 一样的境遇，不一样的结局

四位朋友一起出外游玩，不小心在大草原上迷了路。为了走出草原，他们决定每两人一组分别朝着相反的方向走，然后由首先走出草原的那组带着救援队一直按原路返回，这样就可以找到另外一组了。约好之后，这两组便按计划上路了。

当这两组朋友都已经筋疲力尽，眼看就要穷途末路时，神仙降临了。于是，这两组都有一个人得了一篓鱼，一个人得了一根鱼竿。

第一组的两个人拿到这两样东西之后，生怕对方跟自己抢，便分道扬镳了。得到鱼的人赶紧找个地方生火烤鱼吃，得到鱼竿的人赶紧找池塘钓鱼去，要知道，他们都已经两三天没有吃过东西了。就这样，有鱼的人天天吃着免费的鱼，有鱼竿的人则天天拼命寻找着池塘。可是当鱼吃完时，得到鱼的人还没有看到草原的尽头。而有鱼竿的人快饿死时，还没有找到池塘。

第二组的两个人没有各奔东西，而是一起用那篓鱼维持着生命，又一起寻找着池塘。等到鱼快吃完时，第一个池塘终于被他们发现了，于是他们又有了一篓新的鱼。靠着这种方式，他们最后终于活着走出了大草原。

可是，当第二组按照约定带领救援队寻找到第一组的两个人时，却发现他们都已经死了，一个死在了空空的鱼篓旁，一个死在了崭新的鱼竿旁。

　　与人合作不仅重要而且必要。单个人的力量总是有限的，团队的力量却是无限的。学会与人合作，取人之长，补己之短，我们才能取得所需，获得生存空间。

10. 最接近成功的时候

她是一位游泳健将，平生最大的心愿就是成为世界上第一位横渡英吉利海峡的人。为了实现这一理想，在许多年里，她都坚持天天练习，为这重要的一刻做了最好的准备。

极具历史意义的一天终于来临了，在众多媒体、观众的关注下，信心十足的女选手跃入海中，开始朝对岸的英国游去。

天气很好，气温适宜，女选手愉快地前进着，不像是在挑战自己，而像是在享受生命。

但当她就快接近海峡对岸时，海上突然起了浓雾，而且越来越浓，最后达到了伸手不见五指的程度。因为身处茫茫大海而失去方向的她一下子恐慌起来，她不晓得还要游多远才能到达对岸，所以她越来越心虚，越来越感觉筋疲力尽。最后，她终于宣布放弃了。

可是你知道当时她距对岸还有多远吗？不到一百米！

当知道这一结果时，遗憾和惋惜一下子把她击倒了，她说："如果我知道距离目标只有这么近时，我一定会坚持到底、完成挑战的，不管多辛苦！"但是一切都过去了，"如果"是不存在的。

想一想，现实生活中不知道有多少这样的"游泳健将"，都是在最接近成功的时候放弃的，因为那个时候，同时也是当局者最疲惫、最沉重、最迷茫的时候。

看来，"否极泰来"的确是一个真理，成功往往会在我们最苦、最累、最艰难的时候现身。既然如此，当坠入"谷底"时，我们就应该多徘徊一会儿。对，哪怕是"徘徊"，我们也要比别人多坚持一会儿，因为成败之间，差的往往就是这么一点。

最艰苦、最沉重的时刻，往往就是最接近目标的时刻。大多数失败者，都是因为在这个时候选择了放弃；而大多数成功者，则是因为在这个时候多坚持了一会儿。

11. 商人论成败

一般来说，从事航海生意的人，总是难逃风暴、触礁、鲨鱼等海难的，可是这位商人却意外地受到了命运女神的垂青，他不但屡屡战胜了各种风险，还幸运地躲开了种种恶劣气候和不利地形的影响。在经营海运的这 20 年中，他没有遭遇过一次灾难性的损失，而且他的代理人和经销商们也始终对他忠实守信。最不可思议的是，虽然他并不精明，曾贩来许多在当地非常不畅销的烟草、瓷器等等，但超乎寻常的好运总能让他只赚不赔。总而言之，他最后成了当地腰缠万贯的大富翁。

他的财富引来了无数的嫉妒，有人曾极为羡慕地对他说："您的一顿便饭恐怕都比我们的年夜饭还要丰盛。"

"这还不是靠我自己的努力，靠我自己的聪明才智啊！是我这双独到的慧眼让我抓住了种种好机会，成了大富翁啊！"商人得意扬扬地说。

说来也怪，自从说了这句话之后，商人的财运竟然急剧下降起来。首先是他押的几支股票纷纷疯狂下跌，让他一夜之间损失了上百万。再就是他租的一条船碰到风浪翻了船，全船货物连同所配人员一齐沉了海底，为此，他光赔款就付了将近 600 万。再后来，他听信风水先生的疯话，开始大兴土木建造"吉宅"以求避过中年大难，可是一场史无前例的水涝灾害让他的一切希望都化成了泡影。

看到他如此迅速地陷入一文不名的境况，朋友问他是怎么回事。他摆摆手，摇摇头，满脸的沮丧之色："唉，别提了，都怪那不济的命运。"

"怎么你好的时候不归功于命运，不好的时候反倒怪罪起命运来了呢？"朋友反问道，"也许，命运只不过想通过这种方式教会你谨慎小心罢了。"

12.　寻找智慧

　　年轻的沙利王登基了，为了治理好自己的国家，这位雄心勃勃的国王决定学习天下所有的智慧。他征召国内的智者们，让他们把所有的智慧书籍都找来，供他学习。

　　10年很快就过去了，每位智者都背着满满一箱书回来了，看样子约有5000本。国王一看头就大了："天哪，这么多，我整天这么忙，哪有时间看哪！"便命令智者们去精简一下。

　　又是10年过去了，智者们这次带回来约500本书。可是国王仍嫌太多，要他们继续精简。

　　再过10年，50本智慧巨著摆在了国王的面前。可是由于国内问题重重，已经不再年轻的国王早已心烦气躁，懒得天天翻书了，所以智者们不得不再次精简。

　　又过了快10年，当一本天下无双的智慧经典呈给国王时，四面强敌早已经不断入侵，国势衰微，国王哪还有精力去读书呢？正在一筹莫展之际，风华正茂的太子求见，用太子贡献的妙计，这位国王很快打败了各方强敌，重振了国威。

　　当问起太子何以如此聪明时，太子说了这么一句话："我从很小的时候就开始读国库中的智慧宝典了，到现在为止已经读完了5000本。据说，这些书还是我父王当年让人找来的呢。"

13.　一道测试题

　　这是一道非常著名的测试题，它曾经影响了许多人的一生：

　　在一个暴风骤雨的晚上，你开着一辆车经过一个车站，看到有三个人正在等公共汽车。其一是位快要病死急等救治的老人，非常可怜；其二是位医生，他曾经救过你的命，是你的大恩人，你做梦都想报答他；其三是个女人（男人），她（他）正是你做梦都想娶（嫁）的那种人，一旦错过也许就不会再遇上了。但麻烦是，你的车子太小了，除了司机之外只能再搭乘一个人，这时候，你会如何选择呢？并阐述清楚你的理由。

　　从理论上来讲，每一种选择都能讲得通：没有什么比生命更重要，老人就快要死了，所以应该先救他。但是大千世界，有谁不是最终只能把死当成终点站呢？这样一想，你决定先让那个医生上车，因为他曾经救过你，而眼下正是一个最好的报答机会。可是你又在想：错过这一次，在将来你还可以寻找很多机会去报答他，但那个女人（男人），一旦错过了，就很可能永远再遇不到像她（他）这样令自己动心的人了。毕竟这是关系自己一辈子幸福的大事，比其他一切分量都更重一些，所以你又决定带走她（他）。

果然，人们对这个问题的答案五花八门，而且都有充分的理由。最终，经评委们一致认同，最佳答案出炉了：

给医生车钥匙，让他带老人去医院，而自己则留下来陪梦中情人一起等公交车。这样既顾全了道义，又报答了医生（把车送给了他），还保证了自己一生的幸福。

这个结果显然是令所有人满意的，但却几乎从未有人一开始就这样想过。因为当事情落到自己头上时，有谁想过要放弃手中已经拥有的优势（车钥匙）呢？

大道理

得失总相随，要想寻找到最佳的平衡点，放弃是前提。很多时候，你之所以不能得到更多，是因为你不愿主动放弃某些优势。

14. 请把我当成活人医

杰克是一个非常乐观的人，无论是谁，什么时候，见到他时总能看见他那阳光般的笑脸。

但是快乐的杰克有一天终于笑不出来了，那天下夜班回家时他遭遇了歹徒袭击，因为身中六弹，现在还昏睡在医院的病床上。

几天之后，杰克醒来了，看看自己的处境，他问医生：“告诉我实情，伙伴，我到底伤得怎么样？”医生和护士都异口同声地回答：“你没问题的，一定能好起来。”但是他们的眼神又同时告诉他：“这是不可能的。”

“没有什么不可能的，”杰克心想，“只要我选择活下去。”

于是他慢慢伸出手来抓住医生：“我选择活着，请你也选择让我活着，把我当成活人来医，而不是死人，好吗？”

医生被他的乐观打动了，很关心地问他：“我们马上就给你做手术，请告诉我，你对什么过敏？”

“子弹。”杰克忍住痛，大声地说。医生和护士都笑了。

结果，他真的活了下来。

大道理

你能够选择是不是活着以及怎样活着。如果你选择放弃，命运也会放弃你；如果你选择坚持，命运也会坚持眷顾你。

15. 闲暇时光有什么用

曾任美国副总统的亨利·威尔逊，出生在一个贫苦的家庭。当他还在摇篮中牙牙学语的时候，贫穷就威胁到了他的生存。从 10 岁开始，小亨利就离开家，在外面当了学徒工。在这段长达 11 年的学徒生涯中，他每年只能接受一个月的学校教育。

11 年的艰辛工作之后，亨利终于得到了 1 头牛和 6 只绵羊作为报酬。他把它们换成了 84 个美元，然后精心算计着怎么花销，当然大部分他都用在了学习上。因此他成了学识丰富的人。这是怎么回事呢？原来，他是一个非常善于在"闲暇时光"里寻找学习机会的人，比如在 21 岁离开农场之前，他已经读了上千本书。

辞去学徒工工作后，亨利徒步到了 100 英里之外的马萨诸塞州，在内蒂克市，他开始学习皮匠手艺。在此期间，他曾经风尘仆仆地走到过波士顿，参观了邦克希尔纪念碑和其他历史名胜，但整个旅行他只花费了一美元六美分。以这种方式度过自己 21 岁的生日后，亨利带着一队人马进入了人迹罕至的大森林，在那里采伐圆木。每天，他都会在天际第一抹曙光出现之前起床劳作，一直到星星出来时才休息。这样夜以继日地辛苦劳作了一个月后，亨利获得了 6 美元的报酬。

在那样的穷途困境中，亨利从来不让任何一个发展自我、提升自我的机会悄悄溜走，他像抓住黄金一样紧紧地抓住零星的时间，不让哪怕一分一秒无所作为。他的朋友们说：很少有人能像他那样深刻理解闲暇时光的价值。

又经过 12 年的努力，亨利到了政界，并很快脱颖而出进入国会。

大道理

机会的本质不是等待，而是在等待之中不断进取。记住：真正懂得把握机会的人，即便在闲暇时光也是能够发展自我的。

16. 麻烦与机遇

1993 年的 1 月，是世界著名的戴尔公司总裁迈克尔·戴尔和日本索尼公司人员会晤的时间。连续讨论了几天最新研发的显示屏、光盘以及 CD—ROM 等多媒体技术之后，戴尔已经疲惫不堪了。

在又一个让人焦头烂额的讨论会结束之后，就快撑不下去的戴尔拖着沉重的身体预备回酒店好好休息一下。这时，一位年轻的日本男子忽然挡住了戴尔的去路："戴尔先生，请稍等一下，我是能源系统部门的人，我想跟你谈一谈。请您晚走一会儿好吗？"

"能源系统？"戴尔重复着这几个字，想起了以前某人向他出售发电厂的事情。因为极度疲倦而有些恼怒的他险些一口回绝对方，但当看到日本男子恳切的眼神时，他又微微地点了点头。

对方欣喜地拿出很厚的一沓图纸和表格，一张一张地翻开给他看，上面密密麻麻地写着一种刚研发成功的"锂电池"的功能。日本男子解释了好大一会儿，大脑已经处于混沌状态的戴尔才明白了他的目的——原来他是想推销这种"锂电池"给戴尔公司，供笔记本电脑使用。

戴尔以前曾经听人说起过，使用笔记本电脑的人，最大的期望就是拥有电力寿命比较长的电池，而根据索尼工程师的功能测试表，锂电池有超过 4 个小时的供电潜力。顿时，他感觉到，这是一次良好的机会，于是他非常认真地与对方交谈起来。

后来，锂电池果然成了一种具有突破性的科技产品，而装有锂电池的戴尔笔记本电脑，也因为满足了市场要求而销量大增。相关数字显示：1995 年的第一季度，笔记本销售额占戴尔公司总收入的 2%，而到了第四季度，比例已经上涨至 14%。

大道理

　　良好的机遇从来不会以一种诱人的姿态出现，而是总带着烦人的面具出场。如果你拒绝麻烦，那成功很可能会被你一起拒绝掉。

17. 上学与雕塑

　　迈克是个调皮捣蛋的孩子，他烦透了单调乏味的读书生活。因为成绩不好，老师的责罚与同学的奚落更是家常便饭。母亲因此伤透了心，不得不把"望子成龙"变成了"望洋兴叹"，认为自己的孩子再也没有什么前途可言了。

　　迈克虽然学习不好，却有一手绝活，随便什么木头、石块，到了他的手里摆弄几下，就会变成一个可爱玲珑的小玩意儿。看着儿子每天"不务正业"，母亲让他退了学，找了家工厂去打工。在打工时，迈克依然是个雕塑爱好者，常常为了雕刻一个小东西而忙到凌晨两三点钟，在第二天的工作中哈欠连天。可怜的母亲因此常常泪水涟涟，她实在是太忧虑儿子的将来了。

　　可是出人意料的是，原本"不务正业"的迈克后来竟然成了轰动一时的雕塑大师，因为他在市政府组织的某场雕塑大赛中获得了唯一的特等奖。为了表示对这位雕塑天才的尊重，市政府还特意将他的作品放大，安置在市政大楼前的广场上。

　　面对这一结果，失望了20多年的母亲瞠目结舌。

大道理

　　你最喜欢做什么，能做什么，只有你自己最清楚。按照内心的真实意愿去选择人生道路，你才可能做成最棒的自己。

18. 就看你开哪扇窗

　　因为工作太忙，父母将小女孩送到了乡下爷爷家。缺少了同龄孩子的陪伴，小女孩感觉异常孤独。只有当她跑进爷爷的玫瑰花园，看着美丽的彩蝶飞舞时，她的脸上才会展露出纯真的笑容。

　　为了让孙女尽可能地高兴，爷爷花高价买了一只非常可爱的黄毛小狮子狗送给她。小女孩果然非常欣喜，每天都会带着小狗到处跑，原来的忧郁一扫而光。可是这样快乐的日子没过几天，小狮子狗就因为误食毒药死了。

　　小女孩伤心极了，她一边趴在窗台上看窗外忙碌的人们——他们正在埋葬自己最心爱的小狗，一边泪流满面地哭泣，好像小狗带走了她全部的快乐。爷爷见状，赶紧心疼地把她抱下来，抱到另一扇窗下。

　　这扇窗正好对着那片玫瑰园，时值盛夏，玫瑰花开得正好，阵阵清香随风飘来，沁人心脾。小女孩顿时觉得心胸明朗，她呆呆地看着玫瑰花，又想起了不久前在花丛里奔跑捕蝶的情景。想着想着，她不知不觉就忘记了刚刚死亡的小狗，脸上挂满甜美的微笑。

这时候，爷爷托起她的下巴说："宝贝儿你看，你是可以高兴起来的，就看你开哪扇窗。"

大道理

窗外是什么样的风景，我们无法改变，但我们却可以选择待在哪扇窗下面。选择那扇能够带给你快乐的窗户，你也就选对了心情，选对了对待人生的态度。

19. 星星与泥巴

二次大战期间，一个家在美国中部的女人，随同新婚不久的丈夫驻防加州，住在靠近沙漠的营地里。因为是在战争期间，又因为处在沙漠边缘，营区的生活条件非常差，因此丈夫很是担心妻子的身体和心情。

他们的小木屋设在离印第安村落很近的一块空地上。由于没有什么遮挡，白天屋里闷热难耐，气温达到摄氏 40 度以上；晚上，凛冽的大风又刮个不停，尘土到处都是。气候恶劣也好，条件艰苦也罢，女人都毫不畏惧，可是有一点却让她越来越受不了——丈夫天天在外防守，旁边住的又全是不懂英语的印第安人，这让她每日寂寞难熬。

终于有一天，丈夫要更长时间地离她远去——上级有命令，他必须外出两周参加部队的演习。一听说这个消息，女人的眼泪立刻流了下来。"我会很寂寞，"她说，"我要写信给母亲，让她来接我回家！"

信寄出之后，母亲的回信很快就来了，但令女人惊讶的是，母亲只在信中写了一句话："两名囚犯从狱中眺望窗外，一个看到了窗棂上的泥巴，一个看到了天空中的星星。"

她将这句话看了又看，感觉一种前所未有的勇气和开阔渐渐从心底升了起来。"好吧！"她自言自语道，"那我就去寻找天上的星星吧。"说着，她便走出屋外，走向附近的印第安部落，并和他们交起了朋友。

她请他们教她如何织东西和制陶器，作为回报，她也把自己出色的烹饪手艺传授给了对方。日子一天天过去，她越来越了解印第安人的文化、历史、语言以及种种风俗了。

后来，她由此及彼，开始研究起印第安朋友长年栖居的沙漠。很快，在她的眼中，那片荒凉之地变成了一处神奇而美丽的地方。

"二战"结束时，这位曾经被寂寞折磨得几近疯狂的女性成了一位沙漠专家，还写了一本十分畅销的关于沙漠和沙漠居民的书。

大道理

境由心造，情由心生。快乐并非一种客观事物，而是一种主观心态。只要你的心选择积极，眼睛选择美好，困境之中的一切都会变成愉悦的源头。

20. 卡耐基与批评者

励志大师卡耐基正在进行一次示范教学会，不知为何，一位来自纽约《太阳报》的记者总是不断地在下面捣乱。他毫不留情地攻击着卡耐基的工作、教案甚至是尊严，而且语言犀利，弄得卡耐基尴尬至极，进退两难。

为了教训一下这个不知好歹的记者，感觉受了极大侮辱的卡耐基马上拨通了《太阳报》执行委员会主席古斯·季塔雅的电话，要求对方刊登一篇文章向他表示歉意并说明事实真相，而且要让这个犯错的记者受到相应的惩罚。

多年后，当卡耐基再次回忆起这件事时，自言"为当时的举动感到羞愧难当"。他说："我现在才了解，即便那位记者把他的批评公之于《太阳报》，买这份报纸的人中也会有一半不会注意到这篇文章，注意到的人里面又会有一半认为它不值一提，而那些真正记住这则报道的人，也会有一多半不出几个礼拜就忘得一干二净。

"如果当时我就知道这些的话，我绝对不会打那个愚蠢的电话。这件事给了我一个有益的教训：我们不能阻止别人对我们作出任何不公正的批评，却可以决定是否要让自己受这些批评的干扰。可以用这么一句话来比喻：'尽可能做你应该做的事，然后把你的破伞收起来，免得让批评你的雨水顺脖子后边流下去。'"

> 我们无法避免和阻止别人对自己作出不公正的判断或批评，但我们却能做到一点：决定是否要让它们打扰到自己。

21. 丈夫和油漆匠

凯蒂刚刚买了新房子，兴奋地与丈夫商量好墙壁的涂料颜色后，就去找油漆匠了。虽然丈夫曾是个优秀的装修师，但是很不幸，他的双眼在一场车祸后失明了。

油漆匠找来后，丈夫一边和他聊天，一边帮着做点力所能及的事。比如搅拌时，应油漆匠的要求帮忙去扶一扶颜料桶啦——不过这多少有些奇怪，因为这根本不需要太大的力气，一只手搅拌，另一只手扶住桶就足够了。

七天之后，粉刷工作完成了，淡绿色的墙壁看上去相当漂亮，凯蒂非常满意。但是收款时，油漆匠只收了原定价格的一半。凯蒂奇怪地问他："怎么？"想一想她又忽然明白了什么似的说道："我们很棒的，不需要您的特殊照顾。"

油漆匠答道："我并不是为了表示照顾，而是为了表示感谢。在和你丈夫一起工作的这几天，我过得非常快乐。我想，这段日子会改变我今后的人生，因为他的乐观让我意识到，我的境况并不是最坏的。少算的那部分钱，就当作是我对他表示的谢意吧。"

说完这些，油漆匠便拎着颜料桶走了。粗心的凯蒂这才发现，这位油漆匠只有一只右手。

> 我们无法选择人生，却能选择面对人生的态度；我们无法改变事实，却能改变面对事实的心情。所以，无论境况如何，我们都能快乐，只要我们选择快乐。

22．最后的话

《最后的话》是一本记录临终老人忏悔之言的书，他的作者是美国纽约州最著名的牧师内德·兰塞姆。编写这本书时，兰塞姆牧师已经 84 岁。据说，他之所以在如此高龄写这本书，是缘于一位老人的临终感言。

这位老人是位布店老板，临终时 72 岁。

他对兰塞姆牧师说他非常热爱音乐，年轻时曾经和著名的音乐指挥家卡拉扬一起学过吹小号。当时，他的成绩远远在卡拉扬之上，所以教小号的老师非常喜欢他，认为他必然前途无量。

可惜的是 20 岁时，他非常迷恋赛马，所以就干脆放弃音乐去学赛马。结果，他既没有在赛马场上打拼出什么天地，也没有在音乐上创造出什么奇迹。而远不如他的卡拉扬却早已名扬四海。

为此，他感觉非常遗憾，告诉兰塞姆说到另一个世界里，他绝对不会再做这样的傻事。他还请了牧师为他祈祷，希望上帝能宽恕他的迷途，再给他一次学音乐的机会。

他的忏悔让兰塞姆牧师非常震惊，"假如时光可以倒流，世上将有一半的人成为伟人……"想到这里，牧师开始编写这本关于临终老人忏悔之言的《最后的话》。

大道理

时光不会倒流，对于过去，我们已经无能为力，但对于未来，我们却能通过吸取前人的经验和教训，尽量减少生命中的遗憾。

23．农夫和商人

得知敌军撤走时丢弃了大量财物，农夫和商人喜出望外。他们各自拿了个口袋，来到大街上捡东西。

首先，他们各自看到了好大一捆被烧焦的羊毡。农民想，不管怎样，它还能保暖，所以就背了起来；商人想，给它装上华丽的外套我照样能高价出售，所以也背了起来。

再往前走，两人又各自看到了一大包衣服。农民想，羊毡再保暖，毕竟是烧焦的，况且也不能裹着羊毡到处跑，所以就丢了羊毡背起了衣服。商人想，我正好可以把这些衣服的布料做成外套套在羊毡上，所以他又捎上了衣服。

再后来，他们又各自发现了一包银质的餐具。农民大喜，心想有了这些纯银的餐具，我完全可以不愁吃穿了，还要这些旧衣服干吗，所以就扔掉衣服，揣起了餐具。商人也大喜，心想这一趟真是没有白来，不但捡了能变成钱的，还捡了实实在在的钱，所以他拍拍肩上沉甸甸的口袋，又弯腰拎起了餐具包。

这时，突然天降大雨，可商人怎么也不肯放弃白捡来的羊毡和衣服。由于那些东西吸水后变得异常沉重，最后他被压死了。而一身轻的农民则一溜小跑回了家，变卖餐具后，他的生活富足起来。

财物、诱惑也有分量，如果不知节制，什么都想抓在手中，早晚会被累死。该放就放，集中精力选择最重要的，才是明智之举。

24. 如何选择

决定参加注册会计师考试时，我正在一家大公司做财务。为了考不上也有个退身之路，我最终选择了边工作边学习。虽然我明白注会考试一旦通过我会身价倍增，但是还是舍不得放下这家实力非常棒、薪水也高得让人羡慕的大公司（我们公司明文规定：请假超过两个月者，按自动辞职对待）。

父亲非常反对我的选择，他劝我放弃其中之一。但是这两者对我都如此重要，我怎么可能放弃！父亲说不过伶牙俐齿的我，只能任由我去。

但是很快，公司就发现我不像以前那么尽职尽责了，因为我总在上班时间打呵欠，有好几次还睡着了，因此二话没说便下了辞退令。我无可奈何。日资公司向来不能容忍员工对工作不认真，我实在是无可辩驳。想想还有不到两周的时间就要考试，我只能把纷乱的思绪压下去。可是最终，我还是没能逃过惨败的命运。

现在，我一无所有了，却想起父亲劝我的话来："做事之前，先不要把'幸运'二字派给自己，要知道天底下没有那么多两全其美的事。所以，不管你选择什么，都必须抱定一种献身精神，否则，命运就会让你失败。"

人的精力是有限的，如果想同时坐住两把椅子，最后只会掉到两把椅子中间的地上。因此，在生活中我们必须有所取舍，认真选定其中一把椅子。

25. 1 元与 5 角之争

偶然一天，小镇上来了一位乞丐，谁都没想到，这位呆头呆脑的流浪者竟然能够在镇上"安扎"下来，成为"常住"人员。

这是怎么回事呢？他安身立命的收入从何而来呢？原来，一切都是缘于他的"大智若愚"——镇上的居民看他傻乎乎的，便常常把他当成傻瓜戏耍，想尽办法开他的玩笑和捉弄他。大家最常用的方法就是：在地上放一个 5 角的和一个 1 元的硬币，让他来挑选，看着他急急去拿那个 5 角的，大家都讥笑他的愚蠢。

这样的事情，乞丐每天都能遇上好几次，最多的一回，他一天经历了二十来次。也就是说，光靠这一项，他每月就能有 100 多块钱的收入。而乞丐对生活的要求又不高，因此他不但能够吃饱喝足，日久天长，他还有了一点点节余。

终于有一天，一位有爱心的妇女再也看不下去人们对乞丐的嘲笑了，她偷偷地对乞丐说："难道你真的分不清 1 元和 5 角吗？那我来告诉你吧，是 1 元的大。以后啊，你拿那个 1 元的，他们就不会再笑你傻了。"

"我才不呢。"乞丐固执道。

"为什么不啊，可怜的人？"妇女大惑不解地问。

不想乞丐狡黠地眨了眨眼睛说道："因为我要以此为生啊。如果我拿那个 1 元的话，以后谁还会再跟我玩这种游戏呢？我这不等于自断财路吗？"

妇女大吃一惊，顿时哑口无言。

大道理

当人自以为聪明而嘲笑他人的愚蠢时，其实正暴露了其自身的愚昧无知。选择以谦卑柔和的态度与人相处，才是真正智者的所为。

26．意志自由

30 岁之前，我是一位健康活泼、喜欢跳舞的女性，常常在周末请我的邻居和朋友们来我家跳舞。看到大家兴高采烈的样子，我感觉既幸福又满足。可是 30 岁时，这一切都被毁掉了。

我至今记得那个痛苦的早晨，起床时我发现自己怎么也动不了。诊断结果说我的脊椎中生了一个瘤，而且无论切除与否，从今以后我都不能再站起来了。得知我再不能恢复以前的样子，再不能教我可爱的女儿跳舞，我真是伤心极了。

有好长一段时间，我都躺在病床上反复问自己这种日子还值不值得过。但是某天，我忽然被一个念头击中了：我至少还有选择的自由啊！这个念头顿时扫光了我的沮丧，让我欢喜不已，当时我便告诉自己，我要选择坚持与乐观。

后来，我创办了当地第一家残疾辅导社，还做过一个电台残疾人栏目的主持人，也曾到各大监狱给那些四肢健全的小伙子们讲授人生，并和他们成了好朋友。

某天，女儿突然问起我当年是怎么熬过来的，我微笑着指指自己的脑袋："用我的自由意志啊。自由有很多种，我只不过是失去了身体自由这一种而已。"

大道理

无论处境多么艰难，只要还活着，我们就有选择的自由，或快乐或痛苦、或坚持或放弃、或生存或死亡，都掌握在我们自己的手里。更重要的是，我们还拥有更改原来选择的自由。

27．百变的老鼠阿格

小老鼠阿格一直不开心。它之所以整天闷闷不乐，是因为很小的时候它曾经被一只猫追捕过，差点丧了命。为此，它自感本领太小，生活在社会的最底层，过着一种"人人喊打"的狼狈生活，所以很是羡慕那耀武扬威、神气不已的猫。

终于，一个天大的好机会到来了！那天，阿格在林子里散步时，听见一只黄鼠狼跟同伴说某某山上出现了一个神筒，想变成什么从筒里钻过去就可以了。

阿格喜出望外，赶紧来到了某某山上。果然，一个好大的筒子横放在山的一角处。"我想变成猫，我想变成猫"，阿格一边念，一边钻了进去。等它出来时，它发现自己真的变成猫了！兴奋不已的阿格刚想大呼万岁，一只狗便扑了过来，吓得阿格屁滚尿流，好不容易才逃过一劫。

"不行，原来猫并不是最神气的，它还怕狗！"阿格这样想着，便又一次钻进神筒，把自己变成了狗。可是和前一次一样，它还没来得及高兴，一只凶恶的狼就把它吓得战战兢兢了。不用说，阿格又变成了狼。这时猎人又出现了……就这样，阿格变来变去，最后终于如愿以偿，成了陆地之王——大象。

正当阿格昂首挺胸，自我感觉良好时，它忽然发觉鼻子里痒痒的，呼吸也越来越困难。哎呀，原来是一只小老鼠钻进了它的鼻孔。大象竟然怕老鼠！想到这里，阿格赶紧又钻进神筒……

大道理

　　万事万物都不会完美无缺，但任何东西都会有其优势与长处，这便是我们生存的最大凭仗。与其为一些缺憾郁郁寡欢，倒不如想想如何利用自己的长处将其弥补。另外，万物相生又相克，知足方是王道。

28. 半边碗和好碗

在临近乡村的小路边，一条清澈的山泉蜿蜒而过。来往的行人每逢口渴，就会蹲在泉眼边喝水。为了方便过路人在泉眼里舀水喝，有人放了一只半边碗在泉边。

这样的日子过了几个月后，一位画家感慨这只半边碗与景色宜人的山泉不相配，便自己掏钱买了一只精美的瓷碗放在泉边，把半边碗扔掉了。

过去，由于那半边碗其貌不扬，行人喝完了水就会把它又放在泉边，从来也没动过什么其他念头。可是自从这只漂亮的瓷碗出现后，许多人便开始注意上了。终于有一天，一独行老头喝够了水后把碗装进了行囊便一去不返。

这下，来来往往的人们只能像连那半边碗也没有的时候一样，用手捧水喝，或者摘片泉边树上的树叶折成碗状舀水喝了，所以人人都感觉甚为不便。

没办法，画家只好又掏钱买了一只好瓷碗放在泉边。但和上次一样，没过几天，这只瓷碗就不翼而飞了。

画家生气了，决定再也不花钱做这种无用功了。他从家里拿出一只旧碗，一摔两下，把其中的一半放了泉边。

说来也怪，自从这只半边碗放上以后，来往的行人喝够了水后都规规矩矩地把它放回去。就这样，这只半边碗一直用到现在。

想来想去，画家终于明白了其中的奥妙：半边碗除了在山泉边能用，在其他地方是没有什么用处的，所以谁都不会打它的主意。而漂亮的瓷碗呢？放在哪里都能产生价值、派上用场，所以贪小便宜的人自然会想方设法地把它弄到手。如此看来，在山泉路边这种地方，放半只碗反倒比一只碗更实用。

29.　最后一幢房子

　　县城最大的建筑公司有个老木匠，他在这家公司已经待了快 40 年了，小城里的居民中不知道有多少人住的房子是他亲手盖成的。

　　由于年龄大了，老木匠渐觉心有余而力不足，终于有一天，他向老板递交了辞呈，说年龄已经不允许他继续留在建筑行业，他准备回家与妻子儿女安享天伦之乐了。

　　老板舍不得他的好工人就这样走掉，但也实在没办法拒绝，于是就问他是否能帮忙再建一座房子，老木匠答应了。但是明眼人一眼就看得出，他的心已经不在工作上了，他用的是软料，出的是粗活。

　　房子建好以后，他再次向老板辞行，老板这时把大门的钥匙递到他的手中："你为公司辛苦了这么多年，我早就想送你一份礼物了。这是你的房子，我送给你的。"

　　老木匠立刻就目瞪口呆，后悔不及又无地自容。如果早知道是在给自己建房子，他怎么会这样呢？想想自己建了一辈子好房，最后一幢竟然建成这样，他真是羞愧难当。而从此以后自己得住在这幢粗制滥造的房子里，这不恰恰是对自己最大的报应和讽刺吗？

　　想想现实生活中，被自己所建的"房子"困住的，又何止一人两人呢？

30.　数钞票

　　某电视台新开了一个娱乐节目，其中一个板块叫作"数钞票"，也就是限定一定的时间，然后让参加者尽情地数摆在眼前的钞票。这个板块之所以吸引人，是因为它的机制：只要你报出的数字正确无误，你数过的钞票就全是你的了。当然，桌子上的钞票是杂乱叠放、面额不一的。

　　这期的参加者一共是四位，主持人宣布开始之后，四个人都紧张地忙碌起来。但是站在最右边的小个子男人有点与众不同，只见他先是迅速地挑着面额最大并且一致的钞票，等到比赛时间大约过了一半时，他开始仔细数手中的钞票，数完一遍之后，他又数了一遍。他刚数完，主持人便叫停了。

　　按照顺序，第一位报出的数字是 5036 元，第二位报出的是 3758 元，第三位报出的是4229 元，第四位也就是那个小个子男人报的是 680 元。小个子男人的话音刚落，下面的观众就哄笑开了——如此又笨又蠢的人，当然会成为大家的笑料。

五分钟之后，主持人开始宣布刚才四位所数钞票的正确数额，第一位：5031 元；第二位：3751 元；第三位：4228 元；第四位：680 元。

主持人响亮的声音回荡在演播厅里，这下，下面的观众都不笑了，他们都愣住了。然后，主持人宣布，今天报数完全正确、获得奖金的是第——四——位！

这个结果显然太出乎大家的意料了，所以台下的观众顿时交头接耳开了。主持人示意大家安静下来，然后微笑着说道：自从这个节目开办以来，还没有谁能获得超过 1000 元的奖金。按照普通人的能力，一分钟之内是数不了更多的。如果你盲目图快，最后只会是忙中出错，有时，有些人甚至会因为 1 元之差而与奖金无缘。

　　只有懂得自身能力有限，学会适当放弃，我们才可能获得更多。这不但是经营人生的一种策略，更是一种智慧和勇气。

31. 绕道而行

这是一条河，河面虽宽河水却不深，中等身高的成年人从河里蹚过去的话，最深处的水面也漫不过胸部。

深秋的一天，天气已经很冷了，一位老人来到河边，在呼呼的西北风里把自己的衣服脱掉，然后用双手举着打算蹚过河去。

"老爷子，你往上游走，十里处有桥。"我急忙喊他道。

"我知道。"老人回头应了一声，就踏进了已经冰凉刺骨的河水里。

"或者往下游走也成，八里处有渡。"我不甘心，依然提醒着他。

"我也知道。"老人又说。这次，他连头也没回，河水已经漫到了他的腰部，他瘦长枯干的躯干在清澈的河水里分外醒目。

这时，一位年轻人来到了河边，他看了看河，也脱了衣服打算蹚过去。可是刚走几步，他就皱着眉头又跑回了岸上，显然，河水太凉了，他受不了。

"这附近有桥或者渡没有？"年轻人问我。"上游十里有桥，下游八里有渡。"我回答。

年轻人"哦"了一声便向下游走去。

他的身影刚刚消失，又有一位要过河的年轻人来了。他像前面那位一样，先打量了一会儿河面，然后转过头来问我："这附近有桥或者渡没有？"

"上游十里有桥，下游八里有渡。"我答。

"哦，我晕船，还是往上走十里过桥吧。"年轻人咕哝着，便向上游走去。

我知道，虽然这三个过河的人到来的时间差不太多，但当后两位年轻人到了河对岸时，前面那位老人早已经走了他们要走的路。这个"早"字，不仅仅是因为老人年龄大，还因为他拒绝"绕道"。

这些年轻人，在绕道十次、百次、千次之后，也会变得和老人一样发须皆白，但是他们到达的地点，却要比老人落后很多。虽然他们走过的总路程，并不见得比老人少多少。

大道理

　　选择"绕路而行"有时确实能解决困难，但生命是有限的，无限拓展其宽度，结果必然是缩短其长度。再者，如果你习惯了"绕道"，在绕不过去时你就会理所当然地停滞不前。

32．耶稣与撒旦

　　画家大卫想画一幅关于耶稣的画，却苦于找不到一位纯真圣洁的人。半年后的某天，他忽然在修道院里看到一位虔诚的修道士。

　　"太棒了，就是你了！"大卫兴奋地喊道，显然，修道士清澈如水的双眼给了他灵感。

　　自从画了这幅画后，大卫一炮走红，成了家喻户晓的著名画家。为了表示对修道士的谢意，大卫给了他好大一笔钱。

　　三年后，偶然有人建议大卫道："你画了耶稣，还应该再画一幅魔鬼撒旦才是。"大卫一听有理，立刻答应了下来，但问题是：去哪里找一位与撒旦形象相符的模特呢？

　　跑了许多地方之后，大卫最终来到了监狱里。在那里，他终于找到了他心目中的撒旦。没想到当他把自己的请求告诉对方时，那位脏兮兮的囚犯竟然"嘤嘤"地哭起来。

　　"你难道不认识我了吗？大卫。"囚犯问道。

　　"你是？"大卫疑惑地望着囚犯。

　　"我就是三年前你画耶稣时的模特修道士啊！"囚犯说道。

　　这个回答让大卫大吃一惊。

　　"自从有了钱以后，我就再也不能像原来那样虔心修道了。"囚犯回忆道，"每天，我都会躲开众人的眼睛，偷偷地跑出去花天酒地。把钱花光后，我的欲望却还像魔鬼一样疯狂滋长，没办法，我只好去偷、去抢、去骗……就是因为这个，三个月前，我被抓到了这里。让我最难过的是：你以前画的圣人是我，现在要画的魔鬼居然还是我！"

大道理

　　人性中既有善的一面，也有恶的一面。修身养性是圣洁品性的使者；放纵堕落是魔鬼撒旦的催生剂。而成为哪种人，全在你一念之间。

33．丫丫定做鞋

　　丫丫是个优柔寡断的孩子。10岁那年，她拿着妈妈给的压岁钱去一家制鞋店定做新鞋。

　　"你想做方头的还是圆头的？"老板问她。

　　"这个，我也不知道。"丫丫犹豫着答道。

　　"你觉得哪一种好看？"为了帮她做决定，老板把圆头鞋和方头鞋各拿了一只来，摆在柜台上供她参考。

　　丫丫看了圆头鞋半天，又拿起方头鞋来琢磨了一会儿。"哎呀，我还是不知道。这样吧，你让我先考虑几天，我想清楚了再回来告诉你。"丫丫说。

老板答应了。

几天后，鞋店老板在大街上遇到了丫丫，又问起鞋子的事，结果丫丫依然拿不定主意忽然，老板大声说道："哦，我知道你需要什么样的鞋子了，放心，我一定做出你想要的样子来！"

一个星期后，老板通知丫丫前来取鞋。当丫丫打开鞋盒时，她惊讶地发现盒里的两只鞋居然一个方头、一个圆头。

"怎么会这样呢？你为什么要这么做？"丫丫既委屈又生气地质问老板。

"你不能怪我，孩子。"老板温和却坚决地答道，"我等了好几天，你都拿不定主意，所以我只好替你做决定了。这两只鞋就算是你花钱买的一个教训吧，记住：以后不要让别人来替你做决定，否则你很可能会后悔莫及！"

大道理

自己的事情要自己决定。如果你犹豫不决，就等于把决定权拱手让给了别人。而一旦别人作出不符合你意愿的决定，后悔的只会是你。

34. 如何转败为胜

不知道大家是不是还记得 2000 年的世界花样滑冰比赛，在那次大赛中，最后获得冠军的是美国华裔选手关颖珊。

其实，虽然关颖珊一心想赢得第一名，可是在最后一场自选曲项目比赛之前，她的总积分只排在第三位。在那种情况下，关颖珊只有两种选择：或者挑一个非常难的自选曲项目突破自己，或者选一个普通项目稳保前功。

这两者在当时看起来都非常难。前者有可能令她获得梦寐以求的冠军，但风险却非常大，虽然平时训练时关颖珊曾经达到过相当水平，可她毕竟不敢说"稳拿"，要知道一旦失败，她就很可能连前三都不能进入。而后者呢，虽然足够让她稳保前三，却必然会使她与冠军无缘。

思索片刻，这位年轻姑娘的眼中闪过一丝刚毅，她选择了前者——突破自己。在 4 分钟的长曲中，关颖珊结合了最高难度的三周跳，而且还非常大胆地连跳了两次！这个过于出人意料的动作立刻让看台上所有的观众为她疯狂。结果不出所料，裁判亮了极高的分数，关颖珊取得了总决赛的冠军。

事后，记者采访她时曾问道："为什么你敢选择如此高难度的挑战呢？要知道你可能会败得很难看。"

"但我毕竟成功了。"关颖珊微微一笑道，"我之所以如此选择，是因为我不想等到失败时，才后悔自己还有潜力没发挥。"

的确，如果有人问这样一个问题：你是不是宁可永远后悔，也不愿意试一试自己能否转败为胜呢？恐怕没有人会说"是的"。然而现实中，我们却常常在不该打退堂鼓时拼命后退，常常因为恐惧失败而不敢尝试成功。听了关颖珊的故事，我们是不是应该反思一下了呢？希望反思过后，人人都能吼出一声：做人，何妨放手一搏！

大道理

如果为了不失败便放弃尝试成功，结果只会是永远后悔，因为胜利的希望和有利情况的恢复，往往产生于再坚持一下的努力之中。

35. 代价

今年一开春，顾先生便辞职创业了。联络好几位创业盟友以后，他开始寻找办场所。按照广告上的地址跑了几天，最后他选定了离市中心稍远但交通很方便的一座写字楼。整幢楼一共八层，一二层被楼主开饭店用了，四到八层早已被人租去，只有三层是空的，所以顾先生只能在三楼选了一间。签好合同，交完整年的租金后，顾先生便开始办公了。

不料没过3个月，楼主便满脸堆笑地来找他商量："有一家公司想整租，现在三层就你们一家公司，刚好上个月四层又腾出一间空房，所以我想让您帮个忙，搬到四层去，您看怎么样？"

"什么条件？"顾先生一边跟着楼主看四层的房间，一边问道。

"您也看到了，这间装修好，而且也比下面那间大，所以，"说到这里，楼主顿了顿，"这租金的事儿，咱们得重新商量商量。"

"行，那我考虑考虑吧。"说完，顾先生就转身下楼去了。

一周以后，楼主又来了，还是满脸堆着笑："我想了想，反正现在我手里也不缺钱，租金的事儿今年就这样了吧。不过我手里有点货没处放，您看能不能在四层上给我隔出一个小仓库？当然，前提是不影响您办公。"

"行，我考虑考虑吧。"顾先生还是甩给楼主一句这样的话。

再过一周，楼主又堆着笑上来了："顾先生啊，您就行行好，帮我这个忙吧。这边离市中心远，房子不好往外租，我打了几次广告才找来这么一家整租的，真的很想留住啊。"

"行，我再考虑考虑。"顾先生头也不抬地说道。

"您别再考虑了，我等不起啊！"楼主忽然换了一副哭丧脸，"这样吧，你搬到四层去，今年的租金咱们还是按合同走，我那批货也另找地方安放得了。搬家的人力、费用都由我来出，只要您答应今天就搬上去，行不行？"

顾先生这才微笑着抬起头来："早这样不就得了嘛！说心里话，我可不是成心想为难你，只不过想告诉你：每一种改变都要付出代价！"

"是，是！"楼主一边赔笑点头，一边挥手叫进了早就等在外面的伙伴。

看到顾先生这边收拾完毕，楼主忙不迭地给想整租三层的那个客户打电话，不料对方却告诉他："你怎么不早点打啊？今天上午我们已经定下了别家，连定金都交过了，就这样吧！"

大道理

每一种改变都需要付出代价，倘若什么都不想付出，最后只能是付出更多。减少所付代价的唯一方法就是事先权衡，有所取也有所舍。

36. 王子选妻

看着自己的一对双胞胎儿子已经成年，老国王开始操心他们的婚事了。于是他问大王子道："你喜欢什么样的女孩子？"

"当然是瘦的，那样看上去比较苗条，有一种女孩子独有的弱不禁风的感觉。"大王子说道。

国王一听，立刻下令挑选国中的瘦美女。消息一传出，全国的女孩子们都开始拼命地减肥，希望自己能被大王子相中，飞上枝头做凤凰。

几个月后，选妃之事还没有落幕，这个国家就几乎没有了胖的女性，甚至一度出现了饿死人的情况。

可惜的是，未等入选的女子进宫，大王子便得了急病一命呜呼了。随后，他的同胞弟弟也患了同样的病。国王急得不行，赶紧给二王子张罗婚事，希望借"冲喜"之说冲走二王子的病魔。于是他问二王子："孩子，你喜欢什么样的女孩子？"

"父王，我喜欢胖一些的，这样看起来会比较有力气，可以照顾病中的我。"二王子有气无力地说道。

听二王子如是说，国王立刻下令挑选国中的胖女子入宫。王令一下，全国的年轻女性又开始以胖为美了，她们大吃大喝以求长胖，不知不觉间，国中几乎没有瘦女性了。但当最胖的女孩子被送进宫中时，却传来了二王子不治身亡的消息。

国王悲痛欲绝，只好把希望全都寄托在最小的孩子身上了。小王子最后挑选了一位不胖不瘦的女性做新娘，他说："她如果不瘦不胖的话，既不会饿死，又能永远保持健康，这样才最好嘛。"

人与人的标准不一样，你的缺陷很可能恰恰是别人眼中你的优势。如果仅为了迎合世俗而去改变自我，到最后很可能连优势都变成缺陷。

37. 命运与性格

他叫瓦尔坦，是一个刚满六岁的小男孩，不幸的是，他的母亲因病去世了，他的父亲也因为战争而不知所踪。由于是个孤儿，又常常受到大孩子们的欺负，原本天真活泼的他开始变得内向，直到整天紧闭着嘴巴一句话也不说。

就在这时，拯救他命运的天使出现了——祖母来到了他的身边，并最终将他带回自己所在的伊朗山区，悉心扶养他长大。

瓦尔坦的祖母是一个非常不幸的女人。由于丈夫早亡，她不得不一手把几个儿女拉扯大。原本以为可以享享清福时，战争开始了，紧接着，疫病也来了，于是，她失去了所有的孩子。按理来说，如此深重的苦难一定会将一位原本脆弱的女性击倒，可出乎人们意料的是，她从未因此而失去对生活的信心。

现在，失去亲人的孙儿来到了她的身边，她必须想办法让孙儿从过去的阴影里走出来，健康快乐地成长。关于这一点，我想任何人都不会怀疑，因为她一定能做到，就像对待她自己的苦难那样。果然，孙儿来到山区不久，便恢复了原来的活泼开朗，并且更坚强、积极和热爱学习。

多年之后，当年那个瘦弱的小男孩已经成了美国布朗大学的校长。当有记者采访他请他讲述一下自己的成长经历时，他说起了对自己影响至深的一句话："这句话是我的祖母告诉我的。我小的时候，她经常这样教导我：'孩子，有两件事你一定要记牢。第一是命运，那是你无法控制的；第二是你的性格，那是在你掌握之中的。你可以失去你的美丽，也可以失去你的健康和财富，但是你决不能失去你的性格，因为它是掌握在你自己手中的。'这句话在我的成长道路上起了至关重要的作用……"

从布朗大学卸任之后，瓦尔坦·格雷戈里安又当上了由美国钢铁大王卡耐基创办的卡耐基基金会的主席，并一直任职至今。可以说，他的成就应该归功于他的性格，而他的性格，当然要归功于他祖母的教导。

大道理

> 我们可以失去美丽、财富甚至是健康，却不能失去性格，因为性格决定命运，只要性格还在，我们便可以重新把握命运。

38. 怎么办

卡莱尔是英国著名的史学家，经过多年的呕心沥血，《法国大革命史》的全部文稿总算是完成了。长出一口气后，他把这部巨著寄给了他的朋友米尔阅读，希望对方能批评指教。不想隔了几天，米尔突然脸色苍白浑身颤抖地跑来告诉他：整部《法国大革命史》的原稿，除了几张另加散页外，已经全部被他家里的女佣当成废纸，丢入火炉化为灰烬了。

顿时，卡莱尔如雷轰顶，因为在写这部书的时候，他总是每写完一章，就把原来的笔记扔掉，所以到此为止，整部书稿没有留下任何记录！

怎么办？怎么办？一时间，卡莱尔呆呆地坐在桌前，不知所措。但是不一会儿，朋友米尔发现他的脸色慢慢地舒展开了，然后，他便从抽屉里抽出了一大沓稿纸铺在桌上，再然后，他拿起了笔——原来，他是想重新写一遍！

"这一切，就像小学时我把笔记簿拿给老师批改，老师说：'不行！孩子，你得重写，以便写得更好些！'"他对米尔说。

现在，我们读到的《法国大革命史》，就是卡莱尔重新写的那一部。

大道理

> 不要为打翻的牛奶哭泣。如果事情已经够糟糕，就不要用悲伤、抱怨等把它变得更糟。重新开始一次，你会把它做得更好！

39. 奇特的赠品

位于英国伦敦的国家军事博物馆收藏着一份十分奇特的赠品——10个脚趾、5个手指尖，这份赠品来自一个叫作迈克·莱恩的退役军人，并且都是从他的身上截下来的。这是怎么回事呢？来看下面的故事。

1976年时，迈克·莱恩还是一名探险队员。就是在那一年里，他随着英国探险队成功登上了珠穆朗玛峰。可是在下山时，他们却遇到了极其危险的狂风大雪，而且很长时间之后大雪还没有停下来的迹象。见此情景，迈克一行非常着急，因为他们的食品已经不多，如果停下来扎营休息，一定无法撑到下山。而一旦不能补充足够的热量，在那样严寒的天气里他们会必死无疑。可是继续前行又几乎不可能，因为大雪早已经覆盖了大部分路标，过多的弯路会让身背沉重增氧设备的队员们体力消耗过大，还是会有生命危险。

怎么办？正当整个探险队陷入迷茫时，迈克·莱恩率先丢弃了所有的随身装备，提议只留下食品，轻装前行。"不行！"其他队员几乎异口同声地反对道。要知道那时他们离山下至少还有10天的时间，如果丢下增氧设备的话，中途休息时，身体很可能会因为缺氧而被冻坏。但是迈克·莱恩却坚持让大家这样做，他说："看样子，这暴风雪十天半月都不会停，再拖延下去，所有的路标就都会被埋住了。那样的话，我们即使不被饿死，也会迷失方向，陷入更可怕的绝境。倘若徒手前行，我们就可以提高下山的速度，保证最大的生还希望。"

最终，队友们听从了他的建议，开始不分昼夜地加速前行。8天后，他们安全到达了山下，虽然几乎都被冻伤，却没有一个人失掉性命。诚如迈克·莱恩所料，一直到那时，恶劣的天气还没有好转。

后来，当国家军事博物馆的工作人员们请求迈克·莱恩赠送博物馆一件与登上珠穆朗玛峰有关的物品时，他奉上了这份既奇特又珍贵的礼物——10个脚趾、5个右手指尖，都是在下山过程中，因为冻坏而被截掉的。但是，这恰恰证明了他当年选择的正确性，否则，军事博物馆里要收藏的，恐怕是他的尸体了。

选择的同时，必然需要放弃。正确地放弃，选择才可能成功。这其中最关键的，就是要认清事物的主要矛盾，抓住对自己更有价值的东西。

40. 修士的心愿

他是一位虔诚的修士，多年来一直躲在深山里面潜心修炼，只盼望能够早日修成正果，进入美好的天国。

某天，一位拾柴的少女不经意间从修士所住的山洞旁经过，一下子被他飘飘欲仙的风度、肃穆庄严的面容吸引了。于是，她轻轻地在修士身边坐了下来，打算跟他聊会儿天。可是修士却双眼紧闭，理都不理她。无奈之下，少女只好把为他采来的山果放下，叹口气走了。

第二天，少女拾完柴后又来到了修士身边，把从不远处小溪里盛来的甘甜泉水带给了他。

是和昨天一样，修士依然心无旁骛地闭目端坐。

第三天、第四天……一个月过去了，少女始终未能得到他的明眸一瞥。不甘之下，少女决定坚持下去，可是半年、一年过去了，修士的心肠始终如钢铁一般冰冷。他日复一日的淡漠终于让热情的少女绝望了，在痛痛快快地哭过一场之后，少女在心里向修士道了永别。

多少年之后，功德圆满的修士如愿以偿进入了天国。众神感叹于他多年的独自苦修，决定满足他提出的一个心愿。谁知当被问及最想要什么时，修士居然不假思索地回答道：我最想要那个拾柴的少女。

大道理

"宁向直中取，不向曲中求"，但不知有多少人，都是在经历了漫长的苦寻之后才发现，自己想要的原来早就可以拥有。既然如此，我们就应该在前行中时不时驻足思考一下，以免既浪费光阴又错过良机。

第八章
品性与责任

1. 英雄的胸怀

阿姆斯特朗，任何一个地球人都会知道这个名字。就是他，在1969年7月驾驶"阿波罗11号"着陆月球，成为第一个在月球上留下脚印的地球人。

可以说，阿姆斯特朗毫无疑问配得起"英雄"这两个字。可是你不知道，这个称号可是由另一个人的"英雄胸怀"造就的，他的名字叫奥尔德林。显然，这个名字远远不如阿姆斯特朗那样响亮和振聋发聩，原因就在于他把出舱和踩上月球的首次权让给了阿姆斯特朗。没错，当年和阿姆斯特朗一起到达月球的人，就是他。

在庆祝登陆月球成功的记者招待会上，某记者问了奥尔德林一个极其尖锐的问题："你让阿姆斯特朗先下去，成为永垂千古的登月第一人，你会不会觉得有点遗憾？"

这个问题的确太尖锐了，全场所有人的目光立刻都集中在了奥尔德林身上，没想到他却非常有风度地说了一句话："各位，你们可别忘了，回到地球时，我可是比阿姆斯特朗先出的太空舱，所以，我是由别的星球来到地球的第一人。"

这句话赢得了在场所有人的热烈掌声，也许在那一刻，大家都总结出了一个道理：英雄是由英雄的胸怀造就的。

> **大道理**
>
> 鲜花和掌声永远不可能平均分配给成功团队里的每一个人，但是如果大家因此便把心思集中在出风头上的话，这个团队也就难以再有成功的希望。

2. 脱鞋脱出的成功

在世界航空史上，加加林是一个标志性的名字，他不仅是苏联也是全人类第一位进入太空的宇航员。1961年，他乘坐重达4.75吨重的"东方1号"宇宙飞船在太空中遨游了108分钟，那时，他年仅27岁。

为什么加加林能够如此幸运呢？要知道，在挑选这个"第一位"时，和他实力不相上下的竞争者多达几十名。原来，一切都源于"脱鞋"这个小小的习惯性动作。

经过长时间的考验，二十余名异常优秀的选手被筛选出来，而最终能够飞上太空的只有一人，到底选谁呢？飞船的主设计师罗廖夫有些头疼了。没想到，在升空之前的一个星期，这个问题竟然被轻而易举地解决了。它源于罗廖夫的一个小小发现：在进入飞船之前，二十余名选手中，只有加加林一人会脱掉鞋子，只穿袜子进入座舱。这个细微的举动一下子感动了罗廖夫，让他觉得这个 27 岁的青年不仅懂规矩，而且极为珍爱他为之倾注半生心血的航空飞船。于是，他决定让加加林完成人类首次太空飞行的神圣使命。就这样，一个不经意的细节让加加林出色的修养和素质体现了出来，最终成为遨游太空的第一人。

大道理

　　成功往往源于细节，源于不经意的习惯。要想成功，先从培养好习惯开始，须知一个人的品质、修养与敬业精神往往体现在小事当中。

3．三条忠告

　　某猎人在森林里打猎时，捕到了一只漂亮的小鸟。小鸟央求猎人放了它："如果你能放了我，我就告诉你三条价值非凡的忠告。"

　　猎人答应了，于是小鸟开始说它的忠告："一，不要为你所做的事情后悔；二，不要相信你认为不可能的事情；三，爬不上去就别爬。"

　　猎人想想这三句话果然有理，便把小鸟放了。小鸟飞上枝头，对猎人说道："你知道吗？我之所以这么聪明，是因为我的嘴里含了一颗很大的珍珠。"

　　猎人一听，后悔不迭，立刻爬树去抓小鸟，但是因为树太高，他爬到半截就没力气了，所以掉下来摔断了腿。

　　小鸟叹口气说："唉，我感谢你放了我，本想帮你一把，怎么你就执迷不悟呢！你看：你爬树来抓我，证明你为你自己所做的事后悔了；你也相信了我说的事，虽然像我这么小的鸟嘴里不可能含颗大珍珠；你明明知道这么高的树你爬不上来，却还是执意要爬。因为这三条忠告你全违反了，所以你只能受到惩罚——摔断了腿。

　　"其实，我只是想试验一下，以便确定你的聪明程度，把真正的忠告告诉你。但依现在的情况看来，已经完全没有这个必要了。"

　　说完，小鸟就拍拍翅膀飞走了。

大道理

　　贪婪能使人变傻，也能使人失去更多。人的大脑是智慧之源，力量无穷，但一旦被贪婪的蛀虫咬住，就会变得愚蠢，什么傻事都可能干得出来。

4．弃恶从善

　　两个臭名昭著的恶人死后都入了地狱，受尽折磨之后，他们终于大彻大悟了。于是他们开始忏悔，开始对自己以往的种种恶行表示痛悔，发誓说如有来世，一定会改过自新，做个好人。

　　他们的诚心终于感动了上帝，上帝从天堂往地狱里垂了两根细细的蜘蛛丝。两个弃恶从善的人大喜过望，赶紧奔过去抓住蜘蛛丝往上爬。地狱里其他的恶鬼见状，也纷纷跑过来抢着蜘蛛丝，一个接一个，恨不得马上离开这个地方。这样一来，本来不粗的蜘蛛丝就岌岌可危了。

左边的那个人想：我既然已经改过向善了，就应该和善地对待他们，让他们和我一起上去吧。所以他就小心翼翼地接着爬。

右边的那个人想：我现在是好鬼了，当然应该进天堂，如果这些恶鬼们也随我而去，天堂里一定会大乱。所以他果断地掐断了自己双手以下的蜘蛛丝，让那些恶鬼掉了下去。

最后的结果是，左边那个人的蜘蛛丝被坠断了，他又重新回到了地狱里，而右边这个人爬上了天堂。

"我这么善良，连恶鬼都不忍心伤害，你怎么能让我又重新回到地狱呢？"左边那个人委屈地问上帝。

"对恶人行善，就是对好人作恶。"上帝回答道。

大道理

对恶人行善，就是对好人作恶。宽容、善良等行为都是针对好人的，如果对方的本质是狼，你的宽容便等于纵容，只会给更多的好人带来危害。

5．第一堂课

1928 年，经徐志摩介绍，上海中国公学校长胡适聘用了沈从文做讲师，主讲大学部一年级的现代文学选修课。

由于当时沈从文已经在文坛上崭露头角，并且在社会上也已小有名气，因此未等到上课时间，教室里已经挤满了学生。上课时间到了，沈从文走进教室，一看见下面黑压压一片人头，站在讲台上的他立刻一惊，脑子"嗡"地一下成了空白，连准备了无数遍的第一句话都堵在嗓子里说不出来了。

他呆呆地站在那里，面色尴尬至极，双手拧来拧去却无处可放，因为课前他成竹在胸，连教案和教材都没带！长达十分钟，整个教室里鸦雀无声，所有学生都好奇地等着这位新来的老师开口。慢慢平静下来的沈从文使劲呼吸了一口气，原先准备好的东西开始在脑子里聚拢，然后他开始讲了。不过由于依然很紧张，原本预计 1 小时的授课内容，竟然被他不到 15 分钟就讲完了。

接下来怎么办？他再次陷入了窘境之中。无奈之下，他只好拿起粉笔在黑板上写道：今天是我第一次上课，见你们人多，我害怕了。

顿时，全教室爆发出了一阵善意的笑声，并有同学带头给了这位新老师好长一阵鼓励的掌声。得知这件事之后，胡适校长对沈从文大加赞赏，认为他非常地成功！

后来，沈从文找到了失败的所在，终于在讲课时达到了挥洒自如的地步。

大道理

坦言失败是成功的开始。如果在失败面前怨天尤人，或者对自己的错误遮遮掩掩、不敢正视，那我们就只能永远深陷在失败的泥潭。

6. 爬着上班的小学校长

1998 年 11 月 9 日，美国犹他州土尔市出现了令人震惊的一幕——某小学校长、42 岁的路克在雪地上艰难地爬行着，3 个小时之后他终于到达了自己所任职的学校，据计算，他爬过的总长度为 1.6 千米。

这位身体健康的校长何以做出如此令人费解的举动？原来，他是在兑现自己的诺言——在那个学期初，看到学校师生们的懒散之态，校长路克决心激励起他们读书的热情，于是他公开打赌道：如果你们在 11 月 9 号期中考试之前能读完 15 万页书的话，我将在 9 号那天爬着上班，绝不反悔！

这个赌注使得全校师生们都大为好奇起来，于是他们猛劲地读书，连幼稚园的孩子们都加入了这一活动，目的就是为了看看校长是不是真的说话算话。

11 月 8 日晚，统计数字显示师生的读书数量已经远远超过了 15 万页，该由校长兑现诺言了！于是，第二天早晨，土尔市便出现了本文开头的那一幕。

当时，就像是有约定似的，全小学所有的师生都出动了，他们排着整齐的队伍，夹道守护着自己亲爱的校长，甚至趴下去和他一起向前爬。在磨破了 5 副手套之后，路克才最终到达了学校。他后面，泪流满面的师生早已掌声雷动……

大道理

在所有可耻的行径中，说话不算数是最让人痛恨的。相反，再苦再难也要兑现自己对他人的承诺，则是最令人感动和尊敬的。

7. 勘弥的鞋带

勘弥是日本著名的歌舞伎大师，他不但以演技出色闻名于众，还以善于教育门生为人所称道。

有一次，勘弥准备在一场新排的歌舞中扮演古代一位徒步旅行的老百姓。临近上场时，一位门生小声地提醒他："师父，您的草鞋带子松了。"

勘弥回答了一声："谢谢你啊。"然后就立刻蹲下身去把草鞋带子系紧了。但是当他走到门生看不到的舞台入口处时，却又蹲下把刚才系紧的带子重新弄松了。

刚巧有位记者看到了这一幕，于是等他下台时便不解地向他询问道："你干吗把系紧的草鞋带又弄松了呢？"

勘弥笑笑回答："我扮演的老百姓在舞台上出现时，已经经过了长途旅行，如果鞋带系得好好的，怎么能表现出他的疲倦之态呢？"

听了这句话，记者大为感动，他不由地感叹道："你居然能把戏演到如此细腻的程度，怪不得你能成为大师。"想一想之后，记者又问："可是话又说回来了，既然鞋带松垮是必须的，为什么你的学生提出来时，你不但不指教他，还向他道谢呢？这不是有违你善教门生的英名吗？"

　　勘弥答道："教导学生演戏的技能，以后机会多的是，当时已经临近上场，我不愿意于匆匆忙忙中随意教他几句。但是对他的亲切关爱和好意，我却必须坦然接受并及时给予真诚的致谢。这两者比起来，在今天的场合中，后者显然更重要一些。"

大道理

　　学会接受他人的好意并适时给予回报，是做人必须具备的素质。另外，做人细腻入微，做事才可能近乎完美，这两者是相辅相成的。

8．谁更伟大

　　19 世纪末，为了竞选国会议员，曾在美国内战战场上亲如父子的将军陶克和卫兵约翰成了对手。由于陶克将军老到睿智且战功赫赫，几乎所有的人都把赌注押到了他身上。

　　竞选演讲开始了，陶克将军激情四射地回忆起自己在战场上的往事："诸位同胞，我相信任何人都忘不了 17 年前那个激战的夜晚，那是我们内战中最后一场也是最为艰苦激烈的战斗。当时的情境真可谓是危险重重、九死一生。但作为将军，我从来没有想过要退缩。因为我忘不了自己的誓言：为了我们的国家，为了正义和自由，我愿意付出所有，包括生命！血战了三天三夜之后，敌人终于撤退了，70 多个小时未曾合眼的我一放下心来，便立刻倒在树林的血泊中睡着了……"

　　不出所料，陶克将军的演讲赢得了在场所有人的热烈掌声，有些人甚至激动地流下了热泪。

　　接下来轮到约翰了，只见他不紧不慢地走上演讲台，以非常平静和朴实的语调说道："陶克将军说得很好，也很对，他的确在那次战斗中立下了汗马功劳，我一直为当时是他手下的士兵而感到万分荣耀。他所说的那件他在树林血泊中睡着的事情，我能够证明，因为作为他的卫士，我当时就守护在他的身旁。那是个寒冷至极的深夜，我握着枪在风中瑟瑟发抖，但是，我力求不让自己发出任何声响——将军为了国家累成这样，我怎么忍心再吵醒他呢？那一夜，我所想的已经不再是报效国家了，因为当时我能做的只剩下一件事：准备用我的胸膛为将军挡住随时可能射来的子弹。我想，我是一名士兵，我一定要保护将军的安全……"

　　出人意料又合乎情理地，约翰赢得了广大民众更为热烈的掌声，那些原本决定投票给陶克将军的人，纷纷把选票放进了约翰的投票箱里。

　　约翰赢了，以他亲切、忠诚的心灵。

大道理

　　一个人品性的高低，不在于他的自我标榜，而在于他为别人的付出，正如相比于站在高高峰顶的伟人，他脚下的梯子更伟大、更重要。

9．底线

　　鲍伯·胡佛是美国空军最著名的战斗机试飞员，他经验丰富、技术高超，深为战友们所敬佩。而大家之所以如此尊重他，并不仅仅因为他的技术，更多的是由于他的宽广心胸与高尚人品。

有一次，应上级命令参加完飞行表演后，胡佛驾着一架螺旋式飞机回洛杉矶。突然，飞机在半途中莫名其妙地发生了故障，两个引擎同时失灵。好在他临危不惧，果断沉着地采取了应对措施，才奇迹般地迫降在了最近的机场。

完全安全之后，大惑不解的他立刻和相关人员对飞机进行了检查。原来，造成事故的原因是用油不对，原本螺旋式的飞机居然被人粗心地加了喷气式飞机的用油。

听说这件事之后，负责加油的机械工吓得面如土色、痛哭不已，因为他知道，如果不是经验极其丰富的胡佛上阵，自己的这次粗心绝对会造成机毁人亡的严重后果。

哭过之后，这位年轻人跌坐在台阶上，呆呆地等着胡佛回来，他想，对方一定会非常愤怒地处置他。

谁知事情完全出乎他的意料，胡佛非但没有对他大发雷霆，还上前抱住他并柔声安慰起来："没事了没事了，你看，我这不是好好地回来了吗？为了证明你还是不错的，我想从明天开始，让你帮我干飞机维修的工作。"

听闻此话，满脸惊诧与感动的机械工连忙拼命地点起头来。

此后，这位机械工一直跟着胡佛，负责他的飞机维修工作。必须说明的是，那许多年中，胡佛的飞机维修从来没有出现过任何差错。

大道理

> 守住自己的底线，留住别人的面子，往往比严苛厉责更利于问题的解决。另外，一味贬低别人并不能显示自身的伟大，而宽容犯错的人，反倒能表现出高尚的人格。

10. 谁也不喜欢

她绝对是大陆红得发紫的超级明星，走在大街上可谓妇孺皆知，喜欢看电影的人更是对她主演的各部影片如数家珍。因此，无论什么时候，她出门都必须带保镖，否则她一定会被那些突如其来的影迷给困死。

也许在她的观念里，其他人对她只能有"崇拜"和"喜欢"两种情感吧，所以当这位出租车司机看了她一眼就一言不发地冷静开车时，她不但震惊而且感觉有点无法忍受。这么多年来，她还是第一次回老家，为了表示"照顾"老乡，她也是第一次不带保镖出门。没想到，关上自己的宝马车门，屈尊于一辆廉价的出租车时，竟然受到了这种待遇！

"喂，你不知道我是谁吗？"明星趾高气扬地问道。

"知道，你不就是那个演电影的×××嘛！"司机漫不经心地答道，继续开他的车。

"你看过我的电影吗？"明星好像在责问。

"不记得了，好像没看过吧。我不喜欢看电影，也没时间去看，平常开车只能听广播，大晚上回家累得只想睡觉。"司机依然是那么漫不经心。

"哦，那就你知道的影星中，你喜欢谁呢？"明星依然不甘心。

"谁也不喜欢。"司机简短地回答。

明星听呆了。

你之所以高大，是因为有人跪在你的脚下。如果你因为这些人的屈膝而自视高大，另外某些人便会显示出他的高大。

11．隔绝欲望

战国时期的楚庄王，是一位德行高尚，善于克制自己欲望的人。

有一次，令尹子佩前来邀请楚庄王赴宴，楚庄王立刻爽快地答应了。可是当子佩在京台将宴会准备就绪时，却就是等不来楚庄王。无奈之下，子佩只好再次去拜见楚庄王，询问不来赴宴的原因。只听楚庄王说："我听说你是在京台摆的盛宴，京台这地方不比其他，站在那里，向南可以看到料山，脚下正对着方皇之水，左边是长江，右边是淮河。在那种好地方饮酒享乐，人会快活得忘记了必有一死的痛苦。像我这种德性浅薄之人，是难以承受如此的快乐的，因为我怕自己会沉迷于此，流连忘返，耽误了治理国家的大事。正因如此，我才改变了初衷，决定不再去赴宴的。"

听闻此言，令尹子佩顿时对楚庄王生出敬意。

楚庄王不去京台赴宴，是为了克制自己享乐的欲望。也正是由于他能够注意与欲望对象保持一定的距离，所以登基之后，他才能"三年不鸣，一鸣惊人；三年不飞，一飞冲天"，成为一个治国有方的明君。

如果尚未得到满足，与欲望对象接近只会让人的欲望更加强烈。而与之隔绝，才能将自己的欲望控制在一定"度"之内。

12．三个金人

有个人来到某个大国，向国王进贡了三个一模一样的金人。金人系纯金铸造，通体金光闪闪。皇帝高兴坏了，连连问这个人想要什么赏赐。

这个人摇摇头说我什么都不要，只想让贵国回答我一个问题，那就是这三个金人哪一个最有价值。皇帝想了许久也不得其解，便命珠宝匠来帮忙。珠宝匠对金人从做工到重量等多方面都进行了细细地检查，得出的结论却是"三个金人一模一样，并没有价值大小之分"。

皇帝这下可愁坏了，自己这么个泱泱大国，总不能被这么一个小小的问题难倒吧？那可实在是太丢人了。于是他下令召集国中的智慧人士前来解答。布告发出不久，一位老人应召前来，只见他胸有成竹地拿出一根稻草，各从三个金人的耳朵里穿了一遍，然后指着第三个金人道："陛下，最有价值的是这个金人。"

皇帝大喜道："你是根据什么判断的？"

老人拱手回答道："不知陛下刚才看清楚没有，当我把稻草穿进金人耳朵时，第一个金人让它从嘴里掉了出来，第二个金人让它从另一只耳朵里掉了出来，只有第三个金人，让它直妄掉进了肚子里。无论为人处世还是治理国家，这第三种人，不正是大家都需要的最有价值的人吗？"

皇帝心有所悟，立刻拍案叫绝，一旁的进贡者也微微额首，表示正确。

大道理

慎言是一种美德，上帝给我们两只耳朵一张嘴巴，意思就是让我们多听少说。善于倾听却又能保守秘密，这不但是做人的准则，还是被人信任的重要法宝。

13. 救人与挑箱子

激烈的战斗正在继续，警觉的上尉抬头间，忽然发现一架敌机正向他们的阵地俯冲下来。按照训练规矩，发现敌机俯冲时要毫不犹豫地卧倒。可是上尉并没有立刻卧倒，因为他发现离他四五米远处有一个小战士还毫不知情地站在那儿呢。情况十分危急，顾不上多想的他一个飞身便鱼跃了过去，将小战士扑倒紧紧地压在身下。这时一声巨响在他们耳边炸开，飞溅起来的泥土如散弹一般纷纷落在了他们的身上。看到小战士毫发无损，上尉站起来，欣慰地拍着身上的尘土，但回头看时，他顿时惊呆了：刚才自己所处的那个位置竟然被炸成了好大一个坑！

说到这里，我想起了古时候的一个故事：兄弟两个各自带着一只行李箱出远门，一路上，重重的行李箱将兄弟俩压得喘不过气来。他们只好左手累了换右手，右手累了又换左手，两只手轮番倒换着拎。看着弟弟苦不堪言的样子，做哥哥的心里很不是滋味。忽然，他像想起了什么似的停住了脚步，放下箱子迅速跑到路边农家买了一根扁担，告诉弟弟："哥哥来帮你担。"说着，他就将两个行李箱一前一后地挂在了扁担两头，挑起来便往前走。嗯？他发现现在竟然比刚才轻松了很多，虽然肩上担着的是两个箱子。

把这两个故事联系在一起固然有些牵强，但它们确实有着惊人的相似之处：如果说故事中的小战士和弟弟是幸运的，那么那位上尉和哥哥则更加幸运，因为他们在帮助别人的同时也帮助了自己！

大道理

"送人玫瑰，手有余香"，以助人为乐的人，早晚能获得相应的回报。有时，这种回报会奇妙到当场应验：在为别人搬开绊脚石的同时，也为自己铺好了路。

14. 赫耳墨斯与雕刻家

看到人们总把自己的像供在家中，做生意的人对自己更是毕恭毕敬，神的使者、招财之神赫耳墨斯很是骄傲自得，认为人类对自己的尊敬远远超过了众神之王宙斯和天后赫拉。

偶然一天，他有事下凡到人间，从一家雕像店门前走过时，他看到了自己的雕像正和众神们摆在一起出售，为了证实人类对自己区别于其他众神的特殊尊重，他便化作一个凡人走了进去。

"这个要卖多少钱？"赫耳墨斯指着宙斯的雕像问。

"一块银圆。"雕刻家抬头看了一下他的所指回答道。

赫耳墨斯险些当场笑出声来——宙斯可是众神之王啊，原来在人类眼中，他只值一块钱而已！

"那这个呢？"他又指着赫拉的头像问。

"比刚才那个贵一点。"雕刻家回答。

这倒是有点出乎意料，赫耳墨斯想，哦，也许是出于对女性的尊重吧。

"那这个呢？这个您卖多少钱？"赫耳墨斯最后指着自己的头像问道。

"如果你买了那两个，我就把这个做零头，白送给你吧。"雕刻家回答道。

　　骄傲，就是在高估自己。一个人，相当于一个分数，其真实价值是分子，自我评价是分母。愈是自以为是，分母就会越大，整个分数的值也就会越低。

15．我是鞋匠的儿子

　　林肯出身于一个鞋匠家庭，在当时极其看重门第的社会里，他的奋斗之路极为艰辛，甚至在竞选总统的时刻，都有人以此来羞辱他："在你开始演讲之前，你首先要记住你是鞋匠的儿子。"

　　没想到林肯却真诚地道谢道："非常感谢您使我想起我尊敬的父亲，没错，我的父亲是一位鞋匠，而且是位伟大的鞋匠。我知道，无论怎么样，我做总统都无法像他做鞋匠做得那么好，但是因为从小受到他的影响，我对鞋的式样也颇有研究，所以，如果您脚上穿的鞋是我父亲做的，而您感觉不舒服，我完全可以给你修改。我知道我的手艺比不上我的父亲，但是我的心一定会像我父亲那样诚实善良，不仅仅对你们，当上总统以后，我会对全美国的人民兑现这一点。"说完，沉浸在回忆里的林肯便流下了眼泪。

　　这席话让所有的嘲笑都变成了真诚的掌声，连那位试图羞辱他的议员，也情不自禁地鼓起了掌。

　　出身卑微的林肯到最后之所以能够坐上总统的位子，唯一可以仰仗的恐怕就是他这种出类拔萃的变不利为有利的才华了。

　　出身并不能决定我们的一生，即使出身卑微，只要自己不小看自己，就没有谁敢看轻我们。尊重自己的出身，尊重自己平凡的父母，这本身就是值得他人尊重的一种优良品性。

16．兽国审判

　　一只羊因为得罪了黄鼠狼，被其以"偷吃了两只鸡"为由告上了兽国法庭。黄鼠狼还把两只鸡的残骸带到了法庭上当作证据。

审判中，精明能干的狐狸法官问羊是否认罪，羊说自己无罪，于是狐狸法官请他举证。

羊从容地说道："第一，黄鼠狼说我是在××日××时偷吃的两只鸡，可这是不可能的，因为那天恰逢我生病，早晨服过医生的药后我从早到晚一直在昏睡。这一点医生可以作证，前去探望我的朋友们也可以作证；第二，我是素食主义者，从来都是只吃植物不吃肉食的。这一点所有熟悉我的动物们都可以作证。"

羊自我申辩结束以后，狐狸法官同陪审的两只狐狸合议了一番，然后宣判道："我们认为，羊申辩的理由不足为据，理由如下：一，隐瞒罪证向来是罪大恶极者们惯用的伎俩，羊想必也是其中之一；二，鸡肉鲜美可口，况且其本身又笨拙易捕，羊经不起美味的诱惑，难以避免一时冲动之举；三，羊与鸡同居一家，互为近邻，且羊大而鸡小，这为羊的犯罪提供了有利条件。综上所述，我们以自己的良心判断，羊一定是杀害那两只鸡的罪魁祸首……"

就这样，羊被判处了死刑并立即执行，羊肉被法院没收，羊皮被拿到市场上出售。而那两只鸡的残骸，则被"英明"的法官断给了黄鼠狼。

大道理

如果说无视法律的犯罪行为是对水流的污染，那么毁灭法律的不公平审判便是对水源的污染。两者相比，后者当然更加罪不可赦。

17.　狐狸的下场

狼和狐狸是好朋友，经常在一起捕食。一天，两位好朋友又一起外出打猎，很不巧，它们遇上了饥饿的老虎。

怎么办？狡猾的狐狸眼珠一转，想出了一个馊主意。它回头对狼说："狼大哥，我原来跟它打过几次交道，还算有点交情，让我去求一下情吧，也许它能放过我们。"

狐狸满脸堆笑地走到老虎面前，压低声音道："老虎先生，如果我和狼两个联合起来对付你，很可能你不但吃不了我们，还会落个两败俱伤。所以，我看不如这样，咱们两个联合起来，我负责把狼引入一个陷阱里头，然后你吃掉狼，放掉我，怎么样？"

老虎想了想，点点头道："好，那你去引狼吧，如果你敢耍花招，我就会立刻把你给吃掉。"

就这样，在狐狸的引诱下，狼被困到了一个陷阱里面。但是这时候，藏在旁边的老虎却突然窜出来把狐狸给抓住了。

狐狸大惊："大王，我们不是说好了吗？再说，我对您可是忠心耿耿啊……"

老虎淡淡地答道："在遇到我之前，你对狼不也是忠心耿耿吗？现在，狼已经不可能跑掉了，我倒不如先把你这个将来的背叛者给吃掉。"

大道理

朋友是自己的患难伙伴，而非获利砝码，出卖朋友的人向来不会有什么好下场。另外，倘若一个人背叛过原来的朋友，那么他完全可能背叛后来的朋友，所以不可相信这种人的"忠心"。

18. 老虎与樵夫

某个夏日午后，樵夫正在深山里打柴，一只老虎忽然跑到了他身边。顿时，樵夫吓得瘫坐在了地上。不想老虎并未扑上来吃他，而是非常温顺地来到他面前，用头轻轻地碰触着他的肩膀和胳膊，然后冲他张开了嘴。樵夫疑惑不解地转过身来，大着胆子朝虎口中看去，哦，原来这老虎是因为刚吃掉一个妇女，被妇女头上的簪子卡住了喉咙。于是，樵夫开始小心翼翼地帮老虎取那只簪子。事情办完之后，老虎激动得热泪盈眶，它鞠着躬对樵夫说："樵夫大哥，您救了我的命，我以百兽之王的身份向您担保，我一定会好好地报答您。"接着，它便要求与樵夫结拜为兄弟。樵夫想了想，答应了老虎。就这样，人与虎成了好朋友。

从那以后，每隔两三天，老虎都会到樵夫家里走一趟，把自己猎到的羊、鹿、兔子等送给樵夫。樵夫的母亲看到之后非常担心，她劝说儿子不要与老虎为友，以防遭遇不测。而樵夫却拍拍胸脯说："母亲大人，您就放心吧，您看老虎兄弟待我们多好啊，肯定没事的。再说了，我是它的救命恩人，它总不至于伤害我吧。"

不知不觉中，夏天过去了，秋天也过去了，寒冷的冬天来临了。由于气候原因，老虎猎食越来越困难了，所以它来樵夫家的次数渐渐减少，带来的东西也越来越少了。

某天早晨，樵夫一觉醒来，发现外面厚厚地铺了一层雪。顿时，他叹起气来，作为樵夫，自己最怕的就是下雨下雪了——这么大的雪，到哪里去打柴呢？而不打柴的话，自己和老母亲吃什么呢？看来只能靠老虎兄弟送点食物来了。樵夫心想。

三天后，当樵夫和母亲饿得头晕眼花时，他的老虎兄弟果然上门了。可是还没等他反应过来，饥饿已久的老虎便扑上来把他们母子都吃掉了。

大道理

不要相信恶人的善语，须知"江山易改，禀性难移"，人的性情绝非一朝一夕就能改变的。另外，择友时一定要慎重，谨防引狼入室，因为作为朋友的小人，往往比作为敌人的小人更会让你避之不及。

19. 好斗的蛇

这条蛇在沙漠里生活有几年了，由于今年异常干旱，它决定搬离这里，到人家的墙缝里去。它想：在这儿生活不但要辛苦地寻找食物，还要忍受恶劣的自然环境。在人家的墙缝里生活呢，既不用为严冬酷暑担心，还有自己最喜欢吃的老鼠，简直就是天堂啊！虽然自由程度相对来说差了点。

这样想着，蛇便迅速爬离沙漠，爬向了最近的农家。它从大门里悄悄溜进，顺着墙根往前爬着。忽然，它在拐弯处碰见了另一条蛇，那条蛇很长，全身呈黄白色，只是头部有一段与身上不同的黑亮颜色。

"啊呀？"沙漠蛇大失所望地自言自语道，"难道这一家早就被它占领了不成？不行，我得问问它。"

"嗨。"它向那条黄白蛇打招呼道。

不想黄白蛇好像冬眠了似的，不但不理它，连动都不曾动一下。

沙漠蛇一下子火了，它想自己在沙漠里横行霸道，如同王子一般，现在屈尊降贵地跟别人打招呼，对方竟然敢不理它！"不行！"它在心里盘算道，"我得教训教训这个高傲的家伙！"

于是，沙漠蛇倏地半站了起来，挺着它那镰刀样的脖子开始向黄白蛇示威，不想黄白蛇依然不肯理它。

这下，沙漠蛇更生气了，它看准对方的脑袋一口咬了下去，不料"咔嗒"一声，自己的一颗门牙竟然被对方硌断了。沙漠蛇顿时倒吸了一口凉气："天哪，它的脑袋竟然这么硬！不行，看来我得加紧进攻，否则它恼怒起来我可占不了上风。"所以接下来，沙漠蛇更用力地一口接一口咬了下去，没想到任凭它怎么发威，对方都无动于衷。半个小时之后，沙漠蛇满口尖利的牙齿都已经废掉了，可黄白蛇依旧安然无恙地躺着。

不久后，这家主人把已经饿死的沙漠蛇扔了出去，然后又把它旁边的井绳捡起来挂在了墙上。

大道理

　　争强好斗的人，总会无中生有为自己树立一些敌人，结果往往不能如愿，甚至反令自己遭殃。努力与人为善，才可能既保存实力又稳操胜券。

20.　老天知道

几个月来，这位妇女一直腹痛，经过诊断，原来是她的子宫里长了一个肿瘤，于是医生安排她住院切除。

但是一直到她躺在手术台上，肚子被划开时，医生才发现：那根本不是肿瘤，而是一个胎儿！

一瞬间，这位医生陷入了巨大的矛盾：怎么办？如果不声不响，把胎儿当肿瘤拿掉，病人和家属一定会感激不尽；但是如果承认自己的过失，即使保住胎儿，自己也必将名誉扫地。

他面对着这个小生命犹豫了几秒钟，最终还是很坚定地说道："非常非常抱歉，我不得不告诉您，是我看错了，您的肚子里并不是肿瘤，而是一个可爱的小宝宝。"病人和家属先是一愣，继而异常愤怒了，他们不但当场把医生打了一顿，还几乎把他告得破了产。

听说这件事后，一位老朋友很奇怪地问这位医生：你何必呢？当初把胎儿当肿瘤拿掉不就得了嘛，有谁会知道呢？

"老天知道。"这位医生微笑着说。

这句话在当地迅速传开，令人惊讶的情况出现了：人们因此坚信这是一位极其负责任的好医生，所以找他看病的人日益增多，他不但收入大大提高，声名也鹊起了。

大道理

　　良心的安宁比什么都重要。承认错误只会受到一时的惩罚，掩饰错误却会受到一世的惩罚，因为违背良心做事，即便不受到外界人与事的制裁，也会难逃良心的审视。

21. 救人英雄

在海边游玩时，这位青年听见了远处溺水者的呼救声，没有任何犹豫，他立即跳进海里游向了那个人。大概 20 分钟之后，筋疲力尽的他方才拖着已经昏迷不醒的溺水者上了岸。

听说这件事以后，一些记者纷纷前来采访这位舍己救人的英雄，请他谈谈当时以及现在的感想，预备宣传一下他的英勇事迹。像这种采访以及报道，我们想当然地知道其模式：无非是落水者千恩万谢；救人者高风亮节，表明自己不为名、不为利，只是想救人性命的立场；然后就是媒体的大力呼吁，希望全民都向故事中的英雄学习，发扬舍己为人的高尚精神。

但是你知道这位英雄是怎么说的吗？面对着镜头，他的脸色很难看，只见他一边使劲儿摇着手，一边叽里咕噜地嘟囔着：不要叫我英雄，我根本不是什么英雄，因为我非常非常后悔自己做了这件事。想起来真是后怕，海水那么深、那么冷，而且冲击力那么大，我怎么就会头脑一热跳下去了呢？拉住那个人的一瞬，我快后悔死了，你们不知道他有多重，简直拖得我无法向前游动，有一刻我甚至认为自己必死无疑了。说实话，我可不愿意就这么死去！这件事算是过去了，以后至少 10 年里，我都不会再干这种傻事！……

各位记者一听，顿时面面相觑、尴尬无比。可是迫于肩上的任务，他们又不得不发出这段采访。谁知报道一出，人们不但没有什么反面言论，反倒纷纷赞叹起这位自称"不是英雄"的青年来。

一位叫作金井肇的大学教授这样评价说：因为对生命的崇敬，这个人毅然去救助生命；同样因为对生命的崇敬，这个人又毅然决定不再去救助生命。这是一个真实的人，一个让人震撼的、敢于说真话的人。确实，任何一种道德体系都不可能是空中楼阁，我们的心灵总是有缺口的，敢于正视这种缺口，就是值得称赞的。

大道理

每个人的心里都有阴暗或丑陋的地方，最难得的就是真实。敢于将自己心灵的本来面目展示于人，本身就是一种值得佩服的勇气。

22. "雅量"事件

一天，林肯总统出席某会议，有反对派当面讽刺他是个两面派。林肯指着自己那张平凡之至，甚至有些难看的脸说："如果我真有'两面'的话，你觉得我会戴着这张脸出来吗？"

英国首相丘吉尔在出席一次质询会议时，有位嚣张的女议员指着他破口大骂道："如果我是你太太，我一定会在你的咖啡里下毒！"丘吉尔淡淡地看了她一眼，不慌不忙地回答道："如果我是你丈夫，我一定将此咖啡一饮而尽。"

大文豪萧伯纳在演讲时，听众中有一位文学批评家揶揄他简直就是一头驴子，谁知他却立即致谢，感谢对方如此赞美自己。"众所周知，驴子有谦逊、质朴、勤勉和知足的特性，对粗食与轻视都能泰然处之，没有任何一个人会因为被赞美有这样的特质而动怒。"他说。

央视名嘴崔永元在一次节目中问一位漂亮的女士："你心目中的白马王子是什么样的？"

不想女士紧张之下竟然脱口而出："反正不是你这样的。"崔永元看了她一眼，点着头说道："那我就放心了。"

大道理

　　如果别人的指责是正确的，那就正是我们进步的良机，我们应该给予感谢；如果别人的指责是错误的，那它改变不了我们一丝一毫，我们应该不予理睬。

23．门框太低了

　　有"美国人之父"尊称的美国著名科学家富兰克林，年轻时是一位恃才放旷、非常心高气傲的青年。无论做什么，他都不愿意服输，总爱争强好胜。

　　当时非常著名的一位老前辈听说此事之后，便盛情邀请富兰克林到他家里做客。虽然富兰克林比较忙，但想到对方一直对自己帮助很大，他还是收拾一番赶去了。

　　进门时，由于那位老前辈的门比较低，而富兰克林又向来喜欢昂首挺胸地走路，所以他的头重重地磕在了门框上。这一下子，富兰克林可真疼坏了，他怒气冲冲地看了一眼门框，捂着头进了屋。

　　看到他这个样子，老前辈故作惊讶地问道："亲爱的，你这是怎么了？"

　　富兰克林委屈地回答道："老师，您家的门框太低了，它撞了我的头。"

　　满以为会听到几句安慰之词的富兰克林万万没想到老前辈竟然说了这样的几句话："我今天之所以叫你来，就是为了让你撞这一下子。你要知道，并不是我家的门框太低了，而是你太喜欢抬头走路了。做人，可不能这样，要想平安无事地活一生，就得在该低头时低头啊！"

　　富兰克林顿时满脸通红。

大道理

　　低头，并非全都代表认输。当无力扭转周围环境中的某些东西，迎头而上又必然会伤到自己时，暂时委屈一下以便保存实力，未必不是一种生存的艺术。

24．国王与大臣

　　一位不忠的大臣想篡夺王位，于是他便用了"阿谀奉承"法，企图通过无限的赞美让国王变成昏庸之君，然后趁机取而代之。

　　一天，国王带领众大臣在风景如画的湖泊里游玩，正当欣赏湖畔景色之时，这位大臣开口了："伟大的陛下，您看这万里江山是多么壮观啊，湖面一碧万顷，高山逶迤连绵。此等美景都是属于您的，都听从您的调遣，可见您是天下最有智慧、最崇高无比的大王。一想到这一点，身为您的臣子的我就感到不胜荣幸……"

　　国王打断了他天花乱坠的奉承，伸手一指前面的小山道："这座小山，你赶快给我移到那边去，我的船要从这里过，不要挡了本王的路。"

　　可是无论国王怎么下令，那座小山就是不动，于是国王问那位大臣道："你刚才不是说这里的一切都听从我的调遣吗？怎么连这座小小的山都敢反抗我的命令呢？"

大臣顿时哑口无言。

国王接着又说道："只有愚蠢的人才会想出这种愚蠢的方法企图让别人变得愚蠢，而这一点，又正好反过来证明了他的愚蠢！"

听了这句话，这位大臣立刻吓得面如土色，从此再也不敢兴篡位之心了。

大道理

真正伟大的人从来不会自视伟大，而正因为时刻保持理智和清醒，才成就了他们的成功，保证了他们能长期立于不败之地。

25. 谁是勇敢者

某公司想招聘一名销售经理，三轮面试过后，上百位应聘者只剩下了三位年轻人。这三个人的学历、资历都不相上下，总经理一时难以抉择，便上报老板请求他裁决。为了选拔出最合适的人才，老板决定再加一轮"决试"，并由他亲自主持面试，面试题目很简单，但很怪：请证明你的勇敢。

第一位面试者进来时，老板让他去隔壁一间屋子里拿一串钥匙。面试者走到房门前才发现那扇门是从里面锁着的。"房门是锁着的。"他对老板说。"我知道，为了证明你的勇敢，你用头把门撞开吧。"老板说。面试者听从了这个"建议"，真的用头把它撞开了。虽然头破血流，但他毕竟拿到了钥匙，于是老板对他点头微笑。

第二位面试者进来时，老板让他把一盆污水泼到坐在大厅角落的清洁工身上去。"这……"面试者面露难色。"为了证明你的勇敢，去吧！"老板鼓励道。于是面试者二话不说就把污水倒了清洁工一头。"那是一个蜡像。"老板一边颔首微笑一边向他解释道。

第三位面试者进来时，老板让他脱下鞋子，踩着满地的碎玻璃去打坐在房间里的一个老头。"这样不好！"面试者低低地说道。"为了证明你的勇敢，去吧！"老板又在重复这句话。"这样不对！"面试者声音提高了一点。"你不要管对不对，去做就是！"老板的口气不容置疑。"这样不行！"面试者几乎是在低吼了。"我是老板，我让你做什么你就得做什么！"老板以更大的声音吼道。

"哦，"面试者突然微笑起来了，"那就这样吧，再见！"说完，他就转身往外走去。

"等一等！"老板立即挽留道，然后迅速从桌子后面绕过来，握住了他的手，"你被录取了。"

大道理

是非不分、没有理性地绝对执行命令，不叫勇敢叫愚蠢。坚持真理、敢于同谬误和荒唐对抗，才是真正的勇敢。

26．我相信你

奔驰的列车上，一位孕妇突然痛苦地呻吟起来。几分钟后，鲜血便把她的裤子染红了，她要生产了！

女列车长火速赶来，用布帘为产妇挡了一个小小的"病房"。三分钟后，毛巾、热水、剪刀、钳子什么都到位了，但更让人焦急的情况却出现了：产妇难产，母子危在旦夕！

怎么办？情急之下，女列车长奔进广播间："各位乘客请注意，请妇产医务工作者或有妇产医护经验的乘客速到 × 号车厢 ××× 号座位，这里情况紧急，请您迅速伸出救援之手，谢谢。"不想连呼两遍之后，列车长发现整列车居然没有一位医护人员。

正当乘务人员不知所措时，一位年轻的女孩来到了现场。

"列车长同志，我曾经在 ×× 医院妇产科做过护士……"女孩微微低着头，用很轻的声音说道。

"那快快，救人要紧！"女列车长仿佛看见了救星，一把抓住了女孩的手。

"可是，可是……"女孩紧紧地咬了咬嘴唇，扭头看了看正在尖叫的产妇，她是想告诉列车长：自己虽然有过妇产护理经验，可是并非妇产医生，并且已经因为一次医疗事故而被开除。

列车长好像看出了女孩的心思，所以不等她说完便更紧地握了握女孩的手，坚定地说："我相信你！"

这句一字一顿的话立刻给了女孩无穷的勇气，女孩走进了"病房"。

五分钟后，女孩直起腰，轻轻地问列车长："是保大人还是保小孩？"

"我相信你！"列车长再一次以极为坚定的口气对女孩说出了这几个字。

……

一声响亮的啼哭引来了整节车厢乘客的掌声，其中更有很多位母亲，激动地流下了眼泪。

这个结果的确出人意料，一位根本不合格的护士居然单独完成了她有生以来最为成功的一次手术！要知道即便在条件良好的大医院里，这位产妇也难以百分百平安渡过刚才的难关。

想一想，是什么让一名经验不足的护士发挥出了优秀医生的水平呢？答案是责任感！有了责任感，每个人都会为不辱使命而努力，直至挖掘出惊人的潜能。感谢那位列车长，她用"我相信你"四个字给了女孩责任感。给了责任，也就给了信任和真诚；给了信任和真诚，也就成就了尊严与使命。

责任感能唤醒沉睡的潜力，催生不可思议的奇迹，因此，不要怀疑自己的能力，只需要对人对事抱以高度的责任感。

27．一坛清水

某部落的酋长正跟族人们坐着闲聊，只听酋长说道："现在日子好过了，大家都不像以前那样愁吃愁穿的了，谁知世风却日益下滑，自私自利、坑蒙拐骗的事情越来越多。你们看今年的庄稼都长得不错，到了收获季节啊，还不定得出多少小偷……"

酉长的话还没说完，便被一位中年男子打断了："我不这样认为，酉长，我觉得情况并不像你所说的那样严重。再说，自私是一种很正常的现象，谁不希望最大限度地获得个人利益呢？"

听到这里，酉长并没有表示反对，他只是微微一笑说道："等收获季节过了，我们全族开个丰收庆典。到那时，你就会知道你刚才的话是对还是错了。"

果然，秋收过后，酉长组织了一次隆重热闹的丰收庆典。庆典召开的前一天晚上，酉长通知每户家庭都捐出一坛好酒来，说是庆典上要集中倒在一只大桶里，供全族人痛饮。

第二天，清脆的鞭炮声过后，大伙都郑重其事地把自己带来的酒倒进了事先准备好的大桶里。尔后，酉长便按辈分和年龄开始分酒了。

"干！"酉长一声"令"下，大伙都捧起酒碗预备一饮而尽。不想刚喝了一口，人们便停下了，面面相觑之后，就是尴尬至极的沉默和羞愧——每个人喝到的都是清水！原因是人人都认为在那么多的酒中，自己的一坛清水一定不会被察觉。

"自私没错，可是它不一定带来个人利益啊！"酉长意味深长地说道。

大道理

自私可谓是人之天性，追求个人利益的最大化也并不算错，但是如果没有了节制与约束，最后损害的必然不只是别人。

28. 因为我爱他们

20 年前，几位社会学家来到一所贫民窟小学作调研。在了解清楚被调研的百余名孩子的成长背景和生活环境之后，他们对这些学生的未来发展作出了一致的评估：他们谁都不会有出头之日。

20 年后，尚在人世的几位社会学家之一又来到了当年那所小学，不料追踪结果真是让他大吃一惊：那些孩子们都已经长大成人，除了有七八名搬迁或英年早逝之外，剩下的 90 多名中有 80 余名都有相当好的工作，有的已经出国留学，有的已经成了大学老师，还有几位居然成了全国有名的律师、企业家。

异常震惊的社会学家百思不得其解，遂决定利用残年研究此事。谁知走访了当年所调查对象的其中几位之后，他竟然得到了同一个答案："因为我遇到了一位好老师。"

在好奇心的驱使下，社会学家找到了这位已经白发苍苍但精神矍铄的老师，问她到底用了什么办法让这些原本前途无"亮"的孩子们个个出人头地。

"其实也没什么，"老太太微笑着，眼中闪出慈祥的光芒，"只是因为我爱这些孩子，我尽自己的最大努力传授给了他们尽可能多的文化知识和做人的道理，事情也许就是这样吧。"

大道理

爱的力量是巨大的，它不但可以融化冷漠和绝望，还可以为身旁的人带来幸福和希望，使他们从宿命的诅咒中解脱出来，创造出种种奇迹。

29. 父亲

父亲戎马一生，没有过过几天好日子，连最该轻松快乐的童年都是在大萧条时期度过的，母亲也一样。所以，他们一直很注意让自己的孩子得到他们自己在童年时渴望得到却又无法得到的东西。

8岁那年，我忽然迷上了电唱机，并将在圣诞节那天得到一台电唱机当成了自己最大的梦想。当时，父亲的薪水非常微薄，并没有多余的钱帮我实现梦想。但出乎我意料的是，他居然真在圣诞节那天送了我这份礼物。后来我才知道，为了攒齐这笔钱，父亲找了份兼职做，并为自己的下属连续服务了一个月，而做兼职的时间，是每天午餐的一小时。

一年后，也就是我9岁那年，父亲因为心脏问题病倒了。做手术时，因为输血的血型配得不好，父亲体内发生了溶血现象。在最后的五天里，他意识到自己将不久于人世了，便打电话给我那才3岁的弟弟，对他说自己已经去世了，并且已经到了天堂。他说："上帝让我打电话给你，和你说再见。孩子，你不要害怕，也不要难过，因为我很好，我只是想让你知道我很想念你。"

然后，他从母亲怀里挣扎起来，给我写了一封信，因为当时我尚在学校，并且即将参加学校为优等生举办的颁奖午餐会。在信中，他告诉我说他一直为我在学校里的成绩感到骄傲，并且预言我一定能上麻省理工学院——后来我果真上了麻省理工学院。他还对我说，他相信无论做什么事情，只要尽力就肯定能成功。

母亲把这封信交给我，是在我参加完那次颁奖午餐会之后——这是父亲的意思，他怕影响我的心情。

在我的记忆里，父亲只因为一件事跟母亲真正争吵过。当时，父亲很想为我们已经抵押出去的住房买份保险，而母亲则认为没有必要，并且坚持说家里没有钱买这份保险。"这笔投资是省不得的，要是我有什么不测，你和孩子至少还能保住这屋子。"父亲说，但是直到最后，母亲也没同意这件事。

6个月后，父亲真的去世了，这让我们措手不及，而正当我和母亲担心被赶出家门时，保险公司的理赔员送来了一张支票，那笔钱正好够我们交所欠的房款。原来，父亲在去世之前一直偷偷地攒钱买这项保险——直到安静地躺在墓地时，他还在关怀和照料着我们。

以上这个故事，是金色环球和埃米金像奖得主——詹姆斯·伍兹在回答记者提问时讲述的，那个问题是："你最尊重的人是谁，为什么？"

大道理

一个男人，要想赢得真正的尊重，就必须承担起自己应该承担的责任，并且用一生的时间来证明自己是个负责的人。

30. 负担与责任

因为生活压力太大，这位青年整天唉声叹气。某天，他去山中寻找一位大哲人，希望对方能够给他一个解脱之法。

哲人听完他的诉说后，并未给他讲什么大道理，只是拿过一个篓子让他背在肩上，然后指着门前上山的路说："我在山顶等你。你背着这个篓子上去，每走一步就得从路边捡块石子，到山顶时，告诉我你的感受。"

说完，哲人就快步向山上走去，只剩下莫名其妙的青年在后面遵嘱而行。

一个小时后，青年背着一篓石子气喘吁吁地到达了山顶。不等他稍做休息，哲人便问道："给我说说你这一路上的感觉吧。"

"越来越沉，我越来越无法承受。"青年一边擦汗一边说道。

"这就是你的生活为什么越来越沉重的原因！"哲人大声说道。

"嗯？"青年更加迷惑不解了。

"每个人来到这个世界上的时候，都背着这样一个空篓子。就像上山似的，每走一步人生，我们都要从这个世界上捡一样甚至是几样东西放进去，所以就会有越走越累的感觉。"

"那有什么办法可以减轻吗？"青年问道。

"有。"哲人回答道，"但是这个问题得由你来回答，事业、爱情、父母、子女、朋友等等你愿意丢掉哪些呢？"

青年张口结舌，半天也回答不上来。

"所以，"哲人接着说道，"我们篓子里装的不是负担，而是责任，并且是我们自愿放进去再也不想拿出来的责任。我知道，你之所以不想拿出来，是因为它们都曾给你并将继续给你无尽的欢乐与幸福。享受的时候，你不觉得轻松，怎么背着前行的时候，你反倒觉得沉重了呢？"

青年面红耳赤，一句话也说不出来。半晌，他才半问半想地说道："关键是，我们这么努力地背着它们前行，有什么特殊意义吗？"

"当然有，"哲人再次回答他说，"你除了得到无价的幸福之外，还会有莫大的成就感。你看，随着你的不断向上，他们也都越来越高了。"

大道理

　　每个人都将背负一定的责任，且随着岁月的增加不断增多。如果把这些责任当成包袱，就会日觉其重；反之，把它们当成胜利品或快乐的源泉，你就会感觉幸福。

31. 生命的最后一分钟

在大连市，许多市民记住了这样一个名字："黄志全。"他并不是什么名震中外的大人物，而只是一名普通的司机。人们之所以能够记住他，是因为他在生命的最后一分钟里所做的事情。

某天，大连市公汽联营公司 702 路 422 号双层巴士司机黄志全在行车途中心脏病发作了，在生命结束前的一分钟，他做了如下三件事：

第一件事，他把车缓缓地开到路边，停下，然后用尽生命的最后力气拉下了手动刹车闸；

第二件事，他把车门打开，让乘客可以安全下车；

第三件事，他将发动机熄火，确保了车辆和乘客的安全。

做完这三件事以后，黄志全的头垂下了，他趴在方向盘上，永远地停止了呼吸。

这件事在当地传开之后，所有听到的人无不震惊，无不感动。

这名平凡而又伟大的司机，用他临终时的行为，为人们解释了什么叫作"尽职尽责"。在生命即将结束的时刻，他在意的不是自己正在忍受的痛苦，不是死神降临的恐惧，而是作为一名司机应该顾虑的满车乘客的安危。所以，他用惊人的毅力支撑着自己完成了最后的使命，然后才安然地闭上了眼睛。

大道理

即便身处平凡的岗位，从未想过要成为什么名人、英雄，我们也应该将敬业、负责的态度坚持到底，这不仅是最基本的职业道德，更是我们身为社会一员的基本责任。

32. 每个人都只犯了一点儿错

先进的"环大西洋"号轮船沉没了，几十名船员无一生还，在这片海况极好的海面上，发生这种事令人匪夷所思。一直到人们在残船的电台下面发现那张纸条时，才明白了其中真正的原因，纸条上有好几种不同的笔迹：

水手理查德：上午我在奥克兰港偷偷买了个台灯，给妻子写信时我可以用它来照明。

机匠丹尼尔：上午检查船员房间时，消防探头连续报警，可是我并未发现火苗，于是我判定探头出了问题，便把它拆掉打算再换个新的，但是由于当时很忙，我没来得及换上。

服务生斯科尼：下午我到理查德房间找他，他不在，我就随手打开了他桌上漂亮的台灯玩。

管轮马新：下午时我感觉到空气有些不好，我以为是厨房的味道，便打开了机舱通风阀。

电工荷尔因：晚上值班时我感觉有点饿，于是跑去餐厅找东西吃。

船长迈凯姆：七点半我发现火灾时，几个船员的房间已经被烧透了，我们已经没有能力再控制火情了。眼看着船上火势越来越大，我知道，我们全完了。

以上便是这只世界先进的轮船沉没的过程。

大道理

职务没有轻重之分，任何人都应忠于职守。只有每个人都严格地按照规矩做事，才能保证工作的正常进行。如果每人都犯一点点错，到最后很可能造成意想不到的恶果。

33. 一条鲈鱼

10岁那年，汤姆跟随父母一起前往新罕布什尔湖的岛上别墅度假。那所别墅四面都有湖水环绕，是钓鱼的绝佳圣地。

在鲈鱼节开始前的午夜，汤姆扛着钓竿和父亲一起来到湖边垂钓，想提前过一过钓鱼的瘾。约莫一刻钟后，小汤姆突然觉得有什么东西沉甸甸地拽住了他鱼竿的那头。父亲吩咐他沉住气，并用赞赏的目光看着他慢慢把钓线收回来。力气几乎用尽之后，那头的鱼终于被汤姆小心地拖出了水面——哇，好大一条鲈鱼！这是汤姆长这么大以来见过的最大的一条鲈鱼！

见到儿子钓上来的是鲈鱼，父亲看了看表，然后很平静地对汤姆说道："现在是10点钟，离鲈鱼节开始还有两小时，你必须把它放掉，孩子！"

"为什么？爸爸！"汤姆明知故问，委屈之情溢于言表。

"你是知道的，只有在鲈鱼节才允许钓鲈鱼。"父亲的语气严肃了起来，"快放掉它，汤姆！"

"爸爸！反正又没有人看见……"汤姆的眼泪已经在眼眶里打转转了。

"放掉它！这里还有很多其他的鱼！"父亲更加严厉地命令道。

"可是都没有它这么大。"汤姆低声咕哝着，不敢直视父亲的眼睛。最后，他终于慢慢地伸出手，把鲈鱼嘴里的钓钩摘了下来，然后把它放回了寂静的湖水里。

做完这一切之后，汤姆噘着嘴瞥了爸爸一眼，显然，他很不理解并非常恼火爸爸的要求，他觉得他再也不可能钓到这么大的鲈鱼了。

20年后，汤姆已经成了纽约市一名颇有成就的建筑师。在获得某次建筑大奖赛的一等奖后，有记者问起他的成长经历，他便把"鲈鱼事件"讲给了对方听，然后说道："的确，这么多年来，我再也没有钓到过那么大的鲈鱼，但是我却越来越明白父亲的苦心。通过那件小事，他'逼'我学会了自律。我之所以能取得今天的成就，与父亲教给我的这两个字有极大关系……"

事实证明，那件小事影响了汤姆的一生，而不仅仅是他成长的20年。在人生的道路上，他一直严于律己，从不投机取巧，因此在同行中口碑极好。有时，亲朋好友会偷偷地把股市内的消息透露给他，但即便胜算有十成，他也会婉言谢绝。看来，自律已经成了汤姆生活中的第一信条。

诚实守纪是做人的第一准则。任何人做任何事情时都会有第三只眼睛在监督着，倘若丧失诚实、破坏规则，其所失必会多于所得；而慎独、自律，则所得必会多于所失。

34. 总裁的儿子

听说自己一直向往的某大型公司正在招聘销售经理，兴奋不已的小张立即打扮一新，前去面试了。

由于各方面条件都不错，他很快就脱颖而出，进入了最后一轮面试。听说最后一关是由公司总裁亲自主持的，小张不禁悄悄为自己捏了把汗。

终于轮到他了，他轻轻敲了敲门，然后便跨进了面试间。没想到还没有完全站定，西装革履的总裁就忙不迭地站起来握住了他的手，以一种激动莫名的语调对他说道："天哪，这世界真是太小了！我的大恩人，真没想到会在这儿碰到你！"

小张一下子糊涂了，他莫名其妙又不由自主地说道："大恩人？我？"

"是啊是啊，当然是你！我绝对不会记错的！"总裁把他的手握得更紧了，"你不记得了？上次在滨河公园玩时，我儿子不慎掉进了河里，多亏你奋不顾身地将他救起。当时我急糊涂了，光顾着送他去医院，也没来得及问您的尊姓大名。快，快告诉我你叫什么名字？"

小张明白了，原来这位总裁把自己错认成救他儿子的恩人了。随即他又想到，如果是总裁恩人的话，那么他势必会网开一面，留下自己的，这样一来，这个梦寐以求的职位可就落进自己口袋了。

想到这里，小张装出一副吃惊的样子，反握住了总裁的手："哎呀，原来是您啊，我说怎么有点面熟呢。我叫张杰，不过您用不着这么客气，那只不过是举手之劳而已。如果有幸成为您手下的一员，以后我还要尽心尽力地为您效劳呢！"

但是令小张吃惊的是，他刚说完这句话，总裁便放开了他的手，以一种半冷不热的口气对他说道："面试结束，你可以出去了。李秘书，叫下一位。"

小张出了门之后，百思不得其解，心想既然我是总裁的"恩人"，他怎么会这么对我呢？

原来，这是总裁刻意导演的一出戏，他之所以要制造这一"救人事件"，目的就是为了考查一下求职者的诚实态度。包括小张在内的近 10 位求职者，都因为想将错就错，借机揽功，而被"总裁的儿子"淘汰了。

大道理

诚实不但是做人之本，还是走向成功的通行证。倘若在面对诱惑时放弃这一准绳，贪功近名，则很可能会贪小失大，抱憾终生。

35. 只给他半壶水喝

为了争夺领土，丹麦和瑞典曾经在 17 世纪发生过剧烈的冲突。

某天下午，一场激烈的战役刚刚结束，战场上尸横遍野。一位不小心掉队的丹麦士兵找了个地方坐了下来，打算喝口水解解渴再走。忽然，他听见不远处传来了一阵紧似一阵的哀叫声，原来是一个受了重伤的瑞典人被饥渴所折磨，正眼巴巴地盯着他手中的水壶。

"他比我更需要水。"丹麦士兵自言自语道，然后便站起身来，把水壶嘴送到了瑞典人的口中。谁知瑞典人竟然冷不防伸出长矛刺他，幸好矛头偏了一点，只伤到了他的手臂。

看被刺的右臂鲜血直流，丹麦士兵便伸出左手抓住水壶，一边给伤者喂水一边"责备"他道："嗨，兄弟，你怎么可以这样回报我呢？本来我是要把整壶水给你喝的，为了表示对你的惩罚，现在我只能给你一半了。"

后来，这件事被丹麦国王知道了，国王专门召见这个士兵，问他为什么不把那个忘恩负义的家伙杀掉？

"因为他受伤了，而且我已经惩罚了他——把给他的水减掉了一半。"他轻松地答道。

大道理

如果说拯救别人于危难之际是一种高尚，那么当对方做出忘恩负义之事，自己还能以宽容和饶恕之心待之，就是一种伟大。

36. 上将与下士

乔治·华盛顿总统是美利坚合众国的第一任总统，他向来以诚实、热情、平易近人著称。

一天，他穿着一件过膝的旧大衣独自走出了营地，来来往往的士兵们没有一个人认出他来。

　　"加把劲！快点！"不远处传来了一阵吆喝声，华盛顿闻声望去，发现是一位下士在领着手下士兵们筑堡垒。众士兵正抬着一块巨大的石块往指定位置上放，但由于石块太重，他们力气用尽了也未能使其归位。眼看着那个大石块就要滚落下来了，身穿制服的下士还站在一边背着手吆喝。

　　情况危急，顾不上多想的华盛顿迅速跑过去，用他强劲的臂膀顶住了石块。靠着这一及时的援助，大家终于顺利完成了任务。

　　"你为什么光空喊'加把劲'，却把自己的双手背在身后？"华盛顿皱着眉并没有看那位下士。

　　"你问我？"下士很不满地斜视着华盛顿，"难道你看不出我是这里的下士吗？"说着，他掸了掸自己的肩章。

　　"哦，这倒是真的。"华盛顿慢慢解开了大衣纽扣，向这位鼻孔朝天、倒背着手的下士露出自己的军装，"按衣服看，我是上将。不过下次再抬重东西时，请你一定要叫上我！"

　　可以想见，当那位下士看到站在自己面前的竟然是华盛顿上将时，他会是多么地羞愧。

　　越是小人物，就越容易自以为是；越是大人物，就越是平易近人。所以，那些自视甚高的人，往往并没有什么了不起。

37. 老锁匠的智慧

　　他是小镇上资格最老、名气最响的锁匠，一生修锁无数，技艺高超无比，而且收费合理，所以深为人们敬重。另外，他正直无私的为人也赢得了当地居民的高度赞扬。据说，每修一把锁他都会告诉顾客他的姓名和地址，说："如果你家发生了盗窃，只要是用钥匙打开的门，你就来找我！"

　　几十年过去了，老锁匠越来越老，为了不让自己的技艺失传，他从求教者中挑出了两位年轻人，准备把一身的技艺传给他们。

　　一年之后，两位年轻人都学会了不少东西，但老锁匠传艺的规矩是：绝招只传一人，也就是说，两位年轻人中只有一个能够成为真正的继承人。该选谁呢？思索良久，老锁匠决定对他们进行一次考试。三天后，考试开始了，场地上挤满了围观的群众。只见老锁匠亲自动手，把两个保险柜分别放在了两个地方，然后让徒弟去打开，并说谁花的时间短谁就是胜利者。结果，大徒弟只用10分钟就打开了保险柜，而二徒弟却足足用了半小时。很显然，大徒弟胜了。想到马上就能得到师傅的独门绝技了，大徒弟不禁沾沾自喜起来。

　　不料，考试结束以后，老锁匠并没有宣布谁胜谁负，而是直接问大徒弟："告诉我保险柜里有什么？"一听这话，大徒弟立刻两眼放光："师傅，里面有好多钱，全是百元大钞。"

　　"你的保险柜里有什么？"问完大徒弟，老锁匠又转过身去问二徒弟。

　　顿时，二徒弟满脸通红，半晌，他才支支吾吾地说道："师傅，我不知道里面有什么。您不是说是比赛开锁吗？所以我就只打开了锁，至于里面的东西，我没有看。"

　　"好极了，孩子。"老锁匠立刻赞许地拍了拍二徒弟的肩膀，然后郑重宣布二徒弟为他的正式接班人。

"凭什么？"大徒弟委屈地喊了起来，"大家都看见了，明明是我的技术好嘛。"

"干什么都要讲究一个'信'字，我们这一行更是要有非常高的职业道德。"老锁匠不像是在回答大徒弟，而像是在给观众们解释，"我收徒弟要求他必须做到心中只有锁而无他物，尤其要对钱财视而不见。否则，让其登门入室或打开保险柜易如反掌，最终不是会害人害己吗？我们修锁的人，心上都要有一把不能打开的锁啊！"

听到这些话，众人不由地纷纷鼓起掌来，而大徒弟则满脸通红，尴尬无比。

大道理

信用虽然看不见，却是无形的力量与财富之源。事无巨细，都应以诚信相待，否则，我们失去的不仅是这一件事的利益，还有自己此后的大半个人生。

38．巧伪不如拙诚

这家大公司的招聘广告刚刚打出，便有很多应聘者前来面试了。公司的面试题很简单：2减1等于多少。

由于这家公司在全国是小有名气的大公司，所以前来应聘的人都早就作好了应对考试的种种准备，但他们谁都没有料到，公司居然会出这么一道小学一年级的算术题。顿时，下面的人心里敲起了小鼓："不会吧，连没上学的小孩子都可能知道的算术题，竟然拿来考我们？""嗯，答案肯定不会是等于1那么简单，里面肯定大有文章。""面试官一定是想得到一个别出心裁的答案。"……

就这样，这些既有高学历又有丰富社会阅历的大学生们开始绞尽脑汁地想起了答案。当然，他们想出来的答案也是千奇百怪的。

有的说："等于被减掉的1所能换来的所有东西。"有的说："2减1等于1是消费，等于2是经营，等于3是贸易，等于4是金融，等于200是贿赂……"

还有人居然说："领导说它等于多少它就等于多少。"

在近百名的应聘者中，只有一个人犹犹豫豫地回答说等于1。

当公司的主考人员问这位应聘者为什么不敢大大方方地说时，应聘者低着头回答："因为在现在这个社会，对于想获得一份好工作的人来说，诚实很可能是全世界最没用的武器。"

但是最后，这个诚实的人却出乎意料地被录用了，而且，在众多的面试者中，被录用的只有他一个人。

大道理

把简单的问题看复杂，跟把复杂的问题看简单一样，都是一种愚蠢的错误。另外，真诚无欺永远比花言巧语更容易收获成功。

39. 招聘司机的面试题

有家大公司正准备以高薪雇用一名汽车司机，因为这家公司在当地有很高的知名度，所以前来应聘的人很多。经过层层筛选，3 名非常出色、技术水平不相上下的竞争者进入了最后的决赛。

公司最后一轮面试的题目是：如果悬崖边有块金子，现在让你们开车去拿，你们觉得自己能距离悬崖多近而不至于掉下去呢？

第一位应试者思考了一会儿，设想了一下实际中会出现的种种情况，然后推算出自己保证安全的距离大概是两米，所以他回答说："两米。"

第二位应试者可能自认为驾驭技术非常高超，所以想都没想便十分有把握地说："我觉得距离 1 米时，我也能保证安全。"

第三位应试者在前两位回答问题时只是静静地坐着，好像根本就没有思考这个问题。当被问及时，他淡淡地回答道："这个问题无须考虑，如果金子所在的位置真的是悬崖边，那么我会选择尽量远离悬崖，愈远愈好。"

最后，只有第三位应试者被录用了，因为只有他的安全意识最强，能够断然拒绝诱惑。而作为司机，这一点是必须具备的。

大道理

贪婪的人，往往会在追逐诱惑时，忘记跟在诱惑背后的危险甚至死亡，进而使得职位、生命等尽失，使诱惑变得毫无价值。

40. 1 美元的效益

1935 年，美国正处于前所未有的经济大萧条时期。当时，刚满 10 岁的阿瑟在一辆大运货卡车上工作，任务是每天为 100 家商店递送特别食品。这份工作很辛苦，每天干 12 个小时才能挣来一个三明治、一杯饮料和 50 美分。可是即便如此，这份勉强可以维持生活的活儿也不是天天都有。迫于生计，在没有食品可递送的日子里，小阿瑟就去给街角的一家糖果店打杂。

一天，老板让阿瑟去清理一下刚刚空出来的仓库，结果，他在桌子底下拾到 1 美元。在那个经济萎靡不振的时期，1 美元对于一个刚满 10 岁而且一天只能挣几十美分的孩子来说，绝对不是一个小数，可是小阿瑟却连犹豫都没有便把它交给了店老板。

接过那张纸币的一瞬，老板笑了，他扶着阿瑟的双肩说道：孩子，钱是我故意放在那里的，目的就是检验一下你是否可信，因为我需要长期雇用一位忠诚的店员。

就这样，小阿瑟获得了一份薪水颇高并且相当稳定的工作，这份工作他一直干到读完高中。可以说，之所以能够在国家经济最困难的时期找到并保住一份好工作，全都是因为他的诚实。

在后来的许多年中，长大的阿瑟干过很多种工作：侍者、停车场服务员、房子清洁工等。再后来，他凭着诚信经营，使卡车运输生意在连续亏损了四年之后终于成功度过惨淡时期，开始了上坡路。

现在，这位阿瑟·因佩拉托雷已经是新泽西曼哈顿航运线的老板兼 A—P—T 运输公司的总裁了。

大道理

　　能干的人有很多，但是能信任的人却不多。只有首先取得了别人的信任，才可能赢得更多的机会，也才可能吸引更多人为将来的你工作。

41．擦皮鞋的小伙计

　　威廉出生在一个小商人家庭，他的父母经营着一家小餐馆。6 岁那年，他得到了平生第一份工作——在父母的餐馆里给顾客擦皮鞋。这份工作很简单，却并不轻松，因为父亲对他要求非常严格。"擦完后，你必须询问顾客的态度。如果对方表示不满意，你就必须重新擦。"这是父亲给他定下的规矩。

　　随着年龄的增长，威廉的工作任务也增加了。10 岁之后，他开始被要求整理桌子，并附加做引座员的工作。那时候，最让威廉得意的事情便是：父亲常常会带着满意的微笑，向邻居夸耀说"儿子是我有过的最好的'清理伙计'。"

　　不过，尽管非常努力和辛苦，除了擦皮鞋的收入之外，威廉干的其他任何工作都是没有报酬的。正是因为这个原因，小小的他一直耿耿于怀，终于有一天，他向父亲要求道：你应该每星期付我 10 美元的工钱。不想父亲却回复道："没问题。但是，你得付我每天在这儿吃的 3 顿饭的饭钱，还要付我你时常请伙伴们在这儿喝汽水的钱。"经过计算，父亲告诉他："扣除 10 美元的工钱外，你每星期还欠我 40 美元。"

　　这件小事狠狠地教训了威廉，并使他意识到：当你要谈判的时候，你最好先了解对方所掌握的论据，就像你了解自己的一样。

　　多年之后，长大的威廉参了军，成功晋升为陆军上尉后，他得到了一次返家探亲的机会。当走进父母的餐馆时，一身戎装的他甚是骄傲，不料父亲对他说的第一件事情便是——"今天引座员请假了，今晚就由你来顶替他工作吧。"

　　当时，威廉惊讶得眼珠都快掉下来了，他怎么也无法相信，父亲居然让他——合众国部队堂堂的新任军官去做这种工作。但是不管怎样，父亲的吩咐是不可更改的，最后，他只得乖乖去找抹布了。

　　这件"似曾相识"的小事再次教育了他，他由此认识到：无论哪个群体，不管是家庭餐馆还是部队，成员对群体的忠诚都不应该有什么差别。

　　又过了许多年，这位"引座员"军官荣获了三星上将军衔。出任"沙漠风暴行动"的美军总指挥之后，他又带领部队取得了令世界瞩目的成绩。应该说，这不仅有赖于他自己的努力，更受益于其父母的良好教育。

大道理

　　对于任何人来说，都应该将对群体的忠诚永远摆在第一位。只要你还是集体的一员，你就必须按照集体的标准要求自己。

42. 黑格尔的回忆

大哲学家黑格尔有一段著名的回忆录，那是一件在他很小的时候发生的事。

一天上午，父亲邀请十来岁的儿子一起到自家附近的林间漫步，儿子很高兴地答应了。

来到一个拐弯处，父亲停了下来，然后把示指竖在嘴边"嘘"了一下，好像要儿子注意听什么似的。短暂的沉默之后，父亲问儿子道："除了小鸟的歌唱外，你刚才还听到了什么？"

儿子又静静地听了几秒钟后才回答父亲："我还听到了马车的声音。"

"没错，"父亲高兴地接道，"是一辆空马车的声音。"

"空马车？"儿子惊讶地重复着，"爸爸，我们又没看见，你怎么会知道那是一辆空马车？"

父亲答道："从声音就能轻易地分辨出那是不是空马车。因为马车越空，噪音就会越大。"

这句话犹如火炬般点燃了小黑格尔心中谦逊的种子，并且影响了他长长的一生。多年之后，当初的小男孩已经长大成人了，可是，每当他看到口若悬河、粗暴无礼地打断别人的谈话、自以为是、目空一切以及随意贬低他人的人时，父亲那句话都会再次回响在他的耳边："马车越空，噪音就会越大。"

我想，后来的黑格尔之所以能够成长为影响整个人类世界的大哲学家，与他的父亲对他的这句教导一定有着重要的关系。

大道理

"饱满的谷穗总是低着头的。"——谦逊不是能力的体现，而是一种美德。哗众取宠、骄傲自满多是肤浅无德的象征，须知越是空马车，噪音就越大。

43. 最高尚的事情

从前有一位富翁，年事已高的时候，决定写份遗嘱，把自己辛苦一生积蓄起来的财富全部留给一个儿子继承。他一共有三个儿子，遗嘱上到底应该填谁的名字呢？思索良久，富翁想出一个办法：让三个儿子都出去游历一年，然后让他们把在这一年中所做的最高尚的事情告诉自己，谁能让自己满意，谁就是财产继承者。

一年时间转眼就过去了，三个儿子陆续回到了家中。现在，富翁开始让三个儿子讲述自己所做的"高尚事情"了。

首先开口的是大儿子，只见他满脸得意之色，双手比画着："去年9月的时候，我在××地遇到了一位陌生人，因为谈得特别投机，他很是信任我。在前去×地办事之前，他把一袋金币交给了我保管。可是直到约定的日期过了许久，他还没有回来。我经过打听才知道，原来他出了意外，早已经死去了。于是，我费尽周折地找到他的家，把那袋金币原封不动地交给了他的家人。"

第二个开口的是二儿子，同大哥一样，他也眉飞色舞，一副自信满满的样子。他说："这件事发生在我回家的路上。经过一个贫穷落后的小村庄时，我看到一个可怜的小乞丐掉到湖里去了。当时村里的人都哈哈笑着看他的笑话，以为一个乞丐根本不值得一救。可我知道任可人的生命都是无价的，所以我立刻冲到河边，奋不顾身地跳了下去。救上他之后，我还把身上仅有的一点钱送给了他，以便他能去买一身干衣服和吃顿饱饭。"

轮到最小的儿子了，他低着头"嗯"了半天，才犹豫着说道："父亲，我没有遇到两个哥哥那样的事情，我的这点小事根本就不值一提。这件事是我在去年刚刚离家的时候遇到的。我被一个小偷盯上了，一连几天，他都在想方设法害我，有一次我差点儿就死在他手上了。好不容易甩了他之后，我很快就到达了目的地。可是不久，当我从一片悬崖边经过时，我发现那个人居然正在悬崖边的一棵树下睡觉。显然，他还在跟踪我。当时我只要一抬脚就能把他踢下悬崖，但我没有这么做，并且因为担心他一翻身会掉下悬崖，我还叫醒了他。后来，那个人再也没有跟踪过我。不过，唉，这实在算不了什么有意义的事情。"

"不！"富翁接道，"诚实、见义勇为都是一个人应有的品质，算不得高尚。在我看来，只有以德报怨的宽容心是最高尚的。所以，我的全部财产都是老三的了。"

大道理

　　如果你不把伤害你的人当作仇人，他就会变成你的朋友。生活当中，以德报怨者虽不多见，却足以证明：他们不仅能在事业上越走越成功，还能在心灵上享受到人生的最高境界。

44．犯罪的老妇人

1935 年时，拉瓜地亚正任美国纽约市的市长。某天，他参加纽约法庭的旁听，听到的是一桩有关偷盗的案子。

被指控者被带上法庭时，拉瓜地亚发现那竟然是一位年近八旬的老妇人，只见她满头白发，形容枯槁，连牙齿都已经全部脱落了。她认了罪，承认自己偷了面包店的一块面包，然后便静静地低垂着头，等待着法庭的宣判。当法官最后一次询问她是否还有话说时，她满怀企盼地抬头看着法官："我承认我自己有罪，可是我的孙子们的确需要这些面包，他们已经快饿死了……"

法官打断了老妇人的话："对您的遭遇，我深表同情，但是纽约州的法律是不容情的。夫人，请您交纳 100 美元的罚款。"

这时候，一直在旁听席上沉默的拉瓜地亚突然站起身来，手里举着 100 美元："应该惩罚的人是我，我身为纽约市市长，却让这个城市发生祖母靠偷东西来养活孙儿的事情，对此，我深表愧疚。这 100 美元，就是我对此所认缴的罚金。而且，我还请在座的各位也都交出 1 美元的罚金，之所以发生这样的事情，与我们的冷漠不无关系。"

大道理

　　国家与社会的兴亡、贫富，身处其中的每一个人都应担负相应的责任。如果人人都能献出一点爱，这个世界就会变成美好的人间。

45．你应该去扶持年轻人

这个故事的题目的确是让人生疑，甚至有人会立即指出他的逻辑错误所在，如果您也这么想，请先听完下面的故事。要知道，这句话可不是我说的，而是一位名人，一位成就极为辉煌的名人。他名叫奥本海默，是一位专门从事原子能研究的著名科学家。但他的名气可不是与生俱来的，也似乎并没有遵循"努力就会有收获"的自然法则，因为从年轻时他就一直很努力，却始终因为得不到合适的机会而无法展露过人的才华。但是"付出就有回报"毕竟是真理，当奥本海默年过六旬时，上帝终于向他证明了自己的公平——1963 年，奥本海默获得了美国原子能研究方面的最高奖：费米奖。

当白发苍苍的老科学家走上主席台时，他已经不再硬朗的身体突然打了个趔趄。台上的约翰逊总统见状，赶忙伸出手来去扶他。但是没想到奥本海默却推开了他的手，半是幽默半是感慨地说了一句话："总统先生，当一个人行将衰老时，你去扶他是没有用处的，只有那些年轻人才真正需要您的扶持。"

大道理

扶助老人，是一个人道德水平的体现；扶助年轻人，则是一个人眼光、胸怀和见识的体现。相比前者，后者对社会的意义要更大，因为只有不断扶持新生力量，才可能最大限度地促进社会进步。

46．仇恨袋

古希腊时，有一位大英雄叫海格里斯，他虽然力大无穷，乐于帮助他人，可是却心胸狭窄，喜欢计较。这天，由于跟邻居吵架没能占到便宜，海格里斯带着满肚子气上路了，他一边往前走一边嘟囔："再敢跟我吵，我就揍你！"正说着，他忽然发现自己脚下多了一个小气球，他走一步，小气球就跟他一步。他想都没想，上去就踹了气球一脚："我已经够生气了，你还来捣乱！"没想到小气球不但未被踩爆，反而增大了许多。

海格里斯更生气了，他捡起一根棍子冲气球打去。但出乎意料的是，他每打一下，气球便长大一点，最后竟然长成了一个半间房子大的袋子，把海格里斯的路全挡上了！

"连你也跟我过不去！"海格里斯又气呼呼地举起了棒子。

这时，一位圣人出现了："不要再打那个袋子了。"他喊道，"它的名字叫仇恨袋，你越是带着仇恨、怨气去侵犯它，它就越大，直至把你前进的路全挡上。你只有带着宽容、平和的心去抚摸它，它才会越来越小，直至消失，让你的路宽广无比。"

哦，原来仇恨会阻碍一个人前进，而宽容却能让他的路越来越宽。

大道理

仇恨、怨气、敌意如同一块不断增长的绊脚石，你越是放不下它们，你的路就会越窄；而宽容、善良则恰似不断拓宽的路，你拥有越多，你前面的路就越宽广。

47．羚羊之跪

这位老猎人以打羚羊著称，尽管早已经吃喝不愁，可是他依然每天打猎——被别人叫了几十年的"羚羊王"，他自然不想在人生的最后阶段失去这个令自己骄傲了半生的称号。

这天，他刚刚来到草原上，便看见了一只异常肥壮的大羚羊。欣喜之余，他立刻冲羚羊举起了枪。子弹上膛的声音显然惊动了正在吃草的羚羊，但是奇怪的是它并没有逃走，反而冲着老猎人走来，距离不到五米时，那羚羊前两腿弯曲跪了下来，然后两眼满含乞求地望着老猎人。

老猎人顿时心生奇怪，但作为猎人，他自然是不会被羚羊的求饶之态打动的，所以他依然扣动了扳机。只见羚羊随着那声枪响倒了下去，眼里的泪水清晰可见，并且一直到死，它还保持着跪拜的姿势。

老猎人想都没想便拿刀开始扒皮，当他划开羚羊的肚子时，却一下子呆住了：羚羊的子宫里，安静地卧着一只已经成形的小羚羊！原来，羚羊之所以跪拜，是在求猎人给自己的孩子留下一命！

这神圣至极的母爱立刻让老猎人的手痉挛了，他的刀"当啷"一声落在了地上。

没过多久，这位老猎人便自杀了，据说，他是因为再也无法承受那日日夜夜的心灵折磨。

大道理

如果经常为了自己的利益而置别人的权益于不顾，早晚会有某种东西拨动你的心弦，让你遭受到痛苦的心灵折磨。

48．对不起，我失约了

卡尔·威勒欧普是百事可乐的总裁，他发家致富、成功创业的法宝是人人都知道，但未必人人都能做到的那两个字——"诚信"。

一次，他到科罗拉多大学去作演讲，这次演讲对他非常重要，因为眼前的大学生们将是他企业发展的重要目标和动力，所以他兴致极高地从上学讲到了谋生、创业、商业成功的法则。

正当他滔滔不绝地演讲时，一个人推门而入，径直走上讲台递给他一张名片，那张名片背面写了这么一句话："您和杰克·凯非勒在下午4点有约。"

卡尔这才猛然醒悟过来，原来，他光顾着演讲，没注意到时间早已经过了与杰克约定的四点。

虽然对方只是一个名不见经传想向他取取经的小商人，虽然眼前的大学生们对于他的事业至关重要，卡尔依然没有犹豫地抱歉道："我很想与你们多谈一会儿，但是我有一个约会，现在已经迟到了。我需要赶去向他道歉，所以只能先对你们说抱歉了。"

见到杰克时，卡尔的第一句话便是："对不起，我失约了。为了表示惩罚，我将延长我原计划与您谈话的时间。"

这件小事让杰克甚为感动，后来，他成了百事可乐的第一大经销商。

大道理

　　不管有多么伟大的事业等着我们去做，遵守承诺都是必须要做到的，这不仅是对对方的尊重，更是做人的基本原则。

49. 礼貌问题

　　著名作家大仲马又一部新剧本诞生了。听到这一消息，法国大大小小的剧院纷纷前来谈判合作事宜。

　　在一家规模相当大的剧院的经理办公室，副经理正在询问经理的意见："我们什么时候派人过去谈？"

　　"急什么！"经理满脸傲气地挥了一下手，"我们跟他合作已经不止一次了，他很清楚我们的价格。所以，我们只需要静静等待，等到那些无聊的人把他吵烦了，他自然会主动上门来找我们。没准儿到时候，我们还可以趁机砍砍价呢。"

　　但是，一天、两天……大仲马始终没有来找这家剧院，急得经理都快坐不住了。这时，有人忽然传来消息说，大仲马已经把剧本卖给××剧院了。

　　经理当时就火了，马上乘车去找大仲马。一见面，他连帽子都没脱，就满脸怒气地质问道："你为什么要把新剧本卖给一家小剧院？"

　　大仲马先是吃了一惊，继而微笑着承认的确有这么回事。于是经理出了一个远远高于他对手的价格，请大仲马把剧本收回来再卖给他。

　　大仲马笑了笑说："他给我的价格的确很低，但我之所以卖给他，并不是因为价格，而是由于他的秘诀。"

　　"什么秘诀？"经理皱着眉头反问道。

　　"他一直以与我交往为荣，并且一见面就会脱下帽子。"大仲马淡淡地说道。

大道理

　　一个人可以没有金钱、没有地位，甚至可以没有智慧，但唯独不能没有礼貌。缺失了这一项，你将永远不会被别人看重，更不会被真正尊重。

50. 幸运的艾森豪威尔

　　"二战"时期，欧洲战场打得异常激烈。

　　某天，盟军最高统帅艾森豪威尔乘车回总部参加一个紧急军事会议，由于正值寒冬时分，而且窗外大雪纷纷，坐在车里的艾森豪威尔不住地颤抖。

　　当车子行驶到中途时，艾森豪威尔忽然看到纷飞的大雪中，一对法国老夫妇正呆呆地坐在马路边上，两人都已经冻得脸色紫青。

　　"快下去问是怎么回事。"艾森豪威尔立即命令身边的翻译官说。

　　几分钟后，翻译官告诉艾森豪威尔，老夫妇是准备去巴黎投奔儿子的，可是半路上车子突然抛了锚，这地方又前不着村后不着店的，所以他们下车想找个人搭一程。不想由于处在战争年代，没有一个人肯载他们。

"既然这样，那我们载他们一程吧。"说着，艾森豪威尔便起身下车。

"不好吧？"参谋立刻犹豫道，"我们得赶到总部开会，这种事情还是交给当地的警察处理吧。"

"等警察赶到的时候，这对老夫妇早就冻死了。"艾森豪威尔坚决反对道。然后，他便走下车，亲自把老夫妇搀扶到了自己的车上，并命司机绕道将他们送回家后，才又快速前往总部开会。

而值得一提的是，就是在那天，几个德国纳粹狙击手一直虎视眈眈地埋伏在艾森豪威尔本应经过的那条路上，如果不是特地绕道送那对老夫妇回家，艾森豪威尔将很难躲过那一劫！

大道理

　　处处为他人着想，自己必然也会从中受益，只不过这"回报"有早有晚罢了。倘若只看到自己，则迟早会埋葬于自己的自私与不幸之中。

第九章
习惯思维与改变

1. 耕牛与野牛

小牛出生时，正是寒冬季节，它天天悠闲地和妈妈一起享受着主人的款待。春耕季节来临时，小牛才发现自己的生活并非像想象中那么轻松自在。只见妈妈被主人用缰绳死死地勒住，一边汗流浃背地干着活，一边挨着主人不断作响的皮鞭。

看到这里，小牛难过极了，它问："妈妈，世界这么大，我们为什么不逃走呢？干吗要受这份苦呢？"

妈妈一边挥汗如雨，一边答道："孩子，自从咱吃了人家的东西，就注定了要为人家干活，这可是祖祖辈辈留下来的传统和规矩啊。"

小牛不忍再看妈妈受罪，便跑到别处去玩了。跑着跑着，它便来到了大草原上，正好看到一只野牛在自由自在地吃着刚发芽的青草，悠然自得地享受着明媚的阳光。

"咦？你为什么不用辛苦地耕地和挨皮鞭呢？"小牛奇怪地问道。

"逃出来之前，我过得也是那样的生活，因为我吃的是人家的东西。"野牛回答说。

这一下，小牛更奇怪了："你为什么要逃出来呢？"

"既然挨鞭子的前提是吃人家的东西，那不吃不就可以不挨了吗？所以我就逃了出来。你看，现在我不也过得挺好吗？"野牛一边悠闲地嚼着美味的青草，一边答道。

大道理

我们可以成为习惯的奴隶，也可以成为习惯的主人。被习惯奴役，我们必将"身不由己"；驾驭习惯，我们才能拥有幸福美好的人生。

2. 背蝎子过河

蝎子可谓是青蛙的死对头，因为它非常喜欢蜇青蛙。这一天，小青蛙正坐在河边唱歌，一只蝎子悄悄地来到了它的身后。想躲已经来不及了，于是青蛙便做好了战斗的准备。

没想到蝎子非常礼貌地说道："亲爱的小青蛙，我要到河对岸去办点事，可是我不会游泳，所以，请您发发慈悲，把我背过去吧。"

小青蛙连连摆手道："不行不行，坚决不行，谁不知道你们蝎子最喜欢蜇我们青蛙！被你的毒针蜇到那可是会要命的。"

蝎子央求道："您放心吧，我的目的是到河的对岸去办事，不是蜇你。"

小青蛙还是不同意，蝎子再一次哀求道："求青蛙大哥发发善心吧，我的事情真的很着急，我保证、我发誓绝对不会蜇你的。"

看到蝎子着急的样子，又听到它信誓旦旦的话，小青蛙心软了："是啊，我是在帮它，它总不至于害我这个恩人吧？"想到这里，小青蛙向前了一步："上来吧，我背你过河。"

可是还没到河对面，蝎子就不由自主地蜇了青蛙一下，青蛙痛苦地挣扎着："你说过你不蜇我的。"

蝎子回答道："对不起，我不是故意的，我只是习惯了蜇青蛙而已。"

大道理

要警惕别人的坏习惯成为你背上的蝎子。如果明知对方有某种恶习，那千万不要轻易相信他关于改变习惯的承诺，否则，你很可能于不经意间被他的坏习惯拖下水。

3. 早已经放弃了挣扎

一根矮矮的柱子，一条细细的链子，可以拴得住陆地上最大的动物——重达千斤的大象吗？答案是肯定的，能！你一定不会相信，但是有机会到印度或者泰国去看一看的话，你就会相信了。因为在那里，这种令人难以置信的景象处处可见。

这是为什么呢？原来，一切都是源于力量无穷的"习惯"。

在大象还是很小的小象时，驯象师们便用一条细铁链将它拴在柱子上。由于身体幼小，小象的力量尚不足以挣脱铁链，所以，虽然它们一开始总是拼命挣扎，到最后总会安静下来——它们明白了，无论怎么努力，那条链子都是不可能挣脱的。

渐渐地，小象长大了，长成了力大无比的庞然大物，但是它们依然无法挣脱链子，不是因为不能，而是因为它们从来不曾尝试过，甚至连这种想法都不曾有过。因为在它的观念里，它认为这是绝对不可能的，虽然，轻轻一拽铁链便会断掉。

听到这里，我们不得不感叹：小象的确是被实实在在的铁链所绑住，而大象，却是被看不见的习惯铁链所绑住。

大道理

习惯是锁住人手脚的无形铁链。很多时候，我们之所以不能成功，不是因为成功太难或太遥远，而是被"不能成功"的习惯思维锁住了。打破这种思维，朝着相反的方向去试一试，奇迹往往就会出现。

4. 意外得到的金子

一位穷人穷得快混不下去了，便去求神像保佑。他日日夜夜地烧香磕头，虔诚祈祷，但是不知道为什么，神不但没有赐福给他，反而使他变得越来越穷了。

这位穷人越想越生气，拿起斧子到庙里就把神像给砸了，一边砸一边说："你真是太可恶了，我这么尊敬你、供奉你，你不但不让我变富，还让我越来越穷，我干脆砸烂你算了！"

没想到，斧子敲到神像上竟然咚咚作响，表面的一层泥土被震掉之后，神像竟然变成了一块块的金子散了一地，原来，这是一座纯金的雕像！

穷人大喜道："啊，我看你真是敬酒不吃吃罚酒，我打你，你倒给我这么多好东西！"

神像委屈地说："你怎么可以怨我呢？自从你拜我那天起，我就把自己变成了纯金的，一直等着你来取。你整天只是烧香磕头、诚心供奉，就是不来拿啊！这能怨我吗？"

穷人眨巴着眼睛，好像突然明白了什么似的，揣着金子便回家了。后来，他用这金子开了一家作坊，成了远近闻名的富翁。

当有人问起他的秘诀时，他哈哈一笑说："我哪有什么秘诀啊，只不过喜欢不按常规办事罢了！"

大道理

对于任何人来说，习惯都是藏着金子的神像。如果只是顶礼膜拜、忠贞不贰，则可能错过成功与幸福；如果勇敢地打破它，则很可能拾起属于你的金子。

5．寻找点金石

很偶然地，这位年轻人从某本书中发现了"点金石"的秘密。他欣喜若狂，立刻马不停蹄地来到了海边，开始寻找那种能把普通金属变成纯金的神奇石子。

他想，如果捡到一颗石子就把它扔到地上，是很有可能几十次、几百次地捡拾同一颗石子的。所以他决定，凡捡起的石子都扔到海里去，这样，自己便能轻松地避免做无用功了。

于是，每当捡起石子，他便甩手扔进面前的海水里。这样干了整整一天，他并没有寻找到点金石，没办法，他只得重复下去，一星期、一个月、一年……他始终没有找到点金石，所有经过他手的石子都是冰凉冰凉的普通石子。

渐渐地，寻找点金石已经成了一个遥远的梦，似乎每天，他只是在做着一个极其简单的游戏，捡石子、扔石子。但是某天下午，当他像往常一样，把刚刚捡起的那颗石子扔向大海时，似乎感觉到有点异样，这块石子暖暖的，明显与其他石子不一样……"点金石！"当他反应过来时，那块石子已经被他习惯性地扔向了大海，天空中，出现了一道与扔其他石子时没有什么两样的弧线。

大道理

习惯会影响甚至是决定成败。习惯是一种顽强的力量，如果你习惯了抛弃，那么，当真正想要的东西已经被你握在手里时，你依然会习惯地将之抛弃。

6．好苹果与烂苹果

尼克和杰克是十分要好的小伙伴，他们在很多方面很相似，但也有明显的不同之处。以吃苹果为例，同样面对一箱苹果，尼克总会先挑小的、酸的和已经出现烂点的苹果吃，而杰克却恰恰相反，他总是选择大的、甜的和一点坏的痕迹都没有的吃。

为此，两个要好的小伙伴常常互相取笑。

杰克笑尼克道："像你那种吃法，等到把烂的吃完，原本好的也烂掉了，你就等着吃一箱子烂苹果吧。"

尼克反驳道："把烂的先吃掉，剩下的便都是好的，那时候我就可以安安心心地享受美味了。越吃越好，这有什么不好的？像你那种吃法，把好的全挑光，剩下的全是烂的，越吃越烂，又有什么好？再说了，没准儿有些苹果到时候都已经烂得不行了，所以只能扔掉，这难道不是浪费吗？"就这样，杰克说不过尼克，尼克也影响不了杰克，两人一直把这个习惯保持了下去。

长大以后，由于总是习惯于挑选不好的、阴暗的给自己，而把美好的、光明的留给他人，尼克成了当地最有名的慈善家，受尽众人的爱戴。而杰克，由于总是善于抓住最好的、最有利的，剔除普通的和不好的，所以成了非常富有的商人。

大道理

不要以自己的行为为标准去判断或否定别人的行为，有些习惯本身是没有什么对错之分的，只要我们一直是驾驭它的主人。

7. 如何付费

18 世纪末期时，英国犯罪率一直居高不下，为了缓解监狱和警察的压力，英国政府决定：凡犯有重罪者，一律发配到刚刚开辟的殖民地澳洲。

但是没想到的是，这个政策刚实施不久，便出现了骇人听闻的情况：因为从事这项运输的都是私人船只，为了尽可能多地获利，船主们把运送条件降到了最低水平，设备简陋、缺医少药不说，犯人们还经常遭遇断水断食的绝境——反正船离岸时运费就到了手，谁还管到澳洲时犯人是不是还活着。

就这样，一时间，草菅人命成了理所当然。私人船贩一本万利，犯人却是悲惨无比。为了解决这个可怕的问题，英国政府强制性地给每条船上都配了监督官员和医生，可是死亡率还是一直居高不下，甚至连监督官和医生也一起莫名其妙地死掉了。接下来，迫不得已的政府又用过教育、培训以及群众舆论等诸多方式，可是不管怎么着，死亡率就是降不下来。

正在无计可施之际，一位议员提出了一个建议：不管开始时船上装多少人，一律以到达澳洲时的犯人人数为根据付运输费。

结果，问题一下子迎刃而解了，死亡率甚至一度降为零。

大道理

没有解决不了的问题，只有不合适的解决方式。再大的困难也会有解决的办法，关键就在于要从问题出现的根源上下手，而非小修小补。

8. 没有没用的东西

布利阿里是英国著名的机械专家，"一战"期间，他曾被视为英军部队的"首席枪支顾问"，因为其任务是改进枪支构造，提高枪支性能。

但是他之所以出名，可不是因为他在枪支武器上有什么突出的贡献，而是发明了与武器毫不相干的不锈钢餐具。

为了避免过快的磨损给枪支射程造成影响，布利阿里绞尽脑汁想解决枪膛的硬度问题。他通过许多途径寻找着合金钢，试图发明一种硬度极高的枪膛材料。可是不等试验完成，他的试验场地便被各种合金钢堆满了。

没办法，他只好亲自动手去清理场地。当准备扔掉一块锃光发亮的钢材时，他心想："唉，用不到枪膛上，这么漂亮的钢材照样是废品啊。"但是他又突然想起了餐厅里那些每隔一段时间便会因生锈换掉的餐具，自言自语道："如果能用这种钢材做餐具，岂不是会节约许多吗？"

因为这个念头，作为机械师的布利阿里发明了不锈钢餐具。数年后，不锈钢餐具已经风靡了全世界。当布利阿里大获其利时，不锈钢材料的发明者毛拉叹道："唉，当时我把它扔到了垃圾堆，怎么就没想到它可以做餐具呢？"

大道理

　　垃圾就是放错地方的宝贝。没有没用的东西，只有不会发现的眼睛，因此不要看轻任何人与事，要知道一旦寻找到正确的位置，它们都能变废为宝。

9. 你来选总统

一位老妇人给年轻人们出了这么一道题：这是三位候选人的基本资料，假如决定权在你的手里，告诉我你会选择谁来当总统。请记住，一定要选择你认为最合适的那个人，因为你的选择将会影响全人类的幸福。

第一位：他笃信巫医和占卜术，并且经常沉迷于此；在生活中他是一个花花公子，身边至少有两位情妇；他是个名副其实的瘾君子，有多年的吸烟史；另外，他还非常喜欢喝马提尼，常常喝到酩酊大醉。

第二位：读大学时，他曾经吸食过鸦片；工作后，他曾经有两次被愤怒的老板赶出办公室的经历；他很懒，经常睡到中午才肯起床；他也比较喜欢喝酒，几乎每晚都要喝大概1公升的白兰地。

第三位：他是位战斗英雄，曾为众人所顶礼膜拜；他一直保持着素食的习惯；他从来不吸烟，只是偶尔喝点啤酒；年轻时几乎从未有过违法记录。

说完这些，老妇人又慢慢地说道：你们心里肯定已经有明确的答案了，在告诉我你们的答案之前，我先来告诉你们，第一位是富兰克林·D.罗斯福；第二位是温斯顿·丘吉尔；第三位是阿道夫·希特勒。那么现在，请你们告诉我，你选择了谁？

　　看人是门大学问，从来没有一个固定的公式可以遵循。倘若陷于公式化，便很可能混淆好人与坏人，从而给自己带来危害，甚至还会影响更多人的幸福。

10.　如何赢得这场比赛

　　前几年的一次欧洲篮球锦标赛上，保加利亚队与捷克斯洛伐克队相遇了。双方势均力敌，保加利亚队拼尽全力终于以 2 分领先了，并将这个纪录保持到了比赛即将结束的时候。但是这并不代表他们已经稳操胜券，因为那次锦标赛采取的是循环制，保加利亚要想出线的话，至少要赢球超过 5 分。看看时间只剩下了 8 秒钟，再赢 3 分谈何容易啊！

　　这时，保加利亚队的教练突然请求暂停。他的这一举动遭到了许多人的嘲笑，绝大部分人都认为保加利亚的教练不过在故弄玄虚，即便有回天之术，8 秒钟赢 3 分也是望尘莫及。

　　暂停结束后，比赛继续。裁判哨子刚一吹响，一个出人意料的情景便出现了：保加利亚某球员抱着篮球迅速向自家篮下跑去，随着比赛结束的哨音响起，球应声而落入篮中。全场观众顿时目瞪口呆，一直到裁判宣布因为双方打成平局而开始加时赛时，人们才恍然大悟——原来这出其不意的招数是为了赢取加时赛，以让自己有希望起死回生！于是大家心服口服地给了保加利亚队教练长久不息的掌声。

　　那次比赛的结果是：通过加时赛，保加利亚以 6 分领先捷克队，成功出线。

　　当常规做法已经不足以取胜时，必须打破常规思维，另辟蹊径，这样才可能化腐朽为神奇，在绝境中寻找到生机。

11.　如此减肥法

　　最近几年，这个男人的体重一直在疯狂飙升，随着各种肥胖并发症的出现，他终于决定减肥了。

　　他找到医生，问有什么好办法，但是坚决拒绝不健康的减肥法，免得瘦下去却招来病。医生想了想，让他先回家去等，说第二天早晨自会有减肥专家亲去指导。

　　第二天一大早，门铃就响了，他打开门一看，一位性感十足的漂亮女郎站在门外。"我是医生派给您的减肥顾问，如果你能追上我，我就是你的。"胖男人喜出望外，立刻跟在女郎后面狂追起来，但是他实在太胖了，怎么也无法"迅速"起来。

　　眼看着那诱人的女郎越来越远，胖男人更加玩命地追起来。这样的游戏一直持续了几个月，不知不觉中，胖男人已经变成了身手敏捷的健壮男人。只见他精神抖擞，面庞英俊，成了一个标准的美男子。

　　某天早晨，美男子洗漱完毕静候女郎的到来，他想今天一定要、一定能把她追到手了。正想着，门铃响了，他喜不自禁，打开门一看，不是那位女郎，而是一位胖到极点的丑女人。

"医生告诉我，如果我能追到你，你就是我的。"丑女人说。

美男子一听，慌不迭地向前跑去。

大道理
> 在人们的习惯思维中，"坚持"往往是一个困难的过程。其实大可不必如此，转换一下思路，试试"偷换目标"，你便会很容易忘记艰苦，享受乐趣。

12. 警告

某著名歌星有一个美丽的私人园林，每到周末或假期，她的园林都会被前来游玩的人糟蹋得不成样子，这让歌星很是烦恼。

"也许，人们都把它当成野草地了吧。"她这样想，所以雇人给园林加了矮矮的围墙。

没想到这下更坏了，因为好奇围墙内的风景，人们纷纷越墙而入。看够了美景之后，便坐在草地上歇脚、吃东西，有的人还会搭起帐篷过夜，或者进行野餐，弄得园林比以前还狼藉不堪。

"也许，人们不知道这是一个私人园林。"歌星这样想着，便命仆人在围墙上刷了一句话：此处乃私人园林，请勿进入。

没想到，因为私人园林在当地比较少见，好奇心使更多的人开始进入园林"游览"，园中比以前更乱了。

歌星生气极了，便问仆人有没有什么好办法，仆人便给她出了个主意。歌星想了想，决定按仆人的意思来，不行的话再说。没想到，这个主意一经实施，园林里立刻清静了，从此再也没有人来打扰过那些花花草草。

歌星不解地到园外一看，原来围墙上写了这么一句话："欢迎各位到此园林参观，如果不幸被毒蛇咬伤的话，请驾车南行，最近的医院一个小时即可到达。"

大道理
> 是成是败有时只在于一种观念的转变。如果让所有的人都为你着想太难做到的话，那就让人们去为自己着想吧，顺便也为你着想一下。

13. 大富翁贷款

一个人夹着皮包走进银行，服务小姐热情地问道："先生，请问有什么事情需要我们效劳？"

"我要贷点款。"

"没问题，如果你能提供担保的话。"

"我能提供。"

"那请问您需要贷多少呢？"

"1美元。"

"多少？1美元？"小姐非常吃惊，怀疑自己听错了。

"对，1 美元。怎么？不可以吗？"先生反问道。

"哦，可以可以，只要有担保，多少我们都可以照办。"小姐点头道。

先生拉开皮包，拿出来一大堆票证，有股票、国库券、债券、银行存单，等。小姐清点了一下："共 120 万美元，先生。"

"对。"先生面无表情。

"那我现在就给您办手续，首先向您说明：我们的贷款年息为 7%，每年年初结息。当您连本带息还清时，我们就会把所有的担保还给您。"

就这样，这位先生办理了 1 美元的贷款。

旁边一个人实在是忍不住了，便上前问他为何有这么多钱，却还要贷 1 美元的款。先生回答道："租金库保险箱保存这些票据不仅昂贵，而且有风险。我以这种方式把它们保存在银行里，不仅安全也便宜，你看，一年下来我只需要付 7 美分的保管费……"

大道理

对于很多人来说，保存巨额财富是一种负担。如果自己保存，就会担惊受怕；如果请人保存，就要付高额费用。换一种方式处理问题，可能就有别的收获。

14. 没钱也能吃饭

虽然说出门在外靠朋友，可是没有朋友还能混，没有钱却混不下去，最基本的，你会连饭都吃不上。

大学毕业后，我满怀激情地来到青岛，打算在这里打拼我的天下。可是没想到，从小学到大学一直因"才华横溢"而出名的我竟然成了断翅之鸟，跑了整整一个月我都未能找到一份工作，哪怕是一份饭店服务员的活儿。

7 月 22 日，我永远忘不了这一天，就是在这一天，我用光了身上所有的钱。我茫然地走在大街上，一天一夜没有吃过任何东西的胃又开始折腾我了。看看旁边牛肉面大王里影影绰绰的进餐者，饿得头昏眼花的我一横心走了进去。我要了两小碟凉菜和一大碗面，狼吞虎咽地抚慰完了胃之后，我开始考虑怎么办："小姐，请把你们的经理请出来好吗？我想跟他谈点事。"

经理是位四十多岁的中年男人，一股儒雅的气质。"你可以让我在这里打工吗？现在我身上一分钱都没有了，如果我不能得到这份工作的话，我会连饭钱都付不起的。"我说得很诚恳。

经理从服务员那里拿过我的菜单看了看，微微颔首说你不算贪心，看来你的确是遇到困难了，然后就盯着我的眼睛说道："从服务员干起。"他的语气不容置疑。

"没问题。"我的回答毫不犹豫。

"跟我来登记吧。"经理一挥手，起身便走。

就这样，我找到了生平第一份工作。

大道理

命运有时喜欢置人于死地而后让其生，在非常时期，用非常思维才能帮我们解决问题。无论什么时候都要记住：没钱也能吃饭。

15．上海与北京

两个出外打工的人在候车室里相遇了，他们各自聊起自己要去的地方，上海和北京。去上海的人说：上海虽然工资高，可是人太精明了，问问路都得掏钱。去北京的人说：北京人很质朴，见了吃不上饭的他们会给钱给馒头。

谈着谈着两人便都觉得对方要去的城市好起来，去北京的人觉得上海的钱好挣，给人指指路都可以赚钱。去上海的人觉得北京好混，挣不到钱也不会饿死。于是两人一拍即合，把票换了过来。

到了上海之后，这个人发现上海的钱果然好挣，给人带带路、临时看看行李都可以赚到钱，甚至给人弄点凉水洗洗脸都能拿到钱。就这样，这个人不挑不拣，什么能挣钱就干什么，结果没几年他就成了一个"泥土店"的老板。泥土店？卖泥土？没错，他就是把从乡下运来的土装进花盆里卖给没见过土又喜欢养花的上海人，这种没有多少成本的买卖赚钱极了，没几年，他就成了一个小有名气的富翁。

某天，他去北京出差，遇到了一个向他讨钱的乞丐，当与那张脏兮兮的脸对视时，他一下子愣住了——对方竟然是当年和自己换票的那个人。原来，习惯了北京"白吃白喝"式的生活，他再也懒得去努力奋斗了。

不同人的人生际遇之所以不同，根本原因并不在于他们生活在哪里，而在于他们头脑中的观念与思维方式，还有他们在生活中日积月累形成的习惯。

16．心里的锁

胡汀尼是位有名的锁匠，无论多么精密的锁，他不用 30 分钟便能打开。名气渐大之后，胡汀尼曾经说过一句豪言壮语：无论我被什么锁锁住，只要给我足够的工具，我就一定能在一小时之内走出去。

为了验证这一点，当地居民给他设计了一个高难度的挑战，好强的胡汀尼想都没想便答应了下来。

挑战当天，胡汀尼身着新衣，神采奕奕，带上足够的工具就进了那个小小的房间。他前脚刚踏进去，背后的锁就"咔"地响了一声，计时开始了。

胡汀尼怡然自得地坐了几分钟后，便开始摆弄那把看起来十分复杂的锁。没想到半小时过去了，那把锁丝毫没有被打开的迹象，锁匠的额头上开始冒汗了，他的大脑飞速地旋转着，不停地轮换着手里的工具。又过了十分钟、十五分钟……眼看着预先约定的时间已经到来，胡汀尼更着急了，他差点儿就使用暴力了。

两个小时之后，锁还是固执地不肯开口。胡汀尼终于累瘫了，他颓丧地坐下去，把头靠在门上，没想到"吱"的一声，房门竟然自动打开了。

原来，房间根本没有上锁！而心里的那把锁，却把这位技艺高超的锁匠困了两小时！

大道理

先入为主有可能为我们赢得主动地势,也可能让我们故步自封,困死在自己的心锁中。要想两全其美,就需要时刻记着:不要总把目光放在锁上。

17. 富翁的花园

某富翁在别墅后开辟了一片小花园,为了防止他人进入小花园,他在周围筑起了高高的围墙。但是当春天到来时,园中扑鼻的花香还是吸引了一群孩子爬过围墙来。当看到花园里的花被偷采时,富翁火冒三丈。一个朋友建议说不如把围墙拆了,富翁一听火气更大了:"这么高的围墙都挡不住人,拆了不更要命,说不定还会有强盗来抢我的财产呢!"

不想朋友却笑了:"就算你不拆,这围墙连一群孩子都挡不住,能挡得住强盗吗?"

富翁顿时哑口无言,想一想这话也有理,便听从了劝告。

但出乎富翁意料的是,自从花园围墙被拆掉后,不但花几乎再也没被采过,花种还增加了不少——许多人把自家的花栽到了这片美丽的园子里。

就这样,富翁把美丽让给了大家,却因此收获了更多的美丽,除此之外,他还博得了大家给予他的无价的爱戴和尊敬。

再后来,一伙强盗潜入富翁家抢劫,正好被一个在花园里休息的小乞丐看到。因为这个小乞丐的报信,富翁的财产及性命都得以安全地逃过一劫。

大道理

"封闭"是常人眼中保证安全的最好做法,但它却往往难逃人们好奇心的劫难。因此,在某些事情上,与其徒劳地筑起坚固的城墙,不如敞开大门,把灿烂空间让给别人。只有这样,别人才会回报以你真心的呵护。

18. 刮胡子的启示

美国总统约翰·卡尔文·柯立芝向来少言寡语,即便是在非说不可的情况下,他也总会尽可能地简而言之。

柯立芝有位漂亮的女秘书,但遗憾的是,她虽然长得不错,但是工作却常常丢三落四、错误连篇。柯立芝对这位女秘书简直头疼的要死,但又总是不愿意开口去说,或者说他实在不知道该怎么提醒她。

一天,柯立芝总统去理发,恰逢一位年轻人正在刮胡子,他便坐在一旁等待。忽然,年轻人的小儿子问理发师:"您为什么要在我爸爸的下巴上涂这么多肥皂水?"理发师回答说:"这样刮起胡子来就会不疼啊。"听到这句话,总统心里一动,顿时有了主意。

第二天早晨,女秘书刚刚走进办公室,柯立芝便说道:"今天你这身衣服真漂亮,非常适合你的身材和肤色,你显得更美了。"这几句话从向来沉默的总统先生嘴里说出来,秘书顿觉受宠若惊。紧接着柯立芝又说道:"相信经你手处理的工作能和你的人一样漂亮。"

听到后面这句话，女秘书立刻脸红了，但是她什么都没说，马上坐到办公桌前忙碌起来。从那以后，她的工作几乎再也没有出过错。

当对方的错误影响到我们时，与其大发其火地批评，不如心平气和地委婉提醒，因为比较起来，后者往往比前者更有利于问题的解决。

19. 贴海报

这个周日是文化节，玛丽需要把学生会安排给她的海报全都张贴出去。忙了整整一周后，海报终于只剩下不到 20 张了。但是这时候，玛丽却遇到了一个难题：广告栏里已经满满是七七八八的海报了，尽管其中夹杂着许多上周甚至上月的广告，可是玛丽并不确定它们已经过期。也就是说，如果她加以覆盖的话，别人也许会投诉她。

怎么办？玛丽环视了一周，忽然看见教学楼露天大厅的木柱子上有空隙，那是人们经常张贴海报的地方，虽然这并不合规矩。"这些东西显然弄得木柱子很脏，"玛丽自言自语道，"难道我也要这样贴吗？"想了一会儿，玛丽突然有了个好主意。她跑回宿舍，把前段时间搞活动剩下的那些彩色塑料布拿了来，又向朋友借了一卷透明胶带。她首先用塑料布包住柱子，用胶带将它们粘好，然后又把那些海报齐刷刷地贴上去。

半个小时之后，玛丽干完了。她走下台阶来，抬头看看自己的作品，满意地笑了：只见金色的夕阳下，几根柱子都换上了彩色的新衣服，打扮得整整齐齐，像是在特意迎接即将到来的文化节。

——原来，不违反规则，也照样能够解决难题。

违反规则固然可以帮我们解决问题，但解决问题并不意味着必须违反规则。聚焦于规则，而创造性思考，有利于我们做到这一点。

20. 盲人买剪刀

真没想到，我会败在一位修车师傅的手下。

早晨，我去修车时，修车师傅跟我聊起来："博士，我要考你一个问题。"

"好啊。"我说。

只听他说道："一个哑人到一家五金店买钉子，由于不能说，他便把两个手指头并在一起竖在柜台上，用另一只手做了几次敲打动作，然后指了指被敲打的手指。这样，已经明白了的店员便给他拿来了钉子。我要问的问题是：接下来有位盲人进入了五金店，他要买的是剪刀，请问他怎样表示呢？"

我伸出左手，用右手的示指和中指做剪刀状冲左手剪了几下。

"哈哈，你也错了！"修车师傅大笑道，"他是盲人，又不是哑人，所以他直接说不就得了嘛！"

我恍然大悟，顿时感觉十分懊悔，唉，这么简单的问题，我怎么就没答对呢。

"今天早晨已经有不少人上当了，我之所以考你，是因为我猜你一定会答错。"修车师傅颇有自得之色。

"为什么？"我不解地问道。

"因为你受的教育太多了，所以你不会太聪明。"修车师傅说。

我刚想发火，却又忍了下去——他说得有理，我不得不承认。

大道理

　　被自己所熟知的知识、先前的经验限制住，是常人最容易犯的毛病之一，并常常因此把简单的问题复杂化，做出很愚蠢的事情。尽量把一切都当成第一次接触的新鲜事物，便能够比较好地帮我们克服这一点。

21. 21 号

奥立弗满 16 岁后，决定靠打工养活自己。可是当时正值经济大萧条时期，想找份工作并不是件简单的事。

现在，他正站在一家用人单位的人力资源部门外等候领取面试卡。被叫进去的时候，奥立弗发现面试卡上的数字已经是"21"了，也就是说，在他前面，已经有 20 个人在等待面试，自然，其中不乏比他优秀的。

怎么办？奥立弗在心中问自己，这份工作非常适合自己的专长，而且薪水也不低，机会很是难得，可是"21"这个位置实在是太不利于自己了，因为这个职位只需要一个人。如果老板在"21"之前就确定了某个人，那自己将再也没有机会。

想了一会儿，奥立弗终于有了主意，他托秘书小姐给老板送了张小纸条。满腹疑惑的老板打开一看，只见上面写着："先生，我排在队伍的第 21 位，请您在看到我之前，先不要做决定。"看到这句话，老板立刻哈哈大笑起来。

结果怎么样呢？当然是奥立弗得到了那个职位，因为一个会动脑筋思考的人总是能够掌握住对自己最有利的局面。

大道理

　　客观不一定总能有利于我们，但主观却能够，所以，不要去埋怨所处的位置或地势对自己不利，而只需要去思考如何化不利为有利。

22. 寻找死亡克星

100 多年前，因为做外科手术而死亡的病人非常之多，几乎能占到做手术者的 60% ~ 70%。一直居高不下的死亡率令外科医生们很是头疼，他们不明白为什么明明手术很成功，过后伤口还是会化脓溃烂，致使病人痛苦死亡。

英国医生李斯特也同样遇到了这个问题，为了寻找"死亡克星"，他一直积极地探索使外科手术更进步的方法，遗憾的是许多年过去了，问题依然没有得到解决。

这天，李斯特正在翻一本生物学杂志，里面一篇与外科手术根本无关的文章引起了他的注意："有机物的腐败和发酵是微生物进入的结果。"那么，他自言自语道，病人的伤口化脓这种有机物腐败也是由微生物引起的了？也就是说，当我们做手术时，那些肉眼看不见却是无处不在的微生物被我们带进了病人的体内，所以才导致了手术的失败和死亡率的居高不下。

从此，在做手术之前，李斯特总会严格地洗手，严格地煮沸医疗器械，甚至连给病人包扎伤口的纱布他都会煮沸后再使用。后来，他又寻找到一种有效杀灭细菌的药剂。运用这些方法后，经他手术的病人的死亡率果然降了很多。

他山之石，可以攻玉。突破自己原有的知识与职业圈子，多关注一些"与己无关"的东西，有时会有助于我们解决本职难题。

23. 出其不意

村里人世世代代以开山卖石头为生。自从发现本地的石头总是奇形怪状之后，这个青年便决定不卖"重量"卖"造型"，不出几年，他成了村里第一个盖起瓦房的人。

当不许开山、只许种树的政策下来，许多村民开始忙着种果树时，这个青年又急忙种起了柳树。因为他发现本地的特色桃非常好卖，但客人们却总是不愁买不到桃而发愁买不到装桃的筐。几年后，他成了村里第一个在镇上买楼的人。

再后来，他搞起了服装批发，并且和另一家服装批发店隔街相对。如果对方的批发价是500元一套，他就卖450元；如果对方也降到400元，他就卖350元。所以，一个季节下来，对面只批发出去了不到一百套服装，而他却批发出去了近千套。

终于，对方忍无可忍地跟他吵了起来。面对着众多前来看热闹的人，他一副唯唯诺诺、好人受气的样儿，让人看了心生可怜，并由衷佩服他的宽宏大量，因此之后总会光临他的小店，以便顺应天意让"好人有好报"。

可是人们不知道的是，其实这两家店都是他的。而之所以自己会跟自己吵起来，完全是因为花钱做广告实在太贵了，而且人们还不一定信。

相比物质和知识的丰富，想象力和创造力的丰富更为重要，因为只有与众不同的想法，才可能带给人们与众不同的收获。

24. 反常的办法

退休了的老人回到老家，打算以写回忆录来打发自己晚年的时光。

刚开始，一切看起来都很不错，环境安静，邻居和善，这让老人写作时精神很是集中。

可是一周以后，几个男孩子让情况发生了变化。他们都是十来岁正上小学的孩子，甚是调皮捣蛋。每逢放学之后，他们都会在老人门前的空地上踢球玩。说是球，其实只是绑在一起的几个破易拉罐而已，所以踢起来噪音很是让人难以忍受。

终于，再也无法忍受的老人走了出去，把他们几个叫了过来："你们踢得真好，如果你们能天天给我踢，我就每天给你们一块钱。"说着，老人真的从兜里掏出几块钱来分给孩子们。几个孩子高兴极了，发誓天天来表演脚上功夫。

几天之后，老人发钱时只给了他们每人五毛钱："我的退休金被扣掉了一部分，所以以后我只能给你们五毛钱了。"孩子们虽然不高兴，却还是接了下来。

再过几天，老人又说道："我把养老金捐给了灾区，所以以后每天只能给你们一毛钱了。"

"一毛钱？"孩子们很不屑地撇撇嘴，"一毛钱谁给你踢球看！"说完，他们就都跑了。

从此之后，老人又过上了安静日子。

大道理

越是年轻，逆反心理就越强，想挑战这种心理强制对方改变的人，往往只会落得个惨败的下场。而巧妙地利用它，则能水到渠成地解决问题。

25. 厨师与师傅

跟一位名厨苦学了几年之后，小厨师终于出师了。

为了不断提高自己的技术，做出人人爱吃的菜，他想出了一个办法：把自己最满意的那道菜端给客人，然后递给客人一个本子和一支笔，让大家品尝后把不足的地方写下来。

看到小厨师如此诚恳，客人们都不好意思拒绝，于是就非常真诚地发表起自己的意见来，包括一些根本没什么意见的人，为了不让小厨师失望，也努力挑出点儿毛病来给他写上。

晚上，当小厨师美滋滋地看写满意见的本子时，他才发现那道菜从色、味、选材、配料、火候等等各个方面都被人挑了个遍。也就是说，他最满意的那道菜一无是处！

大受打击的小厨师顿时萎靡不振了，他甚至开始伤心地怀疑自己是不是有做厨师的天分。师傅看到他满脸沮丧的样子，感觉有点奇怪，便问他是怎么回事。听清原委以后，师傅大笑起来，然后便教给小厨师一个办法。

第二天，小厨师按照师傅的建议做了，还是一个本子一支笔，只不过这次他请大家写的是这道菜的优点。晚上，当小厨师小心翼翼地打开本子时，发现上面竟然也密密麻麻地写满了字。

小厨师立刻顿悟了。

大道理

众口难调，一个人永远不可能让所有的人都满意。与其自寻烦恼让自己跟着大家的感觉走，倒不如高明一些引导大家跟着自己的感觉走。

26. 先付给谁

自从开辟了海外市场之后，公司的业务异常繁忙起来，作为会计，李晴的工作也越来越紧张。许多时候，往往是对方刚给企业发完货，便把货单、账单、发票、运单等等一股脑地快寄了过来，因此李晴的办公室总是堆满了讨债单。

"要钱、要钱、要钱，这么多讨债的，要我先付给谁！"李晴一边急匆匆地翻着那些单子，一边嘟囔着。

"怎么了，李晴？"一个声音问她道。

"是经理！"李晴吓了一跳，急忙解释道，"哦，没事没事，我只是不知道这么多人要钱，该先办谁的好。"

经理走过来，扒拉起那厚厚的一叠单据。忽然，他的眼睛盯着一张单据不动了，然后脸上慢慢地露出了微笑："先付给他吧。"说完，经理就转身走了。

李晴莫名其妙地拿过那张单据一看，原来，那张账单除了填写必要项之外，还在下半部分的空白处画了一幅简笔画——一个老人，正流着眼泪向路人讨饭，他双手捧着的破碗上面，悬着一个好大的"SOS"。

看到这时，李晴也微笑起来，一边笑一边迅速地给这家远在澳洲的小公司办了结账。

你看，多用一点儿心思，你便能从众人之中脱颖而出，让别人注意到你。

大道理

如果你跟大家一样处处碰壁，你的做事方式必然也跟大家差不多。试着做一点儿小小的改动，与众不同的方式很可能带给你与众不同的好运气。

27. 只因为多看了一眼

一直以来，我都认为自己是个有雄心壮志的人，我常常撇着嘴耻笑那些在大街上闲逛的人们，认为他们不过是一群混吃等死的无脑躯壳而已。

有一天，我准备为自己写本自传，为了衬托出"我"的了不起，我决定在书里设计一个穷困潦倒、懒散度日的庸人。于是，我走出去，准备到田间去寻找一个原型。

我很容易就找到了这么一个人，在一片荒凉破落的庄园里。看，就是那个满脸胡须的老头，他正穿着一件脏兮兮的工作服，坐在一把椅子上给一片棉花锄草。他的身后，是一座早已破旧不堪的小木棚。"在地里干活儿还坐着椅子！"我嗤之以鼻，并且立刻转身离去——就是他了，我要快点把他的形象描绘出来。

我转过小木棚，急急向庄园外走去，打开车门时，我又回头看了一眼，准备以此谢过他给我提供的上好素材。可是这一眼却让我的大脑"轰"了一声——从这边看，老人椅边竟然靠着一双拐杖，拐杖旁那条空荡荡的裤管被秋风吹得一扭一扭的，而挂在椅子扶手上的军绿色水壶则赫然标着"××连"的字样！原来，他根本不是什么好吃懒做之辈，而是位残疾军人，曾经的战斗英雄！我顿时满心羞愧。

从此之后，我再不敢对大街上任何一个只见过一面的人轻易下结论了，因为上帝已经教训过我，它曾经让我又回头看了一眼。

大道理

任何人都是一个立体的形象，总会有不同的侧面存在。学会从多个角度观察他人，我们才不至于犯下"以偏概全"的愚蠢错误。

28. 龙卷风预报

在广东一个既偏远又封闭的小镇上，居民们过着与世隔绝的日子，他们唯一与外界保持联系的工具就是收音机。可惜由于收音机太破旧，他们只能听到两个电台，第一电台专门广播各地新闻和热门歌曲，它的收听率相当高；第二电台是气象专业电台，它的听众只有一小群人，而且收听时间相对固定。

一天晚上，气象电台突然发出紧急警告：一次威力惊人的"龙卷风"将在今天午夜时分席卷本镇，请全体居民立即疏散到它处。关注这一电台的一小群听众一听，立刻慌里慌张地行动起来，有的去找镇长，有的去通知其他居民，有的到街上敲锣打鼓地宣传，有的跑到镇外去打电话给气象电台，请他们重复播报关于龙卷风的消息，以便保全更多人的身家性命。

但是这群人谁都没想到，他们的一腔热情竟然会遭遇冷场——镇长不耐烦地挥手说："本镇历史上就从来没有过龙卷风，你们别扰乱民心了。这只不过是气象电台为了提高收听率而耍的花招而已。"被通知的居民们带着怀疑的眼神瞅着他们："龙卷风？你们听错了吧？你抬头看看这艳阳高照的样子，连场小雨都不可能下，还龙卷风呢！"至于那些在大街上搞紧急宣传的人，来来往往的居民更是将他们视为疯子，或者看起了热闹，或者大肆指责起他们扰民。而气象电台呢，则以在访问名人为由，拒绝随时重播这条关系人民群众"生死存亡"的预报。

这一小群人忙活了大半天，发现人们都无动于衷，无奈之下只好带领自家老小转移了居住地。

当夜时分，好好的天气突然变了脸，没等居民们反应过来，威力无比的龙卷风便席卷了整个小镇。十分钟之后，龙卷风走了，其身后的小镇早已被夷为平地，后来人没有谁知道这里曾经是个小镇。

大道理

一直围于某个圈子，人就容易坐井观天或被经验所奴役。如果把每一件事都视为"理所当然"，他早晚会遭遇措手不及的打击。

29. 如何发财

美国佛罗里达州有一位勤劳的农民，为了让自己变得更富有一些，他花掉半生的积蓄买下了一块废弃已久的土地。但是到手以后，他才发现这块土地相当贫瘠，根本种植不了农作物，顿时感到莫名的沮丧。

一天，当他百无聊赖地在土地上溜达时，忽然发现身旁的矮灌木丛中藏着许多响尾蛇。他灵机一动，立刻有了主意。第二天，他就花钱买来了一大批不同种类的蛇——他把这块没用的土地变成了蛇的乐园。几个月之后，他开始联系相关商家，捕捉已经长大的蛇做成蛇罐头或者蛇大餐，又把蛇胆回收回来另行出售，甚至蛇毒液中的血清他都提取出来卖给了医院。结果没出几年，他便成了远近闻名的蛇大王，存折上的数字也变得越来越长。

后来，他又突发奇想，把自己的庄园开辟成了"万蛇观赏园"——反正蛇在成长期间也没有其他"任务"，不如利用这个机会再赚一笔。结果他的生意好得不得了，每天都会吸引自四面八方的成百上千的观光客。

再后来，他又让商标商为他制作了许多标有"佛罗里达州万蛇庄园"字样的纪念品，出售给前来观光的游客们。这不但让他没花一分钱就把广告打到了世界各地，还又小赚了一笔。

在这整个过程中，农夫所购买的土地并没有改变，改变的只是他看问题的角度。

大道理

最美好的事情，开头往往并不如意，但不管身处何种困境，只要你敢于接受现实，用"有用"而非"无用"的眼光去审视周围的一切，你就能发现改变命运的机会。

30. 大小房檐

很久以前镇上有位富翁，他性情纯朴、乐善好施，常常接济穷人。翻盖房屋时，他特别要求负责营造的师傅把四周的房檐加长，以使那些穷困潦倒的人能够在檐下暂避风雪霜寒。

但是出乎富翁意料的是，房子建成后，不但穷人乞丐进来了，连那些做生意的小商小贩们也来了。此起彼伏的吆喝声搅得他家整天鸡犬不宁，最重要的是全家人都无法睡觉。天还没亮，卖早点的小贩们就开始张罗了；都已经过了半夜，卖夜宵的人还在招呼客人。

时间一长，富翁已经年过七旬的父母受不了了，便让儿子出去跟大伙儿说一声。可是富翁的话还没有说完，大伙的指责声便让他张口结舌了。"你盖这么大的房檐不就是为了给别人提供方便吗？难道只是让我们看的？""看来你跟那些土财主也没什么两样，一副假慈悲的德性！"……富翁争吵不过，只好退避三舍，暗自叫苦。

转眼到了夏天，一场暴风雨过后，别人的房子都完好无损，富翁的房子却因为屋檐太长而被掀了顶。镇上的居民看到后不但没有记起他先前的善行，还纷纷幸灾乐祸地说他是恶有恶报。

重建屋顶时，郁闷至极的富翁终于一改以前的作风，把屋檐缩得小小的。以后，他只是时不时地捐钱给慈善机构，让他们代他盖一间小房子，以方便无家可归者暂时歇息。

不想没过几年，不但那些受过小房子荫护的人对富翁感恩戴德，其他的人也纷纷赞叹起富翁的菩萨心肠来。一时间，富翁成了远近闻名的大慈善家，直到他死后好久，还有人在纪念他。

大道理

施人余荫往往会让受施者有仰人鼻息的自卑感，一旦处理不好，这种自卑感便会变成敌对情绪。看来，你的想法、做法和人们对你的看法有时并不统一，好的愿望还需要有好的方法才能够结出好的果实。

31. 玛丽的鞋子和汤姆的游戏

玛丽学习很棒，长得也漂亮，所以一直是个骄傲的公主，认为自己总是生活在别人的注意中。

一天，妈妈给玛丽买了一双漂亮的新鞋子，她高兴极了，心想其他同学还不知道怎么羡慕自己呢，所以从家到学校的一路上，她一直得意扬扬地昂着头，觉得所有人都在看她的新鞋。

进入教室之前，玛丽深呼吸了一下，以让自己有足够的心理准备来迎接大家的惊叹。

可是出乎意料的是，大家都低着头看自己的书，即便有那么一两个人抬头看了她一眼，也只是没有任何表情地很快重新低下头去了。一直到傍晚放学时，班里还没有人对她的新鞋子说过一个字。终于，玛丽忍不住拉住同桌问道："你觉得我今天有什么变化吗？"

对方一愣："什么变化？没有啊。"旋即又恍然大悟似的指着她的头发道，"你是说你的头发乱了吗？"

"不是！"玛丽很懊恼地说。

对方又重新打量了她一番，终于说出了她最想听的那句话，但绝不是她想象的那种惊呼的口气，而只是非常平静地"哦"了一声："你是说你换了一双新鞋吧？"

玛丽的心情顿时变成了灰色。

无独有偶，玛丽的同学汤姆也曾经做过一件类似的事情。由于中餐时同学们总是围在一起吃，所以汤姆突发奇想地在中餐前藏在了餐桌下面。他想，一直到大家四处寻不到他时，他再跳出来。

可是让汤姆尴尬的是，大家谁也没有注意到他的缺席。一直到吃饱喝足，离席而去，几十个人中也没有谁提过"汤姆"二字。没办法，汤姆只好等到所有人都走光后，才灰溜溜地钻出来吃残羹剩饭。

大道理

> 不要以为自己是世界的中心，也不要认为自己有多重要，否则你一定会大失所望，因为除了你之外，根本没有谁注意过你。如果不相信的话，就想想你自己曾经这样重视过谁吧。

32. 淘金与渡河

大学的市场营销课上，营销学教授给学生们出了一道考题：

"某天的新闻报道，某某地发现了金矿。为了得到黄金，大家纷纷涌向那个很远的地方，你也在他们之中。可是就快到金矿时，一条又长又宽的大江挡住了去路。这时候，你们会怎么办？"

"游过去，如果游泳技术好的话。"一个男生抢先答道。

教授微微颔首道："还有吗？"

"想法弄条船来。"有位同学回答。

"然后呢？"教授微笑着问道。

"然后就过河呗。"那位学生又答道。

"再然后呢？"教授又一次追问。

"再然后？"那位学生糊涂了，心想这还用问吗，"当然是赶紧淘金去啊！"

"但是，"教授突然换上了一副严肃的表情，"为什么你非要去淘金呢？你既然已经有了船，用它来营运多好，专门接送那些想淘金的人，这样你照样可以发财致富啊！"

顿时，全班同学一片愕然。

"只是，只是，"那位站着的同学窘道，"搞营运才能赚多少钱，淘金可是一本万利啊！"

"道理上是没错，但是你忘了两点，"教授反驳道，"其一，对面就是诱人的金矿，人们为了发财会不顾一切，所以你把票价提得再高也照样不愁会没有顾客；其二，淘金可能成功，也可能失败，当然后者可能性更大一些，但是你搞营运却必然会成功！"

教授刚说完，下面的同学不约而同地鼓起掌来。

大道理

困境中，往往蕴含着潜在的机遇；机遇里，往往不可避免地有困难。当你无所适从时，你应该想到：该换一种思维看问题了。

33. 儿子的发现

"爸爸！爸爸！"刚上幼儿园的儿子一路高呼着跑进了院子。

"怎么了，儿子？"爸爸迎出来抱起儿子问道。

"我今天在幼儿园里发现了一个重大的秘密。"儿子的小手比画着，一脸的天真相。

"哦，那是什么呢？"爸爸忍住笑，心想一个五岁的小毛孩儿能有什么重大发现。

"我发现：每一个苹果里面都藏着一颗星星！"儿子得意扬扬地宣布他的发现。

"哦？是吗？爸爸还不知道这个重大秘密，但是，你能演示给爸爸看吗？"爸爸有点奇怪地问道。

"当然。"儿子挣开爸爸的怀抱，从屋角箱子里摸出一个大苹果，然后用小水果刀费力地切了下去。但是，他并没有像我们日常那样从茎部往底部竖着切，而是横向拦腰切开了。

"你看，"儿子拿起一半苹果，把其横截面展示给爸爸，"爸爸你看，多么漂亮的星星啊！"

这时，爸爸才真正地惊呆了：横切开以后，苹果的种子果然在中心处围成了一颗星星的样子。身为大人，我们不知道吃了多少苹果，可每次都是规规矩矩地竖切的，不曾想过另外一种切法，所以自然也就从来没有发现过苹果里美丽的星星。如此看来，是孩子比大人聪明，还是大人比孩子死板呢？

大道理

特别的不是问题，而是看问题的角度。无论什么事情，如果总按照已知的方法去做，我们便很难有新的发现，因为一切都是别人已经发现过的了。

34．野草与命运

南非少数民族布须曼，几十年前还过着原始的狩猎生活。他们的捕猎技术很高，能通过观察动物在地上留下的痕迹判断出是什么动物以及动物的性别、年龄、是否受伤等等。可是，随着自然环境的退化，猎物越来越少，这使得布须曼全族陷入一场空前的灾难中。他们不识字，除了会打猎外没有什么其他技术，在竞争愈来愈激烈的社会里，他们要想寻找一个立足之地是难上加难。

哈里是南非某科研机构的研究员，一次偶然的机会，他来到了布须曼族的领地，见识了穷困的布须曼人的生活，深感震惊的他决心拯救这个即将没落的民族。

在当地生活了一段时间后，哈里发现了一个重大秘密：尽管布须曼族已经到了穷途末路的危急时刻，可是族里却从未有过饥饿至死的人。这是怎么回事呢？原来，被逼无奈之下，族人们会去吃一种沙漠中生长的野草。那种草虽然难吃，可是经验告诉他们，它有很强的抗饥饿作用。

怀揣着这个重大发现，兴奋不已的哈里回到了研究所。安排妥当一切之后，哈里开始联系各大洲的一些医药公司，并把他的发现公布了出去。结果不到一个月，订购这种野草的合同便堆满了哈里的办公桌。哈里郑重其事地把这些合同文本交给了布须曼族的族长，看着族长大惑不解的样子，哈里解释道：这种草是全球科学家们苦寻了几十年的治疗肥胖症的理想原料，你们发财的机会到来了，全族有救了。

果然，数年来，靠着这种比金子还昂贵的药材，布须曼族每年约有 640 万欧元的收入，所有族人都不用再为食物担心了。其族长曾既欢喜又感叹地说道：真没想到，在这片祖祖辈辈生活的穷地方，一种看似普通的野草会改变全族的命运。

大道理

熟视无睹是生活中最常见的现象之一，许多珍贵的东西、成功的机会就这样被埋没了。所以，千万不要对身边平凡的一切满不在乎，那里有可能蕴藏着巨大的财富。

35．如何才能绝无错误

随着社会的发展，人们渐渐发现旧的生物学著述中错误百出，在人们接连不断的指责声中，生物学权威拉塞特教授决定出版一本内容绝无错误的生物学巨著。

几个月后，人们引颈企待的拉塞特的著作终于问世了，书名是《夏威夷的毒蛇》。当人们看到那部上千页的巨著时，都惊讶地感叹着教授的写作速度与丰富学识，然后，他们就迫不及待地翻开了墨香犹存的书，打算一睹这本"绝无错误"的作品。

但是让所有人大吃一惊的是：除了封面上的书名外，上千页巨著居然页页空白，从头到尾没有一个字！

惊愕不已的人们纷纷大惑不解地把目光投向了拉塞特，不想教授却像毫不知情似的继续他的研究。

"教授，你总该给我们一个解释吧。"有人实在忍不住了，于是上前打断了拉塞特的实验。

"怎么了？难道有什么问题吗？"拉塞特故作惊讶地反问道，然后又以一种极为轻松的语调说道，"对生物学稍有研究的人都会知道，夏威夷根本没有毒蛇，所以这本书当然应该是空白的。"

"可是，可是这也太……"问的人张口结舌，不知道应该如何表达自己的意思。

"正因为整本书是空白的，所以我才敢说它是有史以来唯一一本没有任何错误的生物学巨著！"拉塞特教授两眼闪烁着古怪的光说道。

众人一愣，顿时领会了教授的幽默。

大道理

人非圣贤，孰能无过，如果因为害怕犯错便故步自封、裹足不前，我们的人生将会是一片空白。这难道不是一种更可笑的错误吗？

36. 怎样最好

李先生是位桥梁工程师，回家过春节还没返京时，村长上门来找他了。

村长说："咱这地方年年干旱，我预备动员大伙儿围着咱们村挖两条渠引水。你是桥梁方面的专家，给我们说说把这出村的桥建在哪儿、建几座比较合适吧。"

李先生想了想问道："这渠道的大概位置现在都定下了吗？"

"定下了，定下了。"村长说着，便展开了随身带来的本村居民及耕地地图，然后用手指了指上面标着红记号的地方。

"草种子咱们不缺吧？"李先生出乎意料地问了这么一句。

"草种子？"村长对这个问题感到莫名其妙，"咱这是农村，草种子遍地都是。不过，你问草种子干吗？"

"把村委会已经定好的渠道面上都撒上草种子，然后你就别管了。"李先生说道，"五一放假时我会回来，到时候一看就知道了。"

那年五一，如约回家的李先生让村长领着他沿渠道走了走。他看到，开春时候撒下草种的地方，现在已经郁郁葱葱地长成了一条"绿化带"。草带上，由于人们进村出村，几条白白的小路被踩了出来。他把三处既硬实又比较宽的小路作了标记，然后告诉村长："在这三处建桥就行了。"

"这是什么道理呢？"村长被他弄糊涂了。

"路是人踩出来的，所以在路上建桥肯定没错。而比较宽的这几条，也就是走的人比较多的，所以最实用。"李先生答道。

果然，按这个办法建起来的桥非常受村民欢迎，而且从平面图上看，这三座桥构成了一个三角形，正好把椭圆形的居民区守护在中间，非常漂亮。

大道理

自然的即是最好的。道法自然，顺势而为，不仅符合人们视觉与心理的需要，还能收到事半功倍的效果。

37．三年前后

三年前，他还是一个被嫉妒毒虫噬咬得遍体鳞伤的小人物。

其实说到根源上，这并不能怨他，应该怨贫穷。他出生在一个家徒四壁的农民家庭，童年记忆里最多的情景就是下雨的夜晚，房间里四处叮当作响，那是妈妈摆在各处接房顶漏雨的盆子发出的声音。然后就是妈妈整夜整夜不睡觉，生怕早已经窟窿遍布的房顶突然塌下，把自己的宝贝儿女压在底下。

因为穷，刚上小学的他铅笔都只能买那种不带花、不涂漆的，因为那要便宜2分钱；因为穷，三年级上作文课时，他花4毛钱买了全班最小的一个作文本；因为穷，他为5毛钱的毕业照费用大哭了一个钟头。这样的孩子，自然而然地受到了全班同学的冷落，尽管每次考试他都是第一，可依然没有谁愿意和一年到头衣衫破旧的他成为同桌。那时候，他对于别人手中的六棱带花铅笔充满了嫉妒，对于别人精致漂亮的大作文本充满了嫉妒，甚至对某同学城里有亲戚都充满了嫉妒。他想：能够买一根1毛钱的好铅笔，就是我的愿望。

这种嫉妒心理一直持续到高中毕业。初中时，已经知道爱美的他嫉妒别的男生有型的西装、锃亮的皮鞋；高中时，他又嫉妒别人一摞摞的学习资料、参考书籍。嫉妒使他一步步偏离了学习的轨道，成绩也渐渐由优等到良到中到下。一直到高考前夕，他才收回了关注别人的目光，正儿八经地学习起来，好在他底子不错、发挥也挺好，他最后考上了本省的一所普通高校。

大二时，由于学校与英国某高校进行交流式学习，他有幸被送到了英国的那所高校。不到一年，他就感觉到了自己心理的巨大变化。他在日记中这样写道："当我亲眼看到这五光十色的世界时，那折磨了我十几年的嫉妒、自卑与怨恨突然间一扫而光。我想，这应该归功于我比较标准的变化，现在，我看到的已经不再是同桌、同学和邻居了，而是这浩瀚无边、气象万千的精彩世界。我终于明白了以前的自己是多么可笑，也明白了那种嫉妒只会让人步步倒退。从此之后，我将不再去想什么别人的好条件，而只会去想自己应该承担的种种责任。"

大道理

坐井观天时，人们会为一只蜗牛打架；坐天观井时，人们会在太空漫步。这两者转化的关键在于：比较标准发生了变化。

38．惩罚

比尔是个小流氓，打架斗殴、寻衅滋事对他来说简直就是家常便饭。可是由于他有个有钱有势的父亲，大家谁也拿他没办法。

17岁时，比尔因为打老师被学校开除，然后便进了父亲的企业做司机。他的驾驶技术并不高，可偏爱耍花样和开飞车，弄得镇上的牲口、家畜们经常因为他而遭殃。一天，比尔终于闯了大祸，由于酒后驾车，他撞死了年仅12岁的米塔丽。米塔丽的父母痛不欲生，决心狠狠惩罚这个魔鬼。

通过法庭，米塔丽的父母实现了他们的愿望——对比尔判处罚金，支付方式为：每个周三下午，由比尔亲自向死者父亲寄一张金额为 1 美元的支票，支票收款人写"米塔丽"，支付期限为 10 年。此判决一下，镇上居民顿时大跌眼镜——这也叫惩罚？！但是不知为何，米塔丽的父母坚决要求如此。

接到这一判决后，比尔乐得差点背过气去，他认为自己捡了个大便宜。每周 1 美元，10 年也不过 500 多美元，这也太小意思了，所以他立即在法庭上当众宣誓，将会完全按照判决执行。

但出人意料的是，还不到 5 年，比尔就受不了了。他找到米塔丽的父母，痛哭流涕地要求更改支付方式，却被严词拒绝了。无奈之下，精神临近崩溃的比尔只好向法庭申请更改，他说："我实在受不了了，周三下午是我撞死米塔丽的时间。每当在这个时候往支票上填写'米塔丽'时，我就会想起当时鲜血淋淋的情景。我觉得自己在被撕裂，觉得米塔丽渗入了我生活的各个地方，晚上睡觉我都会看见她站在我床边！我辞掉了工作，改变了性格，可是这依然无济于事。我愿意加倍偿还，只希望能够更改支付方式……"

法庭受理了这一案件，却拒绝了比尔的要求，并以"藐视法庭罪"判处他两个月监禁。

直到这时，人们才明白米塔丽父母的用意。的确，如果仅仅是索取一大笔钱，对方会因为感觉自己已受过惩罚而心安理得；如果把比尔判刑入狱，其父亲一定不会善罢甘休；只有这种方式，才能既让他受到惩罚，又让他乐于接受。最重要的是，这能令他直接领悟到自己给对方带来的痛苦——自己只需在每周三想起米塔丽，而其父母却每时每刻都在想念自己的女儿。自己只需记忆十年，而对方却会记一辈子。自己痛苦如是，身为父母者呢？

　　惩罚的方式不同，结果就会不同。对于那些日积月累、恶从心生者，细水长流，令其时时警醒，才会于人于己都大有裨益。

39. 改变

很多年前，德州北部住着一位叫艾丽丝的姑娘。艾丽丝虽然容貌秀丽且正值青春妙龄，却不像其他同龄人那么活泼开朗，而是一直自怨自艾，叹息自己的理想得不到实现。其实她所谓的理想不过是年轻姑娘们都拥有的梦而已：与自己心中的白马王子相遇，结婚，白头偕老。

可怜的艾丽丝，在日复一日的叹息中变成了大龄姑娘，看着周围的姑娘们先后都出嫁了，她不禁悲从心生，日日郁郁寡欢。

终于，在家人的劝说下，艾丽丝踏进了心理学家的门。"你帮帮我吧。"艾丽丝的声音好像从坟墓里传来一样。心理学家吃惊地抬起头来，看到了一张苍白憔悴的脸，一双哀怨凄楚的眼睛。

听完艾丽丝长长的诉说之后，心理学家沉思良久，忽然，他以一种很欢快的语调说道："艾丽丝，光听你说话了，我差点忘了，这个周六我要在家开个晚会。到时候家里会来很多朋友，我妻子一个人忙不过来，所以，我需要你来给我帮忙，真的，我非常非常需要你的帮忙，你愿意吗？"

艾丽丝不知道对方为何突然转变了话题，但出于礼貌，她还是将信将疑地点了点头。

"你不用太担心，我相信你会处理得很好。但是在周六晚上到来之前，我请你先做两件事：第一，去服装店买套新衣服，不过你不要自己挑，而是要听店员的建议。第二，去理发店做一次头发，还是像刚才那样，完全按理发师的意见来。然后，你要打扮一新过来，听明白了吗？"心理学家说道。

艾丽丝的脸上显现出了一种不安。

"不用担心，亲爱的。"心理学家又很温和地说道，"你要做的事情其实非常简单，看见谁没有咖啡或红酒了，就为他送过去一杯，仅此而已，只不过做这些事情时你要保持微笑，好吗？"

"好的。"艾丽丝终于答应了。

周六晚上，打扮一新的艾丽丝到来了。她衣装得体，发式漂亮，再配上自然的微笑，她整个人显得年轻迷人。结果晚会后，有三位男士提出要送她回家。

后来的故事想必大家都猜得到，三位青年都热烈地追求着艾丽丝，最终，她答应了其中一位的求婚。

今天，提到那位心理学家，已经白发苍苍的艾丽丝还会感动不已呢。

大道理

长期囿于自己的圈子，顾影自怜，结果只能使你走不进别人的心里，别人也走不进你的世界。而忘掉自己关注一下他人，这一切都将改变。

---

40. 商人与水手

某珠宝商带着儿子和一箱子珠宝去南洋做生意，为了安全，他们租了一条大船。

某天晚上，儿子起夜时经过水手的房间，忽听里面的人正在低声交谈着。他凑到窗下一听，水手们居然在谋划着杀掉他们父子俩，然后夺取那一箱价值连城的珠宝！儿子大吃一惊，赶紧溜回房间叫醒父亲，问应该怎么办。

"你说应该怎么办？"商人反问儿子。

"随时做好准备，跟他们拼了。"年轻气盛的儿子咬牙切齿地说道。

"不，"商人果断地说道，"如此一来，他们不但会抢了珠宝，还一定会杀了我们！"

"难道父亲要把珠宝交给他们不成？"儿子急切地问道。

"也不行，他们还是会杀人灭口，以防后患。"商人沉思着说道。

"这可怎么办？看来我们是必死无疑了。"儿子绝望地说道。

"不一定，我们可以这样……"商人凑近了儿子的耳边，"这样虽然不一定能成功，但至少能够保住我们的性命。"

儿子点了点头。

不一会儿，怒气冲冲的商人揪着儿子的耳朵便冲上了甲板，大声命令他跪下，还扯着嗓子骂儿子道："你个笨蛋！你个傻瓜！你怎么可以不听我的忠告！"

儿子不但不跪，还推搡了父亲一把，满脸鄙视地回骂："老不死的，你说的有几句是忠告？我看全是废话！"

这时候，水手们已经全都被吵醒了，他们一个个跑出房间，聚集在商人父子的旁边。

只见商人冲进屋里把那箱珠宝抱了出来："既然你不认我这个父亲，那我也没必要为你辛苦地跑来跑去了，我的财富你也休想得到！"说完，他便打开箱子，一把一把地往海里扔起了珠宝。待水手们看清商人手中就是自己所谋求的那箱珠宝时，商人突然抱起箱子，把它整个扔进了海里。顿时，几十位水手发出了一声惋惜的惊叫。

接着，商人便怒不可遏地冲水手嚷道："快开船，往回走！我用不着去南洋了！"吓得水手们赶紧连夜往回赶。

刚到码头，商人和儿子便匆匆去了当地法院，指控水手们的海盗行为和企图谋杀罪。当那些被捕的水手大喊冤枉时，法官问他们："你们看到商人把他的珠宝投入大海了吗？"

"看到了。"水手们异口同声地回答道。

"有什么会让一个人置他一生的积蓄而不顾呢？只有面临生命危险的时候吧？"英明的法官问道。

哑口无言的水手们只好坦白罪行并主动赔偿了商人的损失，而法官则因此对他们从轻罚，饶了他们的性命。

> 非常时刻，非常思维才可能化险为夷、绝处逢生。对付邪恶最好的武器莫过于技高一筹，利用人的思维定式声东击西——佯装进攻某一目标，然后伺机给敌手以致命打击。

41. 兔子的论文

腹中饥饿的狐狸正在觅食，忽见一只兔子正斜躺在青青的草地上晒太阳。大喜过望之下，狐狸迅速扑了过去，不想兔子却连躲都不躲地继续享受温暖的阳光。

"你为什么不逃跑？难道你就不怕我吃了你吗？"狐狸挑衅地问道。

"你不会吃我的。"兔子眯了眯眼睛说道。

"为什么？"狐狸疑惑地问道。

"因为我们兔子实际上比你们狐狸更强大。"兔子回答道。

顿时，狐狸像听到了一个天大的笑话一般放声大笑了起来，笑过之后，它又向兔子扑过去："你做梦吧，我今天一定要吃掉你！"

"你不相信？"兔子坐了起来，"关于这一点，我已经用一篇论文详细透彻地论述完毕了。如果你不相信的话，我可以证明给你看。"

好奇不已的狐狸于是跟着兔子走进了山洞，去看它那篇论文。

进去之后，狐狸才相信了兔子真的比自己强大，只不过，它再也没机会亲口承认这一点了。

证明完毕的兔子走出山洞，继续沐浴着阳光。

不一会儿，一只觅食的狼也走过来想吃兔子，兔子故伎重演，把狼也领进了山洞里看它那篇自己为什么比狼强大的论文。狼进洞之后也相信了这一点，只不过和狐狸一样，它也没机会亲口承认了。

看看太阳快落山了，吃饱喝足的狮子从洞里走了出来，它抚摸着兔子的脑袋说："合作愉快！别忘了，明天在这里接着证明你的论文。"

> **大道理**
>
> 　　原本不起眼的小人物突然神气起来，一定是找到了大靠山。对反常的事物现象不加以深思，却以常理度之，怎么可能不吃亏呢？

42.　无解之结

　　公元前233年的冬天，马其顿的亚历山大大帝带兵攻入了亚细亚。当他到达亚细亚的弗尼吉亚城时，听到了一个古老而著名的预言：

　　几百年前，弗尼吉亚的戈迪亚斯王曾经在他的牛车上系了一个极其复杂的绳结，并且声称：谁能解开它，谁就会成为亚细亚王。从这以后，每年都有不计其数的人到弗尼吉亚来看这个怪结，并尝试着解它，可是结果正像戈迪亚斯王所预料的那样，没有一个人能够成功解开它，包括那些所向无敌的武士和自命不凡的王子们。众人的智慧似乎都被这个结拴住了，没有谁能够找到绳头，甚至不知应该从何处着手。

　　听说这个预言后，颇感兴趣的亚历山大大帝立刻驱车前往朱庇特神庙。在那里，他看到了那个历经几百年却仍然保存完好的怪结。

　　他细细地观察着，用手摸索着绳结的各处，许久许久，他的大脑也僵住了——这似乎真的是一个无解的结，否则，怎么会让聪明睿智、所向披靡的亚历山大大帝都拿它无可奈何呢？

　　这时，有人来报，弗尼吉亚城又出兵了，请大帝赶快带兵迎战。争强好胜的亚历山大一听，立刻怒由心起。"我一定要成为亚细亚之王，不管这个结解得开解不开！"他低低地怒吼道，然后冷不防抽出宝剑，一剑劈开了这个已经见证几百年沧桑历史的怪结，转身离去。

　　夕阳的余晖中，已经保留数百载，而今却变成两半的无解之结蔫蔫地耷拉着脑袋——原来，这个结需要以这种方式解开；原来，以这种方式也可以解开这个结。

> **大道理**
>
> 　　循规蹈矩，按照平常人的模式说话做事，我们做的必会是平常事，最终也会是平常人。不墨守成规，才能铸就王者风范。

43.　章鱼的命运

　　章鱼是一种很可怕的海洋食肉动物，以捕食小鱼小虾为生。

　　由于没有脊椎，章鱼的身体异常柔软，它们能够像流水一样随意把自己变成什么形状，这为它们的捕食活动提供了极其便利的条件。比如，它们常把自己塞进一个小小的海螺壳里，等到鱼虾们一靠近，它们就迅速探出头来把毒液刺进鱼虾们的身体，然后就开始美美地享用了。

　　你可不要觉得这是一件很轻松的事情，因为我还没告诉你章鱼有多大。据说，最大的章鱼体重可达70磅，也就是64斤左右，相当于半袋水泥，或者是一位十来岁少年的体重！想想如此巨大的身体，居然可以随心所欲地钻进任何一个它想去的地方，甚至可以从一个银币大小的洞里钻进钻出，这不能不说是一个奇迹。

那么，如此危险又如此灵活的章鱼是不是总会无往不胜呢？答案是如果在海洋里，它的确配得上这个词，但如果遇到聪明的渔民，它就只有变成傻瓜的份了。

怎么回事呢？

原来，深谙章鱼习性的渔民会让章鱼自己囚禁自己——他们把用绳子系好的小瓶子垂进海里，吸引着海底的章鱼们往里钻。

正如他们所想，那些"聪明"的章鱼往往会争先恐后地钻进瓶口，不管里面的空间多么小、多么窄。这样一来，原本在海洋里神出鬼没的"大王们"不用几分钟就会变成小小瓶子的囚徒，而渔民，自然就可以"坐收渔利"了。

想想看，是什么囚禁了章鱼？是瓶子吗？当然不是，因为瓶子既没有力量，也没有智慧，甚至连走都不能走。囚禁章鱼的，是它们自身的习惯，或者说是它们的思维定式。它们只晓得很狭窄的地方可供自己捕食，所以一见到小洞，就会拼命往里钻，而不管那是一个牛角尖，还是一条死胡同。

不过，章鱼再固执毕竟只是一种可以任人宰割的动物，如果这种思维定式的主人是一个人，甚至就是你，结果又会如何呢？

大道理

当遭遇不如意或者死胡同时，及时减速绕行才是明智之举，才可能为自己赢来更广阔、更光明的天地。倘若固执向前，只会让自己的前路越来越狭窄，甚至失去前路。

44. 说服父亲

意大利科学家伽利略，年少的时候非常喜欢哲学，打算把哲学作为自己毕生的研究对象，不想固执的父亲却坚决反对，因为他觉得那是一门无用的学科。

一天，父子俩坐在一起聊天时又谈到了这个话题，当然，老父亲还是坚持原来的观点。年轻的伽利略一时没有说话，半晌，他忽然像忘了这件事似的问父亲道："爸爸，是什么促成了你和我妈妈的婚事。"

谈到这个愉快的话题，父亲的脸色缓和起来："因为我爱上了你妈妈啊。"

"难道你就没想过要选别人吗？"伽利略故作不解地问。

"这怎么可能，我的儿子！"父亲带着甜蜜的微笑回忆道，"其实当时，家里的长辈们的确要我选择另一个富有人家的女孩儿，可是我却对你母亲一见钟情。你不知道，当时我简直被你母亲迷住了，她年轻的时候是那么美丽动人。如果长辈们硬要我娶另一个女孩的话，我想我宁可选择和你母亲私奔也不会答应他们……"

"肯定的，爸爸，哪怕从现在来看，我都可以知道这一点。"伽利略点头表示赞同，"但不知道您是否感觉到了，您的儿子此刻也面临着同样的处境。哲学对于我来说就相当于我母亲对于年轻时候的您，除了它，我不可能选择别的方向。哲学，是我心中唯一的需要，就像我母亲对于您一样，我实在无法割舍。"

听完伽利略的这番话之后，父亲终于点点头，答应让他从事哲学研究了。

　　如果别人反对你，先别急着反驳，先了解清楚他的思维方式，然后再尝试说服他——当然，你要用他的论据和论证方法。

45. 置换

　　他是一位富翁，却一直体弱多病，非常烦恼的他一直梦想着哪天能够健康起来，哪怕为此付出自己所有的财富。他是一位非常健康的男人，却是一个穷光蛋，长年的节衣缩食让他很是恼怒。他最大的梦想就是成为一位富翁，哪怕为此付出自己健康的身体。

　　某天，他们在街头相遇了，一拍即合之后，两人找到了一位世界闻名的外科医生。医生爽快地给他们实施了身体和头颅的置换手术。这样，富翁就变成了穷光蛋，但拥有健康的体魄；而穷光蛋则变成了富翁，当然，疾病缠身属于了他。

　　谁知一年之后，原本是穷光蛋的富翁说什么也要把自己原来的身体再换过来，怎么回事呢？

　　原来，变成穷光蛋的富翁由于拥有强健的体魄，又有赚钱的丰富经验，很快就重新积蓄起了巨额财富，又有钱又健康的他真是快乐极了。而变成富翁的穷光蛋则恰好相反，由于他没有经营生意的头脑，所以存折上的天文数字很快就减至为零了。再加上日夜担心自己的身体，他的病越来越多，越来越重，最后竟然卧床不起、奄奄待毙了。又穷又病之下，他真是痛苦死了，因此，他说什么也要换回原来的身体。

　　看来，穷与富并不是由原来的财富基础决定的，而是由人本身的思维定式决定的。有了"富思维"，穷人也能变富；相反，则富人也会变穷。

　　只在物质或形式上做巨大的改变，结果只会是徒然，因为只有改变了思维方式与心态，一个人才可能真正地焕然一新。

46. 雕刻老鼠的比赛

　　很久以前，某国出了两位远近闻名的木匠，他们的手艺都非常棒，一直难分高下。某天，国王心血来潮之际，忽然想给全国的工匠们找个领头人，于是便派人把这两位木匠召进了宫里，让他们比试一下谁的手艺更好。比试什么呢？按照某位大臣的建议，国王决定让他们各自雕刻一只老鼠，并宣布谁获胜谁就做领头人。

　　三天之后，国王和众大臣都聚集在了大殿之上，两位木匠各自打开盒子，拿出了自己雕刻的老鼠。

　　"哇！太像了！"看到第一位木匠的作品，众人都忍不住惊呼了起来。的确，他的老鼠刻的太好了，不仅形状极像，而且神态生动，最重要的是，他还别出心裁地设计了一个小机关——拉老鼠尾巴，老鼠的胡须就跟着一松一紧地动。

相比之下，第二位木匠的作品就让人失望了。远看之下，那块怪怪的木头倒还像只老鼠，可是一旦离近看，它简直就成了四不像。

看到这里，大家恐怕都会认为必然是第一位木匠获胜，但是结果呢，第二位木匠最后坐上了领头人的宝座。这是怎么回事呢？

原来，未等国王把结果宣布出来，第二位木匠便开口说道："尊敬的陛下，要决定一只老鼠是不是像老鼠，人的眼睛并不完全准确。我建议去找几只猫来，让它来判断，毕竟在这方面，猫的眼光要比人锐利许多。"

国王一听有理，立刻让人找了几只猫来。谁知仆人刚把几只猫带入大殿，它们便不约而同地扑向那只不像老鼠的"老鼠"，又抓又咬、又抢又夺。

"啊？这是怎么回事呢？"众人纷纷大惑不解地问道，连国王都看得目瞪口呆了。

"很简单，"第二位木匠说道，"我只不过是用鱼骨刻了只老鼠罢了！"

国王一听，立刻若有所思地微笑着点起头来。

大道理

很多时候，竞赛比的并非人们的实力，而是人们的智慧与技巧。按照逻辑做事、最大限度地贴近自然规律，这样的人往往最容易成功。

47. 照相

给这一届大学生照毕业照时，摄影师遇上了个难题。那天天气非常好，阳光极其灿烂，按说正是照相的好日子。可谁知问题就出在这"阳光极其灿烂"上——大家面对着阳光，都睁不开眼睛。摄影师一而再、再而三地试，就是不能达到100%"明眸善睐"的效果。

怎么办呢？摄影师一时陷入为难之中。这么重要的照片，几乎每个人都会保存一辈子，所以形象可是大问题，有谁愿意让自己最无精打采的一瞬间变成"千古恨"呢？

"睁大眼睛，听我喊一二三。"摄影师再次硬着头皮指挥道，"一、二……"可惜他的"三"还没喊出来，有些同学就上眼皮打下眼皮，撑不住了。

真是难办！摄影师使劲拍着脑袋，不知该如何是好，但是忽然，他眼睛一亮，对大家说道："请所有同学都闭上眼睛，听我喊一二三，当听到'三'字时，一起睁眼！"

两天后，照片洗出来了。哇，上百名同学无一闭眼，全都神采奕奕、精神抖擞。

大道理

很多难题，其实是由于人们无法突破自己的思维定式造成的。所以，如果事情从"正"面不容易解决的话，试一试"反其道而行之"，你也许会有意想不到的收获。

48. 爱心围墙

这位年轻人的家族世代以放牧为生，经过数年努力，他们的羊群数量不断增加，到了他这一代，已经发展到了10万只。对此，年轻人感到十分自豪，但同时，他又有些迷茫，因为不管他想什么办法，羊群的数量都始终维持在 10 万只上下，再也不往上增长。

一天，他的爷爷来牧场"巡视"，他用手指着漫山遍野的羊群，颇具成就感地炫耀着。不想爷爷却满脸不屑，"哼"了一声就走了。

爷爷的不满狠狠地打击和刺激了他，在牧场的小屋里坐至半夜时，他又听见了那熟悉的哀号声。"狼又在袭击羊群了！"他咬牙切齿地说道。最近一段时间，虽然大草原上食源丰裕，可狼还是在不停地骚扰羊群，平均每晚都有 50 多只羊被咬死。自己家的羊群数量之所以毫无增长，恐怕就是因为这个原因吧。

想到这里，他拿起墙角的一把长柄大猎刀就冲了出去。可是来到羊圈里时，他才发现那几只正在耀武扬威的野兽并不是狼，而是被澳洲人称为"头号食肉兽"的一种野狗。由于身躯不大，它们袭击草原上的大型动物时不太容易得手，所以便把目光转向了牧民们饲养的羊群。年轻人家的羊的数量之所以不再增长，实际上是因为这种野狗的存在。

明白了真正的原因之后，年轻人决定解决它——在全澳大利亚建一道防护墙。此决定一经宣布，他立刻遭到了全家人的反对。为了"逃避"家人的责问和否定，他想了个办法：先将原来的决定改成"在自己家牧场周围建一道防护墙"，这样一来，家里人就谁都不会反对了。

防护墙很快就建好了，挡住了野狗之后，年轻人的羊群数量又迅速递增起来。为了更好地保护羊群，他"不得不"一次又一次地将防护墙向外延伸着。渐渐地，这道墙已经围住了将近 1/4 的澳大利亚大草原。

而随着他日复一日地辛勤劳作，周围的人们被他感染了，于是越来越多的人加入了筑墙的行列。最后，被惊动了的政府也开始关心和资助这项筑墙运动了。

不过短短两年时间，一道世界上最长的防护墙建成了。它不但使牧民们的羊群数量激增，还为澳大利亚带来了另一项意外的收入——旅游收入，因为各国的旅游者们都想亲眼看一看这道世界第一的围墙。不难想象，今天的它已经成了澳洲人引以为傲的旅游景点之一，并且还有了一个好听的名称——爱心围墙。

大道理

在环境无法改变的前提下，要想解决问题，只能依靠想法改变。一旦思路改变，并被付诸实际行动，则一切困难都可能迎刃而解。

49．特尔的回答

多年前，当墨西哥正处于贫困时期时，在养猪专业户特尔的身上发生了一件有趣的事。

某天，一位政府官员来到特尔所在的小村子里视察民情，当看到特尔养的猪时，官员问特尔道："你通常都给猪吃什么呢？"

特尔不明白这位长官话的意思，只能如实回答道："当然是喂它们剩菜剩饭了。"

哪知一句话惹怒了这位官员，他立即给特尔开了张罚单。原来，他是国家卫生部的部长，这次下来，就是为了调查国内疫病不断的原因。他一听给人食用的猪居然是用剩饭剩菜喂出来的，立刻觉得不卫生，应该加以纠正。

没办法，倒霉的特尔只好悻悻然到银行交了那一笔为数不少的罚款。

这件事过去没多长时间，又有一位政府官员前来视察了。当他看到特尔的猪时，也问了上次卫生部部长所问的那个问题。

鉴于上次的教训，特尔再也不敢"实话实说"了，而是很小心地回答："当然是喂它们山珍海味了。猪是给人类食用的，应该讲究卫生嘛，所以一般来说，总是等猪吃完了，我们才吃剩下的。"

谁知，特尔刚回答完，这位官员便也火冒三丈地给他开了一张罚单。原来，这次前来视察的是国家经济部部长，他认为，国家现在正在闹饥荒，全民都应该节衣缩食，以求尽早度过艰难时期，而特尔居然给猪吃山珍海味，这简直就是浪费国家财产。

无奈之下，可怜的特尔又一次被迫缴纳了这笔罚金。

3个月过后，一位据说官位更大的政府官员前来视察了。碰巧的是，他也问了特尔前两位官员曾经问过的问题。有了前两次的经验，特尔真的学乖了，只听他对这位官员说："吃剩饭剩菜不对，吃山珍海味也不对，所以现在只要用餐时间一到，我就给每只猪发上100元餐费，让它们喜欢吃啥就自己买啥去……"

那位官员一听，立刻哈哈大笑起来，也许他认为特尔是个很滑稽的人吧。

于是，第三次视察就这样过去了。

大道理

　　挫折是人生的最好导师，也是令人失望的最大敌人，至于它对你是什么，全在你自己把握。倘若将之积累成知识，它便会助你成功；倘若不假思索地固守，它便会引你陷入经验主义的泥淖，直至失败。

50. 救命"海水"

大西洋上，一艘轮船遇到了海难，全船数百人最后只有8个船员幸存了下来。

幸存下来的8个船员游啊游啊，终于来到了一个孤岛上。那个孤岛很小，除了大块大块的石头，还有几棵树。看样子，树上的野果是唯一能用来充饥解渴的食物。

可是当几个人被烈日暴晒得饥渴难忍，来到树下摘果子时，才发现那几棵树除了稀稀落落的叶子之外，根本没有任何果子可摘！这可怎么办？四周虽然都是水，但那都是海水，海水又苦又涩又咸，不但不能用来解渴，还很可能引发要命的疾病。怎么办？难道大家就能眼睁睁地等死吗？

几天过去了，海面上风平浪静，却始终不见一只船经过。而天空也晴空万里，没有丝毫要下雨的迹象。

又是几天过去了，8个船员中的7个都因为极度缺水而渴死了。当最后那位也快渴死的时候，他绝望地扑进了海水里，心想反正怎么都是死，不如死个痛快。

可奇怪的是，他并没有感觉到海水的苦涩，反而觉得甘甜可口。"也许是因为自己渴急了吧。"他心想。喝饱之后，他倒在海滩上等待着死神的降临。

但是，他并没有像自己所想象的那样死去。就跟他的身体有特异功能，能够吸收海水似的，他靠着喝海水，奇迹般地活了下来。终于有一天，一支船队从孤岛边经过，把快要饿死的他救了起来。

　　船上的人听说他居然靠着海水活了十几天，纷纷感到不可思议。一直等到某位海洋科学家把海水舀来一化验，大家才明白是怎么回事：原来，由于地下水不断往上翻涌，这个孤岛周围的"海水"根本就是可口的泉水！

大道理

　　不要被任何固有模式限制住，如果你让自己的思维在别人所给的经验中发展或徘徊，那你所走的路必然不会是独辟的蹊径，而你所面临的绝境，也将与前人无异。

51.　开门事件

　　这家电影院地处繁华地带，每天都会有很多男男女女来这里看电影。

　　一天下午，不知什么原因，电影院里突然起火了，顿时，所有的人都慌了起来。可是由于大家都是当地人，对这里非常熟悉，都知道此电影院只有一个大门，因此他们一股脑儿地朝着那扇唯一的大门跑去。

　　因为工作人员也没有料到会突然起火，所以大门还是像往常一样锁着，只有一侧的小门是开着的。可能是由于太恐惧了吧，人们你推我搡，跑出去的人居然没有几个。

　　其实当时，电影院管钥匙的值班人员离大门并不远，但他就是挤不到门前去。不过应该说明的是，即使他开了锁，门也会照样打不开，因为门是朝里开的，而里面的人根本不想后退半步。

　　眼看着火势越来越大，人们却还在拥挤着，出去的人尚不足一百个。绝望之下，落在后面的好多人已经开始大哭了起来，情况十分危险。

　　"大家注意，大家注意，幕布后面还有一扇更大的门，快向那边跑啊。"突然，不知是谁喊了这么一声。立刻，人们掉头向幕布后面跑去，可是等跑到那里一看，哪里有什么门，根本就只有一堵坚如铁壁的墙嘛！于是，人们一边焦急地咒骂，一边又掉头跑了回来。

　　上述整个过程大概有两分钟左右，可就是这不长的两分钟，为值班人员赢得了宝贵的开门机会。等到大家又涌到这边时，大铁门已经被打开了。结果不到十分钟，人们便都跑了出去。四五百人，无一伤亡。

大道理

　　如果直接向前行不通的话，你不妨换一种思维方式，先后退几步试试。要知道使你摆脱困境的那扇门，也许正需要你后退一下才能敞开。

52.　卖水的淘金者

　　亚墨尔是位17岁的毛头小子。在淘金大潮来临之前，他像祖辈们一样，兢兢业业地开垦着自己的田园，依靠地里的菲薄收入维持生活。他的日子过得自然是紧凑而寒酸。

　　加州发现金矿的消息传来后，众人纷纷抢占这个千载难逢的发财机会，背井离乡地加入了淘金的大潮，亚墨尔也是其中之一。

几年过去了，虽然历经千辛万苦，但是大部分淘金者依然一无所获。看着因炎热干燥的天气而备受饥渴折磨的人们，亚墨尔突然生出另一种心思来。他悄悄把远处的河水引入了近处的水池中，过滤之后分瓶装起，卖给那些淘金者们。

他的举动顿时引起了众人的嘲笑："千里迢迢跑来加州为的是淘到一本万利的金子，这种蝇头小利的生意在哪儿不能干？""年纪轻轻地不干点大事业，做这种小本买卖多没出息！""放着现成的金子不淘，却把眼睛放在卖水上，这简直就是本末倒置嘛！"……

亚墨尔一句反驳的话都不说，只是一心一意地卖他的水。又过了几年，淘金热渐渐冷却了，绝大部分人都空手而归，只有亚墨尔兜里揣着卖水赚来的 6000 美元——在当时，这可是笔不小的财富。

> **大道理**
>
> "退而求其次"不见得求到的就是"次"。与其希望渺茫地与众人争抢一块大蛋糕，不如把心思放在他们需要却冷落了的刀叉上。

53. 埃尔莎的办法

埃尔莎是国际著名的服装设计大师，据说从小到大，他一直以机灵聪慧著称。下面要给大家讲的，是他上小学时的一个小故事。

某天，12 岁的埃尔莎忽然向母亲抱怨起学校的午餐来，说那简直就像猪食，根本无法下咽，因此想请母亲到学校去提点儿意见。谁知固执的母亲不但不理睬儿子的建议，还回过头来教训儿子挑食和不把注意力放在学习上。没办法，委屈的埃尔莎只好跑去向父亲求助。听完儿子诉苦，父亲一句话没说，而是把他带到了附近教堂的钟楼顶上。

"埃尔莎，往下看。"父亲指着楼下对儿子说。

当埃尔莎鼓起勇气向下看时，他看到了位于村子中间的广场，它的周围是网状的曲折小路，但不管如何迂回，每一条都能最终通向广场。

看到儿子若有所悟，父亲轻声提醒道："通往广场的路不止一条，如果你顺着这条路无法到达你想去的地方，那就试试走另一条吧。"

"啊，我明白了，爸爸。"埃尔莎双眼放光，不自觉地叫了起来。

父亲微笑着点了点头，然后拉着儿子往回走。在回家的路上，埃尔莎已经有了主意了。

第二天在学校吃午餐时，埃尔莎用瓶子装了些午饭时喝的菜汤。晚上，他把菜汤倒进母亲面前的碗里，并说这是让某厨师专门做给母亲喝的。颇感意外的母亲高兴地喝了一大口，跟着就喷了出来："上帝啊，他居然做这样的东西给我吃，这厨子只怕是疯了！"

"这就是我们学校的午餐。"埃尔莎见状立刻说道。

可想而知，母亲当场就愣住了，所以第二天，她就去学校解决午餐的事了。

> **大道理**
>
> 条条大路通罗马。通往成功的路绝不单单是已成功人士所走的那几条，你身边也有，只要你能够耐心寻找。另外，想办法让对方身临其境，往往比其他方式更有利于事情的解决。

第十章
为人与处世

1. 一杯牛奶

为了攒学费，贫穷的小男孩霍华德·凯利不得不一边上学，一边替报社打零工。

某个傍晚，已经送了一整天报纸的凯利饥寒交迫，但摸摸兜里仅有的一角钱，他不得不沿着街道慢慢往家走。

天色越来越暗，凯利的脚步也越来越沉重，他感觉自己马上就要饿晕了。迫于无奈，他决定向一户人家讨口饭吃。可是当年轻的女主人打开门时，他却又害羞了，只低声说想要口水喝。女主人看出了他的饥饿，于是倒了很大一杯牛奶给他，他摇摇头说："对不起，我只有一角钱。"女主人微笑道："你不用付钱。妈妈教导我要施以爱心，不图回报。"

多年后，这位女子得了重病，多方求医都没有效果，最后不得不转到一家著名的大医院医治。已经成为专家的霍华德医生看到她时，一眼就认出了她是当年送自己牛奶喝的那位恩人，于是不惜一切代价治好了她。

出院时，她不敢看护士给她的医药费通知单，她知道，上面的数额很可能需要耗尽她的余生来偿还。当她终于鼓起勇气打开那张纸时，却见那上面写着："医药费已付：一杯牛奶。霍华德·凯利医生。"

大道理

> 付出爱，才能赢得爱。付出是回报的前提，越是不图回报地帮助别人，别人便越会记住你的恩情，并在适当的时机给你更为丰厚的回报。

2. 情绪不好

列文是一位经理。某天早晨，他睁开眼睛时发现已经临近上班时间了，原来自己昨晚忘了定闹钟。于是，他赶紧起床洗漱、开车上路，并且连闯了几次红灯，以便尽量把时间赶早一些。谁知，顺利"闯"过几关之后，在距离单位大楼最近的一个路口，列文居然被交警抓了个正着。自然，他被交警狠狠地批了一顿，并领到了一张 200 元的罚单。

走进办公室，因为迟到加上被罚，列文已经是怒火中烧了。忽然，他看见昨晚让秘书发出去的信件现在还放在桌子上，于是便把秘书叫进来，狠狠地痛骂了一顿。

颇感委屈的秘书走到总机小姐面前发信，顺便找了个茬把总机小姐狠训了几句。总机小姐一气之下找到清洁工人，借题发挥又对清洁人员大肆指责了一番。想想公司里现在没有比自己职位更低的人，清洁工人只好把气憋在心里。

下班回到家时，清洁工人忽然见到 10 岁的儿子把东西扔得到处都是，还趴在地上看电视，当下把儿子一番好训。

小儿子忿忿然跑出了家，冲着那只正盘踞在家门口睡觉的大懒猫狠狠地踢了一脚。大懒猫惨叫一声，赶紧逃到了马路上。恰巧列文经理正打那里经过，为了不至于再被踢，大懒猫先发制人，上去就死命抓了列文一把。可怜的列文，一只小腿被猫抓得鲜血淋漓，可是抬头再看时，发现猫早已不知去向。

大道理

坏情绪是一种严重的传染病，如果你不加控制地肆意发泄出来，你周遭的所有人都会跟着遭殃。但最遭殃的人必然是你，因为你不但是传染源，还"病"得最厉害。

3．贪婪的流浪汉

关门时，她看见一位流浪汉正从她家的门前走过。就快下雪了，衣衫单薄的流浪汉能挨过今夜吗？她不禁动了恻隐之心："嗨，请等一下。"她叫住那个人，转身从房间里拿出一件厚厚的棉衣给他，想了想，又塞给他一大袋面包和一瓶热牛奶。

流浪汉感激地冲她笑笑，抱着东西走了。

现在，她开心极了。在这么冷的夜里救助一位流浪者，她感觉自己做了一件大好事，所以心里很是甜蜜。

第二天早晨，当她打开门时，她惊讶地发现那个流浪汉正站在门口，身上穿着她送的棉衣，胡茬上还挂着面包屑："您再给我一条棉裤吧。我上身很暖和，腿却冻得不行。"

她皱了皱眉头，他怎么可以张口向自己要呢？但是虽然不情愿，但是看到对方企盼的目光和冻得瑟瑟发抖的双腿，她还是又给了他一条棉裤。可是这次，她不觉得像昨晚那么开心了。

没想到第三天，那个流浪汉又站在门口向她要东西："自从前天晚上吃过你给的面包和牛奶，我就再也没吃过一点儿饭。我现在已经饿得不行了，你快再给我点吃的吧。"

她终于受不了了，把大门"咣当"一声关了，内心充满了厌恶。她决定，以后绝对不再给这个人一点东西！

大道理

索取不应无休止，对待索取的付出也应该有度。适当的给予会令自己和他人感觉快乐，但若不停地被索取，这种快乐便会荡然无存。

4．迟到的艺术

李红是某公司的兼职打字员，看看手头上需要打出的材料马上就要到交接期了，一直忙于其他事务的李红很是着急。夜以继日地赶了一周后，那满满两大包材料终于见了底可是计算来计算去，要按照那家公司规定的周一下午三点之前交过去，时间还是紧了点。于是她打电话给部门经理道："刘经理，我这边有点急事，可能要晚一会儿到，请您多等一会儿好吗？"

"大概晚多长时间？"刘经理在电话那端问。

李红心想，再晚两个小时肯定能完成，但为了让对方不至于不高兴，她暗自打了个折扣说道："最多一个小时吧，我大概四点能到。"对方应了一声就挂断了电话。

结果，李红用一个半小时才打完了材料，送过去的时候又赶上堵车，最后整整晚了两个小时。刘经理拿到材料时虽然什么都没说，却是明显的满脸不高兴。很自然，李红最后失去了这份兼职工作。

其实，李红担心对方不高兴而把迟到的时间少说一些，这种心理谁都可以理解，只是很显然，她的这种方式并不可取。因为对方已经给过你一次宽限，如果你一拖再拖，不啻为一错再错，当然只会惹得对方不高兴。

那在这种情况下我们该怎么做呢？有些人如此行事，结果往往会好一些：他们把预想的迟到时间再加上一些富余量通知对方，然后再"努力"将之提前一些，于迟到之中争取"早到"。

这样一来，对方的不满情绪就会明显缓和，以后的工作或交往也能比较顺利地进行下去。

想想也是，不管怎么着，迟到总是一件让人不愉快的事情，那就干脆让对方不愉快到底，然后再进行"拯救"。即便这种方式只是"杯水车薪"，也总比"先打折扣后加价"的一错再错要好一些。

大道理
> 同一件事情，处理方式不同，结果就会不同。但是万变不离其宗，不管什么情况，化被动为主动总比一直让自己处于被动境地好一些。

5．国王的画像

一位不幸的国王遭遇了野兽的袭击，失去了一只眼睛，瘸了一条腿。

按照这个国家的老传统，新国王继位之后，要把老国王的画像挂在自己的宝座后面。眼看着这位国王日益衰老，离退位之日越来越近，给他画像成了让所有大臣最头疼的事。

但是最后，三位技艺高超的画匠还是被请到了宫中。一个时辰之后，三位画匠便纷纷上交了自己的作品。

国王打开第一幅画：只见自己站在华贵的地毯上，一只手拄着拐杖，一只手向前伸着，似乎正与大臣们商议政事，瞎了的眼睛和瘸了腿无一遮掩。

国王显然很生气，二话不说就把这位画师赶出了宫廷。

第二幅画是这样画的：国王一身戎装，气度从容，英姿飒爽，而且双眼明亮，双腿笔直。

国王看过之后，依然紧紧地皱了皱眉头，挥手让这位画师出了皇宫。

当打开第三幅画时，国王大喜，立即宣布任命第三位画师为皇宫画师，从此专门为皇家画像。为什么他能得到如此的青睐呢？大臣们偷偷地打开了那幅画，原来，他是这样画的：

国王正在打猎，一只脚抬起蹬在一块大石头上，一只眼睛闭着瞄准远处的猎物。

赞美和奉承也是需要讲究技巧的。溢美别人最敏感的缺陷之处，跟直截了当地指出没什么两样，两者同样惹人反感。

6. 儿媳和婆婆

我在社科院工作，主要从事婚姻研究，平常总有很多人找我解决婚姻问题。

在众多的咨询者中，给我留下深刻印象的是一位刚三十出头的女人。我之所以对她的年龄记忆得如此清楚，是因为她看起来非常老，比实际年龄要大上十来岁。

第一次见这个皱着眉头、脸色难看的女人是今年春天的事情了。那天早晨，我刚刚走进办公室，就看见一位衣衫随意、头发凌乱的女人坐在椅子上。看到我进来，她一下子站起来，拉住了我的手："你就是张老师吧，哎哟张老师您快帮帮我吧，我都快不行了，我婆婆和我老公……"

我打断她，请她坐下来慢慢说。不想刚坐下，她就又连珠炮似的说起来。她对我说，由于没钱买新房子，她和老公、儿子只能和婆婆挤在一起住。在家里，她简直就是受气包，因为婆婆怎么着也看她不顺眼，总是挑三拣四地训她，有时，还会唆使老公打她。婆婆这样也就算了，连婚前对她不错的老公也对她越来越不好，动不动就说她没女人样儿，连婆婆都不知道孝顺，还有什么跟结婚以前大相径庭等等。气得她一次又一次地哭，一次又一次地想离婚。

"你说事情闹到这个份上，我不离婚怎么着？我实在无法忍受那个脾气恶劣的老太婆了，她的眼中只有她的儿子，根本就没有我这个做媳妇的位置。我的优点她一点儿也看不到，看到的全是我的缺点！"女人以一句这样的话结束了她的诉苦。

"那你可不可以告诉我，你婆婆在你眼中有哪些优点呢？"我微笑着反问她。

她大概没料到我会问出这么一个问题，愣了许久，尴尬地笑了两声，才有点酸酸地说："我的眼中，唉，她哪里有什么优点啊，整天就知道挑毛病、发牢骚！"

说完这句话，她脸红了，显然，她已经意识到了问题的所在。

"就算，就算我改了，她能改吗？"半晌，她犹犹豫豫地问出一句。

"你当然要试试啊，再怎么着，婚姻是大问题，难道你想跟数年来同床共枕的老公为财产、孩子的事闹上法庭吗？"我问道。

"好吧。"她很低声地说了一句，然后便转身走了。

虽然几个月了，我都没有再见过她，但我知道，我的办法管用了，因为，她没有再回来找我。

如果有人讨厌你，未必是你有问题；但如果人人都讨厌你，那肯定是你出了问题。平常多对世界微笑一下，世界才可能对你微笑。

7．萧伯纳与卡秋莎

萧伯纳是世界著名的大文豪、诺贝尔文学奖的获得者，出名之后，各地的邀请函如同雪片一般飞来，都是请他前去演讲的。

这一次，萧伯纳是到苏联去做演说。结束之后，满身轻松的他准备好好玩几天，没想到刚走进一个小公园，一个长相可爱的小姑娘便出现了。于是萧伯纳便和这个聪明的小女孩玩了起来，不知不觉，太阳已经快落山了。

分手时，萧伯纳对小姑娘说："回去告诉你妈妈，今天和你一起玩的是世界著名的萧伯纳。"没想到小姑娘好像小大人一般，模仿他的口气说道："回去告诉你妈妈，今天跟你一起玩的是苏联美丽的姑娘卡秋莎。"

卡秋莎的话顿时让萧伯纳大吃了一惊，他突然意识到，自己刚才那句话其实包含着一种不尊重对方的味道，自己是"世界著名的"，而小姑娘只是一个再普通不过的小女孩，无形之中，他似乎暗示了自己比小姑娘"高出一等"，但是卡秋莎天真无邪的回话却重重地打击了萧伯纳的傲气。

后来的日子，这件事一直被萧伯纳铭记在心，无论何时何地，他都不忘以此为鉴，提醒自己要懂得尊重对方。

大道理

"爱人者，人恒爱之；敬人者，人恒敬之。"要想得到别人的尊重，我们必须首先对他人表示尊重。否则，即便是名人志士，也必会自食其果。

8．谁喝谁的汤？

老太太平常非常节俭，生日那天，她决定破费一次，到附近的餐馆里吃午饭。

她要了一碗汤，在餐桌前坐下时发现忘了取包子，于是她又起身去拿。当再次回来时，她惊讶地看到一位破衣烂衫的中年男子正在喝自己的那碗汤。

"这个乞丐！他凭什么喝我的汤！要知道我平常都舍不得到饭馆里来吃饭的！"老太太气呼呼地想，"可是，也许他是太穷、太饿了，看这餐桌没人，以为那碗汤是别人剩下不要的呢。"

这样一想，老太太又不想与他计较了。于是，她若无其事地坐在男子旁边，拿起汤匙与男子一同喝起那碗汤来，不一会儿，汤就被喝光了。

这时候，那个男子又起身端来一大碗面条，上面放着两双筷子。老太太心想：你能喝我的汤我也能吃你的面条。于是两人又一起吃起那碗面来。

吃完后，男子站起身："再见！"他冲老太太打招呼道，表情看起来非常愉快，非常欣慰，因为他觉得自己做了一件好事，善待了一位穷困饥饿的老人。

老太太转头与男子说再见时，突然发现：旁边桌上放着一碗没人动过的汤，正是自己刚要的那一碗！

大道理

善待别人的人，总能同时得到别人的善待。从来都是这样，你怎么对待世界，世界便会怎么对待你，如果你把理解、宽容和善良给予别人，别人也会给你同样的回报。

9. 不只是 20 块钱

马戏团来了！8 个孩子一边兴奋地呼喊着，一边急急忙忙地穿戴，不大一会儿，他们就跟着父母出发了。

买票的人很多，早已在售票口处排成了长龙，父亲领着"浩浩荡荡"的队伍排在最后，耐心地等待着。几个迫不及待的孩子兴奋地谈论着即将上演的动物节目。

终于轮到他们买票了，父亲打着手势："8 张小孩的，两张大人的。"

"120 块。"售票员说道。

"多少？"父亲和母亲交换了一下眼神，身体同时抖了一下——他们一个月的工资加起来才是这个数，况且，他们只带了 100 块钱。

父亲的眼里透出了无奈与焦急，他捏着 100 块钱的手在微微颤抖，他不敢与孩子们对视，那 16 道期待的眼神会把他的心灼疼，他怎么忍心说出这句话：咱们的钱不够！

排在后面的那位男士显然目睹了这一切，只见他悄悄地把手伸进口袋，故意把兜里的 20 块钱掉在地上，然后捡起来递给这位窘迫的父亲："先生，您的钱掉了。"

父亲先是一愣，继而含着热泪握住了那位男士的手："谢谢您，这不只是 20 块钱！"

这时，那位男士的脸上露出了天使般的微笑，纯洁且满足。

大道理

常怀善念，常为善行，须知很多时候，你微不足道的举手之劳，便能让窘境变成充满友爱与感动的舞台，进而使你自己也生活在美好的世界里。

10. 射线

梅农不是这个城市的市民，他只是过来进点货。可是由于在公交车上丢了钱包，他成了一文不名的流浪汉。饿了一天一夜后，他终于小心地敲开一家人的门，问主人借 22 个卢比，那正好是他从这座城市到家乡的费用。然后他请主人把详细地址写给他，说回家后会立即偿还。主人却摇了摇头：既然施恩的是陌生人，那就让接受施恩的也是陌生人吧。

某年夏天，我取道印度回国，到机场寄存行李时才发现身上已经没有印币了，而机场不肯签收旅行支票。正当我狼狈不堪时，旁边一位小伙子说道："我来帮你付。"我感激不尽，连忙把那张旅行支票送给他，他却摇摇头："你自己留着吧，我用不着的。"然后，他就给我讲了那个关于梅农的故事，最后加了这样一句："因为那件事，梅农转行成了慈善家，我父亲是他的助手。"

一位不知名的印度市民——一位外地商人（后来的慈善家）——慈善家的助手——即

手的儿子——我，我突然就想到了这么一个链子，我会让这个链子在我这儿终止吗？当然不会！

"这是射线，"我自言自语道，"或者是一个光源。"

大道理

　　一个小小的善行并不是一个圆满的句号，而是一道爱心射线的起点，或者一束博爱光源的源头。不管延续这道线的是数目多小的"施恩"，作为接力赛的一个环节，它都是必不可少的。

11. 咬过的包子

　　看看天快下雨了，我随便走进了路旁的一家快餐店。显然已经有不少人在这里用过午餐，有些桌子上残留着没有收拾的剩菜剩饭。一位衣衫破烂的乞丐正在挨个吃着那些剩食。

　　这时，一位妇女带着一位五六岁的小男孩走进了店里，在我旁边的桌子上坐下来。眼尖的小男孩一下子看到了那个乞丐："妈妈，那个人为什么要吃别人剩下的东西？"

　　"因为他饿，可是又没钱买食物。"妈妈小声地告诉他。

　　"那我可不可以给他买一个包子？我用我自己存的钱。"小男孩从裤兜里掏出两张皱巴巴的纸币，都是五毛的。"可是他只会要别人吃过不要的东西。"妈妈摸了摸儿子的头。

　　"那，"小男孩歪着头想了一会儿，"我把包子咬一口，当成不要的送给他好吗？"

　　"好的，宝贝儿。"妈妈微笑着看着自己的小天使。

　　当服务员把他们要的包子打好包递给他们时，小男孩从袋子里拿出了一个包子，张开小嘴咬了很小很小的一口，然后跑到老乞丐那里，把包子放在他面前的桌上。

　　老乞丐很惊讶，继而满脸感激之色。

　　妇女和小男孩走了，我随着他们走出去："咦？雨什么时候停了。"我自言自语道。

大道理

　　勿以善小而不为。你小小的一个善行，就可能弥补一个破碎的心灵，减轻一个生命的痛苦，这样，你便不会是徒然地活着。

12. 求人不如求己

　　他一直笃信佛教，每逢初一、十五都必然会去庙里虔诚地拜观音，求她保佑自己事事顺利。

　　一天，这个人正急着赶去某地办事，天空忽然下起了瓢泼大雨。没办法，他只好躲到一户人家的屋檐下避雨，然后不停地求菩萨赶快让雨停下来。正着急时，他忽然发现雨中走着一个和观音长得一模一样的人，他不由得问道："您可是观音菩萨？"

　　"是的，我是。"观音回答道。

　　"哎呀，我诚心信了您这么多年，今天您终于显灵了！我现在很着急赶去某地，你能带我一程吗？"这人极为高兴地问道。

"你在檐下，而檐下无雨；我在此处，而此处有雨。我无须带你的。"说完，观音就走了。这个人一下子丈二和尚摸不着头脑了。

又过了几天，这个人因为事情办得顺利去庙里答谢菩萨的保佑。刚跪下来，他就发现旁边跪着的竟然还是观音菩萨，于是他特别奇怪地问道："观音菩萨您无所不能，还有什么必要拜自己呢？"

观音看了看他，笑道："我就是想用自己的无所不能来解救自己呀，求人不如求己嘛。"

大道理

　　求人不如求己。遇到事情时，我们往往倾向于得到别人的帮助，久而久之形成习惯，便会忘了自身其实就是一笔挖掘不尽的财富。打破这种习惯性思维，在借助别人力量的同时不忘自力更生，很多困难便都能迎刃而解。

13. 坏脾气与钉子

这个小男孩脾气真是坏透了，一件鸡毛蒜皮的小事都能让他暴跳如雷。不管对方是谁，他都会动不动就大发其火。时间一长，这个小男孩发现自己身边一个朋友也没有，那些长辈们好像也特别不喜欢自己。

于是烦恼的小男孩便去问爸爸，爸爸告诉他："这都是你乱发脾气的结果。"

"那怎么样我才能控制住自己的脾气呢？"小男孩反过来问。

爸爸想了想，从抽屉里找来了一包铁钉，又给了他一只小铁锤："每发一次脾气，你就在后院的篱笆上钉一颗钉子，去吧。"

结果，一天下来，篱笆上的钉子有三四十颗之多。小男孩看着自己的累累"战果"，脸红了，他终于暗下决心要改掉自己的坏脾气了。

几个星期很快就过去了，小男孩发现自己每天钉的钉子的数量越来越少。当他把这个变化告诉爸爸时，爸爸又对他说："从今天开始，每当控制一次自己的脾气，你便往外拔一颗钉子。"

当把这些钉子都拔光的时候，小男孩的脾气已经明显地好了。

看到他的骄傲之色，爸爸把他带到了后院篱笆前，指着篱笆上的钉孔说："不要忘了，这些钉孔依然存在，所以你必须继续努力。"

大道理

　　伤人的言语如同钉子，会把对方钉出满心疮孔。如果不希望别人因此而把你孤立，你就必须学会控制自己的脾气和嘴巴。

14. 记住和忘却

两位朋友一起在沙滩上漫步，不经意间，海浪扑过来了，两个人一下子都被卷入了海里。马蒂游泳技术稍好一些，于是竭尽全力把朋友沙旺救了上来。

回头看看险些要了他的命的大海，再扭头看看为了救自己已经筋疲力尽的马蒂，沙旺满心感激，他紧紧地握了握朋友的手，然后掏出水果刀在附近的大石头上刻下这么一句话："某年某月某日，沙旺落海，马蒂不惜自己的性命救了他。"

还是这两位朋友，在沙漠里旅游的时候，因为一点小事吵了起来，马蒂一气之下打了沙旺一个响亮的耳光。沙旺什么都没说，蹲下身去在沙子上写道："某年某月某日，因为争吵，马蒂打了沙旺一个耳光。"

因为沙旺的宽容，两人很快和好如初，马蒂问沙旺道："你为什么把我救你的事刻在石头上，却把我打你的事写在沙子上呢？"

沙旺笑笑，便带他来到了海边，指着那块刻有字的大石头说："你看，半年多了，它们还在呢，就像我永远会记住你救过我一样。而沙漠里的那些字，一夜过后，就会再也没有踪影，就像我不会记住你打我一样。你不觉得，这样会更好一些吗？"

> **大道理**
>
> 　　永远记住别人对我们的恩惠，同时努力忘记别人对我们无心的伤害。只有这样，我们才能过得轻松快乐，同时，也让友谊之树四季常青。

15. 请尊重负重者

拿破仑现在已经是威风凛凛的皇帝了，本来脾气不好的他由于无数事务缠身显得更加暴躁了。

这天天气不错，好不容易闲下来的皇帝终于有机会去后花园散散心了。看着满园花朵妍丽、蜂飞蝶舞，皇帝烦躁的心渐渐地放松了下来。他慢慢地向前走着，思绪渐渐沉浸到了年轻时的美好回忆里，他脸上的微笑证明了这一点——这可真是太不容易了，现在最好任何人都别去打扰他，否则一定会大祸临头。

不想刚刚拐过一个小弯，一位背着重物的士兵便迎面而来。只见他低垂着头，腰弯到了将近90度，步伐显得十分沉重。皇帝身后的宫廷女卫长一看有人挡路，立刻冲那位士兵大喝道："太放肆了，你还不赶快给皇帝让路！"

听到训斥声，士兵一下子慌了神，但是没等他迈步让路，就听皇帝急忙阻止道："不，夫人，请尊重负重者，让他先过去吧。"说完，拿破仑便退到了路旁，给负重的士兵让开了一条路。

——伟人之所以是伟人，也体现在他无视自己的身份，而对劳动者表示尊重上面吧。

> **大道理**
>
> 　　"请尊重负重者"，言外之意就是应该尊重做事的人，不做事的人是没有资格对负重者指手画脚的，哪怕身为王侯将相。

16. 白人女士与黑人男士

在一架从纽约飞往伦敦的班机上，一位中年白人女士被安排在了一位黑人男士旁边。还没坐下，她便对身边的黑人怒目而视，而黑人男士则用和善的微笑回应了她的不友善。

空服员走过来时，白人女士请求给她调换位置。

"怎么了？有什么问题吗？"空服员问道。

"难道你没有看到吗？"白人女士用眼睛斜视着旁边的黑人埋怨道，"你们把我安排在这里，我真是太受不了了。跟这种令人倒霉、让人讨厌的人坐在一起，我也会倒霉的，快点给我换个位置！"

几分钟之后，空服员回来了："很抱歉，女士，经济舱已经坐满了。"

"谁要坐经济舱！"自以为高贵的白人女士立刻叫了起来，"头等舱，像我这样的人，当然要坐头等舱！"

"哦，头等舱里，的确还有一位空位。"空服员微笑着说道，然后她突然站起身来，向大家宣布道，"不过在这种情况下将乘客提升到头等舱，的确是我们从未遇到过的情况，好在我已经获得了机长同志的特别许可。"

全舱的人都静静地等候着下文，希望空服员能给大家一个令人满意的答案。

"机长同志认为：要一名乘客跟这么令人讨厌的人同座，真的是太不合情理了。"说到这里，空服员看了看白人女士，发现她脸上露出了得意的神色后，又接着说了下去，"所以，这位先生，如果您不介意的话，我们已经为您准备好了头等舱的位子，请您移驾过去。"

已经站起来的白人女士顿时愣在了当场，而她旁边的黑人男士则趁机走出来，在所有乘客的掌声中，挥着手跟着空服员走向了头等舱。

尊敬别人，才能赢得别人的尊敬，才值得别人尊敬。倘若不懂得善待别人，处处以个人利益为中心，最终只会让自己陷入难堪的境地。

17. 循环的回报

贫穷的苏格兰农夫弗莱明正在田地里劳作，忽听一位小男孩在呼救，他跑过去一看，原来这个小孩不小心掉进粪池里去了。他二话没说，就把这个小孩救了上来。

第二天，一位绅士赶着一辆豪华的马车前来致谢，弗莱明却连连摇手："我并没有想过要什么报酬，不过举手之劳，先生何必言谢。"说这话时，弗莱明的小儿子正从外面进来，由于家境贫寒，这个可怜的孩子根本上不起学，只能像父亲一样，整天在田地里干活度日。

"这是您的儿子吗？"绅士问，"您救了我的孩子，我必须向您表示感谢，如果不肯接受酬金，就让我带走这个孩子吧，我会把他培养成优秀人才。"

没有哪位父母不希望自己的孩子能够成为有用之才，弗莱明当然也不例外。就这样，这位名叫弗莱明·亚历山大的小男孩被绅士带走了。多年之后，他从圣玛利亚医学院毕业了，并最终因为发明盘尼西林而成为世界名人。

又过了几年，绅士的儿子染上了肺炎，在生命垂危之际，是盘尼西林救了他。

这世界真是奇妙，回报原来也可以循环。

大道理

善有善报，即便你并未想过什么回报。这样看来，行善真是这世界上最划得来的一项事业，投资最少——只需要做一个善良的人，行一行举手之劳；回报最大——对方会在你最需要的时候雪中送炭。

18.　明确的目标

父亲带着三个儿子到草原上猎杀野兔。在到达目的地、一切准备得当、开始行动之前，父亲向三个儿子提出了一个问题：

"你们看到了什么呢？"

老大回答道："我看到了我们手里的猎枪、在草原上奔跑的野兔，还有一望无际的草原。"

父亲摇摇头说："不对。"

老二的回答是："我看到了爸爸、大哥、弟弟、猎枪、野兔，还有茫茫无际的草原。"

父亲又摇摇头说："不对。"

而老三的回答只有一句话："我只看到了野兔。"

这时父亲才说："你答对了。"

大道理

有了明确的目标，才会为行动指出正确的方向，才会在实现目标的道路上少走弯路。事实上，漫无目标，或目标过多，都会阻碍我们前进，要实现自己的心中所想，如果不切实际，最终可能是一事无成。

19.　谁是对的

他是一个说书人，已经说了几十遍老舍的《骆驼样子》，说到了活灵活现的地步。不要怀疑，的确是《骆驼样子》，因为这个说书人就是这么说的。如果你想和他争，输的一定是你。

你看，这个人自视有些学问，便和他争了起来：是《骆驼祥子》！是"祥"不是"样"！说书人满脸鄙夷：小伙子，看你年纪轻轻的，没读过几年书吧？我老汉可是说了几十遍这部书了，不可能出错的。

两个人谁也不服谁，谁也咽不下这口气，于是便以100块钱为赌注，去找一个文学大师评定。

文学大师笑眯眯地看了看争得面红耳赤的两个人，突然指着主张"祥"的那个人说："是你错了，的确是'样'，你给这位说书人100块钱吧。"

不明不白地输掉了 100 块钱，这个"祥"子可不愿意了，等说书人走后，他很生气地责问文学大师："你不可能不知道，明明是'祥'嘛。""没错，"文学大师回答，"的确是'祥'。"

"那你怎么……"这位"祥"子更摸不着头脑了。

"你不过损失了 100 块钱而已，而他身为说书先生却如此冥顽不灵，那个错字肯定会害他一辈子，就让他被人笑话去吧。"

大道理

> 如果你坚持错的，那我就告诉你：你是对的。但是不要忘了，做错事总会受到惩罚的，而对谬论的附和，就是对谬论者最大的惩罚。

20.　猎人、马和梅花鹿

苦苦挨过食物奇缺的寒冬，春天终于到来了。眼看着草原日渐丰茂，这匹野马欢天喜地地奔跑着。不一会儿，它就在一片水域的旁边找到了一片十分丰美的草地，美美地饱餐一顿之后，野马细心地记下了这里的具体位置，以便以后能够经常到这里来享受美食。

但没过几天，野马就发现这片草地有其他兽类吃过的痕迹。它躲起来一观察，原来是只大胆的梅花鹿总是趁它不在的时候来偷吃。野马非常生气："这是我的地盘，你凭什么来享受！"但是无奈的是，野马追不上小巧灵敏的梅花鹿。

正在烦恼之际，野马看到一位猎人正在草原上打猎，于是便跑过去恳求道："猎人大哥，请您帮我一个忙吧，那只梅花鹿总是偷吃我发现的草，你能帮我惩罚一下它吗？"

猎人想了想说："没问题，只不过我需要你的帮忙。我要你套上辔头，载着我去追它。"

野马想都没想便答应了，让猎人给它套上了缰绳，然后载着猎人射死了鹿。但是接下来，猎人却把它骑回家，拴在了槽头边。失去自由的野马这才知道后悔：我真是太傻了，为那么点儿小事去报复梅花鹿，结果反倒让自己成了奴隶。

大道理

> 斤斤计较、睚眦必报，肯定不会有什么好结果。因为一点儿小事丧失理性，为了打击报复而不择手段，最终必然会付出沉重的代价。

21.　螃蟹的愿望

"横行霸道？！"当螃蟹知道人类用什么样的词语来形容自己时，既感觉不可思议又感觉无比屈辱。的确，这不能怨它们，是上天让它们天生有 8 只不能前后活动只能左右活动的脚的，也是上天把它们演化成动物，让它们必须活动起来自己去找食物吃的。但是不管怎么样，螃蟹还是不能忍受这种说法，它越想越对自己的走路方式不满意，越想越希望自己能像人那样直立起来、用两脚走路，那该多高贵、多潇洒！

于是螃蟹不停地拜佛许愿，乞求佛把它变成直立行走的样子。日复一日，年复一年，佛终于被螃蟹的诚意打动了，让它站了起来，用原本在最后面的两只脚着地。

螃蟹兴奋地跳了好几跳，感觉自己太与众不同了。跳累了之后，它感觉有点饿了，于是便向着不远处的食物爬去。哦，对了，现在它已经不是"爬"了，是"走"，可是你看它那样子，是"走"吗？它一步也动不了！

原来，螃蟹虽然被施以法术站了起来，身体结构却并没有改变，它的脚依然只能左右舒展而不能向前迈动。而且，由于眼睛还在头顶，它也根本看不到前面的路。

所以，它实现了凤愿，然后就只能等死。

大道理

并不是所有看上去不错的东西都适合自己，盲目追求那些不适合自己的东西，到头来只可能演化成一出悲剧。

22. 丑陋的兔子

他是位养兔大户，日子过好了，也就有闲情逸致去关心别的了。仔细观察之下，他发现附近寺院里有个和尚不地道，花天酒地，尤其贪图女色。

于是，这件事便成了他茶余饭后的谈资。有钱人势头大，人们都喜欢靠近有钱人，所以经过他添油加醋的"和尚事件"在当地迅速传开了。当人们都知道了"和尚没一个好东西，都是说一套做一套的假仁假义者"时，原本香火旺盛的寺院一下子冷清了许多。

经过调查，寺里的方丈知道了原因，便派出两个和尚来以买兔子为名解决此事。养兔大户瞧不起和尚，懒得亲自动手，便让他们自个儿挑，不一会儿，他们拎着一只奇丑无比、兔毛脱落的老兔子出来了。

"我们把这只兔子拿回去养，如果有人问起，我们就说是从你这里买的，也相当于给你做宣传了。"两个和尚说。

"不行不行，"养兔大户赶紧摇头道，"我这里的兔子个个皮毛干净、漂亮无比，你拿这么一只快死的老兔子会让别人误会我的。""那，一个和尚行为不检点，你却以之为代表做宣传，对于我们来说，难道就不会让别人产生误会吗？"和尚微笑着反问道。

养兔大户立刻脸红了。

大道理

你怎么对待别人，别人便会怎么对待你。如果你不希望别人对你以偏概全，那你就要首先做到全面地看待人与事，不以偏概全。

23. 搬石头

小男孩10岁了，看着同龄人们都很独立，他也决定自力更生。在他的强烈要求下，父母给了他一小块地，允许他种一些花或菜，收获以后换些零花钱。

不巧的是，小男孩分到的这块地中心有一块大石头，很影响耕种，所以，他决定把它搬走。于是，他找来了铁锹，开始挖石头周围的土。一切看起来都不算困难，大石头很快就全部呈现出来了。但是当小男孩弯腰去挪这块石头时，他才发现，石头太重了，他一个10岁的孩子绝对搬不起来。

于是，他开始想办法，他用手推、用肩挤、左摇右晃，一次又一次与顽固的石头搏斗着。可是，不管他如何用心用力，大石头就是纹丝不动。

看看太阳快落山了，郁闷的小男孩一屁股坐在地上，伤心地哭了起来。这时候，父亲来到了他的面前。

"你怎么了？亲爱的儿子。"父亲问道。

"我想把这块石头搬走，可我搬不动。"小男孩哭着回答。

"你可以用上你所有的力气啊。"父亲很温和。

"我已经用上我所有的力气了，可它就是不动。"小男孩还在伤心。

"不，你没有，爸爸不也是你的力量吗？"说完，父亲就把大石头轻而易举地抱走了。

大道理

你做不到的，未必你的亲朋好友也做不到，因此请不要对着困境一个人发愁，时刻记着亲友也是你的力量与资源之一。

24. 学会说"不"

年轻的会计尼克刚参加工作没多长时间，便感觉异常头疼，因为领导动不动就对他提出非常过分的要求，多半是让他在公司账务上做手脚以期偷税漏税。苦恼的尼克写信问姑妈自己该怎么办，奇怪的是回信没来，姑妈反倒来了。

"也好，面对面谈更方便一些。"尼克想着，便请姑妈去吃饭。在街上转了一会儿，姑妈便领着尼克进了一家相当豪华的大酒店。没等坐下，尼克心里便开始犯嘀咕：我兜里只有50块钱，这可怎么办啊。

"你想吃什么？"姑妈问尼克。

"随便，什么都行。"尼克慢吞吞地答道。

没想到，姑妈竟然点了酒店里最贵的三道菜，弄得尼克整整一顿饭都没吃出什么滋味来，光顾着担心怎么买单了。

最后的时刻终于来临了，看着侍者递过来的账单，尼克窘得满脸通红。姑妈静静地看了他一会儿，掏出钱来付了账，然后对他说道："孩子，你为什么不说'不'呢？姑妈一直在等你说这个字。要知道，当对方的要求已经远远超过了你能承担的范围时，勇敢地说'不'将会是最好的选择。我之所以不给你回信而是来看你，就是为了让你亲身体会到这一点。"

尼克一下子明白了。

大道理

当事情的发展已经超过了我们的承受能力时，一定要勇敢地、及时地说"不"，否则，我们只会陷入更加无法收拾的境地。

25．天才球星之路

住在贫民窟的这个小男孩家里非常穷，一家几口只能靠妈妈给人打零工的那点收入维持生活。在这种情况下，懂事的小男孩克制住了自己对足球的喜爱，他没有向妈妈要钱去买足球，而是捡别人丢弃的塑料盒、易拉罐、椰子壳踢。

一天，他在一片干涸的小塘里猛踢一只猪膀胱时，被一位足球教练看见了。得知男孩非常着迷足球却买不起时，教练二话没说就送给了他一只足球。这一下，小男孩踢得更来劲儿了。不久之后，他就能准确无误地把球踢进几米、甚至是十几米外的一只大水桶里了。

圣诞节来临时，小男孩很想送给自己的恩人一份圣诞礼物，可是一贫如洗的他根本没有这个能力。想了一下，他便从家里拿了一把铁锹，来到教练别墅前的花圃里开始挖坑。

"你在干什么，亲爱的？"教练问他。

"我太穷了，没有办法给您买圣诞礼物，只能给你的圣诞树挖一个坑。"小男孩指着刚刚挖好的那个坑说道。

教练的眼睛顿时湿润了："宝贝儿，这是我收到的最好的圣诞礼物，作为回报，我请你加入我的足球队。"

1958 年，这个刚 17 岁的小男孩率领巴西队第一次捧回了金杯。现在，该告诉大家他的名字了，他叫贝利。

大道理

　　爱心，能让普通人变成天才，所以天才之路多是用爱心铺成的，而且在铺成这条路的众多爱心之中，必然有天才自己的那一颗。

26．人缘

他是一家大公司的董事长。当他的公司财源滚滚时，他曾经用汽车轧死了邻居家才半大的鸭子，但他不但没道歉，还嫌鸭子挡了他的路。他的狗在随着他散步时，冲邻居家的小男孩龇出白森森的牙，把小男孩吓哭了。他轻蔑地看了小男孩一眼。修建自己家的车库时，他怕小山似的建材碍事，便堆在了邻居家的门口。因为这些事情，邻居从来都不理他。

后来，他的公司因为周转不灵歇业了。他开始步行，把狗也拴了起来，有时还会摸一摸邻居小男孩的头。但是尽管如此，邻居依然对他爱答不理的。

与上面那位董事长相反，他是一个就快倒闭的工厂的技术员，因为眼看着饭碗要丢，他的心情非常不好。当邻居的鸭子冲他呱呱直叫时，他气得踢了它一脚。当邻居小男孩拽着他的手玩时，他烦躁地一甩，把小男孩带了个跟头。

因此，邻居也从来不理他。

后来，他绝境逢生，集资开起了自己的公司，生意还算不错。于是他常常把剩饭菜倒给邻居家的鸭子吃，也经常像个老小孩似的跟邻居家的小男孩一起做游戏。邻居看到了觉得这个人还不算坏，于是便对他笑脸相迎了。

大道理

人缘并不是随心所欲的东西。如果在失意的时候得罪了人，得意的时候还可能弥补；但反过来，得意的时候得罪了人，却很难在失意的时候再弥补。

27. 过桥

涝灾期间，为了方便与外界沟通，村民们在这条河上架了一座桥。因为是独木桥，所以如果同时有两个人要去往相反的方向，必须有一个人先让路。

一天，张三出村赶集，恰逢李四往村里走，两人便在独木桥上相遇了。因为平时处得不是很好，张三和李四都不想给对方让路，所以都抱着肩膀看天，等着对方退回去。不想10分钟过去了，彼此都没有后退的意思。急着赶集的张三等不了了，对李四吼道："你凭什么不给我让路，是我先走上桥的。"李四瞅他一眼："我凭什么给你让路，这桥又不是你家架的。"两人越吵越凶，最后干脆动手打了起来，结果两人都"扑通"掉进了河里。好在他们水性都很好，才没出什么意外。

张三和李四刚刚气喘吁吁地爬上对岸，就见桥两端又来了两个人，一个是拎着篮子的农妇，一个是拎着几只鸡的中年男人。只见农妇刚跨上桥，又退了回去："对面的，你先过吧。集快散了，再晚就来不及了。"看男人过了桥，农妇也上了桥，一边走一边说："有句话叫'给别人让路，就是给自己让路'，看来真没错。"

"这句话好像是说给我听的。"张三和李四都想道，然后就都脸红了。

大道理

给别人让路，就是给自己让路。在工作和生活中，用这个道理去解决所遇到的事情，许多矛盾不都会迎刃而解吗？

28. 简单的赞扬

美国幽默作家马克·吐温曾说："一句得体的称赞，能够让我陶醉两个月。"没错，如果对方是发自内心地称赞我们，我们也会回味不已、心情舒畅。但是我想马克·吐温先生所说的"得体"，除了"名副其实"之外，应该还有"简单"的意思。因为过犹不及，再得体的称赞，如果洋洋洒洒几千几万字，也会让被称赞者感觉不好意思甚至是起反感之心。关于这一点，我有深刻体会。从小到大，我一直都非常喜欢写作，发表的东西也不计其数。每逢有新文章发表，其后的几个月里我都会陆陆续续地收到大量读者的来信。看到那些连绵不断的溢美之词，我往往只是付之一笑，连看都没看完就放到了一边。所以，到今天为止，那些信里究竟写了些什么，我几乎一点也记不起来了。但是有一封信我却至今记得清清楚楚，那是我高中时的语文老师写给我的。当我诧异那薄薄的两页纸怎么会是我自己文章的复印件时，我看到了文章最后不怎么起眼的两个小字："精彩！"就因为这两个字，我好久都沉浸在愉悦里。至今，这封信我还保留着。看来，只有简单的赞扬才最让人感动。

　　每个人都希望自己的努力被别人看见，自己的成绩被别人肯定和欣赏。既然我们知道自己渴望赞扬的心，就不应忘记或忽略赞扬别人。

29. 蜜蜂和天神

　　很久以前，蜜蜂们还没有刺，不会蜇人，所以它们酿成的蜜总会时不时被人偷走。为此，它们很是烦恼，便决定由蜂后出面去向天神求一件保护武器。

　　于是蜂后便从蜂房中飞出，飞到夏林比斯山上去见天神，然后把自己带来的香甜可口的蜂蜜献上，等着天神的赏赐。果然，尝过沁人心脾的新鲜蜂蜜，天神甚为高兴："小蜜蜂，我非常高兴你能为我送来如此好吃的蜂蜜，我要封赏你。请说吧，你想要什么？""我想要一根毒刺，让它长在我的尾巴上。"蜂后回答道。

　　"为什么？"天神大为迷惑。"哦，是这样，"蜂后略略犹豫了一下才说道，"人类总是偷我们辛辛苦苦酿成的蜂蜜，甚至会直接驱逐我们来抢蜂蜜，所以我们想要一根毒刺，等他们再来偷蜂蜜或是侵袭我们时，我们就可以蜇他们，让他们疼痛难忍，再也不敢骚扰我们。"

　　听到这话，天神很是生气，因为很久之前他也曾经是人，也曾偷吃过蜂蜜。但是由于有言在先，他已经不好再拒绝蜜蜂的请求，所以他便说道："你们可以得到刺，只是一旦你们用它来蜇人，就要因为失去它而死亡。"

　　保护自己利益的权利是人人都可以并且应该拥有的，但如果为此便去无限度地伤害别人，那么自己也必然会遭到报应。

30. 华盛顿与佩恩

　　1754 年，华盛顿还只是一名上校，那年，他曾率领部下驻防在亚历山大市。

　　在弗吉尼亚州议会选举议员时，华盛顿与佩恩曾因为支持的候选人不同而发生过激烈的争论。当时，华盛顿说了一些冒犯佩恩的话，火冒三丈的佩恩想都没想便一拳把华盛顿打倒在了地上。恰在这时，华盛顿的部下赶来了，几个卫士上前拉住佩恩，想为自己的长官报仇。但出乎意料的是，华盛顿却一手抹着嘴角的血，一手拉住了部下："算了，算了，不要打。"然后又极力把他们劝回了营地。

　　第二天，华盛顿托人给佩恩送去一张纸条，说请他到附近的一个小酒馆喝酒。

　　佩恩料定必有一场决斗，便做好了充分的准备，尔后才赶赴酒馆。但令他惊讶的是，华盛顿竟然真的如那张便条上所说，为他准备好了美酒而非手枪。

　　看到佩恩到来，华盛顿微笑着伸出手去："佩恩先生，我真诚地向你道歉，昨天确实是我不对。不过你已经采取行动挽回了面子，呵呵。如果你认为这件事可以到此为止的话，请跟我握握手，我们可以做个朋友。"

佩恩瞪大眼睛，几乎傻了似的握住华盛顿的手，从此成了华盛顿的狂热崇拜者。

以眼还眼、以牙还牙，这是大多数人解决矛盾的通常做法，但却并非是最好做法，因为这只会使仇恨不断升级，而无助于化解矛盾。

31.　给别人真正需要的

见一大群人正围着游泳池大喊，救生员好奇地走了过去。

"哎呀，"他叫了一声，原来是一个孩子溺水了，孩子在水里忽沉忽浮，情形很是危急，而岸上的人却在不停地冲他喊："屏住呼吸，屏住呼吸你就能浮上来了。""你什么都别想，尽量躺在水面上，让水浮着你。"……

在人们还在不断地大喊时，救生员已经游过去抓住了那个孩子，他把孩子救上岸，扭头对人们说道："人都快淹死了，不喊救命反倒教他游泳，这对他有用吗？"

一个星期之后，这个救生员从一家牛奶店门前经过，看见一个小女孩在买牛奶。拿了牛奶之后，小女孩刚一转身，便被台阶绊了一下，手里的牛奶瓶一下子掉在地上摔碎了。看到这种情景，旁边等待买牛奶的人纷纷笑看小女孩的笨手笨脚，连店老板都埋怨她："我这么忙，你还在我店前洒一地牛奶，这不是给我添乱嘛！"

看到小女孩不知所措的样子，救生员猜想她是没有钱再买牛奶了，于是走过去把五块钱塞给她。没错，小女孩顿时长出了一口气，鞠着躬向他道谢。

这个时候她需要的是钱，不是教训！救生员边走边自言自语地说道。

当别人陷入困境时，如果你不能做出对他真正有帮助的行为，那就请闭上你的嘴巴，因为这时候他需要的是援助而非喋喋不休的教训。

32.　奇怪的惩罚

一位老人非常喜欢打高尔夫球。某天，他的球瘾又犯了，可是当天是不能从事任何娱乐活动的。怎么办呢？老人到底还是没能抑制住高尔夫的诱惑，遂决定偷偷地去玩。

没想到的是，虽然球场上空无一人，但是他的行为却被天使发现了。生气的天使随即把这一消息报告给了上帝，于是上帝决定惩罚一下他。

打从这一刻开始，老人的球打得异常的好，而且越来越棒，最后竟然杆杆都中，成绩超越了世界上最顶尖的高尔夫球员。

看到老人惊喜不已、兴高采烈的样子，天使极为不解地问上帝："他违反了规定，不是该惩罚吗？你为什么反倒奖励他？"

"我就是在惩罚他呀，不信你接着看。"上帝看着天使，微笑着回答道。天使不得不耐心看下去。

果然，不一会儿，满心兴奋的老人就开始难受了，因为他特别想找个人说说今天的奇遇，可是他又不能说，因为自己是偷偷跑出来玩的。

"有这么惊人的成绩，他自然很兴奋，所以肯定非常想找个人说一说。可是他又不能说，因此一定会感觉特别难受。这就是我对他的惩罚。"上帝这时对天使说道。

原来，不能与别人分享自己的快乐，也是一种折磨人的惩罚啊！

大道理

不管快乐还是痛苦，情感是需要被分享的。没有人分享的快乐，会渐渐不再是快乐，而没有人分担的痛苦，却会成倍地增加。

33.　一个半朋友

从前有一个非常仗义的人，广结天下豪杰。因为他的朋友遍天下，许多人都非常羡慕他，但他却淡淡一笑说："其实我只有一个半朋友。"

他的儿子听了这话感觉很奇怪，就问父亲是什么意思。父亲于是就在他的耳边交代了一番，然后对他说："你按照我的意思去见见我的这一个半朋友吧，到时候你自然就会明白了。"

儿子首先来到了父亲认定的"一个朋友"那里，告诉他："我是某某的儿子，我犯了案子，朝廷现在正在追杀我，您快救救我吧。"只见那个人立刻把自己身上的衣服脱下来给他："快换上我的衣服逃走吧，这里交给我来处理。"

于是儿子明白了：在你处于困境甚至是有生命之忧时，那个能同你肝胆相照，想方设法为你排忧解难，甚至不惜牺牲自己的性命来帮助和搭救你的人，就是可以称为"一个朋友"的真朋友。

接下来，儿子又来到父亲所说的"半个朋友"那里。他把同样的话重复了一遍，那个人立刻摇摇头说："孩子，这样的大事我可帮不了你。这样吧，我给你足够的路费，你快点逃走，走得越远越好。你放心，我保证不会告发你……"

儿子笑了，他终于明白父亲的"半"是什么意思了：平常表现的忠贞不渝，到了你患难的时候明哲保身的人，只能称为"半"个朋友。这种"朋友"其实遍地都是，因为条件无非就这么一个——在你落魄时不再落井下石地加害于你，这样的"朋友"其实不是朋友，而只是一个"帮手"而已。

大道理

正所谓"患难见真情"，判断朋友的真与假，不但要看他在你发达、平安时如何待你，更要看他在你遇难、落魄时对你的态度。

34.　骆驼和商人

一个商人赶着骆驼去外地做生意，天色暗下来时，他正好走在一片草原上。看看前后都没有人家，商人只好支起帐篷，准备在野地里过夜。

他刚躺了一会儿，就觉得身边暖烘烘的，睁眼一看，原来是骆驼把头伸进了帐篷。

"主人啊，外面太冷了，你就让我把头伸进来暖和一会儿吧。"骆驼请求商人道。

"好吧。"商人想想答应了，把身子向旁边靠了靠。

不一会儿，只听骆驼又说道："主人啊，现在我的头虽然不冷了，可是脖子冻得要命，你让我把脖子也伸进来吧。"

商人又答应了，身体也又往旁边靠了靠。

再过一会儿，在征得主人同意的情况下，骆驼把半个身子都挤进了帐篷。这时，商人已经紧紧地贴住帐篷的边了。

当骆驼的屁股冷得不行，想请求主人让它全钻进来时，走了一天路、甚是疲倦的商人早已睡着了。"既然主人同意我的半个身子进来，他也肯定不会反对我的身子全进来。"这样想着，骆驼便把整个身子全都拱进了帐篷。可怜的商人，在熟睡之中被挤了出去。

第二天，太阳升起来了，浑身暖洋洋的骆驼从帐篷里钻出来，打着响鼻叫主人起来。可是商人却再也起不来了，他早就被冻死了。

大道理

有些人在追求自己的利益时总会得寸进尺、不知满足，并且不惜损害他人的正当利益。在这种情况下，如果你再不讲原则、一味退让，早晚会被他们逼至绝境。

35. 狡猾的狐狸

老虎大王因为年老体衰，已经无力再捕猎觅食了。为了解决自己的一日三餐问题，它决定使用计谋。于是它便躺在自己的洞里装起病来，并把头冲向洞口，时不时痛苦地呻吟几声，以便让附近的动物们听到。

果然，路过老虎洞口的百兽们听到今非昔比的大王呻吟，都很同情它，所以便一只一只的前来探望。老虎乘机把它们都吃掉了，吃不完的，就储藏起来以备以后的不测。

这天，狐狸也来探望老虎了，但是它刚刚走进洞口，又退了回来。它远远地站在洞外高呼道："老虎大王，我狐狸来看望您了，您还好吧？"

老虎在里面装成有气无力的样子回答道："我浑身疼痛，一点劲儿也没有，可能就快不行了。亲爱的狐狸，我感觉好孤独啊，你快进来陪我聊聊天吧。"

狐狸转转眼珠道："哦，不行啊大王，像您这种情况，我怎么敢进去呢？"

老虎在洞里面奇怪地问道："你害怕什么？"

狐狸指指老虎洞前的小路说："你看，这路上这么多的脚印，却都是进去的，没有一个出来的，我怎么会不害怕呢？"

说完，狐狸就转身跑了。

大道理

害人之心不可有，防人之心不可无，只有时刻提高警惕才可能保护好自己。与此同时，我们还应注意从他人的灾难中吸取教训，以便避免同样的灾难降临到自己的身上。

36. 婆媳之间

自从嫁到王家以后，翠花老觉得婆婆不顺眼，人又老又脏不说，还整天啰里啰唆地唠叨个不停。

终于有一天，翠花受不了了，她悄悄找到一位医师问道："请问有什么秘方可以毒死我的婆婆，而且能让她死的神不知鬼不觉的？我实在是受不了她的精神虐待了。"

医师想了想问她："你的婆婆喜欢吃什么你知道吗？"

"知道，"翠花回答，"她最喜欢吃甜芋头了。"

医师听了对她说："太好了，你可以用甜芋头毒死她。据我所知，甜芋头里面含有一种有毒的成分，长期大量地吃，会让人的体内积蓄起剧毒，100天之后，她自然就会不治身亡了。"

翠花听了大喜，心想这个办法好，我天天给她做甜芋头吃，别人肯定以为我非常孝顺她，即便她最后被毒死了大家也不会怀疑到我的头上。

就这样，翠花开始了她的"孝顺之道"，天天殷勤地给婆婆做甜芋头吃。渐渐地，她发现婆婆竟然不那么爱唠叨了，而且还时不时地帮她干点活儿，有时还像对待亲闺女似的对她。

100天过去了，翠花到医师处大哭："快救救我那可怜的婆婆吧，她对我这么好，我实在是不想让她死啊。可现在她已经吃了将近100天的甜芋头了，这可怎么办啊。"

医师听完哈哈大笑道："恭喜你们婆媳和好，放心吧，你婆婆是不会死的。"

大道理

感情是互动的，付出恨只会收获更多的恨，而付出爱才可能收获更多的爱。所以，你想让别人怎么对待你，你就要首先怎么对待别人。

37. 占星师的预言

某地出了位占星大师，据说，他的预言非常灵验，每次都能准确无误。一时间，国民都对他顶礼膜拜起来。这显然威胁到了国王的权力与统治，于是国王把他抓来，以"蛊惑民心"为由想置他于死地。

在下命令之前，国王想戏弄一下这位占星师："大家都说你的预言非常灵验，那么你预言一下你自己什么时候死吧。"国王心想：如果你说以后，我现在就下令把你处死；如果你说现在，那我就过一段日子再处死你。我看你从此以后还敢不敢说自己能掐会算！

只见占星师面色从容，毫不慌张地掐了手指，约莫半分钟后，他徐徐睁开眼睛道："陛下，我将在您驾崩的三天前死去。"

"啊？"国王大吃一惊，顿时不知所措。

结果当然是占星师没有被杀，因为国王虽然对占星学有所怀疑，但占星师以前的"战绩"却足够让他心有顾虑——倘若他的预言是真的呢？

就这样，占星师不但保住了性命，还在有生之年享尽了荣华富贵，国王甚至还专门派了一队高明的宫廷医生来照顾他的健康。

最后，在人们诧异的议论中，占星师比国王还多活了几年。这虽然否定了他的预言能力，却赢来了他一生的安枕无忧与高官厚禄。

　　真正聪明的人不是让人感谢他，而是让人需要他——想法把自己和更强势的人捆绑在一起，这不但能让你在无形之中拥有某种权利，还能为你赢来更广阔的生存天地。

38．弦外之音

　　三国时期的曹操，对儿子曹植宠爱有加，常想废了太子曹丕改立曹植为太子。当他就这件事征求大臣贾诩的意见时，贾诩自知难以直言，便装成思考的样子一声不吭。

　　片刻之后，曹操见贾诩不作回答，便很奇怪地问他："爱卿为何沉默不语？"

　　贾诩摆摆手道："请皇上稍等一下，我正在想一件事呢。"

　　曹操问："爱卿正在想何事？"

　　贾诩回答："我正在想当年袁绍、刘表废长立幼招致灾祸的事。"

　　曹操一听，顿时明白了贾诩的言外之意，哈哈大笑起来，暗称自己糊涂，从此再不提废丕立植之事。

　　无独有偶，南朝时，书法家王僧虔也曾经历过这么一件类似的趣事。

　　当时的皇帝齐高帝酷爱书法，因此常常请王僧虔前去一起研习书法。一次，高帝突然问道："王僧虔，你说朕和你的字相比，谁的更好一些？"

　　这个问题可把王僧虔难住了，说高帝的字好吧，不但不符合实际而且有谄媚之嫌；而说自己的字好吧，又会让高帝在众人面前大丢面子，弄不好还会激怒皇上，给自己招来祸患。想了一下，王僧虔突然灵机一动道："在臣中，我的字最好；在君中，陛下的字最好。"

　　高帝顿悟其中的弦外之音，遂哈哈一笑作罢了。

　　说话是门大学问，现实生活中，很多时候有些话是不能不说又不可直说的。这时，旁敲侧击、寓音于弦外，不失为一种巧妙的明智之举。

39．6/6 的人生

　　某天，一位哲学家来到一片保持着原始风貌的山区游山玩水。在乘坐小船游江时，他问奋力摇橹的船夫："你懂数学吗？"

　　"不懂。"船夫回答。

　　"哦，那你失去了 1/6 的生命。"哲学家说，然后又问道，"你懂物理吗？"

　　"不懂。"船夫又回答。

　　"哦，那你失去了 2/6 的生命。化学呢？你懂不懂？"哲学家接着问。

　　"不懂。"船夫的回答依旧是那两字。

　　"天哪，你已经失去 3/6 的生命了。"哲学家惊呼道，"那天文呢？天文你总该懂一点吧？"

"不懂。"船夫还是摇头道。

"上帝，你 4/6 的生命都没有了，你的一生一定会毫无光彩。"哲学家很惋惜地说道，"文学你总该懂点吧？这可是我们日常工作和生活中必不可少的……"

"不懂。"不等哲学家说完，船夫便用一如既往的答案打断了他。

"完了，原来你早就失去 5/6 的生命了。"哲学家深深地叹息着。

这时，天空中突然风云大作，江面上顿时波涛滚滚，船夫把持不住，小船一下子翻了过来，船夫和哲学家都掉进了江里。

看着哲学家拼命挣扎的样子，船夫一边如鱼得水地向前游动，一边回头问道："你会游泳吗？"

"不会。"哲学家大声喊道，意思是让船夫快来救他。

"那你就要失去 6/6 的生命了。"船夫面无表情地回答。

> **大道理**
>
> 用你的标准去衡量别人，很多人的人生都会没有意义，正如用他们的标准来衡量你，你的人生也毫无意义一样。所以说，在这种标准问题上，我们应该学会因人而异，而非推己及人。

40．发泄

一天，陆军部长斯坦顿来到林肯那里，气呼呼地向他诉说一位少将侮辱他偏袒某些人的事情，林肯静静地听完后说道："你可以写一封内容十分尖刻的信来回敬那家伙啊。"

这倒是个好办法，斯坦顿想，于是开始着手写那封信。半个小时之后，他把已经写好的措辞激烈的信拿给林肯看。

"非常好，棒极了。"林肯总统高声称赞道，"要的就是这个，你真写绝了，斯坦顿，这下我们可以好好教训教训他了。"

斯坦顿的脸上也闪过得意扬扬的神色，他把信叠好装进信封里，正准备往外走时林肯叫住了他。

"你去干什么？"林肯问。

"寄出去啊。"斯坦顿很疑惑地望着林肯，似乎在说，这难道还用问吗？

"不要胡闹！"林肯大声说，"你快把这封信扔到炉子里去吧，凡是生气时写的信，都应该这么处理！"

"可是，这可是你让我写的啊。"斯坦顿糊涂了。

"没错，可是我让你写这封信的目的是为了发泄。现在你已经解了气，还有什么必要再把它寄出去呢？如果你的怒火还没有完全平息的话，那请你再写第二封吧。"林肯说。

> **大道理**
>
> 用别人的错误来惩罚自己是愚蠢，用自己的愚蠢来惩罚别人是更大的愚蠢。记住：无论什么东西，你送给别人而别人不要的话，它便还是你的。

41. 误会

在美国阿拉斯加州流传着一个关于"误会"的故事。它讲的是一对年轻人，结婚后许久才生下一个孩子，由于难产，太太生下孩子便死去了。从此，只有男人带着可怜的孩子孤苦地生活。

可是男人白天要做工，晚上要做家务，忙得实在没时间照顾孩子。送人吧，他舍不得；托人照顾吧，他又没钱。想了许久，他终于想出了一个好办法：训练一只狗照顾婴儿。还好，不久之后，那只机灵的狗便被他训得聪明听话了，不但能保护孩子的安全，还能叼着奶瓶给孩子喂奶喝。

有一天，男人有事要出门，临行之前，他把狗叫过来吩咐它照顾好孩子，那狗像通人性似的点了点头。

当夜，因为途遇大雪，男人比预计的时间晚了好几个小时才到家。刚进门，他就发现屋里有点不对——闻声出来迎接他的狗竟然满身是血！他慌忙跑进屋，发现地板上、床上甚至墙上都是血，而孩子却不见了。

一定是这可恶的狗趁主人不在家，把孩子给吃掉了！男人痛苦地大叫了一声，拿起菜刀便朝身后的狗砍了下去，一下、两下……男人满眼通红，而狗渐渐被剁成了肉泥。

当他终于气喘吁吁地停下手时，眼前的情景却把他吓得一下子坐到了地上：只见孩子满脸是血地站在他面前，双眼惊恐无比地看着血淋淋的狗尸体。他一把把孩子揽在怀里，发现孩子竟然没有受伤。这到底是什么怎么回事？他糊涂了。

一直到走进内屋，看到地上的狼尸体，他才明白：原来，家里来了狼，狗为了救小主人，与狼拼死搏斗，最后，狼死了，狗也满身是伤。

清楚了原委，男人顿感胸口一阵疼痛，不分青红皂白的误杀令他后悔莫及，又痛苦万分。

大道理

> 冲动是魔鬼，放纵自己的冲动是罪恶。在对别人有所决定与判断之前，请你先冷静下来，确定这并非"误会"，以免等到不可收拾时再追悔莫及。

42. 宽大

越战结束后，父母天天盼着服役的宝贝儿子早点回家。终于有一天，儿子从旧金山打电话来了："爸妈，我正在途中，很快就能到家了。但是，我有个不情之请，我想带一个朋友跟我一起回家。"

"当然没有问题，"父母很愉快地答道，"我们很高兴见到他。"

"可有件事我得先告诉你们，"儿子接着说道，"我这位朋友曾受了重伤，少了一只胳膊和一条腿，所以他现在走投无路，也无法独立生活。我想请他回来和我们在一起，并麻烦你们照顾他，好吗？"

电话这端明显犹豫了，几秒钟之后，父亲说道："我很遗憾，儿子，你朋友的情况真让我感到非常难过。不过没关系，我或许可以帮他找个安身立命之处。"想了一想，父亲又继续道，"孩子，你知不知道你给自己找了个多大的麻烦，像他这种重度残障的人会给我们的生活造成很大负担的。我们还有自己的日子要过，不能就这样让他破坏了对不对？如果现在还有回旋的余地，我建议你甩掉他，赶快回家来，相信他会找到属于他自己的生存空间的。"刚说到这里，那头的儿子便挂断了电话。从此，父亲就再没有他的消息了。

半个月之后，父亲接到了来自旧金山警察局的电话，说他们亲爱的儿子已经服毒身亡了，并且证实这是单纯的自杀案件。当悲痛欲绝的父母飞到旧金山见到儿子的尸体时，他们都惊呆了：儿子居然只有一只胳膊和一条腿！

大道理

很多时候，对别人的残酷，即是对我们自己的残酷，同理，对别人的宽大，有时也会是对我们自己的宽大。虽然没有谁知道"爱"会在何时何地发生，但它却一定会带给我们独特的礼物。

43．黑煤块与白窗帘

托马斯先生正在院子里收拾煤块，忽然看到 10 岁的儿子科迪气呼呼地进了门。

"你怎么了，亲爱的？在学校里遇到什么不愉快的事情了吗？"托马斯关切地问道。

"是的，爸爸，我现在非常生气。华科今天惹到我了，以后他再也甭想得意了，否则我会要他好看！"科迪怒气冲冲地说道，小脸都涨得通红了。

托马斯一边微笑着听儿子诉说，一边把地上的煤块收进了那只大簸箕里。

"来，科迪，跟我来。"托马斯端起簸箕叫儿子道，"现在，这条挂在绳子上的白窗帘就是华科，爸爸手里这一簸箕煤块就是天底下的倒霉事。你不是生他的气吗？那你就用这些'倒霉事'砸它好了，每砸中一下，就代表他倒了一次霉。你可以使劲儿地砸、尽量地砸，看看砸完以后情况会怎么样。"

"这可真是个好玩的游戏！"科迪欢快地喊着，便捡起煤块往窗帘上砸去。可是由于窗帘挂在比较远的绳子上，直到他把整簸箕煤块投完，也没有几块能砸中窗帘。

这时，托马斯走过来问儿子道："你现在感觉怎么样？"

"累死我了。"科迪有气无力地说道。

"除此之外呢？"托马斯又问。

"除此之外？除此之外就是我还是不开心！你看，窗帘上才这么几个黑点，华科遇到的倒霉事还不够多！我还要砸！"科迪满腹怨气地嚷嚷道。

"没问题，但是在继续砸之前，爸爸请你先看看你自己的样子。"托马斯说着，便从身后拿出了一面镜子。

科迪上前一照，发现自己竟然满身都是黑煤渣了，尤其是脸上，只能看到白眼球和牙齿了。

托马斯这时意味深长地说道："你看，为了报复别人，你把自己弄了个筋疲力尽，而他却还好好地站在那里。"说着，他便用手指了指身后还好好挂在绳子上的窗帘，"而且，他几乎没有变脏，而你自己却已经成了一个'黑人'。看来，虽然我们的坏念头会在别人身上兑现一些，但最倒霉的却总是自己。最重要的是，虽然按照计划报复了别人，你自己却还是没能获得应有的开心和快乐。"

 大道理

　　怨气仇恨是一团火，要想用它烧伤别人，首先你得点燃自己。所以，无论哪种复仇手段，一旦在对方身上应验，你的身上也必会先留下难以消除的伤疤。

44．雨中的小贩

　　天气糟透了，从大清早到现在，滂沱大雨就未曾停歇过。由于大街上人迹稀少，人们又都行色匆匆，这几个可怜的小贩从早到晚一桩生意也没做成。
　　眼看到了中午，卖烧饼的饿得受不了了，于是便吃起自己的烧饼来。
　　卖西瓜的一看，也切了个西瓜吃起来。
　　卖杨梅的左右瞅瞅，开始吃杨梅。
　　卖辣椒的看大家都在吃，无聊之下也只好开始往自己嘴里塞辣椒。
　　雨一直下着，直到夜幕降临还没停；四个小贩也一直吃着，直到夜幕降临还在吃。结果，卖烧饼的噎死了，卖西瓜的胀死了，卖杨梅的酸死了，卖辣椒的辣死了。看看四个摊位什么都有就是无人看管，一个乞丐喜出望外地跑了过来。他从各个摊上都拿了一大堆东西，然后坐到附近的亭子里头吃了起来，有香有辣，有酸有甜，味道真是好极了！

大道理

　　如果说物质上的自给自足代表了落后，那思想上的自给自足就代表愚蠢。适时与他人分享，你非但不会失去，反而会获得更多。

45．为时已晚

　　自从独生子出车祸死后，他变成了一个名副其实的酒鬼，喝没了房子，喝散了妻子，喝成了穷光蛋。但是尽管如此，他依然改不了嗜酒如命的毛病。你看，他又跑到小酒馆来了。
　　这家小酒馆是新开的，老板还不太清楚他是什么人，所以一看有客人来了，赶忙热情地招呼着。酒鬼眼里满是贪婪之色，他要了一瓶酒和十几美分的食品，然后靠着柜台坐了下来。他尽量装出真喜欢吃那些食品的样子，他努力的模样让我感觉到有些心酸。他真可怜，我既鄙视又怜悯地想，其实像他这种年纪，正常人早已经坐在家里享受天伦之乐了，可是为了喝酒和填饱肚子，他却要整天到处挨骂受气。
　　大概一刻钟之后，酒鬼吃喝完了，店老板走过来要他付钱。他见多了这种局面，既不撒谎也不耍其他花招，只是拍拍自己寒酸的衣服，直截了当地说："我没钱。"
　　店老板先是一愣，继而把脸上的笑容换成了冷若冰霜："没钱？"他开始吼了，"没钱你为什么进来要酒要菜，难道我该养活你吗？这些东西我也是拿钱买来的！"
　　说着，店老板便抄起桌上那个已经空了的酒瓶向酒鬼的脑袋砸了下去。随着酒瓶的破碎，酒鬼哀号了一声，血顿时染红了他的脸。老板后退几步，又猛地向前踢了他一脚。也许还是不解气吧，他又顺手抄起了旁边的椅子。

我实在不忍再看下去，上前一把抓住老板的胳膊："他的钱由我来付好了，你让他走吧。"

看老板放下了椅子，酒鬼慢慢地站了起来，他用双手使劲儿撑住桌子，以使自己不至于再倒下去。然后，他竟然恶狠狠地看着我说道："不用了，留着你那点钱吧！我刚才算是已经付过钱了！"

说完，他开始摇摇晃晃地往外走，出了门口，他又转过身来对我说道："谢谢你，孩子，但是已经太晚了，不是吗？"他指了指头上还在流血的伤口。

我突然之间感到很难为情，是啊，我不知道我在做什么。我是在帮助他吗？可是当别人不再需要时，我再伸手还有什么用呢？

大道理

思想只有与实践结合在一起，才能显现出其意义和价值。同理，助人之心是可贵的，但更可贵的是及时付诸行动。

46.　庄子论人生

战国时期的著名思想家庄子，有许多脍炙人口的故事。

一天，学生陪他去一位老友家聚会。翻过一座小山时，两人找了一棵老树坐下来歇脚。忽然学生指着四周说道："老师你看，这么多树桩证明了这里曾经是一片茂密的树林，可是为什么其他的树都被砍掉了，而独独咱们身后这棵树被留了下来呢？"

庄子回过头看了看盘曲如虬的老树说："这棵树太弯了，砍去也没用，所以反倒享受了天年。"

到了老友家以后，殷勤好客的主人欢天喜地地出来迎接，并吩咐仆人："咱们家不是有两只雁吗？留下那只会叫的，把那只不会叫的宰掉来招待我们的客人。"

学生听了甚是疑惑，便问庄子："老师，山里的老树因为无用而被保存了下来，而家里的雁却因无用而丧失了性命，这个社会真是太繁杂无序了。依您看，我们应该如何修善己身，才能在这乱世中得以保全呢？"

庄子回答道："我们应该选择有用和无用之间。虽然这个分寸非常难以掌握，而且也不符合人生的规律，但却可以避免许多争端，因此足够应付人世。"

学生服气地点了点头。

大道理

月盈则亏，物极必反。为人处世时，过于出头或过分委曲求全都容易遭人非议、受到伤害，适当地韬光养晦、中庸处世，未必不是一种高明的生存艺术。

47. 传话游戏

语文老师让我们做的一个游戏。

当时，她让我们几个人围成一圈，然后随机指定其中的一个人为开始，由他说一句话，悄悄传给左边的人，然后再向左传，依次类推。结果等这句话再传回开始人的耳中时，与他最初那句话的意思早已经大相径庭了。

以"我没说她偷了图书馆的书"为例，我们一个一个地传下去：

第一个人："我"没说她偷了图书馆的书。（是别人说的。）

第二个人：我"没"说她偷了图书馆的书。（这句话真不是我说的。）

第三个人：我没"说"她偷了图书馆的书。（我只是在心里这么想而已）

第四个人：我没说"她"偷了图书馆的书。（我说的是别人）

第五个人：我没说她"偷"了图书馆的书。（她只不过对图书馆的书做了其他事情。）

第六个人：我没说她偷了"图书馆"的书。（她偷的是个人的，不是图书馆的。）

第七个人：我没说她偷了图书馆的"书"。（她偷的是图书馆的其他东西，不是书。）

这个游戏曾经引得我们捧腹大笑，但今天想来才知道其中是别有深意，也许老师正是想以这种方式告诉我们：闲话就是这样产生的。的确，哪怕一字不差，由于说话人的语气、神态或重点的不同，这句话的意思都可能有所差异甚至是大不相同。所以，当我们无法确定当事人想表达的意思时，最好闭上自己的嘴巴，以免让自己成了是非的源头。

闲话就是这样产生并逐渐被加工、失真的。二手传播不可信的另一个原因还在于，我们无法确定当事人是怎样说的，这一点很重要，语气神态不同，意思也就大不相同。

大道理

即便同一句话，经过数人的传播之后，也会在不知不觉中被加工、失真。所以对于不能确定的消息，我们必须做到一不相信，二不继续传播，以免深陷其中，害人害己。

48. 葡萄树情缘

张小伙是个闷葫芦，快三十岁了还没娶上媳妇，谁要是给他介绍对象，他会立刻面红耳赤地摇头，因为他一见到人家就会害羞地说不出一个字来。

可内向归内向，张小伙侍弄花草的手艺可是一流的。这不，前年从山上挖来的葡萄树经他一照料，今年开春以后长势疯狂，大有金秋时节硕果累累之势。

五月的一天，张小伙又闷着头站在葡萄架下捉虫子。忽然，他发现两根长长的葡萄蔓已经越过墙去，垂到了一墙之隔的邻居家去。于是他伸出手，想把葡萄蔓拉回来，可是碰到葡萄叶时，他又打消了这个念头。"唉，这样做也太小气了，不就几串葡萄嘛，让人家吃去。"张小伙心想。

转眼间八月来临了，一串串晶莹欲滴的葡萄诱人之至。张小伙常常一边吃一边想：隔壁是不是也在吃葡萄呢？想着想着，他便忍不住搬了个凳子，打算看看邻居。正欲登上凳子时，他忽然发现郁郁葱葱的葡萄架上垂着几根丝瓜。

"咦？我种花的本领再大，也不可能让葡萄架上结丝瓜啊！"张小伙纳闷地伸出手去，哦，原来丝瓜是从隔壁爬过来的。

"一定是为了报答我的葡萄之恩。"张小伙美滋滋地想着，便爬上了凳子。但他刚一探头，便听见对面尖叫了一声——哈，邻居家的姑娘也正踩着凳子往这边看呢！

尴尬不已的张小伙顿时张口结舌，邻家姑娘却先开口了："张大哥，是你种的葡萄吧？长得真好。"

一谈起这种话题，张小伙立刻来了精神，他一边比画，一边跟姑娘聊了起来。

以后的事情，我不说大家也能猜到，两位年轻人一来二去混熟了，爱情也悄悄地滋长了。

当终于抱得美人归时，张小伙心里真是感慨万千，他最想说的就是：幸亏当时没把那两根葡萄蔓拽回来！

看到这里，我相信大家跟我一样，心里满是欣慰与感动。张小伙只是无意之间送给了别人几串葡萄，便收获了意想不到的好运。

看来，付出就有回报的确是个真理，只是，明白这个道理的人，又有多少乐于放弃已经到手的东西呢？所以，当你再抱怨人情冷漠时，请先问问自己曾经做过多少真诚的舍弃吧。

　　社会是家大银行，每个人都有一份没有存折的储蓄。当你支取时，社会会连本带"息"一齐付给你，不管你存进的是善还是恶。

49. 比尔的秘密

比尔是这家大报的总编之一，每年年底评审本年度优秀稿件时，他都会被民主推选为评审员。其实这并非一个报酬优厚的活儿，人们之所以都争着去干，是因为它代表了一个人的人缘。想想看，有谁会不在乎自己是否被大家看重和欢迎呢？所以每到这时候，就会有人频频地请客吃饭，有意拉近自己和他人之间的距离。

不可思议的是，从不做表面文章的比尔竟然回回都能击败众多选手，成为为数不多的评审员之一。看看不计其数的人总与这项"荣誉"无缘，再看看比尔年年都能红旗不倒，大家真是羡慕之至。可是羡慕归羡慕，每当有人取经时，比尔总是笑着把头摇成拨浪鼓样儿："我哪有什么秘诀，只不过是凑巧和幸运罢了。"

一直到年届60快退休时，比尔才向人们揭开谜底："其实，我虽然资格老一些，经验丰富，但眼光的专业性并不比那些科班出身的年轻人们强多少。只不过，这个活儿不是眼光或职位能决定得了的，而是像大家所想的那样，它靠的是人缘。我之所以年年都能成功竞选，是因为我无论平常还是关键时候都非常注意给人留'面子'。

"就拿每年的评审会来说吧，我的原则一直是十个字：'多称赞、鼓励，少批评、教训'。但每当会议结束时，我就会私下里找到各篇文章的编辑记者们，告诉他们文章上的种种缺点和还可以再改进的地方。这样，虽然评审出来的文章名次有先有后，但每个人都保住了面子。也正是因为我顾及到了这一点，所以经我评审的稿件的作者都很尊重我。再加上我参加评审的次数多了，评审过的稿子多了，上上下下的人便都认识了我、喜欢上我，这样一来，哪怕大家伙中只有一半人投我的票，我也能保证年年红旗不倒了。"

　　要想保住自己的面子，必须先给人留足面子，这不但是一种处世艺术，更是一种为人智慧。因此，无论赞扬还是批评，都得讲究分寸和场合，将原则性与灵活性相结合，既不至于无视问题，又不至于让对方自尊心受损。

50. 尊严的距离需多远

　　早晨上班时，我在108路车的站牌处看到一位年轻的盲人。

　　几分钟以后，108路来了。我想司机可能是注意到了这位盲人，因为他没有像往常一样随便把车停下，而是小心翼翼地把车停在了最靠近站牌的位置，而前车门则正好对着盲青年。随着车门打开的声音，盲青年试探着向前踏了一步。

　　"108。"司机很大声、很清楚地喊道。

　　于是，盲青年摸索着上了车，速度很慢。但是我注意到：所有等108路的乘客都悄悄地排在了盲青年的身后，而且没有人因为他的动作缓慢而表现出不耐烦。

　　"世界上还是好人多！"我在心里感叹道，感觉今天的阳光都暖洋洋的。可我怎么也没想到，到了车上，情况居然会变得截然相反。

　　车厢内人很多，空座位已经没有，但没有谁主动站起来给盲青年让座。当司机慢而平稳地发动汽车时，正紧紧靠在扶杆上的盲青年明显地后倾了一下。我迅速伸出手去，想扶他一把，可是周围人的眼神却让我又慢慢缩回了双手。说实话，我当时真的很奇怪，为什么大家看盲青年的眼神都或关切或同情，却没有任何人伸手去扶他，甚至连我伸手时他们都以怪怪的眼光制止呢？

　　"世界上还是冷漠的人多！"我心里凉凉地推翻了自己刚才的结论。

　　到了单位以后，我跟同事小纤说出此事。

　　"很正常啊，就应该这样！"不想小纤却抛给我一句这样的话。

　　看我满脸不理解的样子，她接着说道："你不知道吗，人与人相处，应该遵守'三距离'原则。跟亲人知己相处，应保持'一米之距'；跟普通朋友及同事、客户相处，应保持'两米之距'；跟陌生人相处，应保持'三米之距'。这不仅仅是为了体现双方关系，更为了尊重对方的尊严和感受。

　　"你想想，对方虽然是位盲人，可是在他根本不可能倒下去时，你伸手去扶，是不是很明显地表示了'你认为他是弱者'？这样一来，虽然你是好心，对方却会因此而感到窘迫，因为保护他尊严的'距离'已经被你打破了！"

　　听闻此言，我才恍然大悟方才的一切。原来，未顾及对方尊严的相助，可能是一种伤害。

　　并不是所有的人都欢迎热情的外援，所以，当伸出双手时，请别忘了顾及一下对方的尊严与感受，即便你是出于好意。

51. 是什么改变了上校

美国著名的绩效管理顾问艾伦曾经担任过美国陆军部的训练军官。在那段日子里，她曾经遇到一个老和她作对的上校。那个上校非常不同意她的"激励训练法"，认为这不过是无聊人耍的小把戏而已，只会让人笑话。不管艾伦怎么解释，对方就是不以为然，弄得艾伦大为生气。

可是有一天，这位上校忽然就莫名其妙地改变了对她的态度，非但不再反对她，还在听课期间对她频频称是。艾伦一下子糊涂了，这是怎么回事呢？一直到一个月后遇到鲍尔将军，艾伦才明白了其中的缘由。

原来，一个月前，鲍尔将军曾指派这位上校负责一份重要的简报，由于他做得非常出色，将军决定对他予以嘉奖。奖励什么呢？将军拍拍脑门，忽然想起一个好主意：赞美他一下。于是，鲍尔将军找来一张黄色的空白卡片，在正面写上"你真棒！"反面则列举上自己所认为的那份简报中最出色的几点。刚写完，上校便应召进来了。将军先是当面称赞了他一番，然后又把小卡片交给了他。

不想上校把卡片拿在手里左瞧右看，脸色越来越僵硬了。好大一会儿，他才头也不抬地走出了办公室。

"怎么了？"鲍尔将军很是纳闷，难道我做错什么了吗？想到这里，他立刻跟了出去。哈，他竟然看到上校美滋滋地拿着他那张小卡片四处转悠，直到各个办公室都炫耀完毕为止。

听到这里，艾伦哈哈大笑了起来。看来，只有让对方亲身体验到被赞美的滋味，才最令他心服口服啊。

故事并没有到此结束，后来，那位因赞美改变的上校变成了一个喜欢赞美他人的人，他甚至模仿着将军那张小卡片的样子设计了许多张"荣誉卡"，每逢需要赞美谁就塞给对方一张。事实证明，这招儿真的很管用，至少，它让上校的工作越来越顺利了。

大道理

学会赞美他人，不仅能为对方送去快乐与动力，还能为自己的生活与工作搭桥铺路，但需注意的是：要分清赞美与谄媚。

52. 天堂里的画眉

某天，上帝化作凡人来到了人间。经过一户人家时，他看到了一只被囚禁于笼中的画眉鸟。画眉羽毛鲜艳、眼睛灵活，上帝一下子就喜欢上它了。于是他问画眉："你愿意跟我到天堂去吗？"

"天堂？为什么要去那里呢？"画眉反问道。

"因为天堂里宽敞明亮，不愁吃喝，一派歌舞升平啊。"上帝回答它。

"可我现在也很好啊，主人每天都会给我充足的水和食物。刮风下雨时，他还会迅速把我挂到房间里去。另外，主人还会天天陪我说话、听我唱歌。"

"可是你自由吗？"上帝提出了一个至关重要的问题。

听到这里，画眉一下子沉默了。它静静地想了一会儿，便答应了跟上帝走。于是上帝以胜利者的姿态带回了这只可爱活泼的小画眉，并将它放置在天堂最富丽堂皇的翡翠宫中。然后，他便忙着去处理各种事务了。

大概过了一个月，终于闲下来的上帝才想起了小画眉，他匆匆赶到翡翠宫一看，只见可怜的小画眉正一声不吭地蹲在一只黄金暖壶上。

"我的孩子，你过得还好吗？"上帝关切地问。

"是啊，感谢上帝，我过得还好。"

"那么，你给我说说在天堂生活的感受吧。"上帝有些得意地问道。

"哦，这里什么都好。"画眉轻轻地回答道，忽然它长叹了一口气，"就是，就是没有人和我说话、听我唱歌，这可真让我无法忍受。如果以后我还是过这种日子的话，请您把我放回人间吧。"

听了这话，上帝的胜利感突然消失了，取而代之的是一番沉思和感慨。

　　人与人之间的沟通和互相欣赏不仅是情感的源泉，还是为人的本能和必需。缺少了这一点，即使生活在天堂，人们也难以找到快乐、自由的感觉。

53．玫瑰的朋友

一位商人在回家的路上，隐隐约约地闻到了一股香气，他顺着香味寻找，香源是一堆泥土。大喜过望的商人立刻小心翼翼地把泥土装进袋子，背回了家。

他把泥土盛在一只空花盆里，放进房间。过了几天，他的屋子就满是香气了。利用这盆宝贝泥土，聪明的商人做起了"观赏"生意，一时间，前来参观的人络绎不绝，但包括商人自己在内，谁都不晓得这盆泥土为何会这么香。

一天晚上，把泥土当成"仙土"的商人忍不住久久注视着它："你到底是什么东西呢？你的外表非常像泥土。"

"我就是泥土啊。"泥土突然开口说道。

大吃一惊的商人立刻问道："那你是一种稀有的香料土？还是一种价格昂贵的泥料？要不就是从遥远的大城市来的泥土状珍宝？"

"都不是，我已经说过了，我就是泥土！"花盆里的泥土重复道。

"可是，可是你为什么会这么香呢？"商人大惑不解地问道。

"哦，那只是因为我跟玫瑰花是朋友，曾经在玫瑰园里和它朝夕相处过很长一段时间而已。"泥土打了个呵欠说道。

　　环境对人的影响是巨大的，和什么样的人相处，久而久之，我们就会向着什么方向改变。知道了这一点，我们就要努力靠近优秀者，以求自我期勉。而更重要的是，要把自己变为可以影响别人的优秀者。

54. 关键的一脚

许多年前，某国国王有个貌如天仙的女儿。国王对小女儿甚是珍爱，连选婿都完全顺从了她的意思——她说自己一定要嫁一位勇敢无比的大英雄。当国王问女儿怎么证明对方是英雄时，美丽的公主在父王耳边"如此如此"地交代了一番。

到了选婿这一天，国内所有符合标准的少年都按时赶往了皇宫，但当来到指定的场地时，大家都愣住了——挑选驸马的场地，居然设在一个大水潭旁边，而潭中则养有一只硕大无比的鳄鱼。此刻，已经饥饿数日的鳄鱼正张着血盆大口等待着丰盛的午餐。

不用说，人们都明白了游戏的规则：谁敢跳入潭中、游过潭水到达对岸，谁就是所谓的"英雄"，而那个率先登岸的英雄，就是公主所要的驸马。

国王宣布开始以后，所有的小伙子都犹豫了。虽然他们都很喜欢貌美如花的公主，但谁也不想因此丢掉性命。正当大家面面相觑、尴尬无比时，一位勇士忽然从人群中闪出，想都不想便"扑通"一声跳入了潭中，并且在鳄鱼回过神来之前，如箭一般游过潭水，迅速爬上了对岸。大喜过望的国王一边站起身来迎接这位准女婿，一边迫不及待地问道："年轻人，请告诉我，是什么力量使你有如此的胆识呢？"

"我怎么知道！"年轻人气急败坏地喊着，不住地左顾右盼，"我必须要搞清楚，刚才到底是哪个家伙把我踹进潭里的……"

大道理

> 朋友与敌人的界定，并非在任何情况下都遵循同一标准。如果能将敌人的力量转化成协助自己成功的潜能，那你就是一个智者。

55. 几只野山羊

太阳落山了，牧羊人赶着羊从牧场赶往家里。忽然，他看见羊群里掺杂着几只自己不太熟悉的羊，蹲下去仔细一瞧，他发现那原来是几只野山羊。窃喜之下，他赶紧把所有的羊一起赶回家，并将它们关在一起过夜。

第二天是个大雪天，牧羊人无法把羊群赶到牧场上吃草，只好让它们在羊圈里进食。这时，野山羊发现了一个奇怪的现象：牧羊人给自己羊的饲料只能勉强充饥，而对它们几只"外来户"却多有照顾，不但饲料充足，还伴着不少好吃的新鲜青草。显然，牧羊人是想通过这种方式诱使它们几个留下来，成为他自己的羊。

几天之后，大雪化了，牧羊人又可以把羊群赶到外面的草地上放牧了。不料刚到野外，几只野山羊便迅速朝着深山里奔去，而且还带走了几只身强力壮的家养山羊。牧羊人一看，急忙撒腿去追，可是最后，那十来只羊还是跑掉了。

"你们真没良心，我那么照顾你们，比对我自己的羊还好，你们却忘恩负义，不但自己跑掉，还带走我的羊！"牧羊人指着小山头上的野山羊骂道。

"正是因为这个原因，我们才跑掉的！"领头的野山羊大声回答道，"这几天你对我们比对你养了那么长时间的羊还好，很明显，你是想诱惑我们留下来。而一旦你达到目的，再有另外的羊来跟你，你必然会对它们比对我们更好。至于这几只家养山羊嘛，是我给它们摆明了道理，它们自愿离开你的，就算是对你贪心不足的一种教训吧。"

说完，羊便消失在山的那一边了。

大道理

小恩小惠固然可以增进感情，但在大是大非面前，它却只能蒙骗那些没有头脑的人。因此，要想真正留住别人的心，不能仅靠小恩小惠，而是要靠真诚的付出。

56. 沉默的卡尔文

"沉默的卡尔文"，这个外号说的是美国第三十任总统柯立芝。如果论功劳，这位政绩平平的总统肯定不能和华盛顿、林肯等相比，但如果论特色，他却绝对不会输给任何一位名总统。他的特色就是：能不说就不说！并且事实上，他真的能做到只说三言两语，甚至是一言不发。举个例子：

在 1924 年的总统大选之际，一位心急的新闻记者找到柯立芝："柯立芝先生，关于这次竞选你有什么话要说吗？"

"没有。"柯立芝立即回答。

"那你能就世界局势给我们谈点什么吗？"记者又问。

"不能。"柯立芝依然是这个字。

"那，请您谈一下关于禁酒令的消息好吗？"记者还是不死心。

"不好。"柯立芝照样面无表情。

失望之下，这位记者只好知趣地转身离开。不想他刚一迈步，柯立芝便在后面开口了，于是他赶忙又转过身来，谁知满脸严肃的柯立芝只说了这样一句："记住，不要引用我的话。"

"我就是想引用，也没的引用！"记者半是赌气半是无奈地嘟囔道。

还有一次，柯立芝到加利福尼亚州旅行，就快返回华盛顿时，有电台记者采访了他，问他是不是有什么话要对加利福尼亚州的人民说。柯立芝静静地想了一会儿，说了一个字："再见。"

看到这里，我想你在大笑的同时肯定也跟美国文学家门肯认为的一样："柯立芝作为美国总统，有价值的记录几乎是个空白，所以肯定没有什么人记得他曾经做过什么，或者说过什么话。"但是，大家都错了，也许是"物以稀为贵"，柯立芝说过的很多话后来都成了名言警句。比如 1919 年，他担任马萨诸塞州的州长时，遭遇了一次波士顿警察大罢工。对此，他发表评论道："任何人，不论在任何地方、任何时候都没有权力举行罢工反对公共安全。"这句话立刻使他在全美国出了名，并且对他日后当选副总统起到了不可小觑的效力。

大道理

"病从口入，祸出口出"，人们的言谈往往是灾祸的发源地。因此，"谁能保护好自己的口舌，谁在今生与后世就是平安的。"犹太人如是说。

57.　谁是不请自来的人

某部落酋长遇到一件大事，便让仆人去请 10 个德高望重的族人来，说要跟大伙一块儿商量商量。谁知到了第二天，原来定好的 10 个人居然变成了 11 个，很显然，这其中有一个人是不请自来的。

"如果有不请而来的人，请您赶快回去好吗？"酋长喊了一声。

但是 11 个人没有一个人吭声，也没有一个人自动站出来。当然了，既然已经站到了这里，有谁愿意再承认自己资格不够呢？那可是一件让人非常难堪的事情，尤其是还当着这么多人的面。

"如果有不请而来的人，请您赶快回去好吗？"酋长迫不得已又喊了一遍。

话音刚落，队伍中最有名望、谁都知道他一定会被邀请的那个老人站了出来。"是我，对不起，我耽误大家时间了。"他说道，然后转身走了出去。

看得出，这个人是在为他人背黑锅。因为他知道，如果再没有人响应的话，或者是酋长下不来台，或者是让那个仆人出来当面对质，让另一个人下不来台。而这两种局面，都是这位德行高尚、心胸开阔的老者所不愿意看到的，于是他应声而起，使那位没被邀请者继续"混迹其中"，并保全了面子。

按常理来说，"没被邀请却执意前来"的人应该会被大家笑话甚至是鄙视才对，可是这位主动承认不请自来的老者，非但没有受到这种待遇，反而赢得了人们更高的赞赏和敬重。其中的原因，不说大家也都明白。

大道理

"不要仅仅为了顾及自己的脸面而让别人难堪"，须知只有给别人留足面子，你才可能有面子，今天的自我委屈必会在某一时刻为你换来更具价值的东西。

58.　花猫与老虎

据说，在上帝刚刚创造完世间万物时，猫的本领是远远大于老虎的，它在万兽之中的地位也基本上相当于今天的老虎。而老虎呢，则相当于今天万兽之中的猫。那么，猫和老虎是如何对换，以至于形成了今天这种局面呢？

原来，当时的老虎虽然本领很小，却十分虚心，喜欢向一切动物学习。而猫则恰恰相反，因为本领非凡而极其傲慢，处处好为"兽"师。

经过长期的观察，老虎发现了猫本领高超且好为"兽"师的特点，于是便拜了一只花猫为师。经过数年的勤学苦练之后，老虎已经基本上学会了花猫的本领，就差"爬树"这一招了。

某天，正当花猫打算把最后这个绝招教给老虎时，猫家族里辈分最大的老黑猫来找花猫了。它告诉花猫说千万不要把所有的本领都教给老虎，然后又在花猫耳边"如此如此"地分析了一番，说得花猫连连点头，立即打消了刚才的念头。

两个月以后，老虎见花猫老师再也不教给它新东西而只是让它一再重复练习老本领时，就知道自己已经学完了猫类所有的本领。于是，一个想法立即在它脑海中出现了：我现在已经变得本领非凡，完全可以做森林之王了。但是，只要猫存在，我就无法坐上这个位置，所以，我只能……

想到这里，老虎大吼一声，闪电般朝猫扑了过去。哪知花猫早就有了防备之心，三下五下便窜到了不远处的大树上。老虎一看猫老师上了树，立刻傻了眼。

"你居然不肯把所有的本领都教给我，自己偷偷留了一手！"它气恼地冲猫老师吼道。

"如果不是这样的话，恐怕现在我已经成为你的晚餐了。"吓出一身冷汗的花猫死死地抱住树干回答道。

半是沮丧半是恼怒之下，老虎转身跑进了大森林。从此之后，它一看见猫就追个不停，直到把猫逼得无法再住在森林，逃到附近农家为止。

就这样，老虎取代了猫的位置，当上了森林之王。而猫则因为"用进废退"，渐渐成了不堪一击的家畜，但是不管如何，它毕竟保住了性命，还有什么比这更重要呢？

大道理

并非所有的真相都可以坦白，时刻注意留一手，是处世的一个明智之举。记住：最实用的智慧在于半遮半掩，轻易亮出自己底牌的人多半会成为输家。

59. 从少将到士兵

高尔顿是美国南北战争时期的一位少将，当时，所有对他有所了解的人，都交口称赞他是个军事天才。的确，在军事方面他的才华堪称惊人。但是，他有一个人们所无法容忍的毛病：喜欢毫无城府地"放大炮"，而且不分对象、不论场合。为此，他的人缘非常不好，那些几度遭遇尴尬的上司更是对他非常不满。

有一次，高尔顿到斯科菲尔德军营观看军事演习。因为对演习结果非常不满意，这位刚刚穿上少将服装的将军立刻向指挥官递交了一份意见书，对演习负责人进行了措辞激烈的批评，尽管那位负责人位居中将之职，并且这样做根本不合军事纪律。如此一来，他很自然地招致了那位中将的非议和怨恨，并因此吃了不少苦头。

可令众人不解的是，高尔顿并未因此吸取教训。第二年，在观看了一场战术演习后，他又一次如法炮制，向上司递交了一份指责指挥官和其他负责人的意见书，说他们"训练无素、准备不足，简直就是一帮没有纪律的蠢货。如果再这样下去的话，他们的队伍必将一团糟，根本达不到预定的训练目的。"此信内容一经传出，立刻在部队内部引起了轩然大波，虽然这次高尔顿还算明智地请副官代替自己签了名，但是所有人心里都清楚，这必然是他搞的鬼，于是一时间，所有的矛头都指向了他。

众怒难犯，一个月之后，无可奈何的司令官只好发出通知，把这位有"军队内部的战争贩子"之称的少将从原来的位子上撤下来，以示惩罚。

大道理

自我表现是必需的，但如果不懂收敛，处处锋芒毕露，就会很难立足，甚至给自己带来厄运。因此，心直口快有时会陷人于不利，适时"装傻"才是真聪明。

第十一章
做事与成败

1. 山田本一的秘诀

1984 年，在东京国际马拉松邀请赛中，名不见经传的日本选手山田本一出人意料地夺得了世界冠军。当记者问他有什么秘诀时，他很简短地回答道："我是用智慧战胜了对手。"听到这句话，人们均不屑地撇了撇嘴，认为他是在故弄玄虚。因为谁都知道，马拉松比赛比的是体力和耐力，跟智慧根本挂不上钩。

1986 年，在意大利国际马拉松邀请赛上，矮个子的山田本一又一次夺得了冠军。当记者再次提出同样的问题时，木讷的他还是重复着那句话："我用智慧战胜对手。"

这一下子，人们不再挖苦他了，而是纷纷猜测起这句话的意思来。但是一直到十年后，山田本一的自传出版，人们才知道了那句话的真正内涵："在比赛开始之前，我会首先开车熟悉一下全程路线，把沿途的醒目标志记下来，设定为一个一个的小目标。比赛开始之后，我就以百米冲刺的速度奋力向第一个目标冲去；到达后，我会再次以同样的速度向第二个目标冲去；然后第三个、第四个……直至最后一个，我都这样对待。四十多公里的路程，就这样被我分解成了许多小目标，然后轻松地跑完了。如果把目标定在终点线上，跑到十几公里时我就会疲惫不堪了。"

大道理

很多时候，我们之所以不能成功，不是因为难度太大，而是因为感觉成功太遥远。这时候，将大目标分解开来，时刻与成功相伴，便能事半功倍。

2. 要做的和在做的

现在，我的任务是把一块穿衣镜挂在墙上。

我比量了一下，镜子放在客厅里不错，这样，我就需要去找几枚钉子。钉子找来了，我又想如果能在钉子下面垫一片薄木片，钉子将能钉得更结实一些，于是我又去找木片。可惜木片没找到，只找来一个木块，所以我不得不去找锯子把它锯开。从邻居家借来锯子之后，我试了试发现那锯子太钝了，因此又去借磨刀石来磨锯片。两个钟头之后，锯片终于被我磨得又快又亮了，但是一锯子下去，我才发现找来的那块木头太软了，钉在墙上可能起不了什么作用，所以我想去砍一棵比较硬的野枣树回来。为了找到一棵合适的野枣树，我驱车跑了将近 3 个小时，好不容易找到时，又发现忘了带斧头。到附近商店买了斧头之后，我开始砍树。可是这斧头质量太次了，没砍几下斧柄就松了，我怕不安全，于是去找木匠修斧头。修斧头时，木匠发现钉子用光了，我便代他去买钉子，快走到商店时忽然想到自己家有钉子，就是我要用来钉镜子的那几枚。

但想到这里，我突然间就糊涂了，从大清早忙到现在快黄昏，我到底要做什么？我怎么也想不起来了。

　　我要做什么？我在做什么？做事情时，请时不时问问自己这两个问题，以防忘了自己的原始目标，忙忙碌碌却是徒劳无益。

3．最佳答案

一次，英国某家报纸举办了一项奖金丰厚的有奖竞答活动，题目是：

3 位科学家同时乘坐一个充气不足的热气球旅行。第一位是个环保专家，他的研究可以拯救无数人，使他们免于因为环境污染而面临死亡的厄运。第二位是个核专家，他有能力防止全球性的核战争，使地球免于遭遇灭亡的绝境。第三位是个粮食专家，他能够运用其专业知识在不毛之地成功地种植多种粮食，使成千上万的人脱离饥荒的命运。

此刻，热气球即将坠毁了，我们必须选出一个人，把他丢下去以减轻重量，使其余的两人得以存活，请问我们该丢下哪一位关系世界兴亡命运的科学家呢？

问题刊出后不久，各地的信件便如雪片般飞来了，大家谁都想拿到那笔诱人的丰厚奖金，因此每个人都竭尽所能，甚至是天马行空地阐述着他们认为必须丢下那位科学家的宏观见解。

但最后的结果却让所有人大吃一惊，巨额奖金的得主竟然是一个不到 10 岁的小男孩。他的答案是：把最胖的科学家丢下去。

无独有偶，法国一家报纸也曾进行过一次相似的有奖智力竞答，题目为："如果法国最大的博物馆卢浮宫不幸失火，情境危急只允许你抢救出一幅画，你会救哪一幅呢？"

在成千上万的回答者中，向来以机智聪慧著称的法国作家贝尔纳赢得了该题的奖金。他的答案是：抢离出口最近的那幅画。

　　复杂的不是问题，而是看问题的眼睛。要知道最佳的成功目标并非最有价值的那个，而是最有可能实现、最能保证现实利益的那个。

4．想高飞的小公鸡

经过 20 多天的辛苦孵化，鸡妈妈的十几个孩子终于安全降生了。每天，鸡妈妈都会把外面找到的谷粒和虫子喂给孩子们吃。

一天，一只不安分的小公鸡问妈妈："妈妈，你从哪里找到这么多的食物？"

鸡妈妈回答道："孩子，谷粒是从农家的打谷场上找的，虫子则是从草地上找的。"

"哦，我想自己去找，你能带我出去吗？"小公鸡问。

想想孩子们已经不算小，也该带它们出去见见世面了，鸡妈妈就答应了。就这样，浩浩荡荡的鸡家族来到了外面的花花世界。

等大家都吃饱喝足之后，鸡妈妈开始教小鸡们练习"飞"这个动作："孩子，如果遇到危险，这个动作可以帮我们逃生。"

鸡妈妈一边说，一边给孩子们示范，可是那只不安分的小公鸡一点也不听话，它高高地抬着头，眼睛直往蓝天上瞅。

"孩子，你在看什么呢？"鸡妈妈问那只小公鸡。

"妈妈，我在看它们。"小公鸡指指正在高空飞翔的雄鹰，"我们为什么不能像它们那样高飞呢？"

"小傻瓜，"鸡妈妈笑道，"飞那么高有什么用？天上没有打谷场也没有草地，你会既找不到谷粒也找不到虫子的！"

大道理

　　不断追求更高的目标是应该的，但原则是不要脱离现实，要知道有些事情别人做起来风光得意，却不一定适合自己。

5. 老鼠哪去了

有一天，朋友讲了一个这样的故事：有3只猎狗正在追一只老鼠，追着追着，只见老鼠动作迅速地钻进了一个树洞。猎狗们围着大树看了看，发现这个树洞只有一个出口，于是就守在那个出口处等着。可是不一会儿，树洞里居然钻出了一只兔子，兔子一看见猎狗凶恶的目光，便立刻玩命地向前飞奔起来，3只猎狗则在后面紧紧地跟随着。跑啊跑啊，兔子终于发现了一棵枝繁叶茂的大树，并迅速爬了上去。看到在下面急得直打转转的猎狗们，树上的兔子不禁暗暗得意起来。但还没高兴完毕，它脚下一滑，已经直直地坠了下来，正好砸晕了正仰头看它的3只猎狗。就这样，兔子终于逃跑了。

故事讲完后，朋友问我："你觉得这个故事有什么问题吗？"

我想了想说："兔子是不会爬树的。"

朋友点点头："还有吗？""嗯，"我沉思了一下，"一只兔子不可能同时砸晕3只猎狗。"

朋友又点点头问道："还有吗？""还有？"我有点疑惑了，还有什么呢？我一时真想不起来了。

"还有就是老鼠哪里去了！"朋友强忍住笑说道，"这个问题已经难倒了无数人了。"

我恍然大悟，同时又颇有感悟：在整个故事中，半截里突然冒出的兔子让我们的思路在不知不觉中拐了弯，以至于直到结尾时，老鼠竟然在我们的大脑里消失得无影无踪。现实生活里，我们不也常常犯这种舍本逐末的错误吗？

看来，以后无论做什么事情，我都需要常常提醒自己：老鼠哪里去了？自己心中的目标哪里去了？

　　在追求人生目标的过程中，我们常会不知不觉地为一些细枝末节分散精力，以致中途停下或者是走上岔路。要想避免这种情况的发生，我们必须学会时常询问自己：我最原始的目标是什么。

6. 目标等于一半生命

　　这是一个真实的故事：

　　斯尔曼是英国著名的登山运动员。你可能无法想象，这样一位世界级的登山者，居然是位残疾青年——他的双腿患有慢性肌肉萎缩症，走路很不方便。但是，他却创造了许多连健全人都难以成就的奇迹：19 岁时，他登上了世界屋脊珠穆朗玛峰；21 岁时，他征服了著名的阿尔卑斯山；22 岁时，他又站到了他父母曾经遇难的乞力马扎罗山的最高峰上；28 岁之前，世界上所有著名的高山几乎都曾被他踩在脚下。

　　只是，令所有人大惑不解的是：这位意志力如此坚强、生命力如此顽强的英雄，居然在他生命最辉煌的时刻，选择了自我毁灭——28 岁时，他在自己的寓所里自杀了。

　　这是怎么回事呢？斯尔曼的遗嘱告诉了我们答案。原来，他的父母也是登山运动员，不幸的是，这对夫妇在攀登乞力马扎罗山时，因为遭遇雪崩而双双遇难。当时，斯尔曼才 11 岁。为了纪念自己至爱的双亲，小斯尔曼决定遵循父母出发前对他的嘱托：如果我们不幸遇难，请代我们完成征服世界著名高山的心愿。因此，斯尔曼从小就有了明确而具体的目标，这目标不但是他生活的动力，还是他活着的意义。可是，当 28 岁他完成了所有的目标时，他一下子迷失了方向，再也找不到活着的理由了。他感到空前的孤独、无奈以及迷茫，于是绝望之下，他选择了自杀。

　　"如今，功成名就的我感到无事可做了，我已经没有了新的目标。失去了生命的意义，一个人也便再无活着的必要……"斯尔曼在遗嘱的最后说。

　　目标是一个人生命的意义和方向，缺失了它，我们就失去了前进的原动力，变成了迷茫麻木的行尸走肉。因此，我们每时每刻都要有明确的目标，而更重要的是，还要根据情势变化不断提升自己的目标。

7. 减少目标与减少挫折

　　世界上没有哪一条成功路是平坦而宽阔的，无论是谁，都会在向目标冲刺的途中遭遇一些挫折。而如何降低遭遇挫折的概率，也就成了大家迫切想解开的难题。对于这个问题，我的答案是：尽量减少目标——既然任何一条路上都有坎坷，那么少设几个目标，少走几条没有太大意义的路，不就可以很容易地减少挫折了吗？

　　当然，我的意思不是让大家放弃广泛的兴趣与追求，更不是暗示大家停止奋斗、裹足不前，而只是想给"如何减少挫折"一个建议性的答案。不知道大家是不是听过一个这样的故事：

　　第二次世界大战期间，由于德国潜艇神出鬼没的袭击，同盟军运输船队总是在大西洋遭遇惨重的损失。为此，某盟军将领专门去向一位数学家请教，问他如何才能降低遇到敌军的概率。数学家运用概率学分析之后，发现船队与敌潜艇相遇只是一个随机事件，而且具有一定的规律性：一定数量的船编队规模越小，编次就越多；而编次越多，与敌人相遇的概率也就越大。因此数学家建议：尽可能扩大编队规模，以降低危险的概率。盟军将领接受了这一建议，命令运输船队集体通过大西洋海域。结果，运输船队遭袭沉没的概率一下子由原来的 25% 下降到了 1%，大大减少了损失。

　　人生遭遇挫折，其实也像盟军船队遭遇敌潜艇一样，是一个随机事件，并且有一定的规律可循。比方说，如果我们把智慧、精力集中到一个目标或者是少数目标上，我们就会更多、更容易地发现并避免某些可能到来的困难与失败，而且即便遇到挫折，我们也有比较充分的力量去战胜它；相反，如果让多个目标分散了我们的力量和精力，则与挫折相遇的概率就会增大，战胜挫折的可能性就会减小。因此，要想尽可能地减少遭遇挫败的机会、降低损失的程度，我们必须也只能尽量缩小目标范围，甚至把所有的力量都集中在一个目标上。

大道理

　　只有全身心地瞄准一个目标，倾注于一项事业，我们遭遇挫败的机会才会减少，成功的概率才会增大。

8. 马和驴

　　主人养了两头牲口，一匹马，一头驴。马的职责是在外面拉东西，驴子的职责是在屋里拉磨。

　　某天下午，天突然下起了大雨，把粮食拉回来时，马已经淋得浑身湿透了。驴子见状嘲讽马道："傻瓜，当初主人分配任务时，你还抢着在外面拉东西，现在知道我聪明了吧？"

　　"没错，按现在的情况看，你的处境的确比我好。但关键是，你围着石碾转上一千圈、一万圈，对于你自己，又有什么用呢？我在外面跑虽然辛苦一点，但是我见识到了许多在家里见识不到的东西，这些对我将来一定非常有用。"马淡淡地回复道。

　　听了这些话，驴不屑地撇了撇嘴。

　　几个月后，战争开始了，主人的马被一位即将去战场的将军征用了。在此后的一年中，马随着将军转战各地，为将军取得赫赫战功立下了汗马功劳。

　　得胜回朝之后，将军把马匹送还给了主人，还给主人好多珠宝作为酬谢。喜出望外的主人从此对马好极了，天天给他刷毛，还喂他吃上等的草料。

　　醋意大发的驴子悄悄挤过来，半是嫉妒半是怀疑地问马这段时间到哪里去了。

　　于是马谈起了自己远征的经历，谈到塞外那一望无际的大草原，风尘漫舞的大沙漠，千年不化的冰雪，还有不绝于耳的战鼓雷鸣……

　　那些神话般的美景、不可思议的激烈场面使驴子震撼极了，它瞪大眼睛道："天哪，你怎么会有这么丰富的见识呢？我可是连想都不敢想啊。"

"正因为你连想都不敢想，所以你至今还在围着石碾打转。"马说道。

大道理

在没有成功之前，成功人士就已经与平庸之辈有了明显的差别：不是天赋，不是机遇，而是有无坚定而远大的人生目标——给自己制订一个切实可行的目标，这是走向成功的第一步。

9. 爱因斯坦

爱因斯坦是 20 世纪最伟大的科学家，他之所以能够取得如此令人瞩目的成就，与他一生具有明确的奋斗目标是分不开的。

爱因斯坦出生于德国一个贫穷的犹太人家庭，小学、中学时的学习成绩都不算好，可是他非常想向科学领域发展。怎么办呢？颇有自知之明的他根据成绩对自己进行了分析，他发现：自己对物理的兴趣最高，而且其成绩也在所有功课当中最好。于是，在读大学时，他选择了瑞士苏黎世联邦理工学院的物理学专业。由于自我定位非常准确，很快，爱因斯坦在物理方面的潜能便得到了超长的发挥。26 岁那年，他就发表了科研论文《论分子尺度的新测定》。此后几年，他又先后发表了数篇在全世界都很有影响力的论文，不但发展了普朗克的量子概念，解释了光电效应，还宣布了狭义相对论，推动了人类认识宇宙的重大变革。

想想看，如果当年爱因斯坦所定的目标是天文学、文艺学或者其他什么学科，恐怕就很难取得像在物理领域这样辉煌的成绩了吧？

更值得一提的是，他不但有可贵的自知之明，而且对已经确定了的目标从不半途而废。比如说 1952 年，鉴于他的突出成就，以色列人民在第一任总统逝世后邀请他接受总统职务，他二话不说，立刻拒绝了。的确，如果爱因斯坦真的当了总统的话，之后那么大的建树恐怕就再也无从谈起了。

大道理

即便是百发百中的神枪手，如果他漫无目标地乱射，也不能达到目的、取得胜利。人生也一样，如果没有明确的目标，做什么事就都很难成功。

10. 切木板

他是个名人，每当有人问起他为什么会有今天的成就，他就会提起小时候的一件事。

很小的时候，他是一个没有耐性的孩子，哪怕碰到一点困难，他都会半途而废。其实只要他稍微努力一下，事情就可以做好了，但他就是缺少那一点耐心。

一天，父亲给了他一块木板和一把小刀，要他在木板上切一条刀痕，并且再三强调：只允许在木板上切一刀。当时，他不明白父亲的用意，只把这当成了一个好玩的游戏。

谁知从那以后，每天父亲都要他在切过的痕迹上再切一次。

终于，他忍不住问父亲道："为什么我不能多刻几刀呢？我实在不明白您到底想让我做什么。"

　　父亲笑着对他说："不要着急，过几天你就会知道了。"

　　许多天过去了，木板上的刀痕越来越深了。某天，他一刀下去，木板被切成了两半。

　　"爸爸，木板被切成两半了。"幼小的他得意地挥着手中的木板。

　　"是啊，"父亲忽然意味深长地问他，"这次你只用了和平常一样的力气，却能把木板切成两半。想想看，这是为什么呢？"

　　"因为以前我已经切了很多刀啊。"他立刻答道。

　　"那么如果你很用力，却只切一刀的话，木板会不会断呢？"父亲又问。

　　"不会。"他摇头道。

　　"没错，好孩子！"父亲忽然感慨地叹道，"所以你应该记住，人一生的成败，并不在于一下子用多大力气，而在于是否能持之以恒。"

　　这句话像一道闪电，照亮了幼时的他的心。至今，他还记得父亲当时的语气。

大道理

> 　　有耐心，是成功的必要条件之一。确定目标之后，持之以恒、锲而不舍地行动，才可能到达所希望的目的地。

11. 神枪手与徒弟

　　很久以前，某地出了一位神枪手，他的枪法被人们传得神乎其神。某天，3个年轻人慕名而来，拜他为师。教了一段时间后，神枪手发现了问题，他把3个徒弟带到了大草原。

　　神枪手告诉3个徒弟说："今天，我要大家打野兔。现在，你们告诉我，你们都看到了什么？"说着，神枪手比画了一下眼前的草原。

　　大徒弟首先回答道："我看到了碧蓝的天空、碧绿的大草原、天上飞翔的小鸟以及草原上奔跑着的野兔、野猪、狐狸等猎物。"

　　看到师傅脸上不满意的表情，滑头的二徒弟说："我看到了师傅您、师兄、师弟，还有我手里的猎枪和草原上的野兔。"

　　最后，三徒弟看着眼前奔跑的野兔说："我只看到了野兔。"

　　神枪手这才点头说："你们记住，眼睛里只有一个目标，你们才会知道自己的枪要指向何处，才不至于浪费子弹还打不着猎物，这是作为一个好猎手的最基本条件。同样的道理，你们拜我为师，想学好枪法，心中也只能有一个目标，如果既想学这个又想学那个最后只会让你们学无所成。"

　　这一课使得3个徒弟大受启发，从此去掉了不专心的毛病。3年之后，3个徒弟也成了名震一时的神枪手。

大道理

> 　　目标太多，等于没有目标。目标是我们前行的方向，一心一意朝着一个方向前进，我们才能尽快取得成功；如果精力分散，今天向东，明天向西，再努力也只会一事无成。

12. 如何集资

几年前的一个晚上，龙卷风忽然横扫了多伦多北部的巴里城。这场灾难造成数十人死亡，并造成了数百万美元的损失。

那天晚上，泰利米迪亚通信技术公司的副总裁泰姆卜莱顿正好经过那条公路，目睹了灾民的惨状。他认为自己有责任帮助这些遭受苦难的人们。顺便说一下，他是想利用电台，因为他所主管的通信技术公司拥有安大略省和魁北克省的多家电台。

于是几天后，他一回到公司，便把泰利米迪亚的所有行政人员都召进了自己的办公室。在身后的挂图上，他接连写了三个大大的"3"。然后，他转身问那些行政人员道："从今天开始，你们愿意在3天之内用3个小时，为巴里城的灾民们筹集300万美元的救灾款吗？"

顿时，办公室里鸦雀无声，谁都不敢应声，因为这实在不是一件简单的事。终于，一位级别比较高的行政人员说："副总，您这不是犯糊涂吗？我们无论如何也不可能做到的。"

"我没有问你们是否能做到！"泰姆卜莱顿正色道，"我只是问你们愿不愿意去做。"

"我们当然愿意！"大家异口同声地答道。

"好，"泰姆卜莱顿说道，"既然如此，下面就让我们来想想该怎么做吧。今天下午，我们就一起来想这个问题，想不出来的话，我们就不出这间办公室。"

房间里立刻又沉寂了下来，大家都陷入了深思。许久之后，才有一个人说道："我们可以利用电台在加拿大全境播出一个有关捐款赈灾的专题节目。"

"这是一个好主意！"泰姆卜莱顿称赞道。

但是立即有人反对说："我们的电台频率有限，不可能遍及加拿大全境。"

"没错，"泰姆卜莱顿点点头，"所以接下来，我们就该考虑：如何在我们力所能及的范围内尽可能多地集资。"

这时，有一个人说道："我们可以去请全加拿大最有名气的主持人柯克和罗宾逊来主持这个专题节目。"

"太有创意了！"泰姆卜莱顿很赞同这个主意。

于是三天之中，他们就成功联络了多家电台，并策划了一个专题节目。在"名嘴"柯克和罗宾逊的主持下，他们果然用3个工作日的3个小时成功筹集到了300万美元。

"只要你一直朝着'如何去做到'努力，你就一定能成功。"泰姆卜莱顿说。

大道理

如果你想做到，你就能做到。一旦确立一个目标，你的精力就应该立刻全部集中到"如何去实现它"，而不是"可能会失败"上。只有这样，你才可能成功。

13. 一捆筷子

一位老人辛苦一生，积蓄起了丰厚的家产。本来，他打算临终前把财产平均分给3个儿子，可是没想到，自己刚一病倒，3个儿子便争起家产来，闹得全家不和不说，邻居还趁机抢起他家的土地来。

老人很伤心，弥留之际，决定给儿子们上最后一课。于是，他把 3 个儿子叫到床前，拿出一把筷子，给每人分了一根，说："你们折断它。"3 个儿子不费吹灰之力便把手中的筷子折断了。

这时候，老人把剩下的筷子绑在一起，递给老大说："你再折。"结果，老大使出吃奶的劲儿也没折断，老二、老三也一样，都没能折断。

老人道："你们兄弟三人，每人都相当于一根筷子。如果彼此分离，别人会很容易把你们一一折断，倘若绑在一起，那就什么力量都不能把你们摧毁了。这就是我临终之前要告诉你们的话。"

看到 3 个儿子恍然大悟的表情，老人放心地闭上了双眼。

后来，三兄弟真的像父亲希望的那样紧紧绑在一起了。他们击退了取闹的邻居，又用父亲的遗产一起创办了一家工厂，日子越过越好。

大道理

　　堡垒最容易从内部攻破，如果发生内讧，家庭、组织就会很容易走向衰败。而团结就是力量，众人一心，则能无坚不摧。

14. 一个鸡蛋的家当

他是个穷得不能再穷的流浪汉，经常吃了上顿没下顿，因为没有房子，只能睡在小草棚里。冬天，是他最难熬的季节。

一天，他拾到了一个鸡蛋，欣喜若狂的他于是对着这个鸡蛋做起梦来：如果我把这只鸡蛋孵成一只鸡，鸡长大以后便会生蛋，生了蛋以后呢，我就把一部分拿去卖钱，另一部分再孵成小鸡，那些小鸡长大以后又会生蛋，我就可以再去卖钱和孵鸡……

流浪汉越想越兴奋，干脆把鸡蛋捧回家，然后躺在草窝里做起发财梦来，他美美地想了三天三夜：未来的某一天，自己成了一个养鸡大王，钱多得数也数不清，穿的是绫罗绸缎，住的是豪华宫殿，开的是世界名车，吃的是山珍海味，身旁还有年轻貌美的老婆陪伴着……流浪汉简直是太高兴了，他大笑着坐起来，使劲拍着巴掌大叫道："好！好！"而那个鸡蛋，一下子被他拍碎了，蛋清蛋黄流了他一手——就像是流产的美梦一般。

他看看自己，还是那身破衣烂衫；看看四周，还是那个四处透风的小草棚。一切都没有变！

大道理

　　行动是架在现实与梦想之间的桥梁，如果只做梦不做事，即便成为心动大师，也只会收获美梦醒来后的悲哀。

15．只写过一部书

这是世界文学座谈会的现场，一位衣着朴素的小姐正安静地坐在角落里。她的身旁是一位匈牙利的男作家，看到相貌平平的小姐，那位男作家满脸傲气地过去搭讪。

"嗨，"他打招呼道，"你也是来参加座谈会的作家？"

"哦，是的。"小姐面带微笑，语调很是和气。

"那你都写过什么呀？"男作家问道。

"哦，我没有写过多少东西，只是写小说罢了。"小姐谦虚地答道。

"这可不行。一个伟大的作家是要什么都会写的。你知道吗？到目前为止，我已经出版了30几部小说、七八部散文集，还有无数的诗歌，不久之后，我的诗集也会出版了。"

"哦，祝贺你。"小姐很真诚地回复道。

"你说你擅长写小说，那你写过多少部小说呢？"男作家又问道。

"哦，只有一部而已。"小姐回答道。

"啊，才一部啊，看来你真是非常荣幸了，要知道这么有名的座谈会一般来说只请非常有名的作家。你那一部小说叫什么名字？"男作家再次问道。

"《飘》。"小姐很简短地回答道。

男作家一下子傻了，原来，她就是大名鼎鼎的玛格丽特·米切尔！

那天晚上，米歇尔是唯一的金奖得主。

![大道理]

　　质量胜于数量。做事不在大小、不在多少，关键在于你的态度和做事的结果，认真做好一件小事远胜于马虎地做一些大事。

16．只因缺少一颗铁钉

几百年前，在一场决定谁来统治英国的战争中，原英国国王理查三世失败了。而其失败的原因，说出来会令每个人都扼腕叹息。

在战斗开始的前一天，理查派马夫去准备一匹好马给自己，但是这位马夫是个粗枝大叶的人，在马掌还没有钉好的时候便把马牵了回来。没想到的是，问题恰恰出在这只没有钉好的马掌上！

当战斗进行到一半时，几名士兵打算临阵脱逃，理查发现后，立刻策马扬鞭冲向那个缺口，准备召唤士兵调头。可是刚走了几步，那只没有钉好钉子的马掌就掉了，战马疼痛不堪，一下子跌翻在地，理查也被掀在了地上。没等他再次抓住缰绳，敌人的军队便包围了过来——理查被敌军俘获了，原英国的统治被颠覆了。

少了一颗铁钉，丢了一只马掌。

丢了一只马掌，伤了一匹战马。

伤了一匹战马，死了一位统帅。

死了一位统帅，输了一场战役。

输了一场战役，亡了一个国家。

这几句流传至今的话，正是由这次战役而来。

所有的损失都是因为少了一颗马掌钉。多少年来，这个故事一直像警钟一样长鸣不已，时刻提醒着人们一个小小的疏忽会带来多大的灾难。

大道理

　　细节决定成败。很多时候，让我们功败垂成的并非对手的强大、客观环境的恶劣或者自己实力的弱小，而是让我们不屑一顾的细节。

17.　再有几天就到家了

一个商人到欧洲去卖货，没想到生意挺兴隆，带去的一车货物不几天就卖完了。他美滋滋地给家人买了些礼物便驾车往家赶。归心似箭的他日夜兼程，总是到深更半夜才投店休息。

某个清晨，店主给他牵马时发现马左后脚的铁掌上少了一颗钉子，就提醒他给马掌钉钉。商人不耐烦地挥挥手说："再有几天就到家了，我可不想为一颗小钉耽误时间。"话音未落他就赶车走了。

两天后，商人被路上的钉马掌老板叫住了："您的马掌快掉了，钉一下吧。"商人还是那句话："再有几天我就到家了，我可不想为一个马掌耽误功夫。"没过两天，马掌真的掉了，商人想："掉就掉了吧，就要到家了，我犯不着为这点小事耽误时间。"

后来，马开始瘸起来。一个牧马人对他说："让马养好脚再走吧，否则马会走得更慢的。""再有几天我就到家了，让马养伤多浪费时间呀。"商人再次拒绝道。

终于，马支撑不住倒下了。没办法，商人只得丢下马和车，自己扛着东西徒步朝家走去。结果，从欧洲到家一共只需 10 天的路，他却用了 14 天！

大道理

　　欲速则不达。事物的出现、发展与结束总会遵循一定的规律，所以做事情也要讲究程序性，不管不顾地扰乱或违背，最后只会耽误事情的进程，甚至造成不可挽回的损失。

18.　成功之后做什么

他叫本，是一个胸怀大志的青年，只不过由于生活阅历的原因，他还未能给自己设计出一个清晰的未来。

一天，他遇到了美国某工业巨头。简短的交谈之后，对方非常欣赏他的才华，便想帮助他实现自己的梦想。本应声答道：我的梦想是拥有 1000 亿美元，比现在著名的福特汽车公司还富有 100 倍。

巨头吓了一跳，又接着问他："那，有了这么多钱以后呢？"本稍作迟疑，然后老老实实地答道："这个问题我还没想过，只不过觉得这样就算是成功了。"

巨头告诉他说："如果你不知道有了钱以后要去做什么，你的钱就会对别人造成威胁。所以依我看，你还是先考虑考虑要做些什么吧。"

在此后的几年中，巨头一直拒绝再见这个年轻人。一直到某天，本通过信件告诉他"我想创办一所学校，可是手里的钱不够"为止，巨头才开始实际地帮助他。

又过了几年，已经不再年轻的本成功创建了一所学校，并不断扩大着它的规模。现在，这所学校已经成为世界名校之一，它的名字叫伊利诺斯大学。而那个叫本的年轻人，就是伊利诺斯大学的创始人本·伊利诺斯。

成功的定义并非是资产超过比尔·盖茨，而是指达到你既定的目标。而一个切实可行的目标，绝不只包括金钱的数额，更重要的是拥有这笔钱之后的目的。

19. 从医生到电脑天才

在当地，医生是个相当体面的职业，于是，男孩的父母便给儿子设计了这样一条人生道路：先好好读完中学，再选择一家著名的医学院，毕业后做医生。但没想到的是，儿子从高中起便迷上了电脑，整天摆弄家里那台破苹果机，并声称："我将来一定要开一家电脑公司。"

高中毕业时，在父母的强迫下，男孩迫不得已选择了一所大学的医科。父母满以为万事大吉，没想到儿子却依然"不务正业"地搞着电脑。他从零售商那里买来低价处理的个人电脑，组装升级后又卖给同学。尽管他要的价格不算太低，但是同学们依然很喜欢向他购买，因为经他手组装的电脑真的很好用。一时间，他的生意在校内校外红火起来。

第一个学期结束时，男孩很坚决地告诉父母：我要退学做电脑。父母很生气地拒绝了他，并打赌说如果这个暑假你的生意额能达到 10 万，我们就让你退学。也许在父母的眼中，一个毛孩子根本不可能在 2 个月之内将生意做到这个程度，但是结果，男孩只用了 1 个月便完成了 18 万的销售额。

无奈之下，父母只好允许他退了学。从此，他开始在电脑世界里大展宏图。第二年，他便拥有了 1800 万美元的资金。

他的名字叫戴尔。

兴趣是引导一个人成功的最好导师。打破传统观念的束缚，做自己真正喜欢的事，你不但会拥有幸福，还能最大限度地把握成功。

20. 王安的遗憾

华裔电脑名人王安博士至今仍对一件小事耿耿于怀。

那时候，他还是个不满 6 岁的小男孩。一次风雨过后，他到外面玩，发现一个被大风吹落在地的鸟巢，里面有一只嗷嗷待哺的小麻雀。不知是因为寒冷、饥饿还是害怕，小麻雀睁着黑溜溜的眼睛盯着王安，小身子一个劲儿地发抖。动了恻隐之心的王安决定把它拿回家去喂养。

可是当他捧着小麻雀进门时，妈妈的话把他挡在了门外："不许在家里养小动物。"他看了看小麻雀的可怜相，实在是不忍心把它丢弃，于是便把它暂时放在门口，跑进厨房去哀求妈妈。最终，拗不住善良的孩子，妈妈答应了。

王安满心欢喜地跑到门口，却发现小麻雀不见了，只剩下两根带血的羽毛在地上躺着，旁边有只大花猫正意犹未尽地舔着嘴巴。王安立刻伤心地哭了起来，之后很长时间都不能原谅自己。

这件事让他得到了一个教训：凡是自己认定的事情，绝对不可以优柔寡断。正是凭着这个信念，他最终成为优秀的电脑专家。

大道理

　面对认定的事情，你可以谨慎行动，却不能优柔寡断。因为前者能使你避免犯错误的机会，而后者却只会让你失去已经到来的成功机会。

21．卖房子

他已经快 70 岁了，身体越来越差，终于再不能自理了，于是他决定搬到养老院去住。他无儿无女，唯一牵挂的就是这座房子，这座白色的小别墅是他一生的心血，上面每一颗钉子都经他的手抚摸过。他舍不得，真的舍不得，可是他又能怎么样呢？卖吧！

15 万元的底价吸引了大批的买房者，要知道在这个地段，这么漂亮的房子一般要价都在 30 万元左右的。半个月之后，这座别墅的底价被购买者们炒到了 20 万，可是老人依然有不舍之意。

这位年轻人进来时，老人正在往院子里搬一把沉重的藤椅，看到老人吃力的样子，他急忙跑上前去帮他把藤椅搬了出来。

"我只有 5 万块钱，但是我很想买下这座房子。"年轻人说。

"哦，这恐怕不行，你知道现在底价都已经到了 20 万。"老人回答说。

"我与其他的购买者不同，"年轻人语气相当诚恳，"如果您肯把房子卖给我，您可以继续在这里住，所有的东西都可以不动。而且，我也会像儿子对待父亲那样照顾您、侍奉您，就像刚才那样。"

这个提议立刻让眷恋房子的老人眼睛一亮，犹豫了几秒钟之后，他便让年轻人实现了这个几乎是不可能的梦想。

大道理

　实现梦想、赢得竞争，不一定非得和汗水、残酷、欺诈等字眼相连，一颗仁爱之心，往往能让一个人成为最大的赢家。

22. 水牛和阳雀之赛

烈日炎炎，大水牛正尽情地泡在一条大河流里。忽然，"扑棱棱"一声响，河边树上飞下来一只阳雀。

"嗨，你好啊，水牛大哥。"阳雀热情地跟水牛打招呼。

"你来这里做什么？"水牛抬起头问阳雀。

"喝水啊。"阳雀回答。

听到这话，水牛立刻"嚯嚯"地笑起来："你那么大点，还用得着到这么大的河流来喝水吗？随便找几滴不就得了吗？"

"不然，不然。"阳雀笑道，"你不知道，我比你还能喝呢！"

"不可能！"水牛嗤之以鼻地说道。

"不信咱就比比啊。"阳雀挺挺脖子说道，"你先来，你喝不动我再喝，咱看看谁能把河水喝少。"

水牛一听，二话没说就低下头，张开大口用力地喝了起来，可是不管它如何努力，河里的水就是不见少。一个小时之后，水牛的肚子已经鼓得像个横放的大缸，它再也喝不下去了。

这时，阳雀飞过来，把嘴伸进了水里，还没几分钟，水便明显地减少了。

"哎呀，阳雀小弟，你可真是太厉害了，原来你真的比我能喝啊！"水牛惊呼道。它永远不知道，阳雀之所以在这个时候把嘴伸进水里，是因为它知道河水马上就要退潮了。

大道理

几乎没有什么事情不能靠智慧解决，而智慧又永远比力气有力量。那些想都不想便用蛮力去拼的人，不但会成为智慧者的臣民，还会连自己是怎么输的都想不明白。

23. 3200 万次

一只新组装好的小闹钟被摆在了两只旧钟中间。

"嗨，你们好，"它向大家打招呼道，"我是新来的，很高兴见到你们。"

左边那只旧钟歪着脑袋看了崭新的小闹钟一眼："你也来工作了，呵呵，别看你现在锃亮一片，等走完 3200 万次，恐怕你就跟我们一样破烂不堪了。"

"3200 万次！"小闹钟倒吸了一口冷气，"天哪，恐怕我一辈子也做不成那么大的事了。难道你们都已经走完了这个天文数字？"

"当然！"那只旧钟撇撇嘴神气地答道。

"哇，你们真是了不起的大英雄，看来我必须尊称您为老前辈了。"小闹钟的崇拜之情溢于言表，"唉，我这么小，是永远也不可能做成那么大的事了。"

听到这里，右边那只旧钟哈哈大笑起来："孩子，快别听它胡说八道了，它吓唬你呢。你根本不用害怕，只需要每秒钟滴答一下就行了。"

"是吗？真的这么简单吗？"小闹钟半信半疑地问道。

"那你就试试好了。"旧钟回答。

小闹钟于是轻松地"滴答"了下去。不知不觉，一年的时间已经过去了，小闹钟屈指一算，哎呀，自己真的已经快走了3200万次了！

　　站在梦想的这端看，那端的成功似乎永远遥不可及。但如果收拢起自己的眼睛，塌下心来做手头上的事，并且坚持天天如此，成功的喜悦早晚会浸润我们的生命。

24. 天堂与地狱

一个生前经常行善的人死后见到了上帝，便向上帝请教那个他好奇了一辈子的问题：天堂和地狱有什么区别。于是上帝便让天使带他去参观一下天堂和地狱，让他自己去感受。

天使首先带他来到了地狱。只见房中摆了一张很大的餐桌，上面放满了色香味俱全的丰盛佳肴和十几把几尺长的大勺子。

"这是地狱？"善人有点迷惑，地狱里的生活怎么会这么好呢？

"不要着急，慢慢看。"天使微笑着提醒他道。

正说着，进餐的时间到了。只见地狱里的人一个接一个地走进房间开始吃饭，可是勺子实在是太长了，尽管他们每个人都非常努力，却依然无法把勺子里的饭送到自己口中，所以这些人全都饿的骨瘦如柴、有气无力的。

看过了地狱，天使又带着善人来到了天堂。但是没想到，天堂里竟然摆着和地狱里一模一样的一桌佳肴，而且还是那样的大勺子。

"这，你是不是弄错了？"善人非常惊讶。

"不，你看他们。"天使微笑着指着吃饭的人们。

原来，由于勺子太长，天堂的人们都在相互喂对面的人吃，这样，不但谁都能吃饱，还促进了彼此的关系。现在他们每个人脸上都挂着满意的微笑，显然吃得非常愉快。

善人一下子明白了：看来，是生活在天堂还是地狱，只看你愿不愿意跟人合作啊！

　　每个人的才能和力量都是有限的，单靠自己，有些事情往往难以做到。学会与人合作，不仅是生存的前提，还是快乐的源泉。

25. 施氏与孟氏

春秋时期，施姓人家有两个儿子，一个爱好学术，一个精通兵法。爱好学术的儿子以仁义之说来游说齐王，齐王闻之有理，遂命其为众公子的老师。精通兵法的儿子以用兵之道来游说楚王，楚王大喜，也重用了他，任命其为军师。靠着这两个儿子，施家不仅衣食无忧，还盛名远扬，这让两位老人感觉甚为荣耀。

看到这种情况，施家的邻居孟家很是羡慕，于是也把自己的两个儿子培养成了一个爱文、一个好武。爱文的儿子来到了秦国，可是当他以仁义之道游说秦王时，却惹得秦王大怒："当前诸侯争战激烈，我们最迫切的需要是筹集良马与军饷。你让我以仁义来治国，岂不是让我自取灭亡！"遂下令对他施以宫刑。

好武的儿子前往魏国，以兵法游说魏王。魏王皱着眉头说："我们是个小国，民少国衰，夹在诸大国之中，尽心服从尚且不足自保，你还让我对其动武，这不是明摆着让我自取灭亡吗？"想一想又接着说道，"如果我让你全身而退，你肯定会再到别国去游说，这很可能对我国造成极大的祸害，所以……"魏王挥挥手，命人砍去了他的双脚。

看着伤痕累累的两个儿子，孟家父母捶胸顿足、痛哭不已，并不断抱怨起施氏来。

施氏正色道："凡事能把握时机者方能昌盛，断送时机者则会灭亡。您儿子跟我儿子的学问一样，结果却不同，这并非由于他们方法不对，而只是错过了时机。

"要知道天下的事情并没有永远的对与错，以前的所用，今天或许就被抛弃；而今天抛弃的，明天也许还会派上用场。这种用与不用，并没有绝对客观的标准。所以说，一个人只有懂得见机行事，才可能长久立于不败之地。否则，即使拥有孔丘那么渊博的学问，或者拥有姜尚那么精湛的战术，又有什么用呢？"

一番话说得孟家大小哑口无言。

即便一样的才华，运用的对象与时机不同，结果也会迥然不同。只有懂得变通，见机行事，我们才可能成为掌控时局的主人。

26. 袋鼠与围栏

动物园新来了一只袋鼠，管理员把它关在一片草地上，草地四周的围栏大概有 1 米高。

第二天早晨，管理员准备喂袋鼠时，发现袋鼠竟然正在围栏外的树丛里蹦跳着。他意识到是围栏太低了，于是立刻请人把围栏的高度加到了 2 米，然后把袋鼠关了进去。

第三天早晨，管理员又看见袋鼠跑到了草地旁的树林里，于是再次把围栏加高到了 3 米，把袋鼠关了进去。

结果第四天，可怜的管理员发现袋鼠还是在围栏外站着，他真是头疼死了：难道就没有什么办法能关住袋鼠吗？

正在这时，袋鼠的邻居长颈鹿从它的围栏中探出头来，问袋鼠道："根据你的经验，这围栏到底要加到多高才关得住你呢？"

袋鼠回答说："这我可不知道，也许 5 米，也许 10 米，也许 100 米都关不住我——如果这位管理员老是忘记把围栏门锁上的话。"

有因才有果，失败的结果必然是由错误的行为引起的。如果不能正确分析失败的原因，做再多的努力也于事无补。

27. 一滴焊接剂能带来什么

很多年前，美国某大型石油公司聘请了一位青年巡检员，说是"巡检员"，其实他的工作非常简单，没准儿连小孩子都能胜任——巡视和确认工人们有没有把石油罐盖焊接好。

每天，工人们会首先把石油罐送上输送带，将之移动至旋转台，然后启动焊接机，让焊接剂自动滴下。当石油罐被带动着回转一周时，其顶盖的四围就会沾满焊接剂，工作就算完成。青年巡检员每天的任务就是成百上千次地注视着最后的焊接工作，以保证石油罐盖被焊接完整。

一天、两天……几个月过去了，青年最初的兴致消失了，取而代之的是极度的枯燥无味与厌烦疲惫。他很想自主创业，可是又没有那个本事，所以只能每天对着焊接机发呆。偶然一天，他闲着无聊数起焊接剂的滴数来，结果一天下来，他发现每个石油罐盖都是需要 39 滴焊接剂。能不能有所改善，比如使用更少一点原料呢？他想。这个问题引起了他的兴趣，于是他顺着自己的思路一直琢磨了下去。经过一番研究，他竟然研制出了 37 滴型的焊接机，可惜实践证明，37 滴焊接剂焊出的石油罐盖会有轻微的渗油现象，并不理想。无奈之下，他只得下大力气改进，最后终于研制成了 38 滴的理想焊接机。

年底的测评令所有人都大吃一惊——虽然这位青年研制的焊接机每次只能省下一滴焊接剂，可是由于公司规模巨大，仅这"一滴"节省便给公司带来了每年 5 亿美元的新利润。

自然，这位青年从此获得了重用，而他的事业也由此正式开始了，并且越做越大。多年之后，他竟然成了掌控全美石油业 95% 实权的石油大王——约翰·D. 洛克菲勒。

能见别人所不能见，才可能做别人所不能做。很多时候，命运的改变都是从点滴开始的，因此，提升自己观察小事与细节的能力，也可能为自己赢来巨大的成功。

28. 例 外

爱因斯坦成名之后，很多媒体都争相对他进行采访，各位大大小小的画家也争着为他画像，以求一本万利或早日成名。但是低调的爱因斯坦向来不以为然，总是拒绝这种闹哄哄的局面。

可是终于有一天，爱因斯坦给某位画家开了个例外。

那天下午，爱因斯坦正在办公室里忙碌着，忽然听见"笃、笃、笃"的敲门声。他打开门一看，原来是位衣衫破旧的穷画家。

不等他开口，那位穷画家便请求道："爱因斯坦先生，请您让我为您画一幅像吧。"

"不行不行，我没有时间。"爱因斯坦立刻摇手拒绝道，并准备关门谢客。

但是穷画家却固执地推着门："可是，可是我非常需要卖这幅画所得的钱啊，我就快没有饭吃了。"

没想到爱因斯坦马上改变了态度："哦，那就是另外一回事了，你进来吧，我坐下来让你画便是。"说着，他便敞开了办公室的大门。

相比花言巧语、欺诈蒙骗来说，坦率直陈自己的情况也许更容易打动对方，使本来不可能的事情朝着你所希望的方向发展。

29. 拯救海星

大海刚刚退潮，渔民便发现自己7岁的小儿子不见了，他慌忙跑出去寻找。快到海边时，他看见儿子小小的身影正在海滩上一直一弯地跳舞。等到再走近些，他才看清楚儿子并不是在玩耍，而是在捡涨潮时被海水冲到沙滩上的海星，并且每捡到一个，儿子便颠着小脚丫把它送到海里去。

"你在干什么，儿子？"渔民大声喊道。

"我在拯救海星，爸爸。"儿子以稚嫩的声音回答道，然后冲爸爸做了一个表示有力量的动作。

"你为什么要这么做？"渔民奇怪地问。

"你看这些海星多可怜啊，它们被海水冲到岸上好久了，都快渴死了。"儿子一边抹汗一边回答爸爸。

"哦，我明白了。但是光这片海滩就有数不尽的海星，你这样一个一个地捡，得捡到什么时候啊？"渔民微笑着反问儿子。

7岁的小男孩愣愣地站在那里，显然他根本就没有意识到这个问题。

"所以，快跟爸爸回家吧，这样做是没用的。"说完，渔民便拉起了儿子的小手。

没想到儿子却固执地甩开了："不，爸爸，最起码，这只海星可以活下来。"他摊开手，在他小小的掌心里，静静地卧着一只奄奄一息的小海星。

渔民愣住了，继而，他的眼睛里含满了亮晶晶的东西："你是对的，儿子。没错，最起码，这只海星可以活下来。"说着，渔民便弯下腰，和儿子一样拯救起海星来。

是啊，虽然由于时间、能力等等有限，很多美好的事情我们都不能做到，但是，做一些力所能及的小事，改变其他人或事物的命运，不也是一种美好吗？

大道理

一沙一世界，一花一天堂，并非只有惊天动地的大事情才能阐述世界的意义，体现人生的价值。改变命运，应从现在开始，从点滴开始。

30. 杂技团的新弟子

杂技团里刚来了个新人，教练安排他从走钢丝开始。

第一天，他总是没走几步就掉下来，晚上时摔得鼻青脸肿。

第二天，他还是没走几步就掉下来，到了晚上照样摔得不成样子。

第三天，这男孩儿说什么也不起来了，抱着脑袋赖在床上喊头痛。心知肚明的教练一把把他拽了起来，强行拉到了钢丝两边的台子上。

"走！"教练严厉地喊道。

迫不得已之下，男孩只好再次颤巍巍地踩上了钢丝。可能是因为紧张之外又多了一层对教练的畏惧，刚走了一步他便跌了下来。

捂着疼痛不已的膝盖，男孩委屈地哭起来，一边哭一边问教练道："老师，我是不是太笨了，为什么我老是走不好呢？"

教练在旁边长长地叹了一口气："唉，孩子，你不是笨，而是杂念太多。"

"杂念太多？"男孩不解地重复了一下这几个字，然后接着说道，"没有啊，我心里一直装着'走钢丝'几个字，绝对没有其他的念头！"

"我说的就是这个意思！你只有把这个念头也挖去，完全忘记自己是在走钢丝，忘记还有摔下来这回事，你才可能走得稳、走得长！"教练大声说道。

男孩心有所悟，立刻重新走了一次。果然，这次虽然也跌跌撞撞，但最后还是走到了头，第一次！

大道理

越是在意脚下，我们就越不容易走稳。放下得失心，心无旁骛地看问题、做事情，自己最好的水平才可能发挥甚至是超常发挥出来。

31. 用皮鞋演奏的帕格尼尼

意大利著名小提琴家帕格尼尼，最擅长演奏旋律复杂多变的乐曲。他高深的琴技很受喜欢古典音乐者的欣赏。

有天晚上，帕格尼尼举行音乐演奏会，有位听众听了他出神入化的演奏之后，以为他的小提琴是把魔琴，便要求一看。帕格尼尼立即答应了。那人看看小提琴，跟一般的琴没什么两样，心里觉得很奇怪。帕格尼尼看出他的心事，便笑着："你觉得奇怪是不？老实告诉你，随便什么东西，只要上面有弦，我都能拉出美妙的声音。"

那人便问："皮鞋也可以吗？"

帕格尼尼回答："当然可以。"

于是那人立刻脱下皮鞋，递给帕格尼尼。帕格尼尼接过皮鞋，在上面钉了几根钉子，又装上几根弦，准备就绪，便拉了起来。说也奇怪，皮鞋在他手上，演奏起来竟跟小提琴差不多，不知情的人，在听了这个美妙的旋律之后，还以为是用小提琴拉的呢！

大道理

钻研任何一种技艺，一定要经过长时期的苦练，才能达到出神入化、随心所欲的境界，这绝对不是偶然的。

32. 谦逊的贝罗尼

19 世纪的法国名画家贝罗尼，有一次到瑞士去度假，但是每天仍然背着画架到各地去写生。

有一天，他在日内瓦湖边正用心画画，旁边来了三位英国女游客，看了他的画，便在一旁指手画脚地批评起来，一个说这儿不好，一个说那儿不对，贝罗尼都一一修改过来，末了还跟她们说了声"谢谢！"

第二天，贝罗尼有事到另一个地方去，在车站看到昨天那三位妇女，正交头接耳不知在讨论些什么。过一会儿，那三个英国妇女看到他了，便朝他走过来，问他："先生，我们听说大画家贝罗尼正在这儿度假，所以特地来拜访他。请问你知不知道他现在在什么地方？"

贝罗尼朝她们微微弯腰，回答说："不敢当，我就是贝罗尼。"

三位英国妇女大吃一惊，想起昨天的不礼貌，一个个红着脸跑掉了。

才识、学问愈高的人，在态度上反而愈谦卑，希望自己能精益求精，更上一层楼；也正因为如此，他们往往具有容人的风度和接受批评的雅量。反之，我们对于自己并不在行的事情，就不要随便发表议论。

33. 我想要一支烟

几年来，这个重要的犯人一直被单独囚禁着。一天到晚被禁锢在这间不到 10 平米的小牢房里，他的精神已经临近崩溃了。他很想自杀，可是当局却拿走了他的鞋带和腰带，甚至把小牢房的三面墙壁（第四面是牢门）都用毛毡"保护"起来了。

今天，当再一次用手提着裤子（不仅仅因为没有腰带，还因为他已经瘦得不成样子）慢慢活动的时候，他又想到了死。可是来自不远处的一股香味却让他精神一振，"是香烟！是万宝路！"他惊喜地反应道——万宝路可是自己最喜欢的香烟牌子。

他把脸贴在牢门的小缝上，使劲往外挤着，最后他终于看清了：原来是门廊处那个孤独的卫兵在抽烟。看他深深地吸入，然后再慢悠悠地吐出来，那姿态真是美极了。

"喂，我想要一支万宝路香烟！"囚犯情不自禁地冲卫兵喊道。

"哼，老实待着吧，别做梦了你！"卫兵不屑地嘲讽道。

囚犯静静地想了想，忽然再一次喊道："我想要一支万宝路香烟！"不过这次，他的语气不再是"请求"，而是变成了"要求"。

"给我好好待着！你这个可恶的家伙！"卫兵转过头来，很不耐烦地给了他一句。

"你给我听好了，"囚犯不紧不慢地说道，"你必须在一分钟之内给我一支烟，否则，我就用头使劲撞牢门，直到把自己撞得血肉模糊（你知道，我早就想这么做了），然后我就会大声喊'救命！'把外面的人吸引到这里来，并对他们说这是你干的。当然，他们谁都不会相信我。但是，为了证明你的清白，你必须出席每一次听证会，必须向每一个听证委员证明自己的无辜。除此之外，你还必须填写一式三份的报告，还必须承受在证明完毕之前众人看待你的异样目光。当然，这也有可能影响你的工作，甚至使你失去它。但是，所有这些麻烦都是由你拒绝给我一支劣质的万宝路而起，你现在把它给我，不就可以避免这一切了吗？"

想想看，囚犯最后会不会得到一支烟呢？当然，他得到了，因为他让卫兵明白了事情的得失利弊。用这么一点小付出避免一场大麻烦，有谁会不愿意呢？

大道理

每个人都有自己特殊的立场和禁忌，而这，正是他的弱点所在、你的取胜关键所在。抓住这一点分析问题，你便可以从容地伸出要求之手，达到自己的目的。

34. 必胜的丘吉尔

据说第二次世界大战之前，丘吉尔曾经和德国的大独裁者希特勒在一次政府要员会晤中见过面。在会晤中某个闲暇的下午，两人在花园中边走边谈。来到一个水池边时，为了缓和所谈话题的严肃气氛，也为了暗示一下自己的必胜心态，丘吉尔忽然提议跟希特勒打个赌：看谁能不用钓具将水池中的鱼捉起来。

希特勒心想，这还不容易！谁不知道死鱼会漂到水面上来，我先把鱼打死，等它们漂上来我伸手一抓就是！想到这里，他拔出手枪便朝池中射去，但由于一到水里子弹就会失去威力，所以接连七八枪之后，水面上还没有一丝死鱼的影子。希特勒尴尬无比，只好搓搓手说："我放弃了，看你的吧。"

只见丘吉尔不慌不忙地把一把小汤匙从上衣口袋里掏了出来，然后走到池边，蹲下身去，开始一勺一勺地往池外舀水。

"啊？"希特勒大声喊道，"你开什么玩笑！这也太慢了，得等到什么时候啊！"

"这办法是慢了点，"丘吉尔笑眯眯地回答道，"可是你不得不承认，最后的胜利必然是属于我的。"

大道理

一事当前，人们的通病是寻找"多快好省"的巧方法，一旦巧方法无济于事，便立刻宣布放弃。其实，笨方法也是解决问题的有效途径，无计可施之下，何妨一试呢？

35. 威廉·奥斯勒爵士的秘诀

这位年轻人名叫威廉·奥斯勒，是蒙特瑞综合医科学院的学生。眼看就要期末考试了，威廉的心里充满了忧虑，他不但担心是否能够通过考试，还担心近在眼前的毕业问题：毕业后怎样才能找到工作？怎样才能生活？自己的前途到底在哪里？自己最后将走出一个怎样的人生？

这天下午，忧心忡忡的威廉无聊地走进了图书馆，当他漫不经心地翻阅书架上的过期杂志时，某本书上的一句话忽然映入了他的眼帘。因为那句话，威廉的满心愁云一下子被一扫而光了。他快步走出图书馆，心里充满了激动和力量，他感觉到：自己眼前的路明晰了，他知道应该做什么以及怎么做了。

许多年后，威廉·奥斯勒已经成了他那一代人中最有名的医学家，并创建了全世界知名的约翰霍普金斯学院，成为牛津大学医学院的讲座教授，还被英国国王册封为爵士。

40多年后的一天，威廉·奥斯勒爵士在耶鲁大学发表了演讲，当回答学生提出的问题"你成功的最大秘诀是什么"时，他说道："我之所以成功，完全是因为一句话的影响，那句话让我学会了活在'一个完全独立的今天里'，正因为每天我都能如此，所以才拥有了这意义非凡的一生。

"每个人的组织都比大海轮的组织要精密得多，所要走的航程也会远得多，而要想控制好这一切，时刻活在'一个完全独立的今天里'可谓是确保安全的最好方法。按下按钮，隔断那些尚未到来的明天和已经过去的昨天，然后你就保险了，因为你拥有的只是今天。另外，请养成一个'立即去做'的好习惯，要知道为明天做准备的最好办法就是集中所有的智慧、所有的热忱，把今天的工作做到尽善尽美。这也是你应付未来的最好方法和唯一方法。

"说了这么多，我终于可以把那句影响我一生的话告诉大家了，希望你们都能记住，它就是'不要去看远方模糊的，去做眼前清楚的'。"

大道理

　　精心、实际地设计自己的未来很重要，踏踏实实地抓住今天更重要。所以，请不要一味去看远方模糊的东西，而应立即动手去做眼前清楚的事情。

36.　一根头发

春秋时期的晋文公非常喜欢吃烤肉，自然，专为他烤肉的厨师便受到了特别优厚的待遇。

这一点引起了其他厨师的嫉妒，心想自己的技术并不比他差，只不过没有得到那个机会罢了。想归想，有一位厨师还真这么做了——他偷偷地在已经烤好即将呈给晋文公的肉上放了一根头发，企图以此来激怒晋文公，治罪于烤肉厨师，然后由自己乘虚而入。

果然，晋文公看到烤肉上的头发后勃然大怒，命人押来烤肉厨师，想立即治他的不敬之罪。没想到厨师磕了个头说：公若治鄙人之罪，请将三条大罪一并惩治。

晋文公觉得奇怪，便问他为什么自称有三条大罪。

烤肉厨师不慌不忙地说道：第一，我把刀磨得飞快，却没能切断这根头发；第二，我一个个把肉丁串到签子上，却没发现有根头发；第三，我把炉火生得那么旺，把肉都烤熟了，却没能烧掉这根头发。

晋文公顿时有所领悟，便问他意指何人。烤肉厨师便把那个一直跟自己过不去的厨师报了上来。

晋文公命人将之带来审问，果然，这个人一进门便双腿发抖，暴露了其心中有鬼。没问几句，他便认罪伏法了。

晋文公拍拍额头：唉，我差点错怪好人。

37.　马克·吐温道歉

　　美国著名作家马克·吐温向来以幽默著称，他对当时美国状况的一些讽刺简直令人叫绝，下面这则小故事能让我们对此略见一斑。

　　有一次，他到某大学里做演讲，谈着谈着就谈到了当前某些国会议员的卑劣行径上，无所畏惧的马克·吐温张口就骂，毫无顾忌，其中出现了一些相当过激的言辞，比如"现在国会中某些议员简直就是狗娘养的！"

　　这次演讲的录像播出以后，美国人民均捧腹大笑。某些国会议员感觉颜面无存，便组织起来一起对付马克·吐温，强烈要求他登报歉意，还威胁说如果不照办，就以诽谤罪将他告上法庭。

　　马克·吐温也不想把麻烦闹大，所以一接到这个消息，就连忙赶到当地报社公开道歉去了："本人上次在××大学演讲时，说过'美国国会中有些议员是狗娘养的'。这句话确有不妥之处，而且不符合事实。对此我深表歉意，并郑重声明如下：'美国国会中有些议员不是狗娘养的'。——马克·吐温。"

　　这一下，原来没笑的美国人民也笑了——马克·吐温道歉了，那些议员再没有理由追究他的诽谤罪，但却陷入了更尴尬的处境。

38.　不再祈祷

　　4 岁的小克莱门斯一直对上帝非常虔诚，他相信，只要虔诚地祈祷，自己就能得到想要的任何东西。

　　小克莱门斯的同桌是一个金色头发的漂亮小姑娘，每天，她都会带着一块非常诱人的面包来到学校。当打开包装纸开始吃时，她常常会问小克莱门斯要不要吃一口，小克莱门斯每次都坚定地摇摇头，尽管他是那么迫切地想得到一块那样的面包。

　　一天放学的时候，小克莱门斯对同桌小姑娘说："明天，我也会有一块又香又甜的大面包了。"然后，他便一溜烟地跑回了家，关上门开始无比虔诚地进行祈祷，他相信：上帝一定会给他一块大面包的。但是第二天，当他满怀希冀地把手伸进书包里时，却发现除了一本破旧的课本外什么也没有。

　　"难道是我的虔诚不够？或者是祈祷不够？"小克莱门斯大惑不解地琢磨着，而后他决定每天都坚持祈祷，直到面包降临。

一个月后，同桌小姑娘问小克莱门斯面包降临了没有。小克莱门斯尴尬地笑笑，说自己正打算不再继续祈祷了呢，"也许上帝根本就没看见我在进行多么虔诚的祈祷，因为每天有那么多人、那么多事需要上帝照顾和处理，而上帝只有一个，他很可能会忙得顾不上我呢。"他说。

小姑娘听完后笑着对小克莱门斯说道："一块面包用几个硬币就可以买到，你为什么要花费那么多的时间来为一件卑微的小东西去祈祷，而不是去赚钱把它买回来呢？"

就这样，小克莱门斯决定不再祈祷，因为他终于明白了：只有通过实际的工作才能获得自己想要的东西，而祈祷，只能使人停留在无谓的等待中。

多年之后，这位不祈祷、只工作的小克莱门斯已经成了世界著名的大作家，他就是我们非常熟悉的马克·吐温。

大道理

　　不要花时间为卑微的东西祈祷，利用这段时间去赚钱把它买回来吧。要知道只有辛勤的劳动、现实的奋斗和努力，才可能为你换来现实的温饱、幸福和财富。而成功，最需要的就是这种现实。

39．交友策略

某天，罗斯福应邀参加一场宴会。来到现场以后他才发现，席间的大部分客人自己都不认识，并且，虽然彼此尚不熟悉，有些人却已经先入为主地对他表示出了敌意。看到这里，罗斯福微微一笑，他知道，该是自己"出招儿"的时候了。于是，他悄悄来到筵席主持人路斯瓦特博士的身边，装成聊天的样子请博士向他介绍一下对面客人的一些情形。

15分钟以后，罗斯福已经大略地了解了每个客人的性情特点。接着，他自然而得体地走到那些人身边，开始跟他们寒暄起来。当然，他谈的话题都是对方感兴趣的，比如对方最得意的事情、曾经做过的事业、最喜欢的运动等等。结果，许多人因此对罗斯福的看法大大改观。

"他简直就是个'交际天才'！"看到这种情形，路斯瓦特博士由衷地赞叹道，"在明了每个人的性情后，他居然立刻就能组织出对于这些人适宜的谈话资料，从而使双方从陌生到熟悉甚至是化敌为友。"

应该说，正是靠着这种交友策略，罗斯福才使自己的人际脉络不断地拓展和壮大，进而为以后成功竞选总统准备了充分而必要的条件。

大道理

　　有多少朋友就意味着有多少机会。一个人成功的绝大部分因素，是他有能力把陌生人或怀有敌意的人变成朋友，即他知道把自己和对方融合在一起，并由此得到更多人的信息。

40．跳蚤的"复原"史

如果在动物界挑选跳高运动员，绝对非跳蚤莫属，因为它跳跃高度的平均值均在其身高的 100 倍以上，堪称世界上跳得最高的动物。

可是，就这样一个"跳高冠军"，居然也可能变成再也跳不起来的"爬蚤"——这是一位生物学教授用实验向我们证实的。

开始时，教授用一个 50 厘米高的玻璃罩罩住跳蚤，让跳蚤在玻璃罩里跳来跳去。当然，每一次跳跃它都会碰到障碍，于是连续多次后，它主动改变了起跳高度以便适应环境。也就是说，这只跳蚤现在最高只能跳到 50 厘米了。接下来，教授换了一个 25 厘米高的玻璃罩，结果可想而知，数次碰壁之后，跳蚤的最高跳跃度又降至了 25 厘米。

就这样，教授不断降低着玻璃罩的高度，以"迫使"跳蚤的跳跃高度不断降低。最后，当教授把玻璃罩换成玻璃板时，可怜的跳蚤已经连 1 厘米都跳不起来了。于是，跳高冠军变成了只能在桌面上爬行的"爬蚤"。任凭人们再怎么吓它或鼓励它，它都只会乖乖地"委曲求全"，小心翼翼地前"爬"。

不要认为实验到这里就结束了，因为接下来教授还有非常惊人的动作：只见他在桌子上洒了些酒精，并"腾"地点着了火。结果，当火苗就快烧到跳蚤的一瞬间，跳蚤突然跳了起来。这次，它几乎跳到了超过它身体 1000 倍的高度！

大道理

生活在不知不觉中压制了人许多的原始能量，但是，我们的潜力并不会因此而消失。所以，你无须畏惧任何一种困境，千钧一发的时刻，你依然能够创造出奇迹。

41．成功秘诀

中国台湾有个著名的塑料制品企业家叫王永庆，他在一篇自传式的小文中，提到了自己的成长经历，读来很是令人感动。

王永庆出生在台北市新店县一个叫作直潭的小地方，作为长子，他从小就承担了许多格外粗重的活计，比如挑水就是其中一项很苦的差役。还在十来岁的时候，小永庆便包下了这个任务。那时，他每天都需要很早就起床，赤着脚，扛着扁担和水桶，一步步爬上屋后 200 多米高的小山坡，再走到山下汲水，然后再循原路挑水回家。往往反复五六趟，连挑十几桶水后，他才算完成任务。做完这些工作之后，他便匆匆赶六里地的山路去上学。

由于从小就生活在这样的环境里，所以小永庆一直在心理上认为：这些苦役都是自己的分内之事，所以并不应该叫作"苦"。可见，吃苦对于渐渐长大的他来说，已经成了一种习惯。

小学毕业后，王永庆背井离乡，来到嘉义的一家米店当学徒。一年之后，颇有眼光的父亲给他贷了 200 块钱，帮他开起了自己的米店。

自打有了自己的米店以后，王永庆便展开了独具一格的经营模式——他首先按买主家的人口计算出其一个月所需要的米量，然后定期主动上门寻找生意。结果，这种"服务到家"的计划给他带来了非常可观的收益。另外，在回收米款上，他也设计出了颇具自己特色的方式，即总是等到顾客领薪的日子前去收米钱，自然，十之八九他都非常顺利地拿到了钱。

有了一定的经济基础和顾客群之后，单单经营米店已经满足不了这位大器之才的心了。于是第二年，他便增添了碾米设备，开始了从原材料到成品的一条龙服务。当时，他米店的隔壁有一家日本人经营的碾米厂，为了跟条件优越的外国人一争高下，王永庆想出了种种省钱的招儿。辛苦劳作之下，他最终真的克服了条件上的差异，使得业绩远远超过了日本经营者。

用心经营多年之后，那种粗浅经验已经成了王永庆的一笔巨大财富。后来，他把这笔"财富"用在了自己的台塑企业管理制度上，使得新事业也更上一层楼。

"成功虽然也需要风云际会，但更重要的是，当机会来临时，你本身早已做好了准备。对我而言，这种准备是用多年的吃苦换来的。"王永庆这样总结道。

大道理

> "怕吃苦，苦一辈子；不怕吃苦，苦半辈子。"所以，成功的秘诀就是——吃必要的苦，耐必要的劳，并在其间积蓄起寻找和迎接成功机会的能力。

42. 采访沃尔顿

沃尔玛公司是全球最大的零售业之王，它的创始人是萨姆·沃尔顿。

一次，《财富》杂志的一名记者约好了去采访沃尔顿，可是当他早早来到沃尔顿的办公室，等了半个小时之后，还没有看见沃尔顿出现。这时，沃尔顿的秘书刚好经过办公室门口，当看到有记者在办公室里等待时，她便说道："你在这里怎么能等到他呢，他应该在前面20米处的零售店门外。"

听了这话，记者立即起身去找沃尔顿，不想正好看见他在为顾客将货物装箱并抬入货车中。一个如此有钱、身份如此之高的人，居然做这些工作，真是大大出乎记者的意料。

等到沃尔顿忙完，记者问他："您不是答应我在办公室等我的吗？"

"我就是在等你啊，"沃尔顿回答说，"只不过忘了告诉你，我的办公室设在大街上，因为这里有需要我的客人。怎么？你难道认为它应该在冷气房里吗？"

说完，沃尔顿一笑，又弯下腰去干另一批活了。结果，整个采访过程都是在他的劳动过程中进行的。

"沃尔顿家族是做零售小生意的，而我却非常富有。那些做大生意的人，也未必能像我这么有钱。"沃尔顿自豪地说。

采访完毕后，记者随沃尔顿参观了整个超市。当看到客人们排起长队付钱时，记者禁不住连声夸赞他生意真好，谁知沃尔顿却说："如果真成功的话，就不用客户排队付钱了，所以这证明，我们还有改良的必要，而且事实上，成功人士不单单要学习，还要不断更新我们的思维。"

记得有位哲人曾说，一个人能把握的财富就在身边25米之内，但人们却常常舍近求远，看不到身边的机会而越走越远。从记者采访沃尔顿的这个小故事中，我们是不是能够更加深刻地领悟这个道理呢？

43.　"第一CEO"的故事

　　杰克·韦尔奇出生在一个极普通的美国家庭，他身材矮小，其貌不扬，而且还有点口吃，但是，他却是一个争强好胜的小男孩。

　　在塞勒姆高中读最后一年时，杰克参加了学校的冰球队，并担任副队长。当那个赛季最后一场冰球赛来临时，他决心带领全队打一场精彩的球，以便"在学校的历史上留名"。的确，在前三场比赛中，他们分别击败了3个球队，连赢了三场。可是不料，接下来的六场比赛他们居然全都输掉了，而且其中五场都是因为一球之差。所以，当最后一场比赛到来时，全队都极度渴求起胜利来，作为副队长的杰克更是力挽狂澜，独进了两球。顿时，大家都信心十足，觉得运气相当不错。确实，那是一场十分精彩的比赛。最后，双方打成了2比2平，使得裁判不得不宣布进入加时赛。谁知正是在短短3分钟的加时赛里，对方又进了一球——杰克的球队又输了！这已经是他们连续第七场失利了。

　　沮丧之下，杰克愤怒地将球棍摔了出去，然后头也不回地冲进了休息室。正当大家在换冰鞋和球衣时，休息室的门突然被打开了，杰克的母亲闯了进来。只见她一把揪住杰克的衣领，大声训斥起来："你这个窝囊废！你干吗那么自信，那么争强好胜！如果你不知道失败是什么，你就永远都不会知道怎样才能获得成功。如果你真的不明白这一点，你就最好不要来参加比赛！"

　　由于在朋友面前遭到了羞辱，小杰克当时既委屈又愤然，但是母亲的那句话却如同烙印一般刻在了他的心上，并对他的一生都产生了重大影响。那句话不仅让他明白了竞争的价值，更让他知道了如何面对胜利的喜悦和前进中不可避免的失败。

　　在这样一位好母亲的教育下，小杰克渐渐长大了。1960年，他加入了由托马斯·爱迪生创建的通用电气公司（GE）。20年后，他成了该公司历史上最年轻的董事长兼首席执行官。在接下来的20年中，他大刀阔斧地进行改革，不仅为GE的股东们创造了巨额财富，使GE成为全球第一大公司，还塑造了最优秀的企业文化，使它成为世界各大公司的最佳楷模。而他本人，也获得了"第一CEO"的美誉。

　　可是，一直到成为所有CEO效仿的典范，杰克依然把自己的绝大部分成就归功于母亲，"我一直记得高中时的那件事……"他说。

44. 罗斯福夫人的忠告

一天，某青年报的记者前去采访罗斯福总统夫人，接近尾声时，这位记者问出了这样一个问题："尊敬的夫人，您能给那些渴求成功特别是那些年轻的、刚刚走出校门的人一些建议吗？"

总统夫人先是谦虚地摇了摇头，然后她便回忆起自己年轻时候的一件事来。

几十年前，还不是罗斯福夫人的她尚在本宁顿学院念书。为了更好地锻炼自己，她决定边学习边做份工作，并且最好是在电讯业，因为这不仅是她的兴趣所在，还可以让她顺便多修几个学分。于是，她让父亲帮自己联系一下。没过多久，父亲的朋友、美国无线电公司的董事长萨尔洛夫将军便约她前去见面。

当她单独见到萨尔洛夫将军时，对方直截了当地问她想干份什么样的工作，并要求她说出具体工种来。可是当时的她却想：只要是电讯业，任何工种我都喜欢，所以她回答："随便哪份工作都行！"

不想这句话却险些激怒了对面的将军，只见他立刻停下手中忙碌的工作，用严厉的目光打量起这个不知所措的年轻姑娘来，然后非常严肃地说道："年轻人，世界上并没有一类工作叫'随便'，成功的道路是用目标铺成的！"

顿时，她面红耳赤，但是这句发人深省的话却从此伴随了她一生，并时刻激励着她认真地去对待每一份新的工作。

"如果非让我给那些渴求成功的人士一句忠告，那我就把这句话告诉大家吧：世上没有一类工作叫随便，成功的道路是用目标铺成的。"罗斯福夫人最后说。

世界上并没有"随便"这类工作，任何成功的道路都是用目标铺成的。如果有谁随随便便地对待工作和时间，那他必然也会随随便便地对待自己的人生，最终一事无成。

45. 什么事都没发生

因为有事，妈妈叫来邻居家9岁的冬冬，让他陪自己7岁的女儿莎莎玩一会儿，然后就匆匆出去了。

等妈妈办完事回来时，眼前的一幕让她差点失声叫起来，只见莎莎一丝不挂地躺在地上，而同样赤身裸体的冬冬正在她洁白的小身体上画画。气昏了头的妈妈上前一步就想把冬冬拎起来，但是当手伸出去时，她又突然停住了。因为两个孩子看起来根本不知道自己在做什么，也根本没有用不一样的眼光去注意对方与自己不一样的地方。他们天真无邪地玩着，不时地发出脆生生的笑声。

这位妈妈愣愣地站在原地，心中感慨万千——应该说，每一个孩子都是大地，所以尘埃对于他们是无妨碍的，根本无须去擦拭。他们也不必用成人世界里刻板的礼节规矩来规范自己，而只需要静静地等待成长来告诉他们一切。

想到这里，妈妈静静地退进厨房开始做饭。半小时之后，她听见那个叫冬冬的男孩喊了一声："阿姨我回家吃饭了。"然后就是开门关门的声音。再过几分钟，穿戴整齐的莎莎跑进了厨房，她看起来还是那样纯真可爱，就像什么事都没发生一样。事实上，不就是什么事都没发生吗？

大道理

对待孩子，不可以用成人的眼光，否则只会越擦越脏；对待别人，不可以用自己的标准，否则只会生出无数是非。

46.　卢拉的故事

卢拉出生在一个条件非常贫苦的家庭，为了维持生计，他3岁就上街给人擦皮鞋，12岁就到洗染店当学徒，14岁就进厂做工，承担了一个成年人的任务。下面关于他的这则小故事发生在他读小学期间，顺便说一下，小学他只读了5年，并且一生只读过这5年小学。

一个秋天的傍晚，十来岁的卢拉放学回家，在准备开门时，他却发现钥匙找不到了。于是小卢拉一下子慌了——爸爸妈妈都在外面工作，星期天才能回来，这可怎么办啊？想了许久，他开始用自己的胸卡去捣鼓那把锁，可是塑料卡怎么能奈何得了"铁将军"呢？不一会儿，胸卡就被捣烂了，但锁却依旧纹丝不动。坐在房门下休息了一会儿，小卢拉打起精神转到了房子后面，看样子他只有跳窗户爬进去了，可是窗子是从里面关死的，不砸坏根本就无法进入。为了不给自己找更多的麻烦，他费劲儿地爬上房顶，准备从天窗跳进去。

这时候，邻居博尔巴先生看到了他，一下子大喊起来："孩子，你想干什么？"

"我的钥匙丢了，我没法从门里进去了。"卢拉回答道。

"钥匙丢了，难道你就不能想点别的办法吗？"对方问。

"我已经想尽了所有的办法。"卢拉委屈地嘟囔道。

"不，你根本没有想尽所有的办法！"博尔巴先生以一种教训的口气说，"至少你没有请求我的帮助！"

"你？"卢拉有点迷惑地重复了一下，"门是锁着的，你能怎么办呢？"

博尔巴先生不说话，只是从口袋里掏出钥匙，转眼就把卢拉家的锁打开了。顿时，小卢拉蒙了。原来，妈妈走的时候曾给这位邻居留了一把自家的钥匙，以防儿子遇到麻烦。

这时，只听博尔巴先生对卢拉说："碰到难题时，请求别人的帮助也是解决之道。"

这句话一下子把卢拉震住了。从那天后，无论遇到什么难以解决的事情，他都会不由自主地想起博尔巴先生，想起他的这句话。

靠着"别人的帮助"，渐渐长大的卢拉越走越顺利。几十年后，这位出身贫寒、只读过5年小学的卢拉，已经通过选举成了巴西的第四十任总统。对于巴西乃至全世界的人民来说，这都如同一个现代神话，但是，它的确是真的。

大道理

求助也是解决之道。遇到问题时，人应该首先独立思考，争取自己解决，一旦不能成功，就应该真诚地去求助能解决的人。大多数人是愿意帮助你的，这样，就再不会有什么困难能阻挡你前进的脚步。

47. 王选的故事

"汉字激光照排系统之父""中国现代汉字印刷革命的奠基人""中国迎接知识经济挑战的先驱",这三项辉煌的荣誉是属于同一个人的,他的名字叫王选,是北大方正的开创者。据他自己说,他之所以能够赢得如此令人瞩目的成就,绝大部分原因是有赖于一位伟大发明家的一句名言。那句名言是他很多年的座右铭,也是支撑他开拓伟大事业的精神力量。

30多年前,在北京大学计算机研究所工作的王选还只是一个无名小卒。可就是这样一位无名小卒,居然异想天开地提出了一项连当时的权威人士都解决不了的挑战:跳过日本流行的第二代照排系统,跳过美国流行的第三代照排系统,研究国外还没有商品的第四代激光照排系统!

这个想法一公开,王选立刻遭到了无数人的讥讽,因为他原本是学数学力学的,又想以数学的描述方法来解决这个问题,所以大家都批判他是"玩弄骗人的数学游戏",甚至还有些人笑话他道:"你想搞第四代?我还想搞第八代呢!"

四面楚歌、重重压力之下,王选一时被打击得晕头转向。就在这时,他看到了美国巨型计算机之父西蒙·奎因的一句名言:"在我没有成名时,每当我提出一个新的思想,人们便会说'做不成的!'对这句话最好的回答就是'你自己动手做!'"这句名言在感动王选的同时也给了他巨大的精神力量,并最终促使他下了决心:一定要做出来!

于是,从1975年开始,到1993年的春节为止,在漫长的18年中,王选一直在夜以继日地奋斗着。18年里头他没有给自己任何节假日,也没有礼拜天,甚至没有元旦和大年初一,因为每个年初一他都是一天三段(即上午、下午、晚上)在办公室里工作的。

18年后,在失掉了常人所能享受的无数乐趣之后,王选享受到了常人所不能享受的巨大乐趣——他成功了!不久,99%的中国计算机用户都使用了北京大学开创的这种技术。后来,这项技术又远播到了外国,比如日本,等等。

当人们问及王选教授会不会因为这18年所失去的东西而感到后悔或遗憾时,他回答:"一个人只要献身于学术,就再也没有权利像普通人那么生活了,但是当自己所创造的成果被体现出来时,那种享受是难以形容的。"

大道理

　　如果是朝着正确的目标前进,那么成功就不会太难。它的基本法则是:当别人对你说"不可能做成"时,你回答他"我自己动手做!"然后,你全身心投入,采取行动并坚持到底即可。

48. 弗雷德先生的教诲

学校自办报纸《校园新闻》刚一成立,14岁的沃尔特便自告奋勇地报名当了小记者,因为他从小就对新闻非常感兴趣,做记者更是他的梦想。

为了表示对这份报纸的重视,学校从休斯敦市的某日报社请来一位名叫弗雷德·伯尼的新闻编辑做兼职教师。弗雷德先生很敬业，他每周都会准时到沃尔特所在的学校讲授一节新闻课程，并指导《校园新闻》报的编辑工作。

有一次，弗雷德先生指定由沃尔特负责采写一篇关于学校田径教练卡普·哈丁的文章，沃尔特很高兴地答应了。但由于当天有一个同学聚会，他最后敷衍了事，随便写篇稿子交了上去。

第二天，弗雷德先生把小沃尔特单独叫进了办公室，指着那篇文章说道："孩子，这篇文章很糟糕，你根本没有问他你应该问的问题，也没有对他做全面的报道，你甚至连他是干什么的都没有搞清楚。"

顿时，小沃尔特面红耳赤，尴尬万分。

这时，弗雷德又说了一句令他终生难忘的话："你应该记住一点：如果你认为有什么事情值得去做，就得把它做好。"

这件事算不得什么大事，所以很快就过去了，但是弗雷德先生说的那句话却足足影响了沃尔特的一生。在此后 70 多年的新闻职业生涯中，他始终牢记弗雷德先生当年的教诲，对新闻事业忠贞不渝。正因为这种负责态度，他最后成了美国著名的电视新闻节目主持人——沃尔特·克朗凯特。

大道理

如果有什么事情值得去做，你一定得把它做好。如果连值得做的事情都做不好，你还能做成什么事呢？又有谁肯给你做事的机会呢？

49. 下一个轮到你了

下面这个故事，是美国保险推销大王法兰克·贝格的亲身经历。

别看贝格是美国保险业的金牌推销员，他最初投身此行业时可是曾经一败涂地过。当他最失败、感觉最无望时，一位朋友推荐他去参加成功学大师戴尔·卡耐基开设的某门课程，并且告诉他说那门课非常适合他，相信他能通过那一课程走上成功的捷径。

可是直到走进那个教室，贝格才发现朋友推荐的是"大众演说课程"，也就是让学员们挨个儿上台演讲，以培养他们面对众人开口讲话的能力。这可是贝格最害怕的事情，因为他为此受过的挫折太多了，但是这种害怕当时也提醒了他，他对自己说："也许台上的这个人像我一样，紧张、害怕又胆小，否则他就不会这么磕磕巴巴的。但是既然他能站在台上讲，为什么我不能呢？"

想到这里，贝格在教室最后面找了个位子坐了下来。刚坐下，给刚才那位学员点评的人便走过来了。按照朋友的描述，贝格认出这人就是赫赫有名的戴尔·卡耐基，只听对方告诉他说："我们的课程已经上了一半，你最好等一段时间再来，新课程将会在一个月内开始。"

"不，我希望现在就加入。"贝格鼓起勇气说道。

"好！"卡耐基先生微笑着赞叹道，握住了他的手，"下一个轮到你讲了！"

顿时，贝格紧张起来，虽然事先有所准备，但他完全没有意识到事情居然来得这么快！他手脚颤抖地走上了讲台，如果不是紧紧地抓着桌角，他一定会被吓得瘫倒下去。但是毕竟，他最后说了出来，虽然言语不多，但对他而言却是一项空前的成就。要知道在此之前，他甚至连在一群人面前开口说"大家好"都不敢。

此后的30年里，第一次上台演说的情景一直留在贝格的脑海中，那是他生命的转折点。自从经历那件事后，贝格变得越来越自信，越来越有勇气，而渐渐扩大的视野和不断高涨的热情也让他的说服力越来越强，并最终帮他把推销事业推上了顶峰。

后来，当记者就成功经验这一话题采访这位著名的推销大王时，贝格回答道："多年来，卡耐基先生所说的那句'下一个轮到你讲了'始终在我耳边徘徊，它推动着我迈出了一个个的第一步。因为这众多成功的第一步，我才有了今天的成就。"

"万事开头难"，但只要勇敢地迈出第一步，其他的成功便会随后而来，自信就是这么一点点建立起来的。如果你连第一步都迈不出去，那以后的成功就会是一个永远的白日梦。

50. 卖梳子

某公司又给员工们出了那个著名的试题："把梳子卖给和尚"，并且明确声明，不许克隆前人的经验，比如借梳子已经开过光吸引和尚等。接到"任务"之后，3位营销员各自背上几百把梳子就去了寺院。

第一位营销员想来想去没想出什么好办法，只好扯着嗓门大喊自己的梳子物美价廉，就算用不着买了也不吃亏。结果他一把都没卖掉。

第二位营销员还算聪明，他介绍经验说：经常用梳子梳头皮，可以活络血脉，有助于益寿延年。最后，他卖掉了十几把。

第三位营销员回到公司时喜气洋洋：我全卖光了，我对住持说："你看香客们磕完头以后头发总会乱了，你把梳子摆在前堂案上，让他们可以梳梳头发，这样他们便会感觉到您的菩萨心肠，下次拜佛时一定还会再来这里。或者，你也可以在梳子上写上'积善梳'几个字，当成礼品回报给对庙堂有所捐赠的人。你想想，如果有佛家的礼品相报，那些香客是不是更会踊跃地捐赠？"住持听了很高兴，不但立刻把梳子全买下了，还告诉我每隔一段时间就给他送一批货去。众人一听，佩服得鼓起掌来。

只要肯开动脑筋去思考，任何事情都会有解决的办法。而且，没有最好，只有更好，不断地寻找更为合适的突破口，事情便总会朝着更好的方向发展。

51. 1美元与8颗牙

沃尔玛的成功，很多人都觉得是个奇迹。要知道在1962年，它只是它的主人——一位44岁的退伍老兵沃尔顿，为了维持生活而开的一家小商店。但是如果你了解沃尔玛的经营策略，你一定不会再觉得它是个"奇迹"，而只会觉得这是一种"必然"。下面关于"1美元与8

颗牙"的故事只是其中最微小的例子。

1 美元：老板沃尔顿一直在告诫员工，要珍视每一美元的价值。他说，竞争是残酷的，在商品一样的情况下，我们只能靠服务征服顾客。只有每一名员工都能站在顾客的角度上想问题，尽量为他们节约每一美元，我们才有可能领先一步占领市场。为了不犯愚蠢的浪费错误，沃尔顿以身作则，从来不讲排场，他开旧车、穿旧衣，而且从来不住豪华酒店。

8 颗牙："8 颗牙是我们的微笑标准，"沃尔玛的中国经理芮约翰介绍说，"意思是说微笑时，只有把嘴张到露出 8 颗牙的程度才能算标准的微笑。你可以试一试，当露出 8 颗牙时，一个人的微笑是最美的。我们要把最甜美的微笑留给顾客，不是吗？"

看来，企业成功并无捷径，一点一滴都做到位才可能保持长久。

大道理

很多成功经验并不深奥，也不神秘，"不以善小而不为"地坚持做下去就是了。照顾大局并没有错，但如果光顾大问题而忽略了小细节，吃亏的可不仅仅是别人。

52．杰克的故事

13 岁那年，杰克曾经在自家的加油站工作过。当时，小杰克很想学修车，父亲却坚持让他在前台接待顾客。

不甘心的杰克反抗道："爸爸，你为什么不让我学修车呢？那可是一门技术啊。接待顾客有什么用，又有什么出息呢？"

父亲回答杰克："孩子，你错了，汽车总在变化，而人却不会。所以，你需要先学会怎样了解人，还有怎样与人相处。"

由于深知父亲的脾气，小杰克不敢再多说话，只是照着父亲的意思去做了。他的工作是：汽车开进来时，首先对车子的全身做个检查，如果车身上有污渍的话，他要帮顾客擦掉。干这份工作时间一长，小杰克总结出一个经验：如果他干得好的话，顾客还会再来。于是，尽管并不情愿，他也一直努力把这份自以为最简单的工作做好。

一次，加油站进来了一位老太太，她需要把车打蜡。在打蜡之前，杰克把车打扫了一遍，由于车内地板凹陷极深，小杰克打扫起来非常费力。其实，这种打扫工作是加油站服务项目之外的，所以车主应该感谢才对。谁知这个老太太是个极其苛刻的人，来取车时，她把车前前后后都仔细检查了一遍，然后指着车内地板抱怨说没打扫干净。最后，她硬是逼着杰克重新打扫，直到满意为止。

收工的时候，杰克向父亲说起了对那位老太太的不满，不料父亲却教育他道："不管顾客说什么或做什么，你都要保证做好你的工作，并且态度不受影响。"

自从那次以后，那位老太太成了杰克的常客，态度也越来越好了。

大道理

付出礼貌是回收礼貌、尊重和利润的前提。要想赢得别人的认可，就要做到不管他们如何挑剔，你的态度和敬业精神都不受到影响。

53. 奇怪的"不可能"

世间的事非常奇怪，越是人们认为不可能的，做起来就越顺当。——哥伦布说。

这个真理是哥伦布发现的。他用自己从西班牙往西航行，从而到达东方的事实证明了它。可是在他死后，人们很快就忘记了这个道理。直到500年后的20世纪，华尔街上的美国人巴菲特再一次想起并证明了它。

那是在1973年，曼图阿农场即将破产，其股价暴跌。当时，全世界没有一个人认为，这只股票有可能再复苏或者是曼图阿农场不会破产。但巴菲特的思维跟别人不一样，他是这样想的：越是在人们对某一股票失去信心的时候，这只股票就越可能是一个值得一挖的大金矿。果然，在他以5美分的极低价格买入1万股之后，没出五年，他就净赚了4700万美元，从而一下子成了众所周知的富翁。今天，巴菲特这个名字仅次于比尔·盖茨，位于世界富豪排名的前列。

如果仅有哥伦布和巴菲特的经历，那个真理也许并不能被人信服。那么好，我们再来看不久之前发生的一个故事。

这个故事发生在法国，主人公是一位年仅7岁的小男孩。因为从小就喜欢玩电脑，刚刚7岁的他便创办了一个专门提供玩具信息的网站。很自然，没有谁会把他放在眼里，更没有哪家同类公司会将一个乳臭未干的孩子当成竞争对手，同样，也没有哪家行业公司肯前来找他签订行业约束条款。人们都认为，这个网站只是一个小孩子的游戏，成不了什么大气候。

可谁知这个小男孩把网站做大了，他10岁时，通过广告收入成了全法国最年轻的百万富翁。

看来，"越是一般人认为不可能的事情，就越是有可能做到。"这句话的确有道理。也许我们可以这样理解：世界上存在很多道路，对于那些宽阔光明的大道，人们都认为可以走，所以纷纷踏上前行，因此那里格外拥挤，不再容易前进。而那些荆棘小路，人们认为不可能走得通，并因畏难情绪而拒绝尝试，所以一旦踏入反倒无人竞争，可以轻松前行。

如果真是这样的话，那我们就必须做到一点：打破头脑中的"不可能"，想到就去做。如果你因为畏难不去做的话，那你千万不要认为别人也不会问津，否则事实一定会证明你是错的。

大道理

越是人们认为不可能的事，做起来往往就越顺当。可以说，世界上真正的大业，多数是在别人认为不可能的情况下完成的。而从古至今，真正不可能的事情，还从来没有过一件。

54. 杰米想买新房子

杰米26岁，和大多数同龄人一样，他有太太和一个孩子。由于生活在一个房价昂贵的大城市里，他至今没有买下自己的房子。

某天下午，当再次签收房东送来的租金支票时，他突然感到厌烦。

"塔拉，"他大声叫着妻子，"我想买套房子，不想再租房住了。"

闻声而来的妻子耸了耸肩道："我何尝不想呢？那样的话我们不但可以有更好的居住环境，孩子也能有更多的自主空间，而且我们还会多一项产业。但问题是，我们连最基本的首付款都没有，所以，这只是个梦。"

"不，我一定要买套房子！"杰米拍着脑壳重复道，"每月的租金跟买房的分期付款差不太多，可是到最后，我们却不能得到这套房子。"

"塔拉，"杰米下了决心，对妻子说道，"我们一定要买套房子。虽然现在我还不知道怎么凑钱，但是我们一定能想出办法的。"

说到做到，杰米果真去找房产公司了。最后，他们夫妻俩都看上了一套简朴而面积却不小的房子。现在，他们该考虑如何凑首付款的事情了，房产商告诉他们：那需要 1500 美元。

杰米无法去向银行贷款，因为这会妨害他的信用，使他无法获得接下来的分期付款的贷款。思索良久，他想到了一个办法：直接去找当地的一位富翁，向他进行私人借贷。可是富翁冷漠地拒绝了他，整整磨了 3 天，那位富翁才答应借钱给他，条件是每个月交还 100 美元，利息最后 1 个月一次付清。

这样一来，夫妇俩只需要考虑如何凑每个月必须要还的这 100 美元就可以了。精打细算之后，他们得出可以从柴米油盐中省下 30 美元，剩下的 70 美元怎么办呢？

杰米冥思苦想，打算试试另一个点子。第二天一大早，他便直接找到老板，告诉他自己刚买了新房子，并且把需要还钱的事也一并告诉了他，然后他说道："我知道，当您认为我值得加薪时一定会加，可是我现在很想多赚一点钱。我想到公司有些事情在周末做会更好，所以我申请从这个周末起开始加班，您看可以吗？"

老板感动于他的敢作敢为和诚恳，立刻就答应了他。就这样，杰米买下了新房子。

大道理

　　不要等到万事俱备时才采取行动，一旦有了明确的目标，你就应该尽快迈出实现它的第一步。不要忘了，你是有能力创造一些条件的！

第十二章
亲情与爱情

1. 永不上锁的门

某乡下一处偏僻的小院里住着一对母女，多年来一直被穷困折磨的母亲很怕遭窃，因此总是一到傍晚就在门把上连锁几道锁。为此，女儿没少跟母亲争论，她厌恶一到夏天就尘土飞扬的农村，不喜欢母亲用这么多道锁把家锁住——就像贫苦的生活锁住了自己的青春一般。

某天，因为一点小事，任性的女儿跟一直非常疼爱自己的母亲大吵了一架。半夜时分，还在负气的她决定离家出走，到自己一直向往的大都市去。

她这样做了，但花光了身上仅有的一点钱之后，她在坏人的引诱和威胁下被迫堕落了，过着出卖肉体、纸醉金迷的生活。

多年之后，她年老色衰，无计生存之下，只得靠着政府的救济苦挨时日。某天，当她又慵懒地排队等候政府的免费午餐时，忽然发现墙上寻人启事中的照片很像小时候的自己。她奔过去一看，果然是自己，旁边还画有她已经白发苍苍的妈妈，最下面则是妈妈歪歪扭扭的亲笔字："妈妈依然爱着你，无论你怎样……回来吧，我的女儿。"她顿时泪流满面。

当她跌跌撞撞跑回家时，已是凌晨两点钟，她不想打扰已经睡熟的母亲，于是便决定在门口坐到第二天天亮。没想到身体刚倚上门，门便吱吱嘎嘎地开了，夜里两点钟，家里的门竟然没有锁！"难道，难道家里进了贼不成？"她大吃一惊，立刻推门而入。

"谁呀？"母亲那熟悉又苍老的声音立刻传了出来，然后又突然换成了惊喜的语气，"是你吗？孩子？是你回来了吗？"

"妈……妈……"女儿泣不成声地回复着母亲。

"孩子，妈妈终于等到了你！你知道吗？自从你走后，家里的门就再也没有锁过，我怕你好不容易回来的时候，因为进不了家门而再次转身走开。要是那样的话，我可能就再也见不到你了。"妈妈紧紧地搂住女儿说。

大道理

对于任何人来说，父母的爱之门都会无条件地永不关闭。朋友、爱人等等皆有可能忘记我们、抛弃我们，唯有父母之爱永远存在，永远不变。

2. 救命之水！要命之水！

在撒哈拉大沙漠里行走，水是最不可或缺的。你看，连以耐渴著称的"沙漠之舟"骆驼们都快支撑不住了。

这队骆驼显然是一个母子群，那只大的是骆驼妈妈，几只小的是它的孩子。在炙热的太阳下，驼队走得缓慢而无力，眼看着就要渴死了。

可是即便在生命不保的情况下，一个令人感动的细节还在重复着：骆驼妈妈不停地朝不同方向驱赶着自己的孩子，以使它们尽量走在自己的影子里，少遭受一点儿炙阳之害。

终于，在黄昏到来之前，它们找到了一个不大的泉。见到清澈见底的泉水，几只骆驼兴奋地跑起来，一边跑一边打着响鼻。可是等它们来到泉水前面时，却又异常失望了：泉水深了些，站在高处的骆驼们怎么也无法喝到泉里的水。

怎么办？骆驼妈妈焦急地望着泉水，然后开始绕着孩子们走，一个接一个地亲吻着，显得极为恋恋不舍。

突然间，泉里溅起了一片白色的水花，骆驼妈妈不见了——为了让孩子们喝到救命的水，它纵身跳入了深潭，而涨高的泉水，刚好能让小骆驼们喝到！

大道理

世界上最细腻的人是母亲，最伟大的爱是母爱，为了换取孩子的幸福与生命，母亲会不计一切代价、心甘情愿地去吃苦受罪，有时候甚至会毫不犹豫地献出自己的生命！

3. 给母亲洗脚

某毕业生到一家大公司应聘，面试官最后提了一个这样的问题："你给母亲洗过脚吗？"

"没有。"这位青年犹疑了一下，红着脸答道。

"那你明天再来吧，回去之后给你母亲洗次脚，然后把你的感受告诉我。"面试官说道。

青年满心疑惑地退了出来，虽然不明所以，他还是照做了。等他把母亲的鞋袜脱掉时，他感觉自己的神经僵了，连血液都停止了流动。他突然明白了为什么面试官会出这么一个问题：母亲的脚干枯极了，像久经风霜的老树皮一样粗糙，像水分尽失的干木棒一样僵硬。10个脚趾均已经扭曲变形，趾甲里藏满了泥垢。脚背上，好几处磨破后又新生的鲜肉痕迹。脚后跟上，粘在裂口上的白色膏药已经发黑。

青年的眼泪一滴滴落在母亲的脚上，他看到了母亲每日的拼命劳作，看到了母亲被生活重担压弯的腰身，看到了母亲强忍着的委屈与疲惫——自从父亲去世后，是母亲一个人在承担自己每年高额的学费啊！

第二天，青年准时到了那家公司，面试官从他的表情中读出了一切，于是立刻叫秘书进来给他安排了职位。

后来，这位青年成了一名非常优秀的企业家。

大道理

付出爱，从离你最近的亲人开始。如果一个人连对自己付出最多的亲人都漠然视之，他又怎么会去关爱别人呢？而博爱之人，才能成就大事业。

4. 另一个儿子

在美国历史上的诸位总统中，杜鲁门算是极为著名的一位。他的家庭条件不算好，职业生涯也算不得顺利，但是最后他终于克服重重困难，坐在了总统宝座上。

在他当选美国总统后不久，一位记者去他的家乡采访他的母亲。聊起儿子的奋斗经历，已经白发苍苍的母亲真是滔滔不绝，一直到最后，她布满皱纹的脸上都挂着极为自豪的表情。

"有哈里这样杰出的儿子，您一定感到十分自豪吧。"记者不失时机地恭维道。

"当然，当然是这样。"杜鲁门的母亲十分赞同地说道。"不过，我还有另外一个儿子，他也同样使我感到自豪。"

接下来，这位母亲便开始给记者说起她另外一位儿子的奋斗经历，的确，听起来这也是一位坚韧不拔、忠诚可靠的优秀人物。有这样的儿子，身为母亲当然也会感到自豪。

正说着，一位风尘仆仆的年轻人从外面进来了，肩上扛着好大一袋东西，母亲见状赶紧起身走过去帮忙。

"他是谁？"记者问道。

"我的另外一个儿子。"母亲回答。

"他是做什么的？"记者疑惑了。

"哦，他是个农民，刚从地里给我挖土豆回家。"母亲的回答非常出乎记者的意料。

大道理

孩子的成就高低并不会影响他在母亲心中的地位。只要能认真做事、自食其力、快乐生活，每个孩子都值得母亲骄傲。

5. 买幸福

"爸爸，我想问你一个问题。"小男孩站在门口，怯怯地对正欲出门的爸爸说。

"说吧，快点。"爸爸很着急，他需要多一点时间工作，那样才能赚到更多的钱养家。

"你1小时能赚多少钱？"小男孩问。

"10块钱，怎么了？"爸爸反问。

"那，你可以给我5块吗？"小男孩的声音低低的，好像有点害怕。

他害怕的对，爸爸当时就火了："你又想干什么？买玩具？我给你买的玩具还少吗？爸爸整天这么累，这么忙，还不是为了多赚点钱让你生活得更幸福，你怎么一点也不理解爸爸，还任着性子花钱呢！"

小男孩当时就被吓得哭了起来，爸爸似乎有点心疼了，所以不耐烦地从兜里掏出5块钱说:"拿去,拿去。"

拿到这 5 块钱,小男孩一下子破涕为笑了,他转身跑进自己的房间旋即又跑回来,小手里抓着一把毛票,连同那张 5 块的钱一齐塞到爸爸手里:"爸爸,这是 10 块钱,我想买你 1 小时,让你陪我吃顿晚饭,因为我觉得那样会很幸福。"

爸爸一下子愣住了,然后他含着泪花缓缓蹲下身去抱住儿子:"好,我答应你,宝贝儿。并且,从今天开始,爸爸会天天陪你吃晚饭。"

> **大道理**
>
> 时间可以换来金钱和幸福,但金钱却换不来时间和幸福。如果有一天,你可以用金钱买来时间和幸福的话,请一定要好好把握住,要知道,那绝对物超所值。

6. 半年前后

半年之前,这个家庭正濒临破裂。女主人因为琐碎零乱的家务而忧愁不堪,每次照镜子,镜子里都会是一张充满疲倦的、灰暗的脸,眉毛紧拧着,嘴角下垂着,眼睛装满烦忧。而男主人则是因为辛劳的生活和超负荷的重担不住地抱怨,有时他还会借酒消愁,喝醉了就把老婆、孩子一顿乱打。

"真的支撑不下去了,我有好几次都想提出离婚。"女主人说。

半年之后,这个家似乎是全世界最和睦友爱的家庭。房间内外总是被收拾得干干净净,女主人本身也整齐利落,最重要的是,她的脸上永远挂着迷人的微笑。而男主人,每天进门之后,都会首先给妻子一个吻,然后帮着妻子做家务。做这一切的时候,他的脸上也会永远挂着微笑。

"为什么会有这么大的变化呢?"听完女主人的叙述,我感觉奇怪极了。

"因为它。"女主人微笑着指指我背后的门,我转过头去,发现门上贴着一张纸条:"进门前,脱去烦恼;回家时,带上快乐。"

"哇!"我大叫起来,"真棒,这是谁想出来的。"

"是我们两个一起想出来的。"女主人把头靠在了丈夫肩上,表情温柔而甜蜜。

> **大道理**
>
> 家庭是一个情感银行,家人的情绪是其中的储蓄。如果你储存的是快乐,你便能收获带着利息的更多快乐;如果你储存的是烦忧,得到的自然是更多的烦忧。

7. 一碗馄饨

因为一点小事,倔强的女孩跟母亲吵嘴后夺门而去,发誓再也不回家。

夜幕渐渐降临,没吃晚饭又身着单衣的女孩感觉越来越冷了。等到华灯初上时,女孩已经快坚持不住了,可是摸摸身上一块钱都没带,她真是又气恼又委屈。

这时,旁边一个卖夜宵的老太太叫住了她:"姑娘,还没吃晚饭吧,来,在阿婆这里吃点吧。"

"可是，可是我没带钱。"女孩犹豫着，下意识地按了按自己早已饥肠辘辘的肚子。

那老太太摆摆手道："不要紧，我也快收摊了，还剩下一点馄饨，我们就一起吃了吧。"

看着那碗热气腾腾的馄饨，女孩的眼泪大颗大颗地往下掉："阿婆，连你都知道疼我，我妈妈却那么狠心不管我。"

阿婆惊讶道："傻孩子，我怎么能跟你妈妈比呢？我只给你煮过一碗馄饨，而你的妈妈却已经给你做了十几年的饭啊。如果为此你便感激我，那么你该如何对待你妈妈呢？"

听到这句话，女孩一下子愣住了，连声谢谢都没来得及说便扔下筷子往家跑去。

果然，自己家的门还没关，而妈妈，正站在门口东张西望。看到女儿回来，妈妈喜出望外："哎呀，你跑哪儿了，妈都等了你 3 个小时了，饭都凉透了。"

女孩的眼泪一下子落了下来。

大道理

> 对于别人的小恩小惠，我们常常能看在眼里并且"感激不尽"；对自己亲人一辈子的恩情，我们却往往会"视而不见"。

8. 儿子与车

攒了数年的钱，罗伯特先生终于买下了自己梦寐以求的那款车。他美滋滋地把车开回家，然后到水房提水，准备清洗一下。

5 岁的小儿子看到这里，很想帮父亲一把，于是便跑到厨房把妈妈平常洗碗用的钢丝球拿了出来，沾一沾父亲刚提来的水，就开始使劲儿擦起这部新车来。

父亲的心情很是愉快，他一边摇着手里的抹布一边朝这边走来，等走到跟前时，他才发现自己的儿子正在干什么。

"噢，上帝！"罗伯特心疼地大叫了一声，只见车身上，随着儿子手中钢丝球的运动轨迹显现出一道又一道的花纹！

听见父亲的叫声，小儿子高兴地抬起头来："爸爸，我要帮你一起擦车，你看——"儿子的小手指着刚擦过的地方，当他的小脑袋随之转过去时，他才看见那些刺眼的花纹。

儿子显然是吓坏了，他满目惊恐地垂下头去，两条小腿不停地打着颤，心惊肉跳地等着即将到来的责罚。

"我该怎么做？我该怎么惩罚我的儿子？这可是我新买的车！"父亲心里的怒火不停地翻滚着，陷入了极度的矛盾中。但是突然，他蹲下身去，抱住了自己哭泣的儿子："傻孩子，谢谢你帮爸爸擦车。爸爸爱车，但更爱你。"

大道理

> 是否应该惩罚孩子，标准在于他做事的初衷而非事情的结果。因为，如果这两者不统一的话，他其实已经受过了惩罚。

9.　最漂亮的和最丑陋的

"干吗去呀，猫大哥？"看见一只健壮威武的大花猫在林子里散步，猫头鹰打招呼道。

大花猫瞅了它一眼："我到林子里来散散步，顺便捉几只鸟吃。"

"啊，猫大哥，"猫头鹰一听急忙讨好道，"咱们都姓'猫'，可是一家人，看见我的孩子，你可千万要口下留情啊，想想看，它们不也是您的晚辈嘛！"

"行，"大花猫懒懒地答道，"那你告诉我你的孩子长什么样吧。"

"我的孩子是这个林子里最漂亮的鸟，它们羽毛柔顺，眼睛明亮……"猫头鹰赶紧形容道。

没等它说完，大花猫便打断道："最漂亮的是吧？行，我记住了。"然后就走了。

大花猫在林子里溜达着，每遇到有鸟窝的树它都会爬上去看看。它一会儿看到刚破壳的画眉，一会儿看见还不会飞的黄鹂，还有几只惊恐万分的小杜鹃，可是它们都长得那么漂亮，大花猫再垂涎欲滴也是不能吃的——答应了人家就要做到，这可是它一向遵守的处世原则。

终于，那窝最丑陋的小鸟给大花猫找到了，看着它们乱蓬蓬的羽毛，向外鼓起的难看的眼睛，大花猫一口咬了下去：这肯定不是猫头鹰的孩子。

但是猫头鹰回到家时，却发现它的孩子一个都不见了，只有几根猫的胡须静静地躺在窝里。

大道理

> 谨防爱的误区。你可以在想法上认为自己的孩子是最好的，但是如果实际行动中你也对他们的缺点视而不见，结果只会是害了他们。

10.　永恒的母爱

儿子满 1 周岁了，登山运动员夫妇决定送给儿子一份特殊的礼物——带他攀登家乡的山，那座山有 3000 多米高。

在一个风和日丽的日子里，这对夫妇抱着孩子出发了。刚开始，一切看起来都平安无事，但午后两点左右，山中突降大雪，气温骤降了二十几度。夫妇俩赶紧抱着孩子躲进了山洞，准备等雪停了再走。可是老天爷就像是在跟他们作对，大雪一直到夜幕降临还没有停的意思。

看着儿子因为饥饿不住地哇哇哭，妻子撩起衣服就准备给孩子喂奶，不想手却被丈夫一把按住："不行，你会冻死的！"是啊，在这种气温条件下，如果再损耗体能，妻子就会必死无疑。可是 1 个小时、2 个小时过去了，雪还在下！妻子几乎疯了似的求着丈夫，她不能眼睁睁地看着儿子饿死。终于，她以体温下降了 2 度为代价换来了儿子的温饱。

在接下来的一夜里，为了保证孩子的体能，妻子一次又一次给儿子喂着奶。

第二天早晨，当救援队发现他们时，小儿子正在已经冻僵了的爸爸的怀里安然无恙地睡着，他们的旁边，就是那位已经被冻死的、还保持着喂奶姿势的母亲！

后来，丈夫坚持把妻子喂奶的姿势雕成了石像，让这份母爱能够永远地流传。

大道理

　　当与母爱相连时，任何东西都能变得神圣。即便是一个普通的姿势，只要倾注了生命的爱也可以伟大并且永恒。

11.　奇怪的脚印

　　有一个基督教徒毕生都在虔诚地信奉上帝，按照上帝的规则，他死了之后，进入了天堂。

　　当他从天堂往下看，回顾自己一生所走过的道路时，他很惊讶地发现了一个现象：从儿时到年青再到老年，贯穿他一生，都有另一双脚印相伴随。但是，那双脚印并不是时时刻刻都有的，偶尔地，它会消失，让路上只剩下他一个人的脚印。值得一提的是，当只剩下他一个人的脚印时，刚好是他人生最低潮、最悲观、最痛苦的时段。

　　他怎么想也想不明白这是怎么回事，于是便回头问上帝："上帝，那个一直伴随着我的人到底是谁？"

　　"是我。"上帝微笑着回答说。

　　"天哪，不可能！"基督徒立刻否定道。

　　"为什么不可能呢？"上帝反问。

　　"如果是您的话，您怎么会在我最不如意的时候离开我呢？您说过，您会一直与我同在。"基督徒不解地说道。

　　"我并没有食言，我的确一直在伴随着你啊，孩子。"上帝有点奇怪了。

　　"可是你看，在我人生最糟糕的时候，只有一组足迹。这难道还不足以证明那时候你离开了我吗？"基督徒委屈地说道。

　　"哦，我可爱的孩子，你错了，那些时候之所以路上只有一组足迹，是因为我在背着你走。"上帝回答道。

大道理

　　上帝存不存在谁都不知道，但在我们的一生中，有个人的爱却的的确确不曾离开，并且当我们经受考验与挫折时，她会毫无怨言地将我们背起，这个人叫母亲。

12.　独生子

　　老李快 40 岁时才有了一个儿子，老来得子的他简直把这个儿子看成了稀世珍宝，含在嘴里怕化了，放在手里怕掉了，天天目不转睛地看护着儿子。

　　儿子五六岁时，偶然有一天，老李发现他竟然跟着大孩子们在村口的河里玩，老李的心瞬间揪紧了——盼了几十年，才盼来这么一个宝贝疙瘩，整天在水里来来去去的，岂不是太危险了吗？不行，得赶快想想办法。

　　那天晚上，老李和老婆第一次下狠心打了孩子，还编造了许多关于水怪、水妖的故事吓唬他。紧接着，他们就关着他看着他，甚至威胁不给饭吃，就是为了让孩子有所顾虑，不再踏上河岸半步。每逢外面有孩子呼朋引伴地去玩水时，老李夫妇就赶紧把儿子拽进屋里，再不行就用严厉的目光浇灭他的渴望。

几年后，一场史无前例的洪涝灾害突然降临了，村里的老老少少们赶紧逃生。幸好他们的孩子从小在水里玩惯了，游泳技术一流，所以不费吹灰之力就逃出了死亡圈。可是老李夫妇呢？丢下孩子吧，他们舍不得，不丢吧，自己的性命都难保。正当他们不知如何是好时，又一大股洪水涌来了，儿子连同他们的包裹一下子都沉向了水底。

悲伤的父母欲哭无泪，他们太爱儿子了，可是他们只知道溺爱，始终都没有明白：对于在河边长大的孩子来说，让他们学会游泳，才是对他们最大的爱。

大道理

　　爱也要讲究方式。如果爱的方式不正确，就会给对方带来伤害，同时也伤害到自己。而且爱愈深，这种伤害就越重。

13. 怜悯可以走多远

这个男孩天生内向，一直到上小学，他还保持着沉默寡言的习惯。这本不是什么大问题，可是当老师提问他他还是一声不吭时，老师便无法忍受了。他把男孩的家长叫到了学校，声称他们的儿子智力上有问题，甚至建议让他们的儿子退学。

那天放学后，男孩受到了父亲严厉的训斥："除了养猫、养狗、捉老鼠之外，你什么都不会，什么心都不操，我看你以后怎么过！你简直就是在辱没你自己，辱没我们的家庭！"男孩委屈地流下了眼泪，但是很快，他就又一个人坐在房后花园里看花草小虫了。对于他来说，除了妈妈，这是唯一能给他安慰的东西——老师冷落他，同学讥笑他，父亲训斥他，连姐妹们都瞧不起他。

说到他的妈妈，那真是位伟大的女性，她毫不理会别人对男孩的奚落，她坚信儿子是最好的，只是欠缺一个发现他长处和优点的人而已，所以她一直坚定不移地支持着、护佑着儿子。以至于丈夫很不屑地对她说："你这是怜悯，不是教育，你这样会毁了他的一生！"但是不管怎么着，母亲就是固执地安慰和鼓励着小儿子。

她很支持孩子到花园中去，而且任由他目不转睛地观察那些花草昆虫，因为她觉得孩子在这方面似乎很有天赋。比如他总能比其他孩子更快地辨认出各种不同的花草，总能回答出妈妈都认为比较习钻古怪的问题。

对于妻子的做法，丈夫一直坚决反对，他认为这种怜悯对儿子的成长毫无益处。但是幸好这位妈妈始终如一地坚持了下来，这才有了后来震惊全人类的生物学家——达尔文。

大道理

　　每个孩子都是带着一项独特的使命来到世上的，但由于这项使命神秘莫测，很多人终生都未能知晓其内容，更没有完成。帮助孩子找到他们的使命，并树立起完成这项使命的信心，是做父母的重要责任。

14. 家是什么

"二战"时期的某个晚上，一个喝得醉醺醺的中年男人躺在美国洛杉矶的街头。警察走过去，呵斥他快点起来回家。

"我没有家！"醉汉恨恨地甩出一句，扭头看了警察一眼。这时候警察才发现，原来对方是当地的一位富翁。于是他指着不远处的别墅问醉汉道："那难道不是你的家吗？"

"那是我的房子！"醉汉反驳道。

警察顿时无语了。也许在他的心中，房子跟家没有什么区别，但是对于富翁来说，"家"一定还有其他的意义。

后来，警察了解到，这位富翁原本是犹太人，由于希特勒的灭绝政策，他们全家十多口人几乎全遭了毒手。慌乱中，富翁带着两个幼小的孩子幸运地逃了出来，却又在一次敌机袭击中离散了。想想自己一个大人都九死一生，那两个尚不足 10 岁的孩子又怎么能逃得过呢？所以从那以后，尽管富翁不惜重金买下了这幢豪宅期待有朝一日能跟儿女共享，却在与家人团聚之前怎么也不肯承认这是他的"家"。

一年之后，这位警察很偶然地从流浪儿的花名册上看到了一位名叫达娅的犹太小姑娘，这个达娅与他了解的富翁的女儿简直一模一样，所以他赶紧通知富翁前来认领。不到半个小时，富翁便急匆匆地赶来了。当看到达娅时，富翁两眼放光，一把把女儿搂进了怀里，悲喜交加地喊道："我终于又有家了！"

站在一旁的警察顿时领悟了富翁心中其实也是许多人心中的"家"的意义。

　　家，不是房子，而是指有亲人、充满亲情的地方，所以即便无"房"可归，它依然存在于亲人相随的流浪人群中。只有那些没有亲情或被爱遗忘的人，才是真正没有家的人。

15. 母亲包的饺子

我从小就不爱吃肉馅，肉饺子更是一口都不吃。可是自打走上社会后，许多场合都由不得自己选择，因此饭后胃疼的情况总是难以避免。每到这时候，我就特别怀念母亲给我包的饺子——母亲总是事先炸一点油条，然后剁碎混进饺子馅里去。说实话，我一直觉得那是世界上最好吃的饺子。

看看又临近春节，我想家的心日益滋长，想母亲，也想她专门为我"设计"的饺子。终于，我拎着大包小包到了家，母亲也早已经准备好饺子在等我了。看着我一口紧似一口地吃，母亲含着笑在旁边看着。

一直等到我打着饱嗝放下碗时，母亲才开口说："好吃吗？"

"好吃死了！"我一边擦嘴一边大声说，"这是我一年来吃过的最好吃的饺子！"

"那就好！那就好！"母亲长出了一口气。

"妈，怎么了？你好像……"我有点奇怪地问。

母亲呵呵笑起来："我还怕不好吃呢！因为刚才我忙昏了头，竟然忘了给你的饺子馅放盐。"

"不可能吧？个个咸淡正好，不像没放盐的啊。"我惊讶地说道。

"那就好，"母亲又重复了一遍这三个字，"呵呵，捞出后我给它们都打了盐水针。"

"盐水针？"我糊涂了。

旁边的爸爸接了话茬："你妈不愿意让你吃到有缺陷的饺子，可是重包又来不及，她就想了这样的办法。你看，你妈正为她的杰作得意呢，哈哈。"

爸爸的话还没说完，我的眼泪就下来了。母亲一看赶紧使眼色给爸爸："大过年的，别让孩子掉眼泪。"

可是，可是母亲啊，除了眼泪，女儿还能用什么来表达心中的感动呢？独自在外面打拼这么多年，从来没有任何人像您这样在意过女儿的口味，这份爱如何能不让我动容！

大道理

爱是最神奇的创造力。因为深爱着儿女，母亲可以创造出任何人都难以想象的奇迹，修复出一个天衣无缝的爱的世界。

16. 老题新问

"你和你的母亲、妻子、儿子正同乘一条船游玩，忽然一阵狂风吹来，船被打翻了，你们四个人同时落水。如果你只能成功救上一个人，你会选择救谁？"

某电视台"大家乐"节目现场，主持人正在用这道老题向前来参加节目的五位丈夫发难。

提问结束后，主持人把话筒递给了第一位丈夫。只见他皱了皱眉头，决心很大地答道："如果只能救一个，我就选择救妻子。因为母亲已经走过大半人生，而儿子——"他咬了咬嘴唇，"只要妻子活着，我们还可以再有孩子。"

话筒传到了第二位丈夫的手中，他也同样犯难地回答道："我选择救儿子。因为他还小，还没有看过大千世界和享受过人生。"

第三位丈夫歪着脑袋想了想，这样回答："当然是救离我最近的那个了。"他的回答顿时引来了观众的一片哄笑声。他的确很聪明。

现在轮到第四位丈夫了，观众们看到他的眼睛先转了一下，然后才答道："我选择救儿子的母亲。"——呵，这个人一定是个老油条，谁知道他口中的"儿子"是指他自己还是他儿子！

第五位丈夫接过话筒半天没吭声，在主持人的催促下，他的眼睛里忽然含满了泪水："我还是谁都不救吧，因为救了谁同时又都是害了他。母亲会失去她宝贝的孙子，妻子会失去她视为命根的儿子，儿子会失去这个世界上他唯一的妈妈。"

"不！"未等这位丈夫说完，观众席中就有人声嘶力竭地大吼了一声。大家回过头去一看，原来是位年过半百、头发花白的老太太。

"妈，你怎么嚷起来了。"台上的第五位丈夫顿时不知所措。

"我不是嚷，我是着急！"老太太眼睛里面含着泪水说道，"大家都掉到河里去了，儿子你也是啊，妈妈要救你！"

一句话让全场都静了下来，随后，便传来了众人的啜泣声。

看自己时，母亲是个盲人，从来看不到自身的不幸；而看儿女时，母亲是天底下最眼明心亮的人，孩子的一切幸与不幸都逃不过她的眼睛，因为她是用爱在审视。

17. 过河

傍晚快涨潮时，摆渡人越来越忙了——大家都急着早点赶回家去，免得再过一会儿浪头太大，摆渡人收摊回家。果然，半小时后，眼看着浪头越来越大，摆渡人准备停船了。

"老人家，等一等。"不远处有4个人边向岸边跑边大声喊着摆渡人。等他们走近了，摆渡人看清这4个人分别是官人、商人、大侠和樵夫。

"老人家，您把我们渡过去吧。"4个人同时说道。

"浪头太大了，我不敢再渡了。"摆渡人摇了摇手。4个人急急地跟他说了半天，他才同意再渡最后一趟。不想大伙还没来得及高兴，他又来了一句："我的船太小，每次只能渡1个人，你们谁先来？"

这下子，4个人可争开了，口沫横飞了半天，谁都说服不了谁。

"这样吧。"摆渡人开口了，"你们各自说说自己的特长，谁能打动我，我就送谁过去。"

"我先来，"官人向前一步道，"我手中权力无穷，脑中智慧多多。如果你肯渡我过去的话……"

"那就让你的权力和智慧送你过河吧。"摆渡人面无表情地说了一声，转向商人，"你有什么特长？"

"我有的是钱！"商人一边说，一边急急解下肩上的褡裢，"如果你肯送我，我愿意给你两倍的钱。"

"你呢？"摆渡人转向了大侠。

大侠双眉一竖，抽出半截剑道："我的特长就是武术，如果你敢不渡我，我就……"

"你有什么特长呢？"摆渡人打断大侠的话，转向了樵夫。

"我，我，"樵夫一急之下，哭了起来，"我不当官，没钱也没武功，看来我是过不了河了。可怜我的妻子和孩子啊，他们还在等着我卖掉这担柴买米下锅呢！"

"哦，那你上来吧！"摆渡人出人意料地说，"真情是最珍贵也最有用的特长。"

真情永远是人性中最珍贵的底色，当权势、金钱、武力等等都苍白无力时，它依然能够焕发出无穷的力量，打动人心。

18. 两个电话

电话亭里一个顾客也没有，老板正无聊地坐在电脑前玩着扑克牌。这时，一个男孩进来了。男孩坐下来，开始拨电话。不知为什么，当电脑上显示"电话已接通"时，男孩忽然放下了听筒，大概 5 秒钟之后，他才又按下了"重拨键"。

通话后，老板转过身来收钱。

"第一遍占线？"老板问道。

"没有。"男孩回答。

"哦，我知道了，给女朋友打的吧！"老板换上一副"恍然大悟"的表情，"吵架了？"

"哦，不，是给家里打的。"男孩回答。

"给家里？那干吗要拨两遍号啊？第一遍没想好说什么？"老板不解地问。

"不是，"男孩微笑道，"我爸妈都是急性子，一听到电话响就着急去接。有一次，为了不让我在这边等急了，妈妈从院子里拼命往屋里跑，经过门槛时，一下子绊倒了，弄得膝盖肿了好几天。从那时候起，我就跟父母约定，每次打电话我都会拨两遍，第一遍拨通就挂。这样，他们就会有足够的准备时间，最起码不用再跑了。"

听到这里，老板的眼睛微微有些发红，也许是为了掩饰，他立刻接过男孩递过来的 5 元钱，找了零钱，让男孩走了。

透过玻璃，老板看到男孩的身影越来越远，然后拐了一个弯，不见了。

"妈妈，是你吗？"一听电话接通，老板立刻冲听筒喊道，"妈妈，我要跟你做个约定。以后啊，我每次给家里打电话都打两遍……"

大道理

　　孝顺父母，不仅仅是物质上的赡养，还包括精神上的体贴和心灵上的安抚。而且相比前者，后者往往更重要，也更让老人欣慰。

19. 血色母爱

这是一个发生在奥地利的真实故事。

故事的主人公是一位刚满 13 岁的女孩罗莎琳和她的母亲。罗莎琳是个不幸的孩子，她刚出生不久，父亲就去世了。为了不让女儿再度遭遇可能的不幸，年轻的母亲选择了独自生活。她找了一份清洁工的工作，靠菲薄的薪水养育着幼小的女儿。尽管有坚强母亲的用心护佑，可是贫困的家境、他人的歧视和欺侮，还是让罗莎琳长成了一个性格孤僻、胆小羞涩的女孩儿。

好在不管日子多么难过，小小的罗莎琳还是一直享受着"幸福"的感觉，因为她尚且拥有世界上最伟大、最纯洁、最不顾一切的母爱。可是有一天，上帝连她的母亲也夺去了。

那是 2002 年春天的一个下午，为了锻炼女儿的胆量，母亲带着她去阿尔卑斯山滑雪，不想在雪地里迷了路。没有任何雪地自救经验的母女俩惊慌失措，吓得大声呼救起来，谁知呼救声竟然引起了一连串的雪崩，她们一下子被埋进了深雪里。

出于求生的本能，两人一直拼命地刨着雪，但当历经千辛万苦爬出雪堆时，黑暗的天色却令她们更加茫然不知归路了。

忽然，半空中传来了救援直升机的声音，母女俩顿时喜出望外地摇起手来，可是由于两人都穿着与雪色相近的银白色羽绒服，救援人员始终未能发现她们。

在冰天雪地里苦熬了一夜之后，体弱多病的罗莎琳已经昏了过去。望着女儿年轻娇嫩的面容，绝望的母亲做出了一个惊人的决定……

罗莎琳醒来时，发现自己正躺在医院里，而从未离开过她的母亲却不在身边守候着。

"我妈妈呢？"她十分虚弱地问道。

医生告诉她：为了救她，她的母亲用岩石片割断了自己的动脉，然后围着她爬了一个大大的圆圈，让血迹把女儿包围起来，以便让救援人员注意到。当救援人员发现时，母亲已经死去多时。

"妈妈——"罗莎琳撕心裂肺地哭起来。

在场的人都默默流着泪，谁也没劝罗莎琳，大家都知道，什么语言都劝阻不了失去母亲的悲痛，这是一个人所能经历的最悲惨的事情。

没有任何东西能让人无比幸福和富有，除非是拥有母亲的爱。没有任何遭遇可以称得上"悲惨"，除非是失去了母亲的爱。

20. 母亲与我

1 岁时，母亲白天做工没空管我，我就用整晚整晚的大哭大闹，不让她睡觉来"报复"她。

3 岁时，母亲精心为体弱多病的我准备着一日三餐，我却动辄就大发脾气把碗盘扔满地。

6 岁时，母亲送我去上学，盼望着我能好好读书，我却偷偷在课堂上看小人书、连环画。

9 岁时，母亲省吃俭用给已经知道爱美的我买新衣服、新发卡，我却总因为自己的东西比不上别人的而负气哭闹。

14 岁时，母亲想到我寄宿的中学看我，我却因为怕又老又丑的她给我丢脸，从而拒绝她的到来。

17 岁时，母亲再三叮嘱我认真学习，好好准备来年的高考，我却不顾一切地跟一个男孩牵手谈起了"恋爱"。

20 岁时，母亲含笑亮出为我新买的棉大衣，即将大学毕业的我却因为嫌它太土而一直压在箱底不肯穿。

22 岁时，母亲很希望大学毕业的我能找个离家近点的单位，我却犹如出笼小鸟一般飞到了几千里以外的南方。

23 岁时，母亲在电话里谈到手脚冻疮一直不好的问题，我很想把她接到我租来的房子里住，因为那里有暖气，可因为大包小包的太麻烦，我最终放弃了这个打算。

24 岁时，母亲试探着问我男友的情况，我却不耐烦地告诉她："我的标准跟你的不一样！"

25 岁时，母亲帮我支付了婚嫁的费用，还流着泪拉住已经穿上红嫁衣的我的双手，我却抽出手，跟爱人去了千里之外的大城市。

28 岁时，母亲喜不自禁地询问我宝宝的情况，还自告奋勇地说愿意前来帮我照看宝宝，我却告诉她："不行，你不会教我的孩子说英语，还会让他满口家乡话。"

33 岁时，母亲说她最近身体不舒服，希望我有空回家看看她，我告诉她："这一段时间不行，我太忙了。"

35 岁时，父亲打来电话，说有急事让我回家一趟。"什么事？"我懒懒地问。"你妈妈不行了！"父亲答。

　　我的脑袋里忽然有无数个响雷同时炸开了。我哭，我喊，我叹"子欲养而亲不待"，但叹过了，我忽然狠狠地打起自己的嘴巴来——母亲从没有"不待"，她等了我 30 多年，是我自己的无情，让一切变成了这追悔莫及的局面！

　　母亲对于孩子的关心和爱，总是远远大于孩子对母亲的关心和爱。身为子女，我们也许不能扭转这一"规律"，但至少我们能够也应该把二者的距离缩小一些。

21. "铁娘子"与出色的家庭主妇

　　在这个小故事中，"铁娘子"和出色的家庭主妇是同一个人，都是撒切尔夫人。

　　1979 年 5 月，撒切尔夫人——一个杂货店老板的女儿，当选了英国历史上第一位女首相，并且连任两届，执政时间长达 11 年之久。你也许不相信，这样一位叱咤风云的政坛领袖，居然同时是一位出色的家庭主妇。

　　每天早晨 6 点钟，撒切尔夫人会准时为丈夫丹尼斯准备一杯滚烫的咖啡和一份可口的早点。某天，她在一场重要会议散场时看了一下手表，然后顺口说道："哦，时间还来得及，我要赶到街口的食品店为丹尼斯买些他喜欢吃的熏肉。"这句自言自语的话几乎令所有听到的人都大跌眼镜，谁都不敢相信，刚刚还雷厉风行、无比刚毅的撒切尔，竟然在一瞬间变成了温柔体贴的好妻子！

　　那么，这位举世闻名的"铁娘子"何以会有这份柔情呢？关于这一点，撒切尔夫人曾经坦言："家庭生活是否幸福，会对一个人产生巨大影响。"也许正是因为明白这一点，她才做到了与丈夫长期友好相处，共同创造幸福生活吧。

　　的确，现实生活中，撒切尔夫人非常关心丈夫，并且相当支持他的事业。同样，丹尼斯也在方方面面给予了撒切尔充分地关心和支持。他们夫妇二人有着共同的政治观点，兴趣爱好也大致相仿，比如都喜欢看书、结伴旅行、听音乐等等。最值得一提的是，做家务时，撒切尔夫人会不厌其烦地告诉丈夫应该怎样去做，并且自己也包上头巾、系上围裙，和他一起做。

　　由于以上种种原因，这对夫妇的家里总是充满温馨和幸福。正如撒切尔夫人所说，这种幸福给她带来了"巨大影响"——她可以永远不被家庭烦恼所打扰，永远把充沛的精力放在事业上。

　　一屋不扫，何以扫天下！虽然说人与人不同，擅长的方面也不同，但作为女人，有能力管理家庭者当然更容易学会治理国家。

22．一包瓜子仁

一个年轻人因为犯罪被投入了监狱，母亲天天都觉得愧对儿子，觉得是自己教育不当使儿子犯了法，虽然儿子所犯的罪行与母亲根本没有任何关系。

在一个探监的日子里，这位老母亲来到了监狱。与她同行的有很多探监人，他们纷纷拿出自己为亲人买来的物品，比如巧克力、CD机、新衣服以及各种只有城里才有的新鲜玩意儿等等。轮到这位来自农村的老母亲时，大家都静静地扭过头来看着她，想知道没有钱买东西的她会给儿子带来些什么。果然，她没能拿出令人眼睛一亮的礼物来，她掏出来的只是一包葵花子，但是，这些葵花子全都没有皮。她告诉儿子："这些瓜子是娘自个儿种的，在来之前的那几天，我先炒熟了，然后又全嗑好了，因为我怕你在狱中劳动没有时间嗑……"

顿时，众人的眼睛全都蒙上了一层水。

也许，在这位母亲的眼里，儿子永远都是个好孩子，好孩子犯了错，别人不原谅，但作为母亲，自己是必须原谅的。

不得不说的是，起初那位犯罪的儿子对母亲的到来不冷不热，可是当他看到母亲掏出来的一大包瓜子仁时，两行热泪便不由自主地滚落了下来。他明白自己家里的境况，知道母亲千里迢迢来探望他，肯定是先节省了好几个月的日常开支，又卖掉了家里的什么东西。还有，这么一大包瓜子仁，母亲是多少个夜晚不睡觉才嗑完的啊！想想自己作为儿子，现在本应该是奉养母亲的时候，而自己非但不能，还要让老母亲为自己担惊受怕，这是何等的不孝啊！

那个"好好改造，争取提前出狱"的念头是不是在儿子流泪的那刻形成的，谁都不知道，但是大家后来都看到了，这个原本被判10年徒刑的年轻人，仅服刑6年便被提前释放了，而且在后来的许多年里，他一直安分守己、至孝至诚。

大道理

母爱的力量是其他情感都无法企及的，包括爱情。它不但能宽恕一切无知与罪恶，还能把一切无知与罪恶挽救成善良与赤诚。

23．父母之爱

这是一个美满幸福的家庭，由夫妇二人和3个女儿组成。多年来，一家人始终相亲相爱，小日子过得有滋有味。

一年夏天，经过父母的允许，三姐妹驾车去郊外旅游。由于两个姐姐早就取得了驾照，而且有丰富的驾驶经验，所以新近拿到驾照的妹妹只能半是羡慕半是嫉妒地看着姐姐们驾车而行。

很快，大姐和二姐便看出了妹妹的心思，于是她们商量，在繁华的闹市区由她们两人驾车，到了人烟稀少的地方，就让小妹练练手艺。这样，到了郊外时，驾驶位置上就换成了刚满16岁的妹妹。第一次享受到给家人当司机的感觉，小妹兴奋得有说有笑。可是，由于缺乏经验，本想在红灯亮起之前闯过路口的她，心慌之下未能如愿，反而和一辆从侧面驶过来的大卡车相撞了。事故的最终结果是：大姐当场死亡，二姐头部受伤，她腿骨骨折。

接到电话后，心急如焚的父母立刻赶到了医院。尚清醒的妹妹本以为会被父母狠狠地责怪，不想父母却只是紧紧拥抱着她和二姐，热泪纵横。然后，父母抬手擦干了两个女儿脸上的泪痕，开始谈笑，就像什么事情也没有发生过一样。

从那件事到现在，好几年过去了，对于这两个幸存的女儿，尤其是对她，父母始终温言慈语，行为出乎所有人的意料。终于有一天，她忍不住问父母，为什么一直不教训她，要知道大姐可是死于她闯红灯所造成的车祸。

父母温和地看着她，淡淡地回答道："你大姐已经离开了，无论我们再说什么或者做什么，她都不可能起死回生。而你还有漫长的人生，如果我们责难你，你就会背负着'造成姐姐死亡'的沉重心理包袱，进而丧失一个完整、健康和美好的未来。你们姐妹仨都是父母的宝贝儿，我们怎么愿意失去一个后再失去另一个呢？"

听完这话，一向坚强的妹妹一下子热泪纵横了。

大道理

　　不幸的事件发生后，当事者应从中吸取教训，第三者应宽恕原谅做错事的人，因为事后的责备不但一点用处也没有，还可能让情况变得更糟。

24.　如何爱人

多年前，一个住在曼哈顿贫民区的非裔美国家庭，很意外地获得了1万美元的人寿保险金。这笔钱顿时给他们全家带来了莫大的喜悦和希望，母亲认为可以用这笔钱让家人搬离贫民区，到一个条件更好的地方去居住；聪明的女儿则想用它去医学院念书，以实现自己多年来想当医生的梦想；然而最后，一向老实巴交的儿子却提出一个让人难以拒绝的要求：他乞求获得这笔钱，好让他跟"朋友"一起开创事业，使全家人脱离贫困，过上好日子。

母亲思忖再三，终于把钱交给了儿子，因为她深知，按照儿子的性格，得到这样的机会真是太不容易了。但结果，儿子的那帮所谓的"朋友"骗了他的钱后便逃之夭夭了。

一时间，绝望的儿子悲痛万分，对生活失去了信心。而女儿则愤怒异常，认为哥哥犯下了不可饶恕的罪过，他不仅粉碎了自己的梦想，还粉碎了全家人的梦想。于是，她开始用各种难听的话责备兄长，对他的无能表示出莫大的鄙视。

当女儿终于累到停止责备时，一直沉默的母亲抬起了头："女儿，你应该 爱他。"

"什么？"女儿立刻又怒不可遏起来，"爱他？他根本没有可爱之处！"

"如果你这么说的话，那我只能说从这件事中，你什么也没有学到。"母亲很平静地回复道，"孩子，你认为什么时候最该去爱人？难道说是当他们把事情都做好了，让人感到舒畅和骄傲的时候吗？"

听了这句话，女儿吃了一惊。

"如果是那样的话，你的爱肯定不是真爱。"母亲盯住女儿的眼睛，以不容置疑的语气说道。

"我明白了，妈妈。"女儿突然泪流满面地答道，"真正的爱应该出现在他最脆弱、最不自信和已经受尽折磨的时候！"

"经历了这件事，你终于改变了你的人生态度。"母亲忽然微笑起来，"你现在这个样子，才像一个长大的人，未来的路，我可以放心地让你走了。"说罢，母亲象征性地张开了手臂。

在之后的很多年中，妈妈当初关于"真爱"的那句话始终影响着女儿。也正因为了解了"真爱"的含义，所以女儿才最终成了一位非常受人爱戴、口碑极好的医生。

大道理

　　爱，不仅应该出现在对方人生顺利、令人舒畅和自豪的时刻，更应该出现在他意志消沉、受尽折磨的时刻，而且相对来说，后者才是真爱与否的试金石。

25. 只有你懂得欣赏我

自从上小学开始，阿强成绩就一直不好，数学成绩尤其差劲。三年级的一天，因为他数学不及格，数学老师把他的母亲喊了去。

看到母亲回来，阿强仰着小脸，怯生生地问母亲："妈妈，老师有没有骂我？"

"当然没有，"母亲抱住他，用温暖的额头抵住他小小的额头，"老师说你进步了，还说下次你一定能考得更好。"

结果，阿强下一次真的及格了。虽然与别人相比，那63分的成绩算不了什么，可是对于他来说，却是很难得的进步。

小学毕业后，母亲跟他一起去看考试成绩。因为害怕考不上，阿强始终不敢抬头看榜。不想刚刚走出校门，母亲便满脸欢喜地拥住了他："儿子，你考得很好，比你的实力要强一些。妈妈相信，考高中时，你一定能考出更好的成绩来。"其实，阿强考上的只是一所相当普通的中学。3年之后，中考来临了，结果阿强考上了一所还算不错的高中，并且总成绩排进了全班的前10名——这可是他9年以来考出的最好名次。

高一期末考试后，母亲再一次被老师叫到了学校里。回来时，她高兴地告诉阿强："孩子，老师说你很有潜力呢，还说你一定能考上清华。"其实她的手里，攥着的是一份孩子考全班倒数第七的成绩单。

又过了3年，当初的那个笨小孩真的创造出了奇迹——考上了清华大学！

当母亲激动地向儿子祝贺，并说他以后必然能考到外国去深造时，阿强哭了。他伸出双手拥住母亲，说道："妈妈，我一直记得你那次带我去看海时所说的话。那时，我们一起坐在沙滩上，你指着海边对我说：'你看看那些在海边争食的鸟儿，当海浪打来时，小灰雀总能迅速起飞，而海鸥却总显得十分笨拙。但是，最后真正能飞越大海横过大洋的，却是海鸥。'我知道自己不聪明，但是因为有你，我走出了最出色的人生。只有你懂得欣赏我！"

听到这句话，妈妈哭了，然后又笑了。

大道理

　　懂得欣赏孩子，是母亲的职责，也是母爱创造奇迹的必要前提。记住：每一个孩子都有无穷的潜力，而母爱是帮孩子挖掘潜力的最好工具。因此，当面对孩子的弱势时，请鼓励而不是责备他。

26.　斗牛士与爱情

在以斗牛著称的西班牙，美丽的姑娘波西与一位勇敢的斗牛士相爱了。偷尝了爱的禁果之后，两人约定了婚期——万圣节时，会有一场全民瞩目的斗牛竞技赛，赢得那场比赛后获得的丰厚的奖金将足够他们举行婚礼。

这一天终于到来了，在观众的欢呼声中，斗牛士走进了竞技场。1次、2次……他全神贯注地与那头雄壮的公牛交锋着，波西目不转睛地盯着心爱的人，心里一直在紧张地祈祷着。眼看着鲜血淋漓的公牛渐渐体力不支，斗牛士的心头掠过一丝兴奋，胜利在即了！但是万万没想到的是，当他挥舞长剑准备最后一刺时，脚下的一个小坑让他的身体失去了平衡，恰在此时，愤怒的公牛冲了过来，用锋利的牛角刺穿了他的心脏……

20年后，另一位勇敢的斗牛士取代了他在人们心中的位置。在又一次全国斗牛大赛中，这位年轻的勇士获得了骄人的成绩，看台上掌声雷动，一位年近半百的妇人此时却老泪纵横，只见她双手合十，抬头望天，喃喃地自语："你看到我们的儿子了吗？……"原来，她是波西！而台上这位年轻的勇士，就是她与斗牛士的儿子！

大道理

真正的爱情犹如一块璞玉，岁月是无法摧毁和磨蚀它的，而只会把它雕琢得愈发璀璨与珍贵。真正的爱情也是能够穿越时空的，即使阴阳相隔，只要心中有彼此，眼前的一切也会成为爱的见证。

27.　晏子拒婚

晏子是春秋时期齐国的名臣，以才华闻名于朝野之中，齐景公在为宝贝女儿挑选女婿时选中了他。娶公主这样一位知书达理的绝代佳人不知道是多少人的梦想，可是晏子却一点也高兴不起来，因为他早已与原配夫人誓同生死。

想来想去，晏子决定冒死拒婚，于是他把齐景公请到了自己的家里，让自己的夫人前来斟酒侍奉，然后故意表现出对夫人的怜惜疼爱。等夫人退下去之后，齐景公道："唉，你的夫人真是又老又丑啊，比我那年轻貌美的女儿差远了。"

晏子等的就是这句话，他立刻跪下去，恭敬地回答道："臣的糟糠之妻的确是又老又丑，可这是因为她把最美好的年华都给了我，在我耗尽了她的美貌之后，又怎么可以弃她于不顾呢？再说，婚姻本来就是两个人相互托付终身的大事，我娶了她，就是接受了她的托付，就是承诺了终身照顾她，而守诺是任何一个人都应该遵循的道德准则，身为君侯将相者更应当以身作则。所以，请您收回成命，允许我对我的妻子遵守诺言。"就这样，晏子拒绝了这门婚事。

大道理

婚姻，是两个人相互托付终身的人生"大"事，一旦走入，便不论岁月变迁、容颜老去，双方皆要严格遵守对另一方的庄严承诺，不可因对方年老色衰而心猿意马。

28. 绝世恋情

美国加州攀岩俱乐部是爱好无防护攀岩的人士组成的一个组织。这个组织最大的规则就是：无论多么艰险，攀援时都必须徒手，不能借助任何辅助性的工具。

罗夫曼和妻子莫莉亚丝都是这个俱乐部的忠实成员，此时，他们正和其他成员一起攀登一个陡峭的悬崖。也许是习惯了这样的挑战吧，两人看起来相当轻松，就好像在游山玩水一般，不一会儿，他们就成了众人们仰视的风景。

眼看着身手敏捷的罗夫曼就要到达顶峰了，下面的人们情不自禁地为他鼓掌欢呼起来。可是就在此时，不幸发生了，罗夫曼突然惨叫了一声，他失足了！他的身体迅速向山下跌去，而山下，就是深不见底的万丈深渊！位于丈夫左下方五六米的妻子莫莉亚丝被这一幕吓呆了，但是经过零点几秒的反应之后，她做出了一个惊人的动作——毅然脱离了崖壁，准确地搂接住了正在跌落的丈夫，两人紧紧拥抱着，一齐坠向深谷……

所有目睹这一悲剧的人都呆住了，而莫莉亚丝那个漂亮的搂接动作，则被摄影师定格成了绝版的旷世经典。

生命诚可贵，爱情价更高。真正的爱情绝不只是花前月下、甜言蜜语，而是命运相连，福难同当。在面临生死抉择的那一瞬，虽然付出自己的生命不一定就能挽救对方的生命，但是却一定能够挽救爱情！

29. 女王敲门

英国一代女王维多利亚与丈夫艾伯特的婚姻一直被百姓认为是幸福美满的。但是再平静的海面也难免有一时的浪花，再美满的生活也会有不和谐的音符，关键就在于两个人如何协调。

有一次，维多利亚因为一点小事跟丈夫争吵了起来。在大庭广众之下丢了面子，艾伯特悻悻地回到家里，紧闭着卧室门再也不出来。

晚上，维多利亚回家时见房门紧闭，才想起今天吵架的事。细想一下，觉得自己实在不对，不该那么任性。最重要的是，不该在那么多人面前不给丈夫留情面。但是她转念又一想，我是堂堂的大英女王，有点脾气算什么！于是，她伸手敲门。

"谁？"丈夫在里面问道。

"女王！"维多利亚盛气凌人地答道。

结果，房间里一点回音也没有，门还是那样紧闭着。等了良久的维多利亚不得不再次敲门。

"谁？"丈夫还是这样问道。

"维多利亚！"维多利亚略有些委屈地答道。

结果，房间里还是一点回音没有，维多利亚不得不第三次敲门。

"谁？"丈夫还在问着。

维多利亚不得不柔声柔气地答道："你的妻子。"

这一次，门开了。

大道理

　　婚姻中只有完全平等的丈夫和妻子，没有君主与臣下，也没有主人与奴仆。只有首先认识到这一点，并把所有的头衔都抛下，幸福的婚姻之门才会敞开。

30.　寻找自己

　　风景如画的溪流边，两位偶遇的年轻男女一见钟情，相互倾诉爱慕之后，两人相拥而去。

　　数日之后，那位年轻的姑娘又重新回到了溪流边，她坐在一块大石头上，盯着东去的溪水陷入了沉思，美丽的脸上闪着迷惑的神色。

　　"你怎么了？美丽的姑娘。你看起来好像心事重重。"一位大哲学家走过来问她道。

　　"我丢了东西。"姑娘回答道，"几个月前，我和他在这里相遇，然后我们相爱了。可是自从爱上他之后，我就发现我弄丢了我自己。我活在他的世界里，随着他的着急而着急，随着他的失落而失落。他开心了我才会快乐，他忧伤了我也会高兴不起来。见不到他的时候，周围的一切都成了他，而见到他的时候，他又成了一切。我似乎是因他而生，也要因他而死。我很迷惑，我不知道自己到哪里去了，所以我来到这里，想寻回原来的自己。"

　　没想到，哲学家听完后哈哈大笑起来："这就对了，我亲爱的孩子。当爱情产生时，两个人便会融为一体，他的自我会占满你的空间，你的自我也会填充他的世界。如果不是这样，你们就根本没有相爱。所以，你不应该来这里，而应该去他的世界里寻找你自己。"

大道理

　　相爱之后，便会你中有我，我中有你。两个人的相爱，就像两条河流相遇，会消失在彼此的情感里，融合成一个新的整体。

31.　天下第一棋手

　　晚清军政重臣左宗棠，因为棋艺高超被世人称为"天下第一棋手"。

　　某天，左宗棠在大街上散步时，看见一老者摆了一个棋阵小摊，旁边竖着的招牌上写有"天下第一棋手"几个大字。倔脾气的左宗棠一看立刻来了气，他觉得老者未免过于狂妄了些，要知道自己可也是有着"天下第一棋手"的美誉的。于是，他上前挑战，不想老者只应对了几招就败了，使得他得意扬扬地拂袖而去。

　　不久，左宗棠率部出征，并打了胜仗。回到京城老家之后的某个下午，他又来到了市井游玩，不想这次他又看见那个老者在那里大摆棋阵，而且招牌上依然号称自己是"天下第一棋手"。

　　左宗棠于是第二次坐下来向老者挑战，谁知这次只三个回合自己便败下阵来。

　　左宗棠不服，一口气和老者连下了三盘，但三盘都以失败告终。他大惑不解地问老者："在这么短的时间内，您的棋艺为何能长进如此之快呢？"

老者笑道："在您第一次来时我就知道您是左公，并且不久将出征，所以有意让您赢，以便增添您的信心。可如今您已经胜利归来，我自然就没有理由再让着您了。"

一听此话，左宗棠立刻起身施礼，表示心悦诚服。

事物的本质往往被覆盖在表象的最底层，而我们肉眼所看到的却只是这表象。所以，要想判断一件事的好坏是非，我们必须先对这些表象进行分析。

32. 爱情如沙

美丽的女孩就要出嫁了，她希望对方能够永远像恋爱时一样珍爱她、怜惜她，永远对她不离不弃，直至白头。

在出嫁的前一天晚上，女孩跟妈妈聊起了爱情："妈妈，你说他会一直对我这么好吗？""这在于你自己的把握啊，好孩子。"妈妈微笑着，以温和的口气说道。

"可是爱情就像月亮，总会有阴晴圆缺的，要怎么把握才好呢？"想起父母的感情一直不错，女孩接着问道："妈妈，你一直和我爸爸的感情很好，你能把你的秘诀告诉我吗？你是怎么做到这一点的呢？"

母亲想了想："不要握得太紧。"

"嗯？"女孩有些迷惑，"不握紧不就丢了吗？"

母亲笑了笑，从地上捧起一捧沙："两个人之间的爱情就像这捧沙，你看，如果你松松地捧着，沙就会圆圆满满、安安稳稳地待在你的手里，一点也不会洒落。可是如果你用力握住呢？"说到这里，母亲将双手握紧了，细密的沙子立刻从母亲的指缝里流了出来，"现在，你再看。"母亲把双手摊开了。

女孩看到，原本圆满的沙子只剩了不到一半，而且已经被挤得严重变了形，再无刚才的柔软完满之态。于是女孩明白了。

爱情如沙，越是刻意去抓牢就越容易失去。而给予一定的宽容和谅解，并时刻注意留给对方充分的活动空间，爱情生活反倒会圆圆满满。

33. 牵手

女孩一直觉得男孩不够爱她，因为男孩从来没有对她说过任何甜言蜜语，也不曾给她送过一次玫瑰花，即使是在情人节。想想自己需要的可是一位浪漫多情的白马王子，女孩决定和男孩分手，日期就定在自己生日那天。

这一天终于来临了，女孩毫不犹豫地对男孩提出了这个要求，男孩没有作声，只恳求说让我陪你过完这个生日吧，女孩答应了。

下午时，他们一起去购物，女孩似乎在发泄心中的不满，气鼓鼓地买了许多东西，男孩便大包小包地拎了许多东西。从他胳膊上突起的青筋看，他手里的东西可绝对不轻，但是男孩一言不发地跟在女孩后面。

横穿马路时，看看正是交通高峰时期，男孩便把所有的东西都移到了一只手上，另一只手牵住了女孩。没想到这个小小的动作一下子就感动了女孩，看着男友的那只手被勒出一道深深的沟，这只手却紧紧地牵住自己，她一下子泪眼蒙眬了。

到了马路对面，男孩正欲把东西分到两手时，突然听到了一句出乎意料的问话："我们什么时候结婚？"是女孩的声音。

大道理

甜言蜜语、鲜花礼物是爱的方式，却非爱的标志，因为最真挚、最深刻的爱往往体现在一个个不起眼的细节中。当他用一只手承担超额的重量，只为了腾出另一只手给你一点安全感时，他是值得你托付终身的人。

34. 爱的秘密

一位老人在即将离世时，拉过老伴的手："我要告诉你一个爱的秘密，这个秘密压在我心底已经很多年了，它一直在折磨着我，压抑着我，让我寝食难安，良心不宁。"

老伴笑了笑，脸盛开得像一朵大菊花："你是说齐璇的事吗？"

老人惊讶地睁大了眼睛："你，你是怎么知道的？你什么时候知道的？"

老伴依然在微笑着："20多年前我就知道了，给你洗衣服时我从衣袋里发现了那封信。"

老人拍拍额头："那你恨我吗？"

老伴静静地看了老人一会儿："如果你真想听实话，那我就告诉你，我不恨，一点也不恨。现在，除了那个名字，那封信的内容我已经一点也不记得，但是，我们之间的点点滴滴我却记得清清楚楚。我记得，我生了女儿之后小腹受寒一直在痛，你一个大老爷们儿竟然坐在灯下一针一针地给我缝着前片双层的内裤；我记得，那次下大雨我忘了带伞所以等雨停了才下班，出了工厂门发现你在等我，浑身都湿透了；我记得，我的牙掉了以后你再也没买过一次你最爱吃的天津麻花；我还记得……"

老伴没有注意到，老人已经溘然长逝了，脸上带着一种倏然明了的微笑。

大道理

世界上任何人与事都不会完美无瑕，婚姻亦是。把眼睛放在太阳的万丈光芒而非那几粒黑子上，是我们幸福一生的最大秘诀。

35. 麻将刘戒赌

麻将刘原名刘恒，因为非常喜欢打麻将而得此外号。看到丈夫一赢就兴高采烈，一输就垂头丧气，贤惠的妻子小春决定劝导他一下。当然，聪明的她虽然生气丈夫的好赌，却晓得不能硬碰硬，所以便非常温柔地对丈夫说道："其实你完全可以不难过的。"

"我输了好几千哎。"小刘嚷嚷道。

"你为什么要说自己'输'了呢？你完全可以说自己'花'了嘛。如果把打麻将当成赌博，你肯定会为自己的失误后悔不迭，但如果把它当成一种娱乐，认为不过是花钱雇了几个人陪你玩，一切不都好了吗？"小春说。

小刘抬起头来看着妻子，似乎若有所思。小春笑笑又接着说道："这不过是一种娱乐，就像打保龄球、唱卡拉 OK 一样。你晓得没有不花钱的娱乐，所以就干脆把输钱当成正常，把赢钱当成捡便宜得了。谁都知道，便宜捡多了必然有大亏吃，所以还不如不捡这个便宜呢。"

想想妻子的话有道理，小刘便开始琢磨：反正到哪儿花钱也是花钱，我干吗又花钱又让自己不舒服呢，干脆我去玩别的得了。

就这样，没过多久，好赌的小刘竟然改掉了多年的坏习惯。

大道理

任何娱乐活动都应该有个限度，但是如果这个限度是外界的强硬标准，当事者往往会产生逆反心理。所以，与其上纲上线，不如宽容以待，令其产生自我审视之心，从内部攻破堡垒。

36. 两个女人的婚姻

姚丽和李如是老乡、好朋友，还一直是同学，谈恋爱时，那两个男孩又恰巧是好朋友。两个人的前半生是如此的相似，她们的后半生还会相似吗？

作为护士，姚丽非常爱干净，不管冬天夏天，她每晚睡觉前必然会洗澡，而且不但自己洗，还强烈要求老公也洗。她的老公是一位建筑师，每天都忙得要死，晚上 12 点钟以前很少能回来，所以无论是精力、时间，还是作为男人的本身习惯，他都不愿意天天洗。可是姚丽每次都不依不饶，不洗的话就不让他进屋睡觉。1 年后，老公终于受不了了，向她提出了离婚，尽管两个人还互相爱着。

那么李如怎么样呢？她很幸福。是不是她和她老公之间一点摩擦都没有？不是的。她的老公有一个癖好——哪怕是洗了几遍的苹果，他吃时也要削掉厚厚的一层，说"皮上有农药残留"。李如心疼这种浪费，跟老公吵了好几次，不见效之后她改变了策略——反正自己不觉得有事，那就干脆把老公削掉的皮吃掉呗，这样不就既不用吵架，也不会浪费了吗？就这样，两人一直过得很和谐。看来，结婚并非是选择爱情，而是选择生活方式。不懂这一点的人，恐怕永远不会得到幸福。

大道理

婚姻的组建是源于爱情，其破裂却未必是因为没有了爱情，维系婚姻的纽带除了爱情，更重要的是改变自己与宽容对方。

37．玛丽的抱怨

玛丽嫁到列文家快 30 年了，在她的记忆里，自从结婚后，列文从来不曾给她买过玫瑰花，尽管他知道她是那么喜欢玫瑰。而且，尽管她尽职尽责地做着她的家庭主妇，把家里家外收拾得井井有条，可是列文从来不曾说过一句感激的话，似乎这一切都是应该的。

整天过这样的日子，玛丽自然感觉非常不公平。

终于，她忍不住说了一句："列文，再这样干下去，我早晚会被累死。"

列文看了她一眼："不会的，玛丽，你一定能长命百岁。"

"那又能怎么样？我一点也不开心！"

"你怎么了，玛丽？"列文很吃惊。

"等我死了，你会不会给我买一捧玫瑰花作为祭奠？"玛丽哭丧着脸问。

"我当然会。"列文回答。

"可惜那时再多的玫瑰花对我都没有意义了，如果现在能得到那些花儿，反倒对我价值更大。"玛丽幽幽地说。

列文顿时明白了是怎么回事。第二天，玛丽的桌上就有了好大一捧玫瑰花，而玛丽的脸，也笑成了一朵玫瑰花的样子。生活中的你，是不是也犯了列文这样的错误呢？

大道理

每天都会有无数人在慨叹"子欲养而亲不待"之类的话，但是世间并没有后悔药可寻。唯一可以治疗这种痛的，就是在还来得及的时候，及时表达你的感激与爱。

38．校报编辑

她刚进大学 10 天，家里就传来了噩耗，在一次史无前例的台风中，她的父母姐妹都死了，所有的房屋也倒塌了。从此，她再没有一分钱的生活来源。

哭过之后，她申请了退学——她已经没办法再读书了，只能回家种地去。家里还有 3 亩多地没被毁。

老师心疼地看着这个女孩，突然拍了拍她的肩膀："你到校报编辑部做兼职编辑吧，每月 400 块钱，先撑着，不够再说。"

就这样，她成了校报编辑部的一名兼职编辑，任务就是在每期校报出版的前一天，把大家上交的稿子整理一下，改改错字、病句，提提意见等。在课程不算紧张的大学里，这份工作对她来说算不上什么负担，却能为她提供读书、生活的费用。

再苦再难，她终于大学毕业了，经过申请，她成了校报的正式编辑。没想到第一天上班，主编就告诉她要从她每月 800 块钱的工资中扣除 50 块钱。

"行，可是为什么？"她很干脆，也很疑惑。

"为了资助下一个没有生活来源的兼职编辑。"主编告诉她。

她一下子愣住了：原来校报根本不需要什么兼职编辑！自己那每月 400 块钱是 8 位编辑

各出 50 块钱凑成的！

> 许多善良的人都在默默地做着好事，这是世间美好、温暖以及不断改变的重要原因。而被救助的那些人，又是下一批"善良人"的重要源头。

39. 寻找完美的女人

他是一个非常自恋的男人，自觉只有最完美的女人才配得上他，所以他发誓一定要找一个无可挑剔的女人，否则就不结婚。从此，他就开始了一生的寻觅。

时间匆匆而过，一年又一年，男人渐渐从一个活力四射的小伙子变成了眼角长鱼尾纹的中年人，又从中年人变成了两鬓苍苍的老者。直到死前，他依然是孤身一人。

"难道这么多年，你就从来没有碰到过一个你心目中的完美女人？"一位儿时的伙伴、今天的老人问他。

"我碰到过一个。"他说。

"哦，快说说她是什么样的。"那位老人问。

"她真是个完美到极致的女人，美丽无比、身材一流、学识出众、人品优良、家庭出身也极好，真的是个无可挑剔的女人，恰恰符合我心目中追求的标准。"他的脸上挂着一丝微笑，似乎沉浸到了对初遇女郎情景的回忆中。

"既然这样，你干吗不娶她为妻啊？"另一个老人显然非常不理解。

"没办法，"这个人摇摇头，满脸的遗憾，"她也在寻找一个完美的男人啊！"

"哦，那她现在肯定也是孤身一人。"另一个老人说道。

> 没有谁会十全十美，即便再慎重地对待婚姻，都不能追求完美无缺，否则，我们将注定孤独。其实，除了婚姻，这个道理还适用于世界上的很多事情。

40. 园林与棺材

古印度时，国王有位美若天仙的妃子，两人一直相亲相爱、举案齐眉。可是天妒红颜，不出几年，妃子便患了绝症，一命呜呼了。

悲痛不已的国王不想从此再也看不见爱妃，便命人为她打制了一口透明的玻璃棺材，放在了正殿旁边的小花园中，以便日日都能见到她。

过了一段时间，国王觉得这个小花园景色太单调了，根本不配爱妃绝世清俗的容颜，便下令将小花园扩建，并搜寻来各种奇花异草种植其中。可是有花有草就需要有水，于是国王又命人开凿了一个人工湖。这样一来，原本不怎么起眼的小花园一下子变成了一个美轮美奂的人造园林。

秋天来临时，园林里各色花草树木都开始凋零，处处一片凄凉。国王知道自己的爱妃最不喜欢看到这种情景，遂再次下令召集全国的能工巧匠，在园中大建亭台楼阁，并在其上雕刻出精美的花纹装饰，甚至把一盆盆姹紫嫣红的假花放进了园中。

就这样，每隔一段时间，国王就会因为不十分满意而再修缮这个园林一次。由于大部分心思都集中在了怎么让园林更加完美上，国王去看王妃尸体的时间越来越少了。随着园林的日益美轮美奂，国王渐渐变成了白发苍苍的老人，而昔日绝代无双的王妃则早已经腐烂成了一堆白骨。

终于有一天，老国王游园时看到了已经数年不曾注意的王妃棺材，他很惊讶地愣了一下，心想这么美的园林，怎么可以让如此不协调的棺材放在其中呢？于是他挥了挥手说："把它搬出去吧。"

组建家庭是为了和自己心爱的人在一起，如果把心思全放到对家庭硬件的追求而非夫妻感情的培养上，不啻为一种舍本逐末的行为。它只会导致一种结果：房子还在，家却没了。

41. 多少钱的问题

这两位青年都刚结婚不久，都把自己的爱妻视为绝世珍宝，发誓此生不离不弃。

某天，一位哲人为了做一个关于道德的实验，找到了这两位青年，然后问他们道："我是一位家资无数的富商，现在我想用钱来买你们的爱妻，你们愿意吗？"

这个问题险些把这两位青年都激怒，他们几乎异口同声地说道："绝对不可能，这根本不是多少钱的问题！"

"500块钱，你们谁卖？"哲人不理会青年的"义正辞严"，微笑着问道。

结果两位青年都不屑地偏过了头。

"5万呢？"哲人接着问道。

其中一位青年回头瞥了他一眼，冷冷地笑了笑，另一位则保持着原来的样子。

"500万呢？"哲人又提高了价码。

此数一出，两位青年几乎同时"啊"了一声，都愣愣地看着哲人。许久，其中一位微微点了点头。

哲人转向了还在坚持的那位："5000万怎么样？"

那青年张大嘴巴，却是半天没出声。

"5亿，这是最高了。"哲人故意表现出不耐烦的样子。

"好吧！"这位青年终于也投降了。

"看来，这就是多少钱的问题！"哲人头也不回，边走边说道。

——在500万之前，两位青年都是道德的。500万时，一位走向了不道德；5亿时，另一位也步了同伴的后尘。

看来，无论是谁，都有一个突破自己道德防线的临界点，一旦逼近或超过那个点，人就会置道德于不顾。

所以说，人之所以有道德，是因为受的诱惑太少。

42. 一只蝴蝶的力量

　　时值春末，百花盛开处，美丽的蝴蝶处处可见。

　　昆虫学家乔治扛着一根长竹竿走进了百花丛里，竹竿一头套了个透明的塑料袋，他是想捉只蝴蝶带回去做实验。当他毫不费力地网住一只嫩黄色的大蝴蝶时，却冷不防遭到了袭击。

　　那种袭击的力量其实很小，但是乔治却感觉对方似乎满怀仇恨。他扭过头去，发现袭击者竟然是一只小小的红蝴蝶。于是他摇头笑了笑，转身往回走去。没想到红蝴蝶再次向他俯冲过来，并且拼尽全力用头和身体撞击着他的头，一遍又一遍。当他停下脚步时，红蝴蝶也停止了攻击，转而飞到他竹竿的塑料袋上，和袋中的黄蝴蝶不断地碰触。

　　乔治明白了，这只红蝴蝶一定是自己捉到的那只黄蝴蝶的情侣。看到爱人遭遇到危险，红蝴蝶遂挺身而出，不顾一切地进攻着乔治，以期通过自己的努力让他感到，自己是多么地爱黄蝴蝶，希望他手下留情，放黄蝴蝶一条生路。

　　乔治的眼睛慢慢湿润了，他轻轻地抽回竹竿，把捏扁的塑料袋口重新拉圆，让被囚禁的黄蝴蝶飞了出来。两只蝴蝶围着乔治绕了几圈，好像是在表示感谢，然后便一起飞向远处了。

　　乔治喃喃地说道：这不是你的力量，红蝴蝶，这是爱的力量。

43. 狼的启示

　　一位生物学家在蒙古大草原研究了数年狼群之后，发现了一个非常有趣的现象：每个狼群都有一个固定的活动圈，直径大概为30公里。当把几个相邻的狼群活动圈按比例缩微到图纸上时，我们会看到几个圆圈是交叉的，既不完全隔绝，又不完全相融。

　　原来，各狼群在划分地盘时，总会留下一个公共区域，也就是上文中说的那个交叉部分。在这块地域内，各狼群可以相互杂交，可以相互表示友好。但是即便再亲近，它们也不会踏进属于对方群族的"不相交部分"，那可是对方保留自己个性与"完全主权"的区域。

　　其实数年来，并不是没有过两个活动圈重合或者接近重合的情况。每到那个时候，两个狼群便会反目成仇，互相厮杀，直至彼此都伤痕累累、元气大伤。而一旦活动圈相离，它们又立刻恢复到友好相处、互不干涉的和平局面。

　　此外，生物学家还发现，活动圈重合时，狼群会自相残杀；活动圈隔离时，狼种会退化。只有当两个圈子保持部分相交的状态时，整个狼家族才会既和平又健康地发展。

读过这个故事，我不禁联想起了我们人类生活中的一些事情。不知道大家有没有发现，一般来说，越是和我们关系最近的爱人和亲人，就越容易产生疏远感，有时候甚至会因爱生恨，造成令人难以置信的悲剧事件。那么，有没有什么法子能让相亲相爱的两个人永远和谐相处、其乐融融呢？从上述故事看，也许既相融又独立是一个好办法。

可以说，交叉圆理论向世人暗示了一种与亲人和爱人相处的艺术。亲密的两人之间，应该是两个相交而不相重合的圆。交叉部分是彼此共同的世界，可以尽享亲情和温馨，不交叉的部分则是各自独立的天地甚至是隐私。双方关系再亲密，也不应该将这部分慷慨让出，更不能因为一时矛盾让这部分无限扩大。否则，或者会彼此怨恨、产生冲突，或者会出现冷暴力，给双方都带来莫大的痛苦。这时候，无论是放弃还是继续，都将被赋予一种疼痛和悲壮。

大道理

只有保持最合适的距离，才可能拥有最完美的感情生活——既相互交融又彼此独立，这是亲密双方相处的最佳艺术。只是，在守卫个人独立空间的同时，请别忘了也尊重对方的这一领域。

44. 爱的养料

这个男孩很不幸，很小的时候，他便因为患脊髓灰质炎而失去了正常走路的权利，并且连上半身也受到了少许影响。稍大一点，奶牙脱落后，他新生的牙齿又参差不齐、向外突起严重，显得非常难看。

既腿脚不便又长相不佳，这使得小男孩甚为悲观，他甚至认为自己是世界上最不幸的人，所以他沉默且忧郁，从来不肯和同学游戏玩耍，连老师提问题，他都会低着头一言不发。

某年春天，父亲忽然从邻居家讨了些树苗，叫过他们兄妹几人，每人分了一棵，然后吩咐道："大家在院子里找个地方，把它们栽下去。等过一段时间，看谁栽的树苗长得最好，我就给谁买一件他最喜欢的礼物。"

几个孩子一听，立刻欢喜地栽树去了，只有不幸的小男孩一拐一拐地慢吞吞地干着。虽然他也想得到父亲的礼物，可是一看到兄妹们那蹦蹦跳跳、自由自在的身影，一种阴郁忧伤的想法充满他的心胸：让我这棵小树早点死去吧，反正我也没有力气照顾它，它最后只能和我一样——毫无生存的希望！这样想着，男孩便放弃了小树苗，除了刚栽上时浇过一两次水之外，他再也没管过它。

不想一个月后，与兄妹的树苗相比，小男孩的那棵树居然更加绿意盎然、生机勃勃。说话算话的父亲兑现了自己的诺言，给小男孩买了一件他最想要的礼物，并且告诉他，从他栽的这棵树来看，他一定能成为一位出色的植物学家。

自从这件事以后，小男孩慢慢打开了自己的心门，变得乐观积极起来。

某天晚上，失眠的小男孩正望着月亮发呆，忽然想起生物老师所说的植物一般都在晚上生长。于是，他在好奇心的驱使下爬了起来，想去看看自己那棵小树是怎么生长的。可是当他一瘸一拐地来到院子里时，却一下子呆住了：父亲正在用勺子给自己那棵小树洒着什么。原来，父亲一直在偷偷地为自己栽种的树苗施肥！怪不得……小男孩的眼泪立刻落了下来。

多年后，这位残疾小男孩很遗憾地没能成为一位植物学家，可是他却成了美国第32任总统——富兰克林·罗斯福。

爱是奇迹的创造者，也是生命最好的养料。有了这种养料的浇灌，哪怕一棵瘦小枯干的树苗，都能成长得枝繁叶茂，甚至长成参天大树。

45．你说什么？我听不到哦

经过 4 年的热恋之后，露丝·贝德小姐终于打算跟男友结婚了。

婚礼当天早上，露丝正在楼上做最后的准备时，男友的母亲轻轻地走上楼来了。这位老太太拉过儿媳妇的手，把一样东西放了进去，然后以从未有过的认真语调对露丝说道："孩子，我现在要给你一个你今后一定用得着的忠告，那就是你必须记住：每一段美好的婚姻里，都有些话是应该充耳不闻的。"

露丝摊开手，发现掌心中静静卧着的，是一对软胶质耳塞。老太太的那句话和这份礼物令正沉浸于美好幻想的露丝十分困惑，她不明白在这个时候，妈妈塞一对耳塞到她手里是什么意思。但是没过多久，当与丈夫发生第一次争执时，她一下子明白了老人的苦心。

"其实妈妈的用意很简单，她是用她一生的经历与经验告诉我：人在生气或冲动的时候，难免会说出一些未经考虑的话来。而此时，最佳的应对之道就是充耳不闻，权当没有听到，而不要同样愤然地回嘴反击。否则，不但不利于问题的解决，还有可能给自己的婚姻带来威胁。"露丝感悟道。

从此之后，露丝便把"适当充耳不闻"运用到了婚姻中。的确，自从有了这个秘诀，她与丈夫的生活一直很和谐美满，再也没有吵过架。后来，她又把这句话用到了工作上，结果工作也比以前顺手了不少。再后来，已经成为美国最高法院大法官的她把这个万能的法宝公之于世，让所有人都能领略到婚姻生活的又一真谛。

大道理

适时关闭自己的耳朵或眼睛，有选择地听，有选择地说，有选择地看，是把许多毒素阻拦在门外的最佳应对之道。

46．再画掉一个

这是美国的一所大学，一位特邀教授正在给前来听讲的人们上课，只听他说道："现在，我要和大家一起做个游戏，谁愿意来配合我一下？"

一位女士站起来，走上了讲台。

教授对这位女士说："请你在黑板上写下你难以割舍的 20 个人的名字。"听清要求之后，女士转身写下了 20 个人的名字：她的亲人、朋友以及邻居，等等。

"现在，"教授说道，"请你找出一个这里面你认为对你最不重要的人，然后画掉他的名字。"

女士轻而易举地便画掉了一个邻居的名字。

"和刚才一样，再画掉一个你认为对你不重要的人。"教授又说道。

女士于是又面无表情地画掉了一个。

游戏按照这种规则继续了下去。

20分钟过去了，女士身后的黑板上只剩下了4个人：她的父母、丈夫和孩子。而教授的要求还在继续："请再画掉一个不重要的人。"

话音一落，原本议论纷纷的教室里立刻安静了下来，大家都静静地看着女士，都感觉这已不再是一个游戏了。而女士则迟疑着、犹豫着，久久不肯动笔。

"请再画掉一个。"教授温和却不容置否地说道。

女士慢慢地转身、举起粉笔，目光艰难地在四个人的名字上来回游动着。最后，她颤抖着，同时画去了父母的名字。

"请再画掉一个。"教授立刻又要求道，像是一个冷酷无情的命运裁判者。

"还要画掉一个？"女士情不自禁地脱口而出，脸色异常难看。

"对。"教授简洁地否定了她的怀疑。

女士转身、举手，把目光集中在了孩子的名字上，但是未等落笔，她便"哇"地一声哭了出来，看样子她非常痛苦。

教授非常平静地看着女士，不催促，脸上的表情却十分坚决。

泪眼蒙眬中，女士缓慢地划掉了儿子的名字。

"现在，请你告诉我，"教授以非常温和的语调说道，"和你最亲的人应该是你的父母和你的孩子，因为父母是养育你的人，孩子是你所养育的。而丈夫，失去之后还可以重新寻找，为什么他反倒成了你最难割舍的人呢？"

"因为，"女士紧紧地咬了咬嘴唇，平定了一下情绪，"随着时间的推移，父母会先我而去，孩子长大成人后也会离我而去，能够真正陪伴我度过一生的，只有我的丈夫。即便失去之后我能够重新寻找，可对方依然逃脱不了这个意义。"

大道理

　　夫妻不仅是共同劳动者和新生命的缔造者，更是唯一可以相守到老的伴侣。父母、子女或早或晚都会离我们而去，却基本不影响我们的幸福，但如果失去了爱人，我们的幸福便会成为无源之水、无根之木。

47．两个相爱的乞丐

喧闹的大街上，一个男乞丐和一个女乞丐相遇了。恍惚间，他们都觉得好像前世就互相认识一样，所以不由得带着爱慕注视着对方。

于是，两个人都不愿再离去，而只是面对面站着，手里端着已经空了一天的碗。也许在他们的心里，那一刻的世界上只剩下了他们两个人，除此之外别无他物。

女乞丐望着男乞丐，似乎是有所乞求。

"你在乞求什么？"男乞丐好奇地问对方。

听到这句问话，女乞丐不由得生起气来："难道你还没有感觉到吗？我在乞求你的爱呀。"

这下，男乞丐也不由得生起气来了："是吗？我怎么没有感觉到呢？不过我也是只有一只空碗呀，我也在乞求你把你对我的爱全部倾入我的空碗里呢。"

女乞丐更加生气了："这么说你是爱我的了，那你为何不给予我你的爱呢？"

男乞丐随即反驳道："既然你也爱我，就应该把相同的爱给予我呀。"

就这样，两个乞丐相互乞求着，却谁都不肯主动先把自己的爱给予对方。

僵持了很久以后，他们还是谁都没有得到对方的爱。无奈之下，两个人只好都转头去向另外的人乞讨了。

大道理

索要爱情的人未必就是得到爱情的人，但从广义上说，得到爱情的人却是给予爱情的人。因为爱即是给予，而非索取和占有，给予之后，"得到"会随即而来。

48. 自行车的幸福能够走多远

我一直认为自己是幸福的。女儿健康聪明又漂亮，老公温厚睿智又爱我，连工作也轻松自由而且薪水不低。

我很知足，也很满足，一直都是。

我有一个很特别的嗜好：骑自行车。

尽管单位离家并不近，可是我每天都坚持骑自行车上下班，并不是怕堵车，像这种小城市堵车的概率几乎为零；我也不是为省钱，丈夫自己有公司，也有一辆还算不错的马自达，几块钱的车费我还不在乎；我更不是为了追赶时髦减什么肥，我向来不喜欢时尚的东西，更何况自己的身材一直保持得不错。

我只是因为喜欢。

我喜欢阳春三月时弥漫街道的花香，也喜欢秋意已浓时飘落在地的黄叶。每到这种时候，我都会一边慢悠悠地骑着自行车，一边贪婪地用眼睛摄取着大自然的美好馈赠。那一刻，幸福的感觉真的会充溢我的胸间。

几年前，丈夫的公司做大了，家里存折上的数字也一个劲儿地变大拉长。于是他买了一辆马自达，买时对我说要不顺便给你买辆QQ汽车吧，上班方便些，也没多少钱。当时我坚决地拒绝了，我还是喜欢骑自行车，要知道有些美景，尤其是那种幸福的感觉可是开车带不来的。

就这样，丈夫每天开车去公司，我则每天骑自行车上下班，除非大雨滂沱或者漫天飞雪。他骄傲着他的骄傲，我幸福着我的幸福，我们各取所爱。

这也是一种幸福吧，我想。

那天是个大晴天，下班时太阳已经变成了夕阳。和以前一样，一路上我都在慢悠悠地前进着，陶醉在沁人心脾的槐花香里，享受着那种浅浅的幸福。

走到一个倒"Y"字形路口处，我习惯性地放慢了车速，那条支路上开过来的车辆比较多，这是经验。

果然，刚转过挡住视线的绿化带，一辆汽车便冲了过来，我急忙捏闸让它先过。无意之中，我瞅了一眼车里的人，咦，那个身影好熟悉，我心想。这发愣的一瞬害了我，我与车尾撞个正着，弹出2米有余摔在了地上。

一声刺耳的刹车声之后，司机大喊着我的名字跑了过来，他喊的，居然真的是我的名字！

我在他的怀里欠起身，使劲儿睁开沉重至极的眼睛，看着那个年轻娇美的女孩从丈夫的车里钻出来，打辆的士匆匆而逃，然后我凄凄微笑着，再次闭上了眼睛。那一刻，我终于知道：我原来是不幸福的。

大道理

　　两个人生活在一起，就犹如两条河流相伴而行，如果前进的速度相差太多，一方就会最终被另一方落下，使得其他河流乘虚而入。

∽ 第十三章 ∾
发展与教育

1. 紧闭的家门

战国时期，楚国有位大将军叫子发，在与当时的虎狼秦国交战中，子发立下了赫赫战功，很得君主赏识。

在一次交战中，运送粮草的使者顺路去看望了子发的老母亲。老人问使者："兵士们都还好吧？"使者答："前线快没有粮食了，只剩下一些豆子让士兵们分着吃。""那你们的将军呢？""您放心吧，将军每餐都能吃饱，而且还时常有肉。"听了这话，老人默不作声了。

得胜归来后，子发发现自己的家门竟然紧闭着，他拍着门环叫母亲开门，只听母亲在里面说："越王勾践伐吴时，把得之不易的一坛酒倒进江水里，与万名士兵同饮，虽然大家都没有尝到酒味，却因此士气大增，提高了战斗力。而你呢？在粮草不济的时候，你让士兵饿着肚子，自己反倒大鱼大肉，这场胜仗有你大将军的几分功劳？有你这样的儿子让我感觉耻辱！你走吧，从今以后再不要进这个家门。"

听了母亲的批评，子发满脸通红，他跪在门外，发誓以后绝不再如此行事，一番真心悔过之后，他才得以进入家门。

> **大道理**
>
> 父母是子女的第一任老师，作为长辈，只有坚持原则、明辨是非才能教导出优秀的晚辈。而要想让子女成为真正的人才，就必须培养他的博爱之心，因为心中只有自己的人到什么时候都只会计较小事小利，难成大器。

2. 纸牌与人生

艾森豪威尔是一位极为著名也极受美国人民尊崇的总统，之所以能成长为如此优秀的人物，与他母亲对他的教育不无关系。

一天下午，年轻的艾森豪威尔跟他的家人坐在一起玩纸牌游戏。没想到连续几次下来，艾森豪威尔皆抓了很坏的牌，所以一次接一次地输。当再次抓到那些讨厌的牌时，艾森豪威尔显然有些气急败坏。母亲看出了他的不高兴，便问他怎么了，他回答说自己的手气太差了，想重抓一次。

"不行，"母亲很果断地说道，"不管怎么样，你都必须把你手里的牌玩下去，而且要争取打赢。试试看，我想你可以的。"在母亲的鼓励下，这次艾森豪威尔果然打得不错。

游戏结束后，母亲语重心长地对艾森豪威尔说道："玩牌跟人生其实是一样的道理，只不过人生的牌是由上帝来发的。不管怎么样，上帝发的牌你都必须拿着，而且还要尽力争取最好的结果。"

听到这句话，艾森豪威尔顿悟了，此后，他一直牢记着母亲的教诲，无论遇到什么情况，都不会去抱怨，而总是以积极乐观的态度去迎接命运的安排与挑战，尽量处理好每件小事。终于，他成功地竞选上了美国的第34任总统。

大道理

人生是一张单程的车票，起始的基点我们永远无法选择，但在此基点上，是建筑平房草屋还是高楼大厦，却把握在我们自己的手里。

3. 招宝儿的尿

招宝儿是当地无人不知、无人不晓的大财主钱大元的儿子。这老财主斤斤计较一生，积蓄起万贯家财，正愁无人继承之际，招宝儿"应运而生"，老来得子的钱大元对他自然甚为溺爱。

这天，招宝儿爬上路旁的一棵大树玩，正巧树下走过一位秀才，招宝儿淘气地从上往下撒尿，浇了秀才一头。恼怒的秀才跟财主辩了半天，财主连道歉也不肯："你都这么大人了，跟一个孩子计较什么！还读书人呢！"

秀才刚走，又来了一位丝绸商，招宝儿又把一泡尿撒到了商人头上。商人抬头一看是招宝儿，立刻转怒为喜道："哟，我说是谁这么机灵呢，原来是小少爷您啊。嗯，我这批丝绸肯定能卖个好价钱，你看，这还没到家就天降金水了。我从城里带回来的这个小玩意儿就送给您啦，以后我这生意还得靠您罩着呢。"

招宝儿得了玩具，高兴极了，心想原来从树上往树下的人头上撒尿有这么多好处。于是等到这位满脸横肉的大盗贼从树下经过时，他也一泡尿撒了下去。横行霸道的盗贼哪受过这种气，抽出刀来就把招宝儿给劈成了两半。

大道理

孩子的性格是因受鼓励而形成的。如果做了错事、坏事反倒受到鼓励，他就会在这条路上越走越远，直至受到不能承受的惩罚为止。因此，身为父母者应当明辨是非，时时警醒。

4. 丁丁的苹果

丁丁是个5岁的小男孩，因为家里三代单传只有他这么一根独苗，所以他从小到大受尽了宠爱。可以说，他就是全家的皇帝，如果他说往东，家里人谁都不敢往西，包括辈分最大且已年近七旬的爷爷奶奶。

为了让儿子明白"尊老爱幼"的道理，爸爸给丁丁讲了无数遍"孔融让梨"的故事。最后，从没有吃过一点亏的丁丁终于不情愿地把自己的大苹果送到了爷爷嘴边。从未受过这种待遇的爷爷"受宠若惊"，立刻满心欢喜地赏了孙子一大把糖。

丁丁一看，哎呀，只要把大苹果送到大人嘴边，就可以得到更多好吃的东西啊。这下，他几乎没有犹豫便养成了"尊老爱幼"的好习惯。每逢有什么好吃的东西，他总是迫不及待地抓到自己手里，然后挨个"孝敬"。当然，被孝敬的人也会跟那天的爷爷一样，不但夸奖丁丁几句，还会另外给他一些奖赏。

一天，爸爸的上司因为有急事来到了丁丁的家里做客。丁丁一看，立刻很懂事地给客人拿来了一个大苹果。当时家里人都乐坏了，心想事虽不大，全家人可是在领导面前挣足了面子。果然，那位上司一边接苹果，一边摸着丁丁的头夸奖起来："真是个乖孩子。"然后，本来不爱吃苹果的他装成爱吃的样子，大口咬了苹果一下。不料这一口居然咬出了麻烦，丁丁先是一愣，继而躺在地上大哭大闹起来，一边哭一边还把自己知道的所有骂人的词全搬了出来。

面对这突如其来的变故，全家人顿时不知所措，那位面子大受打击的上司尴尬无比地坐了几分钟，最后只得怏怏而去。

看来，即便鼓励式教育收效甚好，也要看怎么个鼓励法，如果运用不当，孩子不但不会日渐成器，还有可能形成畸形心理。

大道理

　　没有不合格的孩子，只有不懂教育的父母。每个孩子都是一块浑然天成、纯净无瑕的美玉，为人父母者只有泾渭分明、赏罚有度地去雕琢，他才可能成长得美好且有用。

5. 武师与儿子

清末年间，某镖局首席老武师因为年龄已大，决定退出江湖。一看自己家的顶梁柱要塌，镖局掌柜顿时陷入了为难之中——天下虽大，可到哪里去寻找一位既武艺高强又忠心耿耿的镖师呢？不想正当他为此头疼时，老武师推荐了自己的儿子，想想虎父无犬子，掌柜欣喜不已，立刻应允了下来。

可是谁都没想到，老武师的儿子上任没几天，便在一趟押镖中被小山贼打死了。听到这个消息，人们非常奇怪，因为那几个小山贼根本不是什么高手，老武师名震四方，他的儿子仅学点皮毛也足够对付那几个小山贼了。

老武师跟人们一样迷惑不解，他一边伤心一边说："我真不明白，我的武功这么好，我的儿子怎么会这么差劲！要知道自从他懂事我就开始教他了，怎么出手、怎么自我防卫、怎么破解对方漏洞……我把我多年积累的经验都毫无保留地传授给他了，他怎么会连那几个小蟊贼都打不过呢？"

听到这里，一位老人问他："那你们谁的武功更高一些呢？"

"那我怎么知道，我们又没比试过。"老武师说。

"那他是怎么练的？"老人问。

"我一直很详细地给他解说，纠正他的错误姿势，监督他练习啊。"武师回答。

"那就是你的错了，因为你只传授了技术，没有传授教训。要知道，对于武师来说，没有后者，一切都是纸上谈兵。"老人说。

大道理

　　先学会怎么输，才可能漂亮地赢。身为家长，如果从来不让孩子摔跟头，那么一旦他走出你的保护圈，摔倒了将再难爬起来。

6. 小偷与小提琴家

　　埃德蒙先生刚到客厅，就听见楼上有轻微的响声。"有小偷！"他立刻反应到。

　　他迅速跑上楼去，果然，房间里有一位十二三岁模样的陌生少年正在摆弄他的小提琴。他头发蓬乱，衣衫寒酸，不合身的外套里面鼓鼓囊囊地装了些东西，毫无疑问，他就是那个小偷。

　　看到有人到来，那个满脸稚气的孩子眼中顿时充满了惊恐。埃德蒙先生静静地看了他一会儿，突然微笑着问他道："您是主人的外甥吧，欢迎你。我是他的管家，我已经听说了您要来，但没想到这么快。"

　　少年眼中的恐惧慢慢消失了，他放下小提琴："我舅舅出门了吧，我先出去转转，一会儿再回来。"埃德蒙先生点点头："你也喜欢小提琴吗？"

　　"是的，非常喜欢，但是我拉得不好。"少年回答。

　　"那就拿这把琴去练习一下吧。"埃德蒙先生把小提琴递给了少年。

　　……

　　几年之后，埃德蒙先生应邀担任一次音乐大赛的决赛评委。最后，一位年龄不大的小男孩获得了小提琴的第一名，当埃德蒙先生见到这位叫作里特的男孩时，他的眼睛顿时湿润了，原来，他就是几年前出现在自己家里的那个小偷！

大道理

　　对待已经知错的孩子，适度的宽容并不等于放纵，而且，相比硬性的批评责骂，它不但更有利于维护其尊严，还更有益于他的迷途知返。

7. 最后一课

　　孩子们快毕业了，校长来给他们上最后一堂课。

　　校长走进教室，用粉笔在黑板上画了一道直线，然后问孩子们道："在保持这根线不动的基础上，有哪位同学能够让它变短一些？"

　　问题一出，下面的同学立刻炸开了："啊？这问题本身就是矛盾的嘛，不动又变短，怎么可能？""校长怎么会犯这种错误？""我好像听说过这个问题，但忘了答案。"……

　　同学们七嘴八舌的，谁都想不出个所以然来，甚至一致认为是校长出错题了。

　　"除非让神仙来，才能既不动它又让它变短。"一个小男孩调皮地喊道。

　　"但是，这个神仙就是你们自己，因为你们都能做到。"校长大声说道。

　　"我们都能做到？"孩子们迷惑地面面相觑。

"是的，的确是你们谁都能做到，就像这样，"校长说着，转过身去在那道直线的下面划了一条更长的直线，然后回过头来问学生道，"现在你们看，上面这根线是不是变短了呢？"

"真是哎！"孩子们惊讶地高呼起来。

这时，校长意味深长地说道："同学们，上面这根线是别人，下面这根线是你们自己。看到了吗？只有想法变长自己这根线，才可能让别人的线变短。"

大道理

　　让别人的线变短的最好方法就是想法变长自己的线，所以，如果你想超过别人，就必须不断地提升自己。

8. 一枚硬币

圣诞节快到了，班里的孩子们都兴奋地猜测着今年父母会送给自己什么礼物。的确，他们完全有理由猜测，他们的家庭条件太好了，父母不可能不送他们礼物。而自己，小莱斯低头瞅瞅自己寒酸的衣服，摇了摇头。

圣诞节终于到了，那些富家子弟的父母们果然没让他们失望，你看看他们得到的礼物是多么令人羡慕啊：梦寐以求的新衣服、最新款式的照相机等，甚至还有一个孩子得到了一辆崭新的跑车。看到这里，小莱斯低下了头，他的手里只有一枚硬币。父亲给他时，说了一句话："用它去买份广告报纸，翻翻其中的兼职栏，找份你能干得了的工作吧。你已经9岁了，该自己养活自己了。"

"我虽然按照父亲的意思做了，但一直认为他是在跟我开玩笑。一直到16岁参军，我才明白那是一份什么样的礼物。因为那一枚硬币，我找到了一份帮垃圾站分类垃圾的活儿，并且一直干了6年。这6年不但让我从孩子长成了大人，还让我懂得了生活的真正意义，拥有了养活自己的能力。我知道了，其他孩子得到的只是一件礼物，而我的父亲却给予了我整个世界。"已经是上校的莱斯泪光滢滢地说。

大道理

　　与其给孩子充分的笼中食物，不如给他一把开启世界的钥匙，因为前者会有吃光的一天，后者却能取之不尽，让他终身受益。

9. 动物学校

动物王国首所公立学校开学了，动物妈妈们纷纷把自己的孩子送去学校里接受教育。为了让学生们得到全面发展，校长把课程定得很广泛：爬树、游泳、跑步、飞翔……而且规定每位学生都必须全修，期末考试时，只有每门功课都及格，学校才会准许它毕业。

但是出乎大家意料的是，期末考试过后，全校所有的学生无一能拿到毕业证。这是怎么回事呢？说起原因，动物们真是各有苦衷：

小猴子爬树得了满分，跑步成绩却一般，最糟糕的是游泳和飞翔，全是零分！"我没有翅膀，怎么可能飞得起来嘛！"小猴子满脸委屈。

小鱼更苦恼了，因为它除了游泳得了满分外，其他3项无一及格，而且全是零分。"我没爪子、没脚，也没翅膀，剩下那3项我当然没办法及格了！"它说。

接下来诉苦的是小鸟："我飞翔成绩特别好，跑步成绩也不错，可是爬树的时候，老师老说我犯规，所以没给我及格。至于游泳嘛，我可真不好意思说，我得了零分。"

最后说话的是小老虎："我更惨，前3项几乎都拿了满分，就因为最后一项才没拿到毕业证！"

这个故事对我们教育孩子是不是有所启示呢？

从某种角度说，学校只是一条标准化的生产线，要想让孩子既全面发展又在某方面出类拔萃，就必须适当照顾他的特点和天赋。

10. 绅士风度

美国总统杰弗逊一向以谦卑俭朴著称，无论吃穿住用行，他都尽量保持平民化。在对待比自己地位低的普通人包括奴隶时，他也从来都是以礼相待，坚持着平等的原则。而且他不但这样要求自己，还这样教育子孙。

一天，杰弗逊和他的孙子驾车出去办事，同行的还有孙子的几个朋友。一路上，几个人谈天说地，热闹非凡。路经某地时，恰逢一个奴隶打扮的人与他们的马车相向而行。奴隶一看前面马车上坐的是总统先生一行，赶紧脱下帽子，退到路边向他们行鞠躬礼。

杰弗逊见状急忙中断自己正在谈论的话题，举起帽子微笑着向奴隶还礼。可是当他回过头来时，却看见孙子还在跟朋友们谈笑风生，丝毫不看窗外正向他们鞠躬的奴隶。

"你这是在干什么，托马斯！难道你没看到窗外的那个人正在向我们脱帽行礼吗？"杰弗逊生气地冲孙子喊道。

"他是奴隶，而我们是贵族，况且您又身为总统，难道他不该向我们敬礼吗？"孙子满脸无辜。

"那么托马斯，请你回答我，你难道允许一个奴隶比你更有绅士风度吗？"杰弗逊总统满脸严肃地反问道。

当一个人向你表示敬意时，你一定要回报以同样的敬意——如果你不比对方高贵，你应当如此；如果你比对方高贵，为了让他不反过来比你高贵，你更应当如此。

11. 为自己的过错承担责任

1920年，这个小男孩才11岁。某天，他跟小伙伴们在草地上踢足球，不小心把球踢进了一户人家的窗户里。为此，他必须支付主人12.5美元的赔偿。

12.5 美元在当时可不是一个小数目，闯了大祸的小男孩因为实在无力偿付这笔"巨款"，不得不向父亲承认了错误，然后问父亲借钱。

只见父亲对他说："这是你自己犯下的错误，应该由你自己来承担后果，难道不是吗？"

"可是，我哪有那么多钱赔给人家呢？"小男孩为难地说。

爸爸把 12.5 美元如数交到小男孩手里："先把这些拿去吧，但是你记住，这不是我给你的，而是我借给你的，期限为一年。也就是说，你必须在一年之内把这些钱还给我——因为你要为自己的过错承担责任。"

从此，小男孩便开始了一边读书一边给邻居拔草挣钱的打工生活。经过半年的努力，小男孩终于攒够了那个天文数字。当他自豪地把钱交给爸爸时，"为自己的过错承担责任"这一教训也深深地刻在了他的心里。

毕生，他都在谨慎地遵守着父亲的这一教训，他的名字叫罗纳德·里根，美国的第 40 任总统。

大道理

为自己的过错承担责任，这不但是促成孩子成长的条件，还是培养他品行出众的前提。看来，在教育孩子时，除了用心，还应运用一定的技巧。

12. 捡拾鹅卵石

看看太阳快落山了，牧民们开始扎营，准备休息。忽然，万能的天神降临了："明天放牧时，你们会经过一条小河。到时候，你们要尽可能多地捡些鹅卵石放在鞍袋里。"说完，天神便消失了。

第二天，牧民们果然遇到一条小河，按照神的旨意，他们都开始沿着河边捡鹅卵石。但是很快，他们的手指便磨破了，身后的马匹也因为鞍袋里全是石子而累得不行了。这时，牧民们一个接一个地愤怒起来："原以为天神要提示什么宇宙真理或上天机密，原来只不过是叫我们捡些又沉又没用的破烂石子！"由于愤怒，牧民们纷纷把手里的石子抛向河里，甚至把鞍袋里的石子也扔掉了一多半，再然后，他们便跨上马离去了，决定再不做这烦琐又没意义的事情！

第二天早晨大家还没有醒来时，一个早起的牧民便大叫起来，原来剩在他鞍袋里的那些鹅卵石都变成了金块！牧民们听了急忙翻起自己的鞍袋来，他们袋子里的鹅卵石也全都变成了金块。顿时，他们明白了天神的意思，但是同时，大家又都懊悔不已：怎么就没多捡点，还把已经捡到的大半石子也扔掉呢！

大道理

积累知识、技能的过程如同捡石子，总会让人感觉既烦琐又没用，但是多储备一些知识与技能总是没有坏处的，因为终有一天，它会使你身价百倍。

13．两位画家

两个孩子都从小就表现出了画画的天赋，两位妈妈也一直对自己的孩子期望很高，决心把他们培养成画坛的人才。可是，这两家都太穷了，他们的孩子都是连自己独立的画画空间也没有。

第1位妈妈想了想，便请装修工在自己的大房间中间砌了一道墙，给孩子隔出了一个小空间，然后告诉孩子，你画了画，就往这面墙上贴。

第2位妈妈没有请装修工，而是给孩子买了个纸篓，然后告诉孩子，你画了画，就往这个纸篓里扔。

3年后，第一个孩子已经靠那满墙的画办起了画展。由于他的画线条流畅，色彩明丽，观者皆赞不绝口。

而第二个孩子把画全扔进了纸篓，满了就倒掉，所以没有一张存画，只好给别人看他那幅刚勾勒完线条的画，人们均摇着头走开了。

30年以后，人们对第一个孩子那动不动就满墙的画已经失去了兴趣，而对整天闷在家里创作的第二个孩子的画则产生了好奇。可是当他们看到他的画时，这种好奇全都转变成了震惊：太棒了！人们纷纷赞叹道。

于是，人们把第一个孩子的画从墙上揭下来，扔进了纸篓，又把第二个孩子的画从纸篓里捡起来，贴在了墙上。

大道理

"博观而约取，厚积而薄发"，这是每个人的为学之道，也是父母教育孩子的基本原则之一。倘若急于表现，则多会滋生浮躁与浅薄，即便有一定的特色与深度，也会在世俗的赞叹中渐趋流俗。

14．两棵树的故事

果农同时种下了两棵树，这两棵树差不多大小，也都很努力地成长，只不过，它们努力的方向不一样。一棵树努力地汲取着地下的水分和营养，争取尽快地把自己长成健壮茂盛的样子，而另一棵树则是努力地抽枝、长叶、开花，争取早日硕果累累，让果农对自己刮目相看。

秋天来临时，这两棵树的努力都有了结果。第一棵树枝繁叶茂，树干笔挺；第二棵树则果实满枝头，累得气喘吁吁。果农非常惊讶第二棵树的能量，所以对它异常爱护。正当第二棵树为此沾沾自喜时，一群孩子来到了它的面前。看见树上有这么多的红果子，淘气的孩子们二话不说就捡起石头打起了果子，一时间，这棵树尚嫩的树皮被折磨得伤痕累累。但是即使如此，孩子们也没说它一句好话，因为由于营养不足，它结出的果子一点也不甜，甚至有些酸涩。

第二年春天来临时，已经身强力壮的第一棵树开始孕育果实，果实渐渐长大，鲜红而诱人。而那棵从去年就急于开花结果的树却再也打不起精神，而且由于树皮严重受损，它日渐萎缩，最后竟成了一根枯木。没办法，果农只好把它砍掉当柴烧了。

大道理

　　积蓄不足就急于表现者，即便能散发出耀眼的光芒，也不过是昙花一现；博观而约取，厚积而薄发者才能赢得最大程度的、持久的成功。

15.　狮子与樵夫的女儿

　　某天，狮子到山中捕食，看见一位樵夫领着他的女儿在打柴。那女孩长得眉清目秀、唇红齿白，身材也窈窕有致，狮子一眼就爱上了。于是它径直走向前去：

　　"嗨，亲爱的樵夫，我爱上你的女儿了，你把她嫁给我吧。"

　　樵夫和女儿抬头一看是头凶猛威武的狮子，吓得全身发抖，连话也说不出来了。

　　狮子一看樵夫许久也不吭声，便忍不住怒吼道："这整座山都是我的，你整天在这里打柴，难道不该给我点回报吗？快点答应我，不然我就把你吃掉！"说完，狮子就龇了龇它那白森森的牙齿，扬了扬它那锋利的爪子。

　　这时，只听樵夫女儿说道："我答应你，3天后，你拿着聘礼到我们家吧。"

　　3天后，欣喜若狂的狮子果然拖着好几只大羚羊上门了。

　　樵夫女儿对它说："我嫁给你是没问题，可是你的爪子太锋利了，我怕你一不小心会抓伤我。"

　　狮子一听，立刻找兽医把自己的爪子全拔了。

　　樵夫女儿又对它说："你的牙齿也太长了，我怕你吻我的时候会咬伤我。"

　　于是，狮子又让医生把自己的牙齿也全拔了。

　　这时候，由于狮子已经没有了任何武装，樵夫立刻叫人把它的脑袋打开了花。

大道理

　　再厉害的武器，再巨大的力气，也比不上一个会思考的脑袋。因为在智慧面前，蛮力永远微不足道，甚至会令人发笑。

16.　博士的尴尬

　　年仅26岁的张博士分到了省电子科研所，成为全所年龄最小、学历却最高的一个人。

　　周末闲来无事，张博士便到研究所附近的小池塘去钓鱼，恰逢正、副所长也在钓鱼。他微微点头算是打过招呼，然后再一言不发了——跟两个80年代的小本科生有什么好聊的！

　　约莫过了半小时，内急的所长放下了钓竿，他伸伸懒腰，然后就快步如飞地从水面上走向对面的厕所。

　　看到这种情景，张博士的眼镜差点掉了下来：天哪，不会吧？水上漂？！

　　正想着，副所长也站了起来，抬着下颌叫所长道：等一下我。随后他也"蹭蹭蹭"地漂上了水面。

这一下，张博士更傻了：我不会是在做梦吧？他揉揉眼睛又掐掐大腿，结果证明这一切都是真的。

一直到正、副所长上完厕所，又从水面上漂回来时，张博士还在惊诧中，可他又不好意思去问，自己可是博士啊！

再过一会儿，张博士也内急了，看看从池塘两边绕到厕所至少需要 15 分钟，他决定也从水面上过去——既然本科生能漂，我博士生自然更没问题了。这样想着，张博士的一只脚已经迈进了池塘，但还没来得及惊呼一声，他已经"扑通"一声跌进了池塘里。

两位所长一看，赶紧把他拉了上来，一边拍着他身上的水，一边半带责怪地问："你这是干吗？"

张博士满脸通红："我想上厕所，看你们从水面漂来漂去的，我以为……"

不等他说完，两位所长就都哈哈大笑起来："这池塘中间原本有两排木桩，是专门为钓鱼的人上厕所方便而设的，只不过今年雨水多，木桩被淹了而已。我们在这工作 20 年了，都知道这木桩的具体位置，所以不用看都可以摸准。怎么？你以为我们是漂过去的？哈哈，你怎么也不问一声呢！"

不等两位所长说完，张博士就已经尴尬万分了。

大道理

学历能代表过去，学习力却能代表未来。一味囿于经验，固然会有所失，但如果一味否定经验，也免不了会吃大亏，最好的做法是尊重经验。

17．狐狸和野狼

风和日丽的阳春三月，野狼一边沐浴着春阳，一边勤奋地磨着牙齿。

这时，一只狐狸走过来，对他说道："哟，野狼大哥，您看天气这么好，大家都在休息娱乐，你干吗还要这么辛苦地磨牙啊，快跟我一起加入游乐的队伍吧。"

野狼扭着脑袋瞅了狐狸一眼，一声不吭地接着磨牙，直到把牙齿磨得又尖又利。

狐狸见狼不理它，很不以为然地接着说道："森林里这么安静，猎人和猎狗们都早已经回了家，连老虎的叫声也听不到，你又何必那么用劲地磨牙呢？"

已经磨好牙齿的野狼这时候才开口说道："我磨牙当然是有原因的。你想想，如果哪天我被猎人或老虎追赶，岂不是想磨牙也来不及了？倘若在安全的时候我提前把牙磨好，到时候不就可以保护自己了吗？"

正说着，狐狸灵敏的耳朵忽然一转："不好了，狼大哥，好像有……"它一句话还没有说完，几只豹子便向它们扑了过来。

一番拼杀之后，狼满身鲜血淋漓地蹿出了森林，而狐狸，早已经成了豹子们的腹中之餐。

大道理

居安思危，未雨绸缪，才不至于在危险突然降临时手忙脚乱，损失惨重。同理，平常就积极充实学问，积蓄足够的知识与能力，才可能在机会到来时大显身手，一展宏图。

18. 愚蠢的驴子

大热天，驴子驮着几袋沉甸甸的盐往家走，不一会儿，它就又累又渴，快要支撑不住了。恰在这时，它的眼前出现了一条小河，驴子赶紧冲到河边大喝了一顿，这才感觉恢复了活力。然后它就准备过河了。

"哎呀，这河水可真清澈啊。"一踏进河里，驴子便心情舒畅地欣赏起了河底的美景。可是它光顾着看那些形状各异的鹅卵石，一不留神脚下一滑，一下子摔倒了，好在河水不太深，驴子赶紧站了起来。咦？驴子奇怪地回了回头，背上的盐袋好好地放着，怎么这分量突然减轻了许多呢？想来想去，驴子终于明白了：原来在河水里跌一跤，背的东西就能变轻。它不禁为自己的聪明得意地大叫了几声。

没过几天，这只驴子又一次为主人运东西了，这回它驮的是布匹。走到半路，它又渴了，于是很自然地想到了那条小河以及上次在小河里的奇遇。"虽然这些布匹并不算重，可是再轻一些对我总是有好处的。"这样想着，驴子便来到了河边，喝足水以后，它便找了个比较浅的地方趴了下去——反正越浸水背上的东西越轻，不如趁机在这里休息一会儿。

半个小时以后，驴子休息够了，它伸个懒腰打算站起来，可是天哪，它打了一个趔趄，差点又跌下去。"背上的布匹怎么这么重啊？比上次那几袋盐巴还要沉好几倍！"驴子惊呼道。

大道理

任何通过实践得来的经验都是宝贵的，但并非任何时候都是有效的。只有善于根据时间和形势的不同选择不同的策略，才可能收到效果，否则就只会聪明反被聪明误。

19. 龙虾的启示

某天，寄居蟹出外游玩时遇上了龙虾，于是便和它攀谈起来。龙虾一边和寄居蟹聊天，一边使劲蜕着自己最外层的硬壳，渐渐露出了里面娇嫩的身躯。

"天哪，龙虾妹妹，你这是在干什么？"寄居蟹见状惊呼了起来，"这层硬壳可是你唯一的御敌武器啊，你现在把它脱掉，这不是找死吗？看你的身体那么娇嫩，别说大鱼，就是来阵急流，也能把你冲到岩石上挤碎啊！"

"谢谢你的关心，我没事的。"龙虾气定神闲地回答道，"你可能还不了解吧，我们龙虾要想长大，就得一次又一次地脱掉壳。新长出来的外壳不但更适合我们长大的身体，还能更坚固一些。现在面对危险，是为了将来发展得更好啊，这叫有备无患。"

听了这番话，寄居蟹感触颇多，它在想：自己整天忙着寻找可以寄居的地方，却从来没想过如何令自己长得更强壮一些。一直活在别人的荫护之下，当然就难以发展得更好了。

大道理

每个人都有自己的安全区，但要想超越自己目前的成就，划地自限是绝对不行的，只有勇于突破旧圈子，不断挑战自我，我们才可能发展得更好。

20．你有智慧的大脑

上帝造出万物后，便把它们撒落到世间各处，让它们根据自己的特长、按照自己的方式去生存了。

这天，上帝正从天上慈爱地俯视着自己的孩子们，一个人抬头看见了他。

"嗨，上帝，"那人喊道，"我终于见到你了，有一个问题我已经思考好久了。"

"怎么了？我的孩子。"上帝问道。

"您真是太不公平了！"这人几乎是很气愤地说道，"您给牛坚硬的双角，给象巨大的力气，给狮子锋利的牙齿，连小小的兔子您都给了它们迅疾的奔跑速度……却什么都不给我们人！您让我们怎么活啊，这不明摆着让我们做兽类的牺牲品吗？还说我们是万物之灵，我真是搞不懂！"

听到这些牢骚，上帝笑了："你们当然是万物之灵，因为你们有智慧的大脑，可以思考。"

"思考？"这人反问道，"这怎么可能，不是说嘛，人类一思考，上帝您就会发笑。"

"不！"上帝纠正道，"我给你们智慧的大脑，就是为了让你们思考；我之所以叫你们万物之灵，就是因为你们可以通过思考成为万物的主人。所以，不要让任何东西压抑住自己的优势，要时时刻刻处在思考中。"

大道理

人类一思考，上帝就发笑，但是谁说那不是他欣慰的微笑呢？请记住：如果人类不思考，上帝才会发笑："傻瓜，我看你怎么生存！"

21．妈妈与孩子

这是苏联一个温馨的小家庭，吃过晚饭，勤快的妈妈便把碗筷收拾进厨房开始清洗了。忽然，她听到儿子在院子里不停地蹦着，还发出"吭哧吭哧"的使劲儿声。

"这个小家伙在搞什么鬼。"妈妈嘀咕着，跑到门前一看，原来儿子正在用力地朝上跳着，都累得满头大汗了还在一下接一下地跳。

"你在干吗？宝贝儿。"妈妈问道。

孩子一边跳一边回过头来回答妈妈道："你看，今晚的月亮这么好，我想跳到月亮上去玩玩。"

如果是中国妈妈，肯定不外乎以下两种情况：要么一笑了之不当回事，要么泼盆冷水，训斥孩子"异想天开"或者骂他"小孩子不要胡说八道"，然后就把他拉进屋里去洗干净满脸的汗。

但是你猜这位妈妈怎么说的？她竟然微笑着回答孩子："好的，不要忘记回来噢。"然后就又转身走进厨房了。

你知道这个小孩是谁吗？他就是后来成为世界上第一位登陆月球的人——阿姆斯特朗。

我们固然不能说他日后的巨大成功和小时候他妈妈的这句话有什么必然联系，但是由此我们可以确定的是：母亲的这种教育方式，一定让小阿姆斯特朗获得了有益的成长。

大道理

拥有热情与梦想，这是一个人创造奇迹的前提，所以，请不要满不在乎地对孩子的天真幻想泼以冷水，也许你今天的支持正是他以后成功的基础。

22. 用赞美来"教训"你

在非洲的巴贝姆巴族中，至今依然保持着一种古老而奇特的生活仪式：

当族中的某个人有意无意地犯了错误时，族长会让他站到村落的中央，公开亮相，以示惩戒。然后再召集整个部落的人，让他们放下手中的工作，从四面八方赶来团团围住这个犯错的人，用赞美来"教训"他。围上来的人们，会自动分出长幼，然后从最年长的人开始发言，依次告诉这个犯错的人，他曾经为整个部落做过哪些好事、帮助过哪些人、身上有什么值得表扬的优点、有哪些值得大家重视和学习的长处，等等。

每位族人都必须将犯错人的优点和善行用真诚的语调叙述一遍。叙述的原则是既不能够夸大事实，也不允许出言不逊，而且不能重复别人已经说过的赞美的话。整个赞美的仪式，要一直持续到所有族人都将正面的评语说完为止。

可是，谁都能够想象，当自己犯了错，反而被一大群人围住夸遍优点时那会是一种什么滋味。巴贝姆巴族的族人们也一样，那些犯错的人总是不等仪式结束便羞愧难当，不知如何是好了。往往他们只能揩首发誓：以后绝对不会再犯这样的错误。后来的事实证明，他们再犯同类错误的概率的确低到了令人难以置信的地步，虽然有"习惯"等等一说。

大道理

相对于批评来说，赞美更具让人自我反省、改正过错的威力。而且，它不但是一种缓和人际关系的好办法，还是一种提升对方和自我境界的有效方式。

23. 帝王蛾"出世"

在蛾子的世界里，有一种名为"帝王蛾"的种类。帝王蛾的幼虫时期是在一个洞口极其狭小的茧中度过的。当它渐渐长大，身体需要发生质的飞跃时，这个狭小的洞口便是它唯一的通道。但是，相对于那时它已经发育圆满的身躯来说，这个狭窄之至的小口无疑成了鬼门关。它那娇嫩的身躯必须拼尽全力才可能破茧而出。不知道有多少幼虫都是在向外冲杀的关键时刻力竭身亡，成为"飞翔"这个动词的悲壮祭品。

一天，有个小男孩看到了这一幕，他很奇怪这只蛾子为什么用力这么久了还不肯出来，同时，天性中的悲悯又让他感觉到深深的怜惜。他不停地用小手掰着那只硬硬的茧，可是人小力气小，他始终都无法成功帮助帝王蛾"脱胎换骨"。忽然，他想到了一个好办法，立刻跑进屋里拿来了妈妈做针线活用的剪刀，三下两下就把那只茧豁开了。接着，他得意扬扬地看着自己的杰作，等待蛾子不费力气地从那个牢笼里钻出来，然后展开翅膀，飞上天空。

可是，他所希望的一幕始终没有发生，那只因为他的救助而得见天日的帝王蛾怎么也飞不起来，只能拖着丧失了飞翔能力的累赘的双翅在地上笨拙地向前爬行，而且速度还极慢！

这是怎么回事呢？原来，那"鬼门关"似的狭小茧洞竟然是帮助帝王蛾幼虫两翼成长的关键所在，当蛾子身体穿越它的时候，会感觉到无比巨大的挤压力，而正是这种炼狱般的挤压，使得蛾子的体液顺利送到双翼的组织中去——唯有两翼充血，帝王蛾才可能振翅飞翔。如果出于怜悯，人为地将它的茧洞剪大，帝王蛾的翼翅就失去充血的机会，生出来的帝王蛾就会永远与飞翔绝缘。

看来，纵然他人有同情心并且有能力帮助帝王蛾脱离困境，但那双奋飞的翅膀却没有谁可以施舍给它。

大道理

"宝剑锋从磨砺出，梅花香自苦寒来"，任何本领的获得都需要经由艰苦的磨炼，想通过投机取巧早日达到目的，这不过是见识短浅的误己行为。

24. 马蝇效应

1860 年，林肯竞选美国总统时，萨蒙·蔡斯曾经是其最大的竞争对手。这位精明能干的富翁极为狂妄自大，他非常瞧不起贫民出身的林肯，认为白宫之主非他莫属。一直到竞选结束，林肯成功坐上总统宝座之后，萨蒙还是不死心，并一如既往地追求着总统职位。

但是他万万没想到的是，被自己视为仇敌的林肯总统竟然亲自下令，任命他为财政部部长。这一任命来得莫名其妙，不但萨蒙自己，当时白宫中的许多人都大为不解。他们苦口婆心地劝导着林肯，说萨蒙对他一向心怀不满，现在让他出任财政部部长，不啻为在自己的椅子上钉钉子。

但林肯总统却淡淡一笑，给大家讲了这么一个故事：

我在农村长大，从小就知道一种叫作马蝇的昆虫，这种昆虫以专门叮马喝马血而得名。有一次，我和我兄弟在肯塔基老家的一个农场上犁玉米，他架犁，我牵马。那匹懒惰的老马一步一歇，把我们折磨得筋疲力尽。正当我们不知如何是好时，那匹马竟然飞快地跑了起来，速度之快甚至连我这双长腿都跟不上。到了地头，我才知道是怎么回事，原来一只很大的马蝇正在叮它的腿。我不忍心看着老马被咬，于是就伸手把它打落了。没想到我兄弟却大声惋惜道：哎呀，你怎么把它打走了，正是这家伙才让我们的马跑得这么快啊。

然后，林肯解释道："现在，正有一只叫作'总统欲'的马蝇叮着蔡斯先生，只要它能使蔡斯不停地跑，我就不想去打落它。况且，对于我来说，蔡斯先生也是一只马蝇，他离我越近，就越能督促我快跑。如此说来，我还有什么必要去打落它呢？"

大道理

最能促进我们进步与成功的外部因素，并非亲朋好友，而是对手与敌人。认识到这一点并主动为自己"培养"敌对者，既是一种智慧，也是一种勇气。

25．聪明的小男孩

这个小男孩不但长得虎头虎脑，而且非常聪明，简直就是人见人爱。

一天，男孩的妈妈带着他去商店买东西，老板一看这个小家伙这么可爱，立刻欢喜地打开一罐糖果，让小男孩拿糖吃。但是这个小男孩却没有任何动作，他只是死死地把两只小手揣在口袋里，然后一动不动地盯着老板的眼睛。

"拿吧。"老板面带笑容地再次邀请道，可是小男孩依然无动于衷。没办法，老板只好亲自抓了一大把糖果塞进小男孩的口袋里。

回来的路上，妈妈很奇怪地问儿子："宝贝儿，刚才店老板让你拿糖，为什么你不拿呢？"

"我在等他给我拿啊？"男孩回答道。

"为什么要等他给你拿呢？"妈妈反问道。

"因为我的手小，一次只能拿两三颗，吃完就不好再向他要了。而他的手大，哪怕只抓一次都能拿很多很多呀。"男孩答道。

大道理

　　知道自己"有限"是一种聪明，明白别人比自己强更是一种聪明。凡事不能只靠自己的力量，而应适时依靠别人的帮助，这不但是一种谦卑的礼貌行为，更是一种巧妙的生存艺术。

26．1厘米的智慧

多次打破世界纪录的撑竿跳名将布勃卡有个外号叫"1厘米王"，因为每逢重大的比赛，他几乎每次都能刷新自己所保持的纪录，而且不多不少刚好将之提高1厘米。

这是怎么回事呢？难道只是一时凑巧吗？在巴塞罗那奥运会召开的前几天，有人透露了其中的内幕。

原来，布勃卡是故意这样做的。其实按照他的实力，哪怕在日常训练中，他都能够轻而易举地越过6.25米的高度。他之所以在正式比赛中从来不拿出真本事，而是一厘米一厘米地提高自己的成绩，是因为他与赞助商、运动会的组织者事先有一个这样的约定：每破一次纪录都可以得到75万美元的奖金。所以他认为，大幅度提高自己的成绩或一下子拿出看家本事是非常不明智的，而慢慢提升成绩的话，不但能够多拿几次丰厚诱人的奖金，还能保持自己在他人心中奋斗不息、永远向上的光辉形象。

看来，布勃卡之所以能够在跳高界称雄多年，除了他的实力，他的聪明也是非常重要的因素之一。

大道理

　　有时候，持续发展比一下子就达到顶峰对自己更有利。在努力向上的同时，不忘留点余地给明天，以便创造出一种"常用常新"的效应，不失为一种明智之举。

27．将军和驴子

古罗马皇帝哈德良在位期间，曾经遇到一件这样的事情：他手下的一位将军觉得自己应该得到提拔，便向他提起这件事。

哈德良问他凭什么提出这样的要求，对方的回答是我在军队服役已经十几年了，而且参加过十多次重要的战役，经验非常丰富。

皇帝想想朝中实在没有空缺位置，更重要的是这位将军除了参加过几次战争之外，并没有什么其他特别突出的贡献，给他个"将军"的头衔已经不算亏待他了，于是就没有采纳他的建议。

将军回到自己的府第之后，越想越觉得自己应该被委以重任，于是便决定明天再觐见皇帝去提这件事，而且如果皇帝不同意的话，就一而再、再而三地提，反正自己曾经参加过卫国战争，皇帝也拿自己没办法。

果然，哈德良皇帝最后被这位将军千篇一律的理由磨烦了，于是便随手指着拴在宫门旁的战驴说："亲爱的将军，请你好好看看这些驴吧。它们至少参加过二十次战役了，但是它们依然是驴。"

一句话说得将军瞠目结舌，从此再也不提这件事了。

大道理

经验和资历固然重要，但这并非衡量一个人才华的最终标准，倘若因此便自视劳苦功高、不同凡响，只会被人取笑。要知道有些人即便有 10 年的经验，也不过是把 1 年的经验重复了 10 次而已。

第十四章
职业与事业

1. 马克·吐温弃商从文

大文豪马克·吐温年轻时曾经十分热衷于经商,但是很不幸,尽管他绞尽脑汁、夜以继日地拼命,最后还是弄了个一败涂地、血本无归。

从不服输的马克·吐温咬咬牙,打算东山再起,于是他静下心来总结经验教训。经过分析,他认为自己之所以失败,是由于从事不熟悉的行业所致,于是他改变了策略,改成做自己比较熟悉的出版业。但遗憾的是,他又一次失败了。

无奈之下,马克·吐温垂头丧气地跟妻子商量对策,没想到妻子很平静地对他说道:"别灰心,亲爱的!我相信你一定能成功。只不过,我一直觉得你不适合经商,而是适合文学创作。"马克·吐温抬起头来苦笑道:"我们连吃饭的钱都没有了,我哪还有心情去写作!"

妻子拉开抽屉,拿出厚厚的一叠钱道:"放心吧,我们还饿不死。我早就作好了打算,所以每周都会从伙食费里省出一部分来攒着。"

听从了妻子的建议之后,马克·吐温开始了文学创作之路。果然,他最终成了一名伟大的文学家。

只有从事与自己性格相适合的职业,才容易成功。不同的行业,需要不同的性格,如果违背自身性格做事,往往难以成功。

2. 琴师与歌唱家

他的钢琴弹得很棒,他也一直想着有朝一日能大红大紫。可惜数年来,幸运女神始终未曾光顾过他,至今,他还在一家小酒吧里弹琴为生。还好,许多人很喜欢听他的曲子,所以除了薪水,每个月他都能拿到一部分小费,这稍稍改善了他窘迫的生活和压抑的内心。

可是毕竟他会的曲子有限,听众们翻来覆去地听那些熟悉的曲子,终有一天会听烦的。果然,当他在这个酒吧里工作半年之后,慕名前来听琴的客人已经很少了。

终于有一天,一位中年顾客叫停了他正在卖力弹奏的曲子:"小伙子,我很喜欢听你弹琴,可是每天都听你弹奏这些曲子,我都快不能忍受了,你不如唱首歌给我们听吧。"

中年人话音刚落,其他人就跟着附和起来。客人的要求让他尴尬万分,虽然他曾经学过一段时间声乐，可是与钢琴比起来，那简直就是一个地下，一个天上。怎么办呢？正在犯难之际，酒吧老板发话了："快点啊，客人们不过是想换换口味而已，管你唱得好不好呢！今天晚上，你或者选择唱歌，或者选择走人，我可养不起不尊重客人要求的员工！"

情势所逼之下，他不得已腼腼腆腆地唱了一首《蒙娜丽莎》。不料他不唱则已，一唱惊人，下面的听众顿时被他流畅自然、男人味十足的唱腔迷住了。那个晚上，在大家接连不断的叫好声中，他不得不把自己所会唱的所有歌曲都翻出来唱了一遍。

后来，在朋友的怂恿下，也是在短暂辉煌的鼓励下，他放弃了已经弹奏多年的钢琴，改向流行歌坛进军。不想没过多久，他便实现了自己做了多年的梦，成了美国著名的爵士歌王。他的名字叫纳京高。

大道理

目前所从事的事业并不一定就是最适合我们的行业，要想自己的才华不被掩盖住，我们就得开阔视野、不怕变化且多做尝试，也许在别的领域，你会做得更好。

3. 做真正的自己

法国著名作家大仲马的儿子小仲马，也是一个非常喜欢写作的人，但是刚开始时，他的稿子总是遭遇退稿。

大仲马不忍心看儿子受挫，便对他说："你可以在你的稿子后面附上一句话，提示一下你和我的关系，这样情况就会好一些。"没想到这个看似绝妙的提议却被小仲马一口否定了："不，我不想坐在你的肩膀上摘苹果，我要靠我自己。"就这样，小仲马不停地变换着笔名，单从名字上看，谁都不会把他和大名鼎鼎的大仲马联系起来。

一次又一次的退稿更激发了小仲马的创作热情，终于，他的付出有了回报——他的《茶花女》以绝妙的构思和精彩的文笔震撼了一位资深编辑。当这位编辑因为寄稿人与大仲马丝毫不差的地址而起疑前来寻访时，才发现原来这部伟大作品的作者竟然是大仲马名不见经传的儿子！

"您为何不在稿子上署真实的姓名而要用这个人人陌生的笔名呢？"老编辑很奇怪地问，"那样会对你非常有利的。"

"是，"小仲马微笑着回答，"但是我只想拥有真实的高度。"

老编辑顿时对小仲马的做法发出了由衷的感叹。

最终结果证明，小仲马一点也不比他的父亲差。

大道理

靠山山倒，靠水水流，唯有靠自己的真本事，才可能赢得长久的尊重；倘若没有真才实学，即便一时名起也早晚会贻人口实。

4．丘吉尔炒股

英国前首相丘吉尔，在政界上是个翻云覆雨的人物，可谓才华横溢，但是他也有做不好的事情。

1929年，丘吉尔跟他的老朋友、美国证券巨头伯纳德·巴德克参观华尔街股票交易所时，被那种紧张、热烈的交易场面吸引了，于是他也想一试身手。看到巴德克不以为然的表情，暴躁的丘吉尔很恼火，心想我从政多年，偌大一个英国我都敢面对，这小小股票难道还能难得倒我？

这样想着，丘吉尔便买了一只股票，然后骄傲地等待着结果，没想到这只股票一跌再跌，把他套牢了。于是很不甘心的他又挑选了一只很有希望的股票，然而这只股票也走了熊市，他又一次被套住了。

就这样，一天下来，丘吉尔买什么赔什么，到了交易所快收盘时，他已经快破产了。

正为此事烦恼时，巴德克拿着账本走了过来："我早就预料到，你在军事和政治上大有作为，但未必对股票也了如指掌。所以，我以你的名字开了另一个账户，你买什么，这个丘吉尔就卖什么，你卖什么，这个丘吉尔就买什么。你看，现在基本持平，否则的话，我想你早就……"

听到这里，丘吉尔哈哈大笑起来。

大道理

任何一个人都有其适应的行业，在这个行业里战绩辉煌，不见得在其他行业也能翻云覆雨。所以请坚守自己成功的场地，不要错上了别人的舞台，否则只会一败涂地。

5．排在最后

因为家庭条件太差，小林初中毕业后就选择了外出打工。他的第一份工作是在一家装饰材料店做学徒工，虽然工资很低，但是小林很高兴，因为在这里他能够学到很多东西，比如鉴别各种装饰材料的优劣、关于家居装饰与写字楼装饰的理论与实践等等。最让他开心的是，老板给众员工配了两台电脑。这样每当闲暇时，小林都有机会在电脑上学习他着迷的装饰设计。

几年后的一天，小林出外装修时，听见那位客户正在谈论一件让他兴奋的事：市里最大的那家装饰公司正在公开招聘装修师。第二天，他就请假去了那家单位参加面试。可是来到现场一看，他的心顿时凉了半截——等待面试的人早已经排成了一条长龙，而他是最后一个。在等待的过程中，他隐隐约约地听着前面人的讨论，很显然，他们都是有学历的人，最低也是个大专。"看来，只能以'智'取胜了。"小林心想。

终于轮到他面试了，小林一见到经理便说：请您先别问我的学历好吗？我一定能胜任这份工作，不信您让我演示给您看。说着，他便用手指着面试间的地板断言这是××材料的，然后就它的优点、缺点说了一大堆；又走到窗前嗅了嗅窗子的木料，说这是××做成的；再然后，他敲敲经理让给他的椅子，说这是实木而不是压制材料的。

他这一番话让面试经理连连称奇，但是随后经理又说道："光会分辨材料并不够。""我知道，请您给我一套样板房的平面图吧，我可以当场做设计方案。"小林胸有成竹地说道。结果不到 15 分钟，小林便交上了让对方十分满意的方案图。

当然，最后公司录取的人员名单中，包括这位既没学历也非科班出身的小林。

"我排在最后，这看似不利，实则不然，"小林说道，"如果我排在中间的话，只要拿不出学历证明，面试人员一定会二话不说淘汰我。但是我排在最后的话，面试人员就可以留给我足够的时间来展现实际才能。只有这样，我才能抓住唯一的一点希望，一举成功。"

大道理

最后不等于落后，巧妙利用"排在最后"这个条件，就有可能让我们转败为胜，于不可能中创造可能。而主动排到最后，这非但不是退缩与胆怯，还可能是一种从容的智慧和生存的技巧。

6. 主人杀鸡

一大清早，报晓的公鸡就"喔喔"地叫起来，贪睡的主人烦躁地在床上翻着身。结果，天刚亮，主人便起身把那只公鸡拎出来杀掉了。

第二天清早，又有一只公鸡"喔喔"地吵醒了主人的美梦。天亮之后，它也被主人杀掉了。

于是邻居非常不解地问这个人："你们家的公鸡多好啊，每天都能准时报晓，不用看表你就可以按时起来了。你杀了它们干吗？"

这人道："我养的是和母鸡交配的公鸡，而不是报晓的公鸡。"

邻居说："报晓是公鸡的天职，只要是公鸡，就要报晓的啊。"

"我喜欢睡懒觉，它们却总是这么早打扰我。所以，我只好谁叫就杀了谁了。"这人想当然地回答道。

"难道你就不能用另一种方式来解决问题吗？这些公鸡还没长大呢，杀掉多可惜啊。你可以改一改你贪睡的习惯啊。"邻居建议道。

"改掉我贪睡的习惯？怎么可能！"这人立刻反对道，"几十年了我都这么过来的，为几只公鸡改变我自己？不可能！再说了，我是它们的主人，它们应该听我的话，符合我的要求，如果胆敢违背我的意思，受损失的当然只能是它们，难道还会是我吗？"

大道理

如果不是老板，请不要做报晓的公鸡。下属必须符合上司的意思，这是职场的天然规则，假如你今天不肯改变自己作出让步，在不久的将来必会为此付出不小的代价。

7. 阿华送稿

阿华是位刚刚毕业的大学生，多次碰壁之后，他终于在某杂志社找了份送稿生的工作，职责就是每天早晨将城里各位专栏作家的稿件收集起来，送到杂志社的副刊编辑部里。

由于来之不易，阿华极其珍惜这份工作，因此总是兢兢业业地干活。但是奇怪的是，虽然他非常勤奋，送稿的速度却是很慢，几乎每次都排到诸位送稿生的后列，有好几次，还险些误了印刷。

原来，为了能让编辑同志们更好地整理稿件，他总是在回来的路上一边走一边给那些文章分章节、改错字、插标题等等，所以每次他上交的总是问题最少的抢手稿件。各位编辑因此都非常喜欢他。

听说这件事以后，主任很奇怪地问他："你为什么要多做这些工作呢？要知道，虽然你做的远远超出了职责范围，但除了送稿生的薪水，杂志社是一分钱都不会多给你的。"

"没关系，"阿华回答道，"我不在乎今天的报酬，我只在意自己是不是每一天都在进步。多接触一些工作，我才会一点点提高起来，这样我便有机会得到更高的职位。那时候，我的薪水自然就会高了。"

凭着这股精神，几年之后，阿华成了这家杂志社的主编。

大道理

多播种才可能多收获，因为成功总喜欢眷顾有准备的人。不以多承担责任为亏，多锻炼、多积累、多发展，幸运早晚会光顾你。

8. 马蹄铁与酸梅子

父子二人正徒步穿越沙漠，走了许久之后，大漠还是茫茫无边。看看食物和水都已经不多，两人便极其节省地使用，生怕撑不到最后。

饥渴难忍之下，疲惫不堪的两人相偎着坐下来休息。忽然，儿子的屁股被什么东西硌了一下，他伸手挖出来一看，原来是一块马蹄铁。

"可能是路人遗失的。"父亲说道，"把它装进包里吧。"

"什么？"儿子很不屑地回答道，"我们都已经累成这样了，还要带这么重一块铁？又没什么用！"他伸手指了指前面一望无际的大漠。

"不，它会有用的，带上它吧。"父亲吩咐道。

"我不带，要带你自己带。"儿子固执着。

就这样，父亲把那块马蹄铁装进了自己的包里。又走了两三天之后，他们终于来到了一个小小的绿洲上，由于身无分文，父亲便把那块马蹄铁拿出来换了几百枚钱，然后又用这些钱买了几斤酸梅子。

重新踏进沙漠之后，已经没有水喝的儿子再度陷入了绝境。前面的父亲一句话不说，只是拿出酸梅子来开始吃，每吃一颗丢下一颗。为了活命，儿子不得不一路弯腰捡着父亲丢下的梅子。

大道理

机会是上天的恩赐，也是一个人发展自我的最佳平台，当它到来时，哪怕你并不晓得它有什么价值，也一定要抓住。因为一旦错过，再弥补往往需要付出十倍、百倍的代价。

9. "80"而立

他算不上不幸，只不过碌碌无为罢了。

他出身于一个农民家庭，14岁时辍学流浪。

他在农场干过杂活，因为不开心辞职。

他在电车上做过售票员，也因为不开心辞职。

16岁时他谎报年龄参了军，军旅生涯照样不顺心。

服役期满后他退伍做了自己的老板——开了一家铁匠铺，可惜没多久就倒闭了。

随后，他当上了自己非常喜欢的铁路公司的机车司炉工，他欢欣鼓舞，以为命运终于开始对自己展露笑脸。没想到，当他娶了媳妇准备要个孩子时，他又被解雇了。再接着，当他满身疲惫地寻找新的职位时，太太卖掉所有的家产逃回了娘家，他变得一文不名。

卖保险，不行；卖轮胎，赔本；经营渡船，出事；开加油站，失败；做厨师，餐馆倒闭。

失败从未因为他的努力而退缩过，但他也从未因为失败而放弃过，只是无奈的是，当他还在屡败屡战时，退休年龄已经逼近了他，那张105美元的支票宣布了他的老年。

"凭什么！"哈伦德愤怒了，"我的一生不过才刚刚开始！"

的确，他的一生才刚刚开始，因为他等的就是这笔退休金，虽然不多，却足够做他新事业的成本——肯德基家乡鸡。

> **大道理**
>
> 成功不分年龄。生命是一架梦想的天梯，这端是你，那端是你理想中的天堂，你一定能到达那个天堂，只要你永不放弃。

10. 谁比谁强

这是某公司的面试现场，两位男孩正同时被一组面试官面试。

第一位男孩：

面试官：你对电子懂多少？

男孩：不算太多，我只接触过电子表，玩过任天堂，平常喜欢摆弄摆弄电视机。还有，我看过一次同学开关机，两次……

没等他说完，面试官就转向了另一位。

面试官：你呢？你对电子懂多少？

男孩略略想了一想说：一般的掌上型单晶片时脉输出电脑（也就是电子表）我玩过很多，很小就开始用它编辑一些作业流程（如闹铃功能等）；多功能虚假实境模拟器（任天堂）比单晶时脉的要复杂一点，不过我现在已经能够完整地测试许多静态资料储存单元了（就是玩游戏）；初中之后我开始对那些复频道超高频无线多媒体接收仪器（电视）感兴趣，经常在固定的时间锁定某特定频道的资讯（指固定时间播出的某电视节目）；对于更高科技的电脑呢，我大学时的一位助手伙伴（同学）经常在我的监控之下进行内部储存与外界信号之间的互换（开关机）……

面试官：非常不错！从明天开始你就来上班吧。这是你的司机，你的配车在地下停车场，让司机带你去公司给你提供的两居宿舍吧。

　　复杂问题简单化、简单问题复杂化，都是处理问题的方式。至于你应该用哪一种，不但要适于情境，还要适于对方的心理需要。

11.　留美博士找工作

　　这位留美的计算机软件博士绝对没想到，他回国之后找工作竟然会四处碰壁。这么好的专业，这么高的学历，这么棒的外语，他怎么就找不到一份满意的工作呢？

　　没办法，博士只好把所有的资历证明都收了起来，声称自己是一个高中毕业后在某民办计算机培训班培训了两年的小人物。意外的是，他竟然很快就找到了一份对口的工作：基础程序录入员。当然了，这份工作与他的实际水平并不相符，但是没关系，是金子早晚都会发光的。

　　果然，不久之后，老板就注意到了这位能纠正程序错误的"小人物"，觉得他的水平不只能干基层工作，所以就提拔了他一次。再后来，老板发现他依然游刃有余于新的职位，于是就又提拔了他一次。这时候，他的工作难度已经跟硕士生基本齐平了。

　　不久之后，老板发现他干起工作来竟然还是绰绰有余，便心存疑惑地找他谈话。博士这才不好意思地亮明自己的身份：美国某名牌大学的计算机软件学博士。

　　老板恍然大悟，立即拍板：请您以技术入股，负责咱们公司的对外交流软件这个部门，您的股权为16%。

　　与其让人由期望到失望，不如让人由无所谓到希望。适时亮出自己的底牌，才能既不让人感觉难以与自己合作，又不至于让自己因为对方过高的期望而背负重担。

12.　未封口的信

　　这几个人是刚刚招进公司的销售人员，总经理看了看他们，很严肃地指着报架说：这个报架顶端有一封信，虽然没有封口，但是你们谁也不许打开看。

　　几个人面面相觑，都是满脸的不解之色，终于其中一个比较勇敢的员工问道："为什么？报架不是对所有内部人员公开的吗？"

　　没想到总经理当时就火了："告诉你们不能看就是不能看，哪有这么多为什么！"吓得那个员工吐了吐舌头，一句话都没说出来。

　　半个月过去了，新来的员工渐渐熟悉了公司的环境，也开始像老员工们那样随便去取阅报架上的报刊了，但是因为总经理的那句吩咐，他们谁都未曾去动那个顶层上的信封，以至于信封上渐渐落满了尘土。

终于有一天，这位小伙子实在忍不住好奇心打开了那个信封：里面竟是一份销售经理的任职书！而且上面标明：这份任职书的主人，就是首先打开这封信的人。

正当众人们既嫉妒又迷惑，同时还在为这位小伙子的盲行担心时，总经理笑眯眯地走了过来："销售是最需要创造力的工作，我一直在等着你这位敢于突破既定规则的人。"

就这样，小伙子成了销售经理，最终，他真的没让上司失望。

大道理

成功从不曾对任何人封口，但人们却往往被无形的封口挡在门外，至于你能不能收获成功，就看你是不是有勇气伸出打破既定条条框框的手。

13．竞选总经理

某大公司正在招聘总经理，这个职位基本年薪就有 30 万，再加上奖金、绩效工资以及偶尔的外快，一年不下 50 万呢！因此，无论是公司内部人员还是正在求职的人们，都纷纷用热切的目光盯住了这块肥肉。

经过一系列的角逐之后，两位优秀人物脱颖而出：一个是已经在本公司供职 8 年之久，成绩优秀的销售经理；另一个是刚从某大型国企辞职，经验相当丰富的技术人员。

相比之下，前者要比后者条件优胜一些，前者自己也这么认为。所以，当后者积极奔走于各个部门之间，为竞选成功做大力宣传时，前者却不以为然地笑着坐在自己的办公室里：哼，忙也是白忙活！我在公司里待了这么多年，可谓是大功臣一个。再说了，我的业绩大伙都是看在眼里的，就凭你一个刚从国企退下来的小技术工，还想跟我竞争！

竞选的时间到了，前者从以往的业绩出发证明了自己的能力之突出，而后者则没有直接证明自己的能力，只是拿出了一套详细的企业未来发展方案。结果，后者赢了。

"满足于过去的成绩，就相当于给自己发了一条'停止前进'的命令。"公司总裁解释说。

大道理

沾沾自喜吃老本，只会让人在不知不觉中放慢前进的脚步。须知未来远比过去重要，与其牢牢记住过去，不如积极创造未来。

14．忍无可忍仍需忍

这是一群前来应聘水手的年轻人，公司给他们分配了一个令人费解的任务：把一个箱子搬到甲板上去，然后再搬回来，然后再搬过去，然后再搬回来……来回搬了几趟之后，坐在岸边的面试官依然不厌其烦地挥着手："再搬过去""再搬回来"……

终于，这群年轻人中的一部分人无法忍受了，甚至有人破口大骂起来：你们简直就是污辱我们的人格。但是不管他们怎么说，岸上的面试官都面无表情，除了那简单的 8 个字之外，他们一个字也不多说。愤怒的年轻人纷纷扔掉箱子，转身离去。一个小时之后，原来的几十个人只剩下一个人了，他虽然满头大汗，却依然迈着沉重的步子挪动那只箱子。

面试官挥挥手："你停一下吧，你能告诉我们你原来是做什么的吗？"

"哦，这可不太好说，我干过很多种活儿，吃过很多苦。"年轻人答道。

"原来是这样，你很棒，你被录用了。我们之所以出这道题目，是为了测试大家的忍耐性。在海上航行，有许多忍无可忍的极限挑战，如果没有这股韧劲儿，是很难做好水手的。"面试官解释道。果然，十几年后，这位优秀的年轻人成了船长。

吃得苦中苦，方为人上人。虽然成就事业并不以首先历经折磨为前提，但是首先历经折磨者一定比其他人更具成功的潜质。

15．研究生与大专生

研究生方成和大专生安如同时被招聘进某公司做运输管理工作，因为深知这个工作的来之不易，两个人都很敬业和负责。也许，他们心里都明白：这个职位其实只需要一个人，之所以让他们俩都留下，目的是为了"择优而取"。

不过，敬业归敬业，方成的心理压力并不大，他想自己好歹是个研究生，怎么着也比一个大专生强，就算单凭学历，自己也要比安如有优势。所以，他不求有功，但求无过，每天都按部就班、认认真真地完成经理交办的各项任务。他认为，只要试用期期间自己不出什么差错，就毫无疑问地能赢得这场比赛。

而安如跟方成的心思不一样，他是"不但求无过，还要求有功"，所以每天都会"不安分"地去做一些其他的工作，比如分析同一区域各大客户订货量的变化，记录运输途中的滞期现象，搜集周边城市的路况信息，甚至近期的天气预报情况等等，并把这些资料及时地送给经理参阅，以便他能更好地调配车辆。就因为这些资料，经理最近一段时间的工作相当顺利。

3个月试用期过去了，蛮有把握的方成落选了，大专生安如却成功转正了。

手握高文凭却吃不上饭，这种情况并不少见，因为文凭是一个人知识积累的证明，却不是他发展潜力和解决实际问题能力的标志。

16．你在为谁工作

他出生在美国乡村，由于家中一贫如洗，他只接受过很短的学校教育。15岁那年，为了养家糊口，他不得不远离家乡到一个山村里去给人做马夫。但尽管如此，他依然雄心勃勃，无时无刻不在寻找着发展的机会。

3年之后，已经成长为热血青年的他来到了钢铁大王卡内基所属的一个建筑工地打工。一踏进这个工地，他就下定了要做同事中最优秀者的决心，所以当众人抱怨工作辛苦或者因为薪水太低而怠工时，他始终沉默不语，只是一边积累着工作经验，一边自学着建筑知识。

每天晚上，当同伴们聚在一起闲聊时，他总是独自躲进角落里看书。终于有一天，这种情况被前来检查工作的经理看到了。

经理看了看他手中的书，又翻了翻他的笔记本，什么都没说就转身走了。但是第二天，经理秘书却过来请他去经理办公室一趟。

"你学那些东西干什么？"经理问他。

"我想我们公司并不缺少打工者，缺少的是既有工作经验又有专业知识的技术人员或管理者，对吗？"他胸有成竹地答道。

果然，经理被他这句话吸引了，不久之后，他就被提升做了技师。

看到这种情况，其他同伴半是羡慕半是嫉妒地挖苦他说："每天就挣那么点钱，你居然还有心思搞其他东西。"

"我不光是在为老板打工，更不单单是为了赚钱，我是在为自己的梦想打工，为自己的远大前程打工。我要在业绩中提升自己——只有让自己的工作所产生的价值远远超过所得的薪水，我们才可能得到重用，获得机遇。"他回复对方道。

凭着这种信念，他一步步地升到了总工程师的职位，25岁那年，他又做了这家建筑公司的总经理。

再后来，因为有着超人的工作热情和管理才能，他被卡内基钢铁公司的合伙人琼斯看中了。两年之后，由于琼斯在一次事故中丧生，身为副手的他水到渠成地接任了厂长一职。又过了几年，他被卡内基直接任命为钢铁公司的董事长。

最后，他终于实现了自己最初的梦想，从打工者飞跃到创业者，独自筹资建立了自己的企业——伯利恒钢铁公司，而他，就是这家大型企业的领头人——齐瓦勃。

大道理

如果你认为自己是在为别人工作，那么你永远只能为别人工作；如果你认为自己是在为自己工作，那么终有一天，你会真的为自己工作。

17.　无可奉告

小刘下岗了，虽然他技术一流、经验丰富，可是在一批批的新人面前，他还是感觉到了力不从心。想想光靠妻子做小学老师那点工资根本没法养家糊口，小刘决定再找一份工作。

很意外地，小刘看到小城里唯一的那家外资企业正在招聘技术经理，而且薪水丰厚，欣喜若狂的他赶紧到现场报了名。一周之后，那家企业的电话来了，让他去参加面试和笔试。

面试还算顺利，接下来就是笔试了。笔试卷共分2页，第1页都是一些技术上的问题，做过多年技术员的小刘自然是答得得心应手。可是没想到，第2页上的问题却让他左右为难，倒不是题目有多难，而是答案没法写，谁让它把题目出成这样呢："请详细描述你原单位的经营策略及制胜秘诀，包括一些技术上的独到之处。"

小刘的心里翻江倒海，他极其矛盾，原来的厂子虽然惨淡，却是100多口人的指望，自己要出卖它吗？要吗？

最后，小刘终于气鼓鼓地写下了四个字："无可奉告"，然后扬长而去，从心里放弃了这诱人的机会。

但是出乎意料的是，3天之后，小刘竟然接到了录用的电话！

保守公司秘密是最基本的职业道德，想以此来谋取私利的人必然不会有什么好下场，要知道公司比你更明白：既然你可以出卖别人，也完全可能出卖自己。

18. 狐狸与狼

狼因为时常奉上新鲜猎物而备受万兽之王老虎的宠爱，当掌管大权的大象去世后，狼如愿以偿地坐上了那个宝座。它的对手狐狸不甘失败，想出了一个把狼搞下台的坏主意。

第二天，狐狸打扮一新手拎礼品登门拜访狼："狼大哥啊，以前我对您多有得罪，今天是特地来给您道歉的，还望您大人大量，不跟我计较。"

看到狐狸这副德行，狼得意极了，心想有权就是好，不说话也威风。为了给自己减少一个对手，狼"大仁大义"地原谅了狐狸，并在狐狸的恳求之下收下了那些礼品。

从这以后，狐狸每隔一段时间便来拜访狼一次，每次都会给狼带点新鲜的玩意儿。几个月之后，在狐狸的请求下，拿人手短的狼不得不利用手中的权力给狐狸办了一点小事儿。结果，从这以后，狐狸的礼品越来越多，要求也越来越过分。

终于有一天，狐狸提出了一个极为危险的请求，当狼生气地摇头拒绝时，狐狸拿出了一个本子，把上面记录的关于狼收礼、滥用职权等等的细节都念了出来，并扬言说如果你不干，我就把这个本子交给老虎。

没办法，狼只好服软，但是没等它"帮"完这个忙，就东窗事发被捕入狱了。

财权美色不是鸡肋，而是毒品，一旦有第一次，便会难以拒绝地有第二次。如此一来，当事者早晚会陷入身不由己的困境，以至人财两空。

19. 老鼠和狗

这窝老鼠寄居在这户人家已经两年多了，由于吃喝不愁，它的家族已经由原来的几只发展到了几十只。

这天，鼠王正在呼呼大睡，一阵香味把它弄醒了，"是烤肉！"鼠王大喜道，于是它立刻派手下去给它偷肉吃。可是还不到一分钟，小老鼠们便屁滚尿流地回来了："不好了，大王，那盆诱人的烤肉旁趴了一只又大又凶的狗！差点儿吓死我们！"鼠王一听，便吩咐手下在狗离开的时候再偷。

但没想到这只忠诚的狗就是不走，看看已经饿了三天三夜的老鼠们马上就要支撑不住，鼠王思索半天，终于想出了一个办法。

到了晚上，鼠王带着鼠军雄赳赳、气昂昂地出发了。它们来到烤肉盆旁，悄悄地往外拽那块最大的肉。

窸窸窣窣的声音立刻引起了大黄狗的警觉，它抬头看看肉盆："谁？"

"是我们，鼠家族，"鼠王清清嗓子，努力镇定自若地说道，"亲爱的狗大王，如果您能不声张，我们可以弄几块最好的肉给您，咱们共享美味。"

没想到狗立刻严词拒绝道："你们都给我滚！要是主人发现肉少了，一定会怀疑是我偷吃的，这样的话，明晚我就会成为这盆里的肉了！"

大道理

　　贪图自己所掌控或守护的他人财物，最终必然会连本带利地付出代价。因此，监守自盗不过是一种见识短浅的愚蠢行为。

20. 我哪有工夫磨斧子

新来的小学徒跟师傅学艺的第一天，师父吩咐他去砍树。小家伙勤勤恳恳地撅着屁股砍了一天，一共砍来了7棵树。在所有砍树的学徒中他是第一，于是师傅夸了他一顿："一看就知道你是个勤劳的好孩子，继续努力！"

听到师傅的夸奖，小学徒大受鼓舞，第二天便更加精神抖擞地干起来，结果一天下来，他只砍了5棵树，在砍树的学徒中他只占到了第四。晚上，由于没听到师傅的称赞，小学徒颇感委屈，要知道自己可是比昨天还卖力呢，就是不知道为什么数量不及昨天。

第三天，小家伙更加挥汗如雨了，但是尽管加倍努力，砍倒的树却在急剧减少，一整天下来他只砍倒了3棵树，所以名次排到了最后。

他感觉惭愧极了，但是又迷惑不解，便跑去问师傅："师父，我这两天比第一天卖力多了，为什么树却越砍越少呢？"

师傅想了想，便问他道："你是哪天磨的斧子？"

小学徒瞪大眼睛："磨斧子？我整天忙成这样，哪还有闲工夫磨斧子！"

师傅叹了口气，拿过他的斧子磨起来，不一会儿，斧子便又亮又快了。

结果第四天，还不到半天，小学徒就轻轻松松地砍倒了4棵树。

大道理

　　勤奋、努力非常重要，但适应工作需要的知识、技能更加重要。只有及时充电、磨刀，你才能保证自己一直名列前茅，至少是不被落下。

21. 面试

这家大公司正以诱人的高薪聘请对外经理，外国语大学毕业的王丹过五关斩六将终于进入了最后一轮复试。

面试开始了，总经理对他进行了长达两个小时的艰苦"盘问"，从经营方略到内部管理、从客户服务到新产品开发，王丹皆对答如流。看见总经理不住地点头，王丹心中暗喜：熬了这么多年，我王丹终于有希望混上金领了！

"好了。"总经理说道，"最后一个问题是：我面前有两杯水，为了害我，有人在其中一杯里放了毒药，现在，我命令你先尝一杯，告诉我你怎么办？"

王丹先是一愣："经理，您的问题不妥。"

"你只需要说你怎么办。"总经理加重了语气。

"我知道您在考验我的忠实程度，但是很抱歉，我不会喝，因为我不会拿自己的生命开玩笑。"王丹很坚定。

经理变了脸色："你很优秀，我很欣赏你，你应该清楚有多少人在竞争这个职位。"

"我不会喝。"王丹依然很坚定。

"好吧，"总经理犹豫了一下，"虽然你的答案并不令人满意，但鉴于你的优秀，我还是录用你。"

"很抱歉，你并不是令我满意的老板。"说完，王丹便离开了。

大道理

我们工作不仅仅是为了挣钱，更多是为了体现自身价值和发展自己。可是公司如人，永远不会有完美之说，但至少，它不能是个让人格扭曲的环境。否则，除了金钱，我们将一无所得，而且还有可能失去很多。

22. 第九次敲门

由于公司倒闭，张玲失业了，她的生活一下子陷入了艰难。在焦急地寻觅了将近一个月之后，张玲终于盼来了某家公司的面试电话。

面试那天，张玲特意换了身精神的职业装，她决心无论如何都要拿下这份工作。9点钟，她准时到达了那家公司。

"张玲。"秘书小姐叫到了她的名字。

她深吸了一口气，来到经理室门前，轻轻地敲了两下。

"进来。"里面有人答道。

于是她推门进去了。经理上上下下地打量了她一下，然后面无表情地说道："请你出去，重新敲一次门。"

张玲当时就愣住了，但是不管怎么着，她还是听从了吩咐，又重新敲了一次门，然后推门进去。

"这一次你依然没有敲好，再来一次吧。"经理看着窗外说道。

没办法，张玲又照做了一次。

但是没等她的双脚完全踏进办公室，经理又说道："这次还不行，请你再来一次。"

张玲的心当时都凉了，她不知道经理为什么要这么折腾她，所以她忍不住问了一句："经理，请问怎么敲门才算可以？"

经理头都没抬："请你出去，再敲一次吧。"

张玲气呼呼地走出门来，她差点就要放弃这次机会了——这哪是面试，外面这么多人看着，你简直就是在侮辱我的人格！她心想。

但是失业的窘境最终把她拉了回来，"不行，说什么我也要坚持下去，哪怕敲上一百次门！我倒要看看他到底想怎样！"张玲自言自语道。

不知不觉，张玲已经敲过八次门了。

可是经理还在机械地重复着："请你出去，再敲一次。"

张玲万万没想到，这第九次她敲开的竟然是一扇成功之门。她刚刚踏进屋里，里间所有的领导便都出来给她鼓掌叫起了好。

"你被录取了。"经理微笑着说道，一点也不像刚才不近人情的样子。

"这，这是怎么回事？"张玲糊涂了。

"我来告诉你吧，"经理敲敲桌子说道，"我们看过你的简历，知道你有客服经验，而且做得还不错。我唯一担心的就是你耐心不够，因为咱们有些客户的确是很难缠。现在，我完全不用担心了，九次敲门，足够证明你的耐心，所以，你被录取了。"

　　生活或工作中的一些苛责或难堪总是让人不舒服的，但是它们并非毫无价值，如果你肯用耐心去化解，用理性去分析，它也许就是你走向成功的垫脚石。

23. 副总统之路

19 世纪末，美国出了个声誉卓越的副总统叫莫尔。在当副总统之前，莫尔是个银行家，再之前，他是个布匹商。从一个小小的布匹商到银行家再到副总统，莫尔的成功之路何以如此顺利而且如此迅速呢？并且，他为何在布匹生意最好的时候转行到金融业呢？

原来，虽然布匹生意极为成功，莫尔总觉得自己的才华并未完全发挥出来。偶然地，他从爱默尔写的一本书中发现了一句很好的话："如果拥有一种大家需要的才能或特长，不管这个人处在什么环境或什么角落，总有一天他会被人发现。"这句话深深打动了莫尔，他想，自己就是一个这样的人，但为什么要等别人来发现，而不是自己走出去站在大家面前呢？于是，他决定放弃如日中天的布匹生意。

经过认真分析，莫尔选定了当时极为重要的金融业，稳妥可靠地经营起来。由于他一向声誉良好，许多商人和企业都愿意找他存贷款。没过多久，他便成了美国金融业的巨头之一。

再后来，凭着出众的才华和在金融业的地位，他赢得了美国人民极高的支持率，最终成功竞选为美国副总统。

　　虽然转行存在一定的风险，但也可能是改变命运的最佳契机，因为只有从事最能发挥你才华的职业，你才会最容易成功。而能否因此而成功，关键在于你是否能给自己一个准确的定位。

❦ 第十五章 ❦
人性的弱点与克服

1. 没有谁都行

汤玛士·华生是IBM公司的前总裁，在任期间，他患上了严重的心脏病，于是医生建议他住院治疗。

一听这个建议，华生立刻表示反对，他焦躁不安地敲着桌子说道："这简直就是开玩笑，我哪有时间住院！你要知道，IBM可不是一家小公司，每天有数不清的事情等着我处理呢，我不在怎么能行！"看样子，华生认为没有了他，IBM将会乱成一团糟。

医生笑笑，并没有当面反驳他的话，而是邀请他一起开车出去逛逛。汽车左转右转，两个人来到了近郊处的一家墓园。

"你看，"医生指着前面的一个坟墓说，"无论是谁，最终都会像他们这样躺着，包括我，也包括你。到那时候，我们的工作都会有人接替，我的医院照常开，你的公司也会接着运营。不是吗？"

听了这句话，华生沉默不语了，他低着头，似乎在作一个重大决定。第二天，他就向IBM董事会递交了辞呈，接受了住院治疗。由于治疗及时，他的心脏很快就康复了，但是出院后，他拒绝了IBM的再次邀请，过上了普通人的平淡生活。

你看，到现在为止，IBM公司依然是举世瞩目的大公司，并没有因为华生的离开而关门大吉。

大道理

> 不要夸大自己的重要性，因为没有了谁，地球也照样转。如果你认为自己很重要，请想一想自己生前和死后别人是不是照样过。

2. 爱因斯坦的旧大衣

移民美国之后，爱因斯坦依然保持着朴素的生活作风，他几乎没有买过什么新衣服，每天上街都穿得破破烂烂。走在富丽堂皇的纽约街头，他的打扮很是扎眼。

一天，当他又穿着那件破大衣在街头散步时，碰巧遇到一位老友。老友指着他已经破了洞的大衣说："你这一身与周围太格格不入了，赶紧换一件大衣吧。"

"有什么必要呢？"爱因斯坦反问道，"反正这里的人都不认识我。"

几年之后，发现了相对论的爱因斯坦已经誉满天下。当他又一次在街头碰到那位朋友时，朋友指着他依然没有换掉的大衣说："你现在已经是名人了，总该换掉这件破大衣了吧？"

"照样没有必要，"爱因斯坦回答道，"反正这里的人都已经认识我了。"

再后来，他的相对论遭到了主流科学界的否定，甚至有众多的专家学者们联合起来贬低他，比如1930年，德国就出版了一本叫作《一百位教授出面证明爱因斯坦错了》的书来批判他的相对论。没想到爱因斯坦知道后哈哈大笑起来："有必要这么多人吗？如果真能证明我错了，一位就足够了嘛，何必要一百位这么多呢？"

大道理

　　容易随波逐流是常人常犯的错误，也是人们普通化的重要原因。树立正确的参照物，我们才能明悉真正的价值在哪里，才能有正确的行动方向。

3. 飞蛾的痛苦经历

生物学家说，飞蛾在由蛹变茧时，翅膀萎缩，十分柔软；在破茧而出时，必须要经过一番痛苦的挣扎，身体中的体液才能流到翅膀上去，翅膀才能充实有力，才能支持它在空中飞翔。

一天，有个人凑巧看到树上有一只茧开始活动，好像有蛾要从里面破茧而出，于是他饶有兴趣地准备见识一下由蛹变蛾的过程。

但随着时间的一点点过去，他变得不耐烦了，只见蛾在茧里奋力挣扎，将茧扭来扭去的，但却一直不能挣脱茧的束缚，似乎是再也不可能破茧而出了。

最后，他的耐心用尽，就用一把小剪刀，把茧上的丝剪了一个小洞，让蛾出来可以容易一些。果然，不一会儿，蛾就从茧里很容易地爬了出来，但是那身体非常臃肿，翅膀也异常萎缩，耷拉在两边伸展不起来。

他等着蛾飞起来，但那只蛾却只是跌跌撞撞地爬着，怎么也飞不起来，又过了一会儿，它就死了。

大道理

　　"不经历风雨，怎能见彩虹。"任何一种本领的获得都要经由艰苦的磨炼。"梅花香自苦寒来，宝剑锋从磨砺出。"任何投机取巧或妄图减少奋斗而达到目的的做法都是见识短浅的行为，那只飞不起来的飞蛾的经历就证明了这一切。

4. 固执的神父

洪涝季节，这个地区又一次发大水了。

眼看着洪水就快把教堂淹没了，虔诚的神父还在祈祷着。一位救生员划着舢板来到神父身边："快上来！洪水马上就进来了。""不！"神父坚定地说道，"上帝与我同在，他会来救我的。"没办法，救生员只好去救别人了。

救生员刚走，水就涌了进来，慢慢涨到了他的腰间。一只载满乘客的小船从教堂前经过，船上的人冲他喊道："神父，快点上来，洪水就快把你淹没了。""不，"神父再次拒绝道，"上帝会来救我的。"没办法，这只小船也只好走了。再过一会儿，水到胸口了，神父抬头望天，希望上帝快快出现。这时，一架直升机的飞行员垂下一根绳子："快抓住绳子，我带你走。""不，上帝马上就会来救我了。"固执的神父又拒绝了。结果，直升机也飞走了。水越来越高，上帝却始终没有出现，最后，意志坚定的神父被淹死了。

在天堂见到上帝之后，神父很生气地问："主啊，我终生都信仰你，侍奉你，为什么你不肯救我？""我给了你3次机会，结果你都不接受。我还以为你是执意要到我身边来呢。"上帝回答道。

大道理

> 生命中许多危险和失去，其实都是人们自己的固执与愚昧造成的。所以，在抱怨命运的不公之前，请先检查自己做人做事的态度。

5．记着关上身后的门

英国前首相劳合·乔治是第一次世界大战时英国的军需大臣，他担任首相后的内阁是国内自由党人起主导作用的最后一届内阁政府，在政界上影响非常深远。据说，这位精力极为旺盛的战争、政治领导者有一个很特别的习惯——总喜欢随手关上身后的门。

有一天，乔治和一位老朋友在院子里一边谈事一边散步，每经过一扇门，他总是会稍稍延迟回答对方，伸手把门带上。可是那天是一个有风的天气，无论乔治多用力关门，在风的作用下，每扇门还是会立刻再敞开。

当这种"无用功"重复了多次时，那位朋友实在忍不住问了一句："你有必要把这些门全关上吗？"

"当然有这个必要。"乔治很肯定地回答道，"我这一生都是关在我身后的门。我认为自己必须这样做，如果不关门，我就会觉得自己还有退身之路，就不会竭尽全力地去做眼前的事情。而关上门时，过去的一切也便都留在后面了，不管是伟大的成就，还是让人烦恼的失误。这样，我便又可以重新开始了。"

大道理

> 总是陷在过去的荣誉或苦涩中，就会无法轻装走向未来。记着随手关上身后的门，学会忘记过去的荣誉和挫败，只看现在和未来，明天的辉煌才会不再遥远。

6．比大人还聪明

辛苦了好几天，终于熬到周末了。美美地睡足懒觉，王先生便打开了电脑，想好好地放松一下。没想到一个网页还没看完，6岁的小儿子便来缠着他出去放风筝。王先生灵机一动，随手从桌上拿起一本旧杂志，把那页彩色的中国地图撕了下来，然后把它撕成不规则的数片，对儿子说："如果你能把这些碎片重新拼好，并且不出差错，爸爸就带你出去玩。"

儿子一听，乖乖地捧着那一捧碎片跑了出去。王先生心想，这个活儿至少够小孩子忙一天的，自己终于可以安心地休息了。没想到还不到 20 分钟，便听见儿子在他的小房间里大声地喊了起来："爸爸，我拼好了，你快来看啊。"

王先生跑到儿子房间一看，地板上果然是一幅完完整整的中国地图。

"你是怎么拼的？"王先生难以置信地问道。

儿子非常骄傲地回答："这张图的背面是一个人的脸，我想把那张人脸拼对了，地图就会是对的了。所以我就先拼了那个人，然后又把纸片翻了过来。"

王先生欣喜地抱起了儿子："没错，我的好儿子，如果一个人是正确的，他的世界也肯定是正确的！走，爸爸陪你去放风筝！"

阻碍我们成功的，往往不是未知的东西，而是已知的东西。像孩子那样看世界，把复杂问题简单化，你就会得到意想不到的收获。

7. 得不到才会珍惜

保罗大学毕业后找了一份动物园饲养员的工作，主要任务是喂豹子。

培训时，老饲养员告诉他："每次别把豹子喂得太饱，否则它就会长不大。"

保罗差点笑出来：这是什么谬论！吃饱了长不大，饿着反倒能长大，简直就是开玩笑嘛！我看你是怕我太出色抢了你的饭碗吧？

于是，保罗每次都会给自己负责的那对小豹子足够的食物。没想到几个月之后，和老饲养员的豹子相比，自己的真的小了许多。

"这真是太怪了。"保罗嘀咕道，"难道老饲养员在耍什么花招不成？"接下来的几天，每次喂食时，他总会偷偷地躲在一旁观察老饲养员，但结果一切正常，什么事都没发生。

没办法，保罗只好再次给小豹子们加了食量，让它们的四周全是食物，到哪里都能吃到东西，但是一段时间之后，相比之下，他的豹子更小了。

实在想不明白的保罗只好去问老饲养员，老饲养员笑着对他说："这动物啊，跟人一样，如果你让它每天都不愁吃喝，它就会不好好吃食，所以长不大。饿着点呢，它反倒会十分珍惜食物，每次都抢着吃，所以就会很健壮。"

得不到的才是最好的，这是人类的通病，而为了追求这种得不到的东西，人又在不断地进步。既然如此，给自己设定一些比较有难度的目标，未必不是谋求发展的好办法。

8. 尼克之死

尼克是一家铁路公司的调车人员，他工作认真，做事负责，但是他有一个缺点：很悲观，凡事都爱朝着坏处想。

某天，下班铃敲响的时候，尼克还在车间里忙碌着。当他处理完手头工作准备出门时，他才发现自己竟然被粗心的同事锁在了这间冰柜车里。想想到夜里冰柜车的温度会在零下 20 摄氏度，一阵恐惧向尼克袭来，他拼命地拍打着车门，却得不到任何援助——所有的人都已经回了家。

半小时之后，浑身瘫软的尼克颓唐地坐在了地上，他似乎已经听到了死神的狞笑。随着时间的推移，尼克越来越害怕，越来越感觉冰冷袭人，不到两个小时，他便全身发抖，意识模糊了。

第二天早晨，当同事们打开冰柜车间时，他们发现了已经死亡的尼克。但是人们怎么也想不明白他为什么会死亡，因为冰柜的冷冻室坏掉了，开关根本就没有启动，也正是因此尼克才进入冷冻间去修理系统的。然而，在正常人足够存活的温度下，他竟然被"冻"死了。

其实，尼克根本不是死于冰柜的温度，而是死于他自己心中的冰点！是恐惧让他失去了正常的思维，忘记了制冷系统已坏的事实，最终被自己想象的寒冷冻死了。

大道理

悲观情绪就是给自己树立不败的假想敌，不但于事无补，还会让事情变得更糟。打破这种惯性思维，"逼迫"自己朝着相反的方向想，就会发现一切都不过是自己的心理作用而已。

9. 模仿的结果

在动物界中，猴子可谓是模仿大师，尤其对于人类的动作，它能模仿得惟妙惟肖。你看，这只猴子就是其中的典型，只不过，最后它可因为模仿吃了大亏！

为了做套家具，张木匠去山上伐树。伐着伐着，就听到头上有窸窸窣窣的响声，他抬头一看，原来是一只猴子正在龇牙咧嘴地模仿他伐树的动作。张木匠觉得好玩，便又做了几个其他的动作，没想到猴子照样模仿了起来。

之后一连几天，这只猴子都在树上模仿着张木匠。机灵的张木匠想了想，便从家里捎来了一只大笼子。当着猴子的面，他把笼子盖打开，自己钻进了笼子里，几秒钟之后，又跳出来躺在一边的树下，把帽子摘下来盖着脸，好像在睡觉的样子。

猴子一看张木匠睡着了，立刻从树上跳了下来，左瞧右看，然后像张木匠一样跳进了笼子里，但是还没等它再模仿那个跳出的动作，笼子盖便"啪"的一声盖上了。张木匠哈哈大笑着站了起来，手里牵着一根绳子，原来他在装睡，目的就是逮住这只猴子。

这并非一件容易的事，但是对付一只这么爱模仿的猴子，当然也就不是一件难事了。

大道理

盲目模仿只会让人陷入困境。万事万物皆有其特殊性，表面相似不见得解决方法也相似，死搬硬套他人的方式，不但可能于事无补，还有可能让自己陷入困境。

10．如何拯救落水者

"这鬼天气真是太热了，要是能够痛痛快快地洗个凉水澡就好了。"这个人一边拿太阳帽扇着风，一边嘀咕着。没想到老天开眼，刚说完这句话，一条斜穿树林而过的清澈小河就出现了。

这个人于是喜出望外，立刻脱掉已经汗湿的衣服跳进了河里，没想到这条河流竟然深不可测，他刚跳进去就发现自己的双脚根本踩不到河底，所以身体不住地下沉："救命啊——救命啊——"他慌忙大喊起来。

正在林中打猎的拿破仑听到有人喊救命马上向这边跑过来，这人一看有人来了，张着双手一边挣扎一边大喊："快、快救救我，我快沉下去了。"

看看河流并不宽，拿破仑不再担心了，他慢悠悠地举起枪，冲着河里的人瞄起了准儿。"你要干什么呀！"河里的人更慌了。

"快点游到我这边来，如果你再挣扎，我就开枪打死你。"拿破仑蛮横地吼道。

这人一看呼救不但没用，反而会让自己更危险，便开始奋力向前游去，结果原以为必死无疑的他竟然自己游上了岸。

拿破仑拍拍他的肩膀："看，你自己也能行的，为什么刚才不试试呢？"

大道理

　　畏难情绪是常人的一大弱点。但在绝境中，越是把一切希望寄托在别人身上，你便越慌了手脚，倍增其难。反之，放弃对别人的幻想，勇敢克服自身的弱点，奇迹反倒会发生。

11．是谁让它们活得这么好

研究非洲大草原奥兰治河两岸的羚羊时，动物学家发现了一个非常有趣的现象：相比西岸的羚羊来说，东岸的羚羊繁殖能力强，体格也更为健壮一些，而且奔跑速度也比西岸的羚羊快出 13 米 / 分钟。

按说，在这种前提下，东岸的羚羊家族一定会日益发展壮大，但是奇怪的是，东岸的羚羊数目大多时候都与西岸的基本持平。

这个现象让动物学家百思不得其解，要知道，这些羚羊的生存环境和属类都是相同的，食物来源也一样，怎么会出现这么明显的强弱之分呢？而且，为什么强的数量的增长那么缓慢，和弱的差不多呢？

一直到亲眼看见一场血腥捕杀，学者才恍然大悟：原来，在河流东岸羚羊群的不远处，生活着一个狼群。

由于劲敌的存在，东岸羚羊们不得不日夜警惕，逃命的机会也远远高于西岸羚羊群，而且，为了让种族延续下去，它们的繁殖能力也在不知不觉中提高了。但是尽管如此，恶狼的袭击依然会让它们家族中的老弱病残者不断减少，所以，虽然人们见到的都是些奔跑迅速、体型健壮的羚羊，数量却总是不会很多。

　　憎恨对手，是人们常有的一种错误心理，之所以说它"错误"，是因为我们没有意识到：真正促使我们成功并坚持到底的，往往不是朋友和亲人，而是一再压制甚至置自己于死地的敌人。

12.　捉麻雀

　　小时候，我非常喜欢捉麻雀。虽然这种鸟精灵古怪，但在食物奇缺的冬季，想捉几只玩也不是什么难事。

　　我先在地上撒上一把米，然后用筛子罩在米粒最多的地方，筛边支根木棍，木棍上拴根绳子一直接到堂屋里面。然后，我就关了门，坐在小板凳上从门缝里往外看，只要麻雀下来，它就会顺着我撒的米痕一直啄到筛子里去。到那时，我猛地一拉绳子，一切就大功告成了。

　　这几天一直在下雪，饿了许久的麻雀一下就被这金灿灿的米粒吸引住了，没过10分钟，已经有3只进入筛子了。看到筛外还有五六只，我想再等一等吧，一窝捉它个干净。可是等了一会儿不但外面的几只没进去，里面的还出来一只。我当时就有点后悔，但转念又一想，怕什么，外面的米粒就快没了，它们早晚也得进去。

　　可是没想到，这麻雀似乎跟我作对，总是两三只在里面，剩下的在外面，轮流"进餐"。我生气但还没有办法，只好一等再等。等得都不耐烦的时候，筛子里只剩下了一只麻雀，我拉绳还是不拉呢？正犹豫着，那只麻雀竟然也吃饱喝足，扑棱棱飞走了。

　　那次，我一只麻雀也没捉到。

　　人的欲望是永无止境的，而机会却总是稍纵即逝。假如对自己的贪欲不加控制，只会连原本可以得到的也失去，因此请及时下手，以免煮熟的鸭子再飞掉。

13.　愤世嫉俗与自我反省

　　甲与乙合伙做生意，没想到刚起步便被骗了一把，险些家破人亡。

　　甲从此觉得处处都是坏人，因此再不敢轻易跨出一步。那件事都过去好几年了，某老同学来和他商量投资自己刚开张的公司，他还在连连摆手，固执地说你那不过是骗人的玩意儿，气得老同学拍拍屁股走人，从此再也不跟他联系了。

　　再过几年，已经成了富翁的乙到甲家里来看他。看到乙身着名牌，开着名车，甲非常惊讶地问："你从哪里来的钱啊？""做生意啊！"乙也很惊讶地回答道。"你怎么还敢做生意啊，你忘了咱们当年的教训了，这世道可没好人哪，到处都是骗子，都是骗子！"痛心疾首过后，甲还是相当羡慕乙的富足，所以又不甘心地问道，"你说这种好事怎么就只照顾你，而落不到我的头上呢？"

　　乙想了想，指着他家的窗户说："你看，你们邻居家的妇女真笨，连衣服都洗不干净，上面还有泥点呢。"

甲扭头一看，赶紧找来抹布擦了擦窗户说："哦，是我们家玻璃脏了。"

"你这不是知道吗？"乙笑着反问道。

甲一下子明白过来了。

　　与自我反省相比，愤世嫉俗总是更容易一些，但关键是前者能促进自己的成功，而后者却恰恰相反。所以，请不要轻易断定邻居不会洗衣服，先把自己家的窗户擦干净了再说。

14.　拔去心中的杂草

高考成绩出来了，王强分数很低，看样子要落榜了。想想自己3年来的辛苦，王强很伤心。他把自己关在房间里，整整一天都不吃不喝。

看到儿子这样，父亲走了进去："不要灰心，孩子，我们可以再复习1年。"

就这样，王强开始了复读之路。但是开学没几天，他就感觉心乱如麻。星期天回家时，他问父亲："我是不是差太多了？复习会有用吗？要是明年再考不上怎么办？要不我干脆辍学去南方打工得了。"

父亲什么都没说，领着他来到了地里。地里玉米长势正旺，只是玉米底下全是草，草非常能争地下的营养，是玉米的大敌。于是父亲便带着王强拔起草来。

傍晚时，整整半天没说话的父亲突然问王强："我们为什么要把草拔掉？"

王强很奇怪地回答道："为了让玉米长得更好一些啊。"

父亲接着说道："拔去没用的草，有用的庄稼才会长得更好。拔去心里没用的草，人才会长得更好啊。"

听到这句话，王强顿时愣住了，父亲的良苦用心让他感动得泪光滢滢。

以后的日子里，他开始心无旁骛地刻苦读书。终于，在第二年玉米长势旺盛的时候，他收到了复旦大学的入学通知书。

　　背负的东西太多，人的脚步便容易被绊住。确定好对自己最有价值的目标，然后再拔去影响它实现的杂草，有用的小树才能长成参天大树。

15.　椅背

颇负盛名的麦克唐纳公司竟然很意外地出现了亏损，这可是有史以来第一次，怎么回事呢？老总克罗克坐在办公室里，有点疲倦地倚在宽大舒适的靠椅上思索着，不时地用手拍一拍光亮的额头。

他正在回忆这一段的工作情况，各个部门的负责人都"很负责任"地在自己的办公室内从早坐到晚。但是他下去检查时，却不止一次地发现这种情景：某某正靠着椅背打瞌睡，就像他现在的姿势；某某正靠着椅背对下属们指手画脚；某某正靠着椅背抽烟或闲聊……

"看来一切都是这舒适的椅背惹的祸，我怎么会犯这么严重的错误，竟然让自己的公司出现一劳永逸、催人懒散的'椅背'现象！"想到这里，克罗克毫不犹豫，立刻请人把公司所有的椅背都锯掉了。

老总的这一举动显然引起了众人的不满，但更多的是恐慌——谁舍得离开这么一家赫赫有名的大公司呢？所以大家再也不敢坐在舒服的办公室里夸夸其谈、遥控全局了，而是纷纷下到基层去调查和处理问题。

不久之后，麦克唐纳公司恢复了原来的生机和效益。

大道理

有舒适"椅背"可靠的人，难免会生出惰性和依赖心理来，最致命的是，身处其中的人们并不能意识到这一点。要想不被这种糖衣炮弹腐蚀，我们必须主动、果断而且尽早地锯掉身后的"椅背"。

16. 玻璃门

镇二中教学楼的大门又被踢破了，教导主任头疼地拍着额头，真不知道该怎么办了。从他上任到现在10年来，光楼门就换了七八次，可是那些正在活跃期的青少年们，总是不顾门上贴的纸条"我喜欢你用手抚摸我""保护大门，人人有责"等，便直接用脚踢开门，进去后连看都不看就回一脚把门踢上。

"怎么办呢？难道再加固？要知道上次的门已经够结实了。"教导主任在校长这里诉苦，新上任的校长想了想，突然说："那就换成玻璃门吧。"

"什么？玻璃门，那绝对不行，铁门还被踢破呢，更何况玻璃门！"教导主任连连摇头。

"试试看嘛，我想能行的。"校长微笑道。

教导主任毕竟拗不过校长，最终，那道玻璃门在教学楼走马上任了。

出人意料的是，自从换上这道门，那些倔强叛逆的孩子们竟然都一改先前的毛病，细心呵护起它来。每天，他们都会小心翼翼地推开门，然后又转身把它轻轻地关上。

他们不可能不这么做，因为这道"坚固"的门给了他们一份"坚固的信任"——我是一扇易碎的门，之所以敢站在这里，是因为我相信你不会用脚踢我。

大道理

人们总是倾向于抗争强硬者，呵护柔弱者，所以防不胜防不如不设防——与其明令禁止"你不许这么做"，不如温柔地告诉对方"我相信你不会这么做"。

17. 富翁与琴师

偶然地，这位富翁请到了京城中最著名的琴师，一曲荡气回肠的出塞曲演奏过后，富翁被深深地吸引了。

"请您再演奏一遍吧，这首曲子实在是太好听了。"富翁对琴师说。

于是琴师又演奏了一遍，不想刚想放下琴弦，富翁又要求道："再来一遍吧。"

就这样，琴师把这首曲子翻来覆去地演奏了五六遍，可是富翁还没听够，只听他说："你如果你能把这首曲子日夜不停地演奏给我听，我就送给你一座豪宅。"

"如果我一直演奏下去，你能一直听下去吗？"琴师反问道。

"当然能，你应该看得出，我太喜欢这首曲子了。如果你最后演奏不下去了，我将收回我刚才说的话。"富翁说道。

琴师笑了笑，二话不说就抱起琴演奏起来，1遍、2遍、10遍、20遍……当演奏到100遍时，那原本优美动人的音符在富翁的耳朵里已经如同噪音一般，但想想如果叫停自己就得送琴师一座豪宅，富翁便没吭声。当演奏到第200遍时，富翁有些烦躁不堪了，但是他依然紧闭着嘴巴，决心与琴师耗到底。当演奏到第300遍时，富翁终于再也不能忍受了，他大叫道："我送你一座豪宅，你快点走吧。"

大道理

不知满足、放纵欲望是人们常犯的一个毛病，但凡事都应该讲究个"度"，倘若不懂得适可而止，最终遭受损失的必然是自己。

18. 钓鱼与人生

听见我说喜欢钓鱼却从来没机会钓，伯伯立刻拿出两根鱼竿："丫头，今儿伯伯陪你钓个够！"

到了河边，伯伯首先耐心地给我讲起钓鱼的种种窍门，可是我的心思全放在了鱼上，那些技巧几乎一句也听不进去。终于，我开始钓鱼了。

也许是兴奋过头了吧，我总是忍不住在水面刚有一丝水纹的时候就把鱼竿扯起来，结果当然只会是空无一物。这样重复了几次后，我的信心已经大打折扣了。伯伯笑眯眯地看着我："丫头，钓鱼可是个耐心活，像你这么急躁恐怕一条也钓不到。"

"洗耳恭听"了伯伯的教诲之后，我不得不塌下心来等。大概一刻钟的样子，我的鱼线突然沉了一下，似乎下面有什么东西在拽它。我欣喜若狂："伯伯，我钓住了一条。""不，你还没钓住它呢。"伯伯说，连看都不看我。话音未落，便见我的鱼线浮了上来，下面的诱饵已经不知去向。

"在鱼儿尚未被拽上岸之前，你可千万别吹嘘自己已经钓住了鱼，因为你一激动手就会抖，一抖鱼就会跑了。这道理就跟做人一样，在事情未办成之前就自吹自擂，到最后多半会败多成少。"伯伯意味深长地说。

大道理

很多时候，事情的结果是在结束时才见分晓的，所以即便成功近在眼前，只要你还没有"把鱼儿拽上岸"，就不要先吹嘘自己已经钓到了鱼。

19. 鸡头与凤尾

陈亮大学毕业后进了一家大公司做会计，在工作的几年中，他几经奋斗取得了注册会计师的资格，而后，他便辞职了。对于他的这一举动，所有人均表示不理解，要知道那可是一家人人梦寐以求的大公司，而且效益一直在直线上升。面对人们疑惑的目光，陈亮淡淡地笑了笑，然后开始着手操办自己的公司。不到2个月，他的公司就起来了——一家算上他只有六个人的小型会计师事务所。虽然说做了老板，陈亮得到的回报并不比在原来单位时多多少，但是他依然怡然自得、干劲十足。

陈亮的老乡，从瑞士留学归来的王克，得知陈亮的情况后很是嫉妒。他非常理解陈亮的做法，因为他也有这种心思，所以，在银行干了不到半年之后，他也辞职开起了公司。想想一个学财务的都能把公司经营得有声有色，身为瑞士名校工商管理学高才生的王克更是铆足了劲儿想与之一比高下。但是出人意料的是，他的公司只维持了不到半年就倒闭了。

"想跟做是两码事，所以如果自己还是婴儿，那就最好老老实实地跟在大人屁股后面走。"王克逢人便介绍自己的"经验"。

大道理

宁做鸡头，不做凤尾，这是大多数不安分者的共有想法。但需要注意的是，如果本身还没有那个实力，那就最好先安分守己。

20. 美洲虎的故事

美洲虎是一种濒临灭绝的动物，现在世界上仅存7只。某国家动物园费尽周折得到了其中的一只。自从它来到这家动物园，园中所有的饲养员都开始紧张起来——面对这么一个"世界级"的国宝，大家当然都不敢怠慢。

但是千小心万小心，美洲虎还是不到1个月就表现出了不正常——它从来没有捕捉过一只猎物，尽管在它的地盘上牛、羊、兔无数；也从来没有威风凛凛地在假山上"巡视"过，尽管那假山极为逼真。它整天只知道懒洋洋地待在空调房里，吃了睡，睡了吃。

"美洲虎是不是病了？"园长急坏了，最后甚至花高价给它买来了一只雄虎做伴，可是它除了多了一点散步活动外，还是像以前那样没有活力。

没办法，园长只好请来了一位动物学家。没想到动物学家还没看见美洲虎，只转了转它生活的环境便下结论道："老虎是百兽之王，你只在它身边放些吃草的小动物，对它来说简直就是种污辱，它自然会打不起精神。你得放点凶猛的动物，像狼、狮子等，这样它才会显出它的威风来。"果然，自从放了几只豹子进去之后，美洲虎越来越有活力了。

大道理

我们可以没有敌人，却不可以没有对手。缺少了敌人，我们能够安全地活着，而缺少了对手，我们的惰性就会产生，促使我们走向懈怠和堕落。

21．捉狮子

一只狮子闯进了农场主的农场里，农场主见状大喜：我平时那么怕你，这回你到了我的地盘，我总算有机会报复你一下了。所以他紧紧地关了大门，把狮子困在了农场中。

狮子转来转去也没找到出口，饿坏了的它开始捕捉农场主的牛羊吃。吃饱喝足以后，它又转了半天还是没能找到出口，于是它明白自己是被人困起来了。只见它愤怒地冲天吼了一声，开始疯狂咬杀农场主剩下的牛羊，把它们全都咬死之后，它又开始大肆践踏农场主长势旺盛的庄稼。

看到狮子越来越不可控制的凶猛样子，农场主吓得手脚哆嗦起来，他知道，下一步狮子就该吃他了。于是他再也不敢妄想捉什么狮子了，赶紧跑去把大门敞开，把狮子放了出去。回来之后，他就对着满地的牛羊尸体和已经一片狼藉的庄稼哭开了，一边哭一边埋怨自己没有先把狮子捆起来。

听到这里，他的妻子感觉又好气又好笑："这一切不都是你自找的吗？你平常听见狮子叫都会吓得发抖，还妄想捉什么狮子！事情都这样了，你不但不知悔改，还埋怨什么没把狮子捆起来，就算狮子还在，以你的胆子，你做得到吗？"

大道理

　　事情有难易之分，人也有能力大小之别，如果不自量力，妄想超越自己的能力做事，那就不但难以成功，还可能使自己付出惨痛的代价。

22．良心巨石

我在一个小镇上长大，经常和同龄的孩子们在一起玩耍，有时也会做坏事。比如，上初中时，我们曾一起捉弄过镇政府一个叫拉希提的官员。

因为拉希提整天板着脸，所以孩子们都很讨厌他。那天晚上，我和3个伙伴用红油漆在长木板上写了"××是条狗"几个字，然后把它挂在了镇政府门前的那棵大树上。

后来不知怎么的，拉希提竟然知道是谁捣的鬼了，所以把我们叫进了他的办公室。其他几个伙伴都承认了，只有我百般抵赖，蒙混过关了。

我本以为事情到此结束了，可没想到我的良心却在多年里一直惩罚着我。它总是让我想起这件事，使我感到羞愧、内疚和自责。终于有一天，我受不了心灵的责难，亲自打电话给拉希提，告诉他那件事我也有份。

没想到那端的拉希提却大笑起来："我早就知道！我一直在等你打这个电话来。"

这句话真是太让我意外了："您一直在等我的电话？"

"是啊，我知道这件事一定会让你的心灵背上重担，所以我一直为你感到不安。感谢上帝，你终于打电话过来了，很高兴你从此可以放下这个负担了。"拉希提很幽默，也很认真地说。

没错，我真的感觉心里轻松了。

做过的亏心事，总会如巨石般压住我们的心灵。及时清除这些巨石，我们才能保证心灵的轻松自得，才能坦荡安然地生活。

23．我败在哪儿

我一直对自己的能力很自信，因为那些对常人来说极为艰难的大事，总能被我很出色地解决掉。但是直到今天，我依然是一家小公司的普通职员。

偶然，我听老同学说起××，说他现在已经是一家大酒店的老板了。说实话，我很吃惊，因为我从来不相信一个一帆风顺的人能干成什么大事，在我的眼中，只有像我这种历经艰险的人才有资格去谈什么"大业"。但是事实就是事实，我无可辩驳。

当天晚上，我翻来覆去也想不明白：为何像我这种能力超常，连大事都不畏惧的人不能成功，像××那种看起来沉默寡言、经不起大风大浪的人却能当上老板。于是我决定第二天去看看那位大学时的老友。

当我把这个疑问提给他的时候，我看见他的右手攥成了拳头："因为我会强迫自己，每次感觉疲倦、想偷懒时我都会强迫自己干下去。人生当中，大风大浪只占少数，而小有磨炼的普通生活却能占到90%，所以，你的超常能力只有很少的用武之地，而我之所以能成功，可能就是因为我在占绝大多数的普通生活中比你做得好一点吧。"

我听呆了，我不得不承认，的确如此。

大道理
能做好大事的人，不一定就能够做好小事，但是成功却需要二者兼顾。学会"强迫自己"，将每一件普通的小事都做得出色，你才可能触摸到成功。

24．公仪休拒鱼

春秋时期，鲁国的宰相公仪休非常喜欢吃鱼，几乎达到了无鱼不食、无鱼不欢的地步。

得知当朝宰相的这一嗜好，许多前来求见的人纷纷奉上花尽心思得来的好鱼、奇鱼，希望以此来打动他，让他替自己办一些难办的事。可奇怪的是，不管他们进献的是什么鱼，公休仪都会婉言拒绝。

一天，当公仪休再次拒绝管家送来的一条奇大无比的金色鲤鱼时，他的学生终于忍不住好奇地问道："老师，您这么喜欢吃鱼，仆人每天都得到市场上给您买鱼，为什么别人把鱼送上门来，你却不要呢？"

公仪休笑道："因为我是真的喜欢吃鱼啊。"看着学生迷惑不解的样子，他解释道："你想想看，倘若我收了别人送我的鱼，是不是要替别人办事？这样一来，我便会背上受贿与滥用职权的罪名，而这足可以使我失去宰相的职务。到那时，我再喜欢吃鱼，也不会有人给我送了，而且我自己也会再没有钱天天买鱼吃。但是如果我一直廉洁奉公的话，鲁国宰相的位置我便可以坐得长久，只要还在这个位置上，我的俸禄便足够我天天吃鱼的。"

大道理

　　人的嗜好往往是人的弱点，只有提高警惕，时时正视和守好这一薄弱环节，坚决舍弃眼前的不正当利益，才可能不被他人损伤或攻破，让长久的正当利益得以保持。

25．暴怒的野马

　　在非洲大草原上，有一种不起眼的动物杀手叫吸血蝙蝠。它虽然身体很小，却是很多动物的天敌，就连强悍的野马也常常是它们的牺牲品。

　　你看，这只吸血蝙蝠正在虎视眈眈地盯着那匹吃草的野马，准备伺机而动。果然，不一会儿，吃饱喝足的野马就懒洋洋地躺下来了。正在它闭目养神的时候，吸血蝙蝠迅速飞了过去，它那尖尖的嘴一下子扎进了野马的一条前腿里，然后开始拼命地喝血。

　　因为这突如其来的疼痛，野马一激灵站了起来，它警觉地回旋着身子四处张望，却怎么也看不到敌人的影子。随着腿上的疼痛越来越真切，它半是恐惧半是愤怒地蹦跳起来，一刻钟之后，依然解决不了问题的野马开始焦躁地狂奔。但是无论野马如何折腾，吸血蝙蝠就是死死地咬住马腿不放松，一旦得到机会，它便会狠狠地吸上几大口血。

　　一个时辰之后，野马还在盛怒中奔跑着，吸血蝙蝠这时候早已吸饱喝足，满意地飞走了，但是伤口的疼痛使野马依然不能安静下来。可正是由于它的剧烈运动，使腿上的伤口处不断地涌出鲜血来。最后，野马终于在血尽之时无奈地死去了——一只小小的吸血蝙蝠固然杀不了它，但是它暴怒狂躁的性格却害了自己。

大道理

　　与忍气吞声相比，暴怒狂躁更可恨，也更可怕。因为它能让人失去理智，在敌人伤害了自身之后，再进行自我伤害，加重受伤的程度。看来，唯有时刻保持冷静，我们才可能更好地保护自己。

26．禁欲的修道者

　　为了保证自己禁欲成功，这位虔诚的修道者离开他原来居住的村庄，搬进了无人打扰的清静深山里。临走时，他带了一块布当作衣服。

　　一周后，当他想洗衣服时，才发现自己需要另一块布来替换，于是他下山去向村民们乞讨一块布。村民知道他是山中的修道者，二话不说就给他扯了好大一块布。带着布，这位修道者满意地回到了山中。

　　又过了一周，这位修道者发现自己的茅屋里竟然住着一群老鼠，每当他专心打坐时老鼠便来咬他那件准备换洗的衣服。这可不行，他想，虽然自己早就发誓一生不杀生，可前提得是自己也能正常生活啊。没办法，他只好再次回到村庄里，买来一只小猫喂养。

　　猫买回来之后，修行者才想到一个问题：让它吃什么呢？如果它逮不到老鼠的话，岂不是要活活饿死？身为修道者，我可不能造这样的孽。于是他决定出山去买点猫食回来，可当他走进宠物店时，他又想到，无论买多少，总有吃完的那一天，所以不如来个长久之计，买只奶牛回去，让猫以牛奶维生。就这样，他最后牵了只奶牛回到山中。

可是还不到 10 天，修道者便烦透了，因为每天早中晚 3 次放牛严重打扰了他的清修。他想了想，决定去找个乞丐来照顾奶牛。乞丐来到山中后不久，对修道者抱怨道："你修道我可不修，所以你总不能让我整天跟着你吃山草野菜吧，你给我点钱，我要去买点肉回来。"修道者一听有理，便让乞丐去买了点肉回来。

当看到乞丐美滋滋地大嚼特嚼喷香诱人的肥肉时，修道者心里痒痒了，他想肉类我不能吃，喝点牛奶总成吧，反正奶牛每日产的奶猫也喝不完，扔了岂不太浪费？于是他……

以后的事情想必大家都能猜得到，不到一年，修道者便把乞丐赶出了深山——他不再需要他了，因为他决定搬回村里，不再清修了。

> **大道理**
>
> 人的欲望是无穷无尽的，如果不加以控制，你将永远感觉不到满足。但更可悲的是，无论是谁，都不会发愁找不到解决欲望的借口。

27. 孩子的真实想法

某天，美国知名主持人林克莱特请来一位小男孩参加他的节目。在舞台上，他问那位小男孩道："长大后，你想做什么呀？"

小男孩想了想，天真地回答道："我想当飞机的驾驶员！"

林克莱特顺着这个话题往下问道："那么，如果有一天，你驾驶的飞机在半空中突然熄火了，你会怎么办？"

小男孩歪着脑袋想了一会儿："我会首先提醒我的乘客们系好安全带，然后我借助一个降落伞跳下去。"

听到这个回答，现场的观众顿时哄堂大笑，其中不乏摇头叹息世风日下，连这么小的孩子都是个自私自利的人。

看到大家笑得东倒西歪的样儿，小男孩有点不知所措了。

林克莱特使劲止住笑，接着问道："你跳下去做什么？"

小男孩的回答透露出了一个孩子真挚的想法："我要去拿燃料，然后再回来，要不飞机上所有像我这样的小朋友都会死掉的。"说完，小男孩的两行热泪便夺眶而出了。

和在场的所有观众一样，林克莱特当场愣住，他发觉，他无法用任何语言来形容孩子天性中的悲悯之情了。

> **大道理**
>
> 以己之心度人之腹，这是人们普遍具有的一大弱点，要想在为人处世中克服这一点，我们就需要做到两点：一，听话不要听一半；二，不要把自己的意思强行覆盖到别人的话上面。

28. 我没有偷吃

1961 年，他刚满 7 岁，还不知道"撒谎"是什么意思，因为他从来没有撒过谎。

某天下午，学校组织学生到园圃里采摘刚刚成熟的大枣。20 世纪 60 年代初正是我国大饥荒的时候，大人们吃不饱，孩子们也挨饿。看着一个个令人垂涎欲滴的大红枣子，几乎所有同学都难以自控地偷吃起来。只有他，这个家里最穷、个头最矮小、性格最内向的男孩控制住了自己，他一次又一次地咽回即将溢出的口水，任凭饥肠辘辘，硬是自始至终没吃一个枣子。

快放学时，老师叫收工了，看到枣行里遍地的枣核，老师当即大怒，她挨个责问着这些不谙世事的孩子。

也许是被老师的态度吓住了，偷吃的孩子们一个接一个地都承认了错误，只有他，昂首挺胸、满脸自豪地回答："我没有偷吃，一个都没有。"

这下老师更生气了，伸手就给了这个小男孩一巴掌，并冲他吼道："你才多大，就知道撒谎！大家都放学走吧，你给我罚站一小时。"

……

天色黑下来了，小男孩一动不动地在枣行里站着，他的眼泪大颗大颗地往下掉："老师，你要是根本不相信我，那还问我干吗！"

大道理

> 疑邻偷斧式的先入为主是人们常见的毛病。如果你觉得所有东西都不顺眼，请先摸摸自己的脸上是否戴着变色镜；如果你觉得所有人都在欺骗你，请先审视一下自己是否预先心存了怀疑。

29. 秘密

罗斯福任海军助理部长时，有一次刚跟部下开完会就被一位做记者的好友缠住了，好友很想弄清楚美国海军在加勒比海某岛上建立基地的情况。

"我其实并不想知道太多，"好友摆出一副诚恳的样子说，"我只是想确定一下有关基地的传闻是否确有其事罢了。"

这个问题可让罗斯福犯难了，因为对方要打听的事在当时是不便公开的，但是既然对方是自己的老相识，直接拒绝又有些困难。怎么办呢？思索片刻之后，罗斯福忽然灵机一动地问道："你能为我保密吗？"

"当然，我保证。"记者好友信誓旦旦地说。

"作为一个记者，你知道不能公开的事有什么用呢？"罗斯福微笑着反问道。

"这个，"好友一时瞠目结舌，想想又立即反驳道，"我只不过是想满足个人的好奇心罢了。"

"那么，你确信你能保密，不透露给第二个人？"罗斯福又问道。

"一定一定。"好友更急切了。

"那么，"罗斯福又微笑了，"我也能。"

30. 如何卖手环

一对姐妹租了一家大商场的柜台卖首饰。开张伊始，顾客源源不断，但一天下来，卖出去的货却屈指可数。时间一长，这对姐妹受不了了，柜台每个月光租金就得上千块呢！

怎么办？姐妹俩都愁眉苦脸地想着。忽然，妹妹灵机一动，对姐姐说道："我们可以这样，就比如那种一直卖不掉的手环吧，它原来是卖200的，现在我们改为100……"

"那我们不就赔了吗？"不等妹妹说完，姐姐便喊起来。

"不赔不赔，你听我说。"妹妹按住着急的姐姐，"我们把一只标价为100，把另一只标价为400，然后把它们放在一起。这样，我们不就不赔了吗？"

"可有什么用呢？这样难道就能卖掉？"姐姐疑惑不解。

"卖不卖得掉，我们要试了以后才知道！"妹妹狡黠地眨了眨眼睛。

姐妹俩刚刚按计划摆好货，一个女人便走了进来。她一看两只手环一模一样价格却相差悬殊，便问这两者有什么区别。

机灵的妹妹马上解释道："其实它们是一样的，我们只是想薄利多销，让大家便宜也能买到上等品位的好货。"

女人心中大喜，立刻买下了那只标价为"100"的手环，然后得意扬扬地走了出去。

姐妹俩还没来得及高兴，一位时髦女郎便走了进来，她也一眼就注意到了这两只手环，同样询问起原委来。

这回是已经明白过来的姐姐解释的："俗话说'一分钱一分货'，这两只手环看起来一模一样，戴在身上给人的感觉可大不相同。好东西就是好东西，就是显品位，明眼人一眼就能看出来。"

时髦女郎仔细一瞅，感觉标价为"400"的的确比"100"的看起来要好一些，于是便买下了那只贵的，戴在手腕上满脸高贵地走了。

看着时髦女郎远去的背影，妹妹得意地对姐姐说："看到了吧，这一招屡试不爽！"

31. 破窗户理论

这个小县城一共有两条主要街道，每年秋天，县环保局都会按照惯例举行"街道卫生比赛"，并对获胜者给予优厚奖励。相应的，每到这个时候，街道办事处主管卫生的人员就会大忙特忙一阵。

可奇怪的是，不管朝阳大街的负责人员如何努力，最终得到那笔奖金的总是红旗大街。这种情况持续了几年之后，朝阳大街的负责人员老张终于坐不住了，他打电话给红旗大街的"竞争对手"老李，要请他吃饭。

老李自然明白是怎么回事，于是席间不等老张开口便自顾自地说道："我可从来没想过要独吞什么奖金，一切都是为了工作嘛。就算你不请我吃饭，我也预备找你谈谈了，把县城街道卫生治理好是咱们共同的目标嘛。其实我也没有什么秘诀，只不过感悟于一个小故事，我给你讲讲吧。

"某汽修厂将回收来的两辆外形完全相同的旧汽车放在了露天地里，其中一辆车的引擎盖和车窗都是打开的，另一辆则是封闭的。没想到，打开的那辆车在几天之内就被人破坏得面目全非了，而封闭的那辆车则完好无损。汽修厂老板挺奇怪，于是就在完整的那辆车的窗户上打了一个洞，结果只一天工夫，这辆车上所有的窗户就都被人打破了，车内的东西也全都丢失了。

"有关专家称这种现象叫'破窗户理论'，也就是说东西原本是什么样的，人们就会按照第一印象去怎么对待它。

"听到这个故事之后，我就一直在想，既然这是人们的一种惯性心理，我干吗不利用它一下呢？于是我就一直试着把它应用到街道卫生治理上，力求在相对较长的一段时间内保证街道干干净净的，并对乱扔垃圾者进行制止甚至是惩罚。结果你猜怎么着？几个月之后，就算街上再出现脏物，过往的行人们也会主动把它拾进垃圾箱里。就这样，三四年以来，我管的这条街道一直保持着干干净净的样子，根本不需要我费心费力地去治理。"

大道理

对于已经被破坏的，让它再破一些也无妨；而对于完整的，一定要努力维护它，不让它遭到破坏。明白人类的这种惯性心理，我们应该力求完善自己的人生与生活。

32.　两只狮子

威威和豹豹都是狮群中相当威武凶猛的捕猎主力，但是它们虽然是孪生兄弟，性格却相差悬殊。威威温文尔雅又颇有风度，除了捕捉猎物时，平常很难见到它虎虎生威的样子。而豹豹则恰恰相反，它天生就一副凶悍暴烈的坏脾气，一点小事都能把它激怒。本来谁都以为，脾气好坏对于一只狮子来说算不上什么大事情，只要身手敏捷、捕猎技术高超就万事大吉，可是出乎大家意料的是，正是这小小的性格差异，导致了兄弟俩截然不同的命运。

一个夏日的午后，威威和豹豹一个向东、一个向西各自出门捕猎。当来到深山峡谷时，它们都感觉有些疲惫，于是躺下来休息。忽然，威威和豹豹身边都各来了几只蚊子，那几只讨厌的蚊子围着它们转啊转啊，一会儿咬它们的耳朵，一会咬它们的鼻子，还嗡嗡地叫个不停。

威威皱着眉头使劲摇了摇头，然后迅速地向前跑去，结果没几分钟，蚊子便再也跟不上它了。而在西边的豹豹则不然，它愤怒地盯住了那几只该死的蚊子，然后拼命伸出爪子去扑它们。结果，由于蚊子不停地在它脸上窜来窜去，到最后它把自己的脸都抓破了，紧接着，暴躁的它又抓瞎了自己的眼睛。

　　不久，狮群召开大会选举首领，风度翩翩又本领超常的威威自然而然地坐上了那个宝座。而豹豹呢？因为瞎掉了一只眼睛，它的捕猎能力大大受到影响，每天能填饱自己的肚子就算不错了。

大道理

　　现实中，各种小人总是层出不穷，尤其是当你人生得意的时候。倘若你因此偏离原则，着力去对付他们，你的事业和生活必将会大大受阻。

33. 回信

　　"二战"之前，乔治是位有名的律师。二战爆发后，家园被毁并随时有生命危险的他不得不越过国界，逃往瑞典。不久之后，他的钱用光了，急需找份工作。他从报纸上搜罗着，希望能够找份进出口公司的秘书工作，或者是翻译也行，因为他懂好几国的语言。

　　1个月过去了，他寄出的大部分求职信都石沉大海。而为数不多的回信，内容也都大体相仿，无非是"战争期间，公司对外交流艰难，暂时不需要这一类人才"等等。可是有一天，乔治接到了这样一封信："你既蠢又笨，根本不了解我们在做什么！像你这种人，还要找什么秘书工作，即使需要我也不会请你！你得意扬扬地号称自己懂好几国语言，可是你身在瑞典，却连瑞典文都写不好，信里全是错误！"

　　读完这封信，乔治差点气疯了，本来他就背井离乡、孤苦无依，对方竟然还这么恣意侮辱他。所以他想都没想就回了一封言辞犀利的信，打算让那个人大发一顿脾气。可是当把信投向邮筒时，乔治又犹豫了，他自言自语道："我怎么知道这个人说得不对呢？单单凭一个公司名称，我的确不可能准确判断对方的业务范围。另外，虽然我学习过数国语言，可是却不能说是'精通'，也许我的瑞典文的确错误百出，只不过我自己不知道罢了。如果是这样的话，这个人反倒以这种方式提醒了我、帮助了我，所以我应该写封感谢信给他才对。"

　　于是乔治烧掉了原来的信，重新写了一封："我非常感谢您能够这样不厌其烦地回信给我，尤其当您并不需要一个秘书时。我的确没有把贵公司的业务范围搞明白，请您原谅。另外，对于您直言不讳地指出我的瑞典文的语法错误，我更是感激不尽。我现在正打算努力学习瑞典文，改正我过去的错误。基于以上这几个原因，我再次向您深深地致谢。"

　　这封信寄出去没几天，乔治就很意外地收到了那个人的邀请信，对方邀请他到他们的公司去一趟。乔治去了，而且得到了一份工作。

大道理

　　"以眼还眼、以牙还牙"是人们惯用的处世方式，但除了加深矛盾，它几乎一无用处。而宽容伤害自己的人，却往往能让自己避免更深的伤害，有时还能意外得到他人的帮助。

34. 山羊和影子

　　一大清早，小山羊咩咩就从家里跑到了村外的草地上，吃饱喝足之后，它舒服地伸了个懒腰。不经意间，它发现在刚升起不久的太阳的照射下，自己的影子竟然很长很长。

"哎呀，原来我这么高大呀，那天在果园看到熟透的果子时，我还叹息自己吃不到，现在看来完全没问题啊。"咩咩一边自言自语着，一边向果园跑去。

等它找到那天看到的果园时，时间已经是正午时分了，它看看自己身后的影子，发现它居然缩成了很小的一团。

"唉，原来我这么矮啊，看来是没希望吃到树上的果子了。算了，我还是回去吧。"说着，咩咩便垂头丧气地往回走。

等到它来到家门口时，已经是傍晚时分了，偏西的太阳又一次把它的影子拖得好长好长了。咩咩吃了一惊，立刻后悔地喊道："天哪，早知道这样，我干吗要回来啊！凭我的个子，把树顶上的果子吃光都没问题！"

大道理

很多人都在犯一个可笑的错误：得意时认为自己很高大，失意时认为自己很渺小。其实避免这种错误很简单，树立一个不变的标准就行了。

35．农夫与骗子

几个月前，农夫家的母牛生下了一头小牛。现在，农夫想把已经长大的小牛赶到集上去卖掉。于是，他骑上毛驴，牵着小牛出发了。中途三个骗子发现了农夫，他们商量着骗他一把。

第一个骗子趁着农夫在驴背上打盹，悄悄剪断了他手中的缰绳，把小牛牵走了。拐弯时，农夫被惊醒了，他发现小牛不见了，慌忙寻找起来。

这时，第二个骗子走过来，热情地问他这么慌张是为什么，农夫据实以告后，骗子非常同情地说道："您可真是不幸。不过刚才我看到有个人牵着一头小牛朝那边林子里去了，不知道是不是你的。"

然后他就绘声绘色地形容了那头小牛一番，农夫一听大喜，说那就是我的牛。骗子赶紧接道："那你赶快去追啊，我在这给你看着驴。"

农夫感激不尽地把驴子交给这位好心人，然后就匆匆跑进林子里去了。可是等他两手空空地回来时，驴子和好心人都不见了。

农夫伤心地大哭起来，说我可真是倒霉，天下不幸的事情怎么全都落到我一个人头上了呢？忽然，他听见不远处的桥上有一个人比他哭得更大声，于是便奇怪地走了过去。

那人告诉农夫："我是个丝绸商，带了一袋金币准备去城里进些货，没想到一不小心把钱袋掉到河里去了。"说完，他一手指着桥下，一手捂着脸大哭起来。

农夫急道："大傻瓜，那你赶紧去捞啊！"

那人回答道："我不会游泳啊！如果有个会游泳的人帮我一把，我愿意拿出 10 个金币作为酬谢。"

农夫一听暗想：正愁回家没法给老婆交代呢，有了这 10 个金币可就什么都不用怕了。于是他连忙脱下衣服跳下了水，当他一无所获地爬上岸时，发现自己的衣服、包裹都不见了。当然，包裹里的那点钱，骗子也没有给他留下。

安然无事时麻痹大意，出现意外后惊慌失措，造成损失后急于弥补，这是人们常见的弱点。要想不因此被小人钻空子，我们必须从源头上切断河流，即时刻提高警惕，不给任何人以可乘之机。

36. 山下山上

为了得到大师的指点，这位青年画家带着自己的画来到了省城。颇费心思之后，他终于见到了自己敬仰已久的某著名画家。但他万万没想到的是，对方是个傲慢至极的人，一看他是个无名小卒，连画轴都没打开便借口有事对他下了逐客令。

青年画家羞愤之下转身就走，走出门口时回头说了一句："老师，您现在站在山顶，而我站在山下。您从山顶往下看我，固然觉得我很渺小，但您应该知道的是：我从山下往上看您，您也同样渺小。"

说完，青年便丢下目瞪口呆的大师扬长而去。

十几年后，当初的青年画家也已经跻身于大师之列了。在一次画展上，当年那位冷落他的著名画家对他的画赞不绝口，遂请求他为自己作一幅画。显然，著名画家已经忘了当年的事。但是他并没有忘，淡淡一笑后他答应了对方的请求。

仅仅3天后，著名画家就拿到了自己所要的画。打开时，他一下子惊呆了：画的主体是一座气势磅礴的大山，大山的山顶处和山脚处各有一人站立。下面的人往上看，上面的人往下看——两个人是一般大小。

由于身在高处，山顶的人总会觉得山下的人不如自己高大。殊不知在山下人看来，这种情况同样存在。只是大家都应该明白：让一个人自我感觉高大的，并非其本身，而是其所在的位置。

37. 猪

刚刚学会开车的张三美滋滋地驾着一辆小轿车出发了，他要去郊区的某个休闲广场度周末。

刚驶进郊区，一阵清新的空气便扑面而来，心旷神怡的张三边开车边优哉游哉地享受着路两旁的美丽风景。这时，一辆迎面而来的大货车突然放慢了速度，两车一擦而过的瞬间，货车内满脸胡子的司机迅速摇下车窗，探出头来冲张三大叫了一声："猪！"

这突如其来又莫名其妙的侮辱一下子把张三击晕了，"他什么意思？是说我把车开得左摇右晃？还是说我长得像猪？"张三越想越生气，越想越堵心，于是他也摇下车窗回头大骂了一句："你才是猪！"

话音还没落，张三的车便迎头撞上了一群正在穿过马路的猪。

大道理

　　过度地防范别人，就等于抓了一把没有手柄的双刃剑，既会让自己吃亏，也会让别人受伤。因此，在不明所以之前，我们最好先按捺住情绪，以免冲动行事后悔莫及。

38. 落水的吝啬鬼

　　从前有个财主，虽然家财万贯却是异常抠门，甚至对自己的子女都吝啬无比，气得大家都在背后叫他"吝啬鬼"。

　　有一天，吝啬鬼去村外办事，途经村口的小河时，突然脚下一滑落入了河里。慌忙之中他一把抓住了河岸边长长的水草，然后就开始心惊胆战地大喊救命。

　　听到有人喊救命，村民们纷纷朝着河边跑过来。但当看到河里是吝啬鬼时，大家又都犹豫了，不过最终还是有几个人站了出来，毕竟人命关天嘛。

　　"快，把你的手给我。"一位年轻的小伙子蹲在河边，冲吝啬鬼伸出了手。

　　吝啬鬼离河岸并不算远，只要他伸出手，小伙子完全可以把他拉上来。但是不知为什么，吝啬鬼就是不肯伸手。

　　"快点，把你的手给我啊！"小伙子以为吝啬鬼没听清，所以又重复了一遍，但没想到对方依然不理不睬地大喊救命。小伙子气得站起身来就走："你既然想死那还喊什么救命！"

　　其他人感觉很奇怪，便轮流试了一遍。结果真的，无论自己怎么喊让吝啬鬼伸出手来，他就是装成没听见的样子继续大喊救命。

　　眼看着吝啬鬼一点点往下沉，众人都急了，正在一筹莫展之际，吝啬鬼的老婆慌慌张张地跑来了。

　　只见她迅速伸出手去，冲丈夫大声喊道："快，给你我的手。"吝啬鬼一听，立刻伸手抓住了老婆的手，并顺利地爬上了岸。

　　众人称奇的同时又感到大惑不解，于是纷纷向吝啬鬼的老婆请教"高招"。不想吝啬鬼的老婆却叹了一口气说："我哪里有什么高招，只不过了解他的脾气罢了——他从来不会把自己的东西给别人，而只会接受别人给他的东西。你们一个个大喊让他把手给你们，这不是要他的命吗？所以他当然宁可淹死也不理你们了。"

大道理

　　生命中太多的苦涩和危险，都是由于人们过度的贪婪与愚蠢造成的。在别人伸出援手之际，别忘了，唯有我们自己也愿意伸出手来，对方才能帮得上忙！

39. 爸爸与儿子

　　老周是个怨天尤人的高手。

　　上初中时，他的数学成绩非常差，于是便气鼓鼓地怨数学老师教得不好，导致了他偏科，虽然当时班上绝大部分同学都非常喜欢那个圆圆胖胖的老师。

上高中时，因为个子不如其他人高，还是小周的老周动不动就骂学校的伙食不好，影响了他的正常发育。

考大学时，因为与自己理想中的大学擦肩而过，老周郁闷地唉声叹气，到现在还在埋怨爸妈遗传的天分不够。

毕业后做生意时，因为所选地段不佳，连连赔本的老周时不时就训斥老婆不贤惠，说背后的女人不怎样，前面的男人就会很难成功。

苦撑了两年终于破产后，老周更是火冒三丈地指责老丈人，说都是因为你当初不肯拿出钱来入股，才导致了我今天的不幸。

老周的儿子周小小因为自打出生就生活在这样的环境中，上小学时，他已经养成了跟他爸爸一样的脾气。

第一学期末，周小小拿着一张全班倒数第一的成绩单回了家，老周一看，正想破口大骂，周小小板着小脸说道："爸爸，你不觉得这个问题出在你身上吗？是你说的，你当年成绩不好，没有考上好大学是因为爷爷奶奶没有给你遗传好的天分。"

老周一听，顿时哑口无言。

唉，有这样的爸爸，当然会有这样"肖"顺的儿子，这可是连老周也认可的理论。

适当的罪恶感有助于我们的成长和发展，但如果罪恶感泛滥，或者把罪过完全推到别人身上，我们的人生就会出问题，人格就会打折扣。所以，在怪罪别人之前，请先怪罪一下自己。

40. 狗和大碗

古董商路过小镇的某家商店时，看见店门上挂了好大一块木牌：此处卖狗。木牌下面，店主人正端着一只碗在喂一只可爱的小胖狗。

对于狗，古董商可没什么兴趣，可是当看到店主人喂狗用的那只大碗时，他的眼睛一下子亮了：天哪，那可是一只非常少见的、北宋初年时期的珍贵瓷碗啊。

欣喜若狂之下，古董商差点叫了出来，但转念之间，他又换上了一副无所谓的表情，心想像这种稀罕宝贝，连普通人都一眼就能看出品质不凡来，店主人怎么会把它当成喂狗器呢？看来原因只有一个：他不但不懂瓷器，大脑还有点问题！既然如此，我干吗还要傻乎乎地出高价买那只碗呢！

想到这里，古董商慢慢地走到店主人面前，蹲下身去抚摸着小狗软软的皮毛。几秒钟以后，他装成非常感兴趣的样子问道："这只小狗卖多少钱？"

"100块钱。"店主人头也不抬地回答。

"哎呀，这么便宜啊！"古董商装出惊讶的样子叫了起来，"好，我买下了。"

说罢，古董商立刻掏出100块钱给店主人，然后抱起小狗便走。刚走两步，他便想起了什么似的又转身走回来："对了，这只小狗一定习惯于吃这只碗里的食物了。这样吧，我给你多加几块钱，你连这只碗一块儿给我吧。"说着，古董商便伸出手去拿那只碗。

"这可不行，先生。"店主人急忙拒绝道，宝贝似的把碗连同那100块钱一块儿揣进了怀里。

"我可以给你多加点钱啊。"古董商有点着急地说道。

"加多少钱也不行。"店主人翻了翻眼睛,"这只碗使我在三天之内卖掉了十只狗,净赚了上千块。"

> **大道理**
>
> 不要自视聪明地把一切人都当成傻瓜,否则你将难逃聪明反被聪明误的命运,因为"天外有天,人外有人",一旦遇上更高明的人,你的心计必将成为引诱你吃亏上当的圈套。

41．喜欢的人与讨厌的人

刚上二年级的小学生们,彼此之间竟然有那么多的矛盾,以至于惊动了班主任李老师。于是某次班会上,她给每位学生都发了一张纸条,要求大家尽可能快地写下自己所喜欢的人。1分钟之后,她开始收纸条了。全部收齐之后,她看都没看就又给大家发了一张纸条,还是要求大家尽快地写人名,不过这次,她要学生写的是自己讨厌的人,时间照样是1分钟。

大概10分钟之后,李老师把所有收上来的纸条都看完了。通过分析"喜欢的人"那一批纸条,她发现:有的学生可以在1分钟之内想出很多,以至于时间结束时还没有写完;有的人则仅能想出几个甚至是一个也想不出来。而关键的是,前一种人在别人笔下出现的概率也非常高,后一种人则出现的概率相对较低甚至为零。

通过分析"讨厌的人"那一批纸条,李老师照样发现了一个规律:某人讨厌的人越多,他的名字就在别人"讨厌"的笔下出现越多;相反,某人很少有讨厌的人甚至是没有,则他的名字就几乎不曾出现在别人笔下。

于是,李老师恍然大悟:原来,自己怎么看待别人,别人也会怎么看待自己。

> **大道理**
>
> 每个人都在心里装了一面哈哈镜,因为自己的缺陷,而把别人照变了形。要想让世界还原成本来的样子,我们只有把哈哈镜变成平面镜——当你能够正确看待别人时,别人也就再看不到你的缺陷。

42．讨厌的"正直"

正午时分,我走进一家小餐馆,找了一张靠窗的空桌子坐了下来。点完饭菜后,我开始打量这家餐馆。

餐馆里客人还不算太多,我前边的位置坐着3位打扮入时的年轻女孩,正叽叽喳喳地说着什么。右边坐的是位典型的当地老太太,一边哧溜哧溜地喝着汤,一边极不高兴地用余光扫视着那几位女孩子。显然,她很不喜欢这种在公共场合大肆喧哗的人。说心里话,其实我也不喜欢,只是不得不忍受罢了。

忽然,一位女孩掏出火来点了根烟,顿时,浓浓的烟味弥漫了整个不大的空间。正当我努力压制着反感时,那位老太太开口了:"小姐,你可不可以不抽烟?"

此话一出，我心中顿时一喜：真好，遇上了一位这么正直的老太太。但接下来事情的发展却大大出乎了我的意料。

那位年轻的女孩脸一红，默默地熄灭了烟。本来事情完全可以到此结束，不想那位老太太却垂着眼皮继续责骂起来："看样子你们是大学生吧，真没想到一个个素质这么低，竟然在公众场合抽烟。不知道抽烟对旁边的人最有害吗？我活了70岁一直好好的，要是因为你的一根烟送了命，你负得起责任吗？再说了，一个女孩子抽烟像什么话，简直就是没教养。我们那个年代出来的女人都知道，只有妓女才抽烟！抽吧抽吧，将来你们生出来的孩子都会变成畸形儿……"老太太的嘴一直滔滔不绝地向外流淌着"除恶为民"的正直言辞，使得整个餐馆都陷入一片尴尬至极的沉默中。不知道为什么，老太太虽然不是针对我，我却觉得自己也被卷到这种洪流里去了，而且似乎其他人也有这样的感觉，因为我看到大家都在偷偷用讨厌的目光盯着还在口若悬河的老太太。

那3个女孩手足无措地坐在那里，忍受着这种莫名其妙的侮辱。但是正像大家所希望的那样，她们只是沉默了几分钟，随后，3张年轻的脸都转过来盯住了老太太，眼神里积聚着越来越明显的怒火，那位刚才抽烟的女孩则把拳头攥得紧紧的。

偶然抬头间，那位老太太发现了3位女孩的异样，顿时把骂剩下的半截话咽了下去，然后装成镇定的样子紧喝了几口汤，拔腿向外面走去。

透过玻璃，我看到老太太出门后向后慌慌地看了一眼，然后就小跑起来了。

大道理

如果远离了亲切，正直就会转化成令人害怕和反感的残酷。"矫枉"固然不错，但如果"过正"，就会过犹不及、于事无补，而且还可能引起反弹，让原本正直的人走向反面。

43. 电梯里的镜子

我住在18楼，每次上下楼都得乘电梯而行，渐渐地，我跟开电梯的小姑娘熟起来。

某天，我刚走进电梯，就看见小姑娘两眼发亮，满脸得意之色。

"什么好事让你高兴成这样？有对象了？"我打趣她道。

"才不是呢！"她脸一红，随即又换上了得意之色，"姐，我问你个问题，看你能答对不。你说，为什么电梯里总会安一面大镜子啊？"她指着与电梯门相对的那面镜子问我。

"当然是让乘电梯的人对着镜子检查一下自己的仪表了。"我想起自己整天进进出出地照镜子，便想当然地答道。

"哈哈，你也答错了！这个问题我今天已经问了好多人，可是居然没有一个人答对。"小姑娘得意地笑起来，"大家答什么的都有，有的说是为了看清后面的人是不是对自己不怀好意；有的说是为了扩大视觉空间，让乘客感觉舒服；有的说……"

"那正确答案是什么呢？"看看就快要到18楼了，我打断她问道。

"正确答案是：为了让残疾人摇着轮椅进来时，不必费力转身就可以从镜子里看见电梯所到的楼层数。"小姑娘以轻快的语调回答我道，然后我们就被隔在了电梯门里外。

这个答案让我忘记了走路，一时间呆呆地站在原地发起愣来：是啊，这么简单的答案，为什么这么多人都没有想到呢？回忆着小姑娘所说的众人的答案包括我自己的，我忽然间心有所悟了：哦，虽然人类越来越聪明、知识面越来越宽广，但有一个弱点大家都始终未曾克服，那就是无论考虑什么问题，都往往从自己出发！

大道理

　　世界并非以我们为中心，如果总以自己为出发点去考虑问题，结果势必会误多正少。要想扭转这一局面其实很简单，站在别人的立场上想事行事就行了。

44．富翁与农夫

有位富翁家里金银成堆，珠宝成箱，可他就是感觉不快乐。怎么样才能让自己开心起来呢？烦恼的富翁左思右想不得其解，于是便决定远行去找寻快乐。

收拾好东西正欲出门时，他又站住了：不行，家里有那么多钱，倘若我长期不在家，貌似忠实的管家和下人们难免会起别的心思，所以我不如带上。

这样想着，富翁便把金银珠宝全部转移进了一只挺大的箱子，然后背上它便出发了。

可是箱子实在是太沉了，没有几里路，富翁便累得气喘吁吁，不得不停下来休息了。他靠在箱子上，眯起眼打算睡一会儿，不想刚打了一个盹儿便一激灵醒了，因为他做了一个噩梦，梦见一伙强盗持刀持枪地抢劫他的珠宝。"是啊，"富翁自言自语道，"我怎么可以这么大意呢？在这种前不着村后不着店的地方休息，不是自找麻烦吗？"

想到这里，富翁赶紧站起来，背着箱子继续向前走去。太阳下山以后很久，他才找到一家小旅馆，虽然不如想象中干净，但疲倦至极的他已经顾不了那么多了。

半夜时分，富翁被再次惊醒了：不行，我得好好看着箱子，看店主的样子就知道他没见过什么大钱，倘若不小心给他瞅见，我肯定得遭殃。所以，他便坐在箱子上挨过了后半夜。

这种日子过了一周以后，富翁已经离家好远了，可是他想寻找的快乐却依然不见踪影。

这天下午，既失落又疲惫的他正呆呆地坐在一个小石礅上休息，忽见一位农夫从远处唱着山歌走来。

看着衣衫破旧的农夫如此快乐，愁眉不展的富翁赶紧上前请教。

农夫笑笑说："我哪里有什么快乐的秘诀，只不过是把所有的负担都放下了而已。"

一句话惊醒了梦中的富翁，顿时，他领悟道：是啊，自己背着这么沉重的金银珠宝出来，不但累得要死，还白天黑夜地担惊受怕，怎么可能快乐得起来呢？

这样一想，富翁立刻打开箱子，把里面金光闪闪的珠宝亮了出来，然后对农夫说道："谢谢你教给我快乐的秘诀，这些钱我都给你了。"

农夫弯腰捡出一个金元宝揣进怀里："对于我来说，一个元宝就足够了，再多就是负担了。如果你想送，就把它分给其他的路人吧。"

富翁这样做了，看着来往的穷人都露出了笑脸，富翁终于成了一个快乐的人。

大道理

　　背负的贪婪过多，快乐就会被不满足替换掉，所以，很多时候不是快乐离我们太远，而是我们不知道拒绝种种诱惑。

45. 扫落叶的小和尚

师父正在给每个小和尚分配工作，分到清扫落叶这一任务的小和尚心里甚为高兴，与挑水、劈柴、做饭比起来，这显然是个再轻松不过的活儿。

但是没过几日，小和尚便发现不是那么回事了——深秋季节，每个大清晨都站在冷飕飕的西北风里扫地，这实在不算一件舒服的事。更让他郁闷的是，时令渐入冬季，晚上的风越来越大，无论前一天他多卖力地扫干净，第二天早晨总是又一地落叶。

怎么办？如何才能让自己更轻松一些呢？小和尚坐在台阶上冥思苦想起来。恰逢这时，挑水的小和尚从他面前经过，于是他叫住对方，把自己的烦恼诉说了一通。

"这很简单啊！"挑水的小和尚灵机一动道："在打扫以前，你使劲儿摇树干，把快落的黄叶统统摇下来。这样，你第二天不就可以省些力气了吗？"

"对啊，我怎么没想到呢！"扫落叶的小和尚喜不自禁地拍着脑门道。然后，他就真的猛摇起树干来，果然，树上的叶子纷纷落了下来，高兴的小和尚一整天都眉开眼笑的。

第二天鸡还没叫，从梦中惊醒的小和尚便迫不及待地披衣爬了起来，他要看看自己昨天努力的结果。可是刚出屋门，他便傻眼了，只见地上处处落叶，一点也不比原来的少！

这时，一位起夜的老和尚从他门前经过，看到他一脸哭丧的样子，再看看门前满地的落叶，老和尚顿时明白了怎么回事。于是他意味深长地说道："我小时候也干过这样的蠢事，直到十几年后我才明白：无论你今天怎么用力，明天还是会有叶子落下来，除非树上不再有叶子。人生当中的苦与痛，亦是如此啊。"

大道理

有些事情不宜也不能提前完成，正如生命总是苦乐相随，即便你预支了明天的烦恼，除了徒增今天的负重之外也依然于事无补。因此，与其因未来的忧伤日日不安，不如把握住当前的快乐，顺其自然。

46. 寻找新居住地

小镇的大街上，一位白发老人正倚墙而坐，静静沐浴着温暖的冬阳。

一位陌生人赶着马车经过这里，停车向他打听道："老先生，我想问问这镇上的居民怎么样，因为我正在寻找新的居住地。"

"哦。"老人睁开眼睛看了陌生人一眼："你原来住的地方居民们怎么样？"

"哎呀，别提了。"陌生人立刻摇着头叹息道，"他们一点儿也不绅士，一个个毫无礼貌又自私自利，简直让人无法忍受！我正是因为无法再容忍邻居的无理取闹才离开家乡寻找新居住地的。"

"哦，看来这里照样不合你的口味，"老人慢悠悠地说道，"因为这儿的居民跟你家乡的一样，既不懂礼貌又自私自利。"

陌生人一听，立刻失望地驾着马车远去了。

不想前面人刚走，又有一位陌生人骑着马到来了。像刚才那个人一样，这位骑马者也向老人打听这里的居民情况。

"你原来住的地方居民们怎么样？"老人依然问了对方这个问题。

"哦，那真是一个令人怀念的地方，人们都友好而善良，非常容易相处。如果不是因为工作的原因，我真舍不得离开那里。它给我留下了一段美好的记忆，我很希望能够寻找到一个和它一样好的新居住地。"骑马者回答道。

"你可真是太幸运了，年轻人，这里的居民跟你原居住地的人们完全一样。"老人大声说道，"住下来吧，相信你会喜欢他们的，他们也会同样喜欢你。"

大道理

把世界和他人看成什么样，正是其本心的真实影像。如果心是太阳，那么他眼前就会一片光明；如果心是黑夜，那么他只会看到一片黑暗。

47. 乞丐与富翁

河豚味道鲜美，是人们餐桌上的美味佳肴之一，可是如果处理不好，它却会让食者中毒。

某天，几位富翁聚在一起小饮，有人奉上一盆河豚。几位富翁面面相觑，尽管都想吃，却谁也不敢先动筷子。忽听其中一人说道："看，那边桥头上坐着一个乞丐，不如先舀出一碗来让他尝尝，看他没事儿后我们再吃。"语音刚落，众人便纷纷称好。

伶俐的家仆立刻盛出一小碗给乞丐端了过去："这是河豚汤，我们主人赏你的。"乞丐一听，连忙道谢接了过去。

富翁们耐着性子等了一刻钟，发现乞丐仍旧安然无恙，于是便放心大胆地享受起来。酒足饭饱之后，他们满意地抹抹嘴，开始往回走。路经乞丐所在的桥时，忽听乞丐叫住了他们："刚才的河豚你们都已经吃过了吧？"

"是啊，说起来我们还得感谢你呢。"一个富翁说道，顿时，其他几个附和着大笑起来。

"谢我做什么，反倒是我应该谢你们。"乞丐说道。

富翁们正莫名其妙间，忽见乞丐从破篮子里端出了那碗河豚汤："既然你们都安然无恙，那我就可以放心大胆地喝了。"说完，乞丐便仰着头呼噜呼噜地大喝特喝起来。

几位富翁顿时感觉尴尬无比。

大道理

不要以貌、以身份或地位等外部条件取人，须知智商高低或生命贵贱跟这些都无关系。而且，常犯愚蠢、低级错误的，多是那些自以为聪明或高贵的人。

48. 麻雀与燕子

在鸟类世界中，麻雀属于比较奇怪的一种，它们从来不会"兔死狐悲，物伤其类"，而总是在同类遭遇祸患时幸灾乐祸。瞧，这窝麻雀就是这样。

正当它们吃饱喝足，聚集在枝头小憩时，"轰"的一声枪响，几只麻雀应声落地了。剩下的3只在受惊之余，都扑棱棱地飞了起来。等落到不远处的打谷场上，把惊魂安定了以后，这些曾经一窝亲的"兄弟姐妹们"不但没有悲伤，反而放声大笑起来，庆祝自己的幸运。

正在谷场边大树上休息的燕子看不过去了，斥责它们道："你们怎么可以这样，快点儿团结起来，一起对付敌人吧！"

3只麻雀一听，一起白了燕子一眼，继续大笑起来。不想正在得意之际，半空中的一只老鹰俯冲而下，又让其中的一只丢掉了性命。和刚才一样，剩下的两只又高兴地笑了起来。

燕子很气愤地冲它们喊道："真是太不像话了！你们怎么一点'鸟性'也没有呢！"

"你知道什么！"幸存的两只麻雀一齐反驳燕子道，然后又愉快地唱起歌来。这时，一只大黑猫突然从暗处窜出来，迅速叼去了较小的那一只。这下，仅存的那只更乐了，只见它一会儿揉着肚子，一会儿在地上打个滚，好像刚看完天下最好笑的喜剧一般。

燕子站在枝头恨恨地说道："像你们这一类，看来只有灭亡的份了。"

"你知道什么，傻瓜！"最后一只麻雀得意扬扬地回答道，"聪明的人类说过，'物以稀为贵'！如果麻雀们全都死光了，只剩下我一个，我一定会像大熊猫一样被人类保护起来的。"说完，它又放声大笑起来。正当它陶醉不已时，一条毒蛇悄悄地从旁边麦堆里探出了头，一下子就缠住了正在做梦的它。

"救命啊！快救救我吧燕子大哥——"小麻雀绝望地大喊道。

"算了，我还是让你的同类变成'大熊猫'吧！"说完，燕子就拍拍翅膀飞走了。

大道理

寄希望于他人倒霉，从而使自己身价倍增，这种荒唐心态并不少见。只是，倘若你一直对别人幸灾乐祸，等到不幸降临到你头上的时候，还会有谁来救你呢？

49. 如何战胜猴子

很久以前，在一座高山上，住着两位得道成仙的高人。这两位高人都非常喜欢下围棋，每天下午，他们都会到那株高大的古松下对弈数局。谁知古松之上生活着一只聪明绝顶的灵猴，每到仙人下棋时，它就躲在树上偷学。经过长年累月的观摩，再加上这对仙人的灵气熏染，数年下来，这只灵猴居然练就了一身高超奇绝的棋艺。

不久，灵猴下了山，靠着自己的绝活四处找人挑战，结果没有一人能够胜得了它。久而久之，灵猴的名气传到了国王耳朵里。国王怎么也不相信一只猴子会比人更聪明，于是便派手下把它请了来，然后又召集国中的围棋高手与它对阵。不想数日之后，那些所谓的"高手们"一见到灵猴就浑身战栗，不战而逃，因为不管他们如何绞尽脑汁，最后都必然是这只猴子的手下败将。

国王一看，大怒道：堂堂一个大国，难道连一个会下棋的人都找不出来吗？

这时，一位聪明的大臣站了出来，自告奋勇说他想与猴子下一盘，不过有一个条件，那就是要在棋桌上放一盘鲜红欲滴的水蜜桃。国王立刻答应了下来，于是比赛又开始了。

下过几颗棋子之后，那位大臣装成很随意的样子，拿起一个大桃咬了一口，还边吃边称赞，然后，他便把剩下的一半放在一边，继续专心下棋了。

结局大家肯定都猜到了，在整场比赛中，猴子一直盯着那盘水蜜桃，结果把棋下了个乱七八糟。

在这个故事中，人之所以能战胜猴子是因为抓住了猴子嘴馋爱吃桃的弱点。想想看，如果把那盘水蜜桃换成奖杯、奖金甚至是更诱人的名利之物，走神分心的该是谁了呢?

大道理

任何人都会有弱点，这一点是你战胜对方的关键。但更重要的是，你要明白并防守好自己的薄弱之处，小心别人使用同样的计策。

50.　傻鸟

自从搬进了新楼，人们就开始盼着新楼后面那座旧房子被拆除——在三幢又新又漂亮的高楼旁边坐落着这么一处破平房，看上去的确很不顺眼。不知道有多少次，楼上的人趴在阳台上叹息着这座大煞风景的旧房。

近日，高楼上的人们忽然发现了一个奇怪的现象:一只不知名的大鸟每天下午都会准时光顾那座旧房，然后站在窗台上一次又一次地用头撞击着玻璃，并且，不管多少次因为反弹而跌落下去，它都会照样坚持不懈。每天一刻钟，大鸟从不间断。

一时间，好奇的人们纷纷猜测起这只大鸟撞窗的原因来。有的说它可能是认为窗外是另一间房子，所以想飞进去;有的说它可能把那儿当成了通往外界唯一的出路，所以想撞开飞出去;有的说……但是不管如何，大家都看得清清楚楚:在那个房间的另一面墙上，有一扇更大的窗户，并且是开着的。因此，人们不约而同地下了一个结论:这是一只傻鸟，一只蠢到家的傻鸟。

某天，当几位居民坐在楼下闲聊，谈到那只傻鸟时，老王家的傻儿子忽然愣愣地抛出一句:"你们才傻呢!那只大鸟是在吃窗户上的虫子呢，我看见过!"

一句话引得大家都笑起来，一位老太太用扇子拍拍傻子的脑袋说道:"傻家伙，我们还不如你聪明!"

一个月之后，拆除那座旧房子的通知终于下来了，早就巴不得这样的楼上居民们纷纷下去帮忙。当拆到那扇紧闭的旧窗户时，大家都愣住了:窗户的玻璃上沾满了各种小飞虫的尸体，有些只剩下了半只身子，很显然，另一半被那只"傻"鸟啄吃了。

大道理

把自己的思维方式强加于人，并且固执地自以为是，这是聪明人常犯的错误。要想克服这一点其实并不难，在对人对事进行判断之前，先细致地调查分析一下就行了。